MEMORY HOUSE

记忆坊文化

二蓝神事务所

明月听风 著

Erlanshen
Studio

（全两册）上

长江出版社
CHANGJIANGPRESS

图书在版编目（CIP）数据

二蓝神事务所 / 明月听风著. — 武汉：长江出版社，

2022.10

ISBN 978-7-5492-8394-1

Ⅰ.①二… Ⅱ.①明… Ⅲ.①长篇小说—中国—当代

Ⅳ.①I247.5

中国版本图书馆CIP数据核字(2022)第107667号

二蓝神事务所 / 明月听风 著

出　　版	长江出版社	
	（武汉市解放大道1863号）	
选题策划	张才曰	
市场发行	长江出版社发行部	
网　　址	http://www.cjpress.com.cn	
责任编辑	陈　辉	
特约编辑	张才曰　徐艺丹	
封面设计	小贾设计	
版式设计	天　缈	
封面绘图	阿步莎	
印　　刷	三河市国新印装有限公司	
版　　次	2022年10月第1版	
印　　次	2022年10月第1次印刷	
开　　本	670mm×970mm 1/16	
印　　张	28	
字　　数	560千字	
书　　号	ISBN 978-7-5492-8394-1	
定　　价	78.00元（全两册）	

目录
CONTENTS

★本书故事情节纯属虚构

第一章
寻找幽灵

倪蓝今天上午10点跟BLUE集团的技术部有个会。她坐电梯直接到了行政和技术部的楼层。

一出电梯门就遇到两个戴着BLUE工牌的职员。他们正准备下楼，看到倪蓝愣了愣，表情有些怪异，只朝着倪蓝礼貌地点了点头，然后火烧屁股似的闷头进了电梯。

似乎想笑又强忍着，生怕多待一秒就笑出屁来。

倪蓝："……"

倪蓝去了洗手间，对着镜子认真打量了一下自己。今天要跟技术部开安保系统安全会，她特意打扮得很职场。真丝白衬衣，蓝色收腰小西装，直筒裤，高跟鞋，这身搭配还是她男朋友蓝耀阳亲自给她挑的。

衣服没问题，不显老气也很干练，很有职场女性气质。脸也没问题，她甚至都没上妆，早上就擦了护肤品，出门时刷了刷眉，抹了点口红。

脖根处的吻痕也被衬衣的领子遮得很好。她转了转脖子，从不同角度看都看不到。

倪蓝伸手对着镜子点了点："行了，除了长得太漂亮你没什么好心虚的。"

倪蓝抬头挺胸地走了出去，经过办公区的时候，眼尖地看到有两个员工看到她迅速低下了头，把脸藏在办公位挡板后头。只是他们低下头之前，嘴角迅速扬起的笑意还是被她抓到了。

倪蓝："……"

到订好的会议室之前还有一间洗手间。倪蓝拐了进去。

在她身后不远，一间会议室里的客户看到了倪蓝，他问与他开会的BLUE中层："那个是不是倪蓝？"

"对的。"BLUE的所有员工对这位集团太子爷的女朋友非常熟悉了。

那客户便笑："倪蓝不是你们BLUE的签约艺人吗，怎么还来技术部？我看网上说你们BLUE把艺人当程序员用，难道是真的？"

"网上还说我们BLUE把倪蓝当保安用呢。"BLUE那中层干部也笑。

"她以前参与警方行动时真的跟恐怖分子拿枪对战吗？"客户忍不住八卦。

"那些我也没看到，不敢说。但她网络技术是真的牛。老胡他们重建安保监控系统都得听她的，我跟他们开过一次会。一开始大家还挺看不上她，但技术这种事，别管相貌和年纪，代码跑一圈，明明白白的。不服气也得憋回去，人家厉害就是厉害。"

客户挺惊讶："这么牛还做什么艺人？我看你们小蓝总好像还为她成立了一个工作室。"

"对，叫二蓝神。"那BLUE中层道，"那家工作室也不算艺人工作室，小蓝总说了，什么业务都接，只要他和倪蓝愿意。"

"小蓝总现在很张扬啊。"

"哈哈，近朱者赤。"

洗手间里，倪蓝再度对着镜子审视了一遍自己的外貌，确实没显露什么见不得人的。倪蓝皱了眉头，为自己的疑神疑鬼感到不爽，她拿出手机给蓝耀阳发微信："下回你要是再敢咬我，我就揍你。"

蓝耀阳很快回复，发过来一个"瑟瑟发抖"的表情包，只是那表情包上的笑容贱兮兮的。

紧接着他再发来一句："我都没用咬的好吗。我肩膀上的那个牙印才是被咬的，你要不要看？"

呸！厚脸皮！

"看！"倪蓝果断给他回。

蓝耀阳马上发起视频通话。

倪蓝接了，蓝耀阳出现在镜头里。他正坐在自己的办公室里，离倪蓝只隔了两层楼。他弯着嘴角眼睛发亮对着她荡漾地笑："你要看哪里的牙印？"

他一边说一边解开衬衫的第一颗扣子。

哎哟，来真的。

倪蓝飞快把视频挂了。

蓝耀阳哈哈大笑。

办公桌边，进来准备报告工作结果老板开始聊微信没理他只好一直等的助理古霍苦着一张脸，诚恳呼唤："蓝总。"

蓝耀阳淡定道："知道你在这儿。"他扫一眼手机屏幕，看到倪蓝又发过来一条消息："不是，难道除了肩膀还有？"

蓝耀阳对古霍道："你自己有腿啊，看到什么不该看的难道不会自己出去？"

古霍："……"老板你变了，你以前不是这样的。

蓝耀阳："况且也没什么可看的。她开会时间到了。"

古霍觉得老板的语气听上去还挺遗憾。

蓝耀阳一边跟古霍说着话一边还能给倪蓝发消息："还有一排牙印在小腹。你非要跟我比腹肌，赢了之后说要用我肚皮磨牙试试，记得吗？"

倪蓝："……"

她想起来了。难怪她觉得肚皮痒痒呢，昨晚明明是他输了不服气先咬她的。

倪蓝看看镜子，摸了摸小腹，那些人也不能是透视眼隔着衣服看到啊。

这时候手机响了，倪蓝有些恼羞成怒，哼，就看一眼，但是她不会接他电话。

结果一看，居然是江旭红。

倪蓝赶紧接了："红姨。"

江旭红压低了声音："你开始开会了吗？方便说话吗？"

"可以的，你说。"

江旭红道："我已经告诉柳云目前的结果了，她情绪有些不稳定。"

江旭红是二蓝神事务所的业务联络人，处理除了演艺业务的其他部分。她此时正在和平街白鹭咖啡厅里与二蓝神的第一位客户面谈。

江旭红与倪蓝、蓝耀阳相识，缘起她女儿的"自杀命案"，女儿生命的终结让这位普普通通的中学老师与她的丈夫步入了艰难的寻找真相之路。最后在"二蓝"与警方的帮助下终于真相大白。

蓝耀阳与倪蓝在破案的过程中相恋，因为倪蓝身份的特殊性，结案后他决定为倪蓝成立独立事务所，让倪蓝可以随心所欲地挑选工作，发挥所长。江旭红与丈夫孙哲言受他们邀请，成了二蓝神事务所的第一批员工。

现在，坐在江旭红面前的柳云，就是他们事务所接到的第一个客户。

在外人看来，二蓝神事务所是非常不"正经"的一家公司。

所有人都不务正业。

娱乐圈公司总裁蓝耀阳想当侦探，反恐黑客专家倪蓝是个艺人，中学数学老师江旭红成了业务经理，机械厂的退休工人孙哲言是他们的安保经理……

就这么一支很不"专业"的队伍，却是柳云最后的希望。

柳云是从网上知道倪蓝的。

当时倪蓝与蓝耀阳，还有江旭红、孙哲言等人，配合警方破获了一起跨国犯罪集团与一些警务人员共同犯罪的大案。原本警方查案的过程是不会在社会大众中太过宣扬的，但这件事里有一个巨大的漏洞，就是倪蓝。

这位很不"专业"的女艺人因为失忆症忘记了自己卧底娱乐圈查案的身份。她丑闻出道，脸皮奇厚，在被全网黑嘲谩骂之际拳打四方，狂斥狗仔，勾搭总裁，还时不时得意忘形，完全没有低调这回事。在她想起来自己究竟是谁之前，她已经红了，收不住场面了。

当时倪蓝一边被狗仔"监督"着，一边被网友们骂着，一边还因为出众的身手和黑客技术在破案中立了大功，最后还领了个好市民奖。

柳云觉得这么奇葩的人，大概也能接受一些不可思议的事吧。

于是她注册了微博账号，怀着一线希望向倪蓝发了私信求助。

柳云求助的事很奇葩。

柳云自述，她丈夫去世早，她与女儿陈欣相依为命。两年前陈欣发生了交通事故，撞上了一辆货车，车祸身亡。

陈欣死时被困在车里烧得面目全非，看不出面貌。但车子是陈欣的，衣服是陈欣的，身上的首饰是陈欣的。手机、钱包，所有随身物品都是陈欣的，肩膀上的文身也是陈欣的。柳云一眼便确认死者确实是自己女儿，她被丧女之痛击溃，伤心欲绝。

柳云为女儿办理了后事，还为她处理了交通事故责任认定等各项事宜。因为陈欣须为车祸负全责，柳云赔偿了货车及托运公司一大笔钱。再加上事后她发现女儿创业还欠了别人二十万，她又为女儿还清了这笔债。失去至爱，又花光了积蓄，柳云非常痛苦。

这痛苦两年都没能消散。柳云日日伤心，怀念女儿，总觉得有些什么事牵挂着。某日，柳云在和平街见到了一个极似女儿陈欣的人影一闪而过。待她追过去时，却已不见那姑娘的踪影。

一个大胆的念头忽然在柳云心里冒了出来。

有没有可能，女儿没死？

当初柳云并没有要求检验尸体的DNA，她对身份认定没有任何异议，所以把尸体直接火化了。

可现在，她居然在街上看到了女儿。

柳云知道自己异想天开，但又没办法放弃这个念头。她被这个不可能的希望折磨着，于是接连几天都去和平街转悠。可她没能再见到那个身影。

柳云拿着女儿的照片在那附近查问，没有结果。她打遍了女儿朋友的电话，大家以为她疯了，有人还好心劝她去看看医生。

柳云报了警，但听了她的来意和在警方内网资料库查询之后，警方拒绝了她的调查请求。

警方很客气，但回复得也很明确。陈欣已经去世，丧事和所有确认手续都是柳云亲自办的，警方不能因为柳云在街上的匆匆一瞥和思女心切所导致的错认就派人手帮她去找一个死去的"幽灵"。

警方的话有理有据，柳云无法反驳。然后，她在电视上看到了警方案情通报发布会上的倪蓝……

她必须再试一次。

倪蓝看到了柳云的私信，觉得这事还挺有意思。而对江旭红来说，柳云的委托对她触动挺大。

当初江旭红女儿"自杀"，有动机有证据，只有她和孙哲言两口子因为对女儿的爱而坚定直觉——女儿不可能自杀。最后真相大白时也证实，他们的坚持没有错。而只有这样坚持过的人，才能明白他们的痛苦和艰难。

所以江旭红非常同情和理解柳云。

于是倪蓝查了查，柳云说的那些事，都是真的。丧夫、单亲家庭、陈欣的车祸、交通事故责任认定、还款等等，这些都能查得到。

陈欣有可能没死吗？

如果真的没死，为什么？怎么做到的？当时有替身？

难道是为了让母亲帮她还债？还是另有隐情？

倪蓝对这事感兴趣。就算最后证实只是一位母亲的妄想也无妨，反正她有时间。倪蓝接下了柳云的委托。

经过一周的调查，倪蓝和江旭红等人都没有取得进展。

一个人如果活着，就需要身份，需要钱，会用手机，会上网……

倪蓝作为一个很有"隐姓埋名"生活经验的人，对这些手段和方式非常熟悉，但她没有查到任何陈欣活动的踪迹，且在和平街周边的监控影像里也没有搜索到陈欣的面孔。

倪蓝甚至将陈欣生前的影像做了动态分析程序，比对监控影像里和平街那段时间出入的人。因为就算整了容，步态却还是会一样的，如果陈欣在监控画面里出现过，一定能被程序抓住。结果程序一无所获。

柳云非常心急，听说调查还没进展后，便约江旭红见面，想聊聊调查的详情。倪蓝让江旭红问柳云要陈欣的DNA和指纹。

任何东西都可以作假，这两样不能。

如果陈欣还在这世上活动，那么在警方的案件里收集到的这些东西，都会给他们提供陈欣踪迹的线索。

江旭红赴柳云之约，这会儿给倪蓝来电话报告："柳云说她每天都会来这里守着，她当初就是在这附近看到那个身影的。我跟她说了DNA和指纹的事，希望她能提供一些陈欣的私人物品。她答应了，但她似乎有些绝望，说可能自己确实认错了人。刚才她一直哭，现在去洗手间了。"

倪蓝听出点意思了："你是说，就算拿到DNA也得等机会，没办法很快有结果，你觉得她可能没耐心，会打退堂鼓了？"

"是的。"江旭红道，"所以我想跟你确认，如果她有什么要求我们做不到，她终止委托了，还要怎么谈？"

"别啊。"倪蓝赶紧道，"我们不收她钱还不行吗？买下那些物品行不行？我就想知道个结果。"

江旭红："……"

"你觉得怎么样？"倪蓝问。

江旭红道："你开会的时间到了吧？你去开会吧。我跟蓝总商量一下。"

倪蓝："……"

江旭红把电话挂了。

倪蓝撇嘴嘀嘀咕咕："都跟蓝可爱学坏了。商人啊……"

有人推门进来，看见倪蓝戳在这儿吓了一跳，而后对着倪蓝笑了笑。

倪蓝不好意思赖在这儿，赶紧出去了。

开会，开会。谁说她是败家子的，她也有认真工作。

蓝耀阳的办公室，古霍终于可以继续报告工作。

"蓝总，这个挺紧急的。今天网上有营销号发了偷拍视频，上热搜了，我进来的时候名次还不算太靠前，但应该很快争一保二。公关那边问怎么处理。"

"什么偷拍视频？"

"你跟倪蓝的。"

蓝耀阳："……"

蓝耀阳挺不理解的。怎么又偷拍？

以前狗仔不知道倪蓝的本事就算了，可到现在还有胆子在网上整倪蓝的，是脑子进水了吗？

蓝耀阳接过古霍递过来的平板电脑。

视频果然是偷拍的，某个娱乐博主说是收到私信报料，原是不敢发，但内容太精彩不得不勇敢发出。

蓝耀阳嗤之以鼻。就是"自己找死"的意思呗。

那博主还真的挺想死的，他用了"不堪入目""引人遐想"这两个词做标题，为免惹麻烦他加了引号，还带上了狗头，两个词的后面还跟了一句"过一会儿就删，速看"。

整条消息里都没有写倪蓝的名字，但很多人"速看"后都点赞转发，热情激动留言，该视频迅速扩散。

"果然很不堪入目，我的眼睛……"

"一时难以判断这算黑料还是炫耀……"

"扶我起来，我还能再看八百遍。"

蓝耀阳点开视频看了两眼就开始抚额。

他知道这拍的是什么了。

"上热搜了？"蓝耀阳一边继续看一边问古霍。

"对。"古霍一脸正经，完全不提自己已经全部看完了。

蓝耀阳叹气，看来得好好安慰一下倪蓝。这观看人数，"灭口"是"灭"不过来的。

视频里的环境是一个练舞房，有一整面墙的镜子，镜子对面的这一边摆着一组一字形沙发、小桌和斗柜。小桌上放着音响，斗柜上有花束、瓷器之类的摆设。

摄像偷拍的设备应该就放在那个斗柜上，它拍的是镜子里的影像，角度也没变过。

镜子里映出了蓝耀阳和倪蓝练舞的画面，还有镜子对面的斗柜、沙发等，但没有拍摄的人，也看不到拍摄的设备，看上去像是被藏在了花瓶和装饰摆设后头。

这是一周前蓝耀阳请了练舞老师教倪蓝跳舞，结果老师教了两天一直没有取得进展，倪蓝也学得很不起劲。蓝耀阳就不信这邪，决定自己亲自教一教。当天就从坐沙发上旁观教学的学员家属升级为教练，顺便借用了练舞房，开展现场教学。

但没想到他们只在那舞房独处了这一段，就被拍了？

蓝耀阳回忆了一番当时除了先离开的老师都还有谁进过那间屋子。助理小妹、舞房的另一个老师，以及另外两个其他课的学员……是谁偷偷藏了拍摄设备呢？

蓝耀阳继续看视频。

视频里，蓝耀阳很努力地想教倪蓝跳探戈，放的音乐是家喻户晓的《一步之遥》。视频开头就是蓝耀阳搂着倪蓝一起看手机，手机里响着的就是这首舞曲。

蓝耀阳道："换这个吧，超级简单。"

倪蓝面对着镜子站着，所以她的表情被拍得清楚。她颦着眉有些嫌弃地盯着手机，看完了道："我的眼睛也说不难。"

"你的眼睛连着大脑，你的大脑控制肢体。"蓝耀阳果断把手机放一边，重新点开了舞曲，"就这个，别挑了。反正对你来说难度都一样。"

倪蓝磨磨蹭蹭，因为之前受过太多挫折所以很不爽快，她用有些要赖皮的语气道："你说我们干脆跳街舞行吗？"

蓝耀阳一本正经："你信我，就算我家不介意你在周年庆祝晚宴上跳街舞，但你跟我一起跳只会更丢脸。你除了在我身后做个后空翻的背景还能做什么？"

倪蓝垮脸伸手要打他，蓝耀阳哈哈大笑将她搂住，顺势带着她转了个圈。这个圈转得很漂亮，很有几分潇洒的感觉，蓝耀阳带着她再转了一个圈："你看，很简单……哟——"

蓝耀阳话还没说完就被踩了一脚。

倪蓝赶紧低头看脚。蓝耀阳对她说："抬头，跳舞这件事，脚步可以错，姿态一定要好。"

倪蓝非常捧场地大声赞叹："哇，就跟人生一样？"

蓝耀阳刚要开口又是"哟"的一声，再度被踩。

一旁的古霍努力控制着面部表情，他不介意再看一遍，但不敢把脑袋伸过去。但是只听声音他脑子里也有画面了。

实在是印象深刻。

倪蓝的舞姿真的是——一言难尽。舞步什么的都是小问题，更厉害的是她的扭腰很别扭，她躺在蓝耀阳臂弯里仰身的姿势像挺尸，原本应该从蓝耀阳指尖滑出去的轻盈旋转由她做来就像下一秒会使出后旋踢……

古霍想不通为什么格斗那么难倪蓝都能搞定，但跳舞这种小事却连小蓝总这样的都搞不定她。

太厉害，真的是厉害。

古霍觉得凭这段视频就能截出上百个表情包。"倪蓝黑"们今天得多快乐。

蓝耀阳不用看也知道当时是个什么情景，只是从旁观者偷窥的角度重温一遍，又是不同的观感。

真可爱啊。

蓝耀阳忍不住笑了。

古霍嘴角抽抽，忍得很辛苦。蓝总啊，你照照镜子看看你现在的眼神好吗？你的审美是出现什么问题了吗？

倪蓝坚持了三分钟勉强跳完一遍就要赖了。在蓝耀阳要求练第二遍的时候她就横在蓝耀阳的臂弯里说她直不起腰来。

蓝耀阳哄了两句没把她哄起来，索性就把她放在地上。

倪蓝就真的躺在了地上。蓝耀阳不理她，转到沙发那边拿起手机研究舞步，想着怎么能再简化一下。倪蓝四仰八叉赖在地上没一会儿就觉得没意思了，她嗷嗷叫蹬腿要赖，蓝耀阳淡定得头都没有抬。

古霍听着动静赶紧垂下了头，咬紧牙关撑住脸皮。

果然下一秒倪蓝就爬了起来直奔沙发而去。

办公桌后的蓝耀阳飞快抬眼瞥了一下古霍。古霍假装没看见老板这小动作。

蓝耀阳也知道后面发生了什么——倪蓝把他按在沙发上亲。

蓝耀阳动了动喉结，虽然跟倪蓝相处久了，他的脸皮也厚了，但被拍到与倪蓝亲热，他也会觉得尴尬。幸好沙发的位置有一小半在镜头范围外，倪蓝和他的头正好被挡住了。但只看身上也能猜出他们在做什么，甚至有更大的想象空间。

蓝耀阳记得当时自己又觉好笑又生气，倪蓝的吻也很甜。

但他才被吻得决定不计较倪蓝的偷懒，想抱紧她好好回吻她时，有人敲门。倪蓝飞快跳起来欢呼："外卖到了。"

视频里，蓝耀阳想搂倪蓝腰的手还举着，人还躺在沙发上呢，倪蓝已经给外卖小哥开了门……

视频后头还有十来秒就是倪蓝拆外卖，盘腿坐在地上，而蓝耀阳从沙发上坐起来。两个人面对面，一个嬉皮笑脸吃东西，一个没好气。倪蓝还说："跳舞太累了，需要补充一点能量。"但看她那架势，并没有打算分一点给蓝耀阳吃的意思。

视频结束。

古霍等着蓝耀阳说话。

蓝耀阳在看的过程中已经想好要怎么处理，看完视频只是为了确认没拍到什么太出格的镜头，现在这样的情况，丢脸远比羞耻严重。

估计倪蓝看了想杀人。

蓝耀阳扫了一眼各个营销号转发下面的评论，果然网友们已经笑疯。

"哈哈哈哈哈哈哈哈我的妈呀，果然是我蓝哥，跳个舞就跟地板烫脚似的。"

"我有内幕消息，据说是蓝家要办个晚宴，美其名曰是庆祝BLUE成立二十五周年，实际上有向大家正式公开倪蓝与蓝耀阳关系的意思。所以蓝耀阳和倪蓝要在晚宴上开舞。"

"倪蓝与蓝耀阳的关系还需要公开？他俩的八卦估计太空站都接收到了。"

"不是，是蓝家要公开表达接受倪蓝的意思。"

"就是说之前他们并不接受倪蓝，对吧？"

"最后发现惹不起惹不起还是接受吧！用儿子换平安！"这句话后面跟了一大串狂笑表情。

"我就关心倪蓝跳成这样，这晚宴还能开吗？"

"开不了啦！倪蓝完了，这视频太'毒'了。"

蓝耀阳把界面切出来，平板还给古霍："让法务那边留存资料做好公证，完了联系公关部。这程度虽然不触犯刑法，但非法偷拍、发布，按有关法律最少也能安排个五日拘留。还有，要求这些转发量大的营销号公开道歉，不然我们就民事诉讼，到时索赔就不是这么简单了。"

"好的。"古霍应了。老板你真的变了，你现在很有当年倪蓝背法律条文的架势了，你不觉得？

"你带律师去一趟这练舞房，把偷拍的人找出来。舞房外头有监控的，当天谁进去过都能知道。还有最早发布的这个营销号，要求他把视频来源交代清楚。两边口供对一下，看看真伪。最后涉及多大的金额交易，让律师品品能怎么加重处罚。"

"好的。"古霍再应，然后问，"那倪蓝那边呢？她可能很快就会看到了。"古霍提醒，"蓝总你十分钟后有个会，不能缺席的。"

所以就算你女朋友丢脸丢出了宇宙，全网都在笑，你也不能哄。

蓝耀阳道："把邵嘉琪叫进来。"

邵嘉琪此时正在艺人经纪部的办公室，瞪着眼看完了第三遍那视频："……"

真有毒，越看越羞耻，但是居然又想点第四遍了。

弹幕里全是她的心声。

"人有多漂亮舞有多难看！"

"心疼！想送倪蓝一把铁铲，让她能挖个深坑躲一阵子。"

"倪蓝你醒醒啊，外卖能有蓝可爱好吃吗？"

电话响，老板召唤。

邵嘉琪一声叹息。

邵嘉琪算起来也是二蓝神事务所的职员，但二蓝神只有倪蓝这么一位演艺事业没起色的艺人，如果邵嘉琪到二蓝神那边上班，恐怕只能闲得打扫卫生，而且艺人没业绩，经纪人收入也不高。所以老板蓝耀阳还是把邵嘉琪的人事关系放在了BLUE，基本上只要倪蓝没什么事，邵嘉琪就都在BLUE的艺人部上班。

邵嘉琪曾经是倪蓝的经纪人。在倪蓝丑闻出道被全网谩骂陷入人生低谷时，她就是倪蓝的经纪人。两人合作的缘分并不长，但友谊还算"深刻"。深刻到在敢吼倪蓝的人员名单里，邵嘉琪绝对能排得上号。

作为朋友，邵嘉琪还挺喜欢倪蓝的。但作为经纪人，邵嘉琪觉得谁带倪蓝谁倒霉。

邵嘉琪进入BLUE就职，野心勃勃打算大干一场开创事业高峰，艺人部总监却问她："你跟倪蓝很熟吧？"

一听这话邵嘉琪心中就有了不祥的预感。

"哎呀，倪蓝现在名气很大呀，我们这儿资深经纪人手上要带的人多，照顾不好她。资历浅的经纪人没经验，也带不动她。听说你以前跟她合作得很好，你能带动她。"

不，不，她不能。重点是她的事业梦想是做一个行业内最杰出的经纪人，倪蓝为人很不错，但作为艺人，她就是扶不上墙的那块泥。

"听说倪蓝还救过你的命？"

邵嘉琪："……"

行吧，她愿意当倪蓝的经纪人。

此刻老板召唤，邵嘉琪也能猜到所为何事。

蓝耀阳嘱咐她："倪蓝现在在楼下跟技术部开会，你去盯着她。别让她玩手机，别让她上网。"

"蓝总。"邵嘉琪提醒他，"那可是技术部。那里除了理工男就是电脑和网络了。倪蓝开会的时候对着电脑敲敲敲，我也不知道她在干吗。"

蓝耀阳想了想："行吧，我给那边打个电话，会议延期。你去把倪蓝带开。在我这边处理完偷拍这事之前，别让倪蓝插手。"

"倪蓝不会听我的。"

"听的。"蓝耀阳客气又礼貌，"倪蓝对她喜欢的人特别尿。"

邵嘉琪："……"老板你这秀恩爱的方式绝了，真的，含蓄中透着嘚瑟。

"你找点事给她做，撑到我开完会就行。"

邵嘉琪总结老板的意图："就是别让她恼羞成怒攻击平台服务器，查人家营销号老底，黑人家账号给人家电脑发病毒，或者顺着网线爬到人家面前把人揍一顿。不许她为了安慰自己的羞耻心发微博骂脏话、竖中指、吹牛招黑惹话柄，破坏蓝总你想用法律手段解决问题的计划，对吧？"

蓝耀阳："……"用得着说得这么直白和详细吗？

"她不会，她有分寸的。"蓝耀阳很顽强地维护女友。

呵呵，你是老板，你说不会就不会。

邵嘉琪不说话了。

蓝耀阳又道："你就陪她一会儿，转移她的注意力，别让她太尴尬就行。"

这难度太大了，还不如放她去黑掉营销号呢。

蓝耀阳再嘱咐："你先送她回家，给她买份蛋糕，一份不够来两份。看着她。我这边开完会就过去。"

邵嘉琪领命走了。

坐电梯下了两层楼，刚走进办公区就感觉不太对。不少人认得邵嘉琪是倪蓝的经纪人，不用她开口就纷纷伸手指向了会议室方向。

我去，这么主动，必有妖孽。

邵嘉琪做好心理准备，朝会议室走去。

还没走到地方就隔着落地玻璃看到了倪蓝。

倪蓝正抱着双臂瞪着对面，因为是背对落地玻璃，邵嘉琪看不到她表情，但她肩膀紧绷，看背影就觉得她怒气冲天。

而她对面并没有人，偌大的会议室里几乎是空的，只有倪蓝和坐在她斜对面的两个中年男子。其中一个男的看起来像高管，此时一脸尴尬，嘴巴动着，像在说着什么。

不是在开个什么BLUE集团安保系统搭建网络安全之类的重要进度会议吗？怎么没人？

邵嘉琪有些摸不准现在是不是走进会议室的好时机，她站在门口犹豫了一会儿。这时候她的手机响了一声，有人给她发信息。邵嘉琪还没来得及看，跟倪蓝说话的那个男人就看到了邵嘉琪，他眼睛一亮，跟见了救星似的赶紧起身打开会议室门。

"是邵嘉琪吗？"

邵嘉琪赶紧摆出专业人士的姿态语气道："对的。你好，我是倪蓝经纪人邵嘉琪，不好意思打扰。有个重要的工作需要倪蓝马上去处理一下。蓝总说他会跟胡总解释，恐怕需要倪蓝参与的会议得暂时延后了。"

"小蓝总跟我说了，没问题的。"胡总摆摆手，请邵嘉琪进会议室，再向坐着的另一位男士递了个眼神。

那男士赶紧拿起桌上的电脑和文件夹起身，走到了胡总的身边。

胡总也不再进去了，就站在门口对倪蓝道："倪蓝，那你先去忙。这个会我们回头再开。我让他们把最新的报告发给你。有什么问题你随时联络我。"

"多谢多谢。"邵嘉琪很有礼貌微欠身，对那两位男士客气道，"真是不好意思，这边的工作进度倪蓝一定会补上的。"

胡总客气笑笑，带着人赶紧走了。

邵嘉琪这时才拿出手机看了看，果然是蓝耀阳发来的信息："倪蓝已经知道了。你先送她回家。"

邵嘉琪扫了一眼倪蓝。倪蓝没看她，也不说话，却开始敲面前的笔记本电脑。

邵嘉琪把会议室门关上，对外张望了一下，然后到倪蓝身边坐下："别生气了，走吧。"

"我还有工作要做，做完就走。"

是吗？居然还有心情工作？邵嘉琪探头偷偷看一眼倪蓝的电脑屏幕，全是代码，看不懂。再抬眼看到倪蓝瞪她，她赶紧把头缩回来。

"那什么，蓝总让我跟你说……"

"我不碰微博。"倪蓝不等她说完就打断了她。

"哦。"邵嘉琪不说话了，过了片刻又说，"我刚才跟他们说你有紧急工作要走的，你还打算在这里坐多久？"

"担心什么。你们彼此都知道刚才对话的那几秒对方是在演戏。全都是假的，只有我的愤怒是真的。"

"……"邵嘉琪，"你现在愤怒吗？"

"非常。"倪蓝冷冷地道，敲键盘的速度非常快。

哎哟我去，有点吓人啊。

邵嘉琪不敢问倪蓝，也不敢打扰蓝耀阳，便给古霍发消息："兄弟，刚才技术部的会议室里发生了什么你打听到了吗？"

古霍很快回复："你这问题显得我很八卦。"

紧接着下一条就来了："听说有人在会议室里看那个视频，大家的表情控制都做得不是太到位，被倪蓝抓到。"

这么刺激，当面抓包吗？

古霍下一条又来了："倪蓝看完视频后就问人家，你那一脸的嘲笑是笑话我还是笑话蓝耀阳的女朋友？"

邵嘉琪："……"

古霍："这里面有什么区别？"

邵嘉琪："羞辱她还是羞辱蓝总的区别。"这对情侣现在秀恩爱的功力真是炉火纯青，无招胜有招。

古霍："哦，懂了。那她还真是挺护着老板的。然后倪蓝还让人家也跳一跳，说只要跳得比老板好，她就给人家一百万。"

邵嘉琪："……"真敢吹。她哪有一百万，十万块有没有都不一定。

古霍："她还说，你觉得我羞辱你们了吗？你们当着我的面笑，在开重要会议的时候故意在我面前看这个，你们不懂得尊重，如果感觉被羞辱也是自找的。"

邵嘉琪："……"所以他们为什么觉得倪蓝需要安慰啊？她完全不知道该怎么安慰这位弱女子。还买蛋糕？两份？

邵嘉琪再观察倪蓝的表情。她的脸板得跟白墙似的，看不出情绪。这事真是过头了，小火呛人，大火死人啊。

害怕。

邵嘉琪再给古霍发消息："等蓝总开完会了，你记得帮他排开所有事，提醒他倪蓝非常需要他。"

古霍回复："理解理解，多保重。"

邵嘉琪："……"

算了。她把手机收起来，等着倪蓝。

倪蓝一直敲键盘，没表情，没说话。邵嘉琪想了想，往倪蓝的住处点了蛋糕外卖。

过了一会儿，倪蓝终于停了下来。邵嘉琪看她还要滑鼠标，赶紧道："蓝总让我跟你说……"

"搞定，我们走。"倪蓝再度打断了邵嘉琪的话，很有气势地盖上了笔记本电脑。

邵嘉琪松了一口气，能走了就好。

两人一起出了会议室，倪蓝目不斜视，旁若无人地往前走。周围办公位的人也低着头不看她。

快走出办公区时，忽然有人尖叫跳起，手里的手机还甩了出去。

邵嘉琪吓了一跳，刚停下脚步又见另一人也"啊"的一声惨叫，从座位跳了起来，手里的咖啡泼了一键盘。紧接着又有几个人尖叫，场面挺壮观。还有几人没有叫，但也是猛地一抽，似乎被电脑里什么东西吓到了。

邵嘉琪惊疑不定，但倪蓝似乎毫无所觉，镇定地继续往前走。邵嘉琪赶紧跟上。

两个人站在了电梯前，邵嘉琪问倪蓝："那些人怎么了？"

"在看我的跳舞视频。"倪蓝干巴巴地说，表情很冷酷。

邵嘉琪："……"

电梯来了，邵嘉琪跟着倪蓝走进去。等电梯门关上时，邵嘉琪忽然反应过来了："你刚才敲半天电脑是黑了公司网络吗？"

倪蓝冷笑："让他们看！"

邵嘉琪："……"她是不是应该跟蓝总报个信？你女朋友确实很听话，没动微博营销号。但是，她对自家公司下手了。

楼上，蓝耀阳跟几个高层在他办公室开会。古霍坐在外头办公位上，其他工位上的职员也都埋头电脑前，开放式办公区一片安静祥和。

古霍跟邵嘉琪聊完，想到蓝耀阳看视频时的表情，忍不住又点开了那视频再看看。小蓝总是看到什么地方开始温柔微笑的？是倪蓝僵硬横在他臂弯里他说"不用紧张，我肯定不会让你摔下去"的时候，还是倪蓝从他指尖太过矫健地转圈出去，他努力把她拉回来……

倪蓝被拉回来，朝着屏幕方向转……屏幕突然变出一个脸色青黑的女鬼，张开血盆大口迎面扑来，动作迅速，效果逼真，尖牙似要夺命，而鲜红的血从那女鬼嘴里喷出，还有青青黄黄不知道是什么，一瞬间溅了满屏……

"啊啊啊！"古霍吓得跳了起来，iPad飞出去摔在蓝耀阳办公室门口。

他身边一位同事也是惨厉尖叫，办公椅整个滑了出去，撞到后面的办公位上。

还有几声惨叫此起彼伏，办公区里噼里啪啦一阵响。

古霍惊呆了。

蓝耀阳的办公室门打开，做会议记录的秘书探身出来问："怎么回事？"

"没事。"几个人异口同声。

和平街，白鹭咖啡厅。

江旭红没来得及给蓝耀阳打电话，她跟倪蓝通完话后，柳云就从洗手间出来了。

江旭红放下手机，柳云的情绪似乎是稳定了不少，但她也不好马上再谈什么检测DNA，便安慰了几句。

柳云问她："当初你坚持了多久？"

江旭红实话实说："我做好了一辈子不放弃的心理准备，可你的情况跟我不一样。"

"也是。"柳云道，"你毕竟还有丈夫支持你。"

江旭红沉默了一会儿，她没想到该说什么，就不乱说话，免得刺激柳云。

柳云也沉默，过了一会儿她叹口气，对江旭红道："你能陪我走走吗？"

"好，当然没问题。"江旭红答应了，她结了账，陪着柳云走出了咖啡厅。

两个人对和平街都非常熟了。柳云缓步走着，四处看着，对这条街颇有感触。她指了指自己当初看到非常像陈欣的那个身影的地方："就是这里。当时我吓了一跳，就站住了。等我反应过来追上去，只看到她的身影挤进人群。"

江旭红点点头，这个地点她知道，她与倪蓝来确认过，也在这一带寻找过。

两个人继续往前走，柳云又问她："我是不是真的需要看看心理医生？"

江旭红应道："应该会有帮助的。无论……"她话没说完，卡住了。

"怎么了？"柳云问。

江旭红指了指街对面的一条小巷："那有个人……"

柳云循着她指的方向看，那儿有个姑娘，正从三楼的一个窗户往外爬。

和平街是老街区，这小巷子里的楼房更是破旧，有各种管道、防盗窗网、居户搭的晒衣架等等。那个姑娘从三楼一个窗户破掉的防盗围栏钻出来，正试探着找往下搭脚的地方。

江旭红皱眉看着。柳云也盯着看，看了一会儿她突然一把抓住了江旭红的胳膊："那是，那是……"

她激动得有些说不出话来，江旭红忽然反应过来了。虽然有些看不清，但她看了太多次陈欣生前的照片和影像片段，经柳云这么一提醒，还真觉得，似乎是挺像的。

柳云撒腿就往街对面跑，江旭红大叫："小心车。"

柳云似未听到，只闷头冲过马路。

邵嘉琪开着车，正送倪蓝回家。

艺人部的一个同事给她发了条信息，说公司网络出了问题，好几台电脑故障，大家还摔坏几部手机。

邵嘉琪装没看见。

倪蓝坐在副驾驶座上一直很安静。

邵嘉琪觉得这样也不错，安静的愤怒总比狂躁的羞涩好。

刚这么想，身边的倪蓝忽然"啊啊啊啊"地大叫，双腿乱蹬。

邵嘉琪吓一跳，方向盘差点没把住。

"竟然敢偷拍！"倪蓝愤怒大叫，"把我拍得这么丑！"

"别蹬腿别蹬腿……"邵嘉琪也大叫。这个动作会让她有联想，脑子里又冒出视频画面了。

钢铁直女撒起娇来不是谁都承受得起的好吗！

倪蓝转头瞪她。

邵嘉琪生怕倪蓝破解自己的心声，赶紧吐槽转移话题："你的大脑负责羞耻心的那部分区域反应也太慢了吧？"

倪蓝仍旧盯着她。

邵嘉琪闭嘴了。

倪蓝幽幽地问："你也看了吗？"

"看什么？你在说什么？"邵嘉琪语气非常无辜。

希望倪蓝的大脑有能力控制住自己的犯罪冲动，她不想成为被灭口的第一人。

车厢里很安静，空气有些冷。

突然来电铃声响起，是倪蓝的手机。

邵嘉琪猛地松了口气，蓝总啊，你太及时了，你的女朋友确实很需要安慰。还是你懂她。

可来电的是江旭红。

"红姨。我没开会，我在外头。什么，你们见到那个陈欣了？是她吗？拿着枪？"

倪蓝在讲电话，邵嘉琪听得心脏一抽一抽的。做个经纪人而已，日子要不要这么刺激。

"报警了吗？别怕，我们一分钟就能到！"

邵嘉琪忍不住扫了倪蓝一眼。

倪蓝非常有气势地一挥手："右转，和平街，踩油门。"

邵嘉琪："……"

这么近？还真是，一分钟就能到。

省公安厅。

季勇军走出办公室，他微低头皱着眉，表情和身体姿态都透着疲惫。

刘综迎面走来，他刚出差回来，风尘仆仆，还提着行李箱。季勇军松了松表情与他打招呼。刘综停下脚步问他："恭喜啊，老季。听说又剿了一个窝点，收获很大啊。"

季勇军摇摇头，他看了看周围，用头点了点一旁空着的会议室，刘综会意，与他一起进去了。

季勇军与刘综平级，他负责的多是有组织的犯罪集团案件。目前他手头上正追查的组织规模最大、侦查耗时最长的，是一宗代号为"伏鹰"的案子。

"伏鹰"的立案最初是从缉毒开始的，后来警方发现一个枪械交易黑市与这个贩毒集团有关，再后来又发现他们与人口贩卖有牵连。

打掉了一个小团伙，过了一段时间又能在别的地方找到同一个组织作案的蛛丝马迹。警方将一个又一个单独的案子联系了起来，所有口供和证据比对归结，拉出了一个交织在一起的犯罪大网，终于确认了这些看似不关联的案件上头都有同一个犯罪集团牵引。

警方为这个犯罪组织取名"鹰巢"，侦查行动代号"伏鹰"。

"鹰巢"这伙人作案非常灵活，组织严密，行动谨慎。一旦一些枝干被砍掉，便舍臂保命，迅速隐于林中，直到休养完毕，再度出现。警方数次抓捕都只逮到小喽啰，没能撼动这个组织的高层。甚至连"鹰巢"里的老大"秃鹰"，警方都没能摸到底细。

警方于两年前派出卧底，代号"鸽子"。

"鸽子"不负使命，花了三个月终于取得了小团伙的信任，又花了一年多一点点往上爬，进入了"鹰巢"中层。但他依旧没能查到"秃鹰"是谁，他还需要更多时间。

"鸽子"一直与季勇军单线联络，他陷身在穷凶极恶的罪犯中间，处境非常危险，身份是高度机密。"鸽子"在"鹰巢"越往上爬，与季勇军的联络就越谨慎，有时一两周失联都是有的。后来"鸽子"提供了一条重要线索——金阳商贸。

"鹰巢"利用金阳商贸来走私毒品和枪械零件，并利用这家公司与多个海外空壳公司账户进行洗钱。

这是"伏鹰"行动的重大突破。季勇军联合缉毒队和经侦队，一举灭掉了金阳商贸这整条线，抓捕多名罪犯，消灭了这个走私渠道。但金阳也不过是个壳，其法人及高管并非"秃鹰"。

警方重创了"鹰巢"，但没能抓到"秃鹰"，而此后"鸽子"两个月都没有音讯。这让季勇军非常担心，他恐怕"鸽子"凶多吉少。

那时候刘综负责的一个案子涉及警方内部的问题，警队里有人与犯罪集团勾结谋利，不但控制了多个城市的安保网络监控，还干涉甚至是制造了不少警方侦查的大案。刘综追查警队叛徒时，季勇军将"鸽子"失联两个月的事上报，上头密切关注，让季勇军与刘综合作，秘密调查"鸽子"身份是否被内部泄露，"伏鹰"行动的部署是否受到泄密影响。

刘综没有查出警队内奸有插手"伏鹰"一案，而这时候季勇军收到"鸽子"发来一条重要消息——一个黑枪交易行动。

季勇军如获至宝，"鸽子"活着！

但"鸽子"发的这个消息没有完全使用与季勇军确定的暗语。这又让季勇军有些警惕。

季勇军与"鸽子"的联络规则是季勇军不主动给"鸽子"发消息，减少他的暴露风险。而"鸽子"给他发送情报，会以"点外卖"的方式发到指定的虚拟号码上。

每次的信息开头都是："点份外卖。"然后后头跟着各种饮料食物名称，每一个名称都有一个意思。信息发送完毕后，"鸽子"会把自己手机上的发送记录删除。

而这次"鸽子"的信息却是："点份外卖。"接着后头就是直白的——枪、时间、地点。

这里有两个可能。

一个是"鸽子"确实已经暴露了，他的手机落在了"鹰巢"手里，"鹰巢"给警方发来了假消息，想确认"鸽子"的身份，试探警方行动。

另一个可能是"鸽子"没有暴露，但他的处境非常危险，他只有很短的时间能够操作手机对外通风报信，他很紧张，没办法仔细组织每个代号的意思，于是用最少的字表达清楚意思。

当时离这个黑枪交易行动只有两个小时，来不及仔细侦察慢慢推断，季勇军赌这条信息是真的。

季勇军迅速上报，警方很快组织了行动小组和特警队到交易地点部署安排，代号："火石"行动。

季勇军赌对了。

"火石"行动大胜，当场缴获数量巨大的枪支、弹药，抓捕买卖双方八名嫌犯。警方在此后一个多月内，根据这些嫌犯的口供，剿灭了几个秘密枪械改造仓库还有制毒工厂，再拘捕多人。这是本省三年来规模最大的涉枪涉毒重大案件。季勇军与"鸽子"立下大功。

但季勇军还是非常忧心。

立了功的"鸽子"，处境太危险了。

季勇军与刘综进了会议室。他关上了门，低声对刘综道："一个月了，还没查出'秃鹰'是谁。'火石'行动现场跑掉的那两个也没能核实身份。那两人应该是'鹰巢'中高层，可抓回来的这群鸡崽都说不出他们的真名，一个勇哥一个猛哥，没特别特征，都是平头，五官端正，眼睛不大不小，鼻子不高不塌，画像认人都有难度。'秃鹰'更是毫无线索，那些人从来没有见过大老板。抓不到'秃鹰'，他们还会跟从前一样消失，然后东山再起。这回绝不能再给他们这样的机会，可我们还需要更多的时间，但我怕'鸽子'没时间了。"

刘综一下就听明白了，警方一连串行动获胜，"鹰巢"肯定会怀疑有内鬼。金阳商贸被查之后，"鸽子"被压制了两个月没能传递情报，显示出他可能早被盯上。"鹰巢"虽然元气大伤，但"秃鹰"仍在暗处，他有时间和精力清理门户。

"鸽子"在"鹰巢"多待一天，就离死亡更近一步。

"他今天凌晨2点给我发了这个。"季勇军拿出手机给刘综看。

"小心"。

刘综盯着那两个字皱紧了眉头。

季勇军道："老刘，我们内部真的没人跟'鹰巢'串通吧？""秃鹰"每次都能躲过去，不是预先得到消息就是他太高明。

"没有查到有关联。"刘综对这事也非常上心,他认真道,"祝厅那事之后全省大清查,上面把每个角落都扫了一遍,所有人都小心仔细,就算有侥幸躲过的,也不可能敢在这种时候冒头。再者,'鸽子'的资料机密级别连我都看不到。严厅、你、我,就我们三个知道有他的存在。"

刘综再看一眼季勇军手机上的信息,问:"为什么不'点外卖'了?"

"这不是情报,这是警告。"季勇军道。

"手机信号情况呢?"

"还是一样,发完短信就关机了。"

刘综不说话了。季勇军之前与他说过,"鹰巢"管理严格,"鸽子"卧底两年被要求换了三次手机号码,而后面两次号码都是"鹰巢"发的。"鸽子"合理怀疑这些号码会被监控,他只得把他与季勇军联络的手机连同电话卡藏起来,平常不用的时候都是关机状态。

季勇军接着道:"他开机的地点,在和平街一带。"

和平街。

江旭红紧跟着柳云跑到了对街,冲进了巷子。

那爬楼的姑娘抓着三楼防盗窗网的格子,小心踩在二楼的防盗窗网上面,伏下身准备继续往下爬。

她听到了动静,低头一看,面露惊吓之色。

这一低头,让江旭红看清了她的五官,还真是挺像,但只是像而已。江旭红觉得不是陈欣,看向了柳云。

柳云有些愣,江旭红还没来得及琢磨她是不是太失望,却见那爬楼的姑娘身上掉下来一样东西。

"咚"的一声轻响,东西正砸在江旭红的面前。

江旭红心一跳,枪。

那姑娘的表情更慌张了,她伏低身子,努力接近柳云,颤着声音道:"阿姨,救救我。我是被拐骗来的,他们强迫我接客。他们有枪,我趁他们不注意偷了枪想跑。救救我,求求你们,帮我报警可以吗?"

柳云顿时眼眶一热,向那姑娘张开双臂:"孩子!"

江旭红马上拿出手机拨了报警电话。

那姑娘赶紧继续往下爬,柳云在下头摆好姿势准备接应她。

江旭红刚报完警,一个年轻男人突然从三楼窗户探出头来,看到了那逃跑的姑娘,他大喝一声,骂了句脏话,然后猛地缩回了窗户。

那姑娘吓得尖叫,柳云也紧张地大叫:"快,下来。"

江旭红本能地拨打了倪蓝的电话，她一边打电话一边观察周围，想找路人帮忙。

邵嘉琪猛打方向盘，右转之后踩紧油门一路狂飙："什么玩意！枪！我就知道！"

沾上倪蓝就没好事。看这运气！绝了！

送她回家？还买蛋糕？哄小公主？还买两份？哈哈哈哈哈哈，说笑话！

倪蓝没理邵嘉琪的抱怨，爬向后座，扳开后座椅子，从后备厢里拿行李袋。这辆车是蓝耀阳送给她代步的，有她的日常衣服和用品。

邵嘉琪从后视镜看着倪蓝蹬掉了高跟鞋，换上了跑鞋，脱掉西装，套上件棒球外套，咬着皮筋，绑上马尾，再戴上个口罩。

邵嘉琪简直要疯，她吼得很大声："这样就认不出你了吗？"

倪蓝再戴上顶棒球帽。

邵嘉琪继续大吼："咱们有枪吗？"

"没有。"

邵嘉琪："……"

来不及说什么了，目的地已到达。邵嘉琪看到了江旭红。

江旭红正跟另一个中年妇女护着一个年轻姑娘往后退。那姑娘手里拿着枪对着前方比画着，大声尖叫。她们的前方是两个有些流里流气的青年，他们手里也有枪。

两边互相比画着，但谁也没开枪。

都很尿。邵嘉琪心里想着。

那两个男人并不是想追回那姑娘，他们挥舞着枪威胁着周围人散开，跑向了旁边的一辆车子。

邵嘉琪的车子还没停好，就听倪蓝一声大喝："开门。"

邵嘉琪按下了中控锁，倪蓝推开车门箭一般冲出去。

两个男人已经跑上了车子，周围人有多远躲多远。车子启动，一个纤长高挑的人影冲了过来，手里一根甩棍，"唰"的一下抖开。

车子开起来，倪蓝冲上了车子引擎盖，甩棍"啪"的一声抽向了车前玻璃。

玻璃顿时花了几道，司机吓得一声大叫。

车子向前撞去，倪蓝顺着这惯性在车顶上滚了一圈，摔在地上。

那车子歪了几下，差点撞上了人行道。但司机最后还是稳住了方向盘。倪蓝落地就势一滚，一跃而起，甩棍已经脱手，她也不管，朝着那车子方向狂奔。

邵嘉琪目瞪口呆，看到倪蓝冲她挥手大叫："追！别他！"

邵嘉琪无语，踩着油门追上去。她只是一个经纪人而已呀！

花掉的玻璃和车道里的其他车辆减缓了两个男子的车速，他们在后视镜里看到了追逐而来的轿车和……一个女人！

倪蓝的奔跑速度极快，她全力冲刺，吓停了几辆电动摩托。

邵嘉琪努力别向那逃跑车辆，那车子开了没多远，终于在路口拐弯时一头撞向了路边的广告牌。

两个男人慌慌张张地推开车门想逃，邵嘉琪在他们车后猛地踩了刹车才没有撞上去。

倪蓝已经赶到！她手一撑从车子后备厢跃了过去，正好截住副驾驶位下来的那个男人。

那男人还没反应过来，手里的枪就被倪蓝一把抄走。倪蓝一扭他手腕，踢他膝盖，手刀砍他后颈，所有动作一气呵成，男子瞬间倒地。

驾驶室出来的男子眼睛眨了一下，就看到倪蓝手握着枪与他面对面。

那男人咽了咽唾沫，持枪与倪蓝对峙，努力装凶狠喝道："别动，我要开枪了。"

倪蓝逼近他，相当有气势："我玩枪的时候，你还在玩泥巴，你能比我快？"

邵嘉琪捂着胸口坐在车里紧张地瞪着眼前的情景。倪蓝真有毒，前一刻还觉得她烦死了，现在又觉得她超级帅。

帅成这样，要什么男人。

持枪男子吓得腿软，刚想再说点什么，眼前却是一花，手腕一痛，天旋地转。

倪蓝已经逼得足够近，她瞬间出手。

夺枪，扫腿，旋踢。那男人被踹飞出去，倒在地上爬不起来。

"刚才我是吹牛的。"倪蓝左右手掂了掂两把枪，对那男人说，"你年纪比我大这么多，肯定不能玩泥巴了。但这句是真的，我夺过的枪，肯定比你摸过的枪多。"

倪蓝把两把枪的弹匣退了出来，里面果然没有子弹。枪管上的编号被擦掉了，枪看起来也像是拼装的，要查来源恐怕不容易。

倪蓝皱皱眉，普通的罪犯可没渠道弄到这样的东西。而且看这两人的身手反应，拿枪的姿势，应该没有受过什么训练。最起码，用枪的机会肯定不太多。

警笛声由远而近，警察到了。

把那两个罪犯看猴子一样围起来看守住的群众散开，把那两人交给了警察。还有人跟警察报告："警察同志，是倪蓝跟他们打，还抢了他们的枪。就是那个，站那边戴着口罩和棒球帽把自己包得严严实实的姑娘，她就是倪蓝。具体发生了什么你得问她。"

倪蓝："……"

邵嘉琪："……"

几个警察把那两个男人双手铐上，押上了警车。另两个警察朝倪蓝走来。

倪蓝跟着他们上了一辆警车，邵嘉琪紧紧跟着。倪蓝把情况跟警察说了，把两把枪交了出去。还跟他们说明了枪械的状况和那两个男人的应对能力、身手情况等。

警察仔细记下了，跟倪蓝和邵嘉琪说感谢她们的协助，持枪案性质严重，恐怕还需要她们去警局一趟再录个正式的口供。

倪蓝和邵嘉琪当然都说没问题。倪蓝道："我们还有一个同事在那楼前面，跟受害者在一起。"

警察点头："我们有同事已经在了。"

倪蓝只看到三辆警车，于是道："恐怕还得叫增援。拉警戒线，保护现场。他们是不是只有两个人，楼里情况怎么样，有没有更多被囚禁的受害者。得赶紧搜查，现场痕迹检验……"

邵嘉琪踢了倪蓝一脚。倪蓝闭嘴了，把"小心他们销毁证据"这句咽了回去。

那问话的警察很和气，笑了笑道："谢谢你啊，好市民。我们已经把情况上报，叫增援了。"

倪蓝的嘴闭得更紧了。

邵嘉琪赶紧跟警察说："我们一定全力配合。警官你们先忙，我们在我们车里等着，有什么情况随时叫我们。"

那警察应了。邵嘉琪拉上倪蓝，回到车里等着。

邵嘉琪已经把车子停回了那个小巷口。倪蓝看到柳云搂着那个长得像陈欣的姑娘跟警察进了巷子。江旭红见得倪蓝回来赶紧过来说警察初步问过口供了，那姑娘叫杨晓芳，她说看守她们的只有那两个男人，楼上屋里还锁着一个姑娘。警察上三楼确认了情况，现在要带杨晓芳去指认现场。

"她并不是陈欣？"倪蓝问。

"不是的，就是长得像。"江旭红道，"我跟她们一起上去吧。柳云很激动，我盯着她点。"

倪蓝应了。江旭红赶紧转身跟上柳云，一起进了那栋老楼。

有警察在那巷子口拦上了警戒线，这时又有两辆警车赶到，好几个警察下了车，帮忙维持现场秩序。

邵嘉琪观察着周围，却忽然发现倪蓝盯着自己一脸不满意。

邵嘉琪摊摊手，很无辜。我怎么了，我刚才也很英勇好吧！而且又不是我嘲你"好市民奖"的，你自己但凡争点气也不能在娱乐圈颗粒无收却跨界领了个这种奖好吧。

倪蓝开始说话了："你为什么把车子停在他们车后呢？应该拐到车前面堵他们。"

邵嘉琪："……"

"他们后头还有别的车，退是没办法退的，他们只能从斜上方这个空当冲出去……"倪蓝在空中比画着刚才街口的方位，"所以你得及时挡住这里才行。"

"他们有枪。"邵嘉琪没好气，"正常人都会停后面。谁没事拐前头对枪口啊。"

"截堵住路线后你马上下车，借着车身掩护自己。如果万一没截住还能上车继续追。这叫进可攻退可守。"

邵嘉琪："……"

"这次是我们走运，那两个傻子开车不太行。不然就太危险了，我差点没赶到！"

那样叫作差点没赶到吗？妹妹你就跟屁股后面被插了把剑看见了前面有人挥舞红布的斗牛一样激动，这状态肯定不能赶不到。

"我有空得给你训练训练。"倪蓝说。

"你有空还是练练跳舞吧。"邵嘉琪给她嘲回去。

倪蓝盯着她看。

邵嘉琪决定给双方都搭个台阶："我给你买了两块蛋糕。"

倪蓝："……这是吃饱了好好练的意思？"

邵嘉琪掏出手机恶狠狠道："我给蓝总打电话。"什么对她喜欢的人她特别厌，都是骗人的。

"就会告状。"倪蓝嘀咕，也掏出手机玩。

第二章

鸽子失控

小巷楼上，杨晓芳含着眼泪向警方讲述了自己被囚的情况。她是做微商的，卖化妆品，在网上交了个朋友，半个月前那朋友骗她说有批货让她做，约她见面，她就来了。没想到上了楼就马上被囚禁起来，他们殴打强奸她，还说要送她去酒店接客。

杨晓芳想活下去，假意顺从，她观察好屋子情况，今天趁着他们疏于防范时，就偷了他们一把枪，想着如果被发现，就跟他们拼命，反正她死也不要回去。而且如果能逃出来，她就要直接去报警，她能举证这伙罪犯有枪，警方也许会更加重视。

杨晓芳从屋子的防盗窗爬出来逃跑，正好遇上了柳云她们。

杨晓芳说到伤心处泣不成声。柳云心疼地将她抱紧。江旭红同情杨晓芳的遭遇，也佩服她的勇气。

警察仔细询问情况，认真做记录。

邵嘉琪打电话跟蓝耀阳讲述了发生的事，蓝耀阳很快挂了，转而打给倪蓝。倪蓝与他绘声绘色讲述了一番经过，然后道："我跟你说，命中注定柳云是那姑娘的贵人。就是这么巧了，我们把她救了下来。你不用过来，一会儿我们录完口供就回去。"

倪蓝与蓝耀阳讲完，刚挂电话，就听得邵嘉琪大喝一声："倪蓝！"

"干吗？"

"你不是说你不动微博的吗？"

"当时回答你的时候确实没动。后来那个时效过了，我就上去发表了一下看法。"

"看法？"邵嘉琪把手机拍到倪蓝脸上，"你自己读一读，这叫看法还是威胁？"

倪蓝还真念了一遍自己写的话，理直气壮的："我知道你这视频用什么品牌、型号手机拍的，我知道你用什么App剪辑，我知道你的IP、你的地址，我还能找出更多你的个人信息。一个小时之内最好自首，不然没这么简单了。"

邵嘉琪："……"真是气死她！"你这是飘了！觉得自己不够招黑了！"

倪蓝很诚恳："并没有，我对自己认识很清楚。"

听你鬼扯！邵嘉琪凶巴巴："给我删了！"

"删就删。"倪蓝还真的听话删了。可是邵嘉琪一点都不感动："你现在删也没用了，早被人截图了。"

"所以啊，"倪蓝也不服气，"你干吗让我删呢？"

"我……"邵嘉琪被噎得不知说什么。她点开微博，今天真是"倪蓝黑"们的节日，倪蓝的舞蹈视频里的各种丑态表情包已经出炉，配上嘲讽搞怪文字，那效果简直太棒了。倪蓝的演艺形象因为之前一连串的事件原本就非常受限，现在又艰难了一点，恐怕以后只能做恐怖武打谐星。

邵嘉琪再刷了一下倪蓝的微博，差点一口气提不上来。

倪蓝是把前面那条微博删了，但她又发了一条："不好意思，刚才我被盗号了。"

"你就不能不说话！"邵嘉琪想打死她。

"我这不是想补救一下。"

"你这叫挑衅。"

邵嘉琪又想把手机拍倪蓝脸上了，让她好好看看大家都是怎么说的。

"倪蓝被盗号跟男人的嘴靠得住一样神奇。"

"蓝哥：我知道谁盗了我的号，我知道你怎么办到的，我知道你的IP、你的地址，我能找到更多你的个人信息，所以你最好一小时内自首，不然事情就没那么简单了。"这条评论获得了高赞，排在第一位。

倪蓝一看又不服气了，正要回复，邵嘉琪去抢她手机，这时候倪蓝手机微信跳出一条新信息。

李木："倪蓝，那不是我干的。"

邵嘉琪："……"呸，找什么存在感呢。

李木，娱乐圈头号狗仔，没有他挖不到的料，没有他拍不到的隐私——这是以前，后来这个吹出来的神技里得加个括号——（除了倪蓝的）。

倪蓝也看到了这条信息，便跟邵嘉琪道："李木老师肯定有事求我呢。"

"别理他。"

"别啊，大家都是朋友，万一他给我送钱呢。"

果然李木下一条信息过来了："你好久没热度了，现在是个好机会，上一次我们的直播节目吧。"

倪蓝给他回复："你联系我经纪人谈价钱啊。"

邵嘉琪翻了个白眼，不想搭理这俩。豺狼和黄鼠狼合作直播？呵呵。

"倪蓝，要不你就退出娱乐圈吧。"邵嘉琪苦口婆心，反正你这家伙也没认真在娱乐圈里混过。

倪蓝皱眉头："我红之前你劝我多好啊，现在来不及了。我男朋友是娱乐圈大佬好吗，我声称要退出娱乐圈他多没面子。而且我想跟蓝耀阳一起工作啊。"

邵嘉琪无话可说。

倪蓝又说："再说了，我跟蓝耀阳在一起，退不退出娱乐圈没差别啊。大家都认识我，有点话题就会拿来炒。"

非常有道理，邵嘉琪更没话说了。

倪蓝还想说什么，这时候却看到了一个熟面孔。"咦，欧阳睿也来了。"

邵嘉琪忙转头，看到欧阳睿朝这边走来。这位市局刑侦支队队长也是老熟人了。

一个警察迎过去，似乎在向欧阳睿介绍情况。邵嘉琪摇下车窗，听到欧阳睿问："倪蓝经纪人呢，在吗？"

邵嘉琪赶紧下车跑过去，客客气气道："在呢在呢，你好，我是邵嘉琪。欧阳警官，我们以前见过的。"

欧阳睿这时才看到倪蓝的车子。倪蓝趴在窗口对他招招手："好久不见，欧阳警官。"

欧阳睿对倪蓝点点头，又对邵嘉琪客气笑笑："我记得你。不好意思，稍等一下。"

邵嘉琪看着欧阳睿走远了几步，拿出手机拨号，过了一会儿对方接了，欧阳睿道："蓝耀阳，你在哪儿呢？"

邵嘉琪："……"

她转向倪蓝，摊了摊手，她这个经纪人是被无视了吗？

倪蓝也对她耸眉毛委屈状："我也很愤怒。"

邵嘉琪给她个白眼。滚蛋吧你。

欧阳睿还在跟蓝耀阳说明："涉及枪械，市局接手，我会把倪蓝带回去录口供，你最好也在。好的，我们市局见。"

市警局。

倪蓝到了这里就到处打招呼，很多熟人，不少朋友。夸这个最近头发多了，夸那个皮肤好了，还给她的铁杆好友关樊打电话："哎呀，我好不容易来一趟，可惜你不在。"

有警花跟倪蓝开玩笑："大明星来了！你是嫌犯还是证人？"

"嘻。"倪蓝一脸不乐意，"我可是拿过'好市民'奖的正义群众。怎么可能是嫌犯。"

那警花哈哈大笑："那可以请你喝我们队珍藏的咖啡。"

"速溶的？"

警花笑得更大声。

邵嘉琪完全不能理解这些对话的笑点在哪里。警局这种地方无论是因为什么原因要过来，都会让她觉得紧张。但看着倪蓝又开始嘚瑟，与警察朋友谈笑风生，邵嘉琪的白眼也翻不动了。

邵嘉琪职业习惯性地又去刷微博，这回她又看到了关于倪蓝的新消息。

就是在和平街追击持枪歹徒那事。

拍摄的人原本是发现有姑娘跳楼，歹徒追下来，瞧着挺刺激，于是偷偷用手机拍。歹徒发现姑娘有帮手，且又是拿着枪一副要跟他们拼命的架势，便慌乱逃跑。这一段很快过去，拍摄者也在躲，所以镜头很晃。接着就是倪蓝出场了。拍摄的这人角度是在歹徒的车子后面，所以他拍的就是倪蓝冲上车子引擎盖一棍抽在车玻璃上然后滚落到地又迅速跃起奋起直追的画面。

拍摄者有些兴奋地也追了几步，但速度跟倪蓝比差太多，只得在那儿嚷嚷："哇哇，看到没有，超级快，太快了。"他追不上，镜头就一转，又去拍那个姑娘。

接着江旭红发现了拍摄者，对他喊："别拍，不许拍。"

柳云把那姑娘抱在怀里，用身体挡住了姑娘的脸。拍摄者停止了拍摄。

还有一些别的照片。比如倪蓝制伏了歹徒之后，大家将歹徒们按住，倪蓝站在旁边，倪蓝握着枪检查枪械等。这些没视频，不少人在照片下评论，绘声绘色说自己也在现场，亲眼看见了。有些说的是事实，有些是瞎编的。关于事件的评价邵嘉琪觉得倪蓝都不会在意。但有一些留言大概倪蓝很不乐意看到。

"我得说，大家都夸倪蓝漂亮，我却觉得不好看。而且她的衣着品位太差了，西装裤配跑鞋，哈哈哈哈，丑到爆炸。"

"真的，这身棒球外套配西装裤丑到一绝，她怎么想的？"

"不是，这人口罩帽子严严实实，你们怎么认出是倪蓝？"

"好吧，如果不是倪蓝，我收回刚才的批评。"

邵嘉琪退出这条微博，再翻翻其他，有人把前面那视频跟后面那些照片联系了起来。倪蓝衣服装扮都一样，确认是同一件事无误。倪蓝那些粉丝又开始吹捧"我蓝哥牛""倪蓝超帅"云云，却也终于有人的关注点不在倪蓝身上，更关心发生了什么案子，那年轻姑娘为什么跳楼逃跑。

这些话题下面是各种猜测，热度非常高。邵嘉琪还没看完，就有警察过来叫她去录口供。

倪蓝与邵嘉琪分别接受了警方的问话。问题主要围绕在她们为什么会出现在现场，去现场之前发生了什么事，对现场情况有什么了解，与柳云、江旭红、杨晓芳认不认识，有什么关系，认不认识那两个持枪歹徒等等。

问题问得很仔细，还弯来绕去地多问。邵嘉琪出来后觉得真累了。

回到等待的会议室一看，蓝耀阳到了，而倪蓝似乎刚出来不久，因为她面前的蛋糕还没动。蓝耀阳果然是个贴心好男友，买了手冲单品咖啡，还有好几样吃的。邵嘉也是服气，这对情侣真是一点没把警局当威严的地方。

见得邵嘉琪脸色不好，倪蓝道："累了吧，喝杯咖啡，来，这块蛋糕给你。是不是绕来绕去地问，他们就这样，回头还要把我们所有人口供都对一下，看看有没有什么疏漏的。警方办案不容易，好多细节得问得查，流程一步步的，宁可慢点也不能出错，不然后患无穷。现在欧阳睿还没空呢，红姨那边比我们还麻烦。我们再等等，你别着急。"

邵嘉琪："……"

倪蓝同学你居然明理贤惠善解人意了？是因为有蛋糕吃还是因为蓝总就在跟前？

邵嘉琪跟蓝耀阳打了招呼，谢了倪蓝，在一旁坐下了。她悄悄又刷起了微博，看看现在大家对今天倪蓝的事都谈论成什么样了。

结果，没了。

邵嘉琪很惊讶，她用各种关键词都搜了。

没了。

关于今天这事的视频、照片、文字内容，都没了。有人在抱怨说："有什么了不起的，倪蓝牛了，这都说不得了？有本事你把网上自己所有东西都删掉啊。"

邵嘉琪皱了皱眉，她看了看倪蓝和蓝耀阳，他们在低声说话，讨论的是BLUE安保系统安全那边的工作，似乎没在意这事。也许是蓝耀阳让公关部一起处理了。邵嘉琪决定回头再问。

又等了许久，欧阳睿终于出现了。

他看了看会议室里等待的三人，最后目光落在了蓝耀阳的身上。

蓝耀阳便对邵嘉琪道："你去看看红姨那边的笔录做完了没有。如果她那边结束了，你先送她回家。"

邵嘉琪应了一声走了。

欧阳睿这才坐下来，对蓝耀阳和倪蓝道："抱歉，有些新的情况，多耽误了些时间。"

"怎么回事？"蓝耀阳问他。

"一个多月前，省厅破了一起黑枪交易案，规模很大。今天倪蓝跟出警的警员说那两支枪是组装的，而且我们也对那个租屋做了初步调查，房东报出租房合同上承租人的身份证号码，正巧就是那个黑枪交易案的关联嫌犯。"

"那为什么要叫上蓝耀阳？"倪蓝对此很介意。这是不相信谁啊？

欧阳睿道："现场警员说你和你的同事正好在现场是因为你们接受了那位叫柳云的女士的委托，帮她确认她女儿是否真的去世了。现在既然杨晓芳卷入的这个案子比较敏感，所以我得跟你们确认一下你们接受委托的始末细节。还有，于公于私我都得提醒你们一下，这案子属于有组织犯罪的大案特案，希望你们不要因为任何原因，侵入我们警方的系统去了解这案子的情况。"

最后那句话是对谁说的大家都很清楚了。

"好的，我们知道了。"蓝耀阳认真应。他看了一眼倪蓝，倪蓝也坐得端正，跟蓝耀阳语气一样："知道了。"

"还有什么我们需要注意的？"蓝耀阳再问。

"今天倪蓝在和平街对嫌犯的追逐被人拍了下来，同时也拍到了受害人。为了案件侦查的顺利进行，以及对受害人隐私的保护，我们已经安排网警对今天网上倪蓝在案发现场的影像片段、照片、相关内容都做了删除。可能会有一些舆论影响，希望你们能帮忙平息。"

"好的。"蓝耀阳点头，"我会让公关那边配合。这件事我们公司这边不会提起，娱记和营销号方面我们会处理。倪蓝也不会在网上发布任何内容。"

倪蓝在一旁很乖地点头。

欧阳睿笑笑："那就多谢了。"

所以得找蓝耀阳啊，事情处理起来简单多了。

倪蓝看着他的笑容，有点点不爽："好了，你的要求我们都答应了，这里头有什么你可以告诉我的先说清楚。我听红姨说，杨晓芳长得很像柳云的女儿，柳云在现场就挺激动的。回头她再找我们，我们也得跟她交代的。"

"我给杨晓芳录完口供了。她不是柳云的女儿,这个是很清楚的。所以杨晓芳的案子跟柳云委托你们查的事不相关,你没什么要跟柳云交代的。"欧阳睿道,"杨晓芳是这案子的重要人证,省厅那边已经派人过来接手,会把杨晓芳转移过去。这案子由省厅负责了。"

倪蓝与蓝耀阳对视了一眼。怎么听起来一个诱拐强奸案后头的门道很深啊。

欧阳睿又道:"虽然杨晓芳身世清楚,与柳云确实没关系,但她是孤儿,只有一个远房表舅在乡下,很多年没管过她。她在这城市没亲人,也没什么朋友。她之前做的微商,卖的是三无产品。钱没赚到多少,日子过得并不好,然后又经历了这样的事。现在柳云救了她,对她表现出关心,她有一些依赖心理产生可以理解。"

"柳云也许会对她产生移情心理,把她当女儿关心。可能之后会对我们工作室有新的委托?"蓝耀阳明白了。

欧阳睿点头:"比如会让你们查一查究竟发生了什么事,为什么只是一个诱拐强奸案,却要把杨晓芳转来转去,为什么要对她实施这么长时间的问话,为什么要对她采取保护措施等。"欧阳睿顿了顿,加重语气,"有些案情我们不能对外头透露的。"

"好的。"蓝耀阳再看一眼倪蓝,"我们不会接受超出原委托范围的要求,我们也不会用违法手段去探究这个案子后头的隐秘。"

倪蓝赶紧附和:"对,对。"

但紧接着她没忍住,往前凑了凑,低声道:"我就问一个小问题啊。需要采取保护措施是因为她有被灭口的危险?这不太合理呀。要灭口不能放她活到现在还到处跑。还是说其实她自己都不晓得她知道了一些对警方来说很重要的讯息,警方保险起见先把她保护起来?犯罪集团之前不知道她的重要性,现在会不会就知道了?"

欧阳睿没好气:"你这是很多问题。"

他没回答任何一个。

蓝耀阳帮他解围:"这是省厅的案子,欧阳也才录了个口供而已,了解得不多。"

欧阳睿完全不想反驳他,这样解释就很好。

但蓝耀阳又转向他道:"我请教一下,我这个不算问题,纯粹就是需要专业人士的指点。你说上个月破获了一个大案特案,牛得不行的黑枪交易,规模很大。那按理警方肯定还在继续侦查,追查漏网之鱼。这个犯罪组织不是应该元气大伤,赶紧躲起来,怎么还在拐卖人口组织卖淫?这样风险不大吗?"

"对。"倪蓝接着问,"不是说那屋里还囚禁了另一个姑娘,是什么情况?"

"你们两个，"欧阳睿终于忍不住了，"刚才答应了我什么？"

"不黑进你们的系统偷看数据资料。"倪蓝答。

"不用非法手段追究案情隐秘。"蓝耀阳答。

"我们现在也没犯啊。"倪蓝总结。

欧阳睿和蔼微笑："谢谢你们的配合和帮助。今天就这样吧，你们可以回去了。"

倪蓝："……"

审讯室里，匆匆赶来的季勇军透过单向玻璃观察着审讯室里的情况。他一边听着他带来的女警审讯杨晓芳，一边翻看着之前市局做审讯的笔录。

季勇军刚才已经与欧阳睿就案情进行了沟通，向欧阳睿说明这个案子关联着一个高度机密案件，相关人证、物证都需转到他这边来处理。欧阳睿很配合，已经在安排人员处理相关移交手续。

让季勇军如此快速反应参与进来，要把杨晓芳转走的，是一组指纹。

"鸽子"的指纹。

自从季勇军担心"鸽子"的安危后，他就让技术做了安全程序。任何在警方内网数据库里搜索比对"鸽子"指纹、DNA和相貌的，都会第一时间把相应资料传到他手机上。

市局在囚禁杨晓芳的屋里采集现场痕迹和物证，其中有指纹输入到警务系统数据库里搜索比对，触发了警报。警报传到季勇军的手机上。

是"鸽子"。

季勇军马上向市局了解情况，之后火速赶来接手。

市局在此案中缴获的拼装枪械果然与季勇军他们在"火石"行动里缴获的相似，改装很可能是由同一批人完成。而囚禁杨晓芳那个屋子的租房者的身份证证实租房者正是他们拘捕的金阳商贸中的一位职员。再者，人口贩卖，也是"鹰巢"会做的事。

季勇军看着笔录，听着屋里的审讯，心拧得死紧。

据杨晓芳的口供，她因为没什么本钱，所以做着一些廉价化妆品的微商买卖，勉强糊口，她也想找一些好工作或者不怎么需要投入的赚钱产品，于是曾在微商群、论坛里留下过自己的联络方式。两个月前有人加她好友，说自己有产品想找代理，她就加上了。

对方是个年轻小伙子，自称阿光，他的网名叫"迷雾里的光"。阿光说话幽默，长得还挺帅，而且他也是努力在大城市里奋斗的人，言谈间显示出很有上进心。杨晓芳对他挺有好感，聊得很开心。

杨晓芳供述的这个微信号码季勇军认得，那是"鸽子"曾经用过的号。

杨晓芳说差不多半个月前，阿光约她见面，让她看看产品，定一下代理合同，其实也算是网友相会吧。杨晓芳对阿光没防心，就去了。见面之后阿光给她倒了水，她喝完就晕了过去。再醒来发现自己赤身裸体，被人迷奸了。阿光当时也没穿衣服，跟她说已经拍了她的裸照，还给她看了。阿光让她乖乖听话，不然有她好看。杨晓芳吓傻了。她也想过挣扎拼命，但阿光手里有枪，他殴打她，她害怕，她屈服了。

后来杨晓芳一直迷迷糊糊，她在那屋子里被困了几天。阿光多次对她进行了强奸。

季勇军几乎听不下去，他不敢相信。是"鸽子"吗？"鸽子"竟然这样做？是有人逼迫，为了取信于"鹰巢"？季勇军知道卧底工作非常艰难，有时必须得踩过一些界线，但是亲耳听到受害者讲述这些，季勇军觉得无法接受。

有些界线，是不能踩的。

杨晓芳继续述说经过，重复自己的受害过程让她非常痛苦。她一边哭一边说自己一直被囚禁，偶尔会有别的男人来，他们对她下药，殴打她。她那段时间神志不太清醒，记不清他们的长相。后来阿光和其他男人走了，剩下今天被抓到的那两个男的。那两个男的还骗来了另一个姑娘。据他们说，计划要把她们俩都卖到酒店接客去。

杨晓芳不想接客，也不想死，她逃了。

杨晓芳说到这里捂着脸号啕大哭。

有警员过来告诉季勇军移交手续办得差不多了。季勇军示意审讯屋里的工作可以暂停，让杨晓芳休息一会儿，他准备把人转移到省厅那边。

季勇军去找了欧阳睿，欧阳睿刚签完所有文件。季勇军问他："其他证人都交代好了吗？"

"说清楚了，没什么问题。季队放心。"

季勇军与欧阳睿伸手一握："谢谢了，回头若发现任何新的线索，请马上联络我。"

蓝耀阳和倪蓝出来的时候正遇上季勇军的人马将两个持枪歹徒押上了车，随后有女警陪同一个姑娘出来，也上了车，再接着是另一位女警带着杨晓芳出来了。

柳云迎过去跟杨晓芳说话，还留下了自己的电话，说以后有困难就找她，她能帮的一定帮。她还抱了抱这个酷似自己女儿的姑娘。

杨晓芳有些激动，抹着眼泪喊："阿姨，谢谢你。"

蓝耀阳看这情形，嘱咐江旭红一会儿把柳云送回家，留意她的精神状况，安慰安慰她。江旭红应了。

杨晓芳见到一旁的蓝耀阳和倪蓝，明显愣了一愣。看来她认出这两个名人了。

柳云便对她说："今天靠他们帮忙才抓到那两个混蛋的。"

杨晓芳站好，擦干眼泪，对蓝耀阳和倪蓝认真鞠了一躬："谢谢你们。"

蓝耀阳忙摆手："别客气。"

倪蓝对杨晓芳道："别害怕，加油啊。一定要把那些罪犯绳之以法。"

杨晓芳抿紧嘴，用力点了点头，跟着警察走了。

欧阳睿将季勇军送到门口，季勇军再次与他握手告别。然后在路过倪蓝身边时，季勇军看了看倪蓝，对她客气点头，说了句："谢谢。"

倪蓝看着季勇军上了车，问欧阳睿："这位警官比你官大吧？"

"对。"

倪蓝"啧啧"两声："所以人家境界不同，对人民群众的态度好太多了。"

欧阳睿不想搭理她。

蓝耀阳也在看那车队离开的背影，问："有杨晓芳和这两个罪犯的举证，那个什么犯罪集团能消灭了吧？"

"可以的。"欧阳睿不是太清楚案件细节，但回得信心满满，"法网恢恢，疏而不漏。"

蓝耀阳又问："两个姑娘能卖多少钱啊？五十万有没有？"

欧阳睿："……"

倪蓝答："肯定没这么多。"

欧阳睿瞪着他俩。

蓝耀阳跟倪蓝道："我对为了这点钱冒这么大的风险，被抓到把柄线索，侵害到整个集团利益真的挺介意。"

欧阳睿冲他俩挥手："你们快回去吧。"

倪蓝不满意地斜睨他，没看她家蓝可爱正在发表看法吗，起码让他分析分析过个瘾嘛。

欧阳睿继续道："好好练舞，注意安全，别再被偷拍了。挺大本事的，像什么样子。"

倪蓝开始卷袖子，蓝耀阳按着她的头往怀里带："走了走了，你把欧阳打伤了关樊会心疼。"

欧阳睿不乐意了，这是看不起谁啊。他对着蓝耀阳和倪蓝的背影道："在警局袭警是妨害公务罪知道吗？"

蓝耀阳对他摆摆手："你也注意点安全。"

欧阳睿目送他们离开，回到了办公室。杨晓芳案子的资料还有一份在他办公桌上放着，他翻了翻，没看出有什么太特别的地方。为什么省厅那边这么紧张？

欧阳睿想起蓝耀阳的话，他说得有道理。这件事确实不太合理，如果不是这个组织太松散，就是胆子太大了。

季勇军回到省厅，处理完一些手续上的事务，就对那两个持枪歹徒进行了审讯。

那两人的口供与杨晓芳的一致。他们俩是三天前过去的。一个叫"冰哥"的道上大哥让他们过来接手姑娘，让他们于今天晚上送两个姑娘到某酒店。说货已经有一个，还有一个得他们去弄。于是他们去找了一个以前他们叫过的姑娘。那姑娘是新手，没人罩着，不会有什么麻烦。

收人的渠道是冰哥找好的，价钱也是冰哥谈的。他们收了冰哥的钱，负责送人。

他们没见过什么叫"阿光"的人，但听冰哥提起过，前几天冰哥一直跟几个大佬在这屋子耍。冰哥还说那屋子之前是用来装货的，办好这票后他会找机会带他们去"拜大码头"。

季勇军在这两人身上得不到更多讯息，把他们交给了别的同事。接着他去见了杨晓芳。

此时天已经黑了。

杨晓芳小睡了一会儿，吃饱了饭，精神好多了。

杨晓芳见到季勇军，觉得他应该是个大领导，便有些紧张地问他："你是谁？"

季勇军自我介绍了一番，杨晓芳知道这是个管事的负责人，便坐得很端正，像个认真的学生等着提问。

季勇军道："那个阿光，跟你说过什么？"

"哪方面的？"

"他提过他的真名吗？"

杨晓芳摇头："我不知道他的全名，他只说他叫阿光。"

"他们具体有多少人？"

"有时候两个，有时候三个。"杨晓芳道，"一开始的时候只有阿光一个人。"

"其他人什么时候来的？"

"大概四五天？或者六七天？我记不清了。我那时候被下了药，日子过得很糊涂。我的手机、包包都被拿走了，屋子里也没有钟，我不知道时间。"

"那个阿光，是他们的领头人吗？"

杨晓芳认真想了想："不知道。"她忽然道，"我突然想起来一个事，他们以为我昏迷了，我醒了但我没有动。我听到他们在客厅说话。一个听起来年纪大一些，一个是阿光。"

"说的什么？"

"年纪大的说的什么金阳……"

季勇军心里一动，面上不露声色。

"他说什么金阳什么没什么事；条子暗桩说了，查不到他们头上，但是现在那边查得特别紧，暗桩不好再给他们报消息；金阳这条得根彻底铲掉之类的吧。我那时候很紧张，我怕他们发现我醒了以为我特意偷听。我就记得那年纪稍大一些的人对阿光说话非常不客气，还说了你好自为之、别让我失望什么的。"

"那人长什么样？"

"我不知道。我一直装睡，那人走了，我听到关门声。我又躺了好一会儿，假装才苏醒，叫口渴，屋子里只有阿光一个人。"

"那个声音你听到过几次？"

"就一次。"

"阿光称呼他什么？"

"好像叫江叔什么的。"

"他叫阿光什么？"

"就叫他阿光。"杨晓芳认真想了想，"阿光没怎么说话，大多数是那男人在说。"

"还有什么特别的事吗？让你印象深刻，或者你觉得很重要的。"

杨晓芳低着头，咬了咬唇，道："我，我很恨阿光。但也因为他，我才知道那个防盗网是坏的。我那屋不让关门的，他们好监视我。窗帘也不让拉开。阿光离开的前一天，他拉开了窗帘，站在窗前看了好一会儿，还伸手不知道扳什么。后来有天我偷偷掀开窗帘看了，那里有两条防盗栏是歪的，我觉得我可以爬出去。"

季勇军问："昨天晚上，今天凌晨，你们那屋里都有谁？"

"就那两人，还有新抓来的那个姑娘，还有我。那两人通宵打游戏，没别人。"

"阿光没出现吗？"

"没有。他走了之后再没出现过。"

"你知道今天晚上他们要把你们送走吗？"

"今晚吗？我知道应该快了，但不知道是今晚。我就是今天正好看到有机会，就赶紧跑。"

"你记得阿光的样子吗？"

“记得，平头，五官挺端正的，眼睛是内双。”

季勇军拿出五张手绘的画像，一张一张在她面前摆开：“你能从里面挑出哪个是阿光吗？”

那几张画像全是平头，二十出头的年纪，五官端正，乍一看相貌差不多。

杨晓芳认真看了一遍，然后她伸手指向其中一张：“这是阿光。”

“鸽子”。

季勇军的心情非常复杂。

“鸽子”还在飞。

在“地狱”里。

韩舟做了个梦。

梦里很黑，不知道在哪里。四周黑乎乎的，又脏又乱，但他能看清有一个人被绑在椅子上，浑身是血。他就站在这个人的对面。他的心跳得很快，这个人居然长着与他一样的脸。

这不对。

他看不到自己，但这个人看着他。

他觉得是他，又不是他。他知道这只是个梦，他的心越跳越快，他被困住了。

鬼压身一样，挣脱不得。

他应该沉默，应该冷静，但他发现自己对着那个坐着的人大喊：“你怎么能出卖兄弟，你怎么能！”

“我是警察。”坐着的那个人答。

“咔嚓”一声，是骨断的声音。梦里没有惨叫，但床上的韩舟猛地一缩。

韩舟觉得自己被抽离了，他好像隔着非常遥远的距离，看着那两个人在对话。

“你把所有人都害死了又能怎么样？这些事不是我们做还有别人做。你又能怎么样！！！”站着的自己大声吼着。

“我是警察。”坐着的自己只有一句话。

两个自己对视着，看着对方的眼睛。

“别傻了，还来得及。”站着的那人道。

“我是警察。”坐着的那人还是这句话。

“给你钱行不行！多少钱才行！你说啊！”站着的那个自己终于崩溃，他眼睛通红，放声大吼，“一千万，两千万……你要什么！”

“我是警察！”坐着的那个自己也大吼。

两个声音交汇在一起，炸开了。

像枪声。

场景支离破碎，被鲜血淹没。

韩舟猛地坐了起来，大口大口喘着粗气。他下意识地抱着头，短短的头发有些扎手，汗水糊在他的掌心。

韩舟一动不动坐了一会儿。

有一个怯怯的柔弱声音在不远处响起："你，你做噩梦了吗？"

韩舟放下了手，慢慢转过头来，看了那声音的方向一眼。

一个姑娘缩在屋子角落的单人沙发上，抱着个毯子，露着半张脸，小心翼翼地看着他。

韩舟想起来了，这是培叔找来的几个姑娘之一，名叫小红。不是真名，但真名是什么，韩舟也不在乎。这里没人用真名。

他们现在躲在一套越层大宅里，上下两层，六个房间。够他们五个人住的。培叔经常出去，剩下他们四个被下了禁令，没接到指令不能外出。韩舟觉得他们四个都受到了怀疑，所以才把他们丢在这里，让他们互相监督、争吵。

虽然是在躲藏期，但乐子是不能少的。没乐子，谁愿意困在屋子里。

培叔给他们找来了四个姑娘，这个小红是其中一个。大概是新手，很没有眼力，常被打骂。也许因为韩舟话少，不太搭理他们，小红觉得他比较好说话，就来撩拨他，悄悄问："我伺候你好不好？"

结果被一旁的人听到了。当时阿猛就笑："勇哥不需要，你伺候什么？"

韩舟吐出一口烟，斜了嘴角也笑："可不，你们猛哥最懂了。"

周围人哄堂大笑，连小红都忍不住弯了嘴角，但又赶紧抿紧嘴，生怕惹了猛哥的怒气。

果然阿猛甩下手里的牌就朝韩舟扑了过去。韩舟捏灭手里的烟，冲着阿猛的脸一拳挥去。

两个人瞬间打成一团。

姑娘们惊叫着四散，另外两个兄弟阿生、阿平赶紧过来拉架。培叔在屋里休息，闻讯冲了出来，冲他们大骂。

阿勇、阿猛停了手，但都挂了彩。

阿猛对韩舟骂道："下次再敢这么说老子，你死定了。"

韩舟也骂回去："要不是老子把你从枪口下救下来，你18号那晚就死了，现在轮得到你拿我耍嘴皮子？你说得别人说不得？你贱不贱！"

"都闭嘴！"培叔吼他们。于是再没人说话。

阿猛恨恨地盯着韩舟。韩舟迎视他的目光。韩舟知道阿猛为什么这么讨厌他，因为阿猛怀疑他。就算他救过阿猛的命也抵消不了这种怀疑。所以阿猛总盯着他，有事没事挑衅一下。

可是又怎样？韩舟不在乎。

那场争斗之后，小红总悄悄对韩舟示好，给韩舟切水果，给他盛的菜也更多一点。她还会偷偷地看他。

韩舟没理她。

这天韩舟有些感冒，嗓子疼，心情很不好。他下楼拿矿泉水的时候，看到小红被阿猛一脚踹下沙发。阿猛打得兴起，还要追过去再给一耳光。

韩舟就过去，用肩膀挡了阿猛，把小红拎了起来。

阿猛停下来瞪着他，他也瞪着阿猛。

然后韩舟把小红领回了屋。

韩舟没睡小红，他把小红丢一边，自己吃了感冒药就躺下了，没多久就睡了过去。然后他做了一个梦。

噩梦中惊醒，听到小红问话，韩舟没理她。

韩舟看了一眼表，才十点。他下了床，趿着拖鞋去了洗手间。他洗了一把脸，就着水龙头冲了头，冲掉了冷汗，彻底清醒过来。

韩舟探手要扯毛巾，没摸到。一只纤细的手伸过来，帮他取下毛巾，给他擦头发。

韩舟个子高，小红不太好擦。韩舟也不想对她弯腰，于是他走了出去，坐回床边，小红就站在他身前给他擦头发。

毛巾盖着他的脸，小红看不清他的表情，只听见他问："我说梦话了吗？"

小红的手顿了顿："嗯，说了一两句。"

"说什么了？"

小红继续擦："前面没听清，后来说多少钱什么的。"

韩舟的头发短，很好擦，一会儿就擦好了。但小红的手没有停下。

韩舟抬手握住了她的手腕，把她的手和毛巾都扯了下来。然后他的眼睛就对上她的。

他的眼神凶狠，而小红目光闪烁，很不安。

"我还说什么了？"

小红声音很小，嗫嚅道："什么警察之类的，我，我没听清。"

韩舟盯着她，忽然笑了："果然是梦啊。"

小红不敢说话，韩舟将她的手腕握得很疼，她垂下了头，躲开了韩舟的目光。

韩舟松开了小红，她赶紧拿着毛巾跑进了洗手间。

等小红出来的时候，韩舟已经靠着床头坐着，在刷手机。小红紧张地搓了搓手，问他："你吃夜宵吗？喉咙不舒服，可以喝点粥。"

"不吃。"韩舟道。

小红一时不知道该怎么反应，尴尬地站着。

韩舟道："你想在这儿待着就待着，我没赶你出去。"

小红顿时松了一口气，她走回小沙发那边，坐下了。

"过来。"

小红赶紧站起来，走到床边。

韩舟拍了拍自己旁边的位置，小红脱了鞋，爬上床，小心挪到了韩舟的身边。

韩舟正在刷视频，小红陪在旁边一起看。

"刚才怎么不睡床？"韩舟忽然问。

小红犹豫了一下，答："太，太早了，睡不着，我就先坐一会儿。"

"怎么做这行的？"

"欠了挺多钱。"

"为什么会欠？"

小红咬咬唇："钱不够花，没想到高利贷的利息这么厉害。"

韩舟哼笑。

小红僵着身体不敢说话。

"你爸妈不管你？"

"他们比较喜欢弟弟。"

韩舟又冷笑了一声："挺会找借口啊。"

小红涨红了脸，没敢反驳。

"为什么想讨好我？"

"你，不打我们。也没吸毒。他们好像，不太管你。"

"我爸妈就是死在吸毒上的。我十岁开始就帮他们送货了。我亲眼看着他们吸毒成了什么鬼样，怎么去的地狱。他们不敢拉我吸，我狠起来可不是打打人就算了。"

小红点点头，不知道怎么接话。

韩舟继续刷视频，过了一会儿忽然把手机屏幕递到小红面前："你看这个，今天中午发生的，就在和平街，我们隔壁那个小巷旧楼前面。"

小红听话地看了。看到一个姑娘拿着枪跟两个男人对峙，两个阿姨护着她。然后那两个男人跑了，一个戴口罩和棒球帽的女的试图阻止他们。最后镜头又回到那个拿枪的姑娘那儿。

小红有些愣。

韩舟问她："认识她吗？"

小红赶紧摇头："不认识。"

韩舟笑了笑："倪蓝你都不认识？"

小红张了张嘴，又闭上，最后道："没认出来。"

韩舟收回手机，按灭了屏幕，把手机放在自己床头。

"我知道，你，或者你们，是来做什么的。"韩舟忽然道。

小红吓了一跳。

"我无所谓，我没什么害怕的，我不是叛徒。你随便翻，随便试探，但是，别栽赃陷害我。不然我弄死你。"韩舟的语气轻松，嘴角甚至含着笑，但眼神却像刀子。

小红赶紧道："我不是。我不知道你说的什么。"

韩舟躺了下来："无所谓。是就是，不是就不是，对我没差别。"他背对着小红，"如果你想在这里睡，可以睡床上，乐意坐沙发也行。不想在这里待了就出去。我也没想把你怎么样，就是顺手让你少挨点打。"

韩舟说完，当真闭上眼要睡了。

小红坐了好一会儿，轻声喊他："勇哥……"

韩舟不耐烦地喝："关上灯。"

他沙哑的声音很有威慑力，小红赶紧下了床，摸到墙边把灯关上了。

窗帘拉着，露着条缝。窗外有亮光透着那条缝映了进来。小红适应了黑暗，能看清屋里了。她把沙发上的毯子抱上，重新上了床，躺在了韩舟的身边。

小红很累了，在这个地方让她高度紧张。她没一天睡过好觉。现在她很快睡着了。

小红的呼吸声慢慢变得轻悄绵长。

韩舟睁开了眼睛。

黑暗中，他的眼睛很亮，犀利凶狠。

这天夜里，蓝耀阳、倪蓝和江旭红夫妇开了个小会，总结了一下今天的情况。

江旭红把从上午到晚上的所有细节都说了一遍，杨晓芳被省厅警方带走后，她陪着柳云去吃晚饭，两个人聊了很久。

"她也慢慢冷静下来了。我们俩讨论过了，她那天看到的应该就是杨晓芳。那天杨晓芳去见网友，想签代理合同。柳云有些难过的是，如果那天能追上杨晓芳，一定会跟她多聊聊，说不定有机会了解到杨晓芳的情况，当然也会提醒她见网友的危险，也许能让杨晓芳躲开后头的这些事。"

"今天能把那孩子救下也是缘分。"江旭红的丈夫孙哲言也想到了自己的女儿，颇有感慨，"如果不是你们在，那两个歹徒冲下来说不定又把她绑走了。"

"对，现在救出来就好了。"江旭红道，"柳云也觉得挺欣慰的，她心里悬着的事终于有了着落。我送她回家，走的时候看到她拿出了陈欣的照片，她说要把这件事告诉陈欣。她还说谢谢我们，拜托我们进行的调查可以结束了，这几天我会跟她结清尾款的。"

"就没了？"倪蓝撇撇眉头。

"那你觉得还要怎样？"蓝耀阳问她。

"没劲。"倪蓝瘫在椅子上，"还以为会是什么诈死、隐匿的刺激内情，结果我们还没有施展开呢，什么DNA检测、数据库检索这种常规手段都没用上就结束了。这么普通的剧情，居然是我们接的第一个案子，哎呀，我受到了打击。"

"多大的打击？比跳舞还严重？"蓝耀阳调侃她。

倪蓝鼓起了腮帮子，做出气呼呼的样。

大家都笑起来。

开完会吃完夜宵，蓝耀阳和倪蓝回住处。他俩的居所是栋小别墅。离江旭红夫妇住的工作室别墅并不远，两个人手牵手溜达着走回去。

倪蓝一边走一边跟蓝耀阳讨论着她的舞姿："我仔细研究了，我就是有点紧张。然后动作太用力了。"

"是，是。"蓝耀阳附和她。

倪蓝转了一个圈："你看，我现在不紧张了，是不是转得挺好看的。"

"是，是。"蓝耀阳继续附和。

"你牵我转一下。"

蓝耀阳牵着她，让她握着他的指尖转了一个圈。

"美不美？"倪蓝问得很大声。

"还行吧。"

倪蓝不服气，丢掉蓝耀阳的手，自己举着手臂又转一圈。

蓝耀阳看着她，忍笑忍得很辛苦。

倪蓝却还问："是不是有进步了？"

"是，是。"

倪蓝转着圈往家的方向去，蓝耀阳跟在她身后。

"你怎么不让我停下来呢？"

"你自己要转的呀。"

"我想表示一下我有努力。"

"我看到了。"

倪蓝停下来，瞪着蓝耀阳，两只手叉上腰。

蓝耀阳很无辜："看到了还不行？"

"光看不表扬有什么用？"

"我表扬了。"

"你没有。"

"有的。"

倪蓝继续叉着腰："你就会说'是，是'。"

"我对你的自我表扬进行了肯定就是表扬了。"

"而且你也没有说跳得可以了，别太辛苦，先休息一下。"

蓝耀阳："……"

"我转得头晕。"

蓝耀阳："……我背你。"

倪蓝绽开了笑脸，马上冲了过来，一跃而起，跳到了蓝耀阳的背上。

蓝耀阳托住她，慢吞吞地往家走。"如果医院里犯头晕的病人都跟你一样矫健，估计医生得开心死。"

"我在医生面前才不头晕呢。"

蓝耀阳笑起来。

倪蓝把头枕在他的肩膀上，用全身重量压他。

蓝耀阳笑得更大声，他往上掂了掂，托住倪蓝继续走。走了一段，他忽然道："跳得挺好的，真的有进步。而且，无论跳得怎么样，都是我陪着你跳啊。"

就是丢脸也是一起丢脸的意思呗。

倪蓝满意了。她把蓝耀阳抱得紧紧的。

省厅。

一大清早，季勇军就把"伏鹰"专案组的组员召集起来开会。

大家几乎都没休息，一晚上根据新的线索整理口供，提审人犯，分析物证等等，现在人人脸上都带着疲惫的神情。

负责去提人犯审讯的沈华道："金阳的法人李广曹不认得杨晓芳，没听说过她，也不认识阿光、冰哥。他依然坚持自己对金阳的业务毫不知情。他说当初是宋昌说有货源和门路，但运作公司的钱不够，想跟他合伙。他出资40%，做法人代表，拿60%的股权。但他没问过金阳的业务，就连办公室他只去过三次，他有自己的茶叶生意，精力都放在那边了。金阳的业务都是宋昌在管。"

季勇军问："宋昌呢，也没问出新东西来？"

"没有。他也说不认识杨晓芳。对阿光、冰哥的画像也没反应。所有我让他辨认的人他都说不认识。逼得急了，他还说了一句。"

"什么？"

"你们爱怎么判就怎么判，不用问了。就算死刑也是个痛快，终身监禁也有牢饭吃，可是当了叛徒就生不如死。"沈华道，"他说他什么都不知道。"

季勇军沉默。

其他人也脸色凝重，查了这么久，虽然每一次都能有一点新的突破，但是太难了，那些"一点"，太少了。这次的阿光、冰哥，也只是限于画像，真实背景身份，全不清楚。

季勇军敲了敲案情白板上贴着的几张画像："发通缉令，把这些人抓回来。"

"是。"众人应了。

"人口贩卖里面还有很多细节，那些小马仔的事让市局那边安排片警协助继续搜查。我们负责阿光和冰哥，这两个人是关键，把他们找出来，会是重大突破。"

越层大屋里。

韩舟睡了一觉，精神好多了。他坐在客厅和阿生一起玩手机游戏，小红坐在他身边。阿猛上楼下楼几次，盯了他和小红几眼。韩舟没搭理他。

培叔回来了一趟，把阿猛叫进屋里，过了一会儿阿猛出来了。他又把阿平也叫了进去。

阿生看了好几眼，问韩舟："培叔要干吗？"

"不知道。"韩舟也扫了楼上那房间一眼，道，"别问，少惹事。"

但阿生忍不住，等培叔下楼要出去的时候，他问："培叔，我们什么时候才能出门？"

培叔答："快了。"然后开门出去了。

韩舟心一跳，手上加快了按键的力道。

BLUE大厦。

倪蓝终于跟技术部开完了会，她面带微笑跟大家说"谢谢"，然后端庄地抱着她的笔记本电脑离开了会议室。她一直带着微笑走到电梯口，见得四下无人，终于垮下脸，松了松面部表情。

最后一次了，只要他们没再弄出什么问题来，她就再不用来这里开会了。

倪蓝长长舒了一口气，走进电梯，给邵嘉琪发微信："我开完会了。"

邵嘉琪秒回："没有伤亡情况吧？"

"没有。所有人都是面带微笑开会的，气氛特别和谐。"

邵嘉琪再秒回："很好，你经纪人老安慰了。"

倪蓝撇撇嘴，她重新过来开会，蓝耀阳跟技术部做了很多工作，帮她圆了场面，搭好台阶。

倪蓝问邵嘉琪："我情商是不是真的很低呀？"

"你把'是不是'这三个字去掉就没问题了。"

电梯门开了，邵嘉琪就等在外头。

倪蓝跟她道："可是他们真的很过分啊，笑个屁啊，而且在开会，一点都不尊重人。我怎么忍得住不骂他们。"

邵嘉琪道："如果是我，遇到这种情况就当没看见，先提醒大家专心开会，有什么问题回头再解决。"

"不，不。"倪蓝很认真地讨论，"我觉这不是情商问题，这是你的拳头不够硬，你不敢跟他们撕。"

邵嘉琪："……"

倪蓝露出一个"我说得对吧"的表情。

邵嘉琪瞪她："所以说你情商低你别不服气，你怎么能当面揭穿我呢？"

倪蓝："……"

邵嘉琪继续大声："是不是？"

倪蓝想了想："有点道理吧。"

还"吧"，邵嘉琪不想理她。"你到我办公室来，有个访问稿你看一看，还有一个品牌活动的策划，女性健身的。"

"有钱吗？"倪蓝跟在她身后。

"有一点。"邵嘉琪没好气，"跟公关部花的钱比较起来，九牛一毛吧。"

倪蓝："……"

邵嘉琪："你是我带过的最红但是最赔钱的艺人了。"

倪蓝："……"

她想为自己的赚钱能力挣扎一下："李木老师又来问我上他们直播的事了，那个能开高价吧，使劲宰他不用心疼。"

"那可是李木，能被你宰吗？"邵嘉琪虽然很不乐意，但还是有去接洽，"李木说他跟你是过命的交情，你勉强算是他捧红的，上他节目谈钱不合适。"

"哇，脸皮可以的。"倪蓝无话可说。

"所以我拒绝了。"邵嘉琪义正词严。她把倪蓝按在椅子上，丢给她几份文件："你看一下，能不能接受，我好跟人家继续敲定。"

倪蓝叹口气，好无聊啊。还不如帮人家去找死去的幽灵好玩呢。

省厅办公楼的楼顶天台。

季勇军用力吸了一口烟，脚下是已经抽完的几只烟蒂。今天的天气不好，天空发灰。

刘综上来了，远远看到他就说："怎么挑这么个地方？"

"这没人，还能抽烟。"季勇军把最后一口烟吸进去，再吐出来。烟蒂丢在脚下，踩灭了。

刘综看着他的动作："你让我看的审讯记录我看了。市局和这边的都看了。"

季勇军脚上用力，一直把烟蒂碾碎了，这才道："杨晓芳说我们内部还是有内鬼。"

"我会继续查，但她口供的真实性也得查。"

"在查。"季勇军的声音因为疲倦有些沙哑，"指纹是确认的，就是'鸽子'。现场提取的DNA还需要时间查验。杨晓芳身上没法查了，都这么多天了，她洗过好几次澡，换过衣服，洗过衣服。现场有搜出少量氟硝西泮和白粉，情况与杨晓芳说的相符。我昨晚安排了她验伤，医生证实她在近期确实遭遇过暴力。"

"她被囚禁的时间长度和地点有些可疑。"刘综指出。

"确实如此。但我暂时还没有找到杨晓芳说谎的证据。她的个人背景和资料全是真实的，与那个'迷雾里的光'的对话记录，我们从服务商那儿调取出来了，跟她说的基本一致。那号是'鸽子'进'鹰巢'后换的第一个号码。'鸽子'在上面给她发过照片，后来删了。"

"她说的情况与那两个马仔的口供是一致的。她身上没有新伤是冰哥交代了那两人不要打她们，出货的时候不好看。冰哥说送两个货，但缺一个，得那俩马仔自己找，事成了会带他们去拜大码头。那俩马仔不是第一次干这种事，他们专找单飞新手下手，以前干过两票都成功了。没人报警，没人追究。所以这次也是这样。"

刘综问："你觉得'鸽子'也被这样交代了任务？选择目标，带到指定地点实施犯罪。'秃鹰'想考验他，拉他入泥潭，测试他的忠诚？"

"很有可能。"季勇军道，"我只能说很有可能。如果是这样，杨晓芳被囚禁这么长时间也就说得通了。'秃鹰'想折磨的不是杨晓芳，是'鸽子'。"

刘综不说话。季勇军也沉默。

好半天后季勇军道："我们现在得到的线索，'鹰巢'那些中层骨干执行者，都是平头，五官端正，年轻力壮，身形相似。在他们行动时，只要穿着一样的黑衣，蒙上脸，组织内部下面的人都难分辨谁是谁。'秃鹰'对中层年轻者的挑选有一定的偏好，也是他们组织周密的一个表现。我们抓到的人，很多都说不清究竟有多少中层骨干。这哥那哥，全是代号。"

刘综明白他的意思，"鸽子"在这些人当中，压力非常大。想脱颖而出，太艰难了。

　　"'鸽子'是我亲自选出来的。年轻、聪明、顽强，非常能吃苦。外形和心理素质都非常好。他的考核分数是最高的。"季勇军的脑子里浮现出两年前"鸽子"朝气蓬勃、勇敢无畏的模样，"我问他，你知道这个任务是什么吗？他说知道，去'地狱'抓'魔鬼'。"

　　刘综微低了头，心头有些热。

　　"我问他，你会害怕吗？他说有一点。因为他得伪装成'魔鬼'，才能靠近'魔鬼'。"

　　刘综咬咬牙，心头像是压了块重石。卧底警员的工作，真是非常非常艰难，他们所面临的危险，承担的痛苦、恐惧，远超一般人的想象。

　　"他说一个人如果伪装久了，可能就变成真的了。如果发生那样的情况，他希望我能及时阻止他。"季勇军盯着远方。现在都市里的楼太多了，这个天台上只有从这个角度，才能从两栋楼的夹缝里看到一点点的地平线。

　　虽然只能窥得一角，但他知道，那是宏大到没有边际的壮伟存在。

　　"在我心里，非常愿意相信他。相信当初那样对我说话的年轻人。他甚至在讨论暗语的时候，开玩笑说，'点份外卖，魔鬼辣小龙虾'，就表示他撑不住了。"季勇军沉默很久之后，吐了一口气，"他不喜欢吃辣的。他没有给我发过这样的暗语，但现在无论情况怎么样，是该让他回来的时候了。"

　　"回来的暗语是什么？"

　　"因经营不善，本店关张，多谢各位顾客朋友的惠顾。祝大家身体健康、生活愉快。"季勇军转头看向刘综，"我已经发出去了。今天还发出了五张通缉令，其中有他。他知道现在是什么情况，他会回来自首的。老刘，我把他带回来，你把内鬼找出来。"

第三章
季队遇袭

BLUE大厦。

倪蓝终于在邵嘉琪那儿把该确定的工作确定了，然后她拖着步子走到蓝耀阳的办公室。

办公室里只有蓝耀阳一人。

"可以下班了吗？"倪蓝问。

蓝耀阳冲她招手："你过来，正好想找你。"

倪蓝过去一看，蓝耀阳在研究的居然是和平街那一带的地图。总裁，你可真是够不务正业的，家里还指望你赚钱养家糊口呢。

"我想了一天，总觉得哪里不对。"

"哪里不对？"

"柳云认错了人，对吧？"

"对。"

"但杨晓芳确实长得像陈欣，有七分像。"

倪蓝有些不明白："那怎么了？"

"柳云看到一个长得非常像她女儿的人，为什么你的分析程序在收集到的所有监控数据里没看到？"

倪蓝愣了愣。

蓝耀阳调出街道图："这里，这里，这个店门口，这里……"他一个个指出监控摄像头的位置，"虽然这些老街监控死角很多，但是如果杨晓芳是正常移动的，无论坐公交、地铁还是搭的士……好了，她说她没钱，和平街交通那么便利，我们暂时排除她搭的士。"

"她搭的士直接到小巷口柳云也见不到她。"

"对。"蓝耀阳把圈圈都画好了，给倪蓝看，"公交站牌在这里，地铁站口在这里，就算她步行或是骑自行车几公里吧，你查监控数据的这些范围怎么可能一点都没拍到她。"

倪蓝沉默了。

"你的程序是百分百吻合才会给反应吗？"

倪蓝摇头："疑似也该圈出来的。你说得对，没搜出来的时候我们以为是柳云看差了，但其实她并没有。"

她看看蓝耀阳。

蓝耀阳耸耸肩："我没别的意思，就是突然想到了，觉得有点奇怪。"

上班期间把研究资料摊一桌面还说没别的意思。哼，年轻人啊，好奇心不要太重。

"回工作室吧，我重新调整程序再查一次。"倪蓝觉得这事有意思。

"行。"蓝耀阳兴高采烈地收拾东西。

市局。

欧阳睿听取属下的报告。省厅发来的资料和协助要求都已经安排好了。要追查的那两个人贩混子平常不在那个区域活动，冰哥这号人，那条街的混混也没听说过，需要其他各区的派出所片警协助调查。

这些情况都是常见的，欧阳睿并不意外。工作安排妥当盯紧了就行。但有一样他觉得有些奇怪，同事说从交警和相关单位调来的监控里，没有找到阿光、冰哥或是通缉名单里的任何人。

欧阳睿这天非常忙，晚上加班结束，他开车回家时，又想起了这事，他调转车头去了和平街。

和平街没什么商铺，旧楼比较多，所以夜生活不算热闹。欧阳睿从街头走到街尾，走过亮灯的楼道，走过公交车牌，还有老楼临街门面房开的小超市。

有许多监控死角，但什么都没拍到的情况确实不太合理。

欧阳睿给季勇军打了电话，把情况介绍了一番，说了自己的想法。

"他们不会凭空消失，怎么能所有人都躲过这两条街所有摄像头。连交通摄像都躲过去？季队，他们会不会就在附近？不需要走出这街的监控死角就能出入这栋楼。这是他们选择这个地点的原因。尽管承租人已经被警方拘捕记录在案，但只要没有事发，杨晓芳没逃跑，他们就能成功把人运走。这个地点对他们来说是最可控最方便的。"

季勇军刚把车子开出省厅停车场不远，他太累了，需要回家好好睡一觉。疲倦让他反应慢了一点，他愣了一愣，然后听明白了。

这边欧阳睿听到手机提示音，显示有电话拨进来，他看了看，是蓝耀阳。

欧阳睿没理这电话，也没听到季勇军说话，便又补充一句："只是我的直觉，还需要核查。"

"我们见个面吧。"季勇军道，"你在哪儿？"

欧阳睿与季勇军约在了丽安路的一家便利店。

丽安路在和平街和省厅的中间，是季勇军回家必经之路。季勇军正好打算停在那儿去便利店买包烟和吃个泡面。

欧阳睿挂了季勇军的电话，蓝耀阳的电话再一次打进来。

这次欧阳睿接了。

"欧阳。"蓝耀阳的声音响亮，"你方便说话吗？"

"周围没人，你能小点声的话保密性就更强了。"

"我们声音又不大。"这是倪蓝插嘴了。

"什么事？"欧阳睿没打算在大嗓门这问题上跟他们展开辩论，他还有事要办。

"我们发现了一个情况，不知道对你有没有用。"蓝耀阳说，"是这样的，我们不是接受了柳云的委托，帮她确认一下她女儿当年究竟有没有真的去世嘛。因为她说她在和平街上看到了她女儿。为了这个事呢，倪蓝弄个程序，收集了和平街那一带所有的监控数据。"

欧阳睿完全不想问倪蓝收集监控数据的手段合不合法。"重点是什么？"

"重点是，倪蓝的程序搜遍了所有的监控影像，并没有发现杨晓芳。所以只有一种可能，就是杨晓芳是坐轿车或者的士到的那里，的士直接开到了监控盲区，她下车后步行了一段去找巷子里的老楼。那一小段路就是柳云看到她的地方，正好也是监控盲区。但杨晓芳住处与和平街相距十公里左右，坐的士似乎跟她所说的经济状况不太相符。"

欧阳睿没说话。

蓝耀阳顿了顿，道："就这个，我是觉得有些奇怪，所以跟你说一下。"

倪蓝在一旁又插话："我就说不用告诉他啊。"

欧阳睿忙道："不，不，这个很重要。"

蓝耀阳和倪蓝那边顿时安静了。

欧阳睿道："你们拿到了这两条街的所有监控吗？"

"三条街，与和平街相连的另外两边街，因为有地铁站，涉及人物行动路线的预判。"蓝耀阳道。

"多长时间？"

"一个月。"

"包括街边小店自己架的监控器吗？"

"所有倪蓝能找到的。"

欧阳睿心里有数，那就是所有了。只要倪蓝在这些街都转上一圈，所有能搜到的网络她都能侵入进去。现在的监控器都是联网的，所以她能找到的，就是全部了。

"你告诉他太多了。"倪蓝干巴巴的声音传了过来，她在埋怨蓝耀阳。

"倪蓝，这件事很重要。"欧阳睿严肃道，"你们稍等我一下，我联络联络省厅的季队，我刚才正与他说起这事，你们等等，我一会儿打给你们。"

蓝耀阳还没来得及说什么，欧阳睿就挂了。

蓝耀阳瞪着手机："他要跟昨天那个官比他大的领导报告吗？"

倪蓝没好气："对，报告我们非法侵入网络，窃取隐私数据，知法犯法，还敢跑警察面前炫耀。"

蓝耀阳："……"

"我逗你呢。"倪蓝大大咧咧一挥手，"他不敢的。"

蓝耀阳："……"

"在取证之前他这叫诬陷。你跟他打电话说的都是吹牛，开玩笑呢。他拿不到我们任何越界的证据。"

真是够无赖的，非常靠得住。

蓝耀阳不担心这事，他心思还在杨晓芳身上，现在虽然不能确定，但似乎是有些可疑。她的口供全部属实吗？哪怕有一点点的夸张或是捏造什么的，仔细追究一下也是应该吧。毕竟警方说这个案子是高度机密，杨晓芳是重要证人。

这边欧阳睿又给季勇军打了个电话，跟他说明蓝耀阳和倪蓝这边发现的情况。

"杨晓芳跟那些通缉令里的嫌犯一样，在监控里没有踪影。"欧阳睿道，"这里面可能真的有些问题。"

季勇军想了想，问："那个倪蓝很有名吧？"

"对。蓝耀阳也一样。他俩都属于站在街边就会有人喊他们名字的那种名人。"

季勇军压低声音："我不希望别人知道他们参与了这件事。"

欧阳睿马上为蓝耀阳、倪蓝说话："季队，他们并没有参与。他们只是就客户对他们的委托进行了事实求证。对取得的信息做分析时，觉得我们的证人有些疑点，才好心示警的。"

"我想借用一下他们的数据库和检索程序。"季勇军道。

欧阳睿："……"

"我需要更高效地快速查清某些事，很重要。既然他俩这么显眼，去警局不合适。你能让他们现在出来跟我们见面吗？带着他们的数据库和程序。"

一个月内三条街所有视频监控，协调各单位拿拷贝，每个视频仔细搜查，这些是需要时间的。如果能加快这个进度，再好不过了。季勇军心里焦虑，假如杨晓芳说谎了，那就表示有些事正要发生，而他并不确定是什么。

她当着他的面指认"鸽子"，要说这是试探谁是内奸，并不合理。季勇军自认没有表现出一丝破绽，他拿了不同的人让她指认。他还让她描述了冰哥的样貌，问了她许多其他人的问题。

别说是她，就连他自己的组员都不知道有卧底，更不知道这个阿光就是"鸽子"。

她这个受害者是假的吗？目的是什么？

季勇军对杨晓芳是警惕的，就算没有任何证据，他也把她作为重点证人申请了强制性的人身保护，派了两名女警和一名男警将她保护在一家与他们警方合作的酒店的房间里。

目前杨晓芳的人身受到限制，无法对外联络。但"保护"这个借口用不了多久，如果她真是有所图谋，那他得快些抓到她做伪证的强有力证据。

欧阳睿联络了蓝耀阳，把事情一说，蓝耀阳同意了。

欧阳睿嘱咐他别开太豪华的车，这样太显眼。

蓝耀阳沉默了两秒。

欧阳睿猜他大概在数车子，看看哪辆合格吧。

欧阳睿挂了电话就往丽安路去。

蓝耀阳和倪蓝也很快上路了。

倪蓝一路吐槽："你看看欧阳，他怎么好意思。还不如揭发我们非法入侵网络呢。这下可好了，他这是打算强占我们的劳动成果。"

蓝耀阳还没来得及说话，倪蓝继续控诉："而且他肯定不会给钱的，我们还不如帮人找幽灵呢。"

蓝耀阳笑："那你那么积极，我电话还没讲完你就换衣服抱电脑了。"

"我这不是看你面子上，你都答应了。"

蓝耀阳道："欧阳那么骄傲的人，开这个口不容易。"

"他能有我骄傲？"倪蓝不服气了，"不堪一击好不好？"倪蓝唱起来了。①

蓝耀阳："……"

季勇军与欧阳睿通完了电话，精神振作了许多。他开着车，忽然发现后头隔着一辆车跟着辆黑色帕萨特，他隐隐有些印象，觉得似乎刚出停车场的时候见过这车。

季勇军留了个心眼，他并未直接往目的地去，而是绕了一圈，观察了起来。在他拐第二个弯的时候，那辆帕萨特往前开走了，跟他两个方向。

季勇军再过一个路口，这才确定，那车没跟着自己。

季勇军绕了一大圈，却还是先到了地方。他把车停在便利店门口显眼的地方，给欧阳睿发了短信说他到了，告诉他车子是什么车型、颜色。然后季勇军进了便利店，买了烟，买了碗泡面，让店主给他倒上热水泡了。

季勇军花了几分钟把泡面吃完，接着他出了店，拆开烟盒，点了根烟，站到自己车头旁，深深吸了一口。他拿出手机看了一眼，看到欧阳睿两分钟前发的短信："我马上到。"

季勇军再吸一口烟，把烟吐出来的时候发现对面暗影处停着一辆车，黑色帕萨特。

季勇军顿时警惕，他盯着那车，还没做任何反应，忽觉得身边过来一人。

季勇军猛地转身。

"噗噗噗"三声轻响。

季勇军只看清对方穿着摩托车骑手的皮衣，戴着顶摩托车帽，瘦削身材，一米八左右的个头……

胸口一阵剧痛。

季勇军倒下了。

手枪。

灭声器。

一辆摩托车停在他车子的后面。

那辆可疑的帕萨特堵在他的斜前方。

季勇军的脑子混沌起来，什么都没法想，身体被剧痛淹没，最后一丝气息被抽离之前，他感觉到有人抽走了他手里的手机。

摩托车骑手拉起了季勇军的手，用他的手指按开了手机的屏幕锁，然后快速

① 倪蓝的两句话源自歌曲《你就不要想起我》，作词：施人诚。原词：我能有多骄傲，不堪一击好不好。

053

切进了手机的"设置"功能里，进入"生物识别和密码"这一项，选择了"关闭锁屏密码"。

身后的便利店里有人尖叫。

摩托车骑手迅速转身奔向自己摩托车，他把枪塞进后腰，跃身上车，一扭油门把手快速离开。

从开枪到逃跑，不到十秒。

一辆由远而近的轿车突然踩尽油门冲了过来，打开了远光灯射向那摩托车。

摩托车骑手上车时迅速扫了一眼便利店，店主拿着手机躲在收银台后，露出半个脑袋偷窥着他，脸上满是惊恐。

摩托车飞驰。骑手转头扫了一眼后头追来的轿车。

摩托车正与那辆停着的黑色帕萨特擦身而过。

帕萨特的车窗开着。

骑手收回向后看的目光，飞快把手里季勇军的手机丢进了帕萨特。摩托车丝毫没有减速，径直向前冲。

欧阳睿车子拐进这条路，远远就看到了便利店亮着灯的招牌和季勇军的车，但下一秒，他看到一个全身皮衣打扮、戴着头盔遮得严实看不到模样的瘦削男子从季勇军车头方向站起身来，奔向一辆摩托车。

欧阳睿一眼便扫到了那男子手上的枪和手机，他的心一紧。车子继续向前移动，再下一秒，欧阳睿看到了被车子挡住了身影的季勇军。

季勇军倒在地上一动不动，身下全是血。

欧阳睿整个人都绷紧了，他一踩油门，向那摩托车撞去。

那摩托车车速极快，擦过一辆帕萨特的时候似乎往里面丢了什么东西。欧阳睿没看清，他扭头看了一眼地上的季勇军，他仍旧未动弹，身下的血在迅速扩散。便利店里有人举着手机冲了出来，大声叫着："救命啊，救命啊。那个骑摩托的，杀人了！"

欧阳睿的心被用力拧紧，他把油门踩死，眼看着离那摩托车又近了一点点。

给他五秒，再给他五秒。

欧阳睿眼睛紧紧盯着那摩托车手的背影。

那车手忽然转过身来，手里赫然举着一把枪。

欧阳睿见得那握枪的手微微一震，赶紧伏下了头。

"砰"的一声响，子弹打在欧阳睿的车前窗上，玻璃碎成了花。

欧阳睿的车子一歪，冲进了对面车道。他赶紧稳住了方向盘，把车子拐了回来。对面车道里正驶来一辆银色奥迪轿车，欧阳睿没顾上细看，这时候第二枪又射了过来。

"噗！"

这一次，子弹打中了欧阳睿的轮胎。

欧阳睿的方向盘再把不住，整个车子冲向了路边，差一点就撞到了那辆银色奥迪。

尖锐的刹车声划破周围的各种喧嚣喊叫。电光石火之间，欧阳睿脑子里忽然闪出一个念头。

手机。

那骑手上车的时候右手握着手机。而现在，他用右手拿枪向他射击。

他往帕萨特车里丢的是手机！

"砰！"

一声巨响，欧阳睿的车子撞到了路边一棵大树。

欧阳睿在冲过那辆银色奥迪跟前的时候，看到了驾驶室里的人。

欧阳睿被安全带狠狠一勒。

"蓝耀阳！"

欧阳睿只来得及叫了这么一声，安全气囊膨胀弹出，将他的人和声音都裹住。

那辆银色轿车猛打方向盘，向那摩托车撞去。

摩托车没防备，吓得车子一扭，差点滑倒。但车手在行驶中侧身一扳，将车子重新驶正，只是速度那么滞了一滞，蓝耀阳的车子已经冲到。

奥迪的车头擦过摩托车车尾，向车手整个人别了过来，欲将他别停。

那车手迅速一扭车把，躲得稍远，同时一刹车，摩托车眼看就要落到奥迪车后。

车手抬起了枪，瞄准奥迪车的车轮。

奥迪这时却也突然刹车。

刺耳的刹车声中，奥迪副驾驶位这边的车门突然打开，向摩托车撞去。摩托车手万没想到这种时候这车居然会开门，下意识地往侧边一躲。

摩托车终于翻倒，车身与地板摩擦发出尖锐的"刺啦"声响，朝着绿化带横冲过去。

车手几个翻滚，眼角余光看到一个人影从奥迪车上扑了下来，正好挡在他与摩托车之间。

"小心他有枪。"

车手听到奥迪车上有个年轻男人的声音在大叫，而他面前戴着口罩、棒球帽、一身黑色运动外套的女人正对他举起了枪。

所以，到底是小心谁的枪？！

车手还未反应过来，已经被喷了一脸屎绿屎绿的颜料。

车手差点恶心吐了，而失明的感觉更让他慌张。

车手迅速往侧边躲闪，他一边移动位置一边脱掉了摩托车帽。

他的脸露了出来。

倪蓝向他冲去。

越层大屋。

韩舟等四人今天晚上都很老实。没人吵架，没人抬杠。不打游戏，不赌钱。

培叔在，他还带了三个人来。

培叔要求所有人都到客厅看电视，于是所有人都坐在客厅里。然后培叔让人把那四个姑娘带到楼上，锁在了房间里。

接着培叔上去了，好一阵子没下来。

客厅里所有人都挺安静，气氛实在是有些诡异。

韩舟注意到阿猛他们也会偷偷看一眼楼上，应该是在猜培叔在干吗。

韩舟猜想培叔是在问话。韩舟心跳有些快，他觉得他能猜到培叔会问些什么，但他不知道为什么挑今晚。

丽安路。

欧阳睿用钥匙戳破气囊，从车里爬了出来。爬出驾驶室时，看到那辆黑色帕萨特正在驶离。

欧阳睿咬牙站起来，他掏出了枪欲对准轮胎，但刚才的撞击让他头晕，他眨了眨眼睛稳了稳手，那车子已经驶得远了。

银色奥迪忽地在他面前停下，欧阳睿弯腰往车里看，蓝耀阳大声问："追吗？我背下车牌号了！"

欧阳睿一拍车顶。这位有钱人，你可真是太可爱了。

欧阳睿用手机拨通指挥中心，简单说了一下情况，然后把手机递给蓝耀阳："把车牌说一下，指挥中心会安排警员追踪。你听着点消息，我马上回来。"

蓝耀阳接过电话继续报告。

欧阳睿奔向季勇军。

"季警官，季警官。"便利店主面色惨白地大声叫着，他的外套叠在季勇军的胸前，他用手按着，试图止住不断涌出的血。

旁边有人大叫："已经叫救护车了。"

又有人喊："我又报了一次警，他们说马上就到。"

"来不及了，来不及了。"店主哭了出来，"他是个好人，是个好人。"

这位季警官是老熟客了。他总是加班，戒不掉的烟瘾，常在他们店里买烟，站店门口抽完再回去。他说回家抽烟会被老婆责怪。他不想麻烦家人做夜宵，有时就在店里吃个泡面或者加热的面包。他总是很疲惫的样子，但从没说过一句抱怨的话。嘴角的皱纹有些严厉，可笑起来挺和气。他帮他们店里换过灯泡，还给他们出过法律上的主意。

店主越想越难过，嘴里喃喃地喊着："来不及了，怎么办？"手上却没放弃地一直按着。

欧阳睿跑到人群边一看，也知道来不及了。他探了探季勇军的颈脉，对店主道："不用按了。"

店主抬起头看他，眼泪滑落脸颊。

欧阳睿亮出证件："我是警察。"

店主让开了。欧阳睿搜了搜季勇军的身上，没有发现手机。他大声问周围人："刚才发生了什么事，谁看到了？"

店主忙道季勇军到店里买了烟吃了面云云，那个摩托车什么时候来的他没注意。但他看到那个车手走向季勇军然后突然开枪。

"他们说话了吗？"

"没有。"

"那个车手进店里了吗？"

"没有。"

"你认识那个车手或者见过类似打扮的客人吗？"

"没有。"

"你认识死者吗？"

"他是熟客了，也是个警察，姓季。"

"有人曾经跟你打听过这个熟客吗？"

"没有。"

"车手开枪之后曾经蹲下来，做了什么？"

店主摇头："他的背正好挡着我，我看不清。"

旁边一个人道："我见到了。他拿了这个人的手机，然后用他的手指按手机。"

欧阳睿："！！！"

欧阳睿转身奔向奥迪，蓝耀阳已经把车子开到了旁边。欧阳睿一把拿过自己手机，向指挥中心报告了季勇军的手机号码："定位这个手机，务必截住那车，不能让他把手机带走。"

欧阳睿顿了顿，又问："能锁死这号码的手机吗？不让别人打开，不能复制里面的信息之类的。"

指挥中心那边愣了愣："我得跟上面汇报……"

欧阳睿顿时急了。等汇报？时间来不及了！

"倪蓝呢？"欧阳睿跟蓝耀阳吼。

"追贼去了。"蓝耀阳一脸无辜。

欧阳睿闭了闭眼，他挂了电话又拨出去："关樊，我给你一个号码你能黑掉那手机吗？"

蓝耀阳："……"你们警官未经许可干这事，违规吗？

摩托车手掀掉摩托车帽的那一瞬间，就看到了倪蓝向他冲来。

速度很快，姿态勇猛。

摩托车手扭头就跑。

这女人分明看到他开枪打掉了那辆车，而她手上只是一支水枪而已，竟然没有半点畏惧。

车手摸不准倪蓝的路数。此时他头部失去遮挡，面貌显露，随时可能被拍到。他的任务已经完成，没必要纠缠，成功逃离更重要。

车手挥舞着枪，将周围路人吓得四散，借此阻了一阻倪蓝。倪蓝没能及时抓住车手，便在后头紧追不舍。

两人一前一后穿过了这条街，奔向后头的一条小路。

车手拼尽全力狂奔，拐了两个弯还没能甩掉倪蓝。他能隐隐听到倪蓝在大声地报告着方位，不知道在与谁通话。这让他心跳加速，非常暴躁。

车手腾空越过一道栏杆，穿过一个停车场，紧接着再冲进了另一条小路里，闪身躲进了一个拐角。

视野很好，路口那一片景象尽入眼底。

左右无人，车手举枪对着路口。

"咚咚咚"的心跳声几乎震破了耳膜，车手控制着呼吸，等待着倪蓝追进来。

只要那女人一进小路，他闭着眼睛都能射中她。

干掉她，然后才能脱身。

他看到她了。

车手屏住了呼吸。

倪蓝朝着路口冲来。

车手举着枪，等待着她进入他的射程范围。

倪蓝的速度很快，瞬间已经奔到路口。

她没冲进小路，却借着冲刺的力道，踏着墙面跃上了平房屋顶！

车手眼睁睁地看着倪蓝从眼前消失。

车手收了枪转身就跑。

倪蓝居高临下，迅速捕捉到了他的位置。

"他在巷子里，朝东跑了！"

车手听到倪蓝在大声汇报着他的位置。

妈的！车手狂奔着，心里十万字脏话。

这里没有监控，却有个大喇叭！

倪蓝在屋顶腾跃，从这个屋顶跳到另一个屋子屋顶，屋顶高低不一，但她就是有办法紧紧跟着车手。"他转到西边了，到汇宁街出口堵他。"

车手迅速换了个方向，重回向东的方向。

他数度转身，试图寻找开枪的机会，但从下往上确实不是什么好的射击视角，而且倪蓝相当灵活，他几次都未找到她的身影，但她哇哇哇的声音显示着她一直盯着他。

气死！

丽安路。

欧阳睿紧张得手心都要冒汗。

他不知道具体是什么情况，但既然案件详情属高度机密，季勇军小心谨慎，这里头肯定有些需要隐藏的东西。凶手当街杀人，二话不说直接开枪抢手机，这目的太明显。

"不，不，我不知道要黑掉什么，我不知道这手机里有什么。"欧阳睿飞快地向关樊解释着，他清楚关樊问这些是为了能更快地帮他解决问题，可是他不知道。

他有的，只是作为刑警的直觉。

关樊明白。

关樊也是刑警，与欧阳睿同在一组，还是欧阳睿的未婚妻。她的专长是处理分析电子物证，但她现在也没有更快捷有效的办法。

"可以发送病毒，但需要对方上当点击才能成功安装。还可以向这个手机号发送海量数据包，类似于DDoS攻击，让手机系统死机。我还可以让这个手机号码暂时无法登录用它注册的App，拦截它的消息。"关樊道，"但这手机里可能还有存储卡，数据内容也有可能上传到了云空间，欧阳，号码是号码，手机是手机，如果不知道要阻止对方做什么，我们可能把时间都浪费在了无用功上。"

"我不知道，关樊。我问不到。他死了。"欧阳睿叫道，"把所有你能用的办法都用上，来不及验证哪个有用哪个没用。你就做吧，后果我来承担。"

欧阳睿说完这话，看到了蓝耀阳吃惊的表情。

蓝耀阳猛地转头看向人群，再转向欧阳睿。

手机那边的关樊已经开始操作，欧阳睿挂断了电话。他对蓝耀阳点点头，难掩遗憾和难过："季队牺牲了。"

蓝耀阳愣在那儿。他刚才开车过来只看到那个摩托骑手向欧阳睿的车子开枪，倪蓝下车之前嘱咐他快去帮欧阳睿。他紧赶慢赶过来了。

先是看到欧阳睿欲阻止一辆车离开，接着又要向指挥中心报告，又要移动车子做好随时出发的准备，还要跟倪蓝和工作室孙哲言他们的通信系统连接上。一连串的事让蓝耀阳的神经一直紧绷着，顾不上去想刚才发生了什么。

居然，牺牲了。

蓝耀阳脑子里浮现出了季勇军的脸，想起他昨天在市局门口对倪蓝客气点头说"谢谢"。

太突然了。

他跟倪蓝带着电脑赶过来，就是要帮他的呀。

有警车笛声响起，警察赶到了。

欧阳睿先跟蓝耀阳确认了倪蓝的情况，得知二蓝神事务所那边孙哲言已经帮倪蓝报了警，在盯着倪蓝的位置随时与警方联络。欧阳睿便再度联系了指挥中心，让那边务必多派人协助倪蓝。

说话间查看案发现场的警察经群众指认，朝欧阳睿走了过来。欧阳睿忙交代蓝耀阳别下车，别引起注意，然后他向警察迎了过去。

蓝耀阳透过车窗看到欧阳睿与警察朝人群方向去，人群散开给他们让路。这次蓝耀阳看到了倒在地上的季勇军，以及他身下漫开的鲜血。

"谢谢。"

蓝耀阳还记得季勇军说这两个字时的表情。

蓝耀阳愤怒地打了一下方向盘。

这群垃圾！

蓝耀阳戴上了耳机，按开了通信频道，他听到倪蓝奔跑时的喘气声，听到孙哲言在报告警车的位置，蓝耀阳大声插进去一句话："抓住他，倪蓝，抓住他。他杀了季队。"

频道里有两秒的安静。

接着是倪蓝响亮的回应："知道了！"

蓝耀阳从后座拉过倪蓝的笔记本包，再拨通了关樊的手机："关樊，倪蓝没空，我懂得不多，但是你需要服务器支持吗？"

"要的。要的。"关樊飞快地说，她正敲打着键盘，"我们走运，那手机卡还在线。"

夜色中的街道，川流不息，路灯明亮。

帕萨特开出丽安路后又行驶了一条街，然后拐进了一个商场的地下停车库。季勇军的手机就放在副驾驶座上，此时发出了一个提示音，显示软件安装完毕。

帕萨特司机在车上把蓝色外套换了件红的。他把黑色口罩摘掉，摘下帽子。那是一张年轻的脸，五官端正，平头。他换了白色口罩，再换了一顶深蓝色的棒球帽。他把换下的衣物塞进包里。然后他拿上了季勇军的手机，背上包，下车后走了几步，上了不远处的一辆灰色丰田。

坐上了丰田车的驾驶室，这司机用季勇军的手机登进了刚装好的软件，发送了一个连接请求。他的耳朵上戴着一个蓝牙耳机，他的手机正在通话中。

"发出去了。"他说。

手机上马上显示"连接成功"，下面有个进度条显示着传送进度。

某个房间里，书桌上灯光温馨，一个透明的玻璃杯泡着茶，茶水透着热气，茶叶沉在杯底，漂亮的翠绿泛着些浅黄色。

书桌上的一台笔记本电脑的屏幕上显示正从季勇军手机接收数据——联系人名单、照片、视频、短信、通信记录、微信记录、各种安装的App等等。

摩托车手奋力奔跑着，他避开了平房矮房的旧宅区，撞倒了两个路人，跑向了另一边。

他跑了一段，发现听不到倪蓝说话的声音了。但他仍是警惕，一边跑一边举目四望，看不到倪蓝的身影。他不能肯定自己有没有甩掉她。很大可能已经甩掉了，毕竟这边的建筑情况比较复杂，高楼比较多了，那女人除非会飞，不然不可能跳到楼顶上去。

车手再跑了一段，然后躲进了一栋楼后边的墙角处。没有路灯、没有月光，这角落的黑暗将他掩盖。他稍稍安心，侧耳倾听，没听到倪蓝的声音，没听到脚步声，但似乎远处传来了警车的警笛声。

车手拿出手机点开看了一眼。没有新消息。而地图App显示他离外头的大道很近了。

那个女人肯定已经报警，或者她就是便衣。很快警察会将这一带包围。

他这一身皮衣打扮太显眼，他得找栋楼，一般会有人把衣服晾在楼顶，他需要换套衣服，混在人群里躲过去。又或者找一户人或是单身女子的屋子，暂避一晚，等搜捕结束，他再离开。

车手用手机查了查附近的地形，然后把手机装好，外套脱下来搭在胳膊上，遮住了枪。他走出暗角，想装成正常路人的姿态，走向斜对角的一栋六层老楼。

车手刚从墙后露出身形，楼面另一侧忽地袭来一拳，重重打在他的脸上。

车手吃痛，大惊失色。他的眼角余光看到了，出手的正是那个黑衣口罩女人。

倪蓝左手出拳，右手抓向了车手搭着外套的胳膊。

车手被击得退了一步，就势转头躲闪。

倪蓝没抓稳他的胳膊，但抓住了他的外套。

车手抬起胳膊对着倪蓝扣动扳机。

倪蓝扯着那外套一卷一拽。

"噗"的一声轻响。灭声器大大减弱了枪声。

没有击中。

车手的手腕被外套缠住甩向了自己的脸。那一枪打到了天上。

车手左拳击向倪蓝的头。

倪蓝下蹲走位，躲过这一击的同时旋身绕到车手身后，借着车手的外套一转一扭，顺势将他持枪的右手扭向他的后背，屈肘猛地一击，压他背上，把他往墙上撞。

车手吃痛闷哼一声，反应迅速地用左胳膊往墙上一挡，护住了自己的头，然后右腿一扫，攻向倪蓝下盘。

倪蓝被扫倒。

倒地之时她成功抓到车手手腕转拧，成功夺枪。倒地之后倪蓝身形也未停，她蹬腿一脚踹向车手髋部将他踢开，并借这一踹之力迅速后滚，避免车手反击夺枪。

车手一声痛叫，被倪蓝这一脚踢倒在地。

一个姑娘一边低头看手机一边走过，听到叫声一抬头，顿时僵住了。

车手就势一滚，从后腰拔出了匕首，接着一跃而起，扑向那个姑娘。

姑娘放声尖叫，手机摔在了地上。

倪蓝屈腿定住身形，持枪对着车手。

车手拉过路人姑娘，将匕首架在她脖子上，挡在倪蓝枪口前。

两人的动作均是一气呵成，瞬间形成了对峙局面。

"你放开人质，我放下枪让你走。"倪蓝说着。

通信器那头的孙哲言马上领悟了信息，他向警方做了汇报，然后与倪蓝道："警察已经到了，你再撑一下。我把你的定位发过去了，他们离你六百米。还有，关樊在截停一部手机。袁局已经知道情况了，他说他在协调，情况比较复杂，要求你不要暴露身份……"

"倪蓝，救救我。"人质姑娘大叫。

倪蓝："……"

孙哲言："……"

孙哲言把后半句咽了回去，道："我会告诉袁局你尽力了。"

越层大屋。

韩舟几个人一直在客厅坐着。阿平已经不耐烦了，他站了起来："我去厕所。"

一位培叔带来的陌生人一直在旁边坐着，闻言也站了起来："我跟你一起去。"

阿平："……"

阿猛骂了一声。

韩舟没表情，只是看着。

这时候培叔从楼上房间出来了，走下楼时看到客厅里的状况，问："怎么回事？"

阿生笑道："阿平想去洗手间。"

阿平骂了句脏话。韩舟笑了起来。

培叔走过来，横了韩舟一眼。阿猛也瞪了一眼韩舟。韩舟收了笑，一本正经道："我只是不由自主地想象了一下那画面。"

阿生哈哈大笑。阿平拿了颗苹果砸阿生。阿生笑得更厉害。

韩舟又笑，问阿平："所以你到底还要不要去了？"

"去！"阿平抬腿就往洗手间走，而那个陌生人还真的跟过去了。

培叔没说话，没阻止他带来的人的举动，他在沙发上坐下了。

阿平一脸愤懑，往洗手间方向去，很快又回来。

"还真的不让关门呢。"阿平回来后怪声怪气。

"尿得这么快？"阿生问。

"尿个屁，我是去洗手的。"

韩舟又笑。

"先憋着吧。"培叔道，"都陪我坐一会儿。"

韩舟收了笑。

阿生也老实了。

阿平坐了下来。

阿猛沉着脸。

警方的指挥中心。

大家盯着那一大面墙上的众多屏幕，程序在检索着蓝耀阳报上来的车牌号码，没有发现。

"他进停车场已经三分钟了。"

"没有看到车子出来，也没有同样车型的车出来。"

"已经联系了停车场，保安守着呢，巡警马上就到。"

指挥中心的负责人皱了皱眉头，问一旁的技术员："那个手机号的定位是什么情况？"

"在移动，顺着文泉路往南。"

负责人的眉头皱得更深了，他猛地叫道："那车进停车场后，哪些车子出来了往文泉路方向走的？"他对查手机号的那个技术员挥了挥手，那技术员会意，把手机号的定位地图切上了屏幕墙上。

画面里，手机号码的信号是个红点，它正在文泉路上继续向南移动着。

另两位技术员火速调监控画面排查车辆。

文泉路。

灰色丰田车上，季勇军的手机数据传送进度到了20%，突然手机屏幕跳出一个确认界面，上面写着：当前操作有数据安全隐患，是否继续？

下方是两个选项按键："退出""继续"。

年轻男人一愣，下意识地要去点击"继续"，但手指碰到按键之前，他停下了。

他问："你那边接收信息正常吗？"

"正常。"耳机里传来回话，对方的声音经过了变声器，是个AI男声，醇厚磁性但机械。

"我被发现了。"丰田车上的年轻男人顿时反应过来，"他们知道手机在我这儿，还知道我想做什么。"

"再坚持一会儿，确保手机卡和手机里所有内容都传过来。"

年轻男人皱眉："他们可以追查手机号码定位，我换车没有意义了。"

"有的。他们因此需要更多时间。"

年轻男人不说话了，他看着手机屏幕上的那个确认界面，这界面把传送进度条挡住了，他看不到了，但他没碰手机屏幕。

关樊这边，她瞪着电脑屏幕，上面的信息一动不动。

"点啊哥们儿，你随便点一下就好。行，行，不点就不点，你想点也没机会了。"关樊又开始敲电脑，"B计划B计划，蓝总你们跟上节奏。"

蓝耀阳和江旭红都在努力快速在一个界面里输入IP地址，这是服务器地址，他们在帮关樊做数据攻击的准备。

"我们节奏挺好的。"蓝耀阳一边工作一边顶嘴。

关樊愣了愣，温柔好总裁的心情是不是不太好？

"你比倪蓝吵闹。"蓝耀阳还批评。倪蓝敲电脑的时候比较安静，不像关樊一直自言自语。

关樊："……"这位总裁看来心情确实很不好。

"你一定要把那手机黑掉。"蓝耀阳用上了很严肃的领导口吻。

关樊不说话了。这事过后要跟倪蓝告状。

关樊电脑屏幕上方的服务器准备进度条显示满格，关樊精神一振，切换界面点了回车。

丰田车里，年轻男人被手机"嘀嘀嘀"的响声吓了一跳。他转头一看，季勇军的手机屏幕里不断跳出空白界面，一个接着一个，将屏幕塞得满满的。

"你那边信息接收正常吗？"年轻男人问。

"正……"机械男声的那个"常"字咽回去了，数据进度从31%跳到了32%，然后停住了。

"你那边怎么了？"机械男声问。

书桌上的电脑屏幕上，有鼠标在移动，查看已经接收到的信息内容。

联系人名单、拨打进出的通信记录、短信收发记录、部分照片……

"手机死机了。"丰田车上的年轻男人道，"能亮，但动不了啦。"

"丢掉手机吧。"机械男声道，"让他们追踪去。"

收到的信息够用了。

丰田车里的年轻男人赶紧打开车窗，将手机丢进了路边的绿化带。

指挥中心里，有人叫道："是这辆。"他念着车牌号，指着文泉路上的一辆灰色丰田："从停车场到文泉路，这辆车符合。"

他话音刚落，却见旁边的屏幕上手机信号停下来了，静止不动。而灰色丰田还在继续往前走，一直驶到路口，右拐上了静安街。

手机信号还是没动。

文泉路口，有几辆车正在排队等红灯。

负责人盯着屏幕，终于下令："通知巡警，截住那辆丰田。"

越层大屋。

韩舟等人坐在客厅里，大家都不说话。电视开着，没人看，只有培叔像是对电视内容很感兴趣似的，目光一直在那上面。

阿猛把手机拿出来刷。刚拿到手上，培叔忽然道："都别玩手机，把手机都拿出来。"

阿猛愣了愣。

他看了看其他三人。

阿平皱了眉，把手机丢到茶几上。韩舟和阿生也把手机放到茶几上。阿猛很不高兴地就把手机拿着，过了一会儿，还是放到了茶几上。

韩舟忽然站了起来。

所有人都看向他。

韩舟指了指一旁的矿泉水箱："我想拿瓶水。"他看着培叔，"还是说我们屁股不能离开沙发，拿瓶水也得劳烦新兄弟？"

培叔把目光从他脸上移开，没应话。

韩舟对着阿平、阿生笑笑，大摇大摆地去拿水了。阿生被他的显摆逗笑："我也要，帮我拿。"

韩舟答应一声，他能感觉到有个培叔带来的人正盯着他的后背。他蹲下来，右手伸进箱子里拿水，左手像是拨了拨衣摆，却是从皮带下面裤腰的夹缝里掏出一枚小小的电话卡。

他一手夹出两瓶矿泉水，转过身时，左手挠了挠脸颊，其实是把电话卡塞进了嘴里。

培叔的手机响了，他接了起来。

韩舟坐回沙发，把一瓶矿泉水递给阿生，自己拧开了一瓶。

培叔的电话很快就结束了。全程他都没说话，只最后"嗯"了一声就挂了。他把手机放进口袋，面向沙发上的四个年轻人："18号的交易失败，确实是有人告密。"

韩舟喝了一口水，他的喉结一动，把那一大口水咽下去了。

"那个告密的人，昨天凌晨还给警察发了条警告。"培叔很严肃，"18号的交易是你们四个负责，只有你们提前知道。会向警方报复的事，也只跟你们四个提过。"

阿平冷笑："所以在我们四个里有内奸呗。"

阿生看看其他人，没说话。

韩舟把瓶子盖拧上，把水瓶放到茶几上："培叔你就直说吧，是谁？"

阿猛盯着韩舟。

培叔看了一圈这四人："我跟你们四个说的计划版本不一样，但发给警察只有两个字：小心。"

韩舟抚着额笑起来："呦，还挺机灵。"

摩托车手瞪着眼前的倪蓝，用左胳膊肘压住路人姑娘的肩膀关节和大臂，手掌捂着姑娘的嘴。右手中的匕首压下了两分力道。

很熟练的控制姿势。

倪蓝盯着他的动作。

那姑娘顿时只能发出"唔唔"的声音，脖子有血丝流下，她吓得发抖，再不敢叫。

"别挣扎，别害怕，保持呼吸，保持清醒。"倪蓝对那姑娘道。

那姑娘脖子上架着刀子，不敢点头，只眨了眨眼睛，眼泪流了下来。

那车手拉着姑娘往后退，退到楼墙下的阴影里。

"你不是警察，你不敢开枪。"那车手道。

倪蓝看不清他的动作，也不敢再逼上前去。这歹徒刚杀了一个警察，他当然不会在乎再杀掉一个人质。

"你说得对。"倪蓝握枪的手一动，双手张开，枪与弹匣已经分开，她一手握着一个，举高了向车手展示她已经卸掉了子弹。"我不会开枪。但是警察马上到了。在他们到之前，我们解决掉这件事好吗？"

"你说说看。"车手当然知道情况不妙，他要的是逃脱，杀掉人质也帮不了他。

"我把弹匣扔给你。"倪蓝说着，一弯腰，很爽快地就把弹匣丢过去了。弹匣沿着地面滑入阴影里，倪蓝听到轻微一声响，弹匣被那歹徒踩住了。

倪蓝继续道："你把这姑娘放了，我再把枪给你。你有了枪，就能拼命杀出条血路来。你怎么逃往哪儿逃都不关我们的事，让警察去处理。"

车手心里直骂脏话，你现在会说这些，之前跟狗一样追着不放又是怎么回事？

"当然我们也可以这样耗着，但一会儿警察来了，你手上有一百个人质也没用。别以为可以用人质要求一辆车一架直升机什么的，那都是电影骗人的。警察只会在暗处安排个狙击手，一枪崩掉你。"

"你把枪丢过来。"车手喊道。

"你放开那姑娘，让她走出来，我要看见她。"倪蓝语速很快，弄得气氛挺紧张，"快一点，警察还有五百米。嗨，美女，他松开你你就上前两步，别跑，别激怒他。我们来好好处理这事，好吗？"

车手松开捂着姑娘嘴的手，那姑娘泣声应道："好。"

车手放开了姑娘，但匕首仍抵在姑娘的脖子上："别作怪，我一刀就能要你命。"

姑娘有些腿软，但她还是稳稳上前了两步。

她站在了灯光、月光下。而车手就躲在她身后，仍在阴影里。

倪蓝能看到姑娘脸上的泪痕，对她道："一会儿让你跑，你就往我身后跑。我身后有个墙拐角，你拐到那头去，枪就打不到你了。你一直跑，会看见警察。"

姑娘抿紧嘴用力点头。

"好了，我数一二三……"

"等等。"车手打断了倪蓝的话，"你趴下。"

"什么？"倪蓝以为自己听错了。

"我知道你很有本事，我可以放了人质，但你也要确保你不会袭击我。"车手的心眼也多，以倪蓝的速度，他弯腰捡枪上弹匣的工夫，倪蓝就能冲过来再次夺枪。

倪蓝没动。

车手激动大叫："快点！我如果跑不掉，她也别想活。"

车手一激动，人质姑娘就吓得颤抖尖叫。

倪蓝"咚"的一下单膝跪下了。她咬着牙，脸冷得似冰。

人质姑娘的眼泪夺眶而出："倪蓝……"

"趴下！身体四肢都贴地！"

倪蓝趴了下去，手上拿着枪。

"现在，"倪蓝的声音又冷又沉，压不住的怒气，"你把人质放开，我把枪丢给你。"

车手把匕首从人质脖子上放了下来，喝道："丢过来。"

倪蓝用力推甩出那枪，大喊一声："跑！"

人质姑娘撒腿就往倪蓝方向跑。车手弯腰捡起弹匣，抢前一步飞快拿起滑过来的枪。

倪蓝一撑地面，从地上弹跃而起。

车手已经将弹匣推入枪内。

倪蓝向他冲来。

车手抬手，对着倪蓝当胸扣动扳机。

"咔，咔"两声。

没子弹。

车手骂了一声，转身就跑。

上当了，弹匣是空的。

倪蓝紧追不舍。

人质姑娘严格按照倪蓝的嘱咐行动，她冲过倪蓝身边，奔向墙角拐过去，没有回头，一直往前跑，没跑一会儿就看到了警察。

"在那边在那边！"人质姑娘放声大哭，再跑不动，一下软倒在地，手指指着倪蓝与歹徒的方向，"在那边！"

警察迅速上前，一人将她扶着，其他人迅速朝着姑娘指着的方向冲去。

歹徒拼了命地跑，倪蓝紧紧跟着。

冲过一个路口，有警察追了出来："站住！"

身后有纷杂的奔跑脚步声，还有无线电通报位置的声音。

歹徒脑子嗡嗡响，他被包围了。

眼前就是巷子路口，奔出去就是大道。他要快，还有机会抢下一部车！

一个警察朝歹徒扑去，歹徒急转弯。这边却是倪蓝赶到，直接向着歹徒挥拳。

一个警察冲倪蓝大叫："小心，他有枪。"

歹徒把枪朝着扑向他的警察砸过去，同时一把抓住了倪蓝的拳头，用力一挥，要把倪蓝扔出去。

倪蓝身体腾空，她反手抓住了歹徒的手腕，落地之时，借着这挥甩的力道，一脚扫向歹徒下盘，胳膊一抢，将歹徒反摔出去。

歹徒摔落地面，滚了好几个圈。他不管不顾爬起来就闷头往街上冲。

几个警察一起赶上前。

可也来不及。

歹徒奔出车道，一辆车疾驰而来，躲闪不及，虽然猛刹车，但还是被那歹徒拦腰撞上。

歹徒被撞飞出去，再度滚了几圈，然后倒在地上没动弹。

倪蓝目瞪口呆，挥臂愤怒大叫："要不要这么老套啊！"

警察们没发愣，大家迅速奔上去将歹徒围了起来。有人去指挥交通，将后头的车子拦了下来。

一个警察察看了歹徒的情况："没死，叫救护车。"

倪蓝喘着气叉腰："没死就行，没死就行。"老子还要跟他好好算账的！

这边大道上路人多，只一会儿工夫就有不少人围了过来看热闹。

一个警察过来领倪蓝回巷子里去："请先回避一下。一会儿我们有警车送你去警局录口供。"

后面这句话倪蓝太熟了。

她叹气，跟着警察进巷子了。低调低调，别暴露身份，她记着呢。

摸摸口罩，戴得很好。帽子不知去哪儿了，算了吧。

倪蓝进了巷子，有另一拨警察来领她，要到另一个路口去坐警车。走了一段看到路边有警察在跟刚才那个人质姑娘说着什么，那姑娘点头："知道知道，放心，我不会说的。我没见过倪蓝。"

然后下一秒她见着倪蓝过来了，飞快扑了过去："倪蓝！"

倪蓝："……"

警察："……"

姑娘抱着倪蓝很激动："谢谢你。"

倪蓝看了看警察，有些尴尬地拍拍姑娘的肩："没事，别客气。"

"我，我是你的粉丝。"姑娘更激动。

倪蓝看了一眼警察，警察过来欲带走姑娘继续问话去。姑娘放开了倪蓝，对她露了个大大的笑脸："谢谢你。我特别喜欢你。你跳舞要加油练哈。"

倪蓝："……"最后那句不说多好呢，这样大家都有个好心情。

"加油加油加油！"人质姑娘临走还鼓励倪蓝。

一旁的警察忍着笑。

倪蓝看了他两眼："好笑？"

"不不。"警察赶紧严肃摆手，"我没看过。"

倪蓝："……"

第四章
线索初现

宾馆。

刘综极严肃地大踏步走进大门，身后跟着他小组的曾永言和季勇军小组的沈华。

宾馆里两位监控保护杨晓芳的警察已经接到通知，在等他们。

"人呢？"刘综问。

"一直在里面，睡觉呢。"那位男警察道。

"她从审讯室问完话就直接到了这儿。没出去过，没跟任何人接触，晚上就看了一会儿电视，很早就睡了。"女警道，"我们一直看着她的。"

刘综指了指门口，女警上去敲门。

很快就有一个女警把门打开了，屋子里只有夜灯亮着，杨晓芳躺在床上睡着。

"叫醒她。"刘综道。

女警把所有的灯都打开了，过去叫杨晓芳起来。

杨晓芳睁开眼吓了一跳，抱着被子坐了起来。"怎么了？"

刘综盯着她看了一会儿，道："这里可能不太安全，我们需要把你转移到另一个地方。你快起来收拾一下。"

杨晓芳很惊讶："发生什么事了吗？"

刘综只道："快收拾吧。两位女警官会协助你。"

杨晓芳露出防备的表情："你是谁？季警官呢？"

刘综看着她："我叫刘综，从现在起，你的案子由我负责。"

灰色丰田车顺利右拐开进了下一条街，一路前行，没遇到阻碍。快到路口的时候，刚刚转为绿灯的交通灯突然变换成了红灯。前面的车停了下来，丰田车司机口罩男踩了踩刹车，放缓了车速。

他一直开着车窗，留心着外头的声响，并时不时观察后视镜。

这时后视镜里显示有辆警车由远而近，没开警笛，车速却挺快。

口罩男猛地一打方向盘，丰田车朝右手车道挤了过去，右边车道正常行驶的车辆吓了一跳，猛地一踩刹车，丰田车蹭撞那车车头，挤进了右车道，一路往前撞，直撞倒了车道栏杆，撞翻几辆自行车道上的电动车、自行车。

丰田车卡在了十字路口不远，身后的车道已经堵成了一片。尖叫和咒骂四起，口罩男背上包，抄起手机奔下了车。

路口前方有两辆巡警摩托飞驰而来，口罩男看也不看，冲上了人行道，朝着地铁口冲刺。

巡警摩托开启了警笛，斜冲过十字路口朝口罩男追来。口罩男冲进了地铁站，路人被冲撞得纷纷惊叫躲闪。

地铁站里的保安刚接到通知就看到一个年轻男人冲过来，保安还没来得及拦就被撞倒在地。

倒地的保安大声叫："抓住他。"

其他保安冲过来，口罩男已经跃过栏杆冲向候车站台。一辆地铁正要入站，而另一个车道车子还没有来。口罩男冲向没车的那个车道，另一边的保安已经赶到。

口罩男见状转身挤进候车的人群。这边车子进站，车门打开。

下车的人群与候车的人群混在一起，人流顿时多杂繁乱起来。保安按开对讲机联络调度阻止地铁离开，更多的保安冲向人群试图抓捕口罩男。

巡警已经赶到，站台上的人群惊乱四散。

口罩男已无退路，他一把抓住一个女生，一旁大叔模样的路人用力推他："你干什么！"

学生模样的年轻人向这口罩男扑来，旁边有白领打扮的姑娘把那小女生拉走。

保安冲过来，巡警在逼近，口罩男干脆掏出了枪。

"砰"！

一位大妈的雨伞抢了过来，雨伞的锁扣坏了，神勇地在击中口罩男时猛地张开。

"砰"的一声。雨伞的声音不但吓到了口罩男，还吓到了抢伞大妈。她的尖叫声比口罩男可大多了。

口罩男枪也没来得及用，他惨叫一声捂住了被伞击中的眼睛。一位巡警冲过来，一记擒拿将口罩男按下。另一巡警夺下了枪。保安的铁叉迅速上来按在口罩男脖子上，帮着将口罩男控制住。

几个人的配合行云流水，相当流畅。

周围人群鼓掌叫好。虽然不知道发生了什么事，但看上去是抓到了坏人，真开心。更多的人一起鼓掌起哄，挥伞的大妈没顾上参与，她的伞收不起来了，手忙脚乱。

"抓到了。"巡警向指挥中心报告。

宾馆。

刘综在等待女警对杨晓芳的搜身检查结果。

刘综收到季勇军遇害的消息时刚回到家没多久。

厅长严瑞给他来的电话。

情况非常紧急，市局的欧阳睿抓到了凶手的现行，市指挥中心在进行调度安排，特警已经出动。市局局长袁鹏海接到报告后马上向严瑞汇报沟通。

各个部门在配合着全力追捕凶手。

严瑞对此次案件有推测，他认为季勇军被谋杀应该与"伏鹰"计划有关，是否涉及警队内部的问题一时不能定论，而"鸽子"在其中是什么角色也不好说。刘综是除季勇军之外最清楚情况的人，于是严瑞在电话里直接下令，让刘综接手"伏鹰"计划，彻查"鸽子"和警队内部问题。

刘综赶紧联络各方，其他工作都有人跟进安排，前线追捕也有一大批人参与，但有一个人没人关注——杨晓芳。

如果说之前刘综直觉杨晓芳被囚禁强奸一案的细节还有待查证，那么季勇军之死，让刘综心里对这案子的疑虑又加深了几分。

时机实在太凑巧了。

季勇军领队铲除了"鹰巢"的输血线"金阳商贸"，又成功组织了"火石"行动，破获了黑枪交易，缴了"鹰巢"的库底。这些让"鹰巢"元气大伤，还使得"秃鹰"得罪了买枪的黑恶团伙，惹下麻烦。

"秃鹰"必定是对季勇军怀恨在心。而季勇军收到"鸽子"的警告，也证实了"秃鹰"确有报复计划。

这个时候杨晓芳勇敢逃出魔爪来报案，还报出了"鸽子"。

季勇军说过，这是他唯一一次听到被害人指证"鸽子"。

太巧了。

刘综来不及琢磨更多细节，得先控制住事态，捕捉证据。

刘综马上找来了沈华和自己的属下曾永言。这两人，一个非常了解"伏鹰"计划，一个与自己很有默契。

刘综与他们简单沟通，布置安排后火速赶到宾馆。

说有安全顾虑让杨晓芳换地方不过是个说辞。刘综的目的是在不打草惊蛇的情况下再次搜查杨晓芳。

刘综已经看过案卷记录。

杨晓芳逃跑时只穿了一身睡衣和拖鞋，进市局时警方已经对她进行过随身物品的搜查。她除了身上这套衣服，并无他物。

按杨晓芳的证词，她当初背了一个棕色PU皮的小挎包去和平街，里面有手机、钱包、身份证、一百多块的现金等等。她说的那个包在那屋子客厅电视柜里找到了，里面除了空空的钱包和身份证外，值钱的财物都没了。

警方将所有搜查到的物品都归为物证，留存证物库准备做指纹等检验分析，并未交回杨晓芳手上。

杨晓芳在市局录了口供，之后转移到省厅。这期间季勇军安排她去了一趟医院验伤看诊，之后再回省厅问了话，办了手续，最后到了这个实施保护措施的宾馆。

整个过程里都有警员跟着杨晓芳。她没表现出什么异样，一直都是老老实实回答问题。没可疑人接触过她，她也没提过对外联络的要求。住宿和保护措施的安排上她也很听话很配合，换洗衣物日常用品都是警方给她买的。

宾馆房间里没有电话，一位女警一直在房间里陪着。当晚杨晓芳在宾馆洗了个澡，看了一会儿电视，然后服了医生开的安眠药早早就睡了。

听上去没有任何问题。

杨晓芳转移，女警让她换了衣服，把她所有用品用一个袋子装好，再把房间内外都检查了一遍，没发现问题。

沈华带着人领着杨晓芳转移。曾永言协调宾馆这边查看监控，看是否有可追究的情况。

刘综把保护看管杨晓芳的三位警察分别都问了话，确实没发现问题。

这时候刘综电话响了，欧阳睿打来的。

欧阳睿告诉刘综，行凶者已经抓到，开枪的那个重伤就医，接应的那个已经押回市局。

"季队的手机找到了，手机上的信息被复制了一部分，具体的内容可以提取出来。接收信息的IP地址用了代理服务器，找到手机的时候传送已经中断，没能追踪到真实地址。接应的那人身上没有搜到手机，重伤的那个手机碎了，恢复信息需要时间。"

刘综"嗯"了一声，问欧阳睿："你是最早发现季队遇害的？你为什么在那儿？"

"我跟季队约好了见面。"

"为什么？"

"我和蓝耀阳发现了一些情况，季队约我们见面聊。"

"蓝耀阳？"

"他和倪蓝现在正往省厅去，袁局和严厅在那儿等我们。"欧阳睿道。

"还有倪蓝？"刘综挠挠眉毛。

"有蓝耀阳肯定就有她了。"

刘综也不知道这是走运还是不走运。

欧阳睿道："倪蓝手上有整理收集好的这一个月和平街所有监控，她能帮我们加快速度。"

好吧，看来这回也还是走运的。刘综道："那一会儿省厅见。"

越层楼房。

培叔看着眼前的四个年轻人，道："你们现在还有什么话要跟我说吗？"

"我没有。"阿平道。

阿生也摇头。

韩舟不出声。

阿猛盯了韩舟两眼。

"阿猛。"培叔看到他的动作。

阿猛靠在沙发上："我还是那些话，我觉得阿勇很可疑。我不信任他。"

培叔看向韩舟。

韩舟也靠在沙发上："他就算不信任我，我也记得我们是一条船上的兄弟。18号交易那天我救下了他，这是大家都知道的事。我是什么人，大家也都知道。往我身上泼脏水，只会掩护和保护真正的内奸。"

培叔不说话了，他把四个人的手机逐一拿起来，全都检查了一遍。他一边检查一边道："条子今天给内奸发了一条信息。"

他说着，看了四人一眼。阿猛皱眉头挪了挪身子，其他三人没动静。

"我知道跟那条子联络的号码，都不是你们用的。"培叔再次看向四人，他把手机内容检查完了。

阿平动了动，有些不耐烦的样子。

培叔把四人的手机都拆开了，手机壳里没藏东西，一切正常。

"所以肯定还有手机卡、手机藏着。"培叔说着，示意阿生站起来，"我得搜搜看。"

阿生脸色难看，站起来脱掉外套甩地上，又接着脱里面的卫衣。

培叔带来的其中一人上前拿过衣服认真摸索检查。

另一人也上前，培叔示意地抬了抬下巴，阿平骂了句脏话，站到那人身边开始脱。

一个接着一个。

这搜身检查非常仔细。

但没搜出什么来。

然后培叔让那三个人上楼去了，搜房间。

四人坐在客厅里等着。大家经过搜身，脸色不太好看。但等待的时间太漫长了，大家坐着都动了动。韩舟凑过去小声对阿生道："你身材可以的。"

"滚。"

"阿平有点小肚子了。"

"去死。"

韩舟还在唠叨："虽然阿猛不喜欢我，但我还是中肯地说，他的腿最长。"

"鉴赏大会吗？"阿生嘲他。

韩舟一摊手："你们也可以点评我呀。"

阿猛猛地跳了起来，还没来得及骂，那三个人下了楼。其中一人戴着手套的手里还真拿了部手机。他们最后搜的是阿猛的房间，所以其他三个人见状一起看向了阿猛。

那是一部旧式手机，小巧，古老，只能打电话收短信。

"那不是我的，我从来没见过它。"阿猛叫道。

那人把手机装进透明袋子里交给了培叔，低声说了句什么，眼睛看向了阿猛。

阿猛脸色发青，叫道："真不是我的！"他猛地转向韩舟，"你栽赃我！"

韩舟弹了弹衣袖："鉴于他这样的态度，我说什么都不合适，就不辩解了。"

阿猛破口大骂，扑向韩舟，一旁培叔的人一起将他按住。

"我收回刚才夸你腿长的话。"韩舟冷笑。

培叔站了起来，那小巧的老爷手机在他手里隔着袋子都似闪着寒光。

"不是我，培叔。真不是我。"阿猛嘶声大叫，"肯定是阿勇。"

培叔看向了韩舟，韩舟坦然回视。

阿生在一旁凉凉道："他怎么不栽赃我呀？"

"别凑热闹。"韩舟转头轻斥他。

培叔道："你们四人最近做了什么,有什么举动,我刚才都是问过的。阿猛,会给你机会解释的。"

阿猛被人按着,有些发抖。

他见过"给解释的机会"是怎样的,他没有机会。"真的不是我!"

培叔冷冷看着他。

阿猛被拖下去,然后再没有声音传来。

培叔转头看着剩下的三人:"收拾东西,今晚离开这里。有事让你们办。"

三个人都应了声,站了起来。

韩舟跟在阿生的后面上楼,他看到那锁着姑娘们的房间不知什么时候门开了,姑娘们挤在门后。小红一脸紧张地看着他。

韩舟面无表情地从她面前走过去。

刘综处理完杨晓芳那头的事,便赶到省厅。

严瑞和袁鹏海正闭门商讨。欧阳睿、关樊、蓝耀阳、倪蓝在办公室外头坐着。

这些都是老熟人,刘综与他们点点头打了招呼,然后去敲门。

办公室门打开,严瑞让刘综进去。

欧阳睿等四人就这么眼巴巴看着刘综自己进去了。

"弄得很神秘的样子。"倪蓝点评。

没人应话。

"不就是有卧底嘛。"倪蓝又说。

欧阳睿与关樊转头看她。

倪蓝挥挥手:"那手机里的资料就是那意思啊。多好猜。"

欧阳睿又转头看关樊。

关樊忙道:"我什么都没告诉她。"

欧阳睿再看蓝耀阳。

蓝耀阳道:"我们没用什么非法手段,也没非法入侵哪里……"他顿了顿,有些不肯定了,转向倪蓝,"是吧?"

"对。用非法手段入侵人家手机的是关樊啊。袁局批准了。我们只是危急时刻提供了服务器支持。"倪蓝振振有词,"我是从我的服务器上看的。这也是为了数据安全进行的备份,我会转给关樊,一个符号都不会丢。"

欧阳睿没脾气了,他对倪蓝道:"一会儿两位领导要是问到这事儿,你别说话。"

倪蓝不言声。

蓝耀阳轻轻拍了拍她后脑勺。

"行吧。"倪蓝应了，"本来就没打算说什么，我又不傻。"

关樊道："袁局问过我了，他已经知道是什么情况。既然用了倪蓝的服务器，他就肯定猜到倪蓝手上也掌握了那些内容。"

办公室里。

严瑞问刘综："怎么样？"

刘综道："没发现联络工具，杨晓芳的表现也正常。"

严瑞与袁鹏海互视了一眼。

严瑞对刘综道："今晚市局的同事们表现很出色，是他们及时采取了措施，才能截回手机，抓住凶手。"

袁鹏海跟刘综说了说今晚发生的事。

严瑞道："必须尽快侦破'鹰巢'案。这是有预谋的针对警务人员的谋杀。不能排除我们队伍里还存在问题的可能性。你继续查，包括'鸽子'。他在外头这么久，有没有什么情况？老季对他的控制并不严格，许多情况并没有掌握。是我们太大意了。同样的悲剧绝不能再发生。之前老季已经发出了通缉令，他跟我说'鸽子'会自首，他会处理好'鸽子'的问题。现在他不在了，这件事交给你。你绝不能像老季那样手软了。"

刘综点点头："我会找回'鸽子'，抓到'秃鹰'的。"

严瑞又道："也要照顾好'鸽子'的安全。在'鸽子'顺利回来之前，不得向任何人透露他的事。包括老季和你手下的那些人。"

刘综应了。

袁鹏海道："季队手机被抢这个细节，肯定会引起很多猜疑。严厅刚才跟我说了，我们市局会继续配合你们的工作。季队原来那组人精力还放在金阳商贸和'火石'行动的后续侦查，而我们市局配合你调查季队的谋杀案。"

严瑞道："那两个明星帮了忙，谢谢他们。但有他们在，太引人注目了。需要跟他们好好协调，别引起媒体的注意，别对案子造成什么麻烦阻碍。这件事就到此为止，别再让他们参与了。也请他们配合好，别对外泄露消息。"

刘综和袁鹏海对视了一眼。

严瑞道："你们跟他俩也很熟了，好好处理。"

袁鹏海道："蓝耀阳和倪蓝都是很优秀的人，他们对警方工作帮助很大，会配合我们的。"

"严厅放心，他们肯定没问题的。"刘综也道。

越层大屋。

韩舟回到房间开始收拾。他的东西不多，拎出个行李袋三五下就把衣物装好了。然后他去了洗手间，把所有东西全扫进塑料袋里。接着把床单被子毯子这些东西卷了塞到大包。这样就算收拾完了。

韩舟花了些时间把屋子里里外外全都检查了一遍，确认没有遗漏。

然后他戴上了手套，拿了抹布开始里里外外仔细擦。擦到窗台时，他看了看楼下。楼下停着一辆黑色轿车。有两个年轻男人带着阿猛上了车。接着那车子就开走了。

韩舟没什么表情，手上动作没停。

有个人站到了门口。韩舟看了一眼，没说话。

那人是小红。

小红咬了咬唇，走了进来，还把门关上了。

韩舟把抹布丢到盆子里，看着她。

"我们也得走了。"小红走近他说道。

"要我送你？"韩舟问得吊儿郎当的，一副痞子样。

"那个培叔问了好多问题，我没说你做梦的事。"小红小声道。

"说了又怎样，还不让做梦了？"韩舟笑。

小红一时语塞，顿了顿又道："我是想说，我真的不会害你的。我不是你想的那样。"

"我想的是怎样，只有那样的人才懂。"韩舟道。

小红又噎住了，过了一会儿她说："我在金孔雀，你知道那里吧？如果你有空，你可以来找我，我请你喝酒。"

韩舟笑起来："我去夜总会找小姐，小姐请我喝酒？"

小红脸红了红，低下头："我不是那个意思。我是说……我跟培叔说，我装得特可怜，你心软，对我挺信任的，还跟我说了一些你童年的事。"

韩舟不说话看着她。

小红抬了抬头，悄悄看他，却对上了他的目光，她咬咬唇道："所以如果你来找我，显得你真的挺喜欢我的，我觉得，下回他们想安排人，说不定还会让我来。"

与其被别的人监视，不如被她监视吗？因为她不会害他？

韩舟笑了笑："别傻了。我心不软，我不喜欢你。"

小红又低了头，声音小得不能再小："反正，不做这个，也会被要求做别的。我宁愿跟你在一起。"

"何必装成这样。你不必跟我在一起，你也不必做这个。年纪轻轻，有手有脚的，干什么不行。"

"那你还不是一样。"小红小声顶嘴。

韩舟又笑："还挺会套话。行了。"他挥手，"快滚吧。"

小红再看他两眼，出去了。

韩舟收拾完东西，拿着自己的行李袋下楼。

客厅里有人在四处擦拭打扫。

四个姑娘拿着自己的行李箱在沙发上坐着。

培叔在看手机，过了一会儿他道："好了，你们下楼吧。阿翔带你们下去，明天会把账打到你们账户的。"

四个姑娘答应了，拿起了自己的小行李箱，跟培叔告别，跟阿生、阿平打招呼。

小红看了看韩舟，跟着姐妹们走了。韩舟一直看着她的背影。

培叔盯着他们的举动，没说话。

客厅里很快空了下来。打扫的人也转去了其他地方。因为刚处置了阿猛，韩舟他们三个跟培叔之间的气氛有些冷。

培叔玩了会儿手机，终于放下了，道："我知道你们心里不好受。但我们能混到今天，是因为团结，靠的是对彼此的信任和忠心。绝对不允许背叛。不是我心狠，叛徒如果不死，那死的就是我们。"

他盯着这三个年轻人，盯得阿平受不了，主动道："培叔，我们知道的。"

培叔继续盯着他们，道："阿猛把手机贴在床头底板的角落里头，差点给他躲过去。手机卡已经不见了，但他发过什么内容我已经知道。他为什么这么做，还有没有同伙，我会问清楚的。我希望你们吸取他的教训，别有任何歪心思。"

阿生问："阿猛向条子报了什么？我们会有危险吗？"

"警方想钓的是大鱼，你们这些小虾警方暂时不会动的。况且，我们已经把负责这案子的警队队长杀了。他们现在估计得手忙脚乱一阵子。"

阿平、阿生和韩舟都露出了些惊讶的表情，互相看了一眼。

培叔认真盯着他们三个，道："我说过会让条子付出代价，你们以为是在开玩笑吗？"

"没，只是没想到这么快。上次说完之后就没后续了。"韩舟道。

阿生接话："因为上回说的是想试探出内奸，不是真的计划。"

"好了。"培叔打断他们，"这次是真的。有活儿给你们。阿平，你跟我走。我们去处理黑虎那帮人，上次货被条子劫了，几个仓库也被清了。黑虎那边很不高兴。他们的人也进去了两个，他们让我们给个交代，货得补给他们。"

"我们哪来的货？金阳也被警察清了，我们得新开路子。那哪是十天半个月能成的。"阿平道。

"上头有办法的，我们只管做就行。"

"好。"阿平应了。

"你们俩。"培叔掏出两张照片，一张递给阿生，一张递给韩舟。

"你们一人负责一个，处理干净点。"

"这谁？"阿生看着照片，上面是个中年男人。

"绰号冰哥。不能让警察把他抓了，省得麻烦。"培叔道。

"我上哪儿找他去？"

"车库里尾号475的黑色起亚的后备厢里。"培叔丢出一把车钥匙，"把他弄出去，别留痕迹。"

阿生还没说话，韩舟就叫道："这有点偏心了吧。阿生那个在后备厢乖乖等着，我这个要去警局当警察面弄死她吗？"

韩舟手上照片里的年轻姑娘，赫然是杨晓芳。

宾馆房间里。

杨晓芳看着女警宋昕检查房间，她自己也在屋里转了一圈，然后站在了窗户那儿往外看。夜很深了，外头的车子不多。这家宾馆离之前那一家不算远，装修程度一样，都有些年头了，客人应该不多。起码杨晓芳在两家宾馆入住时都没看到其他人。

宋昕穿着便装，看上去也跟普通旅客一样的打扮。她从卫生间出来，对杨晓芳道："好了，可以休息了。"

杨晓芳从窗户边离开，坐在了床沿上，问道："宋姐，季警官真的遇害了吗？"

宋昕在另一张床的床沿坐下："我知道的消息跟你一样。刘队这么说，肯定就是了。不然不会做这样的安排。"

杨晓芳坐到床头，双手抱着膝，将身体缩成一团，声音小小的："关我什么事呢？为什么那个刘队觉得我会有危险？"

"只是例行公事。"宋昕道。

杨晓芳又问："是怎么遇害的呢？是不是有什么证据显示跟我这个案子有关？是不是那些歹徒很厉害？那个阿光……"她吸了一口气，努力平稳情绪，这才说下去，"他们会报复我，是吗？"

"你不用多想。我们会保护你的安全的。早点休息吧。"

杨晓芳不再说话，她维持着同一个姿势呆坐了好久，然后僵硬地躺了下来，背对着宋昕，拉过被子，把自己裹住了。

宋昕把房间灯关上了，只留了洗手间那边的夜灯。

房间里瞬间暗了下来，除了窗外偶尔传来汽车驶过车道的声响，屋子里很安静。

过了一会儿，杨晓芳的抽泣声打破了这份安静。一开始只是闷着头的轻泣，后来似是压不住了，肩膀耸动，声音越来越大。

"我好害怕，他们居然连警察都敢杀。"杨晓芳哭得不能自已，"我太蠢了，我怎么这么蠢。我怎么会相信什么网友呢，他们都是骗子，明明网上那么多案例，我还笑她们傻，我自己最傻。我……我幸亏跑出来了。"

"你很勇敢。"宋昕安慰她。

"他们都是些什么人，怎么有枪，还敢杀警察？"

"我们会查清楚的。一定会把他们全部绳之以法。"

杨晓芳转过身来，脸上全是泪痕。她用蕴着泪水的眼睛看着宋昕："宋姐，季警官是个什么样的人？"

宋昕心里像堵着块石头，眼眶也发热："他是个好警察。"

杨晓芳久久不语。

宋昕平复心情，对她道："别担心，一定都会查清楚的。但凡做过的事，总会留下痕迹。法网恢恢，疏而不漏，谁也逃不掉。"

杨晓芳过了许久"嗯"了一声，道："好。那就好。"

阿生探头看了看韩舟手上的照片，道："这不是昨天网上那个姑娘？就是我们旁边和平街的那个。"

"对。"韩舟道，把照片跟培叔扬了扬，"这姑娘逃了，现在在警局。"

培叔道："没让你去警局。她是受害人，过几天就会放出来。"

"那又怎么样？"韩舟道，"她在警局里该说的全都说了，再杀她有什么用？而且她这样的身份，警方盯得很紧。"

"她坏了我们的事。"培叔道。

韩舟笑了笑，把照片丢到桌上。"杀了一个警察还有很多警察，杀了这个证人，看守所里还有很多证人，他们都在坏我们的事，还能全杀了？我以为我们跟着公司混是有钱一起赚，有命一起赌。什么时候成了复仇者联盟了？杀人不怕，可好处是什么？没好处心里有恨也忍一忍，动作越多破绽越多。"

培叔不高兴了："公司要怎么做，轮得到你教训吗？你也知道动作越多破绽越多，那就认真办事，别露破绽。"

"我哪敢教训。"韩舟又笑，眼里闪着精光，"培叔你不如说明白，我们究竟在做什么？金阳没了，仓库也被抄了。公司后面是什么安排？杀人可以，杀完之后公司有什么好处，我们能得到什么？"

阿生反应过来了："对，货被抄了之后，不是说让我们先藏一阵子，等风声过去。"

阿平也试探道："是要把黑虎那边安抚后，免除后患之后才退？"

培叔沉了脸，扫了他们三个一圈："公司的安排，该告诉你们的时候自然会说的。公司现在处境不好，很多计划都停了。目前最重要就是赶紧打扫，各个角落都扫干净。"他盯着韩舟，语气很不好，"让你们做的每件事都是有原因的，做就是了。你不做就让别人做，但没用的人，公司可不会再留着了。"

韩舟不说话了。他看了看阿光、阿平。阿平摸摸鼻子，给大家搭台阶："行了，培叔，我们知道的。"

韩舟附和了一声，然后道："培叔，我没别的意思。就是现在风声紧，刚死了警察，又都是有关联的，按理说我们躲都躲不及，还往枪口撞，这确实不太好动手。各个情况我都得问仔细了，不然出了事，不也是牵连到大家嘛。我一个人无所谓，要是拖累了其他兄弟，公司也没好处。"

培叔这才缓和了脸色，"嗯"了一声。

"我需要帮手。"韩舟道，"让阿生帮我，行吗？"

"行。"培叔点头，"好好安排，她出来后就处理干净。完了你们俩就出国去。"

"我不爱出国。鸟语听不懂，吃的也不带劲。"阿生道，"我去Y省开我的客栈去。"

"随便，反正找个清静地方待着。等我找你们。"

"行。"韩舟看了阿生一眼，点头。

培叔道："那就这样，你们回公寓去吧，资料会给你们送过去，钱明天打你们账上。一切都按老规矩。"

省厅。

"反正还是原来说的那些，你可别忘了。"刘综对倪蓝耐心地千叮咛万嘱咐。

"知道了知道了，再啰唆就翻脸了。"倪蓝拉着蓝耀阳就走。

之前严厅、袁局和蔼诚恳地感谢了他们两位好市民的帮忙，然后就派出了刘综、欧阳睿这些唱黑脸的，又要她的监控资料数据，又要她的检索程序，然后要求她不介入这个案子，对案情保密，还鼓励她在演艺事业上好好发展。

呸，欺负人。

倪蓝不高兴。等着瞧，她会拿影后给他们看看。

蓝耀阳和倪蓝回到家里，倪蓝还鼓着一肚子气，而蓝耀阳一直没怎么说话。

倪蓝问他："你看上去没什么精神。"

蓝耀阳正看着手机："我妈的消息，让我们明天回家里一起吃早饭。"

倪蓝赶紧凑过去："我们做错什么了吗？啊，不，我做错什么了吗？"

蓝耀阳摇头："除了那个跳舞偷拍视频最近没什么事。"

倪蓝："……"

对，跳舞。

倪蓝开始打转转，麻烦了，她之前跟蓝耀阳妈妈许娟吹牛说开场舞绝对没问题，但现在她的跳舞水平暴露了。

"蓝总啊，你妈会不会信了我的邪，去外头跟那些什么总裁夫人、演艺界大佬们吹嘘了一番我很能干？"

"不会的。你还没嫁进来呢。"

倪蓝舒了一口气："那就好。那她还不算丢脸。"

蓝耀阳："……"

他揉了揉倪蓝的头："我去洗澡。"然后转身去收拾衣物。

倪蓝鼓了鼓腮帮子，追在他屁股后面："不是，你还没有安慰我呢。"

蓝耀阳拿好衣服往浴室走："你挺乐观的。"

意思就是她不用安慰？倪蓝看着蓝耀阳进了浴室，她叉上了腰自言自语："可是你也没邀请我一起洗啊。"

倪蓝琢磨了一会儿，去了另一间浴室洗澡。一边洗一边感叹，找什么男人啊，还多了份操心。

洗完了澡，蓝耀阳跟往常一样帮倪蓝吹了头发，两人收拾收拾就躺到了床上。

蓝耀阳闭着眼睛，倪蓝看着他的侧脸，真觉得不太对劲了。

她摸摸蓝耀阳的头："阿阳。"

蓝耀阳微微动了动，睁开眼睛看她。

"蓝可爱。"倪蓝再叫他。

蓝耀阳对她笑了笑，凑过来亲了亲她。

"你怎么了？"倪蓝问。

蓝耀阳想说没事，但看着倪蓝的眼睛，把这话咽回去了。蓝耀阳沉默了一会儿，倪蓝耐心地等着，一边等一边玩他的头发。

"我今天，看到季队的尸体了。"蓝耀阳调整好心情，终于说了。

"害怕了？"

"不是。"蓝耀阳把倪蓝的手从他头上拿下来，握在手里，"也不是不害怕。但不是因为害怕。我就是觉得……很难过。"

倪蓝挨过来，把蓝耀阳抱住了。

"有一种无能为力的感觉，很难受。觉得不真实。"蓝耀阳说，"我想刘队他们应该更难受。"

倪蓝拍拍他的后背，她男人真是太感性了，温柔的好男人。

蓝耀阳道："倪蓝，如果我们早点发现问题，是不是能帮到他，会不会就能避免这次悲剧？"

"不能，不会的。"倪蓝看着蓝耀阳的眼睛，"季队自己前天半夜就收到预警了，他的卧底警告他小心。然后他自己也没躲过去。"

"是吗？"蓝耀阳眼神黯了黯，倪蓝忍不住亲亲他眼睛。

"卧底没告诉他具体的袭击计划吗？"

"没有，只有'小心'两个字。"

"为什么？"

"也许他只是听到风声，并不了解计划内容。"

蓝耀阳不说话了，过了一会儿道："可是既然听到风声，这么危急的情况，为什么不去了解一下具体细节？只发'小心'两个字没意义。"

倪蓝不说话，她也不清楚这里头是怎么回事。

蓝耀阳道："如果营销部交一份报告上来，什么分析数据都没有，就写这艺人很红，我一定开除他的。"

倪蓝被他的语气逗笑，她想了想："不过季队的卧底确实有点古怪。他发的情报，后面没用暗语。之前发的都有，我没看懂，但最后两条没有。"

蓝耀阳皱皱眉头："是吗？为什么？"

"不知道。可能是情况紧急吧。"

"'小心'两个字有什么好紧急的？"蓝耀阳说完突然恍然状，"会不会他偷听到什么被发现了，然后他只来得及发出'小心'两个字就被抓走了。"

"不知道。"倪蓝想了想，"对了，杨晓芳被囚禁的那个屋子，卧底曾经待过。"

蓝耀阳惊讶："这个你都知道？"

"季队手机里有一个警报程序，如果警务系统里有搜索他存入的指纹和DNA信息，他会收到警报。他昨天收到了一条，就是杨晓芳案子的现场指纹。"

"难怪季队要把杨晓芳的案子转到省厅去呢。杨晓芳可能见过那个卧底。"

"对。还有，那个卧底的信息特别少，我就扫了一下，好像一两个月才发一条。季队对他也太放心了。"倪蓝问蓝耀阳，"你要不要看？"

"不看。"蓝耀阳回答得很干脆，"都答应过刘队和袁局了。袁局还说他俩在严厅面前打过包票的。"

"看一下有什么关系，又没捣乱。你不说他们都不知道你看过。"

蓝耀阳揉她脑袋："快睡觉。明天早上得六点半起床。现在都快一点了。你刚才不是还紧张要去见我妈，赶紧睡。"

"对了，约早餐是什么意思啊？"

"她明天中午飞机去出差的意思。"

"那等她回来约个慢悠悠的晚餐多好。"倪蓝还真有些紧张了，"弄得很紧迫的样子，吓唬谁呀。"

蓝耀阳沉默了一会儿，又道："你说那个犯罪团伙杀季队是什么意思？抢他的手机确认卧底？这太傻了吧。确认卧底不是有怀疑就拖出去严刑逼供一下，然后杀掉就行了吗？"

"睡觉！"倪蓝闭眼睛。

蓝耀阳又忍了一会儿，没忍住。他用脚蹭蹭倪蓝的脚："季队手机里是不是还有什么别的重要内容？"

"我怎么知道，我就扫了几眼。"倪蓝睁开眼，没好气，"要研究你自己去研究。"

蓝耀阳一脸挣扎："那我……也扫几眼？"

阿生开着车。韩舟坐在副驾驶位置上。他们办完了事，把车后备厢那个冰哥处理了，正在回程路上。

韩舟闭着眼假寐，一直没怎么说话。阿生瞥了他一眼："我说，你胆子够大的。培叔肯定很不高兴。"

"那又怎么样？我还不高兴呢。"韩舟掀了掀眼皮，"老子是卖命，但不是一条狗。"

他顿了顿，又道："再说了，就算是卖命，也得值钱点。我不想被他坑了。"

阿生默了默："你也有这感觉？"

"我又不傻。"韩舟坐直了，"阿猛到底怎么回事？要说他是叛徒，我不怎么信。培叔光用说的，也没拿出证据来。那手机是从床下搜出来还是从他那些兄弟口袋里掏出来的谁知道。"

阿生看看他："那你觉得是谁？18号交易的消息确实走漏了。"

"是我们吗？难道不能是黑虎那边？"

阿生皱皱眉。

韩舟沉默了一会儿，道："那批货被倒掉之后，公司肯定不行了。上头似乎有些破罐破摔的意思。正事不干净瞎搞。现在想想，他们是准备炸了吧？但他们不敢直接丢下我们这些小卒，于是要想些名目来清理干净，剩下些能陪他们跑路忠心卖命的就行。抓内奸这理由多好用呀。指哪儿打哪儿，说谁是谁就是。现在轮到阿猛了，下一个到谁？"

"你说得对，我们得小心。"阿生道，"现在是让我们打扫，谁知道什么时候打扫我们。"

"得沉住气，先看看情况再说。反正该做的事我们做好，别留什么把柄给他们当借口。看看后头他们究竟是什么打算。"韩舟道，"你跟阿平说一声，让他也机灵点。"

"嗯，懂的。"

韩舟又道："还有，我们得想后路了。如果他们真要把窝炸了，条子那边他们是不管不顾的，真出了事，培叔肯定有办法跑，但我们呢，万一他不管我们死活，我们不能坐以待毙。"

"这肯定的。"阿生想了想，问，"你说，跟公司有没有好聚好散的可能？"

"不可能。"韩舟道，"起码我这些年，只见过死掉的，没见过金盆洗手的。"

阿生不说话了。

韩舟复又靠回到椅背上，看着窗外暗夜中影影绰绰的树林，树枝像魔鬼狰狞地伸出的爪子，被车子一个一个地甩在了后头。但车速再快，也依旧是驶在黑暗中。

"我早就做好心理准备了。"韩舟道。

"什么？"阿生没听清。

"我说，我想过自己是怎么死的。"韩舟道。

"老子可不想死。"阿生道。

"谁都得死，就看死法自己满不满意吧。"韩舟道，"比如，你白发苍苍，就在你心爱的客栈里，死在个漂亮姑娘怀里。"

"穿衣服吗？"阿生问。

韩舟笑起来："你想穿吗？"

阿生道："我不稀罕死在漂亮姑娘怀里，我就希望我的子孙围在我的床边送送我，那样挺好。"

"想什么呢！"韩舟横他一眼，"就咱们这样的，别子孙了，生一个祸害一个，只会招人恨。"

阿生想起韩舟的身世，反驳道："那好歹也把你生下来了，要不怎么有现在的兄弟？"

"没人感激他们。"韩舟没好气，"我真挺恨他们的。"他看向阿生，"真的，日子不安稳，没法好好养，就别生。"

阿生被他说得起了鸡皮疙瘩："你这语气像是我让你帮我生似的。不生不生，咱不生，行了吗媳妇？"

韩舟笑起来。

两人没再说话。过了一会儿阿生把车子开到了培叔指定的地方。韩舟看了看四周，确认没问题，然后他下了车，戴好手套，打开车子后备厢，用里边放着的清洁用品把后备厢仔细清理了一遍，之后又回到了车子里，把驾驶室、副驾驶室，还有后排车厢也都仔细清理了。

阿生左右观察了一下，拿了包，等韩舟做完后把东西都装了起来。接着他们步行了一段，回到了公寓。

"公寓"是他们这个圈子对"家"的叫法。韩舟和阿生这一批人，在公司里升到了中层，公司就给他们买了房子，不大，70多平方米，算是他们升职的一个奖励。

阿生与韩舟的公寓在同一栋楼里。中间隔着两层。

培叔说的资料已经送到了。韩舟一打开门就看到了客厅桌上放的牛皮纸袋。

韩舟没理那份资料，他去洗个了澡，在沐浴龙头底下冲着水，闭上眼睛发了很久的呆。直到门铃声把他扰醒，他才关了水出去。

来的是阿生。

他给韩舟带来了夜宵，还有一个消息。

"你被通缉了。"阿生用手机亮给他看，"朋友发我的。上面还有阿猛他们几个，还有我们刚干掉的冰哥，还有培叔。"

韩舟拿过来翻了翻，几个平头画像，他是其中之一。但画像画得辨识度真一般，全靠画像上面的绰号来认人，倒是培叔年纪大些，辨识度高，看上去有六七分像。上面培叔的绰号写的是金叔。

韩舟嗤笑："画成这样。告诉培叔了吗？"

"说了，他没什么反应，并不意外的样子。只说让我们小心点。实在干不了就跟他说。"阿生说着，跟韩舟碰了个心照不宣的眼神，"干完这票想办法撤吧。"他看看画像，"也挺像我的。平头差不多都长这个样，培叔要求我们统一发型还有这想法呢。"

"你收到东西了吗？"韩舟问阿生。

"收到了。叫杨晓芳。"阿生看看韩舟，"你是不是认识她？"

"不认识。"韩舟翻了翻培叔给的资料，问阿生，"你能找到条子朋友打听打听这案子的事吗？谁负责，什么时候会放她出来，有什么保护计划之类的？"

"找不到。我顶多认得基层的小片警，他们的手碰不到这种大案。"

"你说培叔他们有路子吗？杀警察都敢了，是不是有什么消息？"

"不知道。"

韩舟扒了一把自己短短的头发："这事不好办，我们得想办法套点消息。总觉得是个圈套。"

"那你拖老子下水！"阿生拍韩舟的头。

"我也得试一下培叔的态度。"

阿生瘫倒在沙发上："我试着去打听打听，但我觉得不太行。这种路子不好弄。之前新闻不是报过，省里领导被查处了一个，就是因为那里头有事。我听说后来他们查得特别严，一个个都乖得很，连小片警都规规矩矩的。"

"我再问问培叔，让他想想办法。"韩舟道。

"他要有路子今天就直接告诉你等他消息了。"

韩舟静默了一会儿，骂了一句，说道："我失算了，不该拉你进来的。我一个人，想跑的时候还方便些。"

"滚你的。"阿生踢他一脚，"我想过了，如果培叔真是想挖坑让我们跳，你跳完接着就是我，早跳晚跳一样。说不定今晚的冰哥就是了。"

韩舟想了想："我们今晚应该没漏什么吧？"

"没有。我注意着呢。"

韩舟舒口气，他又扒拉了一下头发："我们得想办法，这件事一定得办好了。"

"我明天去找阿平，他现在跟着培叔，让他留点心帮忙探探意思。"

韩舟摆弄着手机："如果不能直接接上条子的消息，那我们再找找别的。"

既认识杨晓芳，又跟警察熟的。

韩舟的手机上播着视频：一个戴着口罩、帽子，穿着棒球外套的姑娘拿着甩棍一下打到逃跑的车子前车窗上，而后滚落地面。

倪蓝。

韩舟垂下眼眸，按灭了手机屏幕。

倪蓝和蓝耀阳穿着睡衣，脑袋挨着脑袋一起看着电脑屏幕。

蓝耀阳道："季队发给卧底的这条消息，应该是让他结束工作回来的意思吧。"

"我觉得是。"

"都发出去一天了。"蓝耀阳喃喃自语，"不让他再干了，是不信任他了吗？因为在杨晓芳的案子里，这个卧底出现过，但是卧底没有向他报告？"

"如果工作需要必须越界，那肯定是要报告的。没报告就有问题。"

"你当初有这样吗？"

"我情况不一样。"倪蓝道，"而且我每天都有看消息，确认有什么情况要跟进的。"

"对。"蓝耀阳坐直了，"这卧底怎么没反应呢？"

他想了想，道："我们来捋一捋，杨晓芳报案，罪犯之一可能是季队的卧底，然后季队召回这个卧底，然后季队牺牲了，是这个时间线吧？"

"对。"

"季队没有放杨晓芳回去，要么是觉得她有危险，要么是觉得她可疑，对吧？"

"对。"

"我觉得应该是觉得可疑。"蓝耀阳又说，"有危险派人保护可以在她家保护，而且如果诱来了罪犯，当场抓个正着就更好了。嗯，对，肯定是觉得她还有疑点。"

倪蓝把脑袋靠在蓝耀阳肩膀上。蓝耀阳侧头亲亲她额头，继续琢磨："她疑点是什么？供词里是不是有漏洞？我们发现的交通应该是其中一个？虽然不算什么有力证据。时间？她被囚禁的时间太长了，在这样的地区，实施这种犯罪很容易被发现。她被关了半个月为什么不喊救命？她实施过什么求救的行动吗？"

倪蓝歪脑袋看看他。

蓝耀阳撑着下巴："一定在她供词里。"

"你想看吗？"

蓝耀阳精神一振："你有？"

"没有。但警局内网系统里肯定有。"

"不看不看。"蓝耀阳果断拒绝，"都答应过袁局和刘队的。"

"哦。"倪蓝完全没有鼓励他，把脑袋继续靠在他肩膀上。

蓝耀阳："……"

蓝耀阳继续翻季勇军的手机内容，暂时没看出什么来。他的思路就一直绕着杨晓芳转："杨晓芳的作用就是指证了卧底。然后呢？就算她想查出什么来，她也没机会往外传消息呀。"

他继续翻："我还是觉得要确认卧底是不需要杀个警察来抢手机的。可以偷呀。那样风险小多了。而且看卧底手机不就知道了。"

"啊……"蓝耀阳突然想到，"但如果要确认卧底的供词是不是真的，那就得来找警察了。有卧底的指纹，有受害者，那么这个卧底的上线警官肯定得出现。"

倪蓝也坐直了："然后他拿出了卧底的照片问杨晓芳，你说的是这个人吗？"

"对！"蓝耀阳兴奋。

"找出了这个上线警官，然后呢？"

"……"蓝耀阳噎住了，然后就不知道了。

蓝耀阳继续翻内容："杀了季队对阻止警方破案有用吗？肯定没用呀。"

倪蓝等了蓝耀阳一会儿，终于忍不住了："你已经翻第三遍了。"

"你先去睡。"

"蓝耀阳。"

"好吧好吧。"蓝耀阳依依不舍地扣上了电脑，一看时间，"快，睡觉，还能睡两个小时。"

两个人扑到床上，扯过被子。倪蓝的腿跨在蓝耀阳的腰上，趴得不像样子。

蓝耀阳在脑子里又过了一遍那些内容，算了算了，想不出什么。案子细节都不知道，只能瞎猜。他叹气，放弃了。

又躺了好一会儿，他还很精神，看了看表，再看看倪蓝。

倪蓝还睁着大眼睛在看他。见他望过来了，道："你就维持刚才的姿势多好，你的眼睫毛真好看。"

"你看我的眼睫毛看了半小时？"

"不是，我是看你发呆看了半小时。"

蓝耀阳忽然翻过身来，手伸进倪蓝的衣服内："反正也睡不着了，干脆别睡了。来做做运动。"

倪蓝痒得缩了缩，哈哈大笑："要是你妈再说是我带坏你的，我一定得抗议。"

蓝耀阳吻住她的唇："我哪里坏？"

吻了一会儿，再吻一会儿。"我妈什么时候说过？"

倪蓝搂着他的脖子："她是用眼神说的。"

蓝耀阳压着她："你说得对，思考可以助兴。"

"我什么时候说的？"

"你现在的眼神说的。"

倪蓝咯咯笑："我明天，啊，不，我今天要告诉你妈妈，她的宝贝儿子说思考可以助兴，你的形象在她心里肯定崩塌。"

"我承认喜欢你的时候她就傻眼了，后面什么事都打击不了她。"蓝耀阳咬倪蓝一口，"你专心一点。"

三个小时后，蓝家别墅。

许娟瞪着蓝耀阳和倪蓝。

这两位，被人偷拍视频传到网上让她丢脸就算了，她约个早餐想聊聊，他们两个顶着一副一夜春风、纵欲过度的精神面貌过来是怎么回事？是担心她不知道他们感情好吗？

在许娟的这种眼神下，倪蓝坐得特别端正。

蓝耀阳试图缓和一下气氛，他问："妈，你这次出国得半个月啊？"

"嗯。"许娟喝口粥，转向倪蓝，"你有什么想要的吗？"

"没有。"倪蓝摇头，"阿姨你看着买就行。"

许娟："……"沉住气再喝两口粥。

倪蓝这姑娘的个性她是一直在适应。大气和大大咧咧之间的尺度确实微妙。倪蓝在物质上没什么要求，但她也不会跟你客气。你给她东西她就收下，多贵都不慌，什么都不给她她也不介意。这种爽快有时候让人特别舒心，有时候就让人有些被噎着的感觉。

这时候倪蓝悄悄打了个哈欠，许娟终于没忍住，问她："昨晚上没睡好吗？"

"都没睡就赶紧过来了。"倪蓝答。

蓝耀阳轻咳一声。

倪蓝警觉地望过去。蓝耀阳给了她一个眼神。

倪蓝反应过来了，赶紧补救："我们昨晚学习来着，阿姨。"

"妈，你吃个奶黄包。"蓝耀阳截住倪蓝的话。

许娟接过了奶黄包，但还是问："学什么了，跳舞吗？"

倪蓝："……"

她看了一眼蓝耀阳，然后顽强回答："还有计算机、生物学什么的。"

蓝耀阳放弃圆场面，他往自己嘴里塞了包子。

倪蓝有样学样，也往自己嘴里塞了个包子。

许娟把手里的包子放在碟子上，看着面前这两个嚼包子的，真是一口气出不来。

"视频的事处理得怎么样了？"许娟问蓝耀阳。

蓝耀阳忙把嘴里的包子咽了下去，喝了一口水，答："查出来了，是那个舞蹈室的小助理。她混粉圈的，跟营销号认识。之前倪蓝去学舞她就有偷偷看，然后跟营销号八卦倪蓝跳舞怎样怎样。营销号就让她在倪蓝下次学舞的时候给拍一下。所以那天她偷偷放了手机在那里，正好拍到我跟倪蓝。我已经让律师处理了，她拍摄的东西也全都删了。营销号和舞蹈工作室今天都会发道歉声明，公关那边会跟进的。"

"除了沙发那段之外没拍到什么别的出格的画面吧？"

"没有。"蓝耀阳答。

倪蓝暗暗松了一口气，许董阿姨更在意的是沙发亲热片段，还好还好。

结果下一句许娟就对倪蓝说："跳舞的事……"

倪蓝赶紧咽下包子坐直了。

"如果觉得太难了，周年庆舞会的流程可以改的。"许娟道。

"不难不难。"倪蓝很坚强地答，"我那天就是跟蓝耀阳逗着玩呢，那个词叫什么？情趣，对，情趣。"

蓝耀阳没说话，再拿起一个包子。

倪蓝看着他的动作，也想拿个包子，但看许娟还在看她，手就没伸出去。她端庄道："阿姨你放心。"

蓝耀阳用力嚼着包子。

倪蓝瞥他一眼。

蓝耀阳替她拿了个包子塞进她嘴里。

倪蓝忙大口吃起来，啊，包子带来的安全感，有点幸福。

许娟看着他们两个，真是没话可说。她安静吃饭，倪蓝也轻松了。后头许娟只问了问蓝耀阳公司的事，倪蓝乐得轻松，觉得这顿饭还不错。

饭后许娟送他们出门，对倪蓝道："要不就换首曲子，或者我找位老师给你。"

"不用，不用。"倪蓝摆手，"阿姨你放心，我可以。"

许娟看了看蓝耀阳。

倪蓝赶紧也看蓝耀阳。

蓝耀阳附和道："她可以的。"

蓝耀阳与倪蓝上车，回家路上他问："所以你到底在倔强什么？"

倪蓝抠着车窗："我妈说我是属鸭子的。"

"什么？"

"能上天下海还嘴硬。"

蓝耀阳："……"总结得还真是到位。

看倪蓝对自己认识这么深刻，蓝耀阳也就不说话了。

倪蓝等了一会儿，悄悄瞥他一眼。蓝耀阳认真开车。

又等了一会儿，车子都开了两条街了，蓝耀阳还没说话。

倪蓝忽然坐端正了："就是的，你不用理我，反正我也不是太丢脸。"

蓝耀阳笑起来，伸出一只手握住她的手："开车呢。"

倪蓝拨弄他的手指，嘟囔着："我肯定能练好的。"

"妈都说没关系，可以改流程。"

"那不行，左边的脸已经丢了，右边的脸得保住。现在大家都笑我呢，要是改流程，大家会笑得更大声。"

　　蓝耀阳觉得没差别，但他也没泼倪蓝冷水："那你好好练，还有一个月。"

　　"不到一个月了。"

　　"那也来得及。"蓝耀阳鼓励她。

　　行吧。倪蓝心情又好了。

第五章
谁是秃鹰

　　倪蓝醒过来的时候是下午。蓝耀阳已经不在了。他在枕头上给她留了字条，说他外出办事，一会儿回来给她带晚饭。

　　倪蓝挠挠头，打了个大大的哈欠，大周末的，蓝耀阳能有什么事要去办？

　　她给蓝耀阳发消息，说她醒了，看到他的字条了。

　　过了一会儿蓝耀阳给她回复了一个亲亲的表情包。

　　倪蓝刷了刷微博，搜她的名字，看看倪蓝超话，网上对她舞技和BLUE周年庆的讨论还是很多，有鼓励她的，也有不少在等着看笑话。

　　倪蓝撇了撇嘴，算了算了，反正她这么厉害，丢一点点脸又有什么关系。

　　她又找了找和平街案子的事，网上关于案子本身和受害人的讨论几乎找不到，看来是删得挺干净。

　　倪蓝赖了会儿床，把《一步之遥》的舞曲视频又翻出来看了，然后她爬起床，赤着脚穿着睡衣跟着视频上的舞者踩舞步、转圈圈，转到第二圈的时候，她忽然想起来了。

　　她给蓝耀阳发微信："你是不是去警局了？"

　　蓝耀阳还真是去了警局。

　　今天刘综和欧阳睿两边都在加班。蓝耀阳去了市局找欧阳睿，他买了一堆点心和饮料，还给欧阳睿他们搬了一箱方便面和一箱矿泉水。

　　欧阳睿："……"

这位稀客，这么客气是什么意思呢？

"欧阳啊。"蓝耀阳的语气很亲昵。

欧阳睿警惕地看着他。

"我想请你帮个忙。"

"案子的事情真的不方便跟你透露。"

"不不，不是这个。"蓝耀阳一脸认真道，"是私事。"

"好吧，你说。"欧阳睿只睡了三个小时就赶回局里工作，午饭啃了个汉堡，他现在很累了，就当休息休息，听听蓝耀阳说什么。

"呃，你的格斗什么的，在哪儿学的？"

"警校。"欧阳睿答得硬邦邦的，一脸"我看穿你想干吗"的表情。

蓝耀阳又道："哦，我的意思是，想找个老师教教我呢。你太忙了，肯定没空的。"

欧阳睿："……倪蓝不是挺闲的吗？"

"你这么说她，她该不高兴了。"

欧阳睿点点头："你就这事是吧？想学格斗？"

蓝耀阳没说话。

欧阳睿站起来："谢谢你捐赠的加班物资，我先去忙了。"

蓝耀阳忙拉住他："还有还有，被倪蓝打出马路、被车撞的那人怎么样了？倪蓝是当事人，我得问问，万一他要告我们，我们得有个准备。"

"伤得很重，还没醒。我们问了他的同伙，他同伙不认识他，不知道他的家属有谁、怎么联络。你家律师暂时还不用考虑这事。"

"哦哦。"

欧阳睿就看着蓝耀阳。

蓝耀阳又问："那季队呢，他家属还好吗？"

"省厅那边安排人去慰问和照顾。该给季队的荣誉和给他家里的抚恤都不会少的。放心吧。"

蓝耀阳顿了顿，再问："那个卧底，回来了吗？"

欧阳睿表情无奈。

蓝耀阳一脸无辜。

欧阳睿："没回来。起码我一小时前与刘队通电话的时候还没回来。"

蓝耀阳皱眉头，压低声音："你说他是没看到季队发的召回信息，还是出了什么事呢？"

欧阳睿不说话。

蓝耀阳又道："欧阳，我觉得吧，当然我是瞎猜的。歹徒杀季队，不是因为手机。或者说，首要的目的不是手机。杀人才是第一目标，抢手机窃取上面的信息是第二目标。"

欧阳睿认真看着他。

"万一手机里面根本没有他们想要的信息，或者他们破解不了密码，先把人打死了，岂不是竹篮打水一场空。所以，我觉得在任务优先级上，杀人排在了前面。"

"但手机对他们也很重要。"欧阳睿道，"他们拿到手机后应该马上关机把手机卡拿出来，把手机和卡都带到安全地方后再解密分析信息。但他们马上进行了信息传送，他们很迫切。"

"那是因为我们。他们动手的时候并不知道我们会在。那辆帕萨特拿到手机后并没有马上离开。你追摩托，被枪击撞车，我们追出去，我再转回来，这个时间足够这辆车开出这条街，不会等到你从车里爬出来阻止他了。"蓝耀阳道，"他在观察，或者报告。我们突然出现这个变故让他们决定马上传送信息。"

欧阳睿想了想，对的，确实如此。"按他们原本的计划，拿到手机后离开，中途悄悄换辆车。就算当时有人看到摩托车把手机丢给他，但他换了车就很难再追踪了。"

"可因为他们需要马上传送信息不能关机，所以让你们可以追查手机信号，他换了车也没用。"

"你说得对。"欧阳睿赞同蓝耀阳的想法，"手机不是第一位的。他们只传了32%的信息，就把手机丢掉了。他没有把手机卡拔下来断掉信号试图带走，而是丢掉了。"

"用手机信号引开警方好逃走。"蓝耀阳握了握拳，"但他当时已经被盯上了。所以，手机对他们来说重要但不是最重要。"

"又或者那32%对他们来说已经足够了。"

"我看传的那几张照片没什么重要的，只有通信录和短信有价值吧？应该还是跟卧底有关。"

欧阳睿道："你为什么会看过那些手机内容？"

蓝耀阳："……这个不重要。"

欧阳睿："……"这位总裁你知道你跟倪蓝脸皮一样厚了吗？

"卧底已经暴露了。"蓝耀阳道，"杨晓芳是来确认的。"

"刘队查过她了。她没有机会向外报信。"

"她不需要。"蓝耀阳道，"季队自己报了信。他见过杨晓芳之后，给卧底发了召回的信息。"

省厅。

刘综与专案组的众人在开会。

季勇军的组员表达了强烈的不满："季队的命案与'鹰巢'肯定有关系，为什么不让我们一并查？"

刘综冷静道："肯定与'鹰巢'有关系，那就加紧把'鹰巢'查清楚，现在进度并不理想，对方杀掉季队的目的也许就是这个，扰乱我们的调查节奏，使得他有更多的时间布置脱身。"

刘综看了看大家的表情："季队的牺牲我们所有人都很悲痛，但越是这样，越不能让'秃鹰'得逞。"他加重了语气，"把'秃鹰'抓住！别让季队失望！"

有人红了眼眶，有人狠狠捶了一下椅子扶手。

刘综继续道："杨晓芳的案子与季队的案子会转到市局那边调查，我们这边曾副队会有小组与他们共同协作。一定会尽快查清，这事大家放心。但现在查清'鹰巢'案和抓到'秃鹰'同样重要。"

沈华道："季队有情报来源，但我们不知道他的线人是谁。季队被杀后手机被抢，信息被窃，跟这个有关吗？"

刘综道："会查清的，每个细节都不会放过。我会跟进调查，有任何相关消息，都会集中到这边来。"刘综顿了顿，道，"另外，还有件事。内部调查组会对大家进行一些例行问话，希望大家能配合。"

他这话一出，大家顿时有些愤然。有人跳起来："又查！这都几个月了，天天盯着自己人，我们还要不要办案了！"

"我能理解大家的情绪。确实这几个月大家压力都很大，气氛不太好。这里每个人都需要问话，包括我在内。这不是给大家添麻烦，阻碍办案，相反，正是为了肃清道路才这么不厌其烦。"刘综道，"不要因为自己的不方便，而给黑手留了方便。这道理大家都该明白。"

众人沉着脸不说话了。

刘综看了看大家，转移了话题。他指着案情板，道："前面这三年一大串我都不说了。今年的，1月15日开始清查金阳商贸，与边境边贸打掉了他们的走私渠道，抓捕了24个人，阻断了他们的货源，打掉了两个仓库。3月18号'火石'行动，截获黑枪一批，抓捕8人。3月25日清查石门库，黑枪改造仓库。3月30日桃生路，毒品加工厂。4月10日建华街，原黑枪仓库，空的。4月18日，和平街，人贩据点……"

下面有人接口："4月19日，季队牺牲。"

屋子里安静了片刻，刘综缓了缓情绪道："季队遇害的情况，我跟市局的欧阳睿沟通过了。开枪的凶手重伤入院，现在还没有苏醒，没法问话。根据指纹和外貌特征查验，他叫骆江，十六岁时曾经因抢劫伤人入过狱，是个少年犯。目前还没有联络上他的家人。"

"抢了手机的那个疑犯叫沈合，有盗窃前科，高中时就在修车店打工，精通车辆机械等，五年前出狱。出狱后没工作过。他声称在这个任务之前他不认识骆江，他收到的指令是监视季队，报告季队的行踪，如果有人丢给他一部手机，他就把手机带走。如果没拿到手机，他也会在季队被谋杀后离开。"

刘综停了停，把监控画面发到投影上："在季队离开省厅停车场时，这辆帕萨特就一直在跟着他。在阳翔路这一段，季队应该是察觉到可能有人跟踪，所以偏离了回家的路，绕了一大圈。帕萨特很警觉地没有再跟上。接着是这辆摩托远远跟着。再然后季队进了方亭路，再有两个路口就是他家了。这时候摩托在这里……"

刘综指了指画面，摩托远远停在路口。"季队下了车进了便利店。帕萨特从另一个方向过来了，停在季队车子的斜对面，这个地方的视线可以看到便利店里面。接着季队要出来的时候，摩托车慢慢驶了过来……"

大家安静地看着屏幕上的这个过程，有些人捏紧了拳头。

刘综道："他们非常有组织，配合得也很好。他们拿的枪与18号'火石'行动缴回来的那批枪一样，应该就是'鹰巢'动的手。之前一系列行动所造成的结果，'鹰巢'已经穷途末路，不排除这是他们最后的疯狂，为泄恨进行的报复行动。在座各位'伏鹰'计划的组员，请务必当心。我们并不确定还有谁在他们的报复名单里。"

一个人轻声问："他们哪来的名单？"

沈华也提出疑问："他们怎么确定的季队？"

大家面面相觑，这会儿都有了很不好的推想。如果不是内奸，不是自己人，"鹰巢"怎么会知道"伏鹰"计划小组。

刘综道："季队手机上的通信录被复制出去了，那上面有大家的名字。不知道是否会造成什么影响，请大家务必注意安全。"

众人沉默了一会儿，刘综再道："在他们决定对警察动手之前，肯定已经做好了准备。而且这几个月他们损失了不少人手，内部一定混乱。对被捕的那些人施加些压力。金阳的那个宋昌不是号称背叛'秃鹰'的后果比被法律审判更可怕吗，告诉他现在他家老大被我们逼到绝路了，外头都知道这功劳算他的。如果他再不配合，我们就因为他有立功表现允许他取保候审。"

沈华点头："行。"

"季队发的那五张内网协查通缉令，跟进督促各区，再盘查清楚有没有已知嫌犯租屋、保险柜、仓库等等相关信息。还有，他们的绰号可能不止一个。几个人供词里的金叔、培叔，看起来像同一个人。"

一个组员道："确实如此，与那些平头小伙子不一样，这个金叔、培叔的特征辨识度比较高。我们认为他是高层之一。金阳的宋昌对这个人也有反应，可他也没交代这人是谁。"

"但这个金叔还不是'秃鹰'。"沈华道，"目前为止，我们不知道'秃鹰'是谁。有人招供说听金叔说过一耳朵，似乎老大是金叔的同村大哥，金叔是他带出来的，跟他干了二三十年。这个推测是金叔鼓励下面人好好干的时候说过自己跟了老大近三十年如何如何。但我们没查出金叔的具体身份，他也没口音，招供的人听不出他来自哪儿，所以也没继续确认。"

"重点盯这个金叔。"刘综道，"通知机场、车站、高速出口等，务必留心他们是否会潜逃。"

"那个杨晓芳呢？"沈华问，"她在里面什么角色？"

刘综答道："暂时还没有查到她有可疑的地方。"

沈华不说话了，当初季队要对杨晓芳实施强制性保护措施他们也觉得疑惑，但季队没多说，他决定的事，他们做下属的就照办。但现在季队不在了，这个疑惑就更大了。

刘综道："老曾和欧阳那边会对她再做一次调查，没问题的话会把她放了。"

欧阳睿这边，他正跟蓝耀阳说："按你的这个推断，那杨晓芳几乎没有嫌疑了。"

"为什么？"

"她作为受害人，努力逃了出来，然后向警方举报她受了什么人的侵害，她既没往外通风报信，也没加害别人，你能说她有什么问题吗？"

蓝耀阳愣了愣："可我们在监控上没看到她。"

"她说她打了车。"

这个可能性蓝耀阳想过："但她说过她挺穷的对吧，还有，打车有支付记录，可以查的。"

"她付的现金。"

"付了多少钱？"

"她说时间太久了，被囚禁的日子她又受了很多折磨，精神高度紧张，很多事她记不清了。所以车子颜色、品牌什么的她都记不清了。"

蓝耀阳："……"

蓝耀阳的表情有些受打击："我昨晚跟你说交通这个疑点的时候，你好像挺有兴趣的。我还以为是什么重要的点呢。"

　　"你们有整整一个月的监控资料，我当然有兴趣，可以节省我们很多调查的时间和精力。"

　　"对了，倪蓝说季队的手机里重要信息其实是有安全保护的，需要密码。那个传送的App带了破译程序，这个不是普通渠道买的，可以查一查。"

　　"关樊已经在调查了。我们找到了在黑市卖这个的程序员。"

　　蓝耀阳叹气，果然是警察厉害，什么都不用提醒。

　　这时候他手机响，他拿出来看了看："倪蓝醒了，我给她回个话。"

　　欧阳睿也想叹气："没什么事就回去吧。"

　　蓝耀阳赶紧道："等等，我最后一个问题。那你们把她扣着不放她回去，肯定是对她有怀疑。疑点在哪儿？"

　　"时间、地点。"

　　"对，对，我也是觉得，在那地方囚禁那么长时间对犯罪分子来说风险太大了。最后还被人家偷了枪跑掉……"

　　欧阳睿终于叹气："没想到有一天我会想联络倪蓝让她把你领回去。"

　　"我最后一个问题。"

　　"你刚才就这么说。"

　　"卧底有可能叛变了是吗？"蓝耀阳问得很小心。

　　欧阳睿默了默："如果你不是有百亿家产要继承，我真的会劝你报考警务系统公务员。"

　　"你劝也不行。我哥不想继承我爸妈都快气死了，我姐只想帮我姐夫经营也不想继承，我爸妈只能指望我，我实在不能丢下家产不管的。"

　　他那个著名画家哥哥、红得发紫的大影帝姐夫……欧阳睿再默了默："有钱人家的家务事，就不要告诉公务员了。"

　　"你还没回答我。真的最后一个问题。"

　　"什么都没查清，什么都有可能。"欧阳睿只能这么说。

　　"懂了。"蓝耀阳稍稍获得了些安慰。

　　那他推测到的确实应该是可能性之一。如果杨晓芳确实没疑点，就是受害人，那么很大可能就是卧底叛变了，卧底要经受犯罪集团的考验，所以他得实施犯罪，变成罪犯。他得立功，他供出了自己的上司。经由受害人报警之后警方的反应，季队发出的那条召回信息，犯罪组织会确认他提供的名单没有错。他们杀掉季队，让卧底再无退路。

　　"你们会放了杨晓芳对吧？确认她出去后会跟什么人接触。"

欧阳睿忍无可忍："你已经问了好几个最后一个问题了。"他开始赶人了，"破案不是猜谜游戏，消灭犯罪是很严肃的事。"

"我很严肃啊。"

"你走吧。"欧阳睿拉着蓝耀阳走出会客室。

"好了好了，我走。"蓝耀阳走两步又回头，"要有什么需要帮忙的你就找我啊。我要钱有钱，要人有人，要技术有技术。"

欧阳睿："……"

"而且我会帮你们管好倪蓝的。"

欧阳睿："……"你还是先管好你自己吧。

他以前真是对这位总裁先生有误解，错看他了。但这家伙的脑子确实可以的，可惜被钱埋没了。

欧阳睿往办公室去，琢磨着案子。他跟刘综确实打算如果在杨晓芳这边没找到什么破绽就放了她。派人监视着，看看会有什么收获。

韩舟戴着一顶乱真的假发。厚厚的头发，刘海盖着额头，耳鬓盖过耳尖，又留了些青青的胡楂不剃，与他原来的模样差别很大。

他戴了副黑框眼镜，穿着稍大的便宜西装，背着电脑包，像个朝九晚五上班的木讷程序员。

他用这副模样走进了一幢老楼，先到了六楼楼顶看了看，然后再走到三楼。他先装模作样敲了敲门，没人应门。接着他再用万能钥匙打开了那门上没什么防盗意义的便宜门锁。

这里是杨晓芳租的房子。刚才他已经在小区门口借着想租房的名义跟大爷大妈们聊了聊这个小区安不安全的问题，听到了小区里来过警察的八卦。所以很可能是警察已经看过了杨晓芳的住所。

韩舟进了屋，戴上了鞋套、手套。开始四下翻找，所有的房间和角落他都看了一遍。洗浴用品、厨房调味品，有什么存粮他都看了。他还查看了杨晓芳的鞋、衣物、家具摆设、书、小玩意等等，还打开了她的电视。

待一切都检查完毕，他在杨晓芳的书架顶上贴墙的地方装了一个小小的摄像器，那里对着客厅和门的方向，如果杨晓芳回家了，他能知道。

韩舟安装完毕，在手机上确认了一下没问题，然后出了门。

脱了鞋套手套，塞回包里，韩舟从容下了楼，再观察了一番楼周围的环境，这才离开。

韩舟步行，虽然这一带的安全监控摄像头不多，但他还是很小心，尽量都避开了。走了三公里，走到一个桥下，一辆车子停在那儿。

韩舟走过去，敲了敲车窗，坐在驾驶座上的阿生给他开了门。

韩舟上去了，舒了一口气。

"怎么样？"阿生问他。

"弄好了。"韩舟把手机亮给阿生看。阿生也拿出自己的手机看了一眼："OK，没问题。"

"那地方挺好，环境还可以，老人多，小区门口没有门卫，车子进出不管。但到处有遛狗的，还有人养鸡，保持安静有点困难。路线我看好了，最好能弄成自杀，毕竟她经历了这种事，也算合理。弄出点动静来，然后我们混在人群里，这样应该安全。"韩舟顿了顿，"但总觉得哪里不对。你那边呢？"

"我见过阿平了。他说培叔今天开始留胡子。"

韩舟笑了笑。

"还有，培叔跟黑虎谈判的意思，似乎是想把地盘和场子赔过去。"

韩舟的笑敛了敛："所以真的是想撤了？"

"不确定。阿平说培叔那边也没多说。他们昨晚回了老宅，除了他以外，还有一个阿亮。是昨天三个人之一。"

"其他两个呢？"

"阿平不清楚。"

"他们肯定有别的安排。培叔带他们过来收拾我们，不会就这么完了。"韩舟道，"我今天找朋友去打听了，杀警察的事。"

"怎么样？"

"闹得挺大的，在一家便利店门口，当街开了三枪。"

"挺敢的啊。"

"然后正好碰上有警察到，两个人都被抓了。开枪的那个被车子撞成重伤，不清楚现在是不是还活着。"

"这么巧？"

"是巧吧。"韩舟的语气颇有深意。

"又进去两个。"

"简直就是让去送死的。杀警察被抓个现行，死定了。"韩舟道，"而且是个总队队长，官挺大的。真的完了。人家不亏，听说死了可以记功加勋发钱的。进去的那俩估计没等判先被弄死了。"

阿生不说话，过了一会儿用力拍了一下方向盘。

"培叔还说他在警方那边没路子。"韩舟道，"但怎么能杀警察的时候警察就在旁边守着？"

"我们对杨晓芳动手的时候会怎样？"

"我们……"韩舟顿了顿，没说下去。

阿生烦躁地扒扒头。

韩舟忽然问："培叔一开口就指了阿平跟他办事，是不是他觉得阿平可靠，在他的白名单里？我一开口说需要你帮忙他马上答应了，其实他心里是把你和我划在一块儿的。"

阿生咬牙："应该就是这么个意思了。"

"阿平这人挺仗义，我是信他的。"

"你怎么谁都信啊。"阿生瞪他一眼。

韩舟道："这种时候必须团结。你得沉住气，稳住阿平。找个时候我们一起喝个酒，探探他的态度，能拉拢的要拉拢。"

"喝个屁的酒。"

"说不定阿平能见到老大。"

"那又怎样？"

"我想知道老大是谁，我想让老大欣赏我。"韩舟认真道，"凭什么让培叔在中间捏着。他年纪大了，还挡着年轻人的路。你不是想着好聚好散？这地盘里，是死还是退休，老大说了算。"

阿生坐直了，看着韩舟："对。都是拼命，拼个值的。"他想了想，"但现在问题是杨晓芳，如果我们没有完成任务，别说见老大了，培叔就有理由处置我们。我打听了一下，阿猛没了。"

"不信。"韩舟摇头，"之前处置叛徒，让我们去看着，以示警诫。这次悄悄就没了？"

阿生想了想，觉得也是。

"谁告诉你阿猛没了？"

"阿平。他听培叔打电话说的。"

韩舟道："如果杨晓芳的任务我们成功了，会不会正好警察在守着？"

阿生咒骂一声。

"昨晚冰哥那个，你确定我们没留破绽吧。"

"绝对没有。我不是还听了你的，换了个地方，没按培叔要求的地方埋。"

韩舟想了想，忽然抚额大叹："我错了。我真猪脑子。"

"什么？"

"如果培叔找人去挖，发现我们没按他的要求做，会知道我们起了疑心，对他警惕的。"

"可是你说得对，如果那里布了陷阱，安排个什么守夜巡林正好路过我们不就完蛋了。我觉得没做错。他要是敢来问，老子就说那地方开车过去看到人了，只好换地方。正好他来问老子就确定他什么心思了。"

"行吧。"韩舟咬咬牙，"我们得做些准备，杀杨晓芳这事能拖就拖。"

"怎么拖？培叔又不傻。"

"如果杨晓芳一直被警方押着不就行了。"

"警察听你的，你说押着就押着？"

"想办法。"韩舟道。

"嘿。"阿生又拍韩舟脑袋一下，"老子就喜欢你这点，太沉着了。甭管有用没用，起码有个气势。对了，你得改个名，别跟通缉上的一样。"

"培叔改成什么了？"

"他那样改不改都一样，你还能挣扎一下。"

韩舟笑起来："你叫阿生是想子孙满堂？"

"对啊。"

"那你叫我阿行吧。"

"很行的意思？"

韩舟点头。

阿生白他一眼："你真有脸。不是勇就是行。"

韩舟笑着指指前方："开车吧。"

"去哪儿？"

"先去找朋友，给咱俩弄证件，做好跑路准备。"

"好。"阿生启动车子。

车子开起来，韩舟道："阿平现在行动自由吗？"

"可以的。"

"约他喝酒吧。"

阿生看了看他："认真的？"

韩舟点头。

"行吧。去哪里？"

"金孔雀。"韩舟道，"先探好消息，然后我们试试能不能让那个杨晓芳出不来。"

韩舟和阿生到了一家拍卖典当行。

老板见了他们笑眯眯地打招呼："两位是随便看看，还是需要我介绍介绍？"

韩舟道："想找些个头小点，不招摇但又值点钱的货，年代近一点的。要能升值的那种，老板有推荐的吗？"

老板笑得眼睛更小了："有的。"话是这么说，却没动，只看了看阿生。

韩舟道："这是我兄弟，亲的。"

老板这才道："那跟我到后头看看货？"

韩舟对阿生使了个眼色，阿生点点头。于是两人便随老板穿过柜台后面的门，进到后屋去了。

后屋比前面堂厅小一点，满满地摆着通到天花板的柜子。老板领着他们绕过两个柜子，进到最后一排，那里靠着墙有一排柜台。柜台里面像模像样地摆着一些古董、名表、首饰之类的。

老板笑着问："你最近怎么称呼啊？"

阿生一听就乐了，看来还真是熟人。

"阿行。"韩舟也笑。

他转向阿生，指了指老板："钱老板，特靠谱一人。叫钱叔就好。"

钱老板笑得更亲切了："这改名号是不是有点勤啊。我说那通缉上面的画像是不是有点像你呢，还写着你的名字。"

"可不是，连你都认出是我了，所以得改。"韩舟应了。

"我眼睛尖着呢。"钱老板敛了笑容，认真问，"什么打算？"

"弄两套证，到外头去。"韩舟问，"最快多久能送货？"

"A货都没这么快，得一周吧。"

韩舟与阿生对视了一眼，确实有点慢。不知能不能撑到那时候。

"最快了。"钱老板道，"你小子的东西我肯定排前头，但现在技术厉害了，要做到出入境查不出来不容易。要是着急，我给你们找条路黑着出去，但就是苦点，在外头不好着落。"

"我们不急。"韩舟把背包放在柜台上，打开了，从里面拿出两捆钱来，"做吧。"

钱老板也不点数，在手上掂了掂就收到一旁的保险柜里。

阿生和韩舟拿出他们事先准备好的照片，那上面他俩都不是平头。钱老板拿了张纸，让他们填清楚他们要的名字、出生年月等等资料。

待一切都确认清楚了，钱老板又问："一块儿还是分开？"

"分开。"韩舟答。

钱老板拿出两把锁。锁是用透明袋装着的，里面各有两张字条。钱老把两把锁的钥匙取下来，一把交给韩舟，一把给了阿生。然后把对应的字条各拿出一张给他们。

字条上是地址，哪里哪里几号几号储物柜。两个地点距离挺远，互相碰不着。

"七天后到这地方取你们的东西。会给你们留十天的时间取货。"

"行。"韩舟也很干脆，收下了。

两个人准备告辞的时候，韩舟又道："对了，我们公司，或者黑虎那边要是有人也来买货的，把我们避开着点。"

"放心，不会让你们取货的时候头碰头的。"

韩舟点点头，谢过钱叔，带着阿生走了。

两个人出来上了车，阿生问："你最后干吗跟他说那个？"

韩舟道："钱叔这行做很久了，守规矩，嘴特别严，直接问问不到的。但他既然说不会在取货的时候碰头，那就是说培叔或者黑虎那边真有人来订货了。"

阿生道："怎么认得他的？"

"我爸当年想跑路，就是找他。我去取的货，趁着那会儿跑去吃了一顿麦当劳，又去游戏城玩了很久的游戏，回到家看到我爸的尸体。"

阿生："……"

韩舟看到阿生的眼神，笑了笑："当时老子顿时松了口气。"

阿生也松口气，不用安慰他太好了："然后呢？"

"然后我把证件还给钱叔，没让警察发现。还向钱叔示警。钱叔就记住我了。"

"你只是去取货怎么知道钱叔在哪？"

"我把证件又放回去了，写上了我的电话号码，然后再写了示警的话。钱叔十天后会来检查货还在不在，然后他就找到了我。"韩舟道，"我还给钱叔拉过些生意，从里头挣了点小钱。"

韩舟顿了顿，又道："带你过来是让钱叔认认脸。他知道我不轻易带人来的。后头如果出了事，等不到货，我又没法照应你的，你就来找钱叔。他别的不干，帮人跑路是可以的。"

阿生点点头。

韩舟又交代："别带别的人来。钱叔很警惕，会不帮你的。我当初也是费了挺长的时间才让他信我。"

"行。"阿生答应了。

韩舟拿出手机打开了监控App，杨晓芳的屋子里没有任何动静。"这几天做好准备，别人也要跑，咱们不能迟了。迟了就是替罪羊。回去收拾东西，别住公寓了，以防万一。"

蓝耀阳回到家里时，就听到楼上回荡着舞曲《一步之遥》，声音都飘到客厅来了。

"我回来了。"蓝耀阳喊了一句,他换好了鞋,正要往楼上去,楼梯圆形扶手上就"嗖"地滑下来一个人,非常利落潇洒地跳到了他的面前:"你去哪里了?"

蓝耀阳看着倪蓝鼓腮帮的俏皮样子笑了笑,戳戳她的脸蛋道:"你不是猜到了吗?去警局了。"

"欧阳睿怎么样啊?理你吗?"倪蓝嘟囔着,"也不带我去,我都无聊死了。"

"你不是在刻苦地练习?"蓝耀阳指了指楼上。

倪蓝撇嘴:"听过就当练过了。"她看了看蓝耀阳的手,再看看桌上,"你不是说给我带晚饭回来?"

蓝耀阳:"……出去吃?"

"不去。"倪蓝坐在台阶上,"万一又有人认出我来,说练舞加油,那怎么吃得下。"

蓝耀阳笑了,他拉开冰箱:"水饺、牛排,你吃哪个?"反正都是速冻的。

"水饺吧。"

蓝耀阳把水饺拿出来,灶上烧上了水。

倪蓝过来抱着他的腰:"早知道你这样,我就去红姨那儿吃了。红姨问我的时候,我还很神气地说不用,蓝耀阳要给我带大餐的。"

"对不起。"蓝耀阳转头过来亲亲她,"我给忘掉了。"

"你去问欧阳案子吗?他跟你说什么?"

蓝耀阳便把他与欧阳睿沟通的内容都说了说。

"确实是的,在查清楚前,一切皆有可能。"倪蓝道,"我查到接收季队那部手机信息的IP地址了。"

蓝耀阳精神一振:"是吗?是哪里?"

"在一家叫幸福苑的小区。具体我转给关樊了。他们应该现在去核实了。"倪蓝道,"我不是故意要插手的哦,我就是太闷了,一个孤独的被遗弃在家里的可怜姑娘,只好自己找乐子。"

"没人怪你。"蓝耀阳兴致勃勃,"你还查到什么?"

倪蓝盯着他:"关樊跟我说,你跟欧阳保证会管好我的。"

"怎么可能。"蓝耀阳振振有词,"你这样的新时代独立女性,连你爸都管不住,我怎么可能管得住。别听他们的。"

倪蓝:"……"

她看着蓝耀阳充满期待的眼神,道:"那也没查出来。我就是顺手帮了一下关樊的忙。其实她自己也能查到,就是需要时间,我帮她提高了一下效率。"

蓝耀阳有些失望，转回身继续盯着锅，等着水开。

舞曲音乐声隐隐传来，倪蓝随着节拍在他身边横着走。蓝耀阳被她逗笑了，在她走到身后时，用屁股顶了她一下："去拍蒜，倒点醋。"

"行吧。"倪蓝听话地去干活，摊开了两颗蒜用力拍下去，"砰"的一声响。蓝耀阳"啊"的一声，倪蓝被他吓一跳："干吗呀？"跟蒜还能感应上了？

"我想到了。"

"什么？"

"我以为杨晓芳自称很穷，所以不会坐的士，所以监控没拍到她，觉得她有问题。但她的口供虽然有些不合常理，但也能圆过去。"

"所以呢？"倪蓝不明白。

"欧阳是知道杨晓芳的口供的，所以他对杨晓芳没出现在监控里不是太感兴趣。但他昨天很迫切地让我们带着监控资料过去跟季队见面。他们要查的是其他人。"

"不是说了嘛，卧底的指纹在现场，卧底出现过。"

"对，但他们没看到他。在他们能看到的监控影像里没看到他。而且不会只有卧底一个人，还有其他人参与。但他们没找到人。"蓝耀阳道，"这是季队着急想拿到更多监控资料的原因。"

"然后呢？"

蓝耀阳摊开手："这不正常啊，杨晓芳被关了半个月没出来过，监控里没她就算了，那些罪犯，还有卧底，他们进进出出的，到哪里去了？欧阳查得很细的，他没找到，所以他肯定有怀疑。要么监控被改过了，这个几乎没可能，街上人来人往的。要么就是……"

蓝耀阳顿了顿，再想了想："他们就藏在那条街上，或者附近。就在没有监控的那个范围内。欧阳说了，时间，地点，那些人租下那个房间是有原因的，他们可以避开监控做很多事。那个区域不止一套房子被他们用了。"

"然后呢？"倪蓝放下菜刀，过去往滚水里下饺子。

蓝耀阳泄气："然后欧阳他们什么都明白，他们都已经知道了，肯定正在查呢。"他接过倪蓝手里的水饺盒，继续往水里放饺子。

倪蓝亲亲他的脸："你知不知道，你动脑子里的时候，眼睛闪光，特别帅。"

"谢谢，你夸奖我的时候也特别美。"

倪蓝哈哈大笑。

蓝耀阳转头，倪蓝踮起了脚尖，两个人温柔地亲吻对方。

"你说我们查一查那天有多少出租车出入和平街会太无聊吗？"蓝耀阳问。

"不会。"

蓝耀阳笑了，也只有倪蓝会这样陪他疯，毫不嫌弃他的胡思乱想。

"我是觉得，为什么不是搭顺风车这类的呢？这样不省钱吗？"

"因为必须App或是微信支付，就算她说她失忆，电子支付记录也能被查证。"

蓝耀阳点头："就是这个。把所有出租车找出来，出租公司都有车载监控、行车记录仪的，虽然慢了一点，但还是可以核实杨晓芳有没有说谎。不过欧阳他们肯定也想到了。"

"他们忙着呢，一样一样来。"倪蓝道，"我们让红姨问问柳云，她当初看到杨晓芳的时候大概几点，这样可以缩小范围。"

警局。

刘综坐在袁鹏海的办公室里，旁边是欧阳睿。

"卖手机信息传送和破解程序的黑市卖家我们找到了，他供出了买过这个软件的所有号码。其中一个是我们要找的'迷雾里的光'。"欧阳睿把资料递给刘综。

"'鸽子'。"刘综皱起眉头。

"还有昨晚接收季队手机内容的IP也查出来了。幸福苑，在网上出租的房子。租房人的用户名……"

刘综已经看到了，他长长叹了一口气。

"已经派人搜查了。人去楼空。整个屋子打扫得非常干净，但我们在书桌前的椅子上采到了一枚指纹。"

"'鸽子'？"

欧阳睿点点头。

刘综把手上的资料看了，沉默了好一会儿："季队非常信任他，非常信任。"刘综还记得季勇军谈起"鸽子"时的表情，那自豪与担忧，就好像"鸽子"是他自己的孩子。

现在虽然不能肯定"鸽子"叛变，但是有几分这样的可能性也让刘综觉得心痛。

"还有一件事，'鸽子'去年新买了一套房子，他跟季队报备了吗？"袁鹏海问。

"房子？"刘综摇头，"文件里没有。但尽可能少记录卧底的内容也是为了保护他们。"

袁鹏海再问："跟你提起过吗？我问了严厅，他说不知道这事。"

刘综心里很不好受："没提过。季队最后一次跟我谈这事，是他发回了召回

'鸽子'的信息，让'鸽子'自首回来。然后他问清楚所有事再处理。"

"两天了。"欧阳睿道。召回信息发出去两天了。

"不能排除他没看到的可能性。"刘综心里仍然存着希望，这希望是建立在季勇军的情感上的，他信任'鸽子'啊。"毕竟他之前只来得及发回'小心'两个字，这表示他处境很不妙，也许他还没有机会看到。"

袁鹏海和欧阳睿都不说话。

刘综停了停又道："严厅批示了，发布警情通告，把季队牺牲的事宣布出去。网络、电视都有，今晚会播。就算'鸽子'看不到召回信息，他看到季队牺牲的通报也会知道怎么回事。按流程，接头上司牺牲，他必须重新跟组织取得联络。严厅说，再给他两天时间。"

袁鹏海道："好，我已经派人去查他的房子。先看看他是什么情况吧。如果找到他就先监视着，两天内如果他不联络组织，我们就把他抓回来。"

一个民宅里。

韩舟喝着啤酒看电视，阿生在旁边打电话。

电视新闻正播报着一则警情通报，通报称4月19日本市发生恶性枪击事件，省厅警队队长季勇军英勇殉职，歹徒被当场抓获，案件正在审理中。后面的内容是关于季勇军生前的事迹等等。

韩舟面无表情地看完了，拿起遥控器，把电视关掉了。

柳云接到江旭红的电话很意外："时间范围和具体的地点我不是都说过吗？难道我委托的事你们有什么新发现？"

"不是。只是再次确认一下。"江旭红道，"当时你是说下午，我们想了解更具体的时间，你还记得吗？"

"问这个做什么？"

"我们想确认一下你当初看到的是否就是她。所以时间上再核对一下。"

"我不明白……"柳云道，"不过没关系，那时候可能3点左右吧，嗯，差不多2点到4点这个范围。具体我也没看表，就是吃过午饭一段时间了，我在那街上逛了一段时间了。反正超过2点肯定是有的。"

江旭红抬头看看站在一旁的蓝耀阳。

2点到4点这个范围跟当初她说的没什么出入，并没缩小多少。

蓝耀阳想了想，在纸上写下了问题，江旭红就继续问："你当时去那儿做什么，是有约会还是什么？有没有什么能帮助回忆起时间的？"

柳云那边沉默了一会儿，似乎是在思索，然后她道："没有。我不是说过嘛，我的培训班过一个月有个公益演出，我想给孩子们找些演出服，和平街上有一家，就在我们喝咖啡的那家店不远，靠近路口。我吃完午饭就搭了地铁过去，从那服装店出来后就沿着街逛了一会儿。然后就看到了杨晓芳。当时我手上拿着好几件衣服，行动不是太方便，所以没追上她。"

柳云经营着一家少儿舞蹈培训班，还有些乐器课程，中等规模。柳云自己不上课，请老师。这原来是她女儿陈欣的兴趣。陈欣借钱创业就办的这个。陈欣去世后，柳云接手了女儿的事业，把培训班做起来了。

柳云问江旭红："这重要吗？不然你们去查一查服装店，那店里柜台前面好像是有安全监控的。"

蓝耀阳对江旭红摆摆手，江旭红便道："那没事了，没关系的。"

柳云问："是警察让你们问的吗？"

"不是警察让问的。就是这个委托结束了，我得写个报告给蓝总。因为监控里没有杨晓芳，所以我要核实一下你见到的究竟是不是她。"

"哦，这样啊。"

"你这两天好吗？睡得怎么样？"江旭红对柳云表示了关心。

"还行吧，比之前吊着心总惦记的时候好。但又觉得空落落的。有点担心杨晓芳，她遭遇这种事，又没个亲人，不知道她以后怎么办。两天了，她也没给我电话。你知道她的情况吗？"

江旭红道："警方在保护她，你放心吧。"

"好的。"柳云叹口气，"希望她平平安安的，渡过这个难关。"

蓝耀阳又写了一句话，江旭红忙道："如果她联络了你，你跟我说一声，我这边也看看有什么能帮忙的。"

"行。"柳云又与江旭红闲聊了几句，这才挂了电话。

江旭红看了看蓝耀阳，蓝耀阳耸耸肩："没什么事了。我去看看倪蓝。"

倪蓝在事务所别墅的二楼办公室，被邵嘉琪按着对采访稿。

明天下午在网络平台有一个健身品牌的直播活动，倪蓝作为访谈嘉宾之一出席，需要谈一些女性健身方面的话题。现场也会有一些健身器械，有健身教练和品牌代言人在，倒不需要倪蓝去做什么器械的示范，但也许也会邀请她一起活动活动。

这个品牌的代言人是个体育明星，活动请倪蓝过去是想要一些娱乐明星的热度。但倪蓝这几天出了跳舞视频事件、路上持枪抓歹徒事件，还有一个被捕风捉影爆料最后无人证实结果被否定掉的半夜抓劫匪的事。

否定的论调也非常有话题："你当全市的歹徒都是倪蓝捉的吗？"

"哥谭市有蝙蝠侠，我市有夸夸侠？"

这些"喷子"的话被倪蓝的粉丝一阵狂怼，在网上着实又热闹了一阵。但因为确实没什么事实依据，这波舆论就沉下去了。

邵嘉琪为免现场主持人为了收视率问的问题超出问题大纲，而倪蓝又再次放飞自我，所以她特意过来跟倪蓝对一遍稿子，模拟一遍活动访谈过程。

"跳舞、夸夸侠这些词我已经跟节目组沟通过了，绝对不允许出现。"邵嘉琪道。

"什么叫夸夸侠？"倪蓝问。

"浮夸又爱自夸的侠。"

倪蓝："……"

"虽然我沟通过了，但如果主持人玩阴的，非要问一问，倪蓝，你练跳舞是认真的吗？听说你会在BLUE集团周年庆晚宴上开舞是真的吗？"邵嘉琪学着主持人提问的语调。

倪蓝端正表情："周年庆的活动我现在还不知道流程。学跳舞是认真的啊，人要保持学习的热情，做一个终身学习者。"

"那你对学好跳舞有信心吗？"

"请大家期待我的学习成果。"

邵嘉琪欣慰："可以。"她接着来，"你对现在网上出现的一个新词怎么看，夸夸侠，这是大家给你起的新绰号，你觉得怎么样？"

倪蓝一本正经："如果前面加上最美两个字我觉得还可以。"

邵嘉琪："……"

倪蓝看她表情，就改口："还挺幽默的。"

没等邵嘉琪松口气，倪蓝又带着虚伪的微笑道："不知道他们给自己起的什么绰号，键盘侠？"

邵嘉琪："……"

倪蓝摊手："不幽默吗？"

"后半句划掉！"

"行吧。"倪蓝一副听话的样子，邵嘉琪看着就来气。

刘综走上了天台，站在那天季勇军站的位置。

又一天要过去了。

太阳已经落下，挂在了远处大厦的后面。

刘综看了一会儿这黄昏景致，挪了挪位置，想找找季勇军说的什么地平线。但他没找到，只看到一幢叠一幢的楼宇。

刘综叹口气。他点了一支烟，将那烟立在了天台的围栏平台上。

"季队，我们今天问出了一些东西。"刘综对着那支烟说，"那个拉着李广曹下水，扛下金阳所有罪责的宋昌，今天终于松了口。他看到你被谋杀的消息后，吓坏了。他供出了金叔，以换取我们不要放他出去的条件。"

"他说十八年前左右，他认识的金哥。金哥全名叫金培树，跟他是老乡，都是来自临水镇的。他们都混江湖饭，很久没有回家乡了，所以老乡见老乡，挺亲切，很快就熟了。当时金培树带他见了个大哥，叫刘洪江。这位江哥很有路子，带着他们开始走货。后来慢慢有了规模，开始分工建组织。江哥出国办货，建立渠道。宋昌找人开了几家商贸公司，用正经生意包装走货，后来有几家没做成，剩下金阳最成熟最隐蔽。金培树负责黑道路子，出货和收钱。"

天色慢慢暗下来，一阵风吹过，点燃的烟头在昏暗的环境里闪了一闪。

刘综跟那支烟说着调查的进度。

"宋昌说他只见过刘洪江三次，后来业务跑起来了，就没怎么见到刘洪江的人。听说是出国办货，在外头扎了点立足。而金培树很积极揽权，把国内的事务接下来，刘洪江的很多指令都是由金培树下达的。宋昌对金培树多少有些不服气，但利益让两个人分不开。"

"不确定宋昌说的话里有几分真假。如果是真的，也不能确定'秃鹰'是刘洪江还是金培树，或者，是他们两个人？"

刘综盯着烟头，想起审讯的过程。

有一个疑点是让他困惑的。他问宋昌："你在怕什么？"

从前怎么问，宋昌都很义气地一肩担，似是早已经准备好承受这结果。现在他们不过用了点小技巧，就问出来了？这类技巧，季勇军肯定也用过的。

当时不管用，现在怎么管用了？

"他杀警察啊，他疯了！这不是找死吗！没有这么办事的。"宋昌当时就喊。他昨晚看到了电视新闻，一晚上没睡着。"不该这样的，他疯了。"

"他是谁？谁疯了？"

"不知道。"宋昌摇头，"我现在，觉得自己很多都不知道。"

刘综让思维沉在审讯过程的回忆里，试图找出什么，但有太多的零碎线索需要他们去查证，他现在也无法确认里面有多少是真的。

"'鸽子'跟你报告过这些吗？金培树、刘洪江，他说过吗？你一直没对'鹰巢'高层进行过抓捕，是在等大鱼吗？还是你根本不知道？"

季勇军没办法回答了。

刘综叹气，道："三天了，'鸽子'一点消息都没有。昨晚上你殉职的通报在所有媒体都播了。但今天一整天他还是没消息。他买了一套房你知道吗？两百万的资产。昨晚市局派人去那里侦查了，结果没有人。那里收拾得很干净，没有人。没有找到'鸽子'。小区出入监控里也没有'鸽子'。"

"也许他牺牲了，在他向你发出'小心'的示警之后。又也许……"刘综想着接收季勇军手机信息的那个屋子里的指纹，想着买黑市软件的账号，"对宋昌来说，'秃鹰'疯了。原来谈好的规矩可能都不作数了，他要求我们保护他的家人。而对我们来说，'鸽子'失控了。"

纪律已经不复存在。"鸽子"还在"地狱"飞，可是不知踪迹。

"我希望我能信任他，就像你信任他一样。但他必须赶紧回来。"

韩舟、阿生和阿平在金孔雀喝起了酒，身边坐着六个陪酒小姐，所以没聊什么敏感的事。

老板对他们这屋特别殷勤，进来照看了好几次。

韩舟几个人跟姑娘们胡天海地地吹牛瞎侃，闹成一团。

韩舟喝多了，出去溜达找洗手间，他步子有点浮，走走晃晃，然后他在拐弯处看到了小红。

韩舟戴着假发，看上去没有平头发型时那么犀利。小红认出他来，露出笑容："你来了。"

"没找你。"韩舟喝得脸有些红，笑起来有些邪气。

小红过来扶他，小声道："你喝多了？小心点。这里道上的人挺多的。培叔的耳目多着呢。"

"是吗？"韩舟笑着搂住了小红的腰，转身将她压在墙上，"除了你，还有谁是他的耳目？"

小红摸了摸他的脸："你真的喝多了。"

韩舟低头咬她的唇："刚才点人的时候怎么不见你啊，你们妈妈桑对你不够意思啊。"

小红刚要开口，被韩舟吻住了。

小红没挣扎，被吻得气喘吁吁，好半晌被松了，她道："你可以点我名字的。"

"没钱了，省着点花。"韩舟笑。

小红抿抿嘴。韩舟牵着她的手往前走："我去洗手间，你来吗？"

这邀请太露骨，但上一秒他才说不愿出钱。

"不去。"小红甩了甩手，没挣开。

韩舟哈哈笑扯她，两人拉拉扯扯开了一道门，里面的客人、姑娘惊叫起来，小红忙把韩舟往外拉，一个劲地道歉。

一个客人很不高兴地叫："小红！"

韩舟骂道："叫什么叫。"

里面的客人本就一肚子火，听这话顿时冲上来给韩舟一拳。韩舟吃了一拳，毫不犹豫揍了回去。

"别打了。"小红尖叫，用力把韩舟往外拉。

夜总会的保镖很快赶到，把韩舟和那屋的客人拉开了。

小红把韩舟往外带，韩舟甩开她的手，跌跌撞撞走着。小红再过去扶他："我送你回去。"

"行啊。"韩舟用力握着她的手腕往外走，直接把她扯到了大门处。

"你去哪儿？"小红喊。

韩舟搂着她吻："你不是说送我回去。"他招了手，一辆出租停了过来，韩舟把小红拉上了车。

"我是说送你回房间。"小红道。

"好，我们去房间。"韩舟按着小红吻不停，跟司机报了个酒店的名字。

第六章
魔鬼委托

韩舟回到租屋的时候，阿生也宿醉刚醒。他见着韩舟就一个抱枕砸过来："你要不是先付了钱，老子打爆你的头。"

韩舟把抱枕扔回沙发，一屁股坐上去。"后来还差多少，我给你。"

"你干吗去了？"

"开房。"

"哥们儿不拦着你开房，你能不能正常点打声招呼。"

"我当时是酒醉急切状态，不能正常。"

阿生骂了句脏话，但忽然懂了，他坐下："怎么回事？"

"那地方跟金阳一样，都是公司的。"

"这个知道。不然培叔也不能从那儿调姑娘来陪我们。"

"看着我们。"

"对，看着我们。"

"那个小红喜欢我。"韩舟道。

"得意什么？"阿生踹他一脚。

"我就试了她一下。"

阿生忙正经起来："试出什么了？"

"这种事真做起来装是装不出来的。她之前说的是假话。"韩舟翻茶几找烟。

阿生又踢他一脚。

"她在我们关禁闭的时候跟谁睡了吗？"韩舟一边点烟一边问。

阿生想了想，没什么印象。那时候大家心情不太好，阿猛暴躁得整天发脾气，阴阳怪气。阿生自己有时烦了也回房自己玩，反正他没睡过小红，其他人他就没注意了。

韩舟吐了一口烟："小红看着最可怜，但那三个其实暗地里护着她。"

"是吗？"阿生想想，"你不会一直盯着谁睡谁吧，跟太监似的给皇上记账本呢？"

韩舟没理他的吐槽，继续道："我去了金孔雀没点她，她吃醋了。"

"别显摆。"

"一开始不知道我们是谁，点姑娘老板都不推小红。小红却知道我们来了，还知道我在哪个房间。我故意撞开一个房间门，有客人认得小红，但没骂她。我跟人打起来，小红喊别打了，那些客人就没怎么动手。保镖来得速度特别快。"

阿生听明白了："小红也是管事级别的。"

"她还认识杨晓芳。"

阿生惊讶了："她告诉你的？"

"上次我故意在她面前看杨晓芳被救的那视频，她的表情，是认识杨晓芳的。"韩舟顿了顿，问阿生，"阿平那边怎么样？"

"没谈什么，你点一堆姑娘，忙都忙不过来，没谈正事。"

"那行。反正我们三个聚的事很快会传到培叔耳朵里。培叔会问阿平的。"

"杨晓芳那事怎么办？你跟小红打听到什么了？"

"没打听。"

阿生又想拍他头："那你一晚上忙……"看到韩舟表情，他赶紧收住，"呸，老子没问，别显摆。"

韩舟就笑："现在不是打听的时候。而且打听也解决不了我们眼前的问题。"

"那怎么办？真往这陷阱里跳？"

"你知道二蓝神工作室吗？"

"倪蓝和蓝耀阳？"

"他们不是号称只要不犯法，什么委托都敢接。"

"咱们没犯法吗？"阿生一副看不起韩舟的样子。

"为了杨晓芳的安全，让警察别放她出来，并且保密，这个委托不犯法吧？"

"人家能听你的？"

"试试看。"韩舟笑笑，他拿出手机刷微博，亮出消息给阿生看，"A品牌的活动，下午3点，特邀嘉宾：倪蓝。"

一队持枪警察冲进一个平房仓库，吓呆了里面正在整理废旧品的流浪汉。

流浪汉手一松，手里空空的矿泉水瓶掉在了地上。他举起双手，一脸惊慌地对警察道："我看这里一直没人，才进来借住的。我没有偷东西。"

一个警察上来控制住流浪汉，其他人迅速结队散开，进行了搜查。

片刻后，沈华给刘综打电话："宋昌报出的地址早已经没人了，东西收拾得都挺干净，没发现什么。有个流浪汉住在这儿，他说他1月份住进来的。他之前一直在这一带活动，差不多1月中的时候，他看到有大卡车过来运东西，之后里头一直没人，他就住进来了。"

"好，知道了。"刘综仔细听完沈华的话，挂了电话，继续跟严厅报告，"宋昌的家人我们已经安置好了。允许他妻子对他进行了一次探视。但目前他交代的东西都没什么用。刚才沈华说，宋昌招供的他与金培树共用的办公地点，也是他最后一次见到金培树的地方，早就已经清空了。这与宋昌自己的预测一致。他说他们约好的，无论哪边进来了，第一时间把那个交头的地方清理干净，自己承担，不拖累对方。"

"临水镇那边呢？"

"已经派人过去了。"刘综道，"临水镇那儿的大河村，三四十年前是个有名的拐卖村，因为地处偏远，又在山里，没什么好营生，村里穷，重男轻女，生的女娃都不要，几乎没有年轻姑娘，大半个村子都靠买姑娘来延续香火。买的多了，跟人贩混得熟，觉得这是门生意，就开始结伴出去做起了拐卖生意。这个当时是全国大案。"

严瑞点头："我记起来了。"

"当初大河村的拐卖团伙被打掉了。整个村子迁出，扶贫、发展土特产等等，现在完全不一样了。'鹰巢'的生意里就有人贩买卖，刘洪江、金培树、宋昌都是临水镇的，虽然宋昌声称他们出来务工很久没回去，但这也是个重要线索，值得好好查一查。"

严瑞道："'鸽子'其实快挖到他们的底了，但没挖下去。"

刘综没接这话里的意思，只道："金阳商贸和'火石'行动的情报是非常大的突破。他后头发回情报的暗语不完整，相信处境非常危急。"

"那就找到他，把他救回来。"

"他留给季队的联络方式现在都是无效的。'鹰巢'给他换过三个号码，在金阳行动之后，三个号码都没上过线。他向季队报告'火石'行动的线报和示警的那个加密号也只在那两次上线，最后出现在和平街那一带。基站信号范围有一两公里，市局已经对和平街那一带进行了搜查探访，目前还没有找到'鸽子'。但有目击者曾经见过冰哥，可现在也没找到冰哥。他的家人、同伙，自那天后再没有见过他。"

"也就是说，以现在的证据，他与'鸽子'一起对杨晓芳实施了侵害，然后两个人都消失了。"

刘综默了默："是的。"

严瑞没说话，刘综继续道："市局那边安排好，就会把杨晓芳放了。看看从她这边是否能找到新线索。"

市局。

关樊正在对杨晓芳进行问话："你有什么亲戚朋友可以投靠吗？"

杨晓芳摇头。

"那你出去后住哪里呢？"

"还是回租屋。我现在也没钱搬家。屋子里还有些货。"杨晓芳有些紧张，"那个，我之前不知道那些是三无产品，我也是被骗了。回去我就都丢掉，能不能不要处罚我？"

"我们是刑警，不管那些。"关樊道，"你的微店已经被关闭了，你得考虑考虑谋生的路。"

"我可以去送外卖。"杨晓芳道，"我以前怕辛苦，现在不这么想了。"她顿了顿，问，"是可以让我回家了吗？抓我的那些人，你们都查清楚了吗？人都抓到了吗？他们不会对我进行报复吧？"

"你说的那个阿光我们还没有找到。我们在内网发布了他的通缉。"关樊实话实说，并观察着杨晓芳的反应。

杨晓芳搓了搓自己的胳膊，抿了抿嘴："我，我在网上的时候没告诉过他我具体住在哪里。只说了街道，当时他说离他不近。"

"你被囚禁的那段时间，有提过自己的住处吗？"

杨晓芳想了想："我觉得应该没有。"

"那么你想回家吗？"

"想的。"杨晓芳点点头，又苦笑，"在宾馆里头好像坐牢一样，不舒服。"

关樊道："我跟上头说说，看他们怎么决定。我们一定是在保证你安全的前提下才能让你回去，也希望你理解。"

杨晓芳赶紧道："我明白，我明白，谢谢警官。"

监听着这对话过程的袁鹏海放下了耳机，对欧阳睿道："我把邹蔚借调过来了，等她准备好，跟刘队那边确认清楚，就让杨晓芳回去。"

欧阳睿应了。

杨晓芳租屋的小区，一个上班族打扮的姑娘，戴着眼镜，背着小挎包，跟着租房中介、户主，从杨晓芳租屋的那栋楼一楼屋里出来。

"我觉得可以，就这间吧。"那姑娘道。

户主很高兴，中介忙道："那我们回店里签个约。"

姑娘跟着他们到了附近的房产中介门店，她掏出身份证，中介给她登记在租房合同上："邹蔚……你做哪行的呀？"

邹蔚笑了笑："打工的，就是个普通文员。"

韩舟戴着顶时髦发型的假发，戴了副墨镜，耳朵上有一颗亮闪闪的耳钉，棒球外套，浅灰九分牛仔裤，白色板鞋。看上去年轻又时尚，有几分运动少年的感觉。

他站在商场A品牌的旗舰店外，商场中庭就是品牌活动直播的地方，台子已经搭好了，展板很大，周围拉了一圈活动杆圈定范围。里面的观众位置已经有不少人坐下了。而因为有明星，活动区域外和中庭楼上围栏边聚集了不少人，就等着活动开始。

韩舟打探好了周围的环境，给阿生打电话："怎么样，看到他了吗？"

"看到了。我就离他不到十米。"

今天蓝耀阳也有活动。作为投资人，他今天得出席一个新剧的开拍仪式。仪式现场来了许多粉丝，大家喊着各主演的名字，也有的喊蓝耀阳的名字。

蓝耀阳对大家笑，挥了挥手。许多人拿出手机拍照。

阿生也乔装过，一副追星族打扮，他混在人群里，站在一个胖子的后面，也对着蓝耀阳拍照。

照片发到了韩舟的手机上，韩舟看了，道："可以了，你离开那儿吧。小心别引人注目。开车来接我。"

阿生道："时间来得及吗？活动快要开始了。"

"来得及。我挂了，你过来吧。"韩舟挂了电话，往周围溜达了几步，看到一个姑娘的包口敞着，他看到了手机，他从那姑娘身边走过，一探手，把手机摸了出来。他若无其事继续走，一按手机，需要密码。他把手机随手丢到地上，拐到另一边继续观察。

看到一个小伙子讲电话，讲完了屏幕还亮着就塞进外套口袋，然后接着吃东西。韩舟又过去了，这次很幸运，这电话能用。

邵嘉琪跟活动经理在聊天，倪蓝坐在一旁玩手机。她的妆已经化好了，就等着上场。邵嘉琪的手机响了，活动经理忙打个招呼说自己先去看看别的，又跟倪蓝说一会儿见。

倪蓝很客气地笑着跟经理说拜拜。邵嘉琪这边接起了电话。

"你好，我找倪蓝，我有件事想委托给二蓝神。"

"那麻烦你先打到事务所那边。"邵嘉琪流利地报了一串号码。找二蓝神事务所的九成九没正经事。

"我找倪蓝，我需要她马上接电话。"

那边那个男声挺磁性挺好听，但说话真没礼貌，邵嘉琪不太高兴："倪蓝现在没空。"

"是人命关天的事。"

邵嘉琪很有气势地说道："那她更没空了。你该去找警察。"邵嘉琪把电话挂了。

韩舟看着被挂掉的电话，哂笑一声。很跩啊。

韩舟发了条短信过去，描述了邵嘉琪和倪蓝今天的穿着打扮。后面附了一个笑脸颜文字表情。

邵嘉琪看到短信，跳了起来："倪蓝，咱们遇着变态了。"

"你好像挺兴奋似的。"倪蓝兴致勃勃，"让我看看，怎么变态的？"

拿过邵嘉琪的电话一看："就这样？"这程度不够看啊！

紧接着一条彩信过来了。

倪蓝点开照片，脸沉下来了。

蓝耀阳今天的照片，而且就是现在。

电话铃声再次响起，还是刚才那个号码。

邵嘉琪紧张地道："就是他，就是他。是个男的。他说有委托要交给二蓝神，还说人命关天。"

倪蓝接了电话："我是倪蓝。"

这气场，隔着电波都能感应到。韩舟笑了笑。

那轻笑声让倪蓝更生气："你是谁？"

韩舟道："你马上就要上场了吧，我们直接说正事，我需要你帮个忙。你那边方便吗？这通电话内容需要保密。"

周围没别人，倪蓝直接问："什么忙？"她拿过自己的手机，把这个电话号码发给事务所里的孙哲言，并发消息："定位它。"

"我需要你跟警察说一声，暂时不要把杨晓芳放出来。"

"为什么？"倪蓝继续操作手机，她把那张照片发给蓝耀阳和蓝耀阳的保镖陈洲。

那边陈洲收到信息，立刻过去把蓝耀阳带到一旁。蓝耀阳看向拍照片的那个角度，也举起手机拍照，把周围一片人全拍了下来。

"有人要杀杨晓芳。"韩舟道。

"谁要杀她？"

"我。"

倪蓝冷笑："那你克制一下自己。"

"我也是被逼无奈。"

"你在哪儿，我让警察帮你。"

"我在警察的通缉名单上。"

倪蓝皱皱眉，所有人都防着她，让她别管别管，她还真没注意警方都通缉谁了。"你是谁？"

韩舟默了默，脑海里突然浮现出一些对话回忆，他叹气："我是'魔鬼'。"

倪蓝："……"居然比她还装。

"告诉警察，不想杨晓芳死，就别放她出来。还有，这通电话如果不能保密，死的人更多。如果你能接受这个委托，在商场四层最北的洗手间门口垃圾桶里有一个牛皮纸文件袋装的十万块，你拿走。如果你不接受，那我就得做些我并不想做的事。我知道你们是谁，我知道能去哪儿找你们。"韩舟最后一句学着倪蓝的语气。

"你敢碰蓝耀阳一根汗毛，我就把你剁碎了。我会找到你，别以为我吹牛。上一个敢这么威胁我的人，已经去见上帝了。"

"那又怎么样？"韩舟笑道，"你有本事杀掉全世界，他也不在了。这就是人生。"

韩舟把电话挂了。

倪蓝瞪着手机。邵嘉琪小心凑过来："他说什么了？"

倪蓝没回答，她的手机响了，是孙哲言。

"孙叔。"

"定位了。他就在商场里，在你那里。"

邵嘉琪还想再问，但看倪蓝的脸色，不敢问了。

倪蓝深呼吸几口，脑子里闪过一些念头，终于把自己稳住了。

在人群里，对她来说没用。无论是商场外头、商场里头或者就在活动现场的观众人群里，她也不可能把他揪出来。

"啊，他关机了。"那边孙哲言继续报告。

"一直监控这个号码。"倪蓝嘱咐，"有消息就告诉我。"

倪蓝挂了孙哲言的电话，再给蓝耀阳打。

有人敲门，有工作人员在外头轻喊邵嘉琪的名字。邵嘉琪开了门，那工作人员客气道："嘉琪姐，让倪蓝准备一下，活动开始了。一会儿要请倪蓝上场。"

果然外头已经响起了如雷的掌声，主持人欢快的声音远远传了过来。

"好的，好的。"邵嘉琪回头看了一眼，对那工作人员道，"倪蓝正打电话，马上哈。我们马上就过去。"

工作人员把门关上了，表示自己在外头等着。

邵嘉琪转过身来，倪蓝抬手阻止她说话，她正对电话那头说："我把情况发给你，号码也给你，你联系一下欧阳。我觉得跟那个他们很在意的人有关。我这边马上要上场了，这里也不方便多说。嗯，是个老手，他挑的这个时间非常好，让我没办法抽出工夫来追踪他。这个环境凭一个电话也没法追踪，必须得调监控查。你跟欧阳说清楚。好，回头见。"

邵嘉琪听得这些，紧张得交握双手，姑奶奶，你还记得你要上场了，谢天谢地。

倪蓝挂了电话，对邵嘉琪道："商场四层最北边洗手间外面的垃圾桶里，有个牛皮纸袋，里面据说装了十万块。"

邵嘉琪："……"

倪蓝从自己包里拿出一双医用手套和一个大大的物证袋，交给邵嘉琪："以防万一，这些你拿着。如果一定要碰那个袋子，记得戴上手套。把那袋子装到这里面。那袋子上和里面的东西可能会有指纹或是其他能分析出的线索。"

邵嘉琪瞪着手套和物证袋，她家艺人包里都装的什么？

"这些东西你一定收好啊，别被狗仔拍了。"邵嘉琪道。

太难了。经纪人太难了。别家担心自家艺人包里的保险套被拍到，她是担心自家艺人包里被翻出什么非法武器和这种奇奇怪怪的东西来。

倪蓝瞅着她。邵嘉琪赶紧打回正题："……什么情况下一定要碰那个袋子？"

"比如清洁工来收拾垃圾桶要把它捡走。"

"……那意思是如果没人碰它我也别碰？"

"对。"倪蓝一边按手机给蓝耀阳发信息一边道，"蓝耀阳会让警察来，最好让他们处理。万一里面有什么危险品呢。你到四楼最北边，找到卫生间前面那个垃圾桶，先别动它。找个地方远远观察着就好。那人既然会往那里丢钱表示那个地方是僻角没什么人去。你的手机摄像头要一直开着，能拍到什么就拍下来。总之你见机行事，如果觉得有危险就离开。"

邵嘉琪被倪蓝说得心里发毛："会有什么危险？"

"很大可能没危险，你去的主要任务就是保护物证。"

邵嘉琪："……"

可以的，她堂堂一个经纪人，去保护物证。

外头又传来敲门声，工作人员轻声催促道："嘉琪姐，倪蓝该上场了。"

倪蓝却还在拨电话，她交代孙哲言如果一会儿那部电话开机了，调用程序发一条诱骗信息过去，如果那人点击了，就能启动手机摄像头，拍到那人的样子。

邵嘉琪听得外面的催促，再看看倪蓝一脸严肃教别人非法侵入他人的电子设备，真是头大。

"好了。"倪蓝终于说完电话，她过来与邵嘉琪道，"你去四楼吧，注意安全。我戴着通信器，你有事打到事务所那边，孙叔会把你的线路接过来。"倪蓝一边说一边在耳朵里戴上了一个小巧的耳机。

倪蓝把门打开，外头守着的工作人员看到倪蓝沉着脸的表情，还有邵嘉琪有些尴尬的样子，一时也有些愣了。

邵嘉琪忙堆起笑脸："不好意思，我们这边准备好了。"

众人朝着展台方向走去，倪蓝一路走一路观察着周围，每个人看上去都挺正常的。在这样的人群里，要找到他太难了。

她有预感，这手机也不是他的。但她回头可以分析一下他发过来的那张蓝耀阳的照片……

邵嘉琪碰了碰倪蓝的手臂，用口型对她说："表情！"

倪蓝转头看她，也用口型回她："去四楼！"

展台很快就到了，现场观众有人喊"倪蓝"的名字，主持人也笑着大声道："让我们欢迎，倪蓝！"

倪蓝在掌声中站到了展台上，上台的瞬间她换上了明艳的笑脸，她笑着看了周围一圈，对着大家挥手："大家好，我是倪蓝。"

然后她又抬头看了看楼上围着中庭这一圈围栏周围的人群，也对他们挥手："上面的朋友们，大家好。"

她没看到可疑的人，或者她看不出来。倪蓝笑着，心里却保持着警惕，她一定要把他找出来。敢打她家蓝可爱的主意，她要让他跪着认错。

倪蓝看到邵嘉琪坐扶梯上去了，她再看一圈有没有人特别注意邵嘉琪举动的，似乎没有。

一旁的主持人向倪蓝介绍另外几位嘉宾，倪蓝把注意力转过去，跟几位嘉宾问好打招呼。

邵嘉琪提心吊胆地上了四楼，这一路她把摄像头打开了，装作玩手机的样子把周围拍了一圈，也不知道拍到什么没有。四楼人特别少，有一个电影院还在修建，另外一个游戏厅还没开业。最南边有个卖床上用品的卖场，再过来有个健身房。北边应该有部分是电影院，还有一部分在招商，都有围板挡着。

邵嘉琪走到北边顶头，看到了卫生间，还有卫生间外头那个圆形的大垃圾桶。

垃圾桶干净锃亮，跟新的一样。

邵嘉琪观察了一圈周围，没看到有人。她走过去，探头看了一下垃圾桶里面，嗬，真有个牛皮纸文件袋。

邵嘉琪吓得心怦怦跳，做贼一样再看看四周。

没有人。

邵嘉琪按倪蓝的嘱咐，赶紧退远一点。

她打了事务所的电话，告诉孙哲言她找到倪蓝说的牛皮纸袋子了，现在正守着。

孙哲言嘱咐她要小心，并让她别挂，保持连线，如果有什么情况他那边能第一时间知道。

邵嘉琪觉得孙叔和红姨这两口子，真的是太贴心了。倪蓝真是好运气，总能找到好帮手。啊，对的，像她这位经纪人也是一样，这么优秀勇敢，倪蓝真是捡着大便宜了。

邵嘉琪靠在围栏上，把手机摄像头对着垃圾桶，这样拍到什么影像，孙哲言那边也能接收到。

现在她这个位置，听不到活动现场的声音了。闲来无事，邵嘉琪戴上耳机刷到网络平台看活动直播，看了几分钟很欣慰，倪蓝乖巧安静，保持笑容，完全没有作妖。弹幕里头正在讨论健身教练现场指导的动作，也没管倪蓝。

邵嘉琪又去刷下面的评论，这一刷一口老血差点吐出来。

"你们看到了吗？8分12秒的时候，倪蓝入场画面。她黑着脸啊，这是多大牌。全场就她迟到。然后她助理提醒她注意表情，她让人家去死。大家看口型！"

邵嘉琪："……"

是"去四楼"，去四楼，好吗！

怎么会是"去死"？

这一段居然已经有人截下来了，邵嘉琪看了好几遍，那口型还真是"去死"。

片段已经开始在微博上转开了，然后更多的人来看这场活动直播。

邵嘉琪觉得没法忍了，必须帮倪蓝澄清，是"去四楼"，不是"去死"。

但是去四楼干吗？守垃圾桶？不合理。

买床上用品？不行，太容易联想到前几天视频里的沙发亲热戏，太招黑。

邵嘉琪缩回了准备按键打字的手指。

做倪蓝的经纪人真的太难了。

基于"咒骂好心提醒她表情管理的助理"的招黑片段，现场弹幕开始多了对倪蓝的讨论。

"她笑得好假啊。"

"主办方请她来干吗呢，健身示范有教练，品牌代言有冠军，她站在旁边什么都不干，一个毫无作品的流量，来凑数吗？"

"凑数也不敬业啊，好歹接个话啊。"

"主持人让她试试，她比画两下就算了哦，好敷衍。钱真好赚。"

邵嘉琪好生气，你们有毛病吗？倪蓝八百年才端庄这一次，她这个经纪人教育得很辛苦的好吗！什么叫笑得好假，你们的眼睛才是假的！

你们也知道示范有教练了，倪蓝特意没去抢戏啊，也让出很多空间给冠军表现，不对吗！你们把良心掏出来捧在手上告诉我倪蓝哪里做得不对！

邵嘉琪火速联络公关部，让公关那边处理一下。本来以为今天倪蓝只是小活动里的小角色，又答应了她肯定全程乖，不可能再招黑了，用不着麻烦公关部盯着。结果呢？倪蓝法力无边。

邵嘉琪瞅几眼垃圾桶刷几下手机，披上了小号为倪蓝"洗白"呐喊。正战斗得如火如荼，忽然眼角余光发现有人正在向她靠近。

邵嘉琪吓得差点叫出声，她跳起来转过身，却发现是蓝耀阳和他的保镖陈洲，他们身后还跟着两个人。

"蓝总。"邵嘉琪站得笔直。

"是那个？"蓝耀阳指了指远处那个垃圾桶。

"对。"邵嘉琪赶紧道，"我看了，东西在里面。一直没人接近过那里。"

蓝耀阳转身对身后的两个人说了两句。那两个人戴好手套，提着一个工具箱过去了。

"他们是警察，交给他们处理。"蓝耀阳道。

邵嘉琪忙点头："好的，好的。"大家各司其职，她做好她的工作就行。邵嘉琪站在一旁等吩咐，然后继续用小号刷评论。

蓝耀阳看她那样，就问她："怎么了？"

"倪蓝又被黑了。"邵嘉琪赶紧把情况报告了一遍，重点说了一下没法洗白的"去死"。

"让你上四楼看铺子打算做投资，这个不好答吗？"蓝耀阳淡淡问。

邵嘉琪："……"

原谅她这个穷苦经纪人完全没有富人的思维。

"我现在就澄清。"邵嘉琪像模像样地拍了四楼商铺的小视频，再来几张照片，然后发微博去了。

那边警察也很快把牛皮纸袋检查完毕，确实只有十万块钱，没别的。

五十分钟后，倪蓝、蓝耀阳又坐在了警局里。

欧阳睿、关樊、袁鹏海，还有刘综。

大家在看从商场取到的四楼监控画面，有一个戴着帽子和口罩的人，从监控前面一闪而过，没拍到正脸，但从步态和体形看，是个年轻男人。

"他能描述出倪蓝的穿着打扮，也就是很有可能在商场里曾经离倪蓝不远。我按倪蓝进入商场，走到休息室这个范围扩散出来，查看了附近监控，暂时没有找到同样衣着的男人。中庭活动场地周围也没找到。要查更大范围就需要多些时间。"关樊道。

"那个手机号码注册用户是个大二学生，胖子，一米七，与四楼监控里的人不相符。我们拿到他的资料并联系到他了。他今天去了活动现场，我们联络到跟他一起去的同学找到他，他才发现自己手机丢了。"欧阳睿道。

袁鹏海问："那个男人说他被逼无奈要杀杨晓芳，让警察先保护着她，别放出去？"

"是这个意思。但他威胁我。"倪蓝黑着脸，对这事还非常生气。

"他是想确保你一定会报警，并确保警方一定会照办吧？"蓝耀阳问。

"不，我觉得他很嚣张。"倪蓝回道，"他说他在警方的通缉名单里，还说他是'魔鬼'。"

一直没说话的刘综道："季队……"

大家都看向他。

刘综道："季队亲自选了一个卧底，代号'鸽子'。'鸽子'曾经跟季队说过，他要伪装成'魔鬼'，到'地狱'去抓'魔鬼'。"

蓝耀阳道："因为杨晓芳指控了他，所以他也在通缉名单里？"

"是的，不然会暴露他的卧底身份。"刘综道，"但我不明白他为什么不直接联系我们，反而去找倪蓝。"

"他不想回来。"袁局道。

"起码我们确认他还活着。"欧阳睿道，"他肯定有不直接联络组织的原因，也许他那边有进展了，他不想放弃任务。他知道季队殉职了，他就更不愿放弃了。不然，季队就白白牺牲了。"

关樊问刘综："内部真的查清楚了吗？会不会'鸽子'觉得联络组织并不安全，对他的任务有影响。"

"季队还在的时候，我们就合作查了一段时间了，到现在我还没发现有什么问题。"

"那他跟我联络的时候可以跟我说呀。"倪蓝道。

"也许他身边有人。还有，他并不认识你，虽然你帮助警方的事所有人都知道，但他也不能完全信任你。"关樊道，"他选择你来报信是因为你救杨晓芳的时候被拍到了，他知道你与这事有关联，你能接触到管这个案子的警察，你通知警方能减少中间环节，将知道这事的人减到最少，减少风险。"

"所以还是你们警方内部有问题，而不是这个'鸽子'有问题吗？"倪蓝对这个威胁她的人很反感，"在你们把他查清楚之前，我对他的目的和动机持保留态度。我不管他身上是不是镶了卧底的金身，他危害到我或者我身边的人，我不会放过他的。"

"倪蓝。"蓝耀阳低声唤。在警察局里头威胁警察，不合适。

"那个杨晓芳你们是什么打算，放不放？"倪蓝语气软了点，换了个话题。

"其实我们正在安排准备放人，但是突然收到了你的消息。"袁鹏海道，"现在我们需要调查清楚这件事，再重新考虑。"

刘综道："那人还有跟你说什么吗？"

"没有。"

蓝耀阳忽然道："看上去他也似乎没打算再联络倪蓝。"

"为什么？"倪蓝问。

"他都没有你的电话号码。"蓝耀阳道，"他问你要了吗？"

"没有。"倪蓝摇头。

"邵嘉琪的工作电话是对外公开的，BLUE娱乐和二蓝神事务所的电话也都可以查到，但倪蓝的手机号一般人不可能知道。"蓝耀阳对众人道，"这人打电话找倪蓝得通过经纪人，他知道经纪人站在倪蓝身边。下次呢？今天这么好的机会他都没要号码，他是打算只联络这一次。"

倪蓝点头："他借我的手，阻止你们放出杨晓芳，而他争取到时间完成他想做的事就行。他并不打算用我来与警方建立另一条联络通道。他有他的目的。"

倪蓝看了一圈在场的各位警官："你们真的确定，这个'鸽子'没问题吗？"

各位警官答不出来。

倪蓝和蓝耀阳回去了。

倪蓝的气一直没消。她在今天活动上那么辛苦掩饰心情完成工作，她自己觉得简直能打一百分，结果网上一片黑，她就更气了。

全是那个"魔鬼"害的。

"蓝耀阳，如果你接到一个任务，让你杀杨晓芳，你会怎么做？"

"先确认她的行踪，找到下手的机会。"

"你怎么确定行踪，你都不知道警方把她藏在哪儿。"

"所以我只能在她家附近守着。但是不知道得守几天，我又被通缉，在同一个地方晃来晃去容易被人认出来。"蓝耀阳想了想，"我要么买通警察给我内部消息，要么……在杨晓芳家里偷偷装一个监控摄像头？"

"对，我也觉得有这个可能。我们得确认他有没有藏摄像头。如果要远程监控，就要上网。摄像头会把影像资料传到他的手机上。"

"可如果他装了，我们一进屋他不就看到了？"

"不会让他看到。"倪蓝去拿她的笔记本电脑，"我只要能锁定是哪个网络信号，就能追踪到他的手机号码。"

"现在就去？"蓝耀阳也起身。

"咱俩一起太显眼，去那种小区，你的车也不行。"

蓝耀阳："……他是被嫌弃了吗？"我的车不就是你的车？"

"我找个司机。"倪蓝开始拨电话。

蓝耀阳："……他知道她要找谁了。

总把狗仔当特工用，真的好吗？

李木接到倪蓝的电话时还是挺意外的。虽然他还有打算要继续联络倪蓝上他工作室的直播。

倪蓝真是一个有话题度的艺人啊，走到哪里黑到哪里，无论做什么都能让人挖出黑点，简直太招人喜欢。这种自带黑色魔法流量和话题的体质，也是没谁了。

但李木看着来电号码也有些警觉，他找倪蓝是一回事，倪蓝主动找他就古怪了，通常都没什么好事。

李木接了。

"李木老师。"倪蓝招呼打得还挺甜的。

李木呵呵笑："倪蓝老师，你好啊。"

"李木老师，我今天的活动直播你看了吗？"

李木继续笑："看了看了，表现非常好。我还帮你汇总了精彩截图和评论，发到你的微博超话去了。你一定还没时间看吧。"

倪蓝："……"

"一出场就非常有气场啊，黑着个脸。你当时想什么呢？"李木贱兮兮的，"让嘉琪老师去死，太有个性了。我是相信嘉琪老师那些澄清辩解的理由的，你肯定是想在那商场上面租铺子做生意，虽然网友都不信，但我是信的。我太了解你了，你是没钱，可小蓝总有钱啊。"

倪蓝："……李木老师你真是我的知音，只有你相信真相。我今天真的特别努力了，我出场不是黑着脸啊，当时就是有些紧张。"

还紧张，呵呵。"我信你。"李木道，"上台瞬间就变脸，满脸笑容的，演技确实有进步了。虚情假意跟满场观众打招呼，哗众取宠抢戏，就是不理台上嘉宾，摆架子给人家下马威。后头真正要参与活动了你爱理不理，态度敷衍……"

倪蓝："……"

"这些都不是我说的，网友说的。我都转超话了，你有空的时候可以看看。说真的，这些批评本来不该出现的，但就是你做事顺序不对，社交礼仪没把握好。上台应该先跟主持人、嘉宾打招呼，然后往旁边站一站，毕竟你不是主角，对吧。接着才到观众。嘉琪老师没跟你彩排过吗？你说你这样招骂也很合理是不是？"

招骂你的脑袋啊。倪蓝现在严重怀疑今天的差评里头有李木的手笔。

倪蓝呵呵笑："还是李木老师你懂黑子，能抓黑点的心理，太有经验了。嘉琪姐做人太阳光，确实是不够老到。李木老师，你得多教教我。我还是去上你的直播吧，你们那边的风格肯定跟我搭。"

这个提议真是太好了，但李木警惕："我是特别想你来的，可上回嘉琪老师拒绝我了。她要求的费用有点高。"

"她不了解情况，不知道我们之间有深厚的友谊。"倪蓝面不改色瞎忽悠。

蓝耀阳轻咳一声，听不下去了，他走出房间，到楼下拿水喝。

李木那边也沉默两秒，听到倪蓝讲友谊太让人提心吊胆了。

"李木老师，你现在在做什么？是不是又在蹲拍谁的隐私呢？"

"你这话说的，我们可是守法好公民，有证书的那种。"

"既然李木老师这么有空，不如我们现在见一面吧。"

李木："……"要不是知道这是倪蓝，听语气得以为哪个一百零八线糊到地心的女艺人想巴结他拿点宣传营销上的好处。

"我今天受到的打击太大了，我想赶紧敲定再上次直播，好好挽回形象，澄清事实。想来想去，只有李木老师能帮我这个忙了。"

"别来这套。"李木装不下去了，"你想干吗？"

"你来接我一趟，送我去个地方。作为回报，我会上你们的直播节目帮你们拉人气。不限制话题，随便聊，怎么样？"

"什么黑料、隐私都能聊？"

"随便问。但我答不答看心情，怎么答看反应吧。"

李木心动，倪蓝不用认真答，她坐那胡说八道怼他们主播就更好了。被倪蓝怼过的人基本都能红，就是这么地神奇。

"你要去哪儿？有没有危险？违不违法？"李木问。

"阳光北里一区，没有危险。我就是去找个朋友谈点事。但不能让蓝耀阳和蓝家知道。你得帮我保密。"

蓝耀阳拿着杯子进来，正好听到这句。他在一旁淡定坐下，继续听倪蓝瞎扯。

"李木老师，我是非常信任你的，把自己的隐私都告诉你了。在最需要帮助的时候，我就想到了你。"

"男的朋友？"

"对。"

李木："……"

听上去很有些豪门秘辛的味道。

"舍身欲入豪门，未遂却先出轨""倪蓝打女变欲女，神秘情夫现身""总裁被绿，除了封杀还会做什么？""二蓝神关系破裂，终成笑话"……

李木的职业本能让他脑子里瞬间跳出好几个标题。

可惜啊！倪蓝的话不能信。

可是真的想让她来上他们直播。而且今天看看她搞什么鬼，直播的时候就能有独家话题，值得跑一趟。

"我让我们主播发个预告，说会有劲爆嘉宾来参加节目，话题不设限，让大家猜是谁。然后你去认领转发一下，写个上节目的时间，这周之内，怎么样？我们配合你，你说哪天就哪天。"

"行啊。就明天你看怎么样？"倪蓝很大方。

李木精神一振："可以。"

"那你来接我。"倪蓝报了一个离家不远的街口地址，"让你们主播发预告吧，我马上转。"

李木挂了电话，马上打给他们工作室的主播田田："是的，倪蓝，她答应了，明天晚上。时间紧了点，但咱们素材够的，你把她的资料好好看看，我办完事回去跟你对稿子。你先到微博发个预告，她答应马上转。预告图片就放个黑色的侧面剪影。嗯，对……"

李木的得力属下徐回坐在驾驶位上，竖着耳朵听。又是倪蓝啊。

她来了，她又来了。

居然上他们直播？徐回有点心疼田田。她能接住倪蓝的话头吗？

李木嘱咐完了田田，转向徐回："开车吧，我们去接倪蓝。"

"我也去？"徐回问，"不守这儿了吗？"他跟李木现在正等着拍一个当红花旦的新恋情。之前这一对总是否认、否认加否认的，但现在进酒店了。

"让小刘他们来。"李木又打电话，很快调了人手过来。安排好了他再跟徐回道："我不能自己对着倪蓝，孤男寡女的，不合适。"

徐回启动车子："跟倪蓝一起那不能叫孤男寡女。"

"叫什么？"

徐回想了想："伴君如伴虎？"

李木："……"

徐回叹气，认真开车。

路上有些堵车，李木业务繁忙，一会儿盯着小刘他们守酒店门有没有错过什么，一会儿指导他们怎么进去跟服务生套话，一会儿又得看田田那边的情况。

田田写好微博了，跟李木确认后就发了出去。李木转给倪蓝，倪蓝很痛快地马上进行了转发，还附上了一个兴高采烈的跳舞表情包："明晚见。"

连跳舞这个梗都帮他们用上了，这个配合度有点吓人啊。

李木道："我怎么有种不祥的预感。"

徐回道："你一接电话开口喊倪蓝老师，我就有这种感觉了。"

李木："……"

阿生开着车，带着韩舟回老宅见培叔。

一如韩舟所料，他们去金孔雀鬼混的事培叔知道了，他没什么大反应，但现在突然说要见他们，跟他们聊聊他们任务的事。

韩舟似乎并不担心，在路上还跟小红通电话："是吗？今晚不在？那明天呢？"

阿生瞥了一眼正轻笑着跟女人调情的韩舟，不明白他怎么一点都不紧张。

韩舟跟小红聊了好一会儿，挂了电话。阿生这才有机会插话："干吗跟她腻腻歪歪的？你不是说她是培叔的人。"

"是公司的人，未必是培叔的。"韩舟转了转手机，"我们以前只在培叔面前表现，太低调了，傻。"

"说起来，你以前还真挺低调，什么事都不冒头。公司出事了之后，你变化挺大的。"

韩舟沉默了一会儿："我只是想换个活法。"

阿生看看他，不太明白韩舟的意思。

韩舟换了个话题："一会儿到了地方，按我们商量好的说。我会跟培叔单独谈谈，你找好机会看看那儿的情况。"

"行。"阿生道，"那个倪蓝，能帮上忙吗？"

"只要警察接到她的报警就行。我觉得问题不大。警察都怕担责任，他们会把杨晓芳看得紧紧的，我们稳住一周，拿到证件就走。之后怎样就与我们没关系了。"

阿生想了想又问："你说培叔突然找我们，会不会是这事露馅了，他找我们算账？"

"不能说绝对没可能。"韩舟看着前路，"如果真为这事，说明培叔在警队里有内线。杨晓芳这任务就是他在要我们。那露不露馅都没关系，反正是要我们死。你跟阿平吹好风了吗？"

"说过了。"

"兄弟们都看着呢。现在这么乱，要造反还不容易？我赌他不敢。"

阿生一时没说话。

韩舟忽然问他："怕吗？"

"有点。"

韩舟笑笑："我也怕的。到时见机行事。真有什么，你先走，不用管我。去找钱叔，我们给过钱的，他会安置你。"

李木在路口接上了倪蓝。倪蓝穿着深灰色运动服，背着一个双肩包，戴着帽子和口罩。一上车就嘴甜地喊人："李木老师好，徐回老师好。"

徐回赶紧应："倪蓝老师好。"

李木刚想说话，倪蓝的手机就响了，倪蓝比画了一个噤声的"嘘"的动作，李木赶紧闭嘴。

倪蓝接起电话，邵嘉琪的咆哮声立马从手机里蹦了出来："倪蓝你想死吗！你发的什么微博！当我死了是吗！"

李木："……"

徐回："……"

倪蓝赶紧道："嘉琪姐，我正跟李木老师谈个很重要的合作，回头跟你汇报哈。我先挂了。"

李木瞅着倪蓝的尿样，无力吐槽。这种尿，肯定是虚情假意的尿。

倪蓝收了手机，对李木道："李木老师，你也看到了，我为了能上你的节目，承受了多大的压力，分分钟被经纪人炒鱿鱼。"

李木不想跟她说话。

"所以一会儿我可能需要的时间多一些，你们别催别埋怨哈。"

李木："……"

一个多小时后，李木后悔了。

倪蓝根本不是什么见朋友，她指挥着他们在小区里绕，然后找了个隐蔽角落停下后，她就一直在敲电脑。

"如果你们觉得太闷的话，可以出去走走，顺便观察周围有没有什么可疑的人，帮我拍拍照。"倪蓝还有脸说。

李木和徐回都没反应，也不想问她究竟在干吗。

徐回还给李木发微信安慰他："往好处想，虽然无聊一点，但是没有子弹飞来飞去，很不错了。"

李木也不想回他，眼神都懒得给他一个。

但坐得实在太无聊了，李木刷手机都刷得眼睛累，他往窗外张望。然后他看到一个人。

倪蓝也抬头看。

同时间三个人动作一致迅速往车里缩，试图把自己隐藏。

邹蔚拖着两袋垃圾从不远处路过。

三个人静静等着，看着邹蔚丢完垃圾，又再次路过。途中似乎还看了一眼他们的车子。

邹蔚的身影消失了，三个人又爬了起来。

李木恼羞成怒，压低声音喝倪蓝："还说你不是干非法的事！你看到警察躲什么呀？"

倪蓝反问："是啊，我躲我的，你没干非法的事，你躲什么呀？"

李木："……"

李木转头瞪徐回。

徐回赶紧道："我是看到你们两个躲我才躲的。"

倪蓝的电脑忽然跳出了一个提示框。

"哈。"倪蓝不跟他们吵了，她抱起电脑，"找到了。"

韩舟和阿生到了"老宅"。

叫老宅是因为据说这宅子是"公司"创立初始的据点。开会、存货、居住等等都在这里。后来发展起来，势力分散开，才一点点划了地盘分出去。

老宅成了核心成员才知道、才能来的地方。

韩舟一直觉得是吹牛，或者该说是拉拢人心的鬼话。让他们这些被召唤来的人以为自己很重要，满足他们的虚荣心，增强他们的荣誉感，以让他们更加忠心。

韩舟来过老宅四次，两次是来挨训，两次参加庆功宴拿钱。他从来没有见过老大。所以什么狗屁核心成员，这些不过都是培叔、昌叔这类人的花言巧语。

现在昌叔进去了，培叔独大，但他也已被通缉。在韩舟看来，公司完蛋了。可培叔还没事人一样。韩舟觉得应该七八成"阿"字辈的小天们都会察觉到不对劲了，人心溃散，大家都悄悄观望。

这种时候，最需要稳定人心、鼓励大家的斗志，谈谈义气和前途，哄骗哄骗忠心。传说中英明神勇的老大是最佳鼓舞人心的人选，他得向大家保证，昌叔没了，培叔有风险，但他还在，他不会再让培叔出事，也会照应好大家，会带领大家开创新前途。

但他没有，他仍旧没有现身。

一定有什么计划，秘密的、残忍的、把他们当成牺牲品的……韩舟推测过各种可能。他很好奇，老大和培叔，在这样的处境下究竟想干什么？

阿生把车子开到老宅院子前门。这一片是旧城区，路窄，有些许多年前的自建房，老宅是其中一个。两层楼、前后院，别看外表看着破旧，据说市价还挺高。

阿生探出身来对着院门顶上的监控挥了挥手。

过了一会儿院子的自动闸门缓缓打开，阿生把车子开了进去。

一个剃着寸头的小伙子坐在二楼阳台上，那是个岗哨位。他看着韩舟和阿生下车，用步话机报告了一声。

韩舟下了车习惯性地观察了一下，在他们来之前，院子里共停了四辆车。四辆他都认得，是培叔和其他兄弟在用的。

韩舟抬腿往屋子方向走，对二楼那个报告的兄弟挥了挥手。见过，不熟，随便打打招呼。

阿生也是下车后观察了一番，跟着韩舟进去。

阿平坐在客厅里，那个阿亮也在。阿亮看到他们进来就起身去了后屋。阿平过来迎他们，小声道："先等一等，培叔在骂人呢。今天下午开始他心情就特别不好。"

"发生了什么事？"阿生问。

"具体不是太清楚。"阿平耸耸肩，"但中午的时候带我们去跟黑虎几个吃了午饭，我在外头守着，阿亮跟着他的，据说谈得不是太愉快。黑虎那头态度很差。回来后培叔就把自己关书房里，一直没出来。再然后就是让我把你们叫回来。"

韩舟和阿生对视了一眼。韩舟问："多少人回来了？"

"除了你们还有其他四个。"

"都干什么的？"

阿平低声道："听说是去把昌叔那边金阳的手尾收拾干净。"阿平看了看周围，又道，"还有，新消息，警方去抄了老粮仓，这说明昌叔松口了。虽然粮仓啥都没有了，但培叔还是很生气。"

"那这里岂不是也危险？"

"有可能，培叔让我们收拾东西了。今天把人叫回来，一个一个审着呢。要是办事没办干净，就麻烦了。"阿平神秘兮兮，"还有说法是这里是培叔的地方，昌叔可能不知道。"

"培叔让收拾东西到哪里去？"

"没说呢。就是让大家先准备着。"

韩舟与阿生又对视一眼。

这时候阿亮出来了，阿平问他："怎么样？"

"看上去还行。"阿亮刚说完，后头屋子传来巨大的"砰"的一声砸东西的声音。

阿平："……"

一个同样寸头的小伙子黑着脸从后头屋子方向走过来，看也不看他们，上楼去了。

阿亮对韩舟和阿生挥手："你们去吧，早骂早完事。"

韩舟和阿生去了，刚敲了一下门，就听到培叔响亮的声音："进来！"

韩舟拧开门把，阿生跟在他身后。

屋子里地上有一地陶瓷花瓶碎片，韩舟当没看见，踩着过去，坐到了培叔对面的沙发上。阿生也过来，坐在他旁边。

培叔没什么表情，忽略掉一地碎片的话，就跟阿亮说的似的，确实可以称得上"还行"。

培叔锐利的眼神盯着他俩看，看了好一会儿，问道："你们这两天做了什么？"

韩舟答："调查杨晓芳的住所和她可能会去的地方，安排监视，为动手做准备。"他把手机拿出来，调出了监控App，把画面给培叔看："这是她家，她还没有回来。"

培叔扫了一眼便不看了。

韩舟把手机收了回来，淡定坐下。

培叔又冷冷地问："还有呢？"

"我们搬离了公寓，怕动手之后出什么意外暴露了底细，所以不打算回公寓了。"这个搬走的时候跟培叔报备过的。因为违反了他让他们回公寓的要求。韩舟继续道："我们做了一些撤退的准备。但杨晓芳还没有回家，我们没定动手的时间，所以怎么退也没想好，到时定了会报告的。"

培叔盯着他们看，没说话。

韩舟再道："钱我们收到了。昨晚去金孔雀玩了一把，算是跟兄弟道个别。也许很快就动手，再见也不知会是什么时候了。"

阿生很配合地追问一句："培叔，后面公司还有什么安排吗？我们完成任务真的就直接走吗？"

137

培叔沉默了一会儿，道："杨晓芳的任务先取消吧。"

韩舟："……"

他眼角余光看到阿生在看他，便回视了一眼。两人碰了碰目光，阿生问培叔："为什么？"

"这事走漏风声了。"培叔道。

阿生有些紧张地摸了摸脖子。

韩舟道："我们打探的时候很小心，没惊动任何人。摄像头也没人发现，杨晓芳屋子里没任何人进去过。"

培叔没说话。

屋子外头传来了脚步声。似有人来守在了门口。

阿生努力不动声色，但手紧张地在膝上握了拳。他看了一眼韩舟，韩舟什么表情都没有。

这时候他们两个的手机忽然前后脚"嘀"的一声，显示有消息到。

阿生差点被这声音吓得跳起来。

阳光北里一区。

倪蓝抱着电脑敲着，李木压低声音在痛斥她："你究竟在干什么？是不是人家警方有什么行动你又凑热闹了？赶紧打住，别给别人添乱！"

"别人是谁？"倪蓝问。

李木："……"

徐回帮他答："邹蔚警官。"

"你怎么知道人家有行动呢？"倪蓝又问。

"人家堂堂特警跑来这里卧底装文员，肯定是有行动。"李木没好气。

"你怎么知道人家卧底呢，就不能本来就住这儿？"

"她不住这儿。"

"这你都知道。"倪蓝盯着屏幕敲着键盘，"那不许人家男朋友住这儿呢？"

"她男朋友住这儿吗，这么穷？"

倪蓝抬眼扫了一下李木："又不是你男朋友你嫌弃什么？"

"不是，你别捣乱。"

"我没有呀。不过话说回来，你怎么知道人家装文员。"

李木语气更嫌弃了："她戏路窄啊，从来都是骗人家是文员。"

"她骗哪个人家了？"倪蓝问。

"快闭嘴吧你。"李木不想理她了。

倪蓝真闭嘴了，李木过了一会儿又忍不住："你究竟在干吗？"

"在找一个仇家。"

"跟邹蔚有关系？"

"大概是间接关系吧。我又没问过。"倪蓝看着屏幕，通过杨晓芳屋子里的监控摄像网络信号追踪到两个手机号，她已经定位到了两个手机号码的通信信号位置。他们现在在同一个地方，离她居然不算太远。

是住在一起还是正在做什么呢？倪蓝思考着接下来怎么办，她自言自语："好吧，让我先看看你们长什么样。"

李木："……"

徐回："……"

两个人看向倪蓝，倪蓝头也没抬，显然不是在说他们。

但下一秒倪蓝抬头了："两位老师，你们手机里会不会正好有些刺激的小片段？"

李木："……"

徐回："……"

"没有。"李木凶巴巴。真的，跟倪蓝待一块儿真没有男女之嫌，只有糟心。

"还挺道貌岸然的。"倪蓝评价。

李木："……"

倪蓝开始打电话："蓝耀阳，你把我书房里头那部电脑打开。嗯，我需要点图片和小片子做诱饵，我那个硬盘里有。你把电脑打开就行，我自己找。"

李木撑着额头，揉了一把脸，这么一对比，他们算幸运的，蓝耀阳应该更可怜一点。

"我手机里最刺激的片段就是你跳舞那段了。"李木忍不住怼了一把。

"呵呵。"倪蓝微笑，"现在找的这个仇家就是今天挑衅了我。"

李木："……刚才那话我收回。"

倪蓝没理他，她在弄病毒，弄着弄着又问："亲，你说想看的，后面带链接，你们会点吗？"

"亲什么亲，淘宝客服吗？"李木吐槽。

"写宝宝。"徐回建议。

倪蓝："……宝宝？"

李木道："现在网上爸爸不是爸爸，崽子不是崽子，宝宝也不是那个宝宝。"

倪蓝："我懂网络。"

"所以写'宝宝，给你看鸭'，后面跟一个可爱的颜文字表情。"徐回道。

倪蓝犹豫了一会儿："我发给杀人犯组织的。"

李木："……"

139

徐回："……刚才那话我收回。千万别听我的。"

"行吧。"倪蓝开始发消息，"宝宝，你想看的，给你看鸭……"

徐回叹气，揉了揉脸。

他与李木一人靠着一边车窗，了无生趣。

倪蓝一按回车："搞定。"

李木和徐回完全没反应。

倪蓝拍了拍徐回的椅背："徐回老师，麻烦开车去为民路。"

李木警惕："干吗，还有第二个仇家？"

"不是，同一个。"

徐回惊问："杀人犯组织？"

"放心，手机信号只能锁定一个范围，不会跟他们面对面的。"

李木更惊："还有个'们'字？"

第七章
老宅爆炸

为民路，老宅。

培叔盯着阿生和韩舟，这两人手机响得挺一致，但没人去看。

培叔向他们伸出了手。

韩舟探手从裤兜里掏手机，阿生也把手机拿了出来。两人都把手机放在了培叔面前的茶几上。

培叔先拿起阿生的手机，用自己的指纹开了机，先翻看了一下近期的通话记录之类的内容，然后再去看刚刚收到的短信。

他细细读了一遍，没点那信息后面附带的图片链接，又去看韩舟的手机。韩舟收到的内容跟阿生的一样，只是图片和链接地址显示不太一样。

培叔把他们的手机放下了。

韩舟见没事，便问："培叔，刚才你说走漏了风声，怎么回事？"

倪蓝坐着车子朝着为民路进发，她盯着电脑等待着："点啊，为什么还不点？"

李木和徐回就当没听见。

老宅书房里，培叔道："今天警方那边准备要把杨晓芳放了，但后来又改了主意。恐怕警方那边有所准备，以防万一，这事先停一停。"

阿生和韩舟对视了一眼。

韩舟道："消息来源可靠？"

培叔道："可靠。"

141

韩舟又问："警方的消息？"

培叔摇头："不是。"

韩舟往后靠了靠："培叔，你可以信任我们。"

培叔道："确实不是警方。"

韩舟笑笑："好吧。反正都听公司的。暂时动不了杨晓芳了，下一步做什么？"

培叔没说话，却似想起什么似的，拿起阿生的手机，又去看刚才那条信息，这次，他点了后面的链接。

小视频很快就打开了，阿生的手机顿时发出了不可描述的呻吟和喘息声。

阿生："……"

韩舟看向阿生，阿生一脸莫名其妙和尴尬。

"Yes！"倪蓝这边电脑显示连接成功，对方的手机摄像头启动，拍下了正在看视频的人的脸。

倪蓝："……啊，是个老头。"

李木心里默念：好吧，那个"们"里有个老头，知道了。

培叔把视频关了，把阿生的手机丢桌子上。韩舟的手机他也不看了，只斥道："你们两个，让你们正经办事，你们少搞些乱七八糟的。把事情办好了，想怎么玩不行？"

阿生不敢说话。

"培叔。"韩舟还想再问，但这时外头传来了敲门声。

"进来。"培叔喊道。

阿亮推门进来，附在培叔耳边说了几句。培叔听完，便对阿生和韩舟道："你们出去吧。今晚就在这儿，我忙完再找你们。"

阿生和韩舟应了，取回自己手机，转身出去。

阿生到了外头，忙打开自己的手机看："刚才什么东西？金孔雀那些妞发来的？"

韩舟看了看他的手机，再看看自己的，皱皱眉，直接删掉了。

倪蓝看着屏幕上显示出的年轻男人的脸："哦，这个才是你。"

她敲键盘，开始复制这手机上的内容，传到事务所的加密服务器里。

徐回开着车，带着倪蓝和李木，离为民路越来越近。

倪蓝在车上给蓝耀阳打电话，说她已经追踪到两个号码的所在地，现在正往为民路去。

"只有一部手机点链接了，另一部没动静。我拍到了两个人，一个老头一个年轻人，有另一个人在镜头前露了一个小角又缩走了，他可能扫了一眼那个人的手机，我看不到他的样子。"倪蓝道，"这两部电话这几天的行动轨迹都不在这个片区，我怀疑今晚是过来办事的。我先查一下警方的通缉令信息看看。你不用担心，我会小心的。"

李木觉得自己挺佩服蓝耀阳的，这心脏得多坚强才能跟倪蓝谈恋爱啊。

倪蓝挂了电话继续敲键盘，车子离为民路越来越近了。李木忍不住问："你在查警方的什么通缉令？是网上公开的还是人家不让看的，你是不是又黑进人家的系统了？"

倪蓝没说话。

李木又故意问："我们是不是该报警啊？"

倪蓝仍没说话。

李木觉得没意思，也不说话了。

车子安安静静地朝着为民路方向开，就要到路口的时候，倪蓝突然道："可能还真得报警啊。"

"不是，可能这两个字是什么意思？"李木吓一跳。真的假的？报什么警？

"你冷静点。"李木开始劝，"你被警方发现了是吗？能拖一拖吗？明晚上完直播再自首还来得及吧？"

徐回："……"

"那个老头在通缉名单里，我拍到了他的正脸，他很可能是主犯。居然不小心捉到大鱼了。"倪蓝皱着眉头看着电脑屏幕上的信息，"那人说他在通缉名单里，那这个年轻人应该不是他。哎，到底是不是呢？你说这些通缉画像画得这么不好认，发出来干吗呢？"

李木："……"

徐回："……"

你说的话没人懂你说出来干吗呢？

倪蓝又不说话了，车子里弥漫着紧张的气息。李木和徐回互视了一眼。

车子开进为民路了，徐回轻咳一声，又看一眼李木，现在是要继续开还是怎样？

"靠边停吧。"倪蓝终于发话了。

徐回松了一口气，把车子停在了路边一排车的末尾。

倪蓝继续敲着电脑，还戴上了耳机。她在联络孙哲言帮她用事务所的服务器程序搜索这两个手机号码的相关资料。

"他们注册过的外卖、网购App，地址留的是为民路或者附近这两条街的地址的。嗯，如果没有，那么他们手机通信录里存的好友电话有外卖、网购这片区地址的。嗯，你通过权限，我来远程操作快一点……"

李木和徐回一人靠着一边车窗，又开始消极了。

徐回给李木发微信："感觉生活一点安全感都没有，连上个网络、再点个外卖就被追踪了。"

这回李木给他回消息了："没关系，毕竟倪蓝这样的变态是极少数。而且她也怕警察。"

"是吗？"徐回不太有信心。

"她还怕蓝耀阳。"

"啊，对。"徐回这回有点放心了。

车子里挺安静，只有倪蓝敲键盘的声音和李木、徐回手机的"嘀嘀"信息声。

"你俩当面吐槽我能安静一点吗？"倪蓝忽然说。

李木、徐回手机马上静音了。

倪蓝抬头笑起来："其实我不知道你们在聊我的。"

居然套路他们。

李木不想跟她说话。

徐回把手机藏好。

倪蓝把她的电脑装进包里，把包背上："我查好了，现在去探探路。"

"刚才不是说要报警吗？"李木赶紧道。

"探探路"这三个字听起来很危险。

"我先确认一下情况，报警也得把事情说清楚。"

以防万一，如果这伙人在警方里真有内奸，报了警可能打草惊蛇，她先探一探，确认报警前后的情况差别，也许能给刘综提供一些有用的判断参考。

"对，对。还得想好怎么解释你非法的消息来源。"徐回提醒。

李木瞪他一眼。

倪蓝推开车门下去了。

李木刚想跟徐回说话，倪蓝却又突然回头，李木赶紧闭嘴。

倪蓝对他们道："如果遇到什么情况不对，你们就赶紧离开，不用管我。"

李木和徐回猛点头。

"当然如果看到什么可疑情况，能拍下做证据就最好了。"

李木："……"

徐回："……"

两人就看着倪蓝快步朝前走去，很快消失在拐角。

徐回问："所以遇到什么情况，我们是跑还是拍下来？"

"一边拍一边跑呗。"李木没好气。

"可是到时候，我们不尝试去救她一下吗？毕竟我们有车。"

李木想半天："确实挺挣扎的。毕竟她明天还要上我们节目。"

倪蓝照着手机上地图的指引小心地朝着目标靠近。

疑似的地址查到了。

那两部手机号码没有在这一带点过外卖，但是她成功侵入的那部手机，通信录里有两个好友号码点过，不同时间，同一个地址。所以八九不离十，就是那个地址没错了。

如果捅到了犯罪窝点，估计周围会有监控，专业一点恐怕还有岗哨。

倪蓝没有大意，她并没有直奔地址而去，而是绕了一圈，观察好周边建筑情况和地形，确认了安全才一点一点靠近。

倪蓝找到了那栋屋子。两层小楼，前后院。后院有个小门，前院有车道。院子外墙头布置了摄像监控。倪蓝绕了一圈，避开了这院子的监控摄像，找到了斜对角的一栋三层的自建矮楼。

矮楼前面有棵大树。倪蓝从包里抽出攀绳，利落地蹬着那树爬了上去。她翻上了矮楼的二层，躲开了这户人家的窗户，在屋里的轻声谈话声中，安静轻悄地再攀上三楼屋顶。

屋顶有个天台，天台筑着水泥围墙。

倪蓝猫着腰，沿着围墙往那栋"贼窝"方向移动。她就在"贼窝"前院的正对面，悄悄探出了头。

五个监控位，二楼阳台像是岗哨，遥控伸缩院门，入户防盗大门。

一楼两个窗，二楼四扇窗户全都紧闭，窗帘拉着，但屋子都亮着灯。二楼唯一的阳台上坐着一个人，那人面前摆着茶几，放着饮料瓶和一个小碟，在刷手机玩。

倪蓝用微型望远镜观察了屋子和院子的细节，看清放哨的那个年轻人的模样。这人不在通缉令里。

院子里有五辆车，车子似乎都熄着火。倪蓝把屋子、人、车子都拍了照，传给了孙哲言。

倪蓝把监控和岗哨的情况写了文字描述给孙哲言，让他一会儿报警的时候跟警方讲清楚，包抄的时候得注意，不能打草惊蛇，务必一举拿下。

孙哲言很快回了"明白"。他和江旭红在电脑前紧张地等待着指令。

倪蓝放下了望远镜。监控的设备情况很清楚了，她有把握能侵入到他们的系统里，看看他们屋里是否也安装了监控，如果幸运的话，她能提前掌握他们的具体人数和武器情况。

倪蓝刚要把电脑拿出来，却看到岗哨的那个人忽然站了起来，他进了屋，把阳台上的防盗拉闸门拉上了。倪蓝不确定他是否上了锁，但拉门表示他短时间内不会回来了。没人替班？

倪蓝把电脑推回包里，继续观察。

屋子一楼的大门开了，有一个人叼了根烟走了出来。他吸了两口，然后在院子里溜达，慢慢走近院子里的车，接着蹲了下来。

倪蓝一开始因为车子的遮挡看不清他的动作，直到他靠近第四辆车时，倪蓝看清了。这人把车胎扎了。

只留下了第五辆车。那是一辆白色起亚。

倪蓝迅速扫了一眼院子里的监控，上面的信号小灯是灭的。

可她刚才观察的时候还亮着呢。

倪蓝心里迅速"呵"的一声冷笑。

自己人搞自己人吗？

"孙叔，给刘综和欧阳打电话，让他们马上安排人，这里大概有内讧了。"

孙哲言应了。倪蓝看到扎车胎的那人慢悠悠又走回屋门处，站门口又吸几口烟，然后把烟头在墙上按灭了，进了屋。而监控器的信号小灯再没亮起。

没时间了，肯定有事要发生。

无论如何，那个"魔鬼"可是警方的卧底，她不能让他出事。

排除法，他应该是那个没点病毒链接的手机号码。

倪蓝一边观察着那屋子，一边道："孙叔，帮我拨尾号是82的那个号码。"

"嘟——"

很快，倪蓝耳机里传来号码拨通的声响。

李木和徐回看着倪蓝的身影消失，两人贫了几句嘴，最后决定还是等等倪蓝。

他们停车的这个地方挺好，正在阴影里，又在停车位尾巴上，要跑的时候挺方便，又离路口近，视野非常不错。

于是徐回拿起了相机调试做准备，李木则是低头看手机，田田已经把明晚的问题稿准备得差不多，但李木觉得问题不够犀利，料不够黑，抵不上他这一晚上的付出。李木正琢磨着刁钻又有力度的八卦问题时，忽然一道阴影掩了过来，有人堵在了他们的车窗边上。

杀手？

李木和徐回同时吓了一跳，一人尖叫，另一人也受影响大叫。

叫声里，他们定睛一看。邹蔚。

邹蔚撇着眉头看着两个失态的大男人。

李木赶紧正了正表情，抚了抚外套。徐回放下了捂在心口的手。

李木把车窗摇下。

邹蔚手撑着窗框："李木老师。"

李木下意识地看了看邹蔚身后，低声问："不用装成不认识你，对吧？"

"不用。"

徐回赶紧打招呼："邹警官好。"

邹蔚道："我就觉得像是你的车。"

"呵呵，邹警官好眼力。"李木干笑着。这么容易认出来，不知道该欣慰还是害怕。

"你们跟着倪蓝来的？"

"没有没有。"李木赶紧答，"我们在这里等人。"

"是吗？从阳光北里开到这里等人？"邹蔚道。

李木："……"他这猪脑子，她当然说的是在阳光北里认出他的车，而不是现在。啊，难道她跟踪他们了吗？

"倪蓝呢？"邹蔚再问。

李木和徐回同时手指着倪蓝消失的那个拐角："往那边走了。"

"我跟过去了，但跟丢了。"邹蔚道。

李木心里吐槽，那你刚才还问，套话呢。

"她要做什么？是不是发现了什么？"邹蔚问，她拿出了警察证件，亮给这两人看。

李木和徐回顿时严肃起来，知道这位老熟人的意思是，她在公事公办。

"她具体做什么我们真不知道。她就一直敲电脑。"李木辩解道，"她说跟我商量一下明晚上我们工作室直播的事，我们就答应给她当回司机。其他的我们真不知道。"

徐回捅了捅李木的腰。李木赶紧道："啊，对了，她好像找到了什么通缉犯，她自言自语的，具体我们没问。好像说有个老头。"

徐回补充："她说要报警。"

"对，对。"李木道，"她说她要报警，然后她先去打探一下情况，好跟警方报告。"

"地址呢？"邹蔚问。

"不知道。"李木和徐回同时摇头。

邹蔚想了想，拿出手机拨电话。

"蓝耀阳……"

李木和徐回同时松了口气。对对，倪蓝现在身处险境，别直接找她。找蓝耀

147

阳就对了。倪蓝如果怪他们出卖了她，还有蓝耀阳挡在前面呢。

"嗯，我就在附近。我看到李木他们了。好，知道了。我现在过去，会小心的。"邹蔚挂了电话，对李木道，"我去找倪蓝。他们已经报警了，一会儿警方就来人。蓝耀阳也快到了。你们自己注意点安全。如果发现什么可疑的情况能拍就拍下来。"

李木："……"

他们狗仔真不是负责拍涉黑组织活动的啊。

李木还没来得及说什么，忽然"砰"的一声巨响。

某处爆炸了。

李木和徐回惊呆。

邹蔚转身就朝那个方向跑，并对李木他们挥手大吼："待在这儿！"

李木也吼："你小心啊！"

老宅里，韩舟与阿生从书房里出来就各自散开了。

他们出来时，书房的那个门道里站着一个陌生人。看到他们出来后，对他们点了点头，走开了。

阿生并不确认那个小视频是谁给他发的，他也不管了。按之前与韩舟商量好的，他们需要先探清楚现在公司里的形势。

阿生去了客厅，一边跟阿平聊天一边观察着书房这边的动静。

阿亮没从书房出来，而刚才过道里的那个人点了根烟，打开门到院子去了。

"他是谁？"阿生对着出门的那个背影小声问阿平。

"新人，叫阿吉。我们回老宅的时候他就在这儿了。他和阳台上的阿泉守这儿的房子。挺有礼貌的，对我们这些前辈挺客气。"阿平答道。

"他站那儿干吗？"

"谁知道。"阿平压低声音，"培叔最近做事神神秘秘的。咱们悠着点别犯错就行。"

阿生也小声："这些新的，要取代我们吗？"

阿平摇头："我觉得不会，人手根本不够。丢的人太多了。"他看了一眼书房方向，向阿生凑近了些，"阿猛的事我打听了，真的没了。还有另一个，咱们见过两次，叫阿乐，记得吗？"

"那个有点痴呆的？"

"人家不痴呆。"阿平道，"那个也一起干掉了。培叔亲自动的手。"

"原因呢？"

"想甩了公司，跟黑虎他们干。"

148

阿生懂了："难怪跟黑虎他们撕了。"

"可不是。"阿平道，"前有警察后有黑虎，你说培叔能不黑着脸。"

"刚才我跟阿行在书房，培叔听到信息声响还查我们手机。太警觉了。"

阿平"啧啧"，"我的也被看了。"

另一边，韩舟先去了厨房，看到一个认识的兄弟在泡面，是阿平之前说的四个人里的之一。韩舟跟他寒暄了几句，那人似乎跟韩舟他们一样，不太清楚培叔有什么打算。

韩舟也没多问，看了看厨房和后门这边的情况就出去了。

韩舟上了楼，有人住的房间门把上都绑了根绳子，只有一间空着，韩舟推开门进去看了看，又出来。他在走廊里看了看，正想随便敲个房门，却见过道阳台那位置，那个岗哨进来了。

韩舟便站住了，跟他招呼："你好，我是阿行。"

那人点点头："阿泉。"他说完便转身将阳台的闸门拉上，还上了锁。

阿泉下楼去了。

韩舟看着他的背影消失，正想继续去敲房门，他的手机却响了。

韩舟看到了一个陌生号码。

他想了想，转回自己屋里，接了。

"你随便说一句话，让我确认一下是不是你。"

韩舟一愣："倪蓝？"

"我说过我会找到你。"

韩舟笑起来："牛！能告诉我怎么做到的？"

"不是不能，但没时间。听起来你说话还挺方便。"

"还行吧。旁边没人。"

"你在哪里？"

"你这么牛，能查到吧？"

"走到窗户边拉开窗帘让我认认你的样子。"

韩舟又愣了。

"姐不是吹的，真牛。快点，时间紧迫，你说你在通缉令里，让我看看，你是我要找的人，我才会帮你。"

"帮我什么？"韩舟走到窗边，拉开了窗帘。他张望了一下，没看到外头有人。

"OK，我看到你了。"倪蓝语速很快，"有人到前院扎了四辆车的轮胎，剩下一辆白色起亚。岗哨的人离岗了，没有换班的。你们这楼的监控都被关掉了。如果是你干的……好了，我看到你表情了，不是你……"

韩舟不等倪蓝说完，就迅速挂掉了电话，转身出了房门。

他快步到了楼下，看到阿生、阿平还有刚才站在过道的人正坐沙发上。三人看到韩舟急匆匆的样子均愣了愣。

韩舟扫了他们三个一眼，虚指了指过道那人："你是谁？"

阿平代答："他是阿吉，新人。"

"你刚才出门了？"

阿吉有些心虚："怎么了？我去抽了支烟，散一散。"

"这屋里吸粉都不避忌，你抽烟还这么礼貌呢。"韩舟沉着脸，"阿生，你去院子里看看我们的车。"

阿吉猛地站了起来。

还没等韩舟再说话，阿亮突然出现："怎么回事？"

阿生已经反应过来，他站起来就要往外走。

阿亮喝道："你们搞什么鬼！这是闹事的地方吗！"

韩舟也喝道："阿生，去！带上阿平。"

阿平犹豫了一下，他站起来，却看到阿吉从裤兜里掏出一个小东西，上面有个按钮。

阿平皱了皱眉，刚要开口，却见阿吉翻身躲到了沙发后，同时对着按钮按了下去。

电光石火之间，几个人的一系列动作同时发生。

韩舟下楼时就带着满满的戒心。倪蓝通知的消息在他脑子里转了好几个圈，推测各种可能和也许会引发的结果。

培叔想把他们这些老人灭了？

黑虎帮安插了内线？

还是警方的新计划？

但什么都来不及细想。他质问，那个阿吉马上就暴露了。暴露没关系，狗急跳墙却是麻烦事。

当阿吉一有动作，韩舟便冲向了阿生。

遥控器？！

这完全在韩舟的意料之外！

"趴下！"韩舟一把按倒阿生，对着阿平大喊。

阿平看到阿吉自己躲起并按按钮，也反应了过来，他猛地扑倒在地上。

韩舟动作很大，冲力太猛，与阿生两个人一起撞翻了沙发，滑冲到墙角。

"砰"的一声巨响，爆炸了。

爆炸源头在后厨方向，巨大的声响几乎震聋了他们的耳朵。楼体强烈震动，天花板碎块、水晶灯还有楼上的东西砸了下来，窗户玻璃破碎，一片狼藉。

后厨离韩舟他们的客厅有一段距离。但韩舟仍被震得两耳嗡嗡作响，头脑有片刻的空白。

韩舟不敢想那楼上客房里的人都怎么样了。那些房间，正在后厨的顶上。

吊顶木板砸到了韩舟的身侧，一屋子的烟尘阻碍了他的视线。但他仍看到有人冲出了窗户，奔向后院。

韩舟听到身下的阿生破口大骂，韩舟努力撑起身体。阿生被他护着，没有受伤，比他行动敏捷。他爬了起来，观察周围情况，将韩舟扶住了，一脚踹开一旁的碎板，将韩舟拖向了另一端的沙发背面。

韩舟觉得后背隐隐作痛，应该是刚才被砸伤了。

阿生压低声音问他："你怎么样，受伤没有？"

韩舟晃了晃头，抓着阿生："培叔！"

"什么？"阿生又气又急，"我们赶紧离开这里！"

韩舟仍坚持："找培叔！"

阿生从沙发后头探出头，屋里的烟尘慢慢少了，视线清楚许多。"阿平！"

阿生看到刚才阿平的位置有动静，赶紧过去。

客厅水晶灯一半砸在了全木茶几上，一半在阿平身上。阿生把石块扒开，把阿平挖了出来。刚把人拉出来，"轰"的一声，客厅窗户的窗帘燃起了大火。

韩舟有些缓过劲来了，他赶紧过来，帮着阿生一起把阿平架起来。

阿平身上有不少血，但人是清醒的："我没事，能走。妈的，老子要宰了他！"

窗户的火越来越旺，外头响起了汽车引擎的声音。有两个燃烧瓶从窗户砸了进来，客厅燃起了一片火焰。

韩舟试了试大门，发现拉不动，被卡死了。"我去找培叔，后边会合！你们小心！"

不等阿生、阿平应声，韩舟已经朝书房跑去。

"培叔阴我们，他想整死我们！"阿平的右半身痛得几乎动不了，他很气！

"别说话，我们先出去。"阿生见得阿平身上的血有些慌，"你留点力气，撑住！"

爆炸发生时，倪蓝还在用望远镜观察着那楼。韩舟从窗口消失，不知道去了哪里。倪蓝没法预料他会采取什么行动，但她不能再打电话给他。

现在只能看他自己的现场应变，如果他需要她帮忙，会联络她的。

而且警察很快就要到了，等警察一到……

"砰"！

151

一声巨响让倪蓝目瞪口呆。

她眼睁睁地看着那矮楼有一半在瞬间倒塌，而爆炸的气浪似乎隔着街卷了过来。倪蓝猛地伏下了身子，躲在水泥墙后。这边楼下的玻璃"咔咔"震动，另一边有玻璃破裂的声音，有人尖叫，还有满街的汽车防盗警报器都发出刺耳的尖叫。

"Shit！"待倪蓝再探出头来，只看到有两个人在院子里，一人启动车子，另一人点燃了窗帘，再丢进去两个燃烧汽油瓶。而大门已经被一根铁杆闩住了。

"魔鬼"刚才露脸的二楼房间已经没了，客厅里火光一片，也不知道是个什么情形。

"Shit！Shit！"倪蓝站起来，看到那辆白色起亚正驶出院子。

倪蓝没管她的包，她狂奔向之前攀上天台的那个楼角，大声向孙哲言道："白色起亚，告诉警方车牌号，拦住它！"

白色起亚就在倪蓝的下方，与倪蓝同一个方向奔跑。

倪蓝急冲向天台水泥围墙，冲刺着跃向顶端，她一脚踩上台子，朝着刚才她攀上来的树纵身一跃。

"咔"的一声，倪蓝抓住的一根树枝应声而断，而倪蓝迅速攀住了另一根树枝，身形一荡，抱着粗大的树干滑下。

白色起亚在树下驶过，倪蓝落地。

耳机里，孙哲言快速向频道里的各方通报情况。倪蓝没理那辆起亚，她快速朝着"贼窝"后院方向跑。

前院已经没有出路，只能看看后院如何。

"魔鬼"，你得活着！

韩舟冲进了培叔的书房。

书房离后厨不算远，但隔着过道两面墙，再加上墙后还有厚重的书柜，很幸运，这间屋子没塌。

"阿行，快走。"身后是阿生的呼唤。

韩舟没理会。他快速扫视了屋内，书柜倒了，墙裂了，地上乱七八糟几乎没有落脚的地方。书桌歪到了一边，上面空空如也，笔记本电脑没了。韩舟再看地上，地上也没有。

这一屋凌乱，恐怕来不及搜寻出什么来。

韩舟往里走，却听到了几不可闻的呻吟声。

韩舟加快脚步，赶到书桌后面一看，看到了培叔。

"培叔！"

金培树睁开了眼睛，张了张嘴想应，却没发出声音。

韩舟蹲下仔细观察他的情况。他的前胸和腹部各中一枪，血正往外涌。应该打心脏才对。如果不是开枪的人枪法太烂，就是培叔躲闪了，而枪手来不及补枪。

"培叔，坚持住，我带你出去。"韩舟脱下外套，将培叔胸口的伤绑了一绑，用处不大，但聊胜于无。

韩舟把培叔架了起来："是谁干的？"

金培树摇了摇头，没说话。

韩舟把他背上："没关系，我们会讨回来的。"

通往后院的路已经被炸得不成样子，韩舟闻着气味，经过厨房时看了看那里的情景，他猜大概是弄了些爆炸装置把厨房那两个煤气罐一起炸了。

瓦砾碎石中有残肢，韩舟想到刚才在厨房吃面的那个算不上太熟的兄弟，他咬了咬牙，背着培叔踩着石块艰难往后院走。

阿生撑着阿平靠在后门处，两人见到韩舟居然背出一个重伤的培叔，都很吃惊。

不是培叔干的吗？

"一定是黑虎帮。"阿平说。

"先别说这些，我们赶紧离开。这么大动静，警察和消防马上就要来了。"韩舟的背上也有伤，背着培叔觉得颇吃力。

"我有一辆备用车停在对面巷子里。"阿平掏口袋，摸出一把车钥匙。阿生之前提醒他后，他就做了防范，偷偷准备了跑路工具。

"我们去取车。"阿生对韩舟道，"一会儿过来接你们。"

韩舟跟在他们身后："我带培叔找个地方先躲着，这里不能待。"

"行。"阿平应着，在阿生的支撑下往外走。他伸手拉开了后院门……

韩舟心一跳，喊道："等等……"

倪蓝冲到后院墙，猛地刹住了脚步。

她贴着墙，探头往院门处看。

院门对面的墙根阴影里，停着一辆黑色摩托，一个高瘦的平头年轻男人站在摩托车旁，他手里拿着一支装了灭声器的枪。

倪蓝认得这个男人。

那个岗哨。突然离开锁上了阳台门断了二楼逃生机会的那个人。

他拿着枪等待着，又做好了随时离开的准备。

前面走不了啦，活着的人，只能从后院逃。

还挺聪明的。自己不在里面冒险，只在门口等着捡漏，警察来了，他骑着摩托钻进小巷，追都不好追。

这时候倪蓝听到了院子里有人说话的声音。

有"魔鬼"的声音，他活着。

岗哨男人举起了枪，对准了后院门。

大叫示警会让自己比院子里的人更危险。她没有枪，她只能攻其不备。

倪蓝脚一蹬地，在岗哨男人专心盯着后院门的这个空当全力冲刺过去。

希望来得及！

"噗噗"两声，岗哨男人开枪了。

韩舟喊着"等等"时，阿平把后院铁门打开了一截。

子弹从黑暗中破空而来。

阿平应声倒地。

另一枪却打到了铁门上，"铛"的一声轻响，就像死神错手敲了一下门。

阿平向后仰倒，与阿平同样暴露在院门空当的阿生大叫着抱着他往墙边躲。

韩舟背着培叔迅速躲到了院门另一边的墙根处。他一摸培叔后腰，摸到了枪。韩舟拿上了枪，从铁门与墙之间的缝隙往外看。

倪蓝看到岗哨男人开枪了，她没法去关注他打的谁，打没打中，她的身形像箭一样，她的专注力也必须如此。

阿泉的眼角余光发现有什么正速度极快地向他冲来，所以他第二枪歪了，他没去管那些，他本能地把枪口转向了向他袭来的那道阴影。

是个人，女人。

但这人对上他枪口时突然倒地一铲，袭他下盘。

阿泉倒地，但他的枪还牢牢握在手里，他翻滚，躲开近身范围，跳起来再次挥枪指向那个女人的方向。

倪蓝一击得手，眼看那男人翻滚跃起，她手一撑地，整个身体横着撑起，双腿一蹬，踹向那男人的小腹。

阿泉还没机会扣扳机就被重重踹了一脚。他痛得弯了腰，眼角余光看到那女人踹完跃身逼近朝他袭来。

他不管不顾，还没直起身就抬手一枪。

扳机没扣下去。

枪被握住了。

是个高手。

阿泉抬眼，看到倪蓝口罩上面那双眼睛，这是他见过的最漂亮的眼睛，也是眼神最凶狠的。

阿泉来不及做任何反应。

倪蓝一把握住他的枪，飞身起腿。

阿泉抬头，脑袋受了重重一脚，他叫都来不及叫，骤然倒地。

院子里，阿平紧紧握住了阿生的手，咽下了最后一口气。他把手里沾满血的钥匙交到了阿生手里。

阿生红着眼眶，发出一声悲鸣。

韩舟看清了外头的形势。

倪蓝！

"走，我们还有机会！"韩舟对阿生叫道。

"阿平死了。"阿生声音哽咽。

"培叔还活着，我们得带他走！"韩舟叫道。

培叔？阿生愣了愣。

"别人会以为是我们干的。"韩舟吼他。

阿生又一愣。

"必须知道发生了什么事。你听我的。"韩舟的语气完全不容拒绝。他把培叔背过来，交到阿生手里。"我去开路，你带着培叔去找车，我们一起离开。"

阿生被韩舟镇住了。他完全相信韩舟，"我们一起离开"，他这么说，那肯定就是可以的。

韩舟从院门出去了。

他举起了枪，对准倪蓝。

倪蓝一脚放倒岗哨男，察觉有人出来，立即举枪相对。

"魔鬼"！

两人都没说话。

接着阿生背着培叔出来了，他看到两人持枪对峙的场面脚下顿了顿。

"去！开车！"韩舟盯着倪蓝，对阿生下令。

阿生背着培叔加快脚步。

"谁都不许走！"倪蓝喝道。

邹蔚在奔向爆炸地点的途中接到了孙哲言的通知。

白色起亚，车牌号×××××××。

孙哲言利用二蓝神事务所的通信系统，把各方并到了一个频道里，从倪蓝这边得到的任何消息，他都及时通知了大家，并保证了倪蓝不受各方纷杂信息的干扰。

"我在路上了。我们的人三分钟就能到。"欧阳睿的声音在频道里响起，"邹蔚，盯好现场。"

"倪蓝就在现场。"孙哲言道。

这时候邹蔚看到那辆车了。

白色起亚由远而近，速度惊人地疾驰而来。

因为大爆炸的动静，不少人跑出了屋子张望。那辆车开得快，大家吓得纷纷往后退。有人指着车子破口大骂，但白色起亚置若罔闻，越开越快。

一个老大爷穿着睡衣抱着个孩子跑出来，像是被爆炸吓到，不明情况，赶紧往外逃生。

白色起亚车速丝毫未减，不管不顾地直接撞了过去。

四周一片尖叫。邹蔚呆住了，她的双腿带着她向前冲，她本能地伸出了手。但是太远了！她眼睁睁地看着孩子被甩向天空，而老人被卷入了车底。

白色起亚碾了人颠簸了一下，仍全速往前驶。

四周是愤怒人群的呼喝，有人拿了手上的东西砸向车子。但没能阻止车子的逃离。

邹蔚拔出了枪怒喝："停车！"

白色起亚看到了枪更加疯狂，踩紧油门直直撞来。邹蔚朝天鸣枪示警。白色起亚瞬间冲来。邹蔚来不及开枪，闪身往旁边一躲。

车身擦着她的胳膊冲了出去，一个右拐没了踪影。

邹蔚撞到了一旁的墙上，胳膊和后背都火辣辣疼。刚才擦身而过之时，她看到了车里的歹徒拿着枪。

"他们有枪！"邹蔚一咬牙，转身冲向一旁的巷子。托刚才跟踪了一段倪蓝的福，这些路的情况她知道。

抄近道！在这辆车子造成更多伤亡之前，阻止它！

邹蔚一路狂奔，报告着刚才的情况："他们一路撞人，叫救护车！"

"叫了叫了，在路上了。"欧阳睿大声应着。他踩紧了油门。

"邹蔚，务必拦下那车。"刘综也在车上往现场赶，"这伙人刚刚炸了栋楼，丢燃烧弹。不清楚车上还有什么危险物品。"

"大家冷静点。"蓝耀阳试图安抚众人，"我马上就到了。"

频道里除了邹蔚狂奔的喘息声，再没别的声音。

"为什么突然安静？我掉线了？"蓝耀阳问。

没人应。

只有孙哲言很给老板面子："都在线呢。"

刘综道："谢谢你调节气氛。"

欧阳睿道："嗯，就是一时不知该怎么接话了。你那两句话应该没什么因果关系。"

蓝耀阳："……"意思就是他到不到都没什么关系呗。

刘综转回正事，问道："倪蓝那边什么情况？"

频道里又安静了。

"呃……"孙哲言听着另一个频道里的声音，答道，"她一直没说话，大概在忙。"

欧阳睿："……"

刘综："……"

两个人同时又各自加快了些速度。

"让她多注意点……"

"安全！"蓝耀阳补充。

倪蓝与韩舟一人一把枪指着对方。

"谁都不许走！"

"走！"

两人的喝令一前一后，同样的气势。阿生背着培叔飞快地跑。韩舟随着阿生的移动也挪动自己的位置，挡在了倪蓝的枪口前。

"这件事与你无关，我不想向你开枪，放我们走。"韩舟道。

"开枪还不一定谁赢，试试吗？"倪蓝向韩舟逼近。

韩舟后退。

他自从有委托二蓝神事务所的念头后就认真研究了倪蓝，她所有的视频和报道他都看过。近身夺枪，她太熟练了。他得承认，一起开枪他不一定能赢。

韩舟再后退，他眼角余光看到阿生的身影已经消失，他压低声音："放我走，让我把事情做完。"

"你必须自首。"倪蓝对韩舟的态度非常怀疑，她警惕着周围是否有别的埋伏。她观察着倒地的岗哨男，她移动脚步，寻找更安全的位置。

"自首？"韩舟笑了，"我又不傻。"

"别废话。"倪蓝喝道，"我数三声。三声之内，你丢下枪举高双手趴在地上，我当你是自首的。不然我开枪，你是死是活，我都是自卫。"

倪蓝话音刚落，韩舟突然转身就是一枪，"砰"的一声，岗哨男的头部中弹。

倪蓝目瞪口呆。

韩舟打死岗哨男迅速再转向倪蓝："这是表达一下我不会自首的决心。"

"你疯了吗？你必须回去交代。"倪蓝喝他。

"没时间了，我必须走。"韩舟道。

"别犯傻，这是你最好的机会。他们团灭了，一切都结束了。"

"并没有。事情远超我的预料，也根本不是你们所能想象。我们虽然目的不同，但目标一致。倪蓝，就当是个游戏吧。放我走，下次你再找到我的时候，你可以决定要不要继续接受我的新委托。但规矩是一样的，不要警察，我只能委托你们二蓝神。"

巷子里头传来了汽车开动的声音，阿生开车过来了。

韩舟压低声音，迅速报了一个郊区山里的坐标地。"这是我这次的委托，是具尸体，消息来源保密这个规矩你懂吧。"

车子开出来了。

阿生坐在驾驶室紧张地看着这边。

韩舟举着枪对着倪蓝，一步一步往车子方向退。

倪蓝皱着眉，犹豫着。

韩舟猛地转身上了车，阿生还没等他坐稳关车门就一踩油门，车子呼啸而去。

倪蓝瞪着车尾，放下了枪。

"孙叔，银色奇瑞，车牌号×××××××，查查这车。还有刚才那两个号码，继续跟踪。"倪蓝顿了顿，"别告诉警方。"

"好的。"

倪蓝吐口气，转身朝后院去，看看里面还能找到什么。

邹蔚奋力冲刺，在冲出巷口的时候看到了那辆白色起亚。那车正加速疾驰，欲冲出窄路拐上大道。

邹蔚冲上矮墙，撒腿狂奔，欲在拐弯坡道前截住那车。

车里阿吉看到了邹蔚："这娘们儿疯了吗！"他开着车窗，准备必要时给邹蔚一枪。

开车的阿亮这时候也大骂一声。

一辆车迎面驶来，居然突然打横堵在了路中间。车里头两个人慌里慌张跑下来，这是故意拦他们？！

"我们为什么每次都这样啊！"徐回一边哇哇叫一边往路边躲。

李木也叫："也不是没让你威风八面的，但也得有本事才行啊。"

李木不放心，让徐回开车过来看看邹蔚和倪蓝什么情况了，结果就遇到邹蔚追车，每次他们好市民狗仔队遇到这种事就能帮上忙。

阿亮迅速一打方向盘，从李木他们的车尾撞过去，把车子撞歪到一边，擦着墙挤过去了。

"没拦住。"李木招呼徐回，"上车上车。"

徐回气呼呼地往回跑。

白色起亚这么一耽误，邹蔚抓到了机会，她冲过去抓住了车子后视镜，扒在了车窗处，对着阿吉的眼睛就是一拳。

阿吉惨叫一声，手腕已经被邹蔚抓住。阿吉反应过来自己有枪，但邹蔚抓着他的手腕就往车窗框上撞。阿吉再度惨叫，枪掉出了窗外。

邹蔚扒着车子厉声大喝，在车子的疾驰中接连挥拳。还用阿吉的头撞阿亮。

急匆匆赶回车上继续开着被撞破的车在后头等待进行支援的徐回和李木都看呆了。

徐回咽咽唾沫："你说邹蔚和倪蓝打一架，哪个赢？"

"那肯定是邹警官。"李木毫不迟疑。

"为什么？"

"这还用问吗？"李木简直是啦啦队的振奋语气，"邹警官身上浩然正气，带着为人民服务的使命感，你看看你看看！"李木指着前方邹蔚的神勇姿态，"使命感！倪蓝有吗？就问你倪蓝有吗？她有什么比得过邹警官。"

徐回："……我觉得倪蓝跟恐怖分子拼命的经验应该更多一点，还是有些胜算的。"

李木："……"

白色起亚车上，阿亮差点没把稳方向盘，脚下油门松了松，车子拐了拐。

他大声咒骂，掏出了枪对准邹蔚。

邹蔚抢了奇袭的先机，看准了车内情形，做好了心理准备。阿亮一掏枪，她手腕使劲，纵身一跃，翻上了车顶顺着车身滚落下地。

子弹擦过邹蔚的肩膀，落地的疼痛也让邹蔚咬牙，但她仍马上掏枪，射向白色起亚的轮胎。

在她身后，李木哇哇叫着："小心小心别撞到！"

徐回和李木瞪着邹蔚身上的血迹和她马上做出的射击反应，等着……

"砰"，子弹射出，但起亚居然拐了一个弯，避过去了。眼看着这车就要冲上大道。一辆豪华奔驰大G越野车锃亮锃亮地冲了出来，撞向了起亚的车屁股。

起亚整个被顶到人行道上，撞向花圃。但阿亮很顽强地擦着花圃的边迅速向前挤。

大G副驾驶室车门打开了，蓝耀阳坐在驾驶室里问："上来吗？"

邹蔚火速奔了上去。

李木："……"

徐回："……"

这，这么帅干吗呢！

徐回："小蓝总长这样不做艺人真可惜。"

李木："闭嘴。"

大G追着起亚，李木他们的小破车也奋力追赶着。

徐回："我们做后援有必要吗？看看人家那车……"

李木刚想吐槽，起亚忽然一个拐弯，大G也迅速转过去，用车身去挤起亚。起亚车里对着大G就是"砰砰"两枪。

徐回和李木吓一大跳，李木大叫："必须有后援啊！"

子弹打在大G车身上，只落下两道凹痕。

李木："……"

徐回幽幽道："人家还防弹。"

当大家的注意力都在白色起亚那边时，银色奇瑞绕到了反方向悄悄离开。

车上，韩舟看了看培叔的伤势，因失血过多，他的脸色已经铁青。

韩舟对阿生喊道："把手机给我。"

"怎么了？"阿生一边开车，一边把手机递给韩舟。

韩舟关了机，把阿生的手机卡取了出来。"那个小视频链接应该是个病毒，我们被监控了。"

阿生经历一连串的事故，脑子有些乱，也没来得及细想。他看着韩舟把他自己的手机也关了，手机卡取出来。

阿生喊道："去跛子那儿吗？"

跛子是个医生，有家自己的小诊所，时常给他们兄弟治伤看病。但培叔现在这个伤势，不知道跛子那边行不行。

"他还可靠吗？"韩舟问这话时看向了培叔。

金培树一开始没说话。

韩舟又问他："是谁开的枪？"

阿生听到这问题忙道："那个阿吉一直跟我们在客厅。"

"是阿亮还是阿泉？"韩舟问。

金培树眨了眨眼睛，费劲地想开口说话。韩舟赶紧凑过去低头仔细听。

"……不……我……"培叔的嘴皮子动了动，几乎没发出声音，韩舟完全没听到他说什么。

阿生在前面喊："他说什么？"

"先去跛子那儿。"韩舟道。他摸了摸培叔的颈脉，然后在培叔身上摸索着，从他上衣的内兜里摸到了手机。

拿着手机，他看到了培叔正盯着他。虽然那双眼睛因为重伤濒死而没了神采，但耷拉着的眼皮下面露出的眼神，还有着几分过去的锐利。

韩舟当没看见，他拉过培叔的手，用他指纹按开了他的手机。他点进培叔的通信录，翻找着上面的联系人。乍一看没什么有特别标识的人物，韩舟把手机屏幕举到培叔的眼跟前，划拉着联系人表问他："我该联系谁，我该怎么帮你？"

金培树没看手机，却盯着韩舟看。他愤怒了，因为韩舟动他的手机。

韩舟却对他道："你不能死。培叔，坚持住。不然兄弟们怎么办？我该联络谁？公司出了这种事，总得有人主持局面，你告诉我，该找谁？"

阿生很紧张地盯了盯后视镜，也在等培叔的话。他们冒这么大的风险把他救出来，总该得到些回报。

金培树一直看着韩舟。

韩舟也看着他。

阿生在前面等了好半天，一直没等到后头的动静，忍不住追问："他说什么，我们要怎么办？"

"他死了。"韩舟道。

他看着那双一直盯着他的眼睛一点一点地失去生机，最后是死寂一般的混浊。

"啊？！"阿生简直要抓狂。

韩舟摸了摸培叔的颈脉，确认了："他已经死了。"他伸手，将培叔一直盯着他的双眼合上。

"那我们怎么办？"总不能运着个尸体到处跑。

"上次培叔给的那个地址，让我们去埋冰哥的。"

"我记得。"

"上次我们没有用，这次用吧。"

阿生："……"

"培叔的死讯先不要对外透露。我们把他处理好。找个地方换身衣服好好睡一觉。今晚警方必定会大行动。明天我们休息好，冷静了，脑子清楚了，了解了解情况，再决定怎么做。"

阿生不说话，他打了一把方向盘，朝着上次培叔指定的地点去。

韩舟在后座上沉默地坐了好一会儿，然后用培叔的手机拨电话。

他输入的是小红的号码，培叔手机里就存着，标注的名字就是：小红。

韩舟拨通了，"嘟嘟"声响了许久，小红这才接。

韩舟没先说话，他听见小红正正经经的声音唤："培叔，有什么事吗？"

韩舟等了两秒。

小红又唤："培叔？"

韩舟这才道："是我，小红。是我。"

听到韩舟居然找小红，阿生皱了皱眉头，在后视镜里看了韩舟一眼。韩舟的视线在后视镜中与他一碰，坦然地回视他。

"今晚出事了。我得跟你说一声，这几天恐怕都不方便找你。嗯，我跟培叔在一起。我的手机不能用了，号码被追踪。你以后别打那个电话，别联系我。我安顿好了，安全了再找你。"

阿生收回了目光，认真开车。

韩舟仍看着后视镜，看着后视镜中的自己。"培叔受了伤，我把他救下来了。公司里的人干的，不知道他们还要做什么，如果有人去找你，你小心点，谁也别搭理。今晚的事闹很大，会上新闻。警方来了很多人。道上肯定也会传……嗯。随便你，我没别的事，就是跟你报个平安。"

韩舟很快挂了电话，然后把培叔那部手机也关机了，手机卡取了出来。

阿生看了看他的动作，问："干吗找她呢，她说什么了？"

"听起来她不知道这事。但谁知道呢，我们还是得小心点。"韩舟顿了顿，"公司里的人，还能联络谁？"

阿生默了一会儿："熟的几个都没了。"

韩舟"嗯"了一声，尾音拖得有点长，不熟的，这种时候也没必要联络了。

老宅里，倪蓝拿着枪冒险进了屋，她仔细观察着，楼已经塌了一半，没发现活人。前院外头有越来越多的路人聚集，倪蓝退了回来，免得被人发现。

"车子资料查到了。是一辆出租公司的车。"这时候孙哲言道，"租车人的资料得联络那公司才知道了。两部手机都关机了，信号消失。"

"嗯。"倪蓝进了那间看上去像书房的房间。

"警察到了。"孙哲言又道。

"我听到警车响了。"倪蓝快速看了一遍，没有看到电子产品，"蓝耀阳呢？"

"蓝总在追白色起亚。"

大道上，奔驰越野一路撑挤着白色起亚。

"停车！"邹蔚向那车子大吼。

白色起亚负隅顽抗，硬是撞上了人行道打算拼出条路来。

警车的警笛声由远而近逼近，前后夹击。起亚疯了一般向前撞，撞上了花圃围栏斜坡，整个车飞了起来，撞到了前面的另一辆车的车厢上，仍在向前飞撞，撞开了一辆堵它路的警车，而后整个失控翻转，狠狠砸到了地上。

车上不知放了什么东西，砸落地面时"砰"的一声响，而后车子后备厢发生了小爆炸，紧接着火苗冒了起来，浓烟将车子包围，火越烧越大。

被它撞开的那个警车上的警员迅速下车退到安全地带。

"砰"的一声，那车子又一声爆炸，这回应该是烧到了油箱。

三辆警车赶到，远远将这车子包围。

蓝耀阳和徐回都停了车。徐回跑下车看着，举着手机拍。蓝耀阳从车上抱下一个大灭火器，奔到车子旁，打开灭火器就往那车上喷。

徐回："……"

蓝耀阳一边喷一边指挥："快，还有机会，看人还活着没？车载记录仪、手机，车上还有没有别的电子产品，能抢下来的先抢下来，都是重要物证。"

徐回："……"

别的警察也找了灭火器过来，还有个公交车司机也献出了他车上的灭火器。大家很快把火扑灭了。警察拥上去查看车里的情况。

李木没跑到前头，他环视一周没看到邹蔚，就跑到奔驰越野车那儿。邹蔚还坐在副驾驶室上，脸色有些苍白。她身边摆着一个便携医药箱，她正用一块纱布按着伤口。

李木："……"厉害，这车子是百宝箱啊，什么玩意儿都能变出来。

"你没事吧？"李木端正脸色，来都来了，必须问候一声。

邹蔚对他笑了笑："谢谢你啊，李木老师。"

李木回以微笑，但编稿子起标题特别牛的脑子此时有些空白，跟警察搭讪不是他的强项啊。

这时候蓝耀阳回来了，他对邹蔚道："救护车到路口了，你下车等吧。我要回为民路接倪蓝。"

"谢谢。"邹蔚点点头，"那回头我们再碰具体情况。"

"没问题。"蓝耀阳帮邹蔚拉开车门，却对李木道，"你跟徐回上我的车。我找了拖车公司来拖你们的车子。维修费算我的。"

李木不乐意了，谁修不起车子还是怎么的，凭什么要上豪车啊。他们娱乐记者什么豪车没见过，私人飞机都拍过好吗！

哦，对，他拍过的私人飞机也是蓝耀阳的。

李木更不欢喜，脸沉沉的。

蓝耀阳道："倪蓝让你们过去帮我们掩护一下，这车子显眼，我开着带上她会被人认出来。"

邹蔚下了车，一拍李木肩膀："快去吧，辛苦了。"

李木撇嘴，可不是辛苦嘛，他堂堂第一狗仔，要给贵公子和女明星打掩护。还不是一回两回了。欺负谁呢，他们也是有职业尊严的好吧。

李木一边心里狂吐槽一边喊："徐回。走。干活儿了。"

邹蔚对他笑笑，跟他们挥手："再见。"

徐回坐上了驾驶室，李木坐副驾位置。他不满地悄悄瞪车后座的蓝耀阳，真把他们当司机用了。

蓝耀阳没看见他的目光，他正用通信器与事务所联络："孙叔，我们现在回为民路，给我们指一条人少，不太会引起围观的路。"

孙哲言回复了，蓝耀阳把路径告诉徐回，然后就在后座开始办起公来。李木竖着耳朵听，似乎是二蓝神事务所的人正跟这位总裁报告各项情况。

蓝耀阳很有架势地听着，表情镇静，回复简洁："你让倪蓝别多话，有事我来谈。资料都准备好，我回去看。帮我接袁局电话，这事我先跟他沟通。"

李木正偷看，冷不防蓝耀阳的目光从后视镜扫过，李木赶紧装模作样看窗外。

这位总裁，你变了。

蓝耀阳要沟通的事，倪蓝也正在跟欧阳睿和刘综交代。

"对，我放他走了。我能怎么办？他拿枪指着我。我也怕死啊。他想也不想'砰'的一下就把那人脑袋打穿了，下一枪就是我。我当然只能放走他。"

欧阳睿和刘综互视一眼，这很不倪蓝啊。

"他还说什么？"刘综问。

"我劝他自首来着，但是他不愿意。他说有事情没做完。"

"还有呢？"欧阳睿问。

"没了。"

欧阳睿和刘综盯着她，不信。

"他说什么事情没做完？"

"不知道。他只说大家目标一致。"

"他带走了谁？"

"不知道。我又不认识。"

"他还说了什么？"

"大家用枪互相指着，心情很不愉快，时间紧迫气氛紧张，真没什么好聊的。他没让我向警方转达任何事，真的。"倪蓝还举手指做发誓状。

刘综不说话了。欧阳睿一边往外走一边拨电话："我去看看蓝耀阳到哪儿了。"

倪蓝："……"就会告状，你怎么不找我爸告状呢。

第八章
一具尸体

蓝耀阳来了。

就连倪蓝都觉得事情顿时变得好沟通了。其实照她的个性，真不爱跟别人解释来解释去的，而且还要看别人脸色，这就更让人不愉快了。

蓝耀阳先确定了一番现场状况，与刘综和欧阳睿简单碰了碰，大家一致决定回局里好好开个会。袁鹏海还在局里等着他们。

李木和徐回开着那辆豪车也跟去了局里，他们需要做笔录、录口供。这让他们有点紧张，还没机会跟倪蓝"串供"就被警方隔离了，万一说错了什么怎么办？

到了局里，他们跟着一位警官往笔录室去，途中碰到了倪蓝去茶水间泡咖啡。李木赶紧凑过去，结果一进去就看到欧阳睿居然也在。李木打算询问要不要"串供"的话顿时咽了回去。

欧阳睿看着李木，李木只得假意提醒倪蓝："别忘了明晚你还要上我们直播，8点。"

"好的好的，肯定不迟到。"倪蓝猛点头。

李木干笑着跟着警察走了。

欧阳睿又看看倪蓝。倪蓝一本正经："我是艺人，记得吗？"

欧阳睿："……"确实不太容易想起来。

倪蓝泡了两杯咖啡，一杯自己的，一杯蓝耀阳的，然后跟着欧阳睿去了会议室。大家都在等他们。

蓝耀阳在路上已经让孙哲言把倪蓝行动过程里的通信器录音听了一遍，倪蓝又与他说了情况，他已经清楚发生了什么，也知道这个"魔鬼"跟倪蓝说了什么。于是在会上，蓝耀阳首先发言。

"倪蓝今晚去阳光北里一区是因为那位'魔鬼'，也就是你们所说的卧底。这个人在下午与倪蓝沟通时表达了对我人身安全的威胁。倪蓝为了避免危险发生，想找到他。晚上的时候我们突然想到这人既然有计划要杀杨晓芳，那么他需要有监控杨晓芳的手段，在家里安装监控是有可能采取的手段之一。所以倪蓝去调查这事。为了不干扰警方的行动，不在当地引人注目，倪蓝还找了记者朋友帮忙。他们的车子比较低调，也很有隐蔽的经验。"

欧阳睿插了个话："这种情况是不是应该先通知我们警方？"

蓝耀阳还没开口，倪蓝就抢着答："不是，这种情况就类似于我出去吃个饭，然后一不小心遇到了一个贼头鼠目的家伙，但我不能看到人家长得丑就报警对不对？我肯定得先确定他有犯罪嫌疑，这样我才能报警对吧？我只是先去看一看，万一没什么情况就不要打扰各位忙碌的警官对不对？"

看一看就看到人家贼窝大本营去了？这不是耍赖是什么？

欧阳睿刚要反驳，蓝耀阳摆了摆手，阻止他："抱歉，欧阳，让我先说完。"他又转向倪蓝，"你也一样，让我先说完。"

蓝耀阳的语气温和，但却有着些许不容拒绝的气势。欧阳睿闭了嘴，靠在椅背上。倪蓝也不说话了，低头喝咖啡。

蓝耀阳便接着道："我们事务所涉入这个案子一开始只是巧合，除了碰巧救下了杨晓芳，帮助警方抓住两个歹徒之外，其他事与我们无关。我们虽然有好奇心，但也未曾越界，完全配合了警方的工作。但因为杨晓芳的事，倪蓝被你们密切关注的目标人物盯上了。他没有直接找你们警方，而是找到了倪蓝，并用了违法的方式来与倪蓝进行接触，还对我们进行了人身威胁。

"这件事，我们马上报了警。虽然后续倪蓝自己用了一些手段去调查这人，要说追究她行动上的边界，确实是有可讨论的地方，但我觉得大家不能按对待普通人的标准去要求倪蓝。因为她不是普通人。普通人会要求警方提供保护，在没有确切的可预见性的被伤害可能前提下，警方一般都会拒绝这个要求。因为没有足够的警力。

"我们没有浪费警方的资源，反而利用自己的特长来为警方提供了帮助。诸位警官，我们彼此都很熟了，大家都是朋友，但我得说句真心话，诸位不能一边拿着倪蓝越界取得的结果帮助调查，一边要求倪蓝不得越界，这对她不公平。"

有理有据，三位警官对蓝耀阳的话无法反驳。

倪蓝实在藏不住嘴角的笑，忍不住抬头挺胸。她家蓝可爱就是可爱！再不会有哪个男人这么温柔又这么霸气了。太懂她了！太知道怎么为她撑腰了！

蓝可爱善解人意、聪明机智、能说会道、英俊潇洒、天下第一帅！

倪蓝越想越得意，笑得嘴都要咧到耳朵边。

蓝耀阳面不改色继续说话，但他同时伸出手掌，盖在倪蓝脸上，把她表情挡住，脸推到一边。

笑得这么甜会影响他的发挥。

倪蓝脑袋被推开，赶紧做矜持状低头喝咖啡，遮掩笑容。

刘综实在没眼看，他学欧阳睿也双臂抱胸往椅背靠。说话就说话，就算说得挺有道理，但是也别秀恩爱。在座的全都脱单了，有家有口的，这是秀给谁看呢。

蓝耀阳继续道："我觉得现在的关键，是那位卧底为什么不愿意直接与你们警方接触，不愿意回来交代工作。就算有事没完成，也不需要完全回避警方。这不合理。追究这里头的原因，比追究倪蓝怎么找到贼窝更重要。我与倪蓝是全力配合和帮助警方的，这位卧底，也这样吗？"

这个问题戳到警方痛处。欧阳睿、刘综与袁局都没办法回答。

现在没人敢打保票，"鸽子"究竟是怎么回事。

这下倪蓝又得意了。就是就是！你们自己内部一堆问题，自己人都搞不定，就会怪她。关她什么事呢，她又不拿警察的薪水。

倪蓝又露了笑容，抬头挺胸。

蓝耀阳一个眼神递过来，倪蓝赶紧又低头喝咖啡。可她杯里咖啡没了，她把空杯推给蓝耀阳，把蓝耀阳的那杯咖啡换到自己面前。

蓝耀阳伸手按住了咖啡杯，对她道："太晚了，别喝太多。"

于是倪蓝趴在桌上，用杯子挡住脸意思意思，尿样。

蓝耀阳又继续道："如果诸位警官同意我刚才的观点，那么我想跟大家提个建议。"

建议？欧阳睿与刘综下意识地看了看袁鹏海。

袁鹏海点点头，他与蓝耀阳初步沟通过了。

蓝耀阳道："基于这位'魔鬼'主动找上了倪蓝，今晚又被倪蓝逮个正着。"

欧阳睿动了动眉毛，蓝耀阳看到了，便接着道："倪蓝被他用枪胁迫，让他离开了，这是正常人都会做出的正常反应。"

刘综喝了口水，像模像样地点头。

"况且倪蓝并非警务人员，她已经尽了全力帮忙，诸位也不能用警务人员舍命擒凶的标准来要求倪蓝，对吧？"蓝耀阳道。

刘综的头滞了滞，继续点。

欧阳睿把自己面前的矿泉水瓶挪了挪位置，挡住了他眼角能瞥到倪蓝的余光范围。理是这个理没错，但倪蓝的偷笑真的碍眼，不要看到比较好。

"这次倪蓝找到了他们的老窝，又正遇上他们内斗，她算是救了'魔鬼'一命，但她也与'魔鬼'起了冲突，有恩有怨，这梁子算是结下了。'魔鬼'不愿与你们警方联络，却还会与我们事务所接触，所以我建议，这个案子，警方可以与我们事务所合作，让我们协助警方。我们彼此交换这案子的所有情报信息，你们继续查你们的线索，我们来负责跟进'魔鬼'，弄清楚他的意图。解决了他的问题，这案子能推进一大步。"

"交换所有信息？"刘综看了看袁鹏海。

作为这个会议室里官衔最大的人物，袁鹏海表现得最稳重淡定："你不交换倪蓝也会知道的，而且你还不知道她知道了。"

倪蓝把头抬起来一点，想看看欧阳睿和刘综的表情。感觉太爽了，她想向大家表达一下愉悦之情。

蓝耀阳看她一眼，倪蓝把头低回去。好吧，那继续偷笑好了，回头再庆祝。

袁鹏海道："与其这样，不如提高效率。我们也不是第一次跟倪蓝合作了，何况这次不是与她个人合作，她有自己的团队了，大家的配合应该会比从前更顺畅。流程和手续的问题我来解决，你们只要专心办案就好。蓝耀阳说得对，'鸽子'失控了，季队的牺牲让这件事变得更复杂，我们没人了解'鸽子'，他盯上了倪蓝和蓝耀阳，这是我们的机会。'鸽子'的意图对案件进展很重要，他一定知道些什么。"

"那你们打算怎么联络他？"欧阳睿问蓝耀阳。

"暂时还没计划。但他说有事情委托给我们事务所。"蓝耀阳答道。

欧阳睿与刘综一起瞪向倪蓝。

倪蓝一脸无辜，坐直了摊开手："他没有让我向警方转达任何事，我没说谎啊。他还让我跟警方保密呢。事情这么复杂，我当然得跟我的合伙人老板商量商量。现在不是商量的结果就是告诉你们嘛。"

行，有道理。无话可说。欧阳睿与刘综不想搭理她了，他们看着蓝耀阳。

蓝耀阳报出了一个地址，道："他让我们去这里挖一具尸体。"

"谁的尸体？"刘综问。

倪蓝抢着答："他没说。"

欧阳睿道："没问你。"

倪蓝撇嘴。

蓝耀阳答："他没说是谁。但他要求我们对消息来源保密。我觉得微妙的地方是，他没要求我们不要报警。”

蓝耀阳顿了顿，道："我觉得，他想向警方报信，借这具尸体，但他希望我们事务所帮他挡在警方的前面。这件事后续情况如何，他会想知道的。他一定会再联络倪蓝。这一次，他有倪蓝的号码了。"

"他古里古怪的，搞不懂他到底在想什么。"倪蓝道。

没人理她。

欧阳睿道："一具尸体。"

刘综接口："某人还跟我们说那人什么都没说。"

倪蓝："……"

警察还开嘲讽模式呢？

郊外，韩舟和阿生把培叔埋了。埋之前韩舟仔细搜了培叔的身，除了手机和钱包，没找到别的。钱包里有些卡，没有纸片没有现金。

两个人埋得很仔细，把现场认真布置了一番。

阿生问："你跟小红说把培叔救下来了，你想把培叔的死瞒下来？"

"不管是谁动的手，他们都不是主谋。"

"那又怎么样？"阿生道，"结束了，兄弟。培叔都死了。我们可以离开公司，想去哪里去哪里。"

"那个人会不会追杀我们？"

阿生："……"

韩舟道："提前在煤气罐那儿安排了爆炸装置，杀掉培叔，然后神不知鬼不觉地离开，接着引爆炸弹，我们所有人变成碎片……原本事情应该是这样的，但现在我们逃出来了，会有什么后果？"

阿生问："你怎么知道阿吉出去破坏了车子？"

"我在楼上看到院子里有人鬼鬼祟祟的，原本没多想，后来阿泉离开岗哨，表情很可疑。我等了等，他一直没有回来，我就怀疑出事了。"

阿生再问："那后院门口那个女的是谁？"

"倪蓝。没认出来吗？"韩舟道，"我们不是吓唬了她一把，让她帮着向警方传话。所以她找上门来算账了。"

"那她为什么放我们走了？"

"她比我惜命。"

"她怎么找到我们的？"阿生越问觉得疑点越多。

"不知道。但我猜那小视频就是她发过来的病毒。培叔疑神疑鬼的，以为我们搞花样，手贱帮你点了一下。"

阿生默了默："阿行，我不明白你在想什么。你现在，有什么计划比远走高飞更重要更安全的吗？"

　　"你不需要懂。"韩舟收拾东西上车，"我们先躲几天，然后你拿到证件就走吧。剩下的事我自己处理。"

　　"处理什么？你疯了吗？这事应该就是黑虎帮干的。你一个人，怎么跟他们拼。我们换了身份，走得远远的才能安全。"

　　"不是黑虎。"韩舟道。

　　"什么？"阿生惊讶，"你怎么知道？"

　　"因为培叔没有愤怒。"韩舟道，"他知道谁想要他的命，他对这人的恨居然不如我偷窥他的手机隐私来得让他愤怒。"

　　阿生："……"

　　"你说得对，培叔死了，公司完蛋了。但我想知道发生了什么。"韩舟启动车子，带着阿生回城，"等你安全离开这里，我会查清楚的。"

　　蓝耀阳、倪蓝与警方正式敲定了合作事宜。

　　正如袁鹏海所说，他们跟倪蓝不是第一次合作了。所以虽然欧阳睿和刘综对倪蓝欢腾起来撒蹄狂奔，不欢腾也要狂奔的做事风格比较警惕，但他们对倪蓝和蓝耀阳是信任的。两边互相非常了解，所以最后沟通、敲定事项也很快。

　　欧阳睿这边会马上派人到蓝耀阳提供的那个地址坐标去寻找尸体。

　　为民路那里的宅院搜查和线索追踪属"鹰巢"一案，则由刘综安排跟进。

　　白色起亚上的两人重伤，已经送到医院急救。爆炸里有人员伤亡，身份仍待查验。倪蓝把她在现场观察到的情况跟大家汇报了一番，然后把拍到的那个年轻人和老人的正脸照片发给了刘综。

　　那个年轻人刘综不认识，但刘综认得那个老人。

　　"金培树。"刘综道，"'鹰巢'的主犯之一。我们有证据表明他是'鹰巢'二把手，但一直没有找到他。"

　　"'魔鬼'就是把这两人带走了。"倪蓝道。

　　刘综和欧阳睿已经很平静了，没做任何评论。

　　蓝耀阳适时插话："我们回去后会将今晚的线索和资料整理出来。"

　　袁鹏海看了看欧阳睿，欧阳睿道："我会盯着那具尸体的事，找到后在法医那儿插个队。"

　　刘综道："今晚为民路那边估计得通宵。我们需要一些时间做排查检验，现场痕迹分析。等大家的资料都备齐了，再碰头吧。"

　　蓝耀阳点头："我们查到任何线索，或者'魔鬼'有联络倪蓝，就通知你们。"

"不不。"刘综忙摆手。

"你们有任何想法的时候就通知我们。"欧阳睿接口，"别等查到了。"

刘综点头。

"行。"蓝耀阳与他们握手。

"那没事我们就回去了。"倪蓝笑眯眯地蹦着往外走。

"这位艺人。"欧阳睿叫住她。

倪蓝转头看他。

"别忘了案情保密。你明天上什么直播访问，注意着点。"欧阳睿道。

刘综闻言赶紧接话："既然被人盯上了，那什么公开活动能减少就减少吧。"

蓝耀阳道："放心，倪蓝的通告不多的。"

"那就好，我猜也是这样。"刘综道。

倪蓝："……"

生气。蓝可爱居然给她漏气。她通告怎么不多了，她也是很红的。

蓝耀阳走过去拍她脑袋一下，把她带走了。

倪蓝走出会议室门还听到身后刘综对欧阳睿道："你不提醒那一下我差点忘了她是艺人。"

倪蓝："……"

这真是，对她本职工作的羞辱。

倪蓝回到家看手机，终于有空搭理自己的经纪人了。

邵嘉琪已经抓狂，一晚上联络不到人，还是江旭红告诉她倪蓝在忙件案子。邵嘉琪这会儿顾不上管倪蓝不务正业，她对倪蓝吼："《田田不甜甜》那节目是你能上的吗？那个田田说话百无禁忌，别的艺人都绕道走，你自己送上门？"

"百无禁忌有什么可怕的？"倪蓝不服气。

"怎么不可怕！怕你起了攀比之心！"邵嘉琪都能预见那场面，田田怎么放飞自我她管不着，但倪蓝不行。

可是来不及了。邵嘉琪之前联系了李木。李木告诉她，因为倪蓝他进了警局被人按着录口供，现在才出来。

这下可好了，欠了人情，谈判都没脸谈。

"明天我跟你一起去。"邵嘉琪恶狠狠道，"让他们给我在路由器旁边安排个位置。"

倪蓝："……"她经纪人，越来越会抓重点了。

这一晚，欧阳睿和刘综通宵加班。

欧阳睿派出的那组人在深山里辛苦一夜，在早上六点多的时候终于找到了尸体。

尸体已经腐烂，辨认不出模样，且埋尸的地方被动物挖过，尸体不完整，少了一只胳膊。搜查人员从现场无法判断更多东西，他们迅速把尸体送到了法医那儿。

法医已经收到了欧阳睿的手续文件和上头的指令，他们放下别的，第一时间对这具尸体进行了检验。

这一天刘综那边的调查受到了一些阻碍，也取得了一些进展。

枪杀季勇军的凶手骆江，就是与倪蓝动手、被特警追逐遭遇车祸重伤的那名罪犯，在这天不治身亡。而被蓝耀阳一路追赶的白色起亚里的那两人，也不治身亡。

刘综根本没能从他们那里得到任何口供。

而接应骆江取走手机，最后在地铁站被捕的沈合，一直不肯开口多说。警方查到的，他就承认。警方不知道的，他也说不知道。

但这次刘综利用了老宅的爆炸和"鹰巢"的内讧，他给沈合看了老宅被炸的照片，给他看那些炸碎的残尸照片，还向他声称根据目击证人口供，金培树很可能已经在这次事件中死了。

经过一天的心理高压，刘综终于把沈合的嘴撬开了。

沈合所能接触到的组织里的最高级别管事，就是培叔。

杀季勇军那天的行动安排是培叔下令，让沈合配合两个人。一个人就是骆江，另一个人他没见到，只电话联络。那人是男性，声音伪装过。从行动开始这个人就通过电话指示沈合要做什么。

第一步，是让沈合到省厅办公楼停车场的外头等着。这人把季勇军的照片、开的车子品牌型号、车牌号码都告诉了沈合。沈合等了三个小时，才等到加班的季勇军离开。

第二步，是随时通报季勇军的行车路线和动静。他们预料季勇军应该回家，如果他直接回家，中途没停，那么他们需要等第二天季勇军上班时，从家里到车上这个时间找机会下手。如果没有等到机会，那就再下一次。

总之，沈合的任务就是跟骆江配合，监视季勇军，找机会杀掉他。他们都被告诫季勇军是经验丰富的警察，所以行动一定要仔细，动手时一定要快。

那晚沈合发现自己的跟踪似乎被季勇军察觉了，电话那头的人便让沈合离开，换了骑摩托的骆江继续跟踪。骆江跟踪发现季勇军停了车进了便利店。这真是个出乎意料的好机会。于是沈合绕一圈，停到了便利店对面。他要监督骆江动手，并取得手机。

这一步的最后因为欧阳睿和蓝耀阳他们的突然出现而打乱了节奏。但沈合还是拿到了手机。原本他应该把手机卡马上取出来，然后找一个安全的地方重新装好卡，对手机信息进行传送。这样当警方搜索到这部手机信号，找到手机时，不会发现他们。

但欧阳睿来得太及时，当场就看到骆江把手机丢给他。沈合趁着欧阳睿追击骆江时向电话那头的人报告了这个情况。那人便指示他马上对手机信息进行处置，实时开始传输。

所以警方才有这个机会把手机信号定位与换过车的沈合对应上，沈合才会被捕。

沈合逃跑途中把自己手机关机并趁乱丢进了下水道。这也是提前说好的，为了防止警方马上查到他联络的那个号码和定位地址。

而事后警方要取得通信记录，已经过了一段时间。这段时间，足够电话那头的人撤退。

沈合不知道对方在哪里，但他现在还记得对方的号码。

沈合报出的那个号码刘综也知道，季勇军的机密记录里有，是"鸽子"进"鹰巢"后的号码。

"为什么要杀死那个警察？"刘综问。这个问题，从抓到沈合那时起已经问过他无数遍。

沈合这一次仍是摇头："我真的不知道。我没问过。我们办事不需要问理由。"

一切又绕回了原点。

这次刘综了解了更多细节，沈合几乎是知无不言，言无不尽，但是刘综的疑惑更深了。

在电话里向他们下指令的这个人，太老到了。

他不仅反侦察经验丰富，而且据沈合说，这人语气非常镇定，指令明确，没有犹豫。

是"鸽子"吗？

"鸽子"受过训练，确实有这样的本事。他也了解警方的侦查流程和手段，同时他也了解季勇军。

真的可能是他吗？

刘综不敢想，他真的不明白。

刘综又去了天台。天已经黑了，在天台上能看到黑暗中各栋楼宇里的灯光，各式各样的灯光，比星星亮，也很美。

刘综点了一支烟，放在季勇军那天站的天台围栏边上。

"鸽子"到底怎么了？是他的手机号码换了别人在用还是他被逼着做了这些事？是他伤害了季勇军吗？他向倪蓝自称"魔鬼"，他不愿意再回来，是因为这个吗？

　　"魔鬼"在"地狱"待久了，真的成了"魔鬼"？

　　刘综看看时间，倪蓝的直播节目应该开始了。等她下节目，他打算再好好问她一次，"魔鬼"到底是怎么说的。杨晓芳，在这里面又是个什么角色呢？

　　刘综的电话响了，他看看号码，是季勇军的妻子。

　　"刘队！"季勇军的妻子声音有些颤抖，"怎么回事，杀老季的人死了？那个开枪的凶手死了？！"

　　"嫂子。"

　　刘综只唤了一声便被打断了，季勇军的妻子哭了出来："那个杀人凶手怎么能就这么死了，他都没有接受审判，那个畜生，这么简单就死了吗！也太便宜他了吧！"

　　"嫂子。"刘综不知道能说什么。

　　季勇军的妻子呜呜哭，伤心却又道歉："对不起，刘队，对不起，我不该这样，对不起……"

　　那边把电话挂了。刘综看着手机屏幕暗下去，心里沉甸甸的。

　　忽然，他口袋里的另一只手机有一声新信息声响。

　　刘综一震，忙把那手机拿了出来。

　　这是季勇军的手机。因为担心"鸽子"不了解情况还会联系这部手机，或者预防有什么紧急事务，总之，刘综一直带着它。

　　信息确实是有关"鸽子"的。

　　但不是"鸽子"发来的。

　　季勇军曾经让人在他手机里装了一个警报程序，当有人在警务系统里搜索查验"鸽子"的指纹、DNA或者相关信息时，这个程序会向季勇军发警报。

　　这是个警报。

　　有人在警务系统里搜索一则DNA信息，这DNA，属于"鸽子"。

　　搜索的登录IP，来自市局法医办公室。

　　刘综瞪着这个警报，久久没能动弹。他像是被人狠狠打了一拳心脏，差点没喘上气来。

　　过了一会儿，刘综自己的手机响了。

　　是欧阳睿。

　　"刘队。"欧阳睿的声音有着不同寻常的情绪，"刘队……"他又唤了一声，像是努力平复心情。

"确认身份了？"刘综问得没头没尾，但是他们双方都知道问的什么。

上午运到法医办公室的那具尸体，下午就出了初步检验结果报告。

男性，二十五岁左右，身高一米八。生前遭到严刑拷打，受尽折磨，身上骨头就没好的。胳膊应该不是被动物咬掉的，是还有生命迹象时被砍的。

这是被"鹰巢"谋害的受害者？一个能带给他们重要讯息线索的人物？

没办法确认身份，只能化验DNA核对。

现在，结果出来了。

刘综眼眶发热，他听到欧阳睿道："是'鸽子'，死亡时间在1月。"

1月。

刘综闭上了眼睛。

那是金阳商贸被封查之后。

忽然之间，一切明了。

"鸽子"为什么从那时起没了音讯，为什么"火石"行动的情报报过来的时候没用对暗语……

"鸽子"折翼，没能飞出"地狱"。

刘综的眼睛被泪水浸湿，他的心被痛苦包围。

他悲痛、感动。

"老季，'鸽子'了不起！了不起！你是对的，他没有辜负你的信任。从来没有！"

他和你一样，是英雄！

倪蓝要上《田田不甜甜》直播的消息一发出来网络就炸了。

为什么！倪蓝你为什么！

主播田田长相很甜声音也甜，但话锋犀利，善用吐槽博眼球。

她的节目内容是点评新鲜出炉的娱乐新闻，聊聊八卦，追追剧说说电影，品一品各位明星的歌艺、演技等等。这事听起来没什么难度，很多营销号都能干，但要能把这些事情聊出新意，聊得有趣，就需要实力了。

田田的人设是"娱乐八卦百事通"，她号称自己是靠追星长大的少女，没有真心，心如明镜，眼神锐利。一旦出了什么娱乐事件热点，她开嘴就能串起娱乐圈的"上下五千年"，不但人物关系梳理得明明白白，人家还能跟你说出五六七八个不同版本的传说，至于是不是真的，都有五六七八个版本了，怎么知道哪个真，你信哪个随意吧。

因为这个，田田迅速积累了不少粉丝，也受到许多攻击。但她毫不在意，继续保持风格。

有人爆料能迅速蹿红的田田是因为背靠着某营销公司，而什么八卦信息都能张嘴就来也是后面有团队帮她运作，给她写稿。但这又有什么关系呢？田田的粉丝不在乎，田田自己也不在乎，她直接就怼了："傻子吗？能团队运营的时候为什么要单兵作战？上学的时候还有老师教你知识呢，难道你就不能叫学霸了？"

因为田田这样的风格，她的节目人气很高。《田田不甜甜》这个节目恩怨是非特别多。直播刚开始的时候还有挺多艺人为了宣传来捧过场，然后田田越来越放飞自我之后，敢来上直播的艺人越来越少。

现在，倪蓝来了。

这一天倪蓝都在忙案子的事。因为蓝耀阳向警方承诺过会交报告，而倪蓝那天晚上还真收获不少资料。

除了金培树和阿生的正脸照，还因为下载到了阿生手机的全部内容，可以分析的东西实在是太多了。手机里的信息就像是蜘蛛，把一根丝又一根丝慢慢连在一起，能结出一个网。

倪蓝不用管这张网，但她需要分析这只蜘蛛，交代清楚这蜘蛛的来历等情况。事务所里头能干这事的只有她。也就是说，能写什么正经报告的人，只有她。

蓝耀阳上班挣钱去了。

与"魔鬼"相关的那两个手机号一直关机，追踪没有进展。倪蓝就在事务所一边写报告一边教孙哲言和江旭红使用她编的程序。邵嘉琪早早过来想抓着倪蓝演练一遍晚上的直播访问都没机会，最后她在娱乐室看了一天的搞笑综艺缓解心情。

晚上，倪蓝脑子里还转着报告内容，思索着追查线索的办法，就上了邵嘉琪的车，直奔李木工作室而去。

田田的直播间是李木租的一套公寓，地点就在李木工作室院子旁边的小区里。离得近，很方便。

李木工作室众人都对今晚的直播非常重视。田田换了身鲜艳的衣服，妆也化得很仔细。她把稿子背得滚瓜烂熟，把倪蓝所有的资料，不管文字、照片还是视频都看了好几遍。

李木更是打了十多个电话跟倪蓝确认她不会放他们鸽子。

田田7点钟就开始了直播，先预热预热气氛，等着倪蓝。直播平台也为了这场访问临时挤出广告位做了大宣传。

大批倪蓝粉丝涌进直播间，大批网友涌进直播间，大批黑子涌进直播间。

"我蓝哥轻易不上节目，一上就上不甜甜？"

"人家是可甜可盐，倪蓝是可咸可盐的意思？"

"这节目风格跟倪蓝很搭，又红又黑。"

田田抓紧时间总结了倪蓝从前的各路八卦，包括倪蓝刚出道时候上的练习生节目，没几期就被炒掉，糊到地心之后爬蓝耀阳的床未遂，被蓝耀阳丢出酒店门，从此一飞冲天，丑闻出道的过往。再到她一路在红黑的路上驰骋，拳打左右，枪击四方，搞不清她正业副业到底是什么，最后就是把"黄金单身汉"蓝耀阳搞到手了。

"你们有什么劲爆问题要问的，赶紧留言，一会儿倪蓝就来了。当她面直接问，你们敢吗？还是现在让我记小本本上。"田田说到兴起，一边给观众们讲述倪蓝的前世今生，一边进行煽动。

8点整，倪蓝进了房间。田田夸张尖叫："她真的来了！"

弹幕上唰唰地刷起了留言。

倪蓝微笑着坐在田田身边，打了招呼。

"欢迎倪蓝！"田田做作地鼓着掌，然后道，"让我们跳过虚伪的寒暄，第一个问题，你跟蓝耀阳进行到几垒了？"

"果然是田田！"

"哈哈哈哈哈哈哈，我怀疑我上了车，就等司机了。"

"期待蓝蓝的回答！"

"太有劲了，我喜欢这问题。"

"谁问的？"倪蓝对着摄像头微笑。

屏幕上的弹幕忽然都消失了。

然后有人小心地敲出了"……"

接着是一片"……"

哇，为什么有人微笑都这么有气势。

倪蓝撇撇嘴："都不敢认领问题哦？"

田田本来挺嗨的，现在有点不知道怎么接话，气氛怎么突然就不对了？

外头客厅里，坐在屏幕面前看着直播的李木拿起手机输入："我，问，的。"

然后他换了部手机，用另一个小号也发了同样的话。

"跟我一起发。"李木还招呼徐回和另一个同事。

徐回摇头，往嘴里塞薯片。那位同事却是飞快听从指令，在电脑上进入程序，用好些水军号发了同样的话："我，问，的。"

这么一带动，许多网友跟着起哄全发了这话，弹幕上唰唰唰地都是这句。

倪蓝又笑了："很好，你们这些ID我记住了。"她用手指点了点屏幕，"这里面的营销号和水军号，听好了啊，我宣布，你们的账号活不过今晚。"

李木："……"

李木同事："……"

徐回继续啃薯片，真心实意道："别弄了，真的，重新买号又要花钱。"

"真的。"坐在角落分到一包薯片的邵嘉琪也道，"到时候影响感情。"

直播间里，田田在搭台阶："哈哈哈哈，倪蓝好酷啊，跟传说里的一样。"

"不是传说。"倪蓝正经脸，"是真的。我今天就是来看看，究竟谁想挖我隐私让我难堪。"

田田："……"所以她背好的稿子是废掉了是吧？

李木把手机丢在桌上。

徐回幽幽道："不是说她越怼田田效果越好？"

李木看着屏幕，道："是很好，你看直播间里的人数。"高得超出纪录3倍，还在增加。

倪蓝有特别招人的体质，不是粉丝不是黑粉的也想来看看她究竟是什么情况，在嚣张得意些什么。

一间小房子里。韩舟拿着一台平板电脑也在看倪蓝的直播。

他身边不远是阿生，他在看电视。

安全起见，他们的手机都不能用，也暂时不能出门。阿生看电视看得心烦，转头瞪韩舟："你在干吗？"

"看直播。"

阿生凑过来："有意思的吗？"

"还行。"

阿生看到了，愣了愣："倪蓝？你看她干吗？"

"好看呗。"韩舟看了看阿生的表情，不敷衍了，"她不太好惹，我观察观察。"

阿生默了默，看了眼韩舟。

李木工作室这边。

徐回看着田田勉强笑着撑场面，倪蓝不冷不热的，聊不到一起，气氛非常尴尬，真是不忍心。"我们要跟着这数千万观众看着倪蓝和田田尴聊一小时吗？"

邵嘉琪也是于心不忍，便好心传授经验："快通知你们主播夸蓝总，使劲夸。"

徐回："啊？"

"倪蓝今天写报告写了一天，很累了，心情不好。找些她有兴趣的话题。你们想拉踩她造效果她肯定不接话的，但是夸蓝总她能讲单人相声，一小时那都短了。"

"她还写报告呢？"徐回惊讶了。

"肯定是蓝总让写的。"李木给田田发信息，指导话题方向。

田田很聪明地先从倪蓝和蓝耀阳的二蓝神工作室聊起，倪蓝的回答不怎么起劲，问一句答两个字。然后田田开始说蓝耀阳又要忙这个又要忙那个，真的太有效率太能干了。

倪蓝这回接话了："对，他是特别懂得时间管理的人，而且很有耐心。不会工作忙就暴躁。他把工作做得很好，还很照顾家里人，还会安排时间去健身，还在学习新知识。"

田田就开始问蓝耀阳都学什么呀，又问他怎么有耐心。

这次田田问一句倪蓝答十句，彩虹屁能吹到天上。

屏幕上的弹幕蹦得要疯，超级嗨。

"倪蓝这种'迷妹''恋夫狂'的样子太搞笑了。"

有蓝耀阳的粉丝上来跟倪蓝互动，倪蓝慢慢情绪上来了，兴奋地念弹幕里对蓝耀阳的夸奖。人家说得对的她就说："对对对，就是这样。他就是这么优秀。"

要是有黑粉说了不好的，她就直接怼人家。

田田想插入个新话题，倪蓝还打断她："等等，这句夸得太好了，我必须念一下。"

客厅里的众人都看了一眼邵嘉琪，邵嘉琪得意地抬抬下巴："不用谢。但是也提醒你们主播，火候控制一下，倪蓝这个热得快很容易热过头，一得意就忘形。到时惹下什么麻烦，我可不会放过你们的。"

李木："……"

倪蓝真有毒，传染性太强了。连邵嘉琪都敢说"我不会放过你们"这种话了。

直播间里，倪蓝已经控制了局面，这是一场蓝耀阳表扬大会。田田笑到捂脸，放弃抢夺话语权。

蓝耀阳的粉丝在弹幕上刷当初有人抹黑蓝耀阳爱上倪蓝改编的歌词"那个老板"，倪蓝还唱起来了。

"那个老板爱着你，彻底爱着你……那个老板爱着你，心却在哭泣。你那么多的绯闻、黑料，你怎么回报他对你的爱……我们多么希望他赶紧把你甩掉……①"

邵嘉琪赶紧起来："这就是过热了，让你们主播控制一下。"

---

① 歌词出自歌曲《那个男人》，演唱：杨宗纬。

"怎么控制？"李木问。

邵嘉琪一噎，随便编个办法："怼怼她，让她冷静点。"

徐回指着屏幕："看，有人怼了，说倪蓝每次都靠蹭小蓝总的热度增加自己的话题性。"

大家都盯着屏幕，因为这句话被那人一直刷，倪蓝肯定能看到。

倪蓝果然回应了："那你现在就是在蹭我的热度上弹幕呢，不然谁要看你评论。"

那人接着说，说他评论是他的权利，而他并不从中谋利。所以倪蓝蹭热度的行为与他的评论不能相提并论。

"放屁呢。你蹭热度找话题当众批评别人从中得到了快感，这怎么不谋利了，你理直气壮什么！"倪蓝怼他。

李木兴奋了，哈哈哈哈哈，牛，这样都能开起车了，倪蓝你真是优秀。

倪蓝开始拿鼠标点点点："拉黑了，下一个。"

田田："……"她才是主持人吧。

下一个来了。

"倪蓝你愿意为蓝耀阳牺牲吗？"

倪蓝秒回："不愿意，我干吗为他牺牲啊。你知道牺牲的意思吗？不值得花时间写论文给你解释，下一个。"

"倪蓝，如果蓝耀阳不这么帅也没钱，你还会爱上他吗？"

倪蓝："这不是废话吗。我爱上他，他正好又帅又有钱。我怎么不爱另一个又帅又有钱的？你怎么不问另一个不帅没钱的我为什么不爱他？这世上男人这么多，这问题的意义是什么，下一个。"

看起来倪蓝情绪越来越高涨了，后面一个接一个地怼，完全不需要过脑子。

邵嘉琪摇头："不行，这些问题不行。"

李木按手机："我来问一个。"

李木的小号发问题出去了："倪蓝，你的舞练得怎么样了？"

邵嘉琪一愣："我们结仇了，真的。倪蓝这么嚣张的时候你怎么能问这个！"

"怼中死穴！"李木得意。

直播间里，倪蓝看到了问题，她脸色完全没变，真的眉飞色舞一点不羞愧："我跟你讲，你不要以为能拿这个羞辱我。我这人特别容易受到鼓舞，我是那种一努力就会去报名《让我们跳舞吧》的那种励志的人。"

弹幕上面狂笑，满屏"哈哈哈哈哈哈"。

邵嘉琪捂脸。真的，她真的服倪蓝。

《让我们跳舞吧》是一档舞蹈综艺，找的是有志学习舞蹈但是没有机会接受正规训练，或是想通过学习舞蹈来改变自己心态和生活的选手嘉宾。大家通过数周训练，比拼用自己原本并不擅长的技能"跳舞"来赢取五十万奖金和在舞蹈团队的任职机会。

选手招募范围并不面向专业舞蹈人士，也没有明星参加。是档素人节目，现在正在宣传期，到处可以看到他们招募选手的节目广告。

倪蓝无论是从名气还是身份来说，参加这个都是不合适的。

降级，丢脸。

倪蓝在直播里说这话，也是非常不合适的。

脸皮厚，不负责。

还免费帮人家打广告。

直播里，大家在哈哈哈地跟倪蓝聊跳舞，谁也没在意倪蓝这句话。

但是微博上，《让我们跳舞吧》节目组官博上，静悄悄地发了一句话："我们怀着兴奋又忐忑的心情，诚挚邀请倪蓝参加我们的节目。"

因为太知道倪蓝有毒，所以李木一听倪蓝说了那句话，就关切了一下微博上的动静。他看到这节目组发这个，顿时笑出声。

这专业蹭热度的来了。

邵嘉琪凑过去一看："李木老师，你要是再煽风点火，我可是管不住倪蓝的。"

"不敢，不敢。"李木把手机放下，没提示田田这个。

但是弹幕里有人说了："倪蓝，你励志的机会来了！"

有人发现了节目组的邀请，转到了直播弹幕里。弹幕里一片喧哗，大家笑得要不行了。

倪蓝的表情僵硬了。

吹个牛吹出核弹来了？

邵嘉琪简直要疯，看看，就说不能让她热过头，得意忘形的下场！

有人敲门，徐回跑去开门了。

邵嘉琪跟李木说："快，让你们主播救个场，说倪蓝档期很满，恐怕上不了这节目之类的。这事情过去，我们还是朋友。"

"倪蓝档期很满这种话谁信啊。"李木刚说完就看到了蓝耀阳，他差点被噎着。

蓝耀阳怎么来了？

"直播在哪间房？"蓝耀阳问，他表情有些凝重，吓得李木赶紧指了指房间。

蓝耀阳直接过去推开门，没人拦他。

李木和邵嘉琪一起盯着屏幕。

李木有些紧张："玩笑过头了是吗？小蓝总生气了？"

屏幕里，蓝耀阳一脸温柔笑意："有没有我的位置？"

李木："……"这演技。

徐回重新坐下来："这张脸配这演技，不当演员太可惜了。"

"当演员才能挣多少钱？"邵嘉琪冷道。

李木："……"

徐回："……"这话让蓝耀阳来说确实有底气。

直播间里，倪蓝很惊讶蓝耀阳来了。

蓝耀阳微笑："我来蹭你热度。"

田田在一旁尖叫笑道："不行了，这波恩爱秀的。"

蓝耀阳又道："我是看时间快到了，来接你回家的。刚刚听说有驴友在鹿山发现了尸体，现在治安太不好了，所以想想还是来接你。"

"发现了尸体？"田田在一旁夸张尖叫。

倪蓝："……"她看着蓝耀阳的眼睛，懂了。

但节目还在进行，倪蓝只得继续演："放心，我会保护你的。"

蓝耀阳："……"

弹幕满屏哈哈哈哈哈。

"真相了，蓝耀阳来接倪蓝，是想倪蓝保护他。"

"谁攻谁受很明显了。"

警局里，欧阳睿正在看直播："好了，蓝耀阳赶上了，他说出来了。鹿山这个地点很明确。'魔鬼'如果盯着倪蓝，这场直播他不会错过的。"

刘综在电话连线上，道："做好他联络倪蓝的准备。"

"蓝耀阳已经安排了。我们等着呢，技术那边随时待命。"欧阳睿道，"蓝耀阳一会儿会把倪蓝接过来，你现在也来吧。"

"我在路上了。"刘综应道。

需要紧急开会讨论对策。这个"魔鬼"，是他们意料之外的人物。

他究竟是谁，想干什么？

二蓝神与警方确定合作后的首次会议依旧是在深夜。

还是市局那间会议室。

在倪蓝、蓝耀阳他们到之前，欧阳睿带着人已经把相关案件资料准备好，在案情分析板上写好了重点。

倪蓝在路上听蓝耀阳说了情况，一路沉默。

两人进了会议室，欧阳睿等人已经在讨论了。大家没有寒暄，直接进入正题。

"倪蓝，你说你在我们的通缉令里，看到了'魔鬼'，是哪一个？"欧阳睿把通缉令里几个剪寸头的小伙子的画像摆在了倪蓝的面前。

倪蓝指了指绰号是"阿勇"的那个人："其实画得不是特别像，但应该是他。"

欧阳睿和刘综对视了一眼。

刘综道："是我犯的错。我听到'魔鬼'这个词，又听他报信，意图阻止杨晓芳被杀，便以为他是卧底'鸽子'。是我误导了你。"

"'鸽子'在通缉名单里，'魔鬼'也在。我们没有向你确认过'鸽子'是谁，让你对信息了解有了偏差。"欧阳睿指了指绰号叫"阿光"的那个画像，"'鸽子'是这个人。"

倪蓝看着那画像："有他的照片吗？"

刘综从文件袋里取出一张，递到倪蓝面前。

照片里的年轻人着便装，剑眉星目，神采奕奕，颇有几分英武帅气。看得出来那张画像就是按这照片画的，只是故意画得粗糙了些。但五官特点都抓到了，比阿勇那画像好认。

"为了卧底工作的顺利，所有他穿警服的照片都删掉了。但季队洗了一本相册，里面都是。虽然……"刘综难掩遗憾，"虽然原本也不多，但季队尽量留下了。他藏在了他家的保险柜里。这事我之前也不知道，是季队去世后，他妻子整理遗物的时候告诉我的。因为还不能公开'鸽子'的身份，所以那些照片还放在季队家的保险柜里。"

"他叫什么名字？"蓝耀阳问。

"许文柏。"

"许警官的家人呢？"蓝耀阳再问，他特意加重了警官两个字的语气。倪蓝了解他的心情，她紧紧握住他的手。

"他父母去世早，后来跟爷爷、奶奶过。两位老人住乡下，'鸽子'出来读书后就回去过两次。他家里经济条件并不好，'鸽子'自己勤工俭学，除了付学费，还努力给家里寄点。"刘综道，"他被选中做卧底之后，季队每个月用他的名义继续给他家里汇款，最后一次，就在季队去世前两天。"

"所以他爷爷、奶奶什么都不知道？"

"对。只知道他是警察。"刘综道，"在鸽……在许警官出任务之前，季队和他一起回过一趟家。许警官算是把家人托付给季队了。"

"既然他家家庭情况这样，为什么还要选他？"蓝耀阳问。

"他是自愿报名的。"刘综道，"他的综合评分分数最高，非常优秀。"

欧阳睿插话："难道你以为卧底得挑家庭幸福美满的？"

蓝耀阳不说话。

刘综道："许警官有一份对警察工作的热爱，他是一个意志坚强、很有信念的年轻人。他小时候父亲赌博、吸毒、家暴，他与母亲、爷爷、奶奶的日子过得很不好。是村里、镇里的警察救了他家。一次又一次，救了他。那时候法律没有现在健全，规章制度不够完善，基层的警察工作很不好做。乡下地方，更是讲人情讲地方势力的。但许警官他们家遇到了负责的好警察。"

"许警官小时候差点走了歪路，他母亲也差点被他父亲打死……总之，那时候警察改变了他的命运，他对这份职业的尊敬与热爱，远超其他人。他能走出乡村，考到大城市，也是因为他想当警察。当年村里派出所的老所长告诉他的，去城里学到更多本事，才能当个更厉害的警察。"

"季队一定很喜欢他。"蓝耀阳道。

刘综点点头："非常非常地信任。当时我们严查内部情况，我曾经对季队对'鸽子'的管束不严格提出过批评。季队跟我吵过一架，他说绝对信任'鸽子'。我后来才知道这份信心从何而来。"

"许警官长大的环境和他曾经的经历让他了解毒贩和那些走歪路的人，更容易融入那个环境，他确实是这次卧底任务的好人选。"倪蓝对蓝耀阳道。

"确实如此。"刘综道，"他是最佳人选。"

可惜……

会议室里安静片刻。

刘综深深吸了一口气，道："我们一定会公开许警官的身份，恢复他的名誉，该记的功劳该有的荣誉都会有。但现在还不是时候，这个案子还没有侦破，许多谜团还没有解开。必须把所有罪犯都抓回来，彻底把'鹰巢'消灭。"

"杨晓芳认出的就是这张画像吗？"蓝耀阳问。

"对。"欧阳睿调整倪蓝和蓝耀阳面前的画像，又加了两张。

刘综道："季队给杨晓芳认人，就是摆的这几张。杨晓芳很准确地指出了'鸽子'。她说她叫阿光。阿光确实是'鸽子'在'鹰巢'里的代号。她说欺骗诱拐她过来的那个账号，也确实是属于'鸽子'的。这些'鸽子'都跟季队报备过。"

"那'鸽子'跟季队报备过'魔鬼'这个人吗，这个阿勇？"

"在季队的案宗记录里有，但并不知道他这么重要。"刘综道，"阿荣、阿忠、阿勇、阿猛、阿光……他们在自己内部都不互通真名。"

"像狗一样。"蓝耀阳说，"他们自己不觉得别扭吗？"

欧阳睿和刘综均一愣。

蓝耀阳看大家的表情，便道："不是吗？这种称呼，不是什么关系亲密、生死之交的兄弟吧？"

没人说话，蓝耀阳摸摸鼻子："跳过吧，我随口一说。继续，继续。回到杨晓芳。以前我们只觉得杨晓芳有古怪，但是现在我们能确定了，她在撒谎。"

"为什么？"倪蓝很捧场地抛出问题。

"她想知道谁负责这个案子。"蓝耀阳道，"之前不是推测过，只要涉及这个卧底，真正负责的警察老大就会出来。她对'鸽子'做出了很严重的指控，季队当然会亲自向她确认。"

"但她不可能拿出照片或是监控证据说就是这个人，所以她有网络聊天记录、有号码、有指纹……"

"接着季队会拿出'鸽子'的照片，所以很明显季队就是'鸽子'上线。然后他们就把季队杀了报复。"欧阳睿道。

"杨晓芳伪造的聊天记录是从什么时候开始的？"蓝耀阳问。这个时间点在案情分析板上没有。

"3月21日。"刘综答。

蓝耀阳看着案情分析板："3月18日，'火石'行动。"

"对，'火石'行动之后。"欧阳睿把这个细节的时间线补到板子上。

倪蓝道："许警官1月8日发回金阳商贸情报，这让'鹰巢'发现了内部奸细，所以许警官牺牲了。'鹰巢'以为他们已经把内奸铲除干净，但是3月黑枪交易情报又泄露……"

"当时只有两个小时，非常险。"刘综补充细节。

"他们一定吸取了前车之鉴，加强了保密措施，但还是出事了。所以他们得展开调查。"倪蓝道，"你们警方内部没有问题，'秃鹰'拿不到消息，看自己人哪个都像有鬼，所以就派了个杨晓芳，用受害人的身份来调查。"

刘综道："我们当时也有这个怀疑，但查了杨晓芳，没查出问题来。她没有通信设备，没跟任何人接触，她也不知道自己会被送到哪里，不可能提前在房间里做安排。而且宾馆我们也查过，没可疑人上去过。"

"但她撒谎了，她不可能见过阿光。阿光1月就死了。她肯定就是'秃鹰'派来的。至于她怎么传递的消息，她假充受害人的目的，可以审她。"

"对，但我们也是今天才拿到这个证据。在确认'鸽子'去世之前，我们对杨晓芳的怀疑都没有得到验证。"

"这证据是'魔鬼'给的。"倪蓝想了想，"难怪他当初那样说。"

"他说了什么？"欧阳睿问。

"他说等我们找到这具尸体，我们可以考虑要不要接他下一个委托。"

"下一个委托是什么？"

"他没说。"

蓝耀阳道："他现在已经知道我们找到尸体了，他会联络倪蓝的。"

借直播节目透露这个讯息，是蓝耀阳提出来的。这是最快最自然的办法。只有"魔鬼"能听懂，而且这样他们二蓝神事务所也不算违背"魔鬼"提出的"不公开信息来源"的要求。

就算警方这边采取了什么动作，也是驴友发现报警的。蓝耀阳觉得这样演算是顾全了各方的情况。接下来，就看看"魔鬼"是不是像他们预料的那样，看了直播后联络倪蓝。

"'火石'行动的情报也很有可能是'魔鬼'给的。还有你救下杨晓芳那一天，'鸽子'的号码给季队发过一条警告信息，就两个字：小心。"欧阳睿把相关材料给倪蓝看，"你把这些都记清楚。季队的号码、'鸽子'的号码，他们之间的联络方法，'鸽子'报告过的事，还有'鸽子'死后他的灵异号码发的内容。'魔鬼'再联络你的时候，你试探他一下。"

"但是就算'魔鬼'能报出这些内容，也不能证明他是站在我们这边的。"刘综提醒倪蓝，"季队的手机内容被他们窃取过。而且'鸽子'生前被他们发现、被他们施以酷刑，我们不清楚他们那边究竟了解多少。"

"对。杨晓芳这样的受害者障眼法他们能用，那他们也能利用阻止杀害杨晓芳以及透露'鸽子'死讯的方式来骗取我们的情报和信任。"欧阳睿道，"也许报信的不是'魔鬼'，那个人也被发现并且消灭了。然后'魔鬼'披着他的皮，用他的行动成果来接触你。"

"知道了。"倪蓝低头认真读。

"从现在一连串的行动来看，'秃鹰'是一个报复心非常强的人。"欧阳睿接着道，"'鸽子'1月牺牲，事隔三个月他的指纹还能出现在杨晓芳案的案发现场，还能出现在接收季队手机讯息的现场，这说明一件事——就算他们把'鸽子'尸体处理了，他们也留下了'鸽子'的指纹、DNA和其他的什么东西。'秃鹰'早有准备，一旦有机会，他就要利用'鸽子'。既扰乱我们的视线，也把'鸽子'抹黑了。"

既杀人，又诛心。

刘综道："他很可能在折磨'鸽子'的时候，就把这个计划说出来了。他可能描绘了一番'鸽子'的坚忍与痛苦最后换来警方自己人的怀疑和猜忌的下场，借此在精神上羞辱'鸽子'。"

欧阳睿："'鸽子'如果受了刺激，会反驳，会表达对自己上司的信任和忠心。会反抗这种折磨。"

刘综："然后'秃鹰'会残忍地表达也会让'鸽子'的上司去死。会杀掉所有对'鸽子'有感情的人。"

"所以杀害季队的那个场面那么干净利索，没有留给季队一点机会。"欧阳睿道，"我们还是之前的判断。按优先级来说，杀人是第一目标，夺取手机讯息是第二目标。"

蓝耀阳瞪着这两人，要是他旗下艺人能演出这两个警察的这种气质和气势该多好。

欧阳睿不知道蓝耀阳刚才有点走神，他继续道："这是心理战，倪蓝。当'魔鬼'联络你的时候，你必须把握住机会拉住他。他有可能就是'秃鹰'，或者是'秃鹰'信任的人。也有可能是'鸽子'死前成功策反的帮手。在拿到证据之前，我们不排除任何可能。而这两种可能会把我们引向两个极端的结果。要么错过了'秃鹰'，要么失去意外得到的帮手。"

"你与'魔鬼'通话的过程我们要全程监听，会给你一些指引。看他会对哪一些内容有反应。"刘综道，"你与他通话的目的只有一个，建立联系，让他觉得可以利用你。如果在我们找到他之前他就挂了电话，他会再继续与你联络。这次通话不必非要弄清他的目的、他的计划，但要让他觉得可以利用你。"

"你稳住他，对话时长能拖到我们找到他，把他带回来，那后头的事情就好办了。"欧阳睿补充，"如果他是'鸽子'成功策反的人，那他必定会与'鸽子'有一些共鸣。所以我们告诉你'鸽子'的身世情况。他的档案你今晚要看完。以'鸽子'的报告来看，这个阿勇是个资深老手，年纪不大，混江湖却挺久了。他不爱出头，做事镇定，不质疑命令，行动干脆。"

"这样的人，不能把他当寻常人看。"刘综道，"那种环境下，善良早被磨灭或者变质了。"

倪蓝抬头，视线从文件资料上转到两位警官身上，现在弄得她压力很大啊，接个电话而已。

"没问题的。你可以的，你也不是寻常人。"蓝耀阳握住了倪蓝的肩鼓励她，"他盯上你不是因为你能接触到欧阳和刘队，那样的人有很多，从武力和技能对抗上，利用其他人比利用你风险小很多。但他愿意冒这个风险，这表示，你身上有吸引他的特质。比如，他觉得你能理解他。"

欧阳睿和刘综顿时一起看向蓝耀阳。

"如果他是'黑鸽子'，他现在处境非常艰难了。"蓝耀阳道，"'秃鹰'在找奸细，不知道他有没有摆脱嫌疑。'鹰巢'内讧，不知道他安不安全。警方通缉，他无路可走。但他还想做一些事，他非常需要理解。他不是寻常人，所以寻常人理解不了他。"

倪蓝舒了口气，指指身后的蓝耀阳，对两位警官道："诸位，请学习一下，心理战。我还没开战就快被你们吓死。这位总裁先生用的才是正确方法。我觉得又有信心了。"

欧阳睿和刘综看了蓝耀阳一会儿。

欧阳睿道："他说得对。找倪蓝合作风险很大。"

"而且他见识过我的厉害了。"倪蓝关键时候不忘吹牛。

刘综也道："'魔鬼'找上倪蓝之前肯定研究过她。确实如此，他需要同伴。"

"所以我们先暂定他是'黑鸽子'的定位，无论他是不是，起码他想要的肯定是这个结果。那倪蓝可以朝这个方向去表达意见。倪蓝知道该怎么做的，能把他稳住。"蓝耀阳的语气平静，但对倪蓝来说太鼓舞人心了。

"好。"刘综看看欧阳睿，"技术上没问题了是吧？"

"没问题，倪蓝、蓝耀阳、邵嘉琪、事务所、BLUE等等的电话我们都录入程序了，只要倪蓝通话的时候做简单的接入操作就行。"

"这个就别担心了，没你们的技术我自己也……"倪蓝正要自我肯定和吹嘘一番，蓝耀阳的手掌按到她头上，像按到开关一样，倪蓝闭嘴了。

她低下头："我继续看资料，随时等电话。"

第九章
我叫韩舟

韩舟看完了直播就去睡觉了。

他们果然找到尸体了。现在尸体一定在警方手里。警方知道那是谁了吧？

韩舟一动不动地躺着，闭着眼睛。

过了很久很久，他觉得自己应该睡着了。虽然他没有睡着的感觉，但他知道自己做梦了。他在一个很黑的地方，没有边际。

他一直走，他觉得很累。然后他张开了翅膀，他居然有翅膀。

翅膀是黑色的。虽然他没有回头看，但他就是知道。

"魔鬼"的翅膀都是黑色的。

他不会飞，他的翅膀在身后张得大大的，像是在吓唬人，但恐惧的却是他自己。他不应该恐惧，他觉得自己挺平静的。

越恐惧越平静，然后他竟然看到了光。

他朝着光走去。

走近了，看到光束里有张椅子，椅子上绑着一个人，这人满身是血，光照着他身上，那血的颜色红得亮眼。

那是他的脸。

韩舟看着自己，但他心里知道不是自己。他眨了眨眼睛，真的不是自己。

"我是警察！"那人大喊着，韩舟发现自己也在喊。

棍子打在身上，剧痛。韩舟知道那种痛，他痛过许多次。

"我是警察！"那人呐喊，像是有无穷力量。他身后也张开了翅膀，白色的，像天使。

"我是警察！"那人用力咆哮，他的声音穿透黑暗，所到之处，光透了进来，将黑暗打碎。

血越流越多，骨头被击打的声音越来越响，而黑暗却被逼退。

马上就要退到韩舟身边。

"魔鬼"被光照到，会死的！

椅子上的人抬头，对上了韩舟的眼睛。

那张脸如此熟悉，那眼神坚毅无比。

"光哥。"韩舟听到自己的声音，他在喊叫，"你滚啊，我让你滚，你为什么不！不值得！不值得！"

阿光看着韩舟的眼睛。

光就在韩舟的脚尖前。

"我是警察！"阿光厉声大喝！

韩舟被光照到了。

身上是被燃烧的痛楚，他痛苦哀号，身体被光明一块块烧焦。他破碎了。但他却看到，光束并没有前进，是他自己向前迈的。

他站到了光明里。

果然是这个结果。

韩舟被痛醒了。

他猛地坐起，睁开了眼睛。他用力喘息，身上的痛楚随着呼吸一点点消散，他的意识也回来了。

他发现阿生站在他床前看着他。

韩舟对上了阿生的眼睛。

阿生道："你在大喊大叫。"

"嗯。"韩舟闭上眼睛，躺了回去，"我做噩梦了。"

阿生没再说话。

过了好一会儿，韩舟听到阿生离开他床边的脚步声。

倪蓝他们这个会开了挺长时间，梳理案情线索，推理各种可能。但是直到夜很深，大家讨论得筋疲力尽散了会，"魔鬼"的电话也没来。

不一定什么时候来，不一定会说些什么。

最糟糕的情况是，也许不会来电话了。

但也没办法，大家各回各家。

倪蓝有些烦躁，睡了挺长时间没睡着。看了两次手机，确认手机有电，确认来电铃声开着。

"别慌。"蓝耀阳把她的手机放回枕头边，握着她的手，"睡吧。"

倪蓝窝进他的怀里，过了一会儿又挪了挪位置："我为什么会紧张？"

"因为你觉得自己不擅长处理人际关系。"

倪蓝睁开眼睛看着他。

"如果'火石'行动的情报和'小心'这两个字确实是'魔鬼'发的，那他就是个很复杂的人。你对复杂的代码有信心，对人并没有。你从小的生活环境一直让你在躲人。而这次因为涉及一位很英勇的警官，你被他感动，你希望能帮他报仇，但需要用到你的地方竟然是你不擅长的部分。"

倪蓝伸手抱住蓝耀阳的胳膊："而且我在想你说的'理解'。"

"如果他真的是'黑鸽子'，我觉得你确实能理解他。"

"我跟警察的方法不一样。我没办法一边被规矩框得死死的，一边达成自己的目标。"倪蓝叹气。

蓝耀阳摸摸她的头，她从小就是被这样教大的。

"所以就算你搞砸了也没关系，都是你爸的错。"

倪蓝哈哈大笑："你连借口都帮我找好了？"

"嗯。"蓝耀阳顿了顿，补充道，"别告诉你爸。"

倪蓝笑得更大声。

蓝耀阳顿了顿："'魔鬼'找上你大概也是如此。无论他是'黑魔鬼'还是'黑鸽子'，他有他的直觉和判断。你就还做你自己，这样他才会相信你。你用你的方法才能达成目标，那就用你的方法。其他的部分，警察会补上的。"

倪蓝觉得蓝耀阳说得都对。她睡着了。

7点40，蓝耀阳按时起床。他洗漱的时候接到欧阳睿的电话，欧阳睿问昨晚"魔鬼"有没有来电。

"没有。"蓝耀阳刮着胡子。剃须刀嗡嗡的声音透过手机传到欧阳睿那边。

"你准备上班了？那倪蓝呢？"

"倪蓝做她该做的事啊，睡饱了大概会去事务所那边吧，昨晚给她这么多功课她得做完。"蓝耀阳关上剃须刀，道，"不用担心。倪蓝不是小孩子，真不用人盯着。她做事很有分寸的。"

欧阳睿："……"他们认识的是同一个倪蓝吗？

卧室里，倪蓝抱着被子听蓝耀阳讲电话，露出微笑。是的，就是这种感觉，跟蓝耀阳在一起，自由自在的。

8点10分，蓝耀阳亲亲倪蓝，出门了。

倪蓝打开《一步之遥》的音乐，一边啃三明治一边练舞步。这时候她的手机响了。

倪蓝脚下一顿。

她把三明治放下，擦了手，拿起手机。

是一个陌生号码。

倪蓝迅速切到手机里的一个程序，戴上了通信器。

事务所办公室，电脑里传出了程序自启动提示音。江旭红喊道："老孙。"

"听到了听到了。"孙哲言戴上老花镜，戴上耳机，"倪蓝，我们准备好了。"

倪蓝接通电话："我是倪蓝。"

孙哲言面前的其中一块电脑屏幕忽地一闪，一张市内地图铺开，程序在搜索来电信号位置。

孙哲言敲键盘，刘综、欧阳睿和蓝耀阳的号码都在一个专属频道里，他拨通了他们的电话。

这三人几乎是同时接了，然后他们听到了一个年轻男人的声音："我是'魔鬼'。"

刘综在办公室里顿时振奋地轻捶桌面，终于！他终于来了！

欧阳睿叫上了关樊，快步奔进技术室。技术员的程序已经收到了提示，也开始做信号搜索。关樊坐在另一台电脑面前，也接入了程序。欧阳睿把手机开成了免提。

"你那边很吵啊。"倪蓝道。

"我在人很多的地方。"韩舟道。

"上班早高峰。"欧阳睿跟大家说，"他一晚上没动静，是等这个时候。"

"他知道我们会追踪手机号码的。人流聚集能帮他隐藏行踪。就算我们定位到他的大概位置，也需要花时间一点点在人群里找他。"刘综点开了电脑里的程序，这是倪蓝给他们的。他们连接着二蓝神事务所的通信，他们的话倪蓝听不到，但他们可以在一个对话界面里用文字给倪蓝做提示。

韩舟这边的下一句话是："你知道他的名字了吗？"

所有人都屏声静气听着，都知道他问的是谁。

是试探吧？

刘综皱眉，在对话框里敲字："别回答他。"

但来不及，他没敲完就听到了倪蓝的声音："许文柏。"她顿了顿，"许警官。"

刘综抬着的手停了停，抿紧唇把输入的字删掉了。

欧阳睿与关樊互视了一眼。

大家在等韩舟的反应。

"许，文，柏。"韩舟一句一顿地轻轻重复了这个名字，然后笑了笑，"我不知道他的真名，我只知道他叫阿光。"

"那你呢？"倪蓝问。

"你不是知道吗？我在通缉令上，我叫阿勇。"

刘综迅速敲："问他'鸽子'怎么暴露的？"

倪蓝没理这个问题，却问："阿勇，你知道许警官是怎么死的吗？"

"尸检结果应该很明确吧。"韩舟道。

"不，我只是想知道你当时是不是在场，你看着他吗？"倪蓝问。

所有人都静默，认真听。

"嗯。我在的。"韩舟的声音在嘈杂的人流车流背景音中显得格外低沉。

蓝耀阳道："警官们，我建议大家少安毋躁，让倪蓝用她的节奏去谈。他们才是一类人。"

刘综收回了想敲字的手。

关樊看着电脑里搜索到的信息，道："这号码的机主是位女性。"

欧阳睿明白了："他又偷了一部手机。"

倪蓝这边的对话在继续："你看到最后了吗，阿勇？"

"全程时间有点长，有个两三天吧，我们分批看的。"韩舟道，"我们必须看，这是公司对我们的警示。"

刘综闭了闭眼睛。

欧阳睿也捏紧了拳头。

"他会被评为烈士吧？"韩舟道，"这是他该得的。"

"跟你有什么关系？"倪蓝道，"你告诉我尸体在哪里就为了这个？"

"不然呢？我并不知道自己有没有机会再见到你了。那天的情况你也看到了。我应该没命的。"

"我不知道你们什么情况。"倪蓝道。

"但其他人应该要知道阿光什么情况，没理由他领导死了头顶光环，而他却在深山阴沟里腐烂。"

"我以为你是想为他洗脱冤屈。"倪蓝说。

"他有什么冤屈？"

"杨晓芳说许警官绑架强奸她。"

韩舟冷笑："我不知道杨晓芳居然这么说，我不认识她。但我猜她肯定是公司老板的人。"

"你想委托我什么？"倪蓝问。

刘综惊讶，搞什么！这阿勇已经在透露线索了，为什么不追下去！

刘综又开始敲字："顺着他的话题走，让他透露更多线索。杨晓芳是谁？老板是谁？"

他把这话发出去又继续敲："提醒他他目前的处境，问他跟警方合作的条件，引导他往这边说。"

刘综把话都发出去了，倪蓝却还在说："我想听听你的委托是什么，才决定要不要跟你聊下去。"

刘综："……"

韩舟道："我想委托你，跟我一起找到老板。"

"给我的回报呢？"

"我有的你都不缺。"

倪蓝笑了："那我为什么要做善事？"

"因为许警官临死前，一直在喊一句话。"

"什么？"

"我们每打他一下，他就喊一句'我是警察'。好像喊了这句话，他就不会痛似的。无论问他什么，他都说'我是警察'。他到死都没有说警方有什么计划，没有说他的上级是谁，没有说他怎么与警方联络……他连他的真名都没有说。"韩舟的语速很慢，声音更沉，"难道你不好奇，是什么支撑他？他一直在查老板是谁，没查到。你不好奇，他想找的那个答案是什么？"

欧阳睿在频道里道："他在对倪蓝心理攻势。他在扮演我们设定的那个角色。被感动，然后回头是岸。"

刘综道："昨天我们预演过，倪蓝知道的。"

果然倪蓝应的是："我好奇，但我躺在家里吃吃喝喝，最后警方查完了会告诉我答案的。"

欧阳睿："……"昨天是这么练的吗？说好的稳住对方呢。

"我对你更好奇些。"倪蓝道。

欧阳睿松口气。行，这样也行的。

"阿光到死什么都没说，你怎么拿到他的手机的？"

"我先发现他的。"韩舟道，"我比他们发现得都早。阿光向警方报信金阳商贸的时候，我看到了。我故意弄出了响声，他来不及删除信息就把手机藏起来。后来我弄到那手机偷偷看了内容，内容没看懂，就记住了号码。接着金阳商贸出事，我就都明白了。我找他谈判，让他马上离开。"

"你为什么不揭发他？"

"我只是一个打工的，何必。而且我觉得我跟他的经历很像，也谈得来。我们互相照应，我当他是兄弟。我打算等他离开我也走，公司已经被警方渗透，不安全了。"

"他离开你也跑不掉。他接触过的人，全部都会上报警方的。你们都会被通缉。"

"他该报早报了。"韩舟语气里是不在乎。

"他是不肯走还是没走成？"倪蓝继续问。

刘综在对话界面输入："'鸽子'被发现这事没有报告季队。"

"他说给他一点时间。他突然走掉会被发现，他自己不怕，但他担心老板杀他家人报复。所以他需要做些安排，找个理由，走得安全点。"韩舟道，"他大概看到我没揭穿他，心存侥幸，想策反我吧。可是第二天培叔就布了陷阱，阿光以为有机会，他去偷拍培叔桌上本子里的内容。黑枪仓库和买家名单。"

"他就这样暴露了？"

"我听到消息的时候第一时间去把他藏的手机拿走了。我想如果他们没有搜出联络工具，只是行动可疑，还有机会辩解。但后来我才知道阿光偷拍的时候是被抓个正着，根本没有辩解的理由。"

刘综有些安慰，现在这个节奏不错。让他说更多的话，直到他们找到他。

关樊敲了敲电脑屏幕，欧阳睿看到了，忙道："海滨大道。我马上派人去。"

刘综赶紧指示："动静小一点。"

这时大家的手机里传来倪蓝的问话："你羡慕他，是吗？"

刘综愣了愣，怎么回事，为什么换话题了？

"她在问什么？"

羡慕警察卧底被打死？

"他死的时候能高喊我是警察，你呢，能喊什么？"倪蓝又问。

欧阳睿："……"这算什么套路？

"你为什么发消息给警方？为什么想找到老板？给我一个让我相信的理由，我就接受你的委托。"

"我想换一种生活。"韩舟道。

"洗心革面，重新开始？那你应该自首，你配合警方，会得到从宽处理的。一定会给你轻判。"

"怎么轻判？从几次死刑改成一次？从一次死刑改判无期？我从出生就在牢里过的，从来没走出去。我不想一生都在牢里。"

"哪怕失去生命？"

"哪怕失去生命。"

"好吧，我信了。我接受你的委托。我需要更多的时间与你谈谈委托细节，但时间不够了。警方肯定已经锁定你的位置，派人去抓你了。你别以为挤在人群里就能躲过。现在，你按我的指示做。离开海滨大道。别挂电话，我会确保你不被警方追踪到。"

欧阳睿："……"

刘综："……"

真是见了鬼了！

欧阳睿忙跟关樊道："告诉倪蓝别乱来。"

关樊迅速在对话界面上敲字。

刘综已经不想敲字了，他直接在频道里喊："蓝耀阳！我们需要倪蓝的配合！"

海滨大道地铁站口的街心公园长椅上，一个戴着棒球帽，穿着运动衣，戴着耳机背着一个斜挎包的年轻男人正低头看手机。

那是韩舟，他收到了倪蓝发过来的一条信息。

"想合作就点开这个链接，安装防追踪App。"

韩舟犹豫了数秒，手指悬在那个链接上，终于点了下去。

关樊在这边接连敲了好几句话，"不要乱许承诺，当心刺激'魔鬼'"，"按昨晚开会商量的结果来，突然改动计划会准备不足"等等。

欧阳睿瞪眼："需要这么委婉吗？"

"刘队很直接了，管用吗？"关樊道，"倪蓝这人得顺毛的。"

被点名的刘综还在频道里喊："蓝耀阳。"

一直没有说话不知道在干吗的蓝耀阳终于开口了："你们，就不能像季队相信许警官那样相信倪蓝吗？"

关樊敲字的手停了下来，频道里安静了。

"昨晚我们是讨论了很多，推演了许多套路。现在这个也在讨论范围里，你们同意的。"蓝耀阳道。

"有吗？"欧阳睿顿时跳起来了。当他失忆吗？"我们什么时候同意过倪蓝用阻碍我们警方的侦查来取信'魔鬼'的？"

"没具体到这么细节，但我们讨论过'魔鬼'为什么会找倪蓝。因为倪蓝是倪蓝，她的思维方式跟你们不一样。你们还说过像'魔鬼'这样的人，混江湖很久了，观察敏锐，非常警惕，还有反侦察的经验。那么你们警方会想到的套路，他肯定也琢磨过了。刚才的对话我们都听到了，他需要同伴，他不想自首。"

"你们警告过我们对这样的人不要有任何善良的幻想，所以我觉得不要幻想把他抓回来他就会全招了，或者你们让干吗他就干吗。倪蓝刚才那一段对话里肯定也有她的直觉，所以她才会做这样的决定。况且，倪蓝一直认真在帮忙，她不会阻挠你们的侦查工作的。"

蓝耀阳的话刚说完，关樊就道："我们的追踪被屏蔽了，'魔鬼'的手机里肯定装上了什么软件。"

欧阳睿摊手："蓝耀阳！"

这时候大家听到了倪蓝的声音，她正在跟韩舟说话："好了，现在只有我能看到你的定位信息了。"

蓝耀阳默了默，仍顽强地为倪蓝辩护："她不是还让你们继续监听着嘛，一切都还在你们的控制中。"

刘综："……"

欧阳睿："……"

一旁的技术员看着欧阳睿，欧阳睿挥挥手："继续跟踪，看看能不能破解屏蔽。"他又通知了外勤的便装同事，"海滨大道，A组到那里待命。如果看到阿勇，悄悄跟着，别惊动他，暂时不实施拘捕。"

倪蓝跟韩舟的对话还在进行。

大家听到"魔鬼"在说："你是在试探我敢不敢把合作进行下去，会不会把手机丢掉？"

"你已经证明了你敢，但我恐怕还需要多一些诚意。"倪蓝道，"你告诉过许警官你的真名吗？"

韩舟沉默了一会儿："没有。"他明白倪蓝的意思，"我叫韩舟。韩信的韩，小船的那个舟。"

欧阳睿和刘综两边同时收到了倪蓝发的信息——韩舟的名字、正脸照和身份证号。

正脸照一看就是手机摄影头对着自己拍的，估计是刚才让韩舟装反追踪App时控制了韩舟现在的这部手机。但身份证号她是侵入到哪个数据库里搜的？欧阳睿和刘综很有默契都没说话。

关樊马上搜索起韩舟的资料来，结果警察内网案件资料库里就有。

但那是很多年前的内容。

倪蓝这边也在看资料，她跟韩舟聊天似的在说话："哇，你小时候挺精彩的呀。"

"还行。"韩舟应着，忽然问，"你现在跟警察在一起？"

"不是。我给你看一下。"倪蓝道，"我在家里呢。"

她似乎开了摄像头，韩舟道："你这房子肯定很贵。"

"肯定比你名下的值钱。"

韩舟笑了笑："我那小公寓算非法所得吧，是不是得充公？"

"对。"倪蓝在看韩舟的档案，"我有点信你刚才说的了。因为你的经历跟许警官有些像。你们都有一个吸毒的爸爸，都从小遭受家暴。"

韩舟那边沉默了好一会儿："是真的吗？他说的那些我一开始是信的，后来又有些怀疑，但还是信的。再后来发现他是卧底的时候，就怀疑比相信更多了。"

"是真的。但他比你幸运。他有一个想保护他但是连自己都保护不了的妈妈，他还遇到了能帮助他的警察。"倪蓝顿了顿，"所以他长大了做了警察。"

"嗯。"韩舟的尾音拖得长长的。还是很不一样的。

欧阳睿看着韩舟的档案，叹了口气。

韩舟的档案上记录着他是H市人，父母都是吸毒人员，几进几出戒毒所。韩舟遭受到家暴，同时也频繁地因为打架斗殴进出警局。十二岁时还因为一次将人重伤被拘留，但他年纪太小，且伤人原因是自卫，最后不予起诉，被放了，且被转到社会福利院监管。当时他的口供是爸爸想将他卖了换钱，他不愿意接客。那个被他打伤的人和他父亲最后都被判了刑。

父亲被判刑后韩舟被母亲接回，离开了福利院。之后的档案里就没记录了。

关樊继续搜索韩舟母亲的资料，发现她死于韩舟十七岁那年，死因是吸毒过量。再调出韩舟父亲的资料，这人在韩舟十六岁时出狱，两年后同样死于吸毒过量。按时间算，跟他妻子去世时间相隔四个多月。

欧阳睿把资料发给刘综，两个人都懂了。懂了倪蓝在与韩舟的对话里有了什么直觉。

"我只是打工的，何必。"

"他走后我马上也会走。"

韩舟的人生毫无斗志，却充满了求生的警觉。

他们也明白了倪蓝为什么会问"他死的时候能喊我是警察，你能喊什么"这样的问题。

电话里，韩舟也正在问倪蓝这个问题："你为什么会觉得我嫉妒他？"

刘综和欧阳睿安静听着。

现在他们都明白这个问题对韩舟很重要，这是倪蓝击中他的点，倪蓝的回答会影响到韩舟对她的信任。

"我懂那种感觉。我十一岁的时候，班上有个女生请我吃生日蛋糕，还说是她爸爸带她去买的。我直接把蛋糕拍到她脸上了。"

刘综："……"

欧阳睿："……"

倪蓝继续道："老师把我抓到办公室批评我，但又说理解我。其实她一点都不理解。我根本不是因为她在我面前炫耀她有爸爸疼才那样的。谁没有爸爸啊，没爸爸怎么生出来的。我真的不稀罕那个。那时候没人懂我。后来我出国，有个女生特别爱炫，炫今天去了哪里，爸妈给她买了什么礼物，整天在社交平台发个不停，还@所有人。我特别讨厌她，我把她的论文资料黑掉了，她哭着熬夜重新找。别人觉我嫉妒她又富又美，根本不是。我要有钱那不是分分钟的事嘛，而且我认真照过镜子，我比她美多了。"

刘综："……"

欧阳睿："……"

这种沟通，能拉近距离？

但是韩舟居然听笑了，他听懂了。

蓝耀阳居然还要帮倪蓝解释一下："倪蓝嫉妒的点，跟寻常人的理解不一样。她不是嫉妒所谓的幸福和白富美，她是嫉妒别人能自由地晒幸福和炫富炫美。对别人来说最简单和自然的事情，对她来说却是禁忌。"蓝耀阳顿了顿，寻找合适的说法，"就像被强行禁锢了人生的那种憋屈。苹果就在眼前，人人都伸手去摘。她不羡慕别人手上有最大最甜的苹果，她羡慕的是别人能做出伸手去摘这个动作，而她不能。"

"我们懂。"欧阳睿没好气。

倪蓝聊蓝耀阳就会眉飞色舞，蓝耀阳说起倪蓝就语重心长。真是完全不想听。

"当然了，现在倪蓝长大了，懂事了。她知道不应该那样做，那些行为不对。"蓝耀阳试图帮倪蓝洗白。

两位警官不想理他。他们认识现在的倪蓝，她什么行为他们知道，刚刚才领教了。

倪蓝听到韩舟笑了，便道："你嫉妒他的理直气壮，是吧？我用个好点的词，羡慕。"

死得壮烈在韩舟看来不值得，他惜命。死太容易，壮烈这种情绪太主观。

但是理直气壮，他真的没有。

他不可能拥有理直气壮的人生。

"我是警察！"

在韩舟看来，威风的不是警察两个字，是里面所蕴含的意味。

他想换一种生活。

他和阿光，明明开始有一样的人生，最后却是不一样的人生。

他想要找到他前半生里从来没有过的感受。

毫不心虚，坦坦荡荡的那种感觉。

倪蓝问他："哪怕付出生命？"

倪蓝能理解他。

"魔鬼"走出"地狱"，接受阳光，只能死去。

但他就是想试一试，被阳光照耀到的感觉。

哪怕付出生命。

阿生一晚上没睡好，所以他醒得有些晚了。

他醒来的时候阿行已经不在了。桌子上放着一包未拆的泡面碗，下面压着一张字条。

"兄弟，我不会再回来了。我们各奔前路，最好从此不再相见。就不跟你当面说再见了。祝平安。"

阿生盯着那字条，发了一会儿呆之后，他把字条拿到厕所，用打火机点着了，看着火焰一点点吞噬掉白纸黑字，他把灰烬丢进了马桶里。

然后他烧了开水，坐下把那碗泡面吃了。

韩舟奔跑，跑出了海滨大道。拐进了大湾街，继续奔跑。

倪蓝没指示他要去哪里，他也不管，没打算跟倪蓝交代。

他穿着运动服，原本就像晨跑的。没人觉得他的奔跑奇怪。韩舟跑了两条街，这才停了下来，改跑为大步走。

身边有不少行人，韩舟混迹其中，外表与他们并无二样，但他却觉得格格不入。

他从来就没有想过可以去做一个上班族。

从来没有。

哪怕做一个外卖员。

他感到疑惑，为什么他从来没想过呢？

他很小的时候就开始帮父母买卖毒品，一开始的时候很简单，拿着东西拿上钱，一递一收，然后回家。

谁会注意到一个孩子呢。

后来变成不是那么简单，原来还有地盘这种东西。

他虽然是小孩，但他不能占别人的地盘。他被抓住，他被打，他被问是谁家的。他学会观察人物，学会看别人脸色，学会判断别人笑容里的假意，学会听出言语里的真伪。

200

学会逃跑，学会打架，学会装成符合他年龄的孩童的正常模样。

他能在人群里看出哪些是普通人，哪些是在找货的，哪些是巡街的，哪些是落单的，哪些是有老大的。

看到巷子里吸毒昏迷的人，他能淡定地迈过去。看到抓人的警察，他能若无其事地像普通路人一样张望。

就像现在，一辆车子从韩舟面前不远缓缓开了过去，车里的人着便装，但韩舟看他们开车的姿态和张望的神情就知道，他们是警察。

韩舟的步子不紧不慢，他听到倪蓝道："你继续走，我们就这样先聊聊。"

"嗯。"韩舟往侧边踏了几步，用个子高的人挡住自己的身形。

其实他打这个电话有些冲动了，计划里不该这么早跟倪蓝联络，他应该做更多的准备，最低限度先把证件拿到手。有任何的不对劲，他还有退路。

但他太想知道阿光真名叫什么，太想知道。

今天给阿生留字条的时候，他犹豫很久，要不要告诉阿生自己的真名，毕竟，不知道今生还能不能再见了。

他讨厌代号，他讨厌阿勇阿光阿猛阿亮阿生阿平，阿个屁啊，又不是牲口。一个连自己大名都不能说的人生。

但"魔鬼"的警觉还是盖过了普通人的感情。韩舟真心祝愿阿生平安，就如同祝愿自己一般。但他也防备着阿生。他昨晚的噩梦不知道喊出了些什么，他没再睡着，他竖着耳朵听屋里的声响。阿生离开后就去睡了。韩舟不想再猜测和试探阿生怎么想，不想再花精力防备他。反正，培叔死了，公司没了，他们本来就该各奔东西。

没必要了。不过就是把分别的日子提前了几天，挺好。他可以集中精神做自己想做的事。

"你找我合作，有什么计划吗？"倪蓝问。

欧阳睿和刘综认真听着。

欧阳睿看了看关樊的屏幕，关樊对他摇摇头，小声道："还是没找到信号。"

欧阳睿却注意到了韩舟那边的背景声音，他用警务通信系统通知："大湾南站，他刚才从一辆进站的公交车旁边走过，A组，去大湾路。"

关樊默契地调出地图，欧阳睿看了一眼："B组往桂花西路方向去，他没有交通工具，步行。"

这时候韩舟还在跟倪蓝聊："还没有太具体的计划。"

"不太具体但肯定也有些想法，比如？"

"比如前天晚上我就该死了，因为你报了信，我才躲过一劫。我还不知道是谁，因为什么原因要杀我们。我原以为是培叔清理门户，但不是，他也是目标之一。"

"或许你可以问问培叔，谁要杀他？"倪蓝试探。

"警方有没有抓到跑掉的那两人？有什么口供消息？"韩舟也试探。

刘综和欧阳睿顿时警惕。

倪蓝道："目前还没什么有用的消息，你是警方觉得最有价值的人。"

"所以，跑掉的那两个人，死了。"

"所以培叔，也死了。"

两个互相都下了结论。

刘综和欧阳睿俱是心里一紧，培叔居然去世了，他们又少了一个线索。

韩舟道："大家都以为培叔在我手上，要杀他的人一定会找来的。"

"你联络了谁？"

"现在还不能告诉你。"

"那我怎么保护你？"倪蓝问。

韩舟笑了。真聪明啊，他确实是这个目的。找个同伴，是想多份保障。看来找她确实是对的。

"我得挂了。"韩舟道，"跟你聊天很愉快。我下回会把事情想得更清楚些再找你。"

"等等。"欧阳睿在频道里叫道，"倪蓝，稳住他。"

"倪蓝，不能让他这样跑了。不一定有下回了。"刘综也着急。

A组已经快到了，再等等。

大家听到倪蓝的声音："我刚才不是说了吗？我接受了你的委托，但你得听我的指示。我们还没有谈完。你继续往前走，路口有辆黑色劳斯莱斯在等你。"

欧阳睿："……"

刘综："……"

欧阳睿已经反应过来了，他迅速给A、B组下指令，在大湾路和桂花路路口有辆黑色劳斯莱斯，盯着这车，韩舟很可能在车上。"跟着就好，先别实施拘捕。"

刘综也在频道里喊了："蓝耀阳，是你吗？"

蓝耀阳没说话。

倪蓝也没声音了。

韩舟挂了电话。

刘综摔笔了。

欧阳睿赶紧跟关樊道："锁定蓝耀阳手机位置。"

关樊搜索蓝耀阳的手机信号："在信阳路，在往BLUE大厦方向移动。"

欧阳睿："……倪蓝呢？"

关樊敲着键盘："我打赌，信号肯定在家。"

果然是在她住处那个范围。但本人在哪儿就不知道了。

片刻后，最先赶到的A组报告了："没有劳斯莱斯，我去问了，旁边一个卖早点的说，确实有辆豪车大概两三分钟前停在这儿。早走了。"

欧阳睿："……两三分钟前？"可是倪蓝他们挂电话才半分钟不到。

刘综一口气差点上不来："中间有一段韩舟跑步的，倪蓝肯定是做了手脚，她让我们听到的不是实时通话，延时了。"

"蓝耀阳！"欧阳睿用吼的。

说好的一切还在他们的掌握中呢！

金孔雀会所的一间豪华办公室里，小红再一次拨了韩舟的号码，没开机。她试着拨培叔的号码，也没开机。小红皱了皱眉，抬眼看着面前的男人："江哥，两个号码还是关机的。"

叫江哥的男人四十多岁，一脸阴郁，细长的眼睛里冒着狠意。他抓起桌上的烟灰缸就往小红身上砸。

小红转身躲了一下，水晶烟灰缸从她肩膀边飞过去，砸到地上，发出刺耳的声音。

"他前晚给你打电话时你怎么不马上说！"

"我当时不知道发生了什么事。"小红辩解道。

昨天江哥把她们几个跟培叔那边走得近的一个一个叫来问，问培叔和那几个人里有没有人跟她们联络过。他尤其仔细地问了小红，大家都知道小红跟那个叫阿行的好上了。

小红不敢撒谎，她们手机的通信信息到电信公司一查都能查出来。她只好把阿行跟她说的事交代了。

"他用培叔的手机打的，他的手机不能用了。他只是跟我报个平安。他说是公司的人干的，培叔受了伤，这几天他不能找我，就这样。他没说他们在哪儿。"

江哥盯着小红。

小红抿抿唇："等他再打给我，我问清楚他的下落，就告诉你。"

江哥松了松脸色："行吧。机灵着点。"

韩舟坐在车子里，瞪着面前的两个名人。

路口还真有辆劳斯莱斯，特别显眼，生怕别人不知道它很值钱似的。锃亮锃亮地霸气停在路口。倪蓝挂掉了他的电话，韩舟正犹豫要不要转头跑，另一辆豪车突然横在了他的面前。车门打开，倪蓝的声音传来："上车。"

韩舟混黑道多年，第一次觉得自己遇上了真正的黑道。

真的很像电影里的黑道。

西装笔挺的司机兼保镖，光泽柔软的真皮座位，充满着钱的味道的豪华车厢，而衣着光鲜的黑道老板两口子，就坐在他的面前。

韩舟沉默了好一会儿，细细体会了一把自己穿进了电影里的感觉。

唯一有点破坏气氛，不太黑道感觉的，是黑道夫妇一人抱着一台笔记本电脑。

韩舟看看这个，再看看那个。

蓝耀阳道："你们先聊，我回个邮件。这笔预算有点问题。"

倪蓝也敲着电脑，过了一会儿才抬头："好了。你好韩舟，我是倪蓝。"

"韩舟。"韩舟有些别扭地挪了挪坐姿。然后他想起来了："你不是在家里？"他还记得背景里的豪华家具。

"那是提前录好的。我有很多段。"

韩舟："……"感觉有点夸张。

"这次这样安排是想让你知道，我们有能力帮助你。"倪蓝道，"现在就算他们追上了劳斯莱斯也不会找到我们。"

韩舟不知道能回什么。炫耀这个词也就是这个意思吧。

"还有就是，我们需要警方适应适应合作方式。"倪蓝再道。

韩舟还是不知道能回什么。他觉得自己不知道发生了什么事。

"我能理解你不想被警方抓捕的心情，但你也得明白，我拖家带口的，也不能随性再做违法的事。"

蓝耀阳抬头看了倪蓝一眼。

倪蓝赶紧道："我就没干过违法的事。"

蓝耀阳把笔记本电脑扣上了，他拿起旁边的一个通信器，点开了："好了，我们现在重新接通与警方的联络，他们不知道我们在哪儿，但是他们能听到我们的对话。这算是目前合作折中的一种方式。我们事务所，不单接受了你的委托，也接受了警方的委托。"

欧阳睿那边等了几分钟正生气，突然听到蓝耀阳的声音，差点跳起来。

还真好意思说啊。

"这个案子需要卧底。你说我们目标一致，那你就得接受这个角色。你接受吗？"蓝耀阳问。

韩舟："……"这位有钱人，你这不像是让人有选择的态度啊。

刘综靠在椅背上，一点都不着急了。真是跟他们着不起这个急。

过了一会儿他听到韩舟的回答："我做不了卧底。"

刘综的神经稍紧了紧，坐直了。

"卧底是警察假装成罪犯的样子潜入罪犯的组织里，我不是。"韩舟道，他顿了顿，"我本来就是罪犯。"

"你这是故意抬杠吗？"倪蓝不满意，这个韩舟居然敢跟她家蓝可爱顶嘴，"不管卧底还是线人，什么称呼都没关系，总之就是潜伏在他们中间，找到线索通知我们。"

"我也不是线人。我不收你们的钱。"

"我还没收你的钱呢！"倪蓝跟韩舟大眼瞪小眼。

欧阳睿拖了把椅子坐下了，这种谈判风格确实很倪蓝了。果然他们是一路人。

蓝耀阳开口了，他丝毫不受这两人话题走偏的影响，道："规则是这样，你接受我们的监控和保护，我们来协调警方。在这个案子结束之前，你在我们和警方划定的范围内，用我们认可的方式行动。"

"那不可能。"蓝耀阳还没说完，韩舟就打断了他，"你们认可的方式和范围，是正常人的范围，也许边界稍微松一点，但不是我们这类人的边界。知道我为什么会怀疑许警官吗？我会发现他联络警方报信是我早盯上他了。他身上有股束缚感。我不知道怎么解释，就是直觉。"

"好人装成坏人，始终都是装的。时间长了，就会露馅。像我这样有这种直觉的人，在这圈子里太多了。我想你们没真的明白我要做的事。我不是来投案的，我没打算做许警官的替补，我不是他，我没有做英雄的觉悟和素质。况且做这个英雄的代价还是被你们利用完之后丢进牢里，我又不是傻子。那还不如现在直接就进牢里。"

韩舟语速很快，显得有些情绪。

而蓝耀阳等他说完了，这才淡淡道："我想你说得挺明白的，警方已经听到了。具体的细节我们会与他们再沟通。但我说的那些也希望你能好好考虑。因为目前你的个人能力匹配不上你的意愿。说直白点，你想过一种新生活，做一些被别人赞赏的事，真正受到尊重，感受到善意和温暖的自由，但你并没有这个能力。"

韩舟被直戳痛处，他沉默了。

"你从前想都不敢想的事，现在想了。因为你走投无路了。"蓝耀阳继续说，"你很坦白，我很欣赏你这一点，所以我也对你坦白地说，我认为现在是你能尝试新生活的唯一机会。你心里明白。你被黑道追杀，被警方通缉，但你还羡慕着许警官身上的光环。你让我们找到他，想把光环还给他。因为如果连他都没能得到，你更不可能得到。"

韩舟紧紧抿着唇。

"有得有失，这个道理你肯定懂。你从前想活着，想有饭吃，是不是也做了很多自己不愿意的事？现在也一样，你想得到尊重，你也得受点束缚和委屈。从前能做到，现在当然也行。"

蓝耀阳看着韩舟，韩舟也看着他。

"你比许警官有优势。你心里肯定也是这么想。他是装的，而你是真的。所以他做不到的事，你可以。"蓝耀阳说。

蓝耀阳这样的人是韩舟从前没有接触过的。

有钱，有气势，但是眼神温和又干净。

很矛盾的一个人。

韩舟咬了咬牙，他不能相信这样的人能理解他，但听起来似乎是真的理解。他有些明白为什么这个男人能与倪蓝相爱了。

"你说你不想做傻子，被利用完就丢进牢里。我们也一样，我们也不能做傻子，谁能保证在我们合作的过程里你没点自己的歪心思，为了自己或是过去兄弟的利益，给我们下套，让我们帮你做违法的事，用这些要挟我们，拉我们下水。所以，受监控是必要的。我们监控你的目的是保护你以及保护我们自己，这个你必须接受。"

蓝耀阳看着韩舟的眼睛："最后，我要说明最重要的一点。我们的实力是不对等的。如果这次会面我们觉得跟你聊得不愉快，你不可靠，那么结局就是我们直接送你去警局。以后的合作过程里也一样，如果你欺骗我们，隐瞒事实，靠不住了，那么合作就终止，我们会把你抓住，送到警局。"

刘综坐直了，刚才对蓝耀阳的怨气没有了。他得承认，这些话警察说出来，跟蓝耀阳说出来，感觉是完全不一样的。

对韩舟来说，蓝耀阳应该更有说服力。

蓝耀阳的身份给了韩舟斡旋的余地，让他能够转身。但是警局不一样，警局对韩舟来说是绝路。

"给你十秒钟考虑。"蓝耀阳道。

刘综和欧阳睿都等着。

过了几秒，韩舟开口道："行，我答应。"

刘综和欧阳睿同时松了一口气。

这时候倪蓝道："这部手机你拿着，手机卡自己准备。遇到了紧急情况你就长按右边这个启动键，像这样。这样看上去就只是拿着手机而已，不会引起怀疑。而我们这边会收到警报。"

"然后呢？"

"然后我们会启动手机的监听和影像监控，查看你的实时情况并做出反应。"

"那我怎么知道你们什么反应？"韩舟问。

"如果你可以说话，就戴上这个耳机。连按三下手机启动键，跟我们的通信系统连线。就算你手机里没有手机卡也可以跟我们说话。如果不能开口，你就一直按着启动键，我就知道你的处境了。然后我启动手机振动，跟你交流。"

"手机振动怎么交流？"

"你知道摩斯密码吗？"倪蓝问，"我用手机振动发消息，你按启动键发消息。"

"啥啥密码？点点点的那种吗？我只在电影里见过。"韩舟答，"能接点地气吗？我高中都没念完。"

"哦。"倪蓝的回应慢了半拍，显然有些失望。

欧阳睿听笑了，他跟关樊道："看看，倪蓝这点就没法跟我们比，她那套不实用。"

"我混的黑道跟你们的不一样。"韩舟还要补一句吐槽。

倪蓝不乐意了："那你不能通话的时候就别管我们什么反应了，自己随机应变吧。"

韩舟嗤笑。

蓝耀阳适时插话，打断了有可能发生的争执。他问韩舟："你说别人会以为培叔在你手上，凶手有可能上钩。这个线索能具体点吗？你有怀疑的对象？你联络了谁？"

韩舟看了看蓝耀阳手边的那个通信器，道："现在是在跟警方连线中的吧，我们说的话他们都能听到。那我跟受警方审讯有什么不同？我什么都说了，我就没价值了。这个手机我拿上，你们要求监控我，我接受了。我跟谁联络，你们会知道的。"

刘综皱着眉，这个韩舟的警觉性，真不是一般的强。他这样的表态也表示了，一旦他觉得自己受到了威胁，他不爽了，就会随时撂摊子不管。反正破罐破摔，他没什么好顾忌的。

"你随时可以下车。"蓝耀阳道，"但我希望在你离开之前，还能给我们一点提示。"

"关于什么？"

"杨晓芳。"蓝耀阳还记得刘综在通话界面里的留言,他要争取帮他们把线索拿到。

"我不认识她。她有什么计划、对阿光有什么指控我不清楚。但我接到培叔的指令要杀她是真的。现在你们找到阿光的尸体了,你们有证据证明她在说谎。警方可以审讯她。就算放了她也无所谓。我不会去杀她了。"

"你奉命要去杀她,没做别的调查吗?"

"我收到的资料里没显示她有什么特别。培叔也没透露。你们审你们的,我会去查我这边的线索。查到了我们再联络。"韩舟道,"停车吧,我在这里下。"

"你等一下。"蓝耀阳道,他拿起了手机,接通通话系统里与刘综和欧阳睿的那个频道,他问:"各位警官,你们还有什么要交代的吗?"

韩舟盯着他看。

倪蓝盯着韩舟的举动。

刘综深呼吸一口气,道:"还跟开会时商量的那样,为了确保他的身份不暴露,他的通缉令不会取消,他自己在外头走动注意些。"

一旦被基层那些警察抓到,他们就不好再放了。

在他们原本的计划里,这次悄悄把韩舟抓到后,他们把韩舟审清楚。如果韩舟很配合,他们会考虑把他放回去做卧底,毕竟之前他给过他们重要的情报。但现在倪蓝和蓝耀阳把人劫走了,虽然横生了些枝节,但目的也达到了。

蓝耀阳把刘综的话转达给了韩舟。韩舟冷笑了下:"老子没想过要占这个便宜。不用特别提。我这亡命之徒,该怎么过还怎么过。"

欧阳睿这边道:"既然培叔已经死了,为了引蛇出洞,我们可以配合隐瞒这事。但培叔的手机要交出来。他肯定拿着这手机,不然他怎么假装培叔活着?"

刘综也道:"他前晚逃离时还有另一个同伴,是谁?"

蓝耀阳把两位警官的要求说了。韩舟道:"培叔的手机我可以交给你们,但得过几天。另一个兄弟已经离开了。他不会再做什么,关于他我没什么要说的。"

刘综马上明白了:"他想用培叔的手机交换他那个兄弟的安全,他在拖时间。"

蓝耀阳也明白,但他道:"今天先这样吧,好吗?"

刘综和欧阳睿沉默了几秒,终于异口同声:"好吧。"

不能把今天的成果折腾没了,得稳住韩舟。

蓝耀阳对韩舟道:"你走吧。"

韩舟拉开车门下了车,他走得很快,身影很快淹没在人群里。

倪蓝看着他的背影，对蓝耀阳道："希望他能有我的好运气。"

"你们两个。"频道里传来欧阳睿的声音，"马上给我过来，我们需要沟通一下。"

刘综道："我就不参与了，我要去做审讯杨晓芳的准备。"

活人说的谎，很快会被死者揭穿。

MEMORY
HOUSE

影视版权代理，请联系版权经纪人：

王女士010-57194853 wangjun@membook.com QQ：59216179

MEMORY HOUSE

记忆坊文化

明月听风——著

Erlanshen
Studio

二蓝神
事务所

（全两册）下

长江出版社
CHANGJIANGPRESS

图书在版编目（CIP）数据

二蓝神事务所 / 明月听风著. — 武汉：长江出版社，

2022.10

ISBN 978-7-5492-8394-1

Ⅰ.①二… Ⅱ.①明… Ⅲ.①长篇小说－中国－当代

Ⅳ.①I247.5

中国版本图书馆CIP数据核字(2022)第107667号

二蓝神事务所 / 明月听风 著

出　　版	长江出版社
	（武汉市解放大道1863号）
选题策划	张才曰
市场发行	长江出版社发行部
网　　址	http://www.cjpress.com.cn
责任编辑	陈　辉
特约编辑	张才曰　徐艺丹
封面设计	小贾设计
版式设计	天　缈
封面绘图	阿步莎
印　　刷	三河市国新印装有限公司
版　　次	2022年10月第1版
印　　次	2022年10月第1次印刷
开　　本	670mm×970mm　1/16
印　　张	28
字　　数	560千字
书　　号	ISBN 978-7-5492-8394-1
定　　价	78.00元（全两册）

目录
CONTENTS

★本书故事情节纯属虚构

第一章
牵制较量

杨晓芳的审讯并不顺利。

刘综与专案组开了会,梳理了目前调查的线索。但刘综隐瞒了"鸽子"许文柏的身份。

这是与严瑞、袁鹏海及欧阳睿他们商量的结果。

如果现在曝光了许文柏的身份,意味着大家都会知道除了"鸽子"之外,还有一个人在"鹰巢"里给他们传消息。"火石"行动正是依靠这个新卧底的情报才得以取得胜利。

那就涉及韩舟的安全问题。在他们理清与韩舟的合作关系,确认韩舟那边的情况之前,这案子不能再生事端和阻碍。

刘综把许文柏"阿光"的尸体,作为杨晓芳报假案的证据。

他把杨晓芳的照片和资料发给了沈华。沈华正在临水镇、大河村与当地警方一起调查宋昌给的线索。

临水镇、大河村的户籍资料里确实有宋昌这个人。

宋昌目前在押,资料是对得上的。他在临水镇有三处房产,一处空着,两处给亲戚住着,是当地有名的暴发户。宋昌这几年回临水镇比较少,据亲戚说前年他母亲死后,他回来奔过一次丧,之后就再没回来。

至于金培树和刘洪江,两个人有可能都不是真名。但前者更好查一些。

金这个姓氏在当地比较少,只有两户人家。因为倪蓝拍到金培树的正脸照,所以沈华他们可以用照片比对。大河村原来有个叫金厚的，外貌、年纪都能对得上，他二三十年前就离开了。

镇上老人说，这个小伙子当年在村里就爱闹事，但村里算命先生说他命里缺木缺土，一生漂泊，运势不好。照这说法，他出去后改名叫树叫培，也合情合理。

金培树离开大河村的时候，正是大河村人口拐卖勾当干得如火如荼的时候。后来大河村的这个违法"产业"被严打，从上到下，各个链条都被清洗了一番，整个村子被收拾得老老实实。警方抓捕了一大批人，解救了不少妇女，也遭遇到了很大的阻力。

直到现在，大河村和周边的多个村镇，还有不少妇女是当初被拐卖到这里后生了孩子不愿走，不愿回家的。她们的根似乎就长在了这里，当年的遭遇改变了她们的人生，她们的孩子现在已经长大成人，不少人已经成家。

拐卖这个词在当地算是个禁忌，相关法律在逐渐完善，但当年并不是每个人都受到了惩罚制裁。后来还有很多人出狱了回来重新生活，有些现在还过得挺体面。当地人绝口不提当年，也不允许讨论老一辈的来历、经历。

时间无法掩埋犯罪的事实，却让恶果在大家生活里的影响慢慢淡弱，至于在心头骨里刻下了怎样的痕迹，在表面上是看不出来了。

当年有大批人离开了大河村，生死下落不明。许多户人家也因为当年的清查行动受到了影响，走的走，死的死，号称什么都不记得的也大有人在。

刘这个姓是村里的大姓，近三分之一的人家姓刘。与金培树关系好的姓刘的同龄哥们儿有好几个，但没人叫刘洪江。

户籍系统里倒是有三个叫刘洪江的，年纪都对不上，经历也对不上。

与金培树在外头闯江湖的刘洪江，不知道是谁。

这个排查，需要时间。

沈华收到刘综的信息指示，拿了杨晓芳的照片和资料在当地进行了询问。

杨晓芳今年二十一岁，金培树离开大河村的时候，杨晓芳还没有出生。她的户籍关系在L省文东县，与临水镇毫不相关。但沈华还是认真地探查了一番，没人认得杨晓芳，也没人认得杨晓芳的父母，与杨晓芳自称多年未联系的远房表舅也不相识。

刘综也联络了文东县，让文东县当地警方帮忙调查了一下杨晓芳的表舅。

杨晓芳还真有一个表舅，也确实很多年没有管过杨晓芳。他说他表妹未婚先孕，特别丢人，离开县里很久了，据说找到了孩子爸爸，跟那男人过不好，跟家里关系也崩了，与亲戚并不来往。后来表妹带孩子回来过几趟，是说孩子生病可怜，回来借钱的。

这位表舅给过几次钱，一开始杨晓芳给他打电话，还给他写感谢信。表舅觉得孩子懂事，确实不容易，还给杨晓芳买过文具，给点生活费。但杨晓芳母亲从来没还过钱，再后来杨晓芳母亲自己也病了。这位表舅实在同情不起这母女俩，再没给钱，联络就断了。

刘综花了两天时间做调查，希望能找到更多线索一举攻下杨晓芳，但除了许文柏的尸体，他们没有找到更多的铁证。

刘综对杨晓芳进行了审讯。

杨晓芳见到刘综时还有些高兴，她问是不是案子查清楚了，可以让自己回家了。

她表现得非常自然，这让刘综警惕，对她仔细观察。

刘综让杨晓芳从头再重新讲一遍她被诱骗、囚禁、自救和遇救的过程，说得越仔细越好。

杨晓芳愣住了："这是怎么了，为什么还要重复说？"

"我们发现了一些新线索，需要重新核对一遍案件细节。"

"什么新线索？"杨晓芳皱起了眉头。

刘综很和蔼："被抓到的那两人说了一些新的细节，想跟你这边再核对一下。"

杨晓芳张了张嘴，又闭上了，她放在桌上的手指拧了拧，脸色有些不好："他们，说了什么恶心的事吗？"

刘综观察着她的小动作，道："你就只说你能想起的那部分就好。"

杨晓芳咬着唇，道："有些事，我真的不想再回忆了。"

刘综的语气更和善，带着温柔的鼓励："我们需要你的帮助，杨晓芳。我知道这很不容易，但请你再说一遍，我们需要尽可能多的细节。我保证，这应该是最后一次了。你再努力一次，好吗？"

杨晓芳抿紧了嘴，点了点头。

刘综道："好，那我们就从你收到'迷雾里的光'这个ID号加你好友开始……"

杨晓芳清了清嗓子，喝了口水，把她之前说的口供又说了一次。刘综适时打断她，插入一些问题，并认真对照着她之前的口供记录。

杨晓芳认真说完了。刘综像季勇军一样，摆出了六张照片，问杨晓芳："你再确认一次，你说的那个阿光，是谁？"

杨晓芳把那六张照片仔细看了一遍，犹豫了一会儿，指向了"鸽子"许文柏的画像。

"你确定是他吗？"刘综问。

杨晓芳看了看刘综的表情，点点头："是他。"

"你刚才犹豫了一下，是觉得有什么问题吗？"

"不是，我认得他，我就是看着画像有些不太像似的。所以想了想。"

刘综点点头，神情没变，语气也没变，他道："之前季警官向你问过三次话，让你辨认过两次画像。你认出的都是同一张。我这次摆的位置跟季警官向你展示的第二次是一模一样的。同样的六张画像，一样的摆放位置，但你认的速度比从前慢了。"

杨晓芳愣了愣，她垂下眼眸："时间过去很久了，我有些忘了。"

"只过了一周而已。"刘综这一回的语气严肃起来，"你对画像有些忘了，但对口供的细节却记得非常清楚。我打乱了时间顺序，搅乱了人名，打断你的思绪插话提问，你的回答，却跟一周之前，一模一样。"

杨晓芳看了一眼刘综，然后咬了咬唇："你们一直问一直问，我答得一样也不行？认得一样也不行？"

"杨晓芳。"刘综道，"我们找到了这个阿光的尸体。"

杨晓芳愣了。

刘综盯着她："他不可能诱拐强奸你。"

杨晓芳脸部表情僵了僵，缓了好一会儿才叫道："我见到的人就是长这样的。我见到的人就是他。"

刘综喝道："你伪装成受害者，从头到尾就没一句真话。你演练了很久，把每一个细节都背熟了，你甚至练习了表情神态小动作。但你有些把握不住分寸。要不要我把你的审讯记录影像播给你看，问题一再地重复，你的那些套路只好一遍一遍地演。"

"我不是。我没有演。"杨晓芳的眼泪说来就来，"你们破不了案，你想把责任推到我身上。我见到的人就是他，就是这个阿光。就是他。"

"你甚至都没问为什么说他不可能诱拐强奸你。"

杨晓芳又一愣。

"因为你早知道为什么。"刘综道，"但你知不知道他们为了堵你的嘴，一直在外头等你出去，好杀了你灭口。"

杨晓芳的脸色再次僵住了。

这一次她缓了很久才把表情控制住。她问："你为什么说这个阿光不可能强奸我？他的尸体怎么了？"

刘综不理会她的问题，他道："你假冒受害人混进来的目的是什么？你怎么与他们联络？"

杨晓芳忽然看了看刘综。刘综盯着她的表情，杨晓芳的表情变化不大。但很微妙的感觉，刘综觉得她镇定了。

他刚才的问话里，透露了一些让她安心的信息。他问错话了，错在哪里？

杨晓芳果然镇定些了。她说："我就是受害人，我说的话都是真的。我见到的人就是他。我不知道你们找到了什么尸体，发生了什么事。我见到的人就是他。"

"他1月就已经死了。"

"我见到的人就是他。"杨晓芳一口咬定，"也许是别人整容呢。这些得你们警察去查。我什么都不知道，反正我见到的人就是他。"

"谁会杀你灭口？"刘综问。

杨晓芳的眼睛躲闪了一瞬，回道："一定是这个阿光，我没有仇家，只有他们。"

刘综看着她，杨晓芳回视着刘综的眼睛："一定是他。"

这晚，刘综、欧阳睿又把蓝耀阳和倪蓝抓来一起开会了。

蓝耀阳订了一个私人会所的包厢，因为倪蓝说想吃这里的海鲜粥。

欧阳睿坐在满是钱的味道的包厢里，对这两位的做派无力吐槽："记得韩舟说你们不接地气吗？"

"我已经安排他学习了。"倪蓝摆出吹牛的架势。

"摩斯密码？"欧阳睿自己也不会。

"不，五讲四美。"

欧阳睿："……你这老外还知道五讲四美？"

"那天我经纪人特意跟我讲了一下。"

欧阳睿："……"正要吐槽倪蓝在"五讲四美"里有百分之八十做不到时，刘综来了。

刘综也是吃完食堂的饭才来的，他跟大家讲他这边的调查进展。

"韩舟说得没错，杨晓芳是'鹰巢'的人，她的地位可能比我们预估的要高。她应该直接听命于'秃鹰'。"

他问错的那句话——"你怎么与他们联络？"

只有可能是这句话出错。

这话让杨晓芳明白了，他们警方什么都没查到。

没有"他们"，不是"他们"，是"他"。

从他们警方的角度去看"鹰巢"，是一个组织。但对杨晓芳来说，对方是一个人。

"从那之后她嘴就很硬，什么都不说。翻来覆去就是那几句。"刘综道，他看了看蓝耀阳他们，"韩舟这两天有什么动静没有？"

"没。他弄了个二手号码，住在一间网租公寓里。独自一个人，什么都没干。"倪蓝咽下一口粥，"没有到处走，也没有打电话联络别人。就连手机都没怎么用。除了研究那手机里我预装的App之外，他都没用那手机上网。"

"他可以把你的监控手机放屋子里，自己走到别处去。也可以用另外一部手机。"

"那当然也是可以。我们不可能百分之百地监控他，这个真的靠双方互相信任。"倪蓝答，"我这两天经常找他聊，熟悉熟悉。每次找他他都在的。"

"你们都聊什么了？"刘综问。

"瞎聊。"倪蓝道，"按欧阳警官的话题要求聊。他不愿说的话题我就绕开，没对他制造什么压力。拉近距离，增加友谊。现在看起来他比较愿意说的是阿光。"

刘综："……有没有什么线索？"

欧阳睿这边负责查韩舟，但除了查到档案里那些，韩舟其他的记录几乎是空白。相信他从很早前就开始用假身份在做事了。

"算不上有线索，就是更了解了一些阿光跟他之间的交情。比如他开始怀疑阿光是因为阿光让他说起了他的高一班主任，一个年轻姑娘。算是他的初恋吧。因为那时候所有人都讨厌他，不是厌恶就是可怜他的表情。但那个年轻老师把他当学生，还天真地想争取让他能继续读书。但他还是离开了。他当时跟阿光的感情非常好，他们认识差不多两年了吧。"

"按时间算，'鸽子'打入基层小组织不久就认识韩舟了。"欧阳睿插话，给刘综简单分析了一下，"'鸽子'为了让'秃鹰'注意到他，故意表现得很强势，做事大胆主动。韩舟就喜欢这种的，自己跟在后面不费劲。韩舟与'鸽子'身世相似，聊得来，跟着'鸽子'办事又省心。所以他应该是真心把'鸽子'当大哥的。但他那种做事调调，'鸽子'应该没把他当个人物。"

倪蓝点点头："韩舟提起那个老师，就跟提起他父母一样。他说他们那些人没事就会瞎聊，但他自己其实说得少，他觉得是真兄弟的才说。然后他看到了阿光露出了一点点异常的表情。他说是他的直觉，感觉到阿光听他说他至今对那年轻老师念念不忘的时候，流露出的那种警觉，像是警察预防罪犯的那种感觉。"

刘综听明白了，他叹气。果然假装的就是假装的，跟真的不一样。"鸽子"肯定是本能地警惕起韩舟是否会对那老师有犯罪的念头。

欧阳睿也道："韩舟这个人，警惕性非比寻常。"

"所以他在那样的环境里长大，活下来了。"倪蓝道，"反正他从那时候开始，就关注许警官的一举一动，在怀疑和信任里摇摆。"

"如果许警官没有落入陷阱暴露身份，说不定真的有机会策反韩舟，带他回头是岸。"蓝耀阳道，"可惜现在在韩舟心里，我们当中没有跟许警官一样分量的人。"

"对韩舟来说我们都是棋子。他也是棋子。"倪蓝道，"问到'鹰巢'组织的那些事他就不肯说了，生怕说多了他没价值。但他答应后天跟我见面，把培叔的手机给我。"

"后天？"

"他在帮他那个兄弟阿生拖时间。"欧阳睿道，"后天应该是阿生跑路的时间。"

"也许也包括他自己。"刘综道。

"这个不能排除。我已经派了人在他公寓外头守着。"欧阳睿道，"他现在挺艰难的，未必能下决心。人都是习惯的动物，他这种一直混日子的，跟着老大跟习惯了，虽然也聪明，也能心狠手辣，但现在突然孤独一人，四面楚歌，而且他要做的是'背信弃义'的事，脱离他原本的族群，跟他们对抗。这跟他的求生本能是背离的。他的压力肯定很大。他说过，公司让他们这些人看着'鸽子'的下场，给他们警示。但转头他就拿着'鸽子'的手机冒充他。他的心理状态不可能是健康稳定的。"

"对，他半夜做噩梦。"蓝耀阳道，"我们昨晚没睡着，打开了他的手机监听了一会儿，正好听到他惨叫。"

"我们不能把筹码全押他身上，风险太大。"刘综道。

欧阳睿点头："我也是这样想。但暂时还不能动他。"

"所以你除了塞一堆问题给我之外还没有想出新办法来？"倪蓝问。

之前把他们叫过去，给她安排了好几张纸的问题，让她两天之内问完。弄得她一会儿就得给韩舟拨一个电话，一会儿就得拨一个电话。她勾搭蓝可爱的时候都没这么努力过，真的太伤感情了。

"现在没法逼他动。"欧阳睿道，"他把自己跟你们绑一起，事情都推到你们身上。警察拘捕他，黑帮追杀他，他最后都是找你们，试不出什么名堂来。"

"真的，如果是这种烂计划就不用试了。"倪蓝道，"他预演过了。"

刘综："……"

蓝耀阳点头："他报了他的公寓具体地址，说如果有警察上门抓他，那合作就终止了。又预演了一遍如果有别的人上门杀他，我们能有多快反应，能做什么。"

欧阳睿："……你们怎么回答的？"

"我让他把手机摄像头对准对方，这样我就能知道是谁杀了他。"倪蓝一贯的讨人嫌语气，"我会帮他报警的。警察叔叔会为他主持公道。"

"好了，不用猜了，他后天肯定是要跑路了。"欧阳睿吐槽。

刘综揉揉眉心，跟倪蓝开会总是气氛不太对。

"别抱怨啊，我也是有做正经事的。"倪蓝道，"我之前不是锁定下载了阿生的手机信息嘛，我查了他手机里的所有讯息，里面有金培树的号码。"

"我也交给关樊做分析了。"欧阳睿道，"阿生、韩舟和金培树的号码自那晚之后就都没有启用过。但金培树号码的最后一通电话，是打给一个年轻姑娘的。我们查了，那姑娘叫方语，在金孔雀上班，是位夜总会小姐，用的花名叫小红。"

"对，我就是想说这个。"倪蓝道，"这通电话看时间肯定是韩舟打的。这姑娘是他女朋友。他们最后说了什么事，说不定有重要讯息。"

"我已经派人去盯她了，目前还没有发现。"欧阳睿道。

金孔雀夜总会。

小红再次拨韩舟的号码，仍是关机。她刚放下手机，手机却响了，她拿起一看，是个陌生号码，小红赶紧接起。

"你是小红吗？"对方是位年轻男性，声音有些熟悉。小红觉得自己肯定在哪里听过，应该是认识的人。

"我是。你哪位？"小红刚问完忽然想起来了，这似乎是越层楼房里那四位中的其中一个。

"我是阿生。"

"我想起来了。"小红道。

"嗯。"阿生那边犹豫了一会儿，然后问，"阿勇联络过你吗？"

"没有呢。"小红道。

"他那天用培叔手机打电话的时候我在旁边。"阿生道，"我们那晚一起出来的。"

"啊。"小红惊讶道，"我不知道你也在。那你们现在还好吗？出了什么事，你跟他分开了吗？"

"对，我们分开了。我现在联系不上他，我有些事想找他，他联络过你吗？"

"就是那晚打过电话后就再没联系。我有些担心。你们安全吗？他还好吗？"小红压低了声音。

"他没事，他安全的。"

"培叔在哪里？全世界都在找你们。"

"我不太清楚，我跟他们分开了。我有些事得告诉阿勇，我得联络上他。"阿生道，"他很信任你，他会联络你的。你到时把我这个号码告诉他，好吗？"

"行。没问题。"小红把声音压得更低，"如果有什么情况，你找到他了，也告诉我一声。我真的，很担心。"

"好的。"阿生答应了。

阿生挂了电话。小红坐了好一会儿，然后她站起来，走出房间，去了江哥的办公室。

三个小时后，阿生接到了小红的电话，小红的声音压得很低，她说阿勇给她打电话了，他受了点伤，但是安全，准备离开。她说阿勇说了暂时不方便联络其他人，所以他没打算给阿生回电话。但小红觉得过意不去，所以她给阿生报个平安，让阿生别担心。

"他不愿意给我打电话吗？"阿生的语气似乎是不相信。

"他说不方便。"

"我真的，必须见他一面。"阿生道，"你能帮我转告他……算了，你告诉我他的号码，我自己打给他。"

"可是他真的说了不方便。现在很多人在找你们。你们这样太危险了。我把你的号码告诉他了，他如果觉得可以会打给你的。"

"不是，你不了解情况。我知道有危险，所以我必须见到阿勇。我有些事得告诉他。"

小红犹豫，阿生又求了两句。小红终于道："那好吧。"她告诉阿生一个手机号码，嘱咐他一定要注意安全。

阿生挂了小红的电话，给阿勇的那个号码打，但那个号码关机了。

阿生又给小红打："那个号码关机的。"

小红道："他说了不方便跟别人联系的。"

"那他还说了什么？他约了你见面是吗？他要离开了，总会跟你见一面吧。"

小红那边沉默了。

阿生道："你告诉我地址，我去找他。在他走之前，我有重要的事情告诉他，关系到性命安全的。"

小红继续沉默。

阿生道："真的非常重要。"

小红叹气，报了个地址，又道："他未必在那儿，他可能已经走了。我说了不安全，不去见他。他可能已经走了。"

"好。我试试运气。"阿生把电话挂了。

小红抬头，看向江哥。

江哥正拿起电话，嘱咐人去那个地址。

小红捏紧了手机，紧张得手指泛白。

"刚才演得是不是有点过？"江哥挂了电话之后问。

小红道："不这样他不会相信的吧？而且他可能是骗我的。"

"他知道阿勇用培叔的电话打给你，这样就够了。当时不站在旁边，怎么会知道。"

小红没反驳，她看了看江哥："那没别的事，我先走了？"

"嗯，回你房里去。如果需要联络再叫你。"

"好的。"小红点头。她捏紧了手机，回房去了。

小红的房间就在金孔雀的后面。离江哥的办公室有段距离，但再远也远不出金孔雀的范围。可小红走了很久，她一边走一边犹豫着，最后她还是决定什么都不要做。

这个阿生不知道是哪边的人。阿勇确实没告诉过她。她还是不要冒险的好。

小红叹气，她已经走到房间门口。她拿出钥匙开了锁，推开门，刚打开灯，把门关上，一把枪顶在了她的头上。

小红僵住了。

她试着要转身，但身后那用枪指着她的人却喝道："别动！"

"阿生？"小红没被喝止，她转过身来，对上了阿生的眼睛，"你怎么在这儿？"

"来看看你的真面目。"阿生冷笑一声，微弯腰劈手夺下了小红手上的手机。

他按亮屏幕，界面上提示输入密码。

阿生把手机递到小红面前。小红看了看他，没动。阿生一脚踹向小红，正踢到她的胯骨。小红痛叫一声，被踹退了两步，后腰撞到梳妆桌边上。

噼里啪啦一阵响，桌上的瓶瓶罐罐倒了不少。小红吃痛地跪在地上，她咬住了唇，捂着自己的腰。

阿生上前两步，跟了过来。他重新把枪抵在小红头上，喝道："打开。"

小红深呼吸几口，咬牙道："你这是干什么？"

"我让你打开手机。别逼我杀你。"阿生顿了顿，压低声音，"现在大家都去上班接客了，这边没人。你想试试我敢不敢吗？"

小红抿紧唇，输入了手机密码。

阿生拿过手机，切进通话记录看了一眼，然后他把手机朝小红砸过去。

小红惊叫一声，抱头躲开。

阿生上前一步甩手就给了她一巴掌："臭婊子，敢骗我。"

小红捂着脸叫道："我没有。"

"你给我的号码，你根本没接过电话。"

小红闭上了嘴，没话说了。

"谁想杀培叔、杀我们？"阿生质问。

"我不知道。"小红道。

阿生一脚又踹过来。小红捂着肚子，眼泪涌了出来，她不敢大声叫，压低声音道："我真的不知道。那天晚上勇哥给我电话，之后就再没联络我。他手机和培叔手机一直关机的。我们老板第二天逐个问，问到我这儿，我不敢撒谎。"

"不敢撒谎？"阿生又连踹她几脚。小红痛得直吸气，说不出话。

阿生骂道："我给你打的电话，号码谁都不知道，你当是某个客人，不往上报，谁会知道。"

小红咬牙瞪他："谁知道你又是谁呢？"

阿生愣了愣，一脚将小红踹翻："少狡辩。"

小红滚了半圈，仰面躺倒在地。她干脆爬了起来，抹掉泪痕："那你要怎样？我就是上报了，我必须老老实实上报。再来一次我还上报，你要怎样？"

阿生冷笑："不装了吗？不是笨手笨脚的无脑新货吗？"

"别废话。直说吧，你要做什么？"小红眼眶还是红的，鼻头也是红的，但神情已经冷静，"你冒这么大风险跑来这儿就为了打我几下泄愤吗？"

阿生盯着她看："你们老板是谁？"

"全名不知道，我们都叫他江哥。西区三层出电梯左手最后一间，你要找他可以去那里。"

阿生逼近小红，用枪指着她眉心："我说的是幕后大老板。"

"我不知道。我知道的老板就是江哥。我们所有事都是听他的。"

阿生又问："这里人来人往的，你听到过什么风声没有？关于我们公司的事。"

"没有。"

"回答太快了。"阿生恶狠狠的。

"真的没有。"小红道，"就算其他人听说过什么，也不会讨论这个。我们姐妹里没人提过这事。后来江哥一个一个叫去办公室问话，大家更不敢提。"

"我们公司里头，这几天还有其他人来过吗？"

"没有。"

阿生默了一会儿："你们江哥都问了什么？"

"就问你们几个有没有联络过我们。大家知道阿勇跟我好，所以江哥特意问了我阿勇。"

"培叔呢？"

"阿勇用培叔的手机打的，江哥看到了当然会问。"

"他知道培叔活着，什么反应？"

小红摇头："没反应。他就是想找到他们。"

"找到了之后要做什么？"

"不知道。"

"警察有没有来过？"

"不知道，没听说。"小红抿紧嘴，"我已经几天没离开过金孔雀了，不是在包厢就是自己房间。有什么事也不会有人通知我。"

阿生盯着她看，观察着她的神情。小红垂下眼眸，盯着自己的脚。

"如果阿勇联络你，"阿生声音里透着狠意，"你可以报给江哥，但别忘了把我的号码告诉他。"

小红咬咬唇。

"听到了吗！"阿生喝道。

小红慌忙点头。

"别以为可以从中捣鬼，我和阿勇都清楚你是什么货色。"阿生咬牙切齿，"如果我没在江哥之前联络上阿勇，我就回来崩了你。"

小红一动不动，不敢抬头看阿生，全身绷得紧紧的。

阿生盯着她，慢慢后退，一直退回窗户边。

一阵风吹来，吹起了窗帘。窗户洞开着，阿生一把拨开窗帘，把枪插入腰后，翻身跃出了窗外。

小红听到动静，抬头一看，正好看到阿生从窗口消失。

窗帘动了动，晃了一会儿，又恢复了平静。

小红走到窗边，拉开窗帘往外看了看。这里是二楼，外头有个小窗台，再过去是个排水管。小红看了一圈，没看到有什么动静，阿生似乎是很顺利地跑掉了。

小红把窗户关上了，这回她认真检查了窗锁，确认都锁好。然后她拉好窗帘，坐到了梳妆台前的单人小沙发上。

她整个人缩在沙发上面，把头埋在腿上。

片刻后她跳了起来，在地上找到了她的手机，她拨了出去："江哥，阿生不会去那个地方了。他刚才在我房间伏击我，刚刚跑了。前面的电话，是他在试探我的。"

她顿了顿，听着对方的问话，然后答："嗯，他从窗户跑掉的。"

阿生从管道滑下楼，他避开了保安，从金孔雀楼体后边跑了出去，他穿过了绿化带，上了大马路人行道。

他左右看了看，然后朝右手方向走。一边走一边把卫衣的兜帽戴上了。

他没注意到，他翻出金孔雀后院范围时，有人"咔嚓咔嚓"拍了好几张照片。

欧阳睿刚到家不久就收到了雷星河的电话，他是被欧阳睿派去金孔雀盯梢小红的警员。他们小组在金孔雀外头看到了阿生从小红房间翻墙出来。

"确定是他？"欧阳睿问。

"是的。拍到正脸了。"雷星河把现场阿生的照片发了过来，"抓人吗？"

欧阳睿想了想："先别动，跟着他，盯住了，我派人路上支援你们。"

雷星河应了一声，挂了电话。

过了一会儿，雷星河再打电话报告。阿生走了一条街，然后坐上了一辆出租。他把阿生坐的那辆出租车的型号和车牌报了过来，还有照片。

欧阳睿把这些照片转给了倪蓝，然后他给倪蓝打电话。他们正愁踢不动韩舟。这下那边自己人捅自己人，就看韩舟什么反应了。

韩舟靠在床头在看电视，无聊到已经迷迷糊糊要睡着。手机就放在手边，再旁边是一把枪。行李包没拆，拎起就能走。

突如其来的手机铃声让韩舟震了一下，他被惊醒，迅速坐直。他抄起电话一看，是倪蓝。

倪蓝没等他接就把电话挂了，然后发过来几张照片。

韩舟点开看了照片，看到照片里阿生清晰的脸，他还认出了阿生身后那个地方。韩舟的心在往下沉。

这次他主动打给了倪蓝。

倪蓝马上接起。

"谁拍的？"

"警方。"倪蓝道，"你为了拖延时间躲着一动不敢动，可你兄弟到处跑呢。"

韩舟骂了句脏话。

倪蓝那边顿了顿，又道："刚刚又收到消息，有另一拨人在跟踪他。"

韩舟看手机，又收到了一张照片，是一辆黑色车子的照片。

倪蓝道："应该是金孔雀的人。看来你女朋友不行啊，靠不住。"

"她不是我女朋友。"

"阿生为什么去找她，你现在有什么直觉吗？"

韩舟久久不语。

倪蓝道："警方已经盯上阿生了，你没筹码了，把培叔的手机给我吧。"

韩舟没回答，却道："我得跟阿生聊一聊，避开警方和金孔雀，你能帮我办到吗？"

"让警方引开金孔雀的人。"

"不，不能让警方知道。你问我的直觉，这就是。很重要，我得跟阿生单独见一面。能办到吗？"韩舟道。

倪蓝默了默，答道："能。"

欧阳睿给雷星河安排的后援已经到了，两组人配合着，既盯着阿生，又盯着跟踪阿生的那辆车。他们一直跟到了一栋旧民宅楼房下头。

欧阳睿安排的另一组监视金孔雀的人也已经到位。

两边发过来的消息都是暂时无事。

金孔雀表面看起来一切如常，没什么大动静。小红的房间窗帘紧闭，但灯光一直亮着。

阿生上了楼，再没下来。而那辆黑色桑塔纳停在楼下不远，有人跟在阿生身后上了楼，很快又下来，打探了周围一圈之后上了车，就再没人下车。

欧阳睿跟进各方进度，再联络倪蓝时，倪蓝的电话打不通了，竟然直接转到了蓝耀阳的手机上。

"这又是搞什么鬼？"欧阳睿问。

"我在你家门口。"蓝耀阳说完，把电话挂了。

欧阳睿："……"

欧阳睿把手机放下，去开了门。

蓝耀阳抱着个小箱子正好到了，看到欧阳睿开门便露了笑容："嗨。"

欧阳睿简直无语："这是干吗？"

蓝耀阳进了屋，把箱子打开，里面有高级红酒、进口冻牛排，还有一些别的昂贵食材，以及啤酒和薯片等普通零食。

蓝耀阳一边把需要放冰箱的塞进了欧阳睿的冰箱，一边道："倪蓝担心她不在的时候我自己待家里有危险，所以让我过来投靠你，等她办完了事再来接我。我这不是空着手来不好意思嘛。这些你快点吃了，就不会被人说受贿。"

欧阳睿："……"当他这里是托儿所吗？

但重点不是这个。

"倪蓝去哪儿了？"欧阳睿问，"让她跟韩舟联络，探探反应，她打探的结果就是把你扔过来？"

"她不是跟你报告了吗？"

"她的报告就是韩舟确实有些想法，她需要点时间跟进。她说她打算劝说韩舟放弃拖延，先把金培树的手机交出来。但接着她就闹失踪，你却跑来了。"

蓝耀阳很厚脸皮地在欧阳睿家的沙发上坐下了，他看了看卧室："关樊不在？"

"这段我太忙，作息时间不行，怕她也休息不好，让她回家住去了。"

蓝耀阳点点头，他掏出个平板电脑放在茶几上，点开了一个App，App里很快出来了画面，蓝耀阳道："这是倪蓝戴的监控记录仪的画面。我们还可以听到她周围的对话和声音。这些也许对你们侦查有帮助。但她希望你不要干扰她的行动。"

欧阳睿没好气地也在沙发上坐下了，他看着画面，倪蓝坐在副驾驶室里，车子正在行驶中。"谁在开车？"

"应该是韩舟。"蓝耀阳道，"韩舟知道阿生跑去金孔雀后骂了脏话，他否认小红是他女朋友，他还想避开警方和金孔雀的人与阿生见面，倪蓝答应帮他，就开车接他去了。"

欧阳睿现在对倪蓝动不动就被对家"策反"已经有些脱敏了："所以你过来不是想寻求保护的，是想监视我别给倪蓝坏事，对吧？"

"不不，倪蓝确实说了对我一个人在家不放心。"

"你保镖呢？"

"在楼下。"

欧阳睿不说话了，蓝总裁跟倪蓝一样脸皮厚。他顿了顿，转回话题："所以阿生去金孔雀这个举动背后有点意思？"

"倪蓝想理顺他们之间的关系。"蓝耀阳道，"我们都知道韩舟为了帮阿生争取时间一直不太配合，结果阿生今晚来这么一出，显得韩舟特别蠢。而且他也确实为了这事生气了。"

"他们想绕开警察和金孔雀的人，并不难。"这不是跟他打声招呼就解决的事嘛。

"倪蓝想弄得难一点，解决之前你分析的那些问题。"

欧阳睿马上懂了。韩舟这个人如果真如他自己所说那般，那就非常难搞。他不要利益，不求回报，不惧生死，只想让自己爽。

他信任依赖的光哥是个警察，一手遮天的培叔转头被人崩了。出卖、反目、互相陷害，在他的世界里，没有什么是真实可信的。更别说他从小到大的人生经历造成的多疑警惕，要与这样的人建立紧密的心理联结，没有共鸣和时间是不可能做到的。

男女之间的情情色色或许有机会快速打破关系壁隔，但这显然不适用于倪蓝与韩舟。

对韩舟，倪蓝只能用那种男人之间的处理方式。

一起赌过钱，一起嫖过娼，一起赴过死——三种情境也只有最后一种有可能了。况且摩斯密码与街头暗语的差距，显得好，能让小混混崇拜。

韩舟有着小混混的本能，他对阿光的仰望除了人生光环之外，当然还有之前阿光展现出来的能力以及最后赴死的英勇。

要让韩舟心服口服，今晚确实是个好机会。

韩舟一身黑衣，戴着帽子和口罩，在街口顺利上了倪蓝的车。

倪蓝也是同样的装扮，她把驾驶座让出来，自己坐到副驾驶室去。

韩舟启动车子，倪蓝报出个地址："警方刚刚给的消息，他们看到阿生上楼了，他走的楼梯，所以不确定在几层，不清楚房号。金孔雀的人也在，他们跟上了楼很快又下来，感觉像是打探房号，暂时还没别的行动。"

"我知道房号。"韩舟道。

倪蓝看看他："你们以前的据点？"

"我前天刚从那里离开。"

"哦。"倪蓝打开电脑看了看，"他现在应该还在那儿，手机信号位置一直没变。我有他的手机号码，你可以直接给他打电话。"

"怎么搞到的？"韩舟问。

"我从阿生的手机讯息里找到了培叔的号码，你用培叔的手机打给小红，所以我就有了小红的号码。他今晚跑去见小红，我就查了小红的通信记录，把她接入的号码都搜索了一下定位做比对，有一个号码就在警方通报的阿生所在位置，所以就是阿生了。"

韩舟沉默了一会儿："听起来好像挺简单的。"

"是不难。就跟当初从你们设置在杨晓芳房间里的摄像头找到你们一样容易。"

韩舟这次沉默的时间更长了一些。

车子开向阿生的方向，倪蓝继续道："你跟他什么交情，能说说吗？这次见面具体是什么思路？我知道你想干什么，才知道能怎么帮你。电话沟通不行吗？我可以帮你开一条安全线路，没人能追踪到你的电话。"

"得面对面的。"韩舟道，"因为我现在不确定他是不是可信。"

"他哪里让你觉得可疑了？"

"他后天就能走，就连我都不知道他会怎么离开，而且我告诉过他小红可疑。他为什么还要去找小红？"

"小红怎么可疑？"倪蓝问。

韩舟没回答。

欧阳睿和蓝耀阳一人抱着一包薯片看着平板电脑，听着倪蓝和韩舟的对话。

蓝耀阳道："听听，他承认了，他拖时间就为了拖到后天阿生能离开。"

"应该是证件。"欧阳睿丢下薯片拿手机，"阿生也被通缉了，他还不慌不忙等后天肯定是等假证。"

欧阳睿给组员发信息，通知这个假证的线索。

等他沟通完了，还没等到韩舟对小红可疑之处的回答。

倪蓝在那边又说："警方审过杨晓芳了，没问出什么来，但是判断杨晓芳在组织里的地位可能挺高的。她直接听命某人。"

韩舟笑起来："这个杨晓芳，培叔让我们去杀她，是认真的，真的想她死。但是培叔却先死了。"

倪蓝脑子一转："所以培叔的死有可能是因为下令要杀杨晓芳吗？"

"不清楚。"韩舟道，"起码在我这儿没把这事往外说。培叔下令的时候，只有我、阿生和阿平在。老宅爆炸那次，如果你没有报信，我们这几个人大概都会死在那儿。但那天也听说培叔跟黑虎帮谈得很不愉快，他一整天脾气都差。所以有可能是内讧，也有可能是黑虎帮下黑手。"

"你觉得哪种可能性更大一些？"倪蓝问。

"我打算等后天把培叔手机开机。无论是哪种可能，幕后黑手都该跟培叔联络的。"

"但是阿生没等到后天。"

"嗯。"韩舟拖了声尾音。

韩舟回忆起爆炸那天，他把阿生撞开压住了。如果他没那样做，阿生究竟是死，还是跟阿亮、阿吉这两人一样，及时跑出去了？

"你在兄弟情上吃过不少亏吧？"倪蓝又问，"我听说'火石'行动，就是你报信的那个黑枪交易里，警方原本能抓住一个叫阿猛的小头目，是你单枪匹马冲到警方枪口下把他救走了。"

"没那么神勇，我赌警方想留活口，赌对了。"韩舟道。

"现在那个阿猛呢？"

"被我栽赃是奸细，培叔把他弄死了。"韩舟的声音里毫无感情。

欧阳睿："……"

他看了一眼蓝耀阳，蓝耀阳往嘴里送薯片的动作也停了。

他们听到倪蓝问："为什么拼命救了他却又栽赃他？"

"他知道我跟阿光关系好，阿光死后，他就一直盯着我。那批枪交易失败后，培叔觉得公司里还有贼。我救了阿猛，他却咬着我不放。他就是条烂狗，怎么都喂不熟的。不黑他黑谁？"

倪蓝再问："那你舍命救过阿生吗？"

韩舟沉默了许久，吐出两个字："救过。"

欧阳睿吸了一口气，问蓝耀阳："你能联系上倪蓝提醒她小心韩舟这人的精神状况吗？他是去跟阿生聊聊还是打算去把恩将仇报的他干掉？我们需要阿生活着，而且倪蓝也绝不能被拖到杀人案里，她会成为杀人共犯的。"

蓝耀阳紧张得把薯片袋子放下了，但他道："如果这过程里倪蓝与任何人联络，她接下去说的话做的事，都会让韩舟疑心。这种提醒只会给她增加风险。她主动联络我们的时候，我们再暗示她好了。"

这时候他们听到倪蓝又对韩舟道："你必须把小红怎么可疑告诉我，因为警方盯上她了。现在金孔雀又在跟警方抢阿生，所以警方一定会找小红问话的。警方我们能搞定，但金孔雀不行，他们会是大麻烦。"

"快。"蓝耀阳对欧阳睿道，"让你的人去找小红，打草惊蛇一下。让金孔雀觉得必须带走阿生。倪蓝需要帮助。"

欧阳睿："……你确定？"

"确定。她跟我说好的暗语。她刚才用了几个肯定的意思。她说警方一定会去找小红问话，金孔雀会是大麻烦。她也担心韩舟会杀人，她需要一些混乱掩护。"

欧阳睿打电话，通知守在金孔雀夜总会外头的警员，让他们进去找小红问话，用什么态度，问些什么都交代得明明白白。

警员按着吩咐，很有气势地进了金孔雀，严肃地出示了证件，要求见一见花名叫小红的小姐。

大堂接待看清证件，记住警官名字，火速通知了值班经理。值班经理也是老江湖，先不忙着出来与警察应付，一边通知老板江哥，一边打了电话去相熟的片区警察那儿问问知不知道什么情况，又叫来了小红，询问有无惹事等等。

可没待他问完一圈，警察已经闯了进来。找不到办公室就一间屋子一间屋子看，大堂接待没拦住，一脸着急跟着。值班经理接了报信，赶紧出来。

警察们再次重申来意，值班经理把他们带到办公室里，寒暄周旋、拖延时间，说他们夜总会里确实有一名叫小红的酒品推销员，可是今天好像不是她当班。他问警察们找小红有什么事。

领头的警察说他们收到了线报，多名在逃的通缉要犯是金孔雀的客人，与小红相熟，并且今天其中一位通缉犯还跟小红联系过。警方需要跟小红确认此事，让其提供这些通缉犯的行踪线索。

"打电话给她，让她马上过来。"领头警察道，"平常跟小红走得近的其他小姐也叫过来，我们需要了解下情况。"

值班经理忙问："不知道诸位是否有搜查文件。"

领头警察笑了："现在我们只是找人做些简单问话，这都没法配合吗？你希望我们带搜查令过来，把你们这儿全封了彻底查一遍？你知道你们这种地方，一查起来就肯定有问题了。"

"不不，我不是这个意思。"值班经理赶紧表态他们是合法经营，从来都是认真守规矩，有什么事都全力配合警方的。他说他马上联络小红，让她赶紧到公司来。其他与小红相熟的工作人员，他也马上安排他们过来接受问话。

值班经理出去了，直奔江哥办公室。

小红也在江哥办公室，她已经把阿生跟她的对话一五一十地告诉了江哥。她发誓她不知道怎么会惹来警察，阿生也没有告诉她他会去哪里。

江哥听完了小红所述，又听值班经理来报，沉吟片刻，交代值班经理："好好招待那几位警官，说已经联系上小红了，马上就到。让其他人先去应付问话，警察问什么答什么，别乱说话，照着平常教的答就行，把时间拖得越长越好。至少等个二十分钟，再让小红去。"

江哥又转向小红："你先回房老实待着，叫你了再出来。"

两个人都应了，退了出去。

江哥拨电话："你们先把阿生带走，去翠心路那里。对，我们这儿来了警察，还不清楚是什么情况。你们也注意点周围，把他先带走，其他事情稍后我来处理。对，我会派人接应你们。"

韩舟与倪蓝这边已经到了阿生的楼下。

他们开着车绕了两圈，观察了周围停泊的车辆和道路交通情况，然后找了个隐蔽的地点停好车。韩舟熟悉地方，带着倪蓝躲开道路监控，跟她介绍了周围环境，控制楼道的电箱、小区路灯设备，还有翻墙能潜入小区后头小路的路线等等。最后韩舟带倪蓝躲到了楼下不远的灌木丛后头。

倪蓝拿出小型望远镜，看了一圈周围，跟韩舟道："那辆白色丰田车子里坐的就是警察，对面银色那辆也是。黑色桑塔纳在那儿。这楼道无论谁进出都会被他们看到。"

韩舟接过倪蓝的望远镜也看了看。

"看清楚他们的位置。"倪蓝道，"警方的车子盯着桑塔纳和楼门，包抄了两边。桑塔纳的位置很不利。这表示他们应该还不知道黄雀在后。他们坐车上没动静，是不是在等你或者培叔？"

韩舟用望远镜将视线定在桑塔纳车子上片刻。

"你认识他们吗？"倪蓝问。

"不认识。"

"金孔雀什么底细？"倪蓝再问。

"我认为是公司的一部分，但我没听说他们具体怎么参与。"

"可以洗钱、买卖人口、运货中转、行贿交易……这类场所做这些都容易。"倪蓝说着，看了韩舟一眼。韩舟也看着她。

倪蓝继续道："你们做舐血前锋，打砸杀人，而体面点的勾当就是这些地方操作了。"

倪蓝向韩舟伸出手："为免你一会儿出意外，死于非命或者被人抓走，培叔的手机先给我。你给我手机，我帮你去与阿生见面。"

韩舟想了想，把一部手机掏出来递给倪蓝。

倪蓝收下了，再伸手。韩舟又摸出一张电话卡，放在倪蓝掌心上。

"我就不验货了，信你。"倪蓝把手机和电话卡收好。

韩舟问她："我怎么上去？"

"不能直接给他电话约他去某个地方见面？"倪蓝的语气有点赖账的意思。

一直在监听、监视的欧阳睿看了一眼蓝耀阳。蓝耀阳一点没有不好意思，他又重新拿起了薯片袋子："倪蓝在拖延时间。"

欧阳睿觉得蓝耀阳跟倪蓝绝配，真的，再找不到这么合适的了。他们千万别分手。

这边韩舟也没生气，他道："如果阿生跟金孔雀是一伙的，这不是等着我嘛。"

"警方说他是爬窗逃跑的。"

"那如果他跟小红是一伙的呢。"

"或者你可以先给小红打个电话探探虚实再做决定。"

"左右都是打草惊蛇。如果我打了电话，在我上楼之前，也许小红就会给阿生报信了。"

倪蓝盯着韩舟，突然问："你带枪了吗？"

"带了。"韩舟直视着倪蓝，"阿生是唯一知道我的计划的人。他知道我不打算离开，知道我要找到公司大老板，他还知道我跟你有联系，知道我跑路的渠道。"

"听起来很有灭口的必要啊。"

这边蓝耀阳赶紧跟欧阳睿道："听出来了吗，倪蓝在提醒我们呢。"

欧阳睿道："今天我还催了催刘综关于爆炸现场的痕迹分析，省厅的办公室在负责。里面应该有阿生他们的指纹，能查出真实身份。"

"没关系，今晚也能拿到了。"蓝耀阳道，"他自投罗网。"

阿生楼下，倪蓝在跟韩舟道："你能答应我一件事吗？"

"不能。"韩舟很干脆，"等我见到他的时候，还不一定谁先动手杀谁呢。在弄清楚他究竟站哪边，要做什么之前，我什么都不能保证。"

欧阳睿听得皱了眉头："我得先跟袁局说一声，如果出了什么问题，得把倪蓝撇清出来。"

"我来之前已经跟他说过了。"蓝耀阳道，"我还给了袁局频道密码，他现在也在监视着呢。"

欧阳睿："……"

蓝耀阳道："今晚情况复杂，我当然要找官大的疏通，打好招呼。我们二蓝神虽然能打，但是一点都不鲁莽好吗。"

很有道理，不忘吹牛，懒得反驳。欧阳睿不说话了。

韩舟问倪蓝："所以你现在要告诉我你究竟能怎么帮我吗？如果不能，我们的合作就到这儿，我自己上去了。"

"二楼或者三楼？"倪蓝马上反应过来，"你打算用爬的？"这小区老楼之间挺窄的，防盗窗加上管道，攀爬没太大难度。

"三楼。"

"好。之后撤退路线你想好了吗？"倪蓝问。

蓝耀阳有些着急了："为什么桑塔纳没行动呢？就要拖不下去了。你们警察给金孔雀的压力不够啊。"

"闭嘴吧，你行你去。"

蓝耀阳闭嘴了，过一会儿顶嘴道："下一次我会计划得周全一点。"

蓝耀阳话音刚落，就听到倪蓝说："等等，桑塔纳里头的人在接电话，他们好像有计划。"

韩舟赶紧看过去，确实，车上副驾驶室的人在接电话，其他人在看着他。接着那人挂了电话，与其他三人说了什么，其中一个人推开车门下来了。

那人下车后围着阿生那栋楼转了一圈，仔细观察了一番，还看了看楼上，然后他回到了车上，与其他人说着什么。

"韩舟，给阿生打电话，让他赶紧跑。在确认他究竟站哪边之前，你得让他活着。"倪蓝压低声音，语速很快，"一旦这些人动手，警方的人也会动。到时无论你想问什么都来不及了。"

倪蓝一边说一边把号码发到韩舟的手机上。"我们分头行动。"她与韩舟都看了看桑塔纳，上面的人一边说一边比画着，有人点头，似乎商量好了。其中一人打开车门下了车，朝某个方向去。

"按常规套路想，他们是去断电了。"倪蓝递给韩舟一个小巧的耳机。"戴好通信器，听我指示。大楼停电之后，他们会动手。你去接应阿生，我去应付警察和桑塔纳。你接到阿生就带他去车子那儿，我们在那儿会合。"

桑塔纳车上另外两人也已经下来了，他们在朝大楼走去。只剩下司机还在位置上没动。

白色丰田警方车辆上的人在打电话，似乎在请示该怎么做。

"去吧。"倪蓝一声令下，自己沿着绿化带跑，潜入夜色中。

韩舟一咬牙，一边跑一边拨阿生的电话。

"喂。"阿生接得很快。

"阿生，有人要杀你……"韩舟话还没说完，忽的一下，几栋楼的灯全灭了。

阿生咒骂了一声。

"他们已经进楼道了。快跑。"韩舟压低声音喊道，"按我们之前看好的路线，我会接应你。"

阿生也来不及多问，只应了句："好。"

韩舟把电话挂了。他跑到阿生那栋楼后，拐进去之前扭头看了一眼，警方车上没动静，不知道倪蓝能不能拦下他们。

韩舟咒骂一声，迅速找地方隐藏自己的身形。他贴着墙抬头看，看到阿生的窗户打开了，一个人正往外爬，正是阿生。

而此时另一个人影正潜了过来，正是刚才去断电的那人。看来他还负责堵后路。

欧阳睿这边终于听到了倪蓝与他们对话："欧阳，袁局，让你们的人先别动。我来处理。"

频道里传来袁局的声音："欧阳，给倪蓝一点时间。"

"行。"欧阳睿答应了。

这时雷星河的请示电话就来了，欧阳睿道："先等着，盯紧了，倪蓝在处理。如果失控了你们再行动。"

雷星河："……"

倪蓝？我去。那肯定是失控啊。

雷星河一边通着话，一边眼睁睁看着一个人影突然从旁边的灌木丛后冲出来，滑地铲到了桑塔纳的后边。

桑塔纳的司机毫无所觉，正在启动车子。

雷星河："我看到倪蓝了。"

桑塔纳开起来了。雷星河又看着倪蓝从那车后闪身冲到楼下的黑影里。

雷星河又道："不知道她做了什么，就跑来跑去。"明知道警察在这里，还挺嚣张。

桑塔纳慢吞吞地朝外头开去，准备绕到后面接应。路过丰田的时候，司机警惕地往里看了一眼，没看到什么，他开走了。

雷星河和搭档从车里爬起来，实时汇报："桑塔纳开走了。只有司机，其他人去抓阿生去了。"

他说着，看到倪蓝也冲进了楼里。

韩舟盯着准备偷袭阿生的那人，从后腰抽出了甩棍。那人潜在黑暗里，抬头看着阿生往下爬。

倪蓝攀着楼梯几个纵跃往上跑。

金孔雀的打手已经打开了阿生的屋门，他一进去，就看到窗户洞开，窗帘被风吹起，月光洒了进来。那人愣了愣，掏出了枪，他正准备把房门关上好好搜一搜，眼角扫到一个人影。他还没反应过来，房门已被人用力推开。

倪蓝用房门猛击打手。那打手头部被撞了一下，"啊"的一声惨叫。

下一刻倪蓝闪了进来，房门被关上了。打手踉跄着退了两步，下意识地举枪。但倪蓝瞬间逼近，抓腕扫腿，手臂一转！

打手再度惨叫，整个人被甩起，重重摔在地上。倪蓝迅速再补一脚。打手晕了过去。

倪蓝拿着他的枪快速在屋子里搜了一圈，没看到人，也没看到有什么物品。倪蓝回到打手身边，搜他的身，把他手机翻了出来，她用自己的手机连接这人的手机，毫不费劲就登录进去，然后传了一个病毒软件过去。她把这人的手机再塞回他的口袋，然后她趴到洞开的窗口看了看。

阿生很快就要落地，金孔雀的打手眼看就要扑过去，韩舟冲过去对着那人的脑后就是一棍。

那人应声倒地。

阿生听到声音往下看，加快了速度往下爬。他落了地，朝韩舟跑去，刚要开口唤，表情却僵住了。

韩舟也僵住了，他身后有人拿着一把枪抵着他。

"丢掉棍子！举起手！"那人低声喝。

韩舟扔掉了手上的甩棍，举起了手。他微微侧头看了一眼，是刚才桑塔纳车上的一人。

"有话好说，兄弟。"韩舟道。

"闭嘴，别动。"那人喝道。他探身过来搜韩舟的身，把韩舟腰后的枪拔掉了。

韩舟没敢挣扎，他看了一眼阿生。阿生站在原地，一脸惊讶地也看着他。

那人拿着枪指了指韩舟，退了几步，又拿枪指着阿生："你也举起手来，别动。"

阿生没动，他看了看韩舟。那打手的枪又指向韩舟。就这么站着。

韩舟知道，他在等他的同伙过来。韩舟盯了盯地上，再看看阿生，正盘算着怎么办，忽然一个人影从楼上跃了下来。

速度非常快。

阿生是用爬的，这人影是攀爬跳跃一起来，转眼就要落地。

用枪指着韩舟的人吓了一跳，他抬头看那身影，韩舟趁机转身对着那人就是一拳。

"小心！"阿生大喊一声。

韩舟这才发现刚才被自己打倒在地的人已经醒了，他捡了地上的甩棍就朝韩舟脑后抽来。

从楼上跃下的身影正好飞扑而至。

倪蓝。

她最后一跃骑在了甩棍打手的肩上，拧着他的肩用力一转，将他从对韩舟进攻的姿态里拉开，同一瞬间从他身上跳下，在他往地上摔时按着他的脑袋往地上一撞。

"砰"！

其他三个人被这突如其来的变故惊得一愣。

而倪蓝丝毫不停。一招得手，下一招已经杀至。

她如行云流水一般在地上一铲，人已经滑至拿枪打手面前。那人被韩舟一拳打得踉跄，反应过来时便看到自己同伙被人按到地上拍晕。这种拍晕方式，他第一次见。

下一秒那人就冲向自己，枪手男赶紧抬手欲用枪威胁，但没看清那人动作，自己后膝一痛，人已跪下。同时倪蓝一掌击向他的喉间。那人叫都来不及叫，捂着喉咙倒下。

倪蓝看也不看，捡起地上的枪，对着韩舟和阿生一摆头："走！"

韩舟："……"

阿生："……"

目瞪口呆。

倪蓝也不管韩舟和阿生的反应，率先往前跑。韩舟和阿生赶紧跟上。

三个人一路无话，专心跑路。在快到达停车处时，倪蓝停了下来，摆手让身后两人蹲下。

韩舟和阿生学着倪蓝的姿态蹲了下来，伏在绿化带后头往外头看。

那辆黑色桑塔纳，这么巧就停在他们车子前头。

韩舟脸都黑了，真是撞大运。

阿生看看韩舟，做了个询问的表情。韩舟压低声音："桑塔纳。"然后做了个抹脖子的动作。

阿生懂了，骂了一句。

这时候倪蓝对这二人道："准备好，这车子要走了。"

她说完，那车子果然开了起来，打了方向盘往后拐，似乎要回小区去。

待那车子不见踪影，倪蓝一声喝："走。"

韩舟、阿生跟着她朝车子跑。

"你开车。"倪蓝对韩舟喊，把钥匙丢给他。

韩舟也不推辞，他按了车钥匙，拉开车门上去。阿生飞快钻进后排，倪蓝坐上了副驾驶座。

车子刚启动跑了起来，韩舟就在后视镜里看到那辆黑色桑塔纳又回来了，且看到他们车子在跑，竟然加快速度追了上来。

韩舟一踩油门，加速离开。

阿生猛地回头从车后窗看了一眼，也吃了一惊："他们怎么这么快回来了？"

倪蓝也抬头看了看后视镜，但她没说话，她正把培叔的手机卡装入手机，并连接上她的笔记本电脑，开机，启动软件，开始往事务所的服务器上传送这台手机上的资料。

等操作完了，她把电脑丢到脚下的空位让它自己跑着，这才得空转头对韩舟、阿生道："这车子本来是要回去接应那几个人的，但接到电话，听说我们要跑，就出来追我们。只有司机一个人，所以他只能盯着我们。要动手得等其他后援到。"

阿生又转头看了看跟着他们的那车，果然那车只是跟紧了，没有超车堵截的打算。从他这个角度，看不清后座，只看到司机一个人。

阿生问倪蓝："你怎么知道的？"

倪蓝反问他："你认识他们吗？"

"不认识。"

倪蓝向阿生伸出手："把你手机给我。"

阿生一脸不满："你以为你是谁啊！"

"给她！"韩舟一边开车一边喝道。

阿生对着韩舟骂了句，然后道："你究竟怎么回事？说走就走，一句交代都没有。你才是卧底是不是？阿猛是被你害了，背了你的黑锅。你跟警方是一伙的，你害了我们！老子就是要找你算账……"

韩舟二话不说，掏出枪就要往后射。

倪蓝瞬间出手，一手握枪一手扭住韩舟手腕。韩舟痛叫一声，枪已经落到了倪蓝的手里。

方向盘被带着扭了一把，车子歪到一边，险些冲出车道。韩舟咬牙稳住，把车子摆正了。

后座的阿生一看韩舟掏枪，也拔出枪来。

倪蓝夺下韩舟手枪的瞬间，"砰"的一下放倒座位，翻身一脚踹向阿生的手腕，阿生的枪差点脱手，他往后一缩试图躲开，但车上空间太小，倪蓝的拳头下一秒已经追至，"咚""咚"两拳击到他脸上。

阿生痛叫，挥拳反抗，但倪蓝又是一脚扫来，踢着他的腕，用他的拳头打自己的鼻子。阿生再度痛叫。倪蓝再踹一脚，抢走他的枪同时，将他手腕踩住，压在他的胃上，阿生差点吐出来，整个人被踩在座上压着车窗，脸都变形，动弹不得。

倪蓝一脚踩在座上，一脚踩着阿生。手上两把枪一把指着阿生一把指着韩舟，喝道："都觉得自己有把枪了不起了是吧！在街头混得大家叫你们哥就真当自己是哥了是吗！"

韩舟没说话，咬紧牙关绷着脸安静开车。

阿生说不出话来，痛苦地哼了一声。

倪蓝话没停，继续喝："现在，让我跟你们讲清楚规矩。第一，我问你们问题，全都老老实实答，让我发现说谎，我就揍得你照镜子都不认得自己。第二，我不管你们之间什么恩怨情仇，我没让你们打架，谁也不许动手！往右拐！"

倪蓝最后三个字让韩舟愣了愣，然后他看着路口反应过来，打了方向盘。

倪蓝又道："第三，我不管你们什么想法，有什么情绪，我的目标是找出你们以前的幕后老大，不能提供帮助还敢拖后腿的，我会让他付出代价。别以为你们混黑道的多牛，老子追缉国际杀手集团的时候，你们还在街上抢钱包认大哥。从现在起，我是你们大哥，别让我不痛快。你们好好配合，我自然也会关照你们。"

没人应话。

倪蓝顿了顿，喝道："听清楚了吗？"

韩舟抿紧唇，倪蓝握枪的手给他一拳，韩舟痛得吸一口气，稳住方向盘应了声："听到了。"

被倪蓝加重力道踩住觉得自己肘骨要断掉的阿生也赶紧努力"嗯"了一声。

一直紧张地屏息盯着平板屏幕的蓝耀阳终于松了一口气。

"她成功了。"倪蓝身上的监控摄像头因为奔跑和打斗，使得画面晃得让人眼花，但蓝耀阳愣是一秒不差一直盯着看，现在终于舍得把视线转开了，他看向欧阳睿，"你们合法手段不能这样吧，会被投诉的。"

欧阳睿没好气，这位总裁，事情才进展了多少你就嘚瑟起来了。"我们警方合法手段有合法手段的方法。"

他刚通知完雷星河去抓那几个落在小区里的打手。既然司机不接应他们了，那警察叔叔好心接一接。又通知了其他人手去搜查阿生住的那个屋子，看看能不能找出什么线索。

这边倪蓝松开了踩住阿生的脚，阿生抱着胃干呕。

倪蓝问他："你身上有窃听器？"

阿生一脸惊讶，喊道："没有，怎么可能！"

倪蓝道："把手机交出来，把包给我，还有，衣服脱了，剩下条内裤就行。"

韩舟："……"

阿生："……"

他们不是没有经历过这些，培叔搜他们身的时候也是同样严格，但现在一个女明星，年轻漂亮的姑娘，用老江湖的口吻下这种命令，他们真的不太适应。

阿生从后视镜里瞪向韩舟。

韩舟一边心里骂娘一边装模作样耸耸肩："她让脱就脱呗，不算吃亏。"

倪蓝坐回位置，用脚勾勾电脑屏幕，让韩舟看："我给闯进阿生屋里的那个打手手机上装了隐藏程序，对他的通信做了监控，他打电话给司机让司机到小区后门接他们。但司机没接到人就转回来追我们。这是因为司机接到了一通电话，那电话肯定把我们正上车逃跑告诉他了。"

"看到这上面三个红点了吗？一个是后面跟着我们的司机。还有两个是给司机下令的那个手机号码，又联了另外两个号码。三个号码三辆车，正想包围堵截我们。你看着点，甩开他们。"

韩舟听得不算特别明白，但他听懂倪蓝能知道谁打了电话，号码多少，然后还能监控到号码的位置。

阿生也一样。他不知道倪蓝说的这些是怎么办到的，但倪蓝话里的意思他懂了。她觉得他身上有监听器，所以金孔雀才能听到他们的对话，知道他们看到了桑塔纳，知道他们上了一辆附近的车子。

阿生很痛快地把手机递给倪蓝，又把旅行包往倪蓝方向推，然后开始脱衣服，他一边脱一边自己摸索检查，道："我是跟金孔雀有联络，那个江哥找到我了。"

韩舟顿时一脸怒容，从后视镜瞪阿生一眼。

阿生愤怒大叫："谁让你就这么走了！老子都没怪你！老子还担心你，想起你当初说过留联系方式的办法，就去试试运气。在我柜子里留下联络办法，让他们转交你，想着你有可能能看到。以后大家不至于断了联络，是生是死招呼一声。但是我在那儿被人抓住了。"

韩舟懂了。他告诉过阿生，当初自己在钱叔留证件的地方留了联系方式，钱叔就能找到他，他得以跟钱叔交易了几回，跟钱叔混熟了。

阿生联络不上自己，想到这个办法。在钱叔派人留证件之前，在那个柜子放下联络方式，想通过钱叔来转交。这样自己去拿证件时，有可能看到阿生的号码。

韩舟咬咬牙，心情复杂。

"你是内奸吗？培叔一直在找的，是你吗？"阿生恶狠狠的，显然这问题一直吊着他。他心里有恨，只是没来得及验证。

韩舟还没开口，倪蓝插话了："我建议在确认是不是有监听之前，你们不要互相问话，有泄露消息的可能，也有故意套话的嫌疑。"

韩舟和阿生顿时闭嘴了。倪蓝拆开了阿生的手机壳查看，又给他手机装了软件。然后检查他的衣服。韩舟盯着电脑上的三个点，踩油门加快速度欲甩开追踪。

阿生抱着胳膊盯着倪蓝检查，倪蓝确认没问题把衣服丢回给阿生。阿生一边穿一边忍不住抱怨："如果真被监听，你自己刚才说一堆什么监控通信追踪号码的，还不是泄露了。"

倪蓝检查阿生的包，回道："说得你们能听懂似的。再说了，就算听懂了，又能怎样。这种技术上占绝对优势，碾压对方的感觉，你们体会不到。"

韩舟翻了个白眼。阿生不说话了。

蓝耀阳听着他们的对话，忽然问欧阳睿："现在黑市上的监听器是不是也有很小的？杨晓芳会不会在身上藏了一个你们没搜到？她只要完成任务后把那东西顺着马桶冲掉，就没证据了。"

"不太可能。"欧阳睿也琢磨着，"她逃出来的时候穿着睡衣、拖鞋，连内衣都没穿。身上根本没有可藏东西的地方。后来从头到尾那一身衣物全是我们给她新买的。中途没人接触她。她倒是在我们局里上过厕所，除非她能预见到会被带到我们那儿，预知会被带到哪一层审讯，提前到那厕所藏好监听器。这个虽然有些离谱，不过监控可以查到的。我可以查一查之前一段时间有没有外人去过那层厕所。"

蓝耀阳受了启发："你说的这个是个好办法，省厅那边的监控也查一查吧。她不必预先知道被带到哪层，每个厕所都留一个备用也行啊。"

欧阳睿："……"说得也是。虽然听着更离谱了。

蓝耀阳又问："说到假证件，你说杨晓芳是杨晓芳吗？她那个表舅不是好多年都没见过她了嘛，但是女大十八变，光看照片也有错认的。万一是假冒的呢？"

欧阳睿："……"

蓝耀阳道："我以前看过一个剧本，就是这种假冒身份活下去的故事。故事核心挺有意思，但是编剧写得特别沉闷，没什么情节亮点，剧情量也不够，他自己不愿意改，也不愿意别人改，特别有骨气。"

欧阳睿："……然后呢？"

蓝耀阳道："你们要不要验验杨晓芳的DNA确认一下？那剧本里就是最后车祸需要输血时发现血型不对才暴露了。"

"我是说那剧本最后呢？"

"他不卖我没买。"蓝耀阳道，"没拍成电影赚钱，但说不定帮着破案了呢。"

第二章
倪蓝中计

倪蓝这边带着韩舟、阿生在转圈子。

韩舟车技不错，很敢开，超车并线急拐赶黄灯都很好。但开了近五分钟还没能甩开身后的桑塔纳，而其他两辆车还在逼近。显然身后的桑塔纳一直在给这俩车引路。

倪蓝一脸嫌弃："帮你作弊了你也没考及格。"

韩舟正烦躁："你行你来。"

那桑塔纳司机开车很疯，而韩舟觉得身边坐着个监考的，很受束缚。要是从前他自己做主，这种逃命时候早就不管撞到什么车什么人，什么交通灯交规，直接踩尽油门一路撞出去了。

倪蓝出手扳他的方向盘："右拐，那条路没监控。"还对后座的阿生道，"绑好安全带。"

阿生："……"没懂，但是不管三七二十一赶紧摸索安全带。

车子伴随着一阵刺耳的摩擦声急拐进了右边小路，身后保持着一段距离的桑塔纳赶紧跟进。

倪蓝待车子冲进路边暗影区域就大喝一声："撑好了！踩刹车！"

韩舟一个急刹车，后车厢的阿生差一点被安全带勒死。

桑塔纳一直猛追，完全没料到这车来这招。虽然紧急踩了刹车，但还是撞到了韩舟这车的车尾。

"砰"的一声，刚坐直的阿生又一脑袋撞到前面车座后头。

所有人还有些蒙，倪蓝已经下令："韩舟开后备厢，阿生下车，后备厢有棒球棍。砸了它！"

韩舟："……"

阿生："……"

"快！给他点教训！别让他跑了！"倪蓝看了眼屏幕，另外两辆车还有些距离，足够打一顿的，"拿出你们收保护费的气势来！"

韩舟放弃挣扎，按开了后备厢，推门下车，冷道："我们不收保护费。"

"贩毒贩枪了不起吗！好意思说！"倪蓝骂。

阿生道："他如果有枪呢？"

"你们还有我。"倪蓝道。

韩舟冷道："她是说会帮我们报警收尸的。"

阿生："……"

韩舟说着已经下了车，从后备厢拿出了棒球棍，帮阿生也拿了一根，丢给正下车的阿生。

桑塔纳司机撞了车，汽车的保护气囊打开了，将他整个裹住。他挣扎着要从气囊里出来。刚把气囊放气，看清眼前情景，却见两个男子抡着棒球棍朝他的车打来。

桑塔纳司机吓一大跳，本能地大叫一声抱着头往驾驶座下面缩。

韩舟和阿生"砰""砰""砰"地一顿敲打，把桑塔纳的车玻璃打碎了。

倪蓝借这一小会儿工夫，拨通了通信频道："有什么情况吗？现在可以说。"

欧阳睿赶紧道："别让韩舟承认是内奸。'秃鹰'报复心极强。我们还没摸清阿生的底细。"

"这个知道，还有吗？"倪蓝道，"金孔雀什么情况？"

"他们还在拖时间，我们按常规办事，会带一批人回来问话。"

"等韩舟跟小红对质完再抓人。"

"行。"欧阳睿道，"查一查阿生与金孔雀的关系。前面他说了一半。"

"记着呢。"倪蓝看看屏幕，那两辆车马上就要到了，"没时间了，我连着麦，有什么你们说，我能听到。我会带他们去安全屋。就这样。"

倪蓝拉开车门，对韩舟和阿生喊："行了，回来。"

韩舟和阿生回来，把棒子丢回后备厢。倪蓝指着阿生："你来开车？"

这蛮横跋扈的态度把阿生给气得："我会开车！"

入队考试呢！

韩舟冷笑，拉开后座车门坐进去了。

阿生开车，按着倪蓝指的路，左拐右拐，没了后头盯梢的，终于把几辆车都甩开了。倪蓝继续指路，却不说具体地点。

韩舟开口想问，想到倪蓝之前说的监听问题，最终还是闭了嘴。

阿生为撇清嫌疑，更是一声不吭，让干吗就干吗。

倪蓝没让他们开太远，最后进了一个高档小区。

韩舟和阿生不约而同警惕地瞥了一眼保安和小区各处的安全监控摄像仪。

"不用担心，这里安全。"倪蓝递了张卡给阿生，阿生刷了卡，把车子开进车库。

三个人下了车。倪蓝把他们带上电梯，道："这里的监控我能控制，只要你们老老实实，就不会有什么问题。"

两个男人都不说话。

倪蓝带他们去了1001，按了指纹锁进去了。玄关柜子上有两把钥匙，倪蓝指了指："这两把你们用。"

也不等他们有反应，她率先进屋去了。

两个男人也不管钥匙，跟着一起进去。

整个屋子装修奢华，真皮沙发，羊毛地毯，连墙壁上的石纹都透着钱的影子。

倪蓝把她的背包丢到餐桌上，拖过一把餐椅，戴上了手套，开始检查她今晚缴的枪。阿生和韩舟站在一旁看看她，又看看对方。

倪蓝先说话。她一边摆弄枪一边问阿生："说吧，你跟金孔雀小红怎么回事？你被谁抓住了，又做了什么？"

阿生不理他，却问韩舟："究竟是不是你？"

大家都知道他问的什么：在阿光死后，出卖公司和兄弟的人，是韩舟吗？

"不是他。"倪蓝抢先答，"他只是被我抓到了。"

阿生盯了盯韩舟，这才转头看了倪蓝一眼。

倪蓝又道："至于怎么抓到的，就跟找到你一样简单。这个教训告诉你们，别惹不该惹的人。"

阿生默了默，又盯了盯韩舟，对他道："你就不说话了？她是你代言？"

韩舟看了看倪蓝，道："我们之前不是让倪蓝转告警方，别把杨晓芳放出来嘛，那时候怕她不重视，不向警方转达，我让你去拍了蓝耀阳。为了这个，倪蓝就一直追踪我们。她从杨晓芳家里的监控信号传输找到我们号码，追到老宅。所以当时我才让你马上把电话关掉。后来她在直播里透露了有人在鹿山找到尸体，我担心是阿光。"

"那晚我梦见阿光，梦到培叔，梦到我和你被人追杀，我们都死了。所以我选择离开，我们分开行动会更安全。我觉得必须了结这事，不然以后我们没有安生日子。躲得过警方也躲不过幕后大老板。但我打电话打听鹿山尸体的事，被警察追踪到，倪蓝在他们之前抓到我，带我躲开了。然后她又找到了你。"

倪蓝道："他一直在拖延时间，说要等后天才跟我交代。结果你自己找死。"

阿生脸色又惊又疑，过了一会儿他转向倪蓝："你抓我们又是为什么？我们自身难保，不会害蓝耀阳的。"

倪蓝道："你先说清楚自己的问题。"

她打开笔记本电脑，敲了一会儿后，对韩舟道："小红还在金孔雀，你到房间去，给她打电话，问清楚阿生跟她说了什么，还有阿生跟金孔雀的关系。"

韩舟拿了手机就要往里走，阿生愤怒叫道："你问，你去问。老子可不怕对质。"他转向倪蓝，"阿行那天走了之后……"

"我叫韩舟。"韩舟打断他。

"什么？"阿生愣了愣。

"我叫韩舟。"韩舟道，"那天我离开的时候就想告诉你。以后也许见不到了，希望你能知道那个与你同生共死过的兄弟究竟是谁。但后来觉得太矫情了，反正阿勇也好，阿行也好，你一定能记住的。"

监控这边的蓝耀阳听得都要入戏了："这演技一个比一个好，我们花很多钱请的明星都比不上这些人啊。"

明明是担心自己的安全，对阿生不够信任，结果换个说法，就成了浓浓的兄弟情表演了。

"这有什么。"欧阳睿吐槽，"别看你是电影公司老板，见识真不如我们警察。高手在民间这话知道吗？我们审过的犯人，演技好的多了去了。"他指指平板电脑屏幕，"这些小混混，脑子不够快，演技不过关的，早没命了。"

蓝耀阳觉得有道理。

欧阳睿又诚恳道："倪蓝也就是混娱乐圈，要混黑道演技真会拖她后腿。"

蓝耀阳认真品了品这话："我怎么觉得你在借机羞辱我们娱乐行业啊。"

欧阳睿淡定回嘴："你们娱乐界人士羞辱我们警界的时候，我们不也忍了嘛。"

蓝耀阳："……"

这边阿生盯着韩舟，韩舟继续说着："但现在既然我们还有机会重聚，我想告诉你，我叫韩舟，韩信的韩，小船的那个舟。不是阿勇阿行阿什么，我不想再做公司的狗了。"他停顿很久，问了一句，"你呢？"

阿生也沉默了一会儿，最后答："我叫邱寺，邱少云的邱，寺庙的寺。我妈说我是在寺外头生的，寺里师傅救了我们，把我们送去了医院。她给我起这个名字，说我是被佛祖保佑的孩子。"

欧阳睿跟蓝耀阳道："他是被逼着表态了。韩舟这样说，他不亮出真身份说不过去。"

蓝耀阳点头："我就说倪蓝可以的，一切在她掌握中。"

欧阳睿："……"关倪蓝什么事呢，这位总裁，邱寺被韩舟牵着鼻子了没听出来吗？

这时候欧阳睿的手机"嘀"的一声响，收到了信息。他拿起一看，是倪蓝发来的。

邱寺的身份证号码、真实身份信息等等，倪蓝查到了。

邱寺还在继续对韩舟道："我的出生，我为什么想开客栈，我都跟你说过的。当初我爸一走了之，我妈怀着我，心里有怨，快足月了还等不到我爸，把恨都告诉了菩萨，然后要带着我去轻生的。结果没走到庙后头的悬崖就早产了。"

"这是在打温情牌了。"蓝耀阳点评。

欧阳睿看了邱寺的资料，确实是单亲家庭出身，有少年犯罪前科。母亲去世早，邱寺也是被送到过管教所、福利院等地方。高中读完后就进社会了，情况比韩舟好一点。

邱寺道："你可以打电话去问小红，老子是不是冒险想给你提个醒。你走得干净，原来的手机一直不开机，培叔的手机也打不通。我不知道去哪里找你，想到你说的办法，就去钱叔指定的地点提先留个字条。结果金孔雀的人在那儿守着，把我抓了。

"我猜是老大派来的，我觉得金孔雀的江哥代替了培叔的位置。他们在找你，找培叔。小红向江哥透露了你用培叔的电话找过她。但江哥不完全相信小红，觉得她有隐瞒。所以他们让我试一试小红。我也想找到你，就将计就计。结果那婊子真的一试就露馅，她什么都跟江哥说。我留了一手，我没告诉他们培叔已经死了。

"我还偷偷爬到小红屋里，把她揍了一顿，威胁她。让她在你联络她的时候，把我的号码给你。我想告诉你，钱叔不可信了，别去他指定的地点。也别想利用小红，江哥他们心里有数，一直盯着她呢。我没想到金孔雀的人会察觉，会来抓我。"

邱寺说着猛挥手，有些激动："你去打电话，你去问。看看老子说的是不是真的！他们不知道培叔死了，老子没说！老子还特意提你名字的时候说阿勇。我想着如果我没机会提前告诉你，你听他们说阿生说阿勇什么什么，你也许能反应过来。我后来一直叫你阿行的。突然改口名字，也许你会觉得奇怪，会警惕起来。"

韩舟不说话。

邱寺叫道："你去问啊！"

韩舟看了邱寺好一会儿，把手机丢到了桌上："我相信你。"

欧阳睿听到了这儿，便对倪蓝道："倪蓝，那我让金孔雀那边的小组收队了，把那边的人都带回来审。"

倪蓝敲着键盘，回了一个"好"字。

邱寺瞪向倪蓝："你呢，究竟要干什么？"

倪蓝把笔记本电脑扣上了，双臂抱胸看着面前两个男人，最后目光落到邱寺身上："现在你们在做一道选择题，A，你们老大要你们的命，B，警方要抓你们接受法律的审判……"

倪蓝顿了顿。邱寺问："C呢？"

"没有C。"倪蓝道，"我是确保你们只能选B的那个人。"

邱寺："……"

"你选A，我就马上把你交给警方。你选B，我就带你为社会做点贡献，享受一下做好人的快乐，最后再交给警方。"倪蓝抬抬下巴，"区别就是跟我干和不跟我干，你选哪样？"

这是个屁的选择题。

邱寺看了看韩舟。

韩舟面无表情地坐下了，回视了他一眼。邱寺在韩舟的眼神里看到了默契。于是他也坐下了，问倪蓝："跟着你怎么干？"

"第一，先保住你们的命。同意吗？"倪蓝道。

邱寺点头。

"要保住你们的命，就得对付你们前任老大，因为看起来他似乎不肯罢手的样子。同意吗？"

邱寺又点头。

"只要齐心对付你们前任老大，警方就会暂时把你们列为合作对象。你们的表现会决定日后审判的结果。这个肯定都懂，不用点头了。"

邱寺看了一眼韩舟，韩舟仍是没表情。

倪蓝又道："现在，告诉我那个出卖你们的钱叔是谁？"

邱寺还没说话，韩舟就道："不知道。"

倪蓝盯着他。

邱寺也看向他。

蓝耀阳听得愣了愣，欧阳睿一脸早已预料的表情："这些人真的没那么容易撬开嘴。"

035

他跟倪蓝道："问邱寺被抓的事试试。"

倪蓝盯了韩舟半天，终于放过他，转向邱寺："你具体什么时间，在哪里被人抓到的？你认识他们吗？"

邱寺还没开口，韩舟又道："他已经说了是金孔雀的人。那你们直接问金孔雀不就行？今晚警方已经盯上小红，又围查了金孔雀，他们还派了三辆车想抓走邱寺，这也是你们逮个正着的事。你说得自己这么厉害，这个号码也知道，那辆车也晓得，那就全抓起来问一问。而且培叔的手机你也拿走了，该查什么，能查到什么，你心里没数吗？这么算起来，我们给出的线索，做的贡献够大了。要是在你这儿也来警方审讯那套，还不如让我们直接到警局审讯室去，那还有点仪式感。"

蓝耀阳皱了眉头，这个韩舟，怎么又来这套，一副油盐不进的样子。

欧阳睿道："看到没有，这种混子，对付警察和这类事的经验比倪蓝多太多。在他找到退路之前，他不会彻底交底的。今天我们抓到金孔雀和邱寺，他也想等等看我们能查到什么。还有，他并不真正信任邱寺。他在做戏给邱寺看。倪蓝，你听懂了吗？"

倪蓝听懂了。

欧阳睿继续与倪蓝道："你先离开。给他们一点空间，看看韩舟究竟是什么打算。况且你跟他们耗得越久，你的威严就会越丧失，毕竟你不是警察，不能真的对他们做什么。狐假虎威只能镇住一时，保持点距离，让他们摸不清你的路数才行。"

蓝耀阳赞同："倪蓝，听欧阳的。"

审讯这种专业事情，专业人士的意见很值得参考。

他又安慰欧阳睿："放心，让人摸不清路数是倪蓝强项。"

欧阳睿真想"呵呵"，这个真的，他太懂了。

倪蓝在那边已经开始发脾气，她一掌重重拍在桌上，指着韩舟骂："我问你了吗？邱寺是哑巴？金孔雀是金孔雀，小红是小红，什么都从他们那儿查出来，要你们干吗用？"

"我们没用你也不会留着我们。什么都告诉你，我们才是真没用，转头你就会把我们卖给警察，给你那个有钱男朋友挣些政治资本政府资源。"韩舟顶嘴回骂，"我们又不是你们有钱人的玩意儿。老子不做狗了没听见吗！"

倪蓝大怒，一巴掌就甩过去。

韩舟竟然早有准备，也不管会不会被巴掌打中，跳起来就扑向桌面的枪。

他刚把枪抓起来就被倪蓝按住。韩舟反应很快，屈肘击向倪蓝胸部，倪蓝反手一挡，韩舟把枪抢在手里。

韩舟一动手，邱寺就赶紧跟上。他扑向桌上另一把枪。

倪蓝一撑台面跃起，护着枪一脚狠狠踹在邱寺肩上。邱寺勉强从倪蓝手里抢到了枪，但整个人被踢飞出去。他撞翻了屏风，滚到沙发那边，脑袋磕到茶几上。

倪蓝踹飞邱寺，下一秒就是扫向韩舟。韩舟的枪口刚往她的方向指，手腕就被踢歪，枪脱手飞了出去，撞到墙上发出"砰"的撞击声，再掉在地上。

韩舟顾不上管枪，转身对着倪蓝就是一拳。倪蓝刚落地，侧头躲过，迅速回了韩舟一拳，正中韩舟肋下。

韩舟闷哼一声，又一拳向倪蓝袭来。倪蓝走步移位，再次躲过。

两人摆开架势，韩舟野路子凶猛，可惜完全不是倪蓝对手。他身形高大出拳有力，但倪蓝的速度比他快，移动迅速，走位灵活。韩舟连击两拳都没打到倪蓝，反而再次被倪蓝一拳击中。

倪蓝出拳不讲数量讲质量，击中的位置有辨识度。韩舟脸都扭曲，紧咬牙关向倪蓝扑来。

邱寺捂着头从地上爬起来就看到倪蓝握住了韩舟的拳头，脚下一晃，韩舟整个人被抡起来砸到地上。

邱寺拿枪指着倪蓝大喝："住手！"

倪蓝转头看向他，也对他喝："开枪啊，蠢货，有子弹吗！"

邱寺一愣，这才发现手上的枪弹匣已经被卸下。但他刚才扑上去抢枪的时候明明看到枪是好的。之前倪蓝检查枪的时候他眼看着她把弹匣装上去……

邱寺脸白了。

这里不是车里，倪蓝没有空间小而她身形灵活的优势了。现在真的是硬碰硬拼武力的场面。

韩舟已经从地上爬了起来，大吼一声再度向倪蓝扑了过去，要把倪蓝拦腰抱住往地上摔。

倪蓝在被他抱住的那一瞬间，搭着他的肩膀跃了起来。一条腿迈上了他的肩，一条腿夹着他的肋下，一个翻转！

飞身十字固。

邱寺都没看清倪蓝的动作，就看到韩舟被倪蓝夹着摔到了地上。胳膊被倪蓝拉住，颈脖被倪蓝的腿锁死。

韩舟大声惨叫。

倪蓝喝道："我现在就能废了你胳膊、拧断你脖子。服不服！"

邱寺目瞪口呆！

韩舟惨叫道："小红也许跟杨晓芳认识。我猜的，小红应该是认识她的。这总行了吧?"

倪蓝松开了韩舟。

韩舟伏在地上大口喘气。

倪蓝起身朝邱寺走去。邱寺赶紧把枪丢了,后退两步举高了手。

倪蓝直直走到他面前,盯着他。邱寺赶紧道:"在飞鹤大楼二楼的健身房,我放完纸条出来,在健身房门口就被人堵。那两人我不知道名字。他们把我拖上车打了一顿,提了要求。说如果我听话照办,他们之后会把证件给我,我可以安全离开,不然的话就杀了我。我不认识他们,以前从没见过。不到三十的样子,身形挺强壮的。一个细长眼睛,单眼皮。还有一个脸有点长。我不太说得上什么特征,不知道他们名字,但如果再看到他们我一定能认出来。从他们的谈话,还有他们提的要求里头,我觉得他们是金孔雀的。"

倪蓝盯着他,邱寺吞了吞唾沫。

倪蓝突然一拳打到邱寺的胃部。邱寺惨叫一声痛得跪下。

倪蓝冷道:"早这样多好,大家客客气气的。"

她说完也不理邱寺和韩舟,把地上的枪都捡起,桌上的东西都收好放包里。再转头,那两个还没从地上爬起来,大概是觉得起来还被打不如就先赖着。

倪蓝背上包,把培叔的手机摆在桌上,对那两人道:"枪我没收了。培叔的手机放这里。有人打过来,韩舟你就好好接,我那边能监听到。有什么情况听我指示。你们自己手机就用现在的,别打歪主意。我再说一次,我能找到你们。平常别乱跑,三餐和零食我会帮你们叫外卖。韩舟你的行李我让人从网租公寓收拾了给你送过来。还缺什么就说。在这屋里不许吸毒不许叫小姐,可以上网看电视打飞机,但是卫生清洁要做好。我下次过来可不想看到满地垃圾。等我想好要让你们做什么再找你们。就这样。"

倪蓝说完很酷地转身走了。

"咔嚓"一声,那是大门关上的声音。

韩舟从地上爬了起来,抱着胳膊痛得猛吸气。邱寺赶紧过来看他伤势。韩舟怒气冲冲一脚踹飞一把餐椅。

蓝耀阳对欧阳睿扬了扬眉毛,抬抬下巴:"谁说倪蓝没演技的。看到没有。"

欧阳睿不服气:"明显韩舟更胜一筹。"

"说不定是邱寺拿影帝呢。"倪蓝已经进电梯了,"刚才听到了吗?小红认识杨晓芳。"

欧阳睿站了起来:"我得去加班了。今晚很多人要审。"

蓝耀阳也站起:"那我走了。"

"来接我。"倪蓝说。

欧阳睿警惕："你们要去哪儿？"

"回家。"两个人异口同声。

欧阳睿有点怀疑，但算了。他挥挥手，赶蓝耀阳。

临水镇。

沈华跟着当地的警察杨德，去拜访一个当年调查大河村人口拐卖案的退休警察。当年好多案卷都是手写的，时间太久远，地方又偏僻，后来村子又迁过，档案已经不全。要调查更多细节，得找当初的老人一点点问。

这退休警察叫管怀，从前一直在大河村当警察，按现在的标准，他当初办案算不上好，和稀泥，睁只眼闭只眼的做派。但有历史的原因，也有地域的关系，加上当地势力人脉等等。沈华查了些档案，憋了些气，又不好说什么。只希望这退休警察脑子还灵光，记得村子里的那些人。

杨德带沈华到了地方，那是个小小的自建房院落。杨德敲了半天门，又喊了几嗓子，自报家门，说自己是镇上警察，来问点事。但一直没人开门。

沈华从院门往里看，里面分明还有灯光。

杨德又拨了管怀的电话，听到了该用户已关机的提示音。

沈华觉得不对，他大吼一声："警察，开门！"

没人应。

沈华一脚踹开门，杨德跟着他跑了进去。里面屋子门也关着，杨德再喊，仍旧没人应。沈华再度把门踹开。

这屋门一开，沈华和杨德均是一愣。

管怀脖子套着绳，吊在屋梁上。脚下是踢翻的椅子。

杨德惊叫一声，就要上去抱管怀的腿，想把他放下来。沈华忙喝道："别动，他早就断气了。"

杨德愣了一愣。

沈华又道："断气很久了。保护好现场，叫法医来。"

杨德这才仔仔细细观察管怀，果然肤色都已经不对了。杨德一阵恶心，没忍住，冲到屋外头干呕起来。

临水镇这个地方二三十年前因为大河村的贩卖人口大案全国知名，但后来在镇乡村开展全面普法，并组织提升执法团队素质，严厉整治了好几年，又调整经济发展方向，大家日子过得好了，整个地方风气都变了。

现在的临水镇，小偷小摸打架斗殴是有，但是命案，好几年未见了。

杨德冲出去后，沈华打了电话给与自己一起到临水镇调查的两位同事，让他们一个找镇上民警一起过来，一个到镇上警局档案室，把管怀经手的所有案件档案都找出来封存，小心被人盗窃损毁。

等交代完了，杨德也呕完了硬着头皮进来。

沈华没对他做任何点评，只催他叫同事来，得保护现场，得做周边调查，还得找法医做尸检。沈华一边说一边仔细察看了现场情况，用手机把屋子里的细节还有管怀的尸体情况都拍了下来。

"我们镇上没有法医，得叫市里的法医来。"杨德见沈华有条不紊，沉着老练，更对自己的慌张没经验感到尴尬。

"那就快打电话，让他们连夜来。"沈华道，"也许与我们的案子有关联。"

杨德听罢赶紧打电话。沈华也给刘综电话报告，让刘综那边也给这头的市里打声招呼。

欧阳睿这边安排了人对金孔雀的人进行了审讯，一如他的预料那般，并不顺利。

这些场所里做事的，基本都是老油子。警察去金孔雀找人之后，他们也明显提前做好了口供的编排。

追踪倪蓝他们车子的司机，在小区被抓住的三个人，以及另一辆来接这司机的车子上的人，都被带了回来。这些人口径一致，说是有个男的，以前来过他们金孔雀，算是熟客。今天偷偷闯入他们会所服务员姑娘的房间里，对那姑娘进行了殴打和猥亵。姑娘大声呼救，那人翻窗户跑了。于是他们便跟上了那个男人，想把他抓回金孔雀给姑娘当面道歉和商议赔偿的事，但没料到这男人居然有帮手，把他们打了一顿，跑掉了。他们想追踪到底，车子还被砸坏。

对于警方指控他们持有违法枪械，他们拒不承认，后又说是自己私人从客人手上买的，因为工作性质比较危险，有把枪壮壮胆，当道具用的。而卖枪给他们的人，正是今晚犯事的那个熟客。

总之转来绕去，全是阿生的错。

小红的说法跟他们一样。她说自己回房间遭到了一个熟客的猥亵，险遭强奸。她奋力反抗，被对方殴打。后来她呼救，有人赶来，那熟客就从窗户逃跑了。那名客人她不知道全名，只知道混黑道的，大家都叫他生哥。

她并不知道生哥被警方通缉的事，她说她今天接到生哥的电话，他约她出去，她拒绝了。两人在电话里发生了口角。这可能是让他生气，闯入她房间教训她的原因。事后她向公司报告，至于老板怎么安排处理的，她不清楚。她受伤头晕躺了好一阵，原来公司打算送她去医院检查，结果听说警察来了。然后她就出来见警察，被带了回来。

值班经理也改了口，说他在会所那里说不是小红当班，得打电话让她过来，是因为当时小红受了伤意识有些不对，公司想送她去医院。但警察又说小红帮着什么通缉犯之类的,他们又不敢送,担心背上串通的罪名。所以就等小红清醒了,能回答事了,问清楚没什么问题,就让她赶紧来见警察。

至于这一晚上所有事情的安排,值班经理都担了下来。他说老板不在,事情都是他做主的。他还提供了老板江滨的手机号码,让警方可以跟老板联络。

这问话和录口供是一个费时又耗精力的过程,尤其是遇着这种打圈圈嘴里没实话的。

欧阳睿没亲自问讯,他安排了两组人,一组问一个,其他人被关在拘留室等着。他观察着大家的反应,尤其是小红的。

小红答话流利,敢直视警察的眼睛。她长相端正,称得上有些漂亮。眼睛无辜,表情可怜。她答话过程里甚至会有一些伤口痛楚的表情,但她不说,就又显得更可怜了。

跟杨晓芳一个套路。

那些受伤害、内心恐惧的小动作,小心翼翼又认真答话的表情,完全是一个无辜可怜姑娘的表现,真的跟杨晓芳很像。

欧阳睿站在玻璃后面看着,正思忖,接到了刘综的电话。

刘综把临水镇的新情况告诉了他。

"法医已经动身了,还得三个小时才到。但我们这边法医看了沈华发回来的尸体照片,还有他们在当地的查访,初步估计这个管怀死了有两天了。"

"那就是沈华他们到了临水镇之后这人死了。"

"差不多。但是具体时间和死因还得等法医鉴定。"

欧阳睿忙道:"无论是自杀还是他杀,这个时间点,大概率跟'鹰巢'有关。"

"我也是这么想。"刘综道,"我明天一早的飞机过去。这个管怀当初直接参与调查大河村的拐卖案。他的名声不太好,当年他是镇上派出所派往大河村的常驻警员,据说有被拐卖的妇女要逃,向他报案,他把人给带回村子去了。不止一个妇女是这样的遭遇。当时村里人的想法是,花钱买媳妇不是错的,进了门就是自家人。"

欧阳睿:"……而他觉得自己也是村里人,也有同样的想法。"

"应该是。沈华看了一些他当年的案卷非常生气。有案卷的都敷衍,没立案的那些就不用想了。"刘综道,"管怀七十八岁了,按时间算,金培树离开村子的时候,管怀近五十。后来严打拐卖,管怀从前办的案被翻出来,他被处分了。再后来报了个病退,提早退休。但实际他没病没痛的,就是身边没亲人,独居,名声也臭,平常闭门不出。"

欧阳睿皱了眉头,觉得这人是被灭口的可能性很大。

"我去收拾行李了,有消息就通知你。"

欧阳睿又与他说了自己这边的进度，两人商量好，挂了电话。

金孔雀外头，蓝耀阳的车子停在了僻角。保镖陈洲按倪蓝的指示，从金孔雀的正门进去，但被大堂接待拦下了。接待说今天有人包场，只接待预约的客人，不接散客了。

陈洲在大堂转了一圈，看了看价目表和服务项目，又问了招待一些客人会问的问题，然后给接待塞了笔小费，说他想请个哥们儿开个婚礼前的单身派对，十五到二十人左右的包厢，酒水要好，姑娘要漂亮，要有游戏道具，有牌桌，姑娘要玩得开的。

接待连连说没问题，只需要定好日子提前约，他们好布置安排。

陈洲道："我在选地方。不想再跑一趟了，你领我进去看看环境，给我介绍介绍。"

接待把厚厚的小费放进口袋，领陈洲进去了。

蓝耀阳和倪蓝在车子里借着陈洲带的摄像头把环境大致看了一圈。很冷清，看来警察带走不少人，这里今晚是不做生意了。

"这种时候干坏事最合适了。"倪蓝说着，敲着电脑侵入了金孔雀的网络。蓝耀阳挨着她的脑袋看着，倪蓝一边做一边现场教学，蓝耀阳认真听着。

"看到这个信号线路了吗？这个是公共用的。就是会所提供给客人的Wi-Fi。这里这个是摄像监控用的单独线路。"倪蓝给蓝耀阳示范，"嗯，他们这套系统以前我们就破解过，编号C1的那个，所以就要直接接入程序，你在这里输入我们的密码，就进去了。"

倪蓝操作着电脑接入了金孔雀的摄像头安保系统。"等警方拿到搜查令让他们交出监控录影，估计他们已经删干净了。"

"如果是我，警察上门的那一刻我就把不能让人看的录影全删了。"蓝耀阳道，"你想找什么？"

"找找这个邱寺和金孔雀的关系。"倪蓝道，"还有，小红与金孔雀的关系。"

"警方拍到的照片，就是这楼后头，小红的房间在这里。"蓝耀阳在图像列表里找到了需要的方位。

倪蓝搜索着，找到了这个摄像头内容里有邱寺的画面。

"对，就是这儿，他从后头院子出来，在这里被拍到了。"蓝耀阳看着画面，"他知道有摄像头，你看他低着头，看不到正脸。"

倪蓝继续调取摄像资料，这一片同一时间，三个摄像头方位都拍到了邱寺出来。

倪蓝就用这三个摄像头的内容按时间往前倒，快速浏览了一会儿，比对小红的手机记录时间，直到邱寺与小红联络之前，都没有找到邱寺爬进小红房间的画面。

倪蓝与蓝耀阳对视了一眼。"他不是从这里进去的。"

韩舟对阿生的直觉是有道理的。

倪蓝扒拉一把头发，有些烦，可惜她还没机会跟韩舟仔细沟通。

倪蓝打开了韩舟手机的监听，什么都没听到。

蓝耀阳道："他们特意躲开了，不可能发生这么多事不好好聊一聊商量商量。"

"韩舟知道他的手机能监听。"倪蓝叹气，"他还是两边都防备着。"

"欧阳也说让这种人交心很难的。你的进度已经很快了。最起码他愿意合作。"

"还是差点火候。"倪蓝道，"就是一种感觉，有时候我觉得我能抓住，能明白，但又不是特别明白。就差一点，隔了层纱。"

倪蓝不知道怎么解释这感觉，最后道："就好像阿光不可替代似的。"

"许警官拿他的命，还有他的精神力量换来的。"蓝耀阳道，"而且他用了两年跟这些人打交道。"

倪蓝不说话了。

她知道无论从前的自己经历过多残酷的环境和凶险，现在的她确实过着锦衣玉食的好日子。

她不完全是同类，韩舟看得出来。

他骂那句"不做你们有钱人的狗"，半真半假。是在演戏，但有他的心声。

倪蓝拿出一根皮筋，把头发扎了起来。

"怎么了？"蓝耀阳对倪蓝突然冒出的气势有些惊讶。

"我已经录好屏了。"倪蓝示范给蓝耀阳看，"让这些空白画面在监控里循环就好。我进去一趟，去小红的房间看看。"

"就这样？"

"再去一趟三楼。"倪蓝道，"三楼有一半地方没监控画面。表示那里是老大的地盘。"

蓝耀阳皱起眉头。

"我去过更危险的地方。"倪蓝道。

"不是这个问题。从前是从前。"蓝耀阳道。

"我想做韩舟的老大，不是把他打哭就行。"倪蓝道，"我得带着他一起打对手，这才是真合作。现在时机正好，金孔雀在应付警察，他们肯定想不到我们会来。"

倪蓝拨韩舟的电话,对蓝耀阳道:"如果邱寺跟金孔雀有一腿,现在也正好试探他一下。"

豪宅安全屋里。

韩舟和邱寺的手机都丢在客厅。他们已经检查了屋子,没有发现摄像头和监听器,但仍不放心。韩舟把邱寺拉进了主卧的洗手间,把洗手间检查过后,打开了沐浴水龙头和洗手台的水龙头。

水声哗哗,这种环境下,窃听是无效的。

其实韩舟并不觉得倪蓝会这么变态,但既然做戏,就认真做。这种慎重让气氛紧张,也容易制造对话效果。

"你太蠢了。"韩舟开口就责备邱寺,"你不该插手进来。你得安全离开,日后我若有难,还能投奔你。"

邱寺道:"这不是觉得你都没处投奔我,才想给你报个信。而且我得找你问问,必须问清楚,不然心里放不下。那天太晚了,你又倒下继续睡,觉得把你强拉起来不合适,但第二天我醒的时候,你已经走了。"

韩舟扬扬眉头:"那你到底是想知道我是不是奸细,还是想让我投靠啊?"

邱寺愣了愣,然后给了他一拳:"你说你这人怎么这么贱呢。遇着对你好的人,你就态度好点。现在就咱俩了,难兄难弟,听听你那语气。"

这一拳正好打到韩舟被伤到的胳膊,他痛得吸了一口气。

邱寺道:"我当时也没想好,反正先找到你再说。无论怎么样,在老宅是你把我救出来。过去的事情也回不了头了,走一步看一步。但没想到竟然被堵了。"

韩舟皱眉:"你确定是钱叔泄露的消息吗?"

邱寺反问:"除了他还能有谁?是他给我们的地址和钥匙。我的交货地点连你都不知道,只有他了。"

韩舟咬咬牙。

邱寺问他:"那个倪蓝怎么回事?"

"就你看到的这么回事,她在帮警方做中间人。我明确说了,被抓进去反正死路一条,我什么都不会说的。不知道她怎么跟警方谈的,我没接触警方,她也没让警察找到我。总之目前达成的共识就是我和他们事务所合作,找出公司大老板。"

"找到之后呢?"

"用不着等找到。"韩舟道,"等找到那一天就来不及了。我又不傻,警察抓到大老板的时候,就是我入狱的时候。什么申请轻判,哼,说笑话呢。像我们这样的，能轻判多少。我是不信的。我跟她周旋，就是想借她的手帮咱们把后患处理干净。然后我拿着证件，找个机会离开，换个身份重新生活。"

"能跑掉？"邱寺现在满脑子都是倪蓝嚣张跋扈的样子，而且她似乎真的想追踪谁就能追踪谁。

韩舟面露尴尬："我当时跟她谈的时候，没想到她这么厉害的。"

邱寺："……"

"但也没办法。要么当时就进牢里等着判刑，要么跟她合作，有个缓和的余地。我当时就想拖时间，拖到能拿证件，能安排退路再做打算。"

但现在证件这边也出问题了。

韩舟和邱寺两个人都沉默。

韩舟道："所以我才想跟你确认一下，确实是钱叔出卖我们吗？抓你的那两人是怎么说的？"

邱寺摇头："他们没说这个，我第一反应就是认定钱叔告诉的，不然怎么堵得这么准。他们问了我很多问题，我很紧张，也没太细想这事。"

韩舟琢磨着："那我还得再联络钱叔。万一与他无关呢。我们还是需要证件的。"

"怎么联络？"邱寺有些紧张，"如果又有人堵我们呢？这回就不是让我们帮着做事这么简单了。"

韩舟道："他们想测试小红的最终目的，是要找到我和培叔吗？"

"对。"邱寺点头，"我觉得是这么个意思。"

"那我和培叔都不出现，他们再抓到你也不能怎么样。"

邱寺："……开玩笑呢？"还不能怎么样？他又是逃又是砸人车子，他们再抓到他一枪崩掉简单干脆。

"不，认真的。"韩舟解释道，"我联络钱叔，你去取证件。如果确实是钱叔泄密，那么还会有人来抓你。这回你不是一个人了，我们能把那些人抓住，把他们交给警方，装作很配合的样子。而我们取得证件，确保有条后路。"

"警方会追究我们去那儿干吗。"

"那就给警方一套证件。"韩舟道，"以前公司不是也给我们配了一套吗？"

"那假得很，恐怕经不起查。我都没用。"

"有什么关系。假就假，有东西给警方交差就行。"

邱寺想了想，觉得在理。"我那套在公寓里，我藏在厕所吊顶板子里头。里头还有一些现金。"

"我的贴在马桶下面背后的下水管道空隙里。"

韩舟与邱寺四目相对，两人都看懂了对方的意思。

"那我让钱叔变更交货地点，让他把东西放进我们公寓的信箱里。到时候你去取，把屋里的换到信箱去，我给你做掩护。"

"可倪蓝这边怎么办？她监控着我们。你一联络钱叔她就会察觉。没等拿到证这事就泄露了。"

"我可以上淘宝找他。有店，正常买货。"韩舟道，"总得试试，不能坐以待毙。"

"那去取货的时候呢？"

"再想办法。先解决掉钱叔这边送货的事。如果他不知情，他还会送到老地方，你刚才告诉倪蓝了，警方一定会蹲点的。"

邱寺听出韩舟有责怪他的意思，忙道："刚才情况你也看到了，她跟个疯子似的。她有病吗？我听你报了小红认识杨晓芳什么的，我才也跟着报料啊。不然谁知道会发生什么。况且我真的觉得这消息泄露除了钱叔没别的可能了。"

"好了。没事，我知道倪蓝难应付。我来处理。钱叔对我有恩，如果不是他，我活不到成年。我不能看着他被警察抓走。"韩舟关掉了水龙头。

一转头，看到邱寺在看他，韩舟便道："对我好的人，我都记着呢。"

邱寺垂眸没说话。

韩舟又道："我知道枪械交易失败后大家都有些怀疑我。阿光确实对我有恩，他救过我的命，教我许多东西。我真把他当亲大哥一样。就算他是警察卧底，这些事也确实发生过。所以我才拼命对兄弟们好，也有一些为他补偿的心理吧。我拼命救下阿猛，拼命救下你。我原本还想着从培叔手底下把阿平他们能救一个是一个。可没想到最后培叔先死了。"

邱寺抬眼，对上韩舟的目光。

韩舟道："现在就剩下你和我了。"

邱寺上前一步，拥抱了韩舟一下："就剩下你和我了。"

韩舟拍拍他的肩："我们会平安渡过这一关的。"

邱寺点头。

两人一起出了洗手间，这时候他们听到客厅里韩舟的手机在响。

两人对视一眼，快步去看手机。

是倪蓝。韩舟接了。

倪蓝丝毫没有废话，直接问："我在金孔雀，你和邱寺有什么需要我进去查一查的吗？"

韩舟愣了愣，看向邱寺。

倪蓝又道："邱寺在旁边吗，问问他，他是怎么混入金孔雀小红的房间的？我打算去她房间看看。"

"我开免提。"韩舟把手机声音点开，对邱寺道，"倪蓝想去小红的房间看看，问你怎么进去方便。"

倪蓝的声音响起："还有他们老板江哥的办公室，具体在哪儿？"

邱寺忙问："要做什么？"

"不知道呢，所以先看看。"

邱寺："……"逛街吗？不知道要买什么就先看看？

"他们安保很多的，还有监控。被发现了很麻烦。"他提醒倪蓝。

倪蓝道："所以才问你怎么进去方便。你们有没有什么想查的，我帮你们找找。比如你们的罪证什么的，回头警察来搜查我们就没机会了。"

韩舟与邱寺对视了一眼。

韩舟道："我们不给金孔雀办事，除了女人，没打过交道。"

邱寺道："我想知道他们怎么找到我的。还有，他们找培叔想做什么，老宅的爆炸案是不是他们做的。呃，他们对小红不太信任。我不能确定是因为小红做了什么别的，还是小红跟韩舟走得太近的缘故。"

韩舟又提醒倪蓝："金孔雀很可能是大老板管着的，里面没那么简单，你心里有个数。"

"因为邱寺，今天警察把金孔雀剿了。现在没客人，好多人都被带走问话。现在是他们最疏于防范的时候。"倪蓝道，"快告诉我怎么进去最容易。"

"得从外头爬。"邱寺道，"小红的房间在二楼。"他把具体位置仔细跟倪蓝说了。"我搜过她房间，没发现什么问题。"

"行。那他们老板的办公室在哪儿？"倪蓝再问。

邱寺看向韩舟，韩舟没反应，似乎不知道。邱寺便道："我听小红说的，在西区三层，嗯，应该是出电梯右手边第二间。"

韩舟把手机放桌子上，随手敲了敲桌面："需要我们做什么吗？"

"如果有这位江哥的电话号码就更好了。"

韩舟道："培叔的手机里有。"

过了一会儿倪蓝道："带江字的人很多呀。他全名叫什么？"

"不知道。"韩舟和邱寺都摇头。

"那我先查一查，看看有没有号码在这边信号区里。"

韩舟看了一眼邱寺，邱寺压低声音："太冒险了吧，感觉会捅了马蜂窝。会连累我们的。"

韩舟敲了敲桌面，一副思忖的样子，他跟倪蓝道："倪蓝，你还是小心一点。我们都没上过三楼，不知道是什么情况。你确定要进去吗？"

倪蓝没回答，只道："我先挂了。回头找你们。"

倪蓝挂了电话。邱寺赶紧问韩舟："她真的是有点疯吧。我们现在怎么办，干等着？"

"只能等了。"韩舟拿过手机，上淘宝，"正好，她瞎忙她的，我上网看看，买些吃的。"他对邱寺眨眨眼睛，邱寺明白了。

邱寺拖过一张椅子，坐在旁边。

倪蓝打开韩舟手机的监听，就听到他们这句对话，然后就没别的了。

蓝耀阳刚才也在听倪蓝与他们的对话，他注意到了细节："邱寺说三楼的时候，韩舟敲了敲什么地方。后来韩舟自己说三楼，又敲了。"

倪蓝点头，她也注意到了，所以她没跟他们多说。韩舟想传递某些信息，但她挂了电话他又不跟邱寺套话了。

所以跟不会密码系统的人一起干活就是累。这届小弟真不好带。

"是那个办公室位置是错的？韩舟知道，但他不能当面拆穿他。他想留着钓大鱼？"蓝耀阳猜，"但说这种谎很容易被识破呀。警方都在问话了，这不是过一会儿就能知道的信息吗。"

"也很容易圆回来，他只需要说他记错了就好。"倪蓝道，"我真得上去。如果真的故意骗我，这种蹩脚的谎除了拖时间没有别的任何用处。孙叔。"倪蓝向事务所的孙哲言道，"号码定位出来了告诉我，看看'鹰巢'那些人的通信簿里，究竟有多少人在这里。"

蓝耀阳想劝，他觉得跟警方配合着来比较好。但又想着等警方来需要时间，警方一来肯定会刺激金孔雀销毁证据，也许他们现在就在做这事。这不是一个好主意。

蓝耀阳没想到更好的办法，可还是觉得应该计划周详些再行动。

但倪蓝没给蓝耀阳说话的机会就已经下车了，她的身影飞快地掩进了夜色里。

蓝耀阳看不到倪蓝的身影，忙去盯屏幕。

倪蓝身上带着监控摄像头，他透过屏幕上的影像能知道她那边的情况。倪蓝先是猫在后院后头的绿化带外，观察了一番里头的情形。没有保镖打手，没有什么异样。倪蓝压低身子迅速跑到了小红房间那堵墙边，潜进了阴影里。

蓝耀阳总觉得哪里不对，忍不住叮嘱："你小心点。"

倪蓝轻轻应了一声，观察好周围，攀上了墙边的管道，踩着红砖墙缝隙，爬上了二楼。

二楼第四间窗户是小红的房间。倪蓝刚才在楼下观察过了，窗帘闭得紧紧的，没有灯光。第三间的窗帘倒是露着一条缝，亮着灯，似乎有人。

倪蓝攀上去，趴到第三间窗边看了看，里面有一个姑娘正在抽烟刷手机。倪蓝又转到了第四间，戴上单边耳机用听音器贴在玻璃上听了听，里面没有一点声音。

倪蓝低头看了看下方的院子，空空的，没人。

倪蓝伸手试探着扳了扳窗户，锁着的，拉不开。倪蓝继续往上爬，三楼第四间窗户也是宿舍，是个男人住。倪蓝爬上去时，那人正好一边接电话一边走到窗边。

倪蓝攀着管子紧紧贴在墙上。

那男人似乎是想拉窗帘，拉到一半跟电话那边吵起来了，就站在窗边激动地说话。

蓝耀阳看着屏幕上静止不动的画面和那男人大声的说话声，皱起了眉头。

突然，蓝耀阳的手机铃声响了起来。

蓝耀阳吓了一跳，差点震一下。他一看是妈妈许娟，便接了起来。

"妈，我现在忙，回头再给你打。"蓝耀阳急匆匆道。

"在做什么呢？"许娟问。

"回头跟你说。"

"好吧。"许娟的语气有些不高兴，"其实我就是想跟你商量一下晚宴的事，我觉得还是取消倪蓝开舞稳妥一点。等你有空了我们再详谈吧。"

蓝耀阳："……好的，我再打给你。"

蓝耀阳看着画面又动了，倪蓝继续往上爬。蓝耀阳挂断了许娟的电话。

倪蓝爬上了屋顶天台。

金孔雀的楼不高，只有三层。但它的面积很大。它的大门在西南向，而小红他们的宿舍在最东边。

倪蓝知道金孔雀的建筑布局，两部电梯，东区一部，西区一部。而她没有搜索到监控画面信号的，正是三楼西区。

金孔雀的东区天台有些生活设施，太阳能热水器、水箱等等，还有晾衣的衣架。

倪蓝小心穿过东区，向西区靠近。

蓝耀阳忽然叫住她："倪蓝，我觉得不对劲，太顺利了。"

倪蓝停了脚步，躲在西区的水箱围栏后面。

确实很顺利。

倪蓝观察周围，只有四角有监控，摄像机十秒转一次头。在障碍物众多的天台，监控死角明显，对她而言，这些监控摄像机没什么威胁。

"画面有什么不对吗？"倪蓝问蓝耀阳。

"没有。"蓝耀阳看着倪蓝调换过的监控录影，一切正常，"但是警方带走一拨人调查，金孔雀都不做生意，清空客人了，怎么可能一点防备没有。"

"不是没有，就是少点。"倪蓝回想了一遍。前门的保镖四名，刚才陈洲进去，走廊上还是有保镖打手路过。后院的保镖没了也算正常，因为他们调走人去跟踪邱寺，等着堵截韩舟，结果被警方截走了。

"他们路上才被你砸了车。"蓝耀阳越想越觉得不对，"就算往近了说他们没反应过来，往远了说，如果邱寺可疑，他是老早就知道韩舟跟你有联系的。如果他是金孔雀这边的，他应该早就上报了。"

"所以他报办公室地址的时候有问题，我更应该赶紧去看看。刚才不是沟通过了吗？"倪蓝有些不高兴，"我已经到这儿了。我翻进去看看就走。他们可能会删改证据，我帮欧阳他们提前了解一下，留个后手。"

道理是这个道理，但蓝耀阳还是觉得不对。"等等，倪蓝，我想起来了，邱寺知道韩舟跟你有联系，他想与韩舟重新联络，为什么没有找你。这难道不是最安全的吗？"

"对，但这个更证明邱寺有问题。我更得赶紧进去不是吗？"倪蓝语气严肃，"你在耽误我时间。金孔雀因此能多删了一个硬盘的内容。"

蓝耀阳被噎住，他只得道："我联络欧阳，让他马上再派人过来支援你。"

"行。"倪蓝没拒绝，等警方的人来，金孔雀的人被惊动，她应该已经办完事了。她说了一句："有什么情况我都能应付。警方正查他们，他们不敢在这里开枪的。"

只要不是枪战，她自信一个能打十个。

"你别太得意，警惕点。"蓝耀阳压低声音喝道，终于察觉出来心里的不安是什么了。倪蓝这一晚接连获胜，一路打一路赢，简直气势如虹。她会轻敌的。他太了解她了。无论在外人面前怎么夸奖称赞她，他心里还是很清楚她的毛病。

蓝耀阳说完这句，手机响了一声，是许娟发来的消息。蓝耀阳顾不上看，他听到倪蓝说了一句："我心里有数。"

蓝耀阳盯着屏幕，手里在拨欧阳睿的电话。

倪蓝已经越过西区的天台监控范围，寻找到下楼的方向。她没有走楼梯，她像在东区那边一样，攀着墙下去，找到了一扇能推开的窗。

倪蓝观察好情况，跳了进去。

这是一间VIP娱乐厅一样的房间。灯没开全，只开了一组。但也能看出房间装修极其华丽，娱乐设施齐全，有一整面墙的酒柜。两组巨大的沙发，暧昧的红色，配着金边地毯，房间的氛围有些三级。能在这一层，且不安装监控的，又装饰成这样，应该是招待什么顶级VIP进行不雅活动的场所。

房间两侧还有门，依倪蓝跟蓝耀阳去各种高级会所玩的经验，那两扇门应该是更衣间、洗手间的位置。

　　这娱乐房对倪蓝来说没有用，不会有人把重要资料和证据放在这里。倪蓝听到通信器里蓝耀阳的声音："已经跟欧阳说了，他马上派人过来。你检查完就快点离开。"

　　倪蓝用手在衣扣那里的微型摄像头前面晃了一下，表示听到。

　　倪蓝朝房间门口走去，她打算把门开条缝观察一下外面的情形。但她的手刚要拧动门把时，外面有人也在拧门把。

　　倪蓝一惊，下意识往旁边闪，欲推开最近的那扇门躲进去。

　　可那扇门也突然打开了，屋子里的灯不知谁按了控制器，瞬间亮堂得如白昼。倪蓝退了一步，留意到另外一扇门也开了。

　　那两扇门后确实是洗手间，此刻迅速涌出了八个人，将倪蓝围住了。

　　八个裸男，戴着半掩面具。

　　"Shit。"倪蓝在心里狠狠地骂了一句脏话。

　　她听到通信器里蓝耀阳在狂骂。

　　倪蓝能想象蓝耀阳现在是个什么情绪状态，但她反而冷静了。

　　"你别上来。"倪蓝说。

　　蓝耀阳已经推开了车门，听到倪蓝这么一句，他停下脚步，然后他拨陈洲的手机，气急败坏大喊："去三楼西区，把倪蓝安全带下来。我要杀了他们。"

　　倪蓝听着蓝耀阳的声音，也听到房间里有"咔嚓咔嚓"的手机拍照声。

　　一个西装革履，近四十岁的男人，也是刚才推门进来的男人，趁着倪蓝被裸男们围住站着不动的这工夫，接连拍了好些照片。

　　倪蓝没动，就盯着他看。

　　裸男们也没动，没太靠近倪蓝，只是将她围住。

　　倪蓝觉得自己只要花上三十秒就能把这八个男人全废了，加上拍照的这个，算九个。但她得背上刑事责任吧。而且现在她不想跟这些男人有什么肢体触碰，毕竟有个拍照的，还不知道拍出什么效果来。

　　那拍照男人拍了照就赶紧发信息。倪蓝听到蓝耀阳愤怒的喘气声，然后安静了。应该是他担心他的情绪会影响她，所以关掉了通信器。

　　拍照男人从拍照到发信息，很快完成。然后他把手机放进兜里，对倪蓝微笑："大明星大驾光临，真是蓬荜生辉。"

　　众裸男听到这男人说话，就散开了，站在了两边。

　　"你好，倪蓝。我是这里的老板江滨。很高兴认识你。"那拍照男人说着客气话，却仍保持着与倪蓝的距离。

　　江滨！

倪蓝也微笑，冷笑。

她记住他了。

"制造我的丑闻吗？"倪蓝继续冷笑，"我不怕丑闻。"

"蓝家呢。"江滨道，"蓝家也不在乎吗？"

倪蓝不说话。

"BLUE影业总裁，BLUE集团未来接班人蓝耀阳的女朋友，上直播大秀与总裁恩爱不到一周，就到声色场所开裸男派对，你让蓝耀阳的脸往哪儿搁？"

倪蓝知道自己中计了。

这一瞬间她想起了欧阳睿反复说的，"秃鹰"是一个报复心极强的人。

她疏忽了。

没想到对她的报复来得这么快。

韩舟上淘宝，胡乱买了几件东西，然后去了钱叔的古玩店。一番暗语之后，联络上了钱叔。他一直刷着手机聊。邱寺就坐在他身边没离开。

韩舟用买家的语气说他朋友上次也是买了块高档玉，花了不少钱，结果被卖家把个人信息泄露了，那朋友一直被诈骗团伙骚扰，不过幸好没什么大损失。

那边钱叔立即就懂了，用客服号回道："这位朋友请放心，小店卖的货都是高端小众的，且大多都是孤品，卖一件就是交一个朋友。像我们这样的店，客户不多，但个个都是VIP，个人信息才值几个钱，卖信息这种得不偿失的事我们不会做的。现在诈骗团伙多，真的要小心提防，也得辨识清楚信息才好。有什么情况及时报警，确保财物安全。我们跟同行业店铺打交道，还没听说过这种事。谢谢你提醒，我们也好有个防范，提醒别的买家。"

意思就是不是他泄露的，并且他也不知道从哪儿泄露的。

韩舟把这话举给邱寺看，邱寺撇撇嘴，用气音小声道："还是得警惕。"

韩舟点点头。

这时钱叔客服又发来消息："这位朋友若是看中小店商品，大可放心下单。我们保真保价，全国包邮。"

韩舟挑了一件商品链接发过去，问商品的信息。

钱叔像模像样地回复，跟真卖家似的。

韩舟也跟真想买东西似的，又挑了几件货问问题。

邱寺等了好一会儿，看还没聊出结果，也开始刷手机玩。

韩舟问钱叔什么时候能发货？

"明天就能发。"钱叔回道。

"可我这两天搬家，老地址恐怕不方便接收。我现在拍，留新地址，收货的时候再来通知你发货可以吗？"

"可以的。"

韩舟一顿操作，把东西拍了，地址留的就是邱寺公寓的地址，名字留的邱寺，电话号码却是自己现在用的。

钱叔客服发过来消息："看到了。"

韩舟又与钱叔说："这是新地址，能收货了我通知你。对了，你们发货的时候选好点的快递，以前遇到快递把东西丢在信箱就走的，这样太不合适了。"

钱叔那边应了："放心，不会放信箱的。"

这样就算谈好了，韩舟正待转头与邱寺说，却听得邱寺"扑哧"一声笑。

韩舟看过去，邱寺递手机给他："这什么套路？太损了。"

韩舟一看，愣住了。

照片上是倪蓝，还有八个裸男。

裸男围成了一个圈，倪蓝站在中间。场所环境一看就是香艳刺激的地方。倪蓝被裸男挡住了，看不见服饰情况，但从裸男的肩膀角度露出了大半张脸。

拍得清清楚楚，很好辨认。

裸男们裸得很明显，每个人脸上都戴着面具，因为围成圈的关系，关键部位都没看到，但屁股、后背都光的，前面是不是光的毫无疑问。

倪蓝表情有些诧异，有些愤怒，她正盯着镜头，似乎很惊讶有人偷拍。

发这照片的人写道："是倪蓝吧？周一晚上的直播我还看了。周一送总裁回家，周四就到会所寻欢？所以果然蓝是绿加点黄？"

韩舟："……金孔雀？"

邱寺凑过来一起看："应该是。她不是刚说了要上去。"

韩舟抿了抿唇，心往下沉。

她中计了。

韩舟忽然被一股情绪席卷。就好像当初阿光被发现，有个小弟过来屁颠颠跟他报信的时候一样。

邱寺把手机拿过去，点了点转发看看情况。

"她完蛋了吧？"邱寺跟倪蓝不熟，一见面就被打，现在完全是幸灾乐祸的语气，"被骂疯。"

韩舟用自己手机上微博，搜倪蓝，这一条果然是热门消息，转发和评论的数量惊人。

"反正倪蓝的人设一直都不是玉女。"这一条评论成功带了节奏，下面许多跟评的。

"所以其实是欲女？"

"心疼蓝耀阳。"

"我的天，倪蓝得跪在蓝家大门以死谢罪才行吧。"

"我是蓝耀阳我会掐死她。"

"所以这次她能怎么洗？"

"蓝可爱！你看清楚，甩了她呀！"

"这些男的身材都不错呢。中间那个屁股还挺翘的。倪蓝呢，也没穿吗？"

"啊啊啊啊啊啊，气死我了，谁来杀了她啊！怎么会有这么不知廉耻的人啊！太恶心了，我吐了。杀了她吧！"

韩舟垂眸，退出了微博。

真高明。真的高明。

好一点的情况，倪蓝陷入丑闻，疲于应付，无暇再插手这案子。坏一点的情况，她成过街老鼠，后半生都活在羞辱中。如果更糟糕一点，她自杀和被杀都合情合理。只要凶手扮成疯狂粉丝……

韩舟看向兴致勃勃还在刷微博消息的邱寺，这事他预先知道吗？

真可怕。

究竟是怎样的对手？

呵，连培叔都杀，就不能低估。

韩舟想起自己那个梦，他就站在黑暗和光明的边界。

阿光愤怒嘶吼："我是警察！"

倪蓝推开车门："上车！"

"哪怕付出生命？"

"哪怕付出生命。"

邱寺转头看他，韩舟笑起来："看她之前牛得，还以为天下无敌呢。这招就克她了？早知道被她揍的时候我们就脱。"

"老子脱过了。"邱寺吐槽。

韩舟哈哈大笑。

第三章
雅亭苑屋

倪蓝与江滨面对面，盯着他。

倪蓝什么话都没说。既然是陷阱，她就别再给他任何可做把柄的东西。她很愤怒，这影响她思考，她得控制自己，一旦情绪失控，情况会更糟。蓝耀阳还在看她这边的情形，她不能把他往更负面的情绪里带。

江滨看她不说话，笑了笑，他做了个请的手势，表示倪蓝可以走了。"需要我派人送你吗？"

倪蓝是要走，她走向大门，扭开了门把。

陈洲跑了上来，一眼看到她，顿时松了口气："倪蓝。"

倪蓝握紧拳头，憋屈和愤怒依旧在干扰她。

"倪蓝。"江滨在她身后道，"你和蓝耀阳完蛋了。"

倪蓝顿了顿脚步。

完蛋了？是指恋爱关系，还是生死？

威胁她吗？

倪蓝挺直脊梁，大踏步离开。

蓝耀阳在楼下已经看到了网上的消息。他简直要疯！长这么大，从来没有这么生气过！要气炸了，真的要气炸了！

他还有一丝理智，没把手机砸了。

蓝耀阳拨给公关部经理，让他马上处理网上那些消息，出声明，出律师信，反正所有的澄清的手段给他上全套。

"就说是P的，这是恶意中伤，用得着我教你吗！"蓝耀阳都不给公关部经理提问的机会，劈头就是一顿骂。

挂掉公关部经理电话，蓝耀阳又打给律师。律师没太明白怎么回事，蓝耀阳又是一顿骂，让他马上找公关部经理，火速处理这事。

挂了律师电话，蓝耀阳又打给邵嘉琪，让她有个心理准备，做好应对的准备。这回他连骂都不想骂了，说完话直接挂了。

蓝耀阳再翻微博，一定买营销水军了，不然传播扩散的速度不能这么快。那些评论留言不堪入目。所有人的情绪都被煽动了。他的粉丝、倪蓝的粉丝都完全不能接受这事。黑子们在狂欢怒骂，路人们冷嘲热讽。

偶有几个粉丝说静待后面真相的言论也很快被打压下去了。有人告诫："就算你不相信眼前的真相，也别说话。省得以后被打脸更难堪。你看看蓝耀阳的下场。"

蓝耀阳狠狠捶了一下车顶盖。

那照片和羞辱还在传，公关部不可能处理得太快。蓝耀阳咬牙，拨给了欧阳睿："欧阳，倪蓝在金孔雀中计了，现在网上全是她的照片。你让你们网监部门全删掉行吗？用最快的速度全删掉，行吗？"

他从来没有这样求过人。

太丢脸了。他气得肺疼。蓝耀阳捂了捂眼睛，听到欧阳睿一口答应。

欧阳睿说马上去安排，挂了电话。

蓝耀阳维持着原姿势一动不动靠着车子，他的手机铃声响起，他拿起看，是妈妈许娟。蓝耀阳把电话掐了。他现在没有情绪应付妈妈的质问，大概是公关部经理看到事态严重通知她了。蓝耀阳不想猜，也不想管他们怎么想，他只想赶紧见到倪蓝。

他生她的气，为什么不听他的。他也心疼她，他一个男人看到都觉得想吐受不了，她在上面面对这种场面得多恶心。连他都想杀人，何况是她。但她什么都不能做，她得有多憋屈。

这样一想，蓝耀阳就更生气了。

为什么不听他的！

蓝耀阳站直了，深呼吸几口气。他看到倪蓝和陈洲过来了。他的手机又响，他看了看，是爸爸蓝蓝高义。

蓝耀阳再一次掐了电话。

倪蓝几步就到了他眼前，蓝耀阳把车门拉开："先上车。"

他的声音里很不好的情绪，倪蓝心里不舒服，闷声不哼上了车。蓝耀阳跟着上车，嘱咐陈洲："开车。"

陈洲什么都没问，火速启动车子驶离金孔雀。

公关部经理给蓝耀阳打电话请示，倪蓝摸出手机上微博看，看完沉着脸，翻开笔记本电脑开始敲。

蓝耀阳赶紧挂了电话，粗嗓门对倪蓝道："你干什么？我已经安排处理了。"

倪蓝硬着声音道："我自己处理更干净。"

"能不添乱吗？"蓝耀阳没忍住脾气，"别总以为自己是万能的好吗？"

倪蓝的手停在键盘上。

"我找欧阳帮忙了，让律师出面了，所有人现在都在处理这事。你再添一脚，非法证据被人抓到了，你嫌不够麻烦是吗？"

倪蓝咬着牙，僵在那里，然后"砰"的一声重重把电脑扣上了。

蓝耀阳看她这样更生气："你早听我的，现在也不用这样。"

倪蓝实在按捺不住了，她吼回去："你这是在耍马后炮吗！上战场之前预料结果ABC，现在发生了D，你说什么早听你的！那如果发生了A呢！"

蓝耀阳抿紧唇，挤出一句："我不想跟你吵架。"

"那是我想跟你吵吗？"倪蓝把笔记本电脑丢开。

蓝耀阳的电话又响，蓝耀阳运了半天气才拿起来看，还是蓝高义。

这铃声一直不停，蓝耀阳缓了缓情绪才把电话接起："爸。"

蓝高义的声音还算温和："如果不方便接电话，就回家一趟。我有话跟你说，今晚多晚都行。你妈很担心你。"

这是许娟出差在外不方便，就找老公出面确认情况了。

蓝耀阳顿了顿："我现在回去。"

"好。"蓝高义很体贴地也不多说，挂了。

"回我家。"蓝耀阳吩咐陈洲。

陈洲应了，车子开得稳稳的。

倪蓝背对着蓝耀阳，脸朝着窗外，听到这里几不可闻地冷哼了一声。

"干什么？"蓝耀阳顿时不悦。

倪蓝沉默了好一会儿，道："我现在不想见你家里人。"

蓝耀阳也沉默，过了一会儿对陈洲道："把我送回去后，把倪蓝送回家。"

陈洲又应了。

倪蓝依旧背对着蓝耀阳，窗外路灯明亮温暖，霓虹灯的光彩划过她的脸庞，她的拳头握得紧紧的，面无表情。

车子朝着蓝家大宅开。蓝耀阳一路忙个不停，他给欧阳睿发信息，希望他派两个警察保护倪蓝。

"网上已经有人带风向了。诅咒她去死,还有说要杀死她的。我担心这些都是为谋杀做铺垫。"蓝耀阳可没忘记当初看到季勇军尸体时的情形。

欧阳睿回复说他已经看到网上的情况了,这件事跟案子有联系,他会安排调查。他也要求蓝耀阳在这个阶段不要向外透露案情的任何内容。

"委屈你和倪蓝忍一忍。相关信息我联络网监部门了,他们会删除干净的。"

蓝耀阳抿紧嘴。删不干净了,那照片和那些恶意揣测已经印在了粉丝和网民的脑子里,如果不澄清,倪蓝太憋屈了,他自己也很难受。但案子是他们主动要参与的,顺利的时候他们兴高采烈、得意扬扬,遇到挫折受了暗算当然也得把委屈往肚子里咽,照着规则继续执行下去。

蓝耀阳沉默了一会儿,继续按手机:"可以让邹蔚来保护倪蓝吗?她身手好,跟倪蓝也熟,是女性。我可以安排她用倪蓝助理的身份活动。"

倪蓝的拳头再厉害,也打不过枪的。蓝耀阳希望能有佩枪警察贴身跟着倪蓝。

欧阳睿那边答应会跟袁局协调。他还写道:"你自己也要小心。倪蓝是出头鸟,针对她的行动来得快些,但不能排除你是否也有危险。"

蓝耀阳应道:"我知道的。"

蓝耀阳一直在聊微信,一句话都没跟倪蓝说。倪蓝火起,终于把脑袋从车窗那边转了过来,硬邦邦道:"你很忙啊?"

这语气让蓝耀阳很不痛快,他的气还没有消,也硬邦邦道:"在收拾烂摊子解决问题。"

"不能痛快点打电话?有什么话不能让我听的?"

蓝耀阳冷冷把手机递给她,倪蓝扫他一眼,粗鲁地把手机接过了。

以为她会客气吗?她偏不。

蓝耀阳的手机界面停留在与欧阳睿的微信对话上,倪蓝看了,欧阳睿那边人多,不好说话,就用文字沟通,也没什么大不了的内容。

倪蓝退出这个对话界面,回到微信首页上,一眼看到许娟发来的消息,上面有一句:"晚宴不让倪蓝开舞,这个也是顾全大局的安排……"

只有一句话的开头,要点进去才能看到对话全文。

倪蓝的手停住了,她不想看了。

倪蓝把手机还给蓝耀阳:"我不需要保镖。"

"非常时期。"

"我不想吵架。"

蓝耀阳不说话了。

蓝耀阳的沉默让倪蓝愤怒，她又扭头看向窗外。很沮丧，没意思极了。

过了一会儿蓝府到了。蓝耀阳下车前与倪蓝道："你直接回家，别再去别的地方。警方把江滨带走了，欧阳那边会审讯他的。你早点睡，今天也累了。有什么事明天再说。"

倪蓝不说话，也不看他。

蓝耀阳等了一会儿，却等到倪蓝与他说："晚宴不用我开舞，就不开吧，挺好的。我也不想辛苦练了。"

蓝耀阳憋了气，没说话就下车了。

待蓝耀阳进了家门，陈洲正准备启动车子，倪蓝道："陈哥，你留下吧。车子给我，我自己回去。"

陈洲犹豫。

"放心，我直接回家。"倪蓝道，"现在安全情况不太好，他身边没人守着不行。"

这个他，自然是指的蓝耀阳。

陈洲仍犹豫："我问问蓝总。"

"问吧。"倪蓝没精打采的，完全没有自己联络沟通的意思。

陈洲当着倪蓝的面给蓝耀阳打了电话，说了倪蓝的打算。

蓝耀阳那边沉默许久，然后才应："行吧。"

陈洲听完蓝耀阳的交代，挂了电话，跟倪蓝道："蓝总说可以。"

倪蓝不说话。

陈洲下了车。倪蓝也下车换到驾驶室去，陈洲又道："蓝总让你直接回家，注意安全。"

倪蓝点点头，对陈洲说了声："谢谢。"

倪蓝驾车离去，蓝耀阳站在客厅的落地窗户前，看着她的车消失踪影。他又站了一会儿，这才转身去书房。

管家说，蓝高义在书房等他。

蓝耀阳一边上楼一边拿出手机刷微博，确认现在照片和相关言论被删掉了，而BLUE影业的官博和二蓝神工作室的官博也发了声明表示照片是假的，会追究相关人员造谣诽谤的责任。

蓝耀阳站在书房门口没进去，他转发了官博的声明。

转完后他仔细搜索了一下相关内容。有人叫嚣让BLUE拿出照片是P出来的证据。还有人对自己发表的言论被删表示愤怒。许多人在骂，许多人在质问，还有人说，等待倪蓝亲自出来解释。

蓝耀阳原本想登倪蓝的号，帮她转发一下官博的声明。但一转念，那不是倪蓝的风格。这种事，对倪蓝来说已经经历过了。

她与他的结缘，就是从这样的网暴开始的。

"丑闻出道小萌新"——这是当初她自嘲和大家嘲笑她时用的称呼。

但同样的事，他却是第一次经历。他失态了，他表现糟糕，他不该说那句"你早听我的"，确实是马后炮。所以他现在也不该代替她转发什么内容，她自己会决定要说什么话，或者不说话。

蓝耀阳转发声明后，那条微博下头瞬间涌入了许多人留言。来来去去还是那些。骂倪蓝，让他们分手，要求解释照片，还有问倪蓝缩到哪里去了。

"不心虚躲什么呢？你们家倪蓝不是怼天怼地怼网友的吗？"

蓝耀阳的怒气又上来了，他正想回复些什么，书房门打开了，蓝高义看着他："站门口做什么？"

蓝耀阳的气势顿时灭了少些，他放下手机，跟着蓝高义进了书房："我看了看微博。"

蓝高义在沙发上坐下，哼道："以为你走两步楼梯腿就断了。"

蓝耀阳没说话，他在父亲对面的沙发上坐下了。

"微博上就少说话吧。"蓝高义跟儿子道，"说多错多。网友就是这样的，只要他们不高兴，你说什么都是错的。还不如眼不见心不烦，静下心来好好做事。"

"嗯。"蓝耀阳点点头。

"所以那张照片是怎么回事？"

蓝耀阳沉吟片刻："我们在帮警方查案，是嫌犯那边搞出来的。细节我不能说。但倪蓝没做过那种事，她一直跟我在一起。今晚我们一起行动的。"

蓝高义沉默许久，沉默得蓝耀阳的心都吊起来一半。

然后蓝高义起身去吧台那边，一会儿捧了茶盘过来。蓝耀阳忙搭了把手，为爸爸和自己沏了一杯工夫茶。

蓝高义小小抿了一口茶，这才道："阿阳，你知道，我跟你妈妈对倪蓝没什么。她有一个让人尊敬的家庭，她自己也很有本事。虽然我们一直以来都觉得你们不是太合适……"

他停了停，斟酌着用语："恋爱是你们自己的事，我和你妈妈作为长辈，只是用我们的人生经验来为你提供参考。倪蓝的妈妈也是这样的态度，或许比我们更洒脱些，但总体意见也是你们有你们的生活，你们自己过得好就行。"

"我知道。"蓝耀阳应道，"谢谢爸妈。"

蓝高义点点头，顿了顿又说："你妈妈一直对集团周年庆上对倪蓝的安排有顾虑，不是舞跳得好不好的问题，也不是面子的问题，她是想多给你们一些空间。不想让原本一件好事变成大众对你们的指手画脚和评头论足。就算你们能承受，但也没必要。她的出发点是好的，希望你们能明白。"

蓝耀阳想起倪蓝闷声挤出的那句"不开舞挺好的"赌气的话，心拧了一下。其实他都没看许娟发来的那条微信，也还没时间回电话。他对蓝高义道："我会跟倪蓝谈谈这事的。"

蓝高义又道："你妈妈琢磨这事不是一天两天了，但正巧今天跟别人谈到周年庆晚宴，有人问起，她才下决心跟你敲定这事。结果你挂她电话，后来又出来照片这事，你当时说在忙，你妈有不好的联想，就让我跟你联系一下，当面聊聊。"

蓝耀阳忙道："我没事。就是当时在跟倪蓝处理案子的事，不太方便。"

蓝高义又沉默了一会儿，道："这也正是我跟你妈妈担心的。阿阳，你跟倪蓝是不一样的。她是在冒险的生活中长大的，但你不是。从某种意义上来说，你们是两个世界的人。"

蓝耀阳心沉了沉。

"你们因为新鲜和激情在一起，但新鲜总会过去，激情也会消退。你们的人生规划、生活状态并不一致，只是矛盾还没有爆发而已。这也是我跟你妈妈对你们高调秀恩爱呈警惕态度的原因。我们从来没瞒过你，你跟谁恋爱当然由你决定，但目前我们并不太看好你和倪蓝的未来。你们俩的差别太大了。"

蓝耀阳拿起杯子喝下一杯茶，又给爸爸和自己再倒上一杯。

蓝高义看出儿子不高兴，但他仍继续道："你以前说过，让你哥哥安心画画，让你姐姐自在地打理老公的事业，家里的摊子由你来撑。你现在有改主意的念头吗？"

"没有。"蓝耀阳很快答。

"那么，二蓝神事务所在做什么呢？"

蓝耀阳一时之间噎住了。

"倪蓝不是一个合格的艺人，她真的对做艺人有兴趣吗？她每天在做什么？艺人是需要有作品的。你呢，你又在做什么？你需要打理公司，以后还需要管理一个集团。你要跟着她到处跑去找案子，做一个总裁侦探吗？"

蓝耀阳再一次被噎住了。

做总裁侦探不可以吗？倪蓝做个侦探艺人，不可以吗？

"你们这样状态的生活，能维持多久呢？你们有长远规划吗？"

蓝高义的这个问题仍是让蓝耀阳没法回答，但蓝耀阳脑子里忽然闪过倪蓝，如果是她，她肯定会说："有钱要规划做什么？"

蓝耀阳被自己脑子里的倪蓝逗笑了，连她的表情和语气他都能看得清清楚楚。

蓝高义皱了眉头："我的话哪里好笑？"

"不是。"蓝耀阳赶紧敛了表情，"我刚才走神了。"

蓝高义："……"

"对不起，爸。你接着说。"

蓝高义不想说话了。以前儿子不这样的。

倪蓝闯了红灯。

夜已深，四个路口都没车没人，她一边心里念叨"对不起社会，大家不要学我"，一边保持着踩紧油门的状态闯过了红灯。

倪蓝用最快的速度冲回了家。

回到家马上连服务器调用她的程序开始搜索起来。

江滨！

倪蓝用服务器调出了她今晚闯进金孔雀时候的视频，截下了江滨的样貌，又在金培树的手机通信录里找到了江滨的电话号码。

还有最早发她那张被裸男包围的不雅照的社交媒体账号，倪蓝也去查了。注册号码不是江滨的，倪蓝在她服务器里的数据搜索了一番，这个号码居然有。

在邱寺阿生的手机通信里，那个号码放在"阿勇"这个名字下面。

倪蓝："……"

这个名字下面有两个号码。

按邱寺的通话记录，这个号码许久没有打过。很可能是韩舟从前的号码。

倪蓝看着这号码一会儿，冷笑了。

挑衅吗？

"鸽子"死了，用"鸽子"以前的号码假装犯案。而她跟韩舟结成一伙，就用韩舟以前的号码假装犯案？

预示着韩舟要死了吗？

杀死她罩着的人——这是预告，还是另有所指？

倪蓝打电话给陈洲，让他多调些保镖到蓝家。蓝家的安保监控系统当初是她亲自规划重装的，稍有不对劲会立即有报警信息发到附近安保公司和最近的警所。

倪蓝交代了陈洲各项事宜，又远程检查了蓝家安保系统，确认没问题，她给蓝耀阳发信息："你在你家里住几天吧。今晚也别回来了。"

可以用温柔点的语气通知的，也可以解释得清楚一点。但她还生气呢，她偏不。

蓝耀阳这边还在认真听蓝高义的教诲。

"你们现在开心的时候开心，但也想想将来。"蓝高义语重心长，"你陪她冒险，能陪多久？她背个包随时就能离开，而你的根在这里。家里、公司，都有你一份责任。是你主动愿意承担的责任，那你就应该做好它。"

"破案不是游戏。上次是因为我们蓝家和整个BLUE的安保系统被罪犯利用，有重大安全隐患，被卷到了案子里，不得不参与进去。但现在你弄了个二蓝神工作室，究竟是个什么规划？如果认真要做艺人，就让倪蓝好好努力，或者再多签两个也可以。但现在看，你们有些儿戏。"

蓝耀阳不由得辩解道："刚成立工作室时，就有人向倪蓝发私信求助，我们才开始进行查案的。而且倪蓝也没有不认真，给她接的工作，她都完成了。而且开舞的事……"蓝耀阳心里叹气，"倪蓝有努力练的。"

蓝高义没有直接戳穿儿子，以倪蓝的知名度和BLUE的资源，如果倪蓝真的认真要在演艺圈发展，怎么可能只是现在的这点工作。

蓝高义只道："爸妈只是提提意见，你们好好考虑考虑。"

蓝耀阳手机信息提示响了，他拿出来看。看到倪蓝那句话，他心里一沉。

连家都不让他回了？这么大的脾气。

蓝耀阳脸色不好看，把手机塞回口袋。

"怎么了？"蓝高义看他表情不对，问道。

"没什么。"蓝耀阳道，"倪蓝睡了，说太晚了怕我回去不安全，让我在家里凑合一晚。"

谎话说得有些心酸，蓝耀阳抿了抿嘴。倪蓝这臭脾气，太气人了。哪有这么点小争吵就不让人回家睡觉的。

蓝高义正要说什么，书房门被敲响了。

蓝高义让人进来，推开门的是陈洲。

"蓝总，小蓝总。"陈洲拿着一个表盒，"倪蓝刚才打来电话，要求把这里的安全管理调到一级，我已经请调了保安数量，系统倪蓝做确认了。这块安全手表，是给蓝总的。"

蓝高义看看蓝耀阳。倪蓝睡了？

蓝耀阳面部表情维持得很好，他把表盒接过来，拿出手表递给蓝高义："爸，你戴上吧。"

蓝耀阳的手机和手表早就装有连接事务所的安全软件，包括通信、定位等等，但考虑到隐私问题，就没动蓝高义他们的通信设备，只是在有安全顾虑时，会给他们一块表。

倪蓝一定是查到了什么线索。

蓝耀阳检讨刚才自己的小心眼，更后悔自己对她发脾气。女生遇到这种事已经很委屈了，而他没及时给安慰，还责怪她。不怪她生气，是他太差劲了。

蓝高义拿着那手表，叹口气，问蓝耀阳："你真的满意这样的生活吗？"

蓝耀阳道："在认识倪蓝之前，我们不也过着这样的生活吗？我们的房子、公司大楼，一直都有着比普通家庭要多得多的安保措施，我们每年给安保公司很多钱。姐姐、姐夫都收到过生命威胁，我也收过求爱恐吓邮件。微博上说得不到我就杀掉我的留言，爸你还记得吗？我们从小都被教导如何配合保镖的保护，要小心被绑架。这些，跟倪蓝都没有关系。"

蓝高义一时噎住了。

蓝耀阳继续道："认识倪蓝了，我们安保系统变成顶级的了，安保措施比肩国际一流水平，这些拿钱都买不到。这块表，如果是安保公司配套服务里加钱才给的，你不一样也会加钱要吗？而且全家一人发一个。我小时候背的书包里都有定位仪，不是吗？如果没有倪蓝，你加多少钱也买不到功能这么好的表。"

蓝高义："……"这是在吐槽自己亲爸是吗？

蓝耀阳看蓝高义表情不对，赶紧转了话题："爸你不用担心，现在这些措施只是以防万一，真有事倪蓝就不只这么安排了。"

蓝高义缓了缓，道："总之爸妈的意思就是这些，你们好好考虑一下。"他顿了顿，不知道还能说什么。刚才被儿子这么一洗脑，还真觉得倪蓝不是带来危险，而是给他们家带来安全感的可靠姑娘。

蓝高义挥挥手："就这样吧，也晚了，早点休息。"

蓝耀阳赶紧起身往外走，他想给倪蓝打电话。走到门口他忽然停下了，转过身来，认真地对蓝高义道："爸，我想澄清一下。"

"什么？"

"不是我陪着倪蓝玩游戏。"

蓝高义抬眼看着儿子。

蓝耀阳道："你说得对，倪蓝背上包就能走。依她的本事，她可以自由自在满世界跑，她去哪里都能挣到足够她有个好生活的钱。她是因为我才留下的。你能看出她不适合当艺人，她自己怎么会不知道。她跳舞这么差，可她真有努力练。她为了我做那些她不擅长做的事而被人耻笑，她又何曾说过一句怨言。如果我不是BLUE集团的小蓝总，她根本不会被人这样用放大镜挑毛病品头论足，这样的生活，谁乐意呢，但她从来没有嫌弃过我的身份给她带来的麻烦。"

蓝高义端正脸色，听进去了。

"她的个性让她显得很嚣张，她不屑于讨好别人，也不会说好听话，整天嘻嘻哈哈让人觉得她不认真没礼貌。但其实，她用心对我们好，她在保护我们蓝家。爸，追求刺激，有个英雄梦的那个人是我。倪蓝只是配合我。默默地，体贴地在帮助我。就比如有时候我猜个谜，其实她也知道答案，但她就是会问，然后呢？这样好像显得我很聪明似的。"

蓝耀阳顿了顿，看着爸爸的眼睛，道："我就是，想跟你们澄清这一点。是她在包容我。"

蓝高义说不出话来，只得点点头。

蓝耀阳又道："爸，你说的话有道理，我明白。我会好好考虑的。谢谢爸。"

蓝耀阳出去了。蓝高义琢磨了一会儿，叹口气。

蓝耀阳奔回三楼自己的旧房间，赶紧给倪蓝打电话。但倪蓝电话占线。

倪蓝正跟欧阳睿通电话，她把自己查到的江滨的资料分享给了欧阳睿，又问欧阳睿查到什么。

"按先前的线索，'秃鹰'很可能是一个叫刘洪江的人。但只限于名字，我们没有照片，不知道他的具体信息。只知道大家叫他江哥。但这个江哥不是江滨这个江哥。年纪对不上。"

"年纪可能只是个幌子。大家都以为让培叔听话的人年纪比较大，不一定呀。"

"金阳商贸的宋昌是见过刘洪江的，按他的描述，刘洪江与金培树是同龄人。保险起见，我明天会拿江滨的资料去看守所让宋昌辨认。但目前没看出联系。"欧阳睿就事论事，"至于设陷阱阴你一把，他辩解说他们在做公关排练，你非法闯入，那八个人为了保护公司财产安全才把你围住。他把照片发给一直跟他买消息的营销号，他不知道对方会这样说。他说他想跟你和解，他不告你非法闯入，你也别计较他把你照片发给营销号。"

"真恶心。"倪蓝骂道。就算计较他拍照传照片出去，再加一条他的会所提供色情服务，能对他做的处罚也有限。必须抓到证据把他跟"鹰巢"的案子联系在一起才行。"你告诉他！上一个敢这么侮辱老子的，尸体在公海海底沉着呢！我不会放过他的！"

欧阳睿："……"

欧阳睿把临水镇一个前派驻大河村的退休老警察死亡的事告诉倪蓝，"也许是杀人灭口，刘队明天一早过去。但所有的这些事都需要时间查，这期间你们千万小心安全。他用韩舟的号码整你，确实像是警示。"

此时的韩舟和邱寺还在那个豪宅里看倪蓝的八卦。

网上骂得如火如荼，脏字成篇，粉丝们怒火燎原。然后一个个帖子被删了，图片都没了。大家骂得更厉害，各种嘲讽段子、愤怒和悲伤的切割誓言如长江、黄河，把微博淹没。

倪蓝微博下面留言增长速度之快，邱寺两只手都没刷过来。

还有蓝耀阳微博下面的各种怜悯、哭诉、恨其不争等等，也是看都看不完。这让第一次从头到尾围观这种场面的邱寺大呼过瘾。

"老子以前一直没好好追星，错过了多少乐趣。"邱寺表达自己的遗憾。

"以后开了客栈，就可以天天上网追星了。"韩舟在一旁凉凉道。

"哎，你是怎么关注到她的？你真的是她的粉丝？"邱寺问。

"以前是的。"韩舟那嫌弃的语气让邱寺笑起来。

"你怎么知道她的？"

"以前她拍过一个保险套广告，觉得她又飒又漂亮。"韩舟道。

"哦哦。"邱寺有印象。

韩舟没再说话，他翻着倪蓝微博下面的骂战，越看越来气，觉得这婆娘混得比他还惨。

"哎呀。"邱寺忽然一拍大腿。

韩舟看过去，邱寺道："我觉得我好像记错那个江哥办公室位置了。"

韩舟看着他没说话。

邱寺有些慌的样子，道："真的，我好像真记错了。当时我打小红威胁她来着，她就说了一句，让我上三楼去江哥办公室找他。但我刚想起来，有次我的一个任务也是三楼出电梯右手第二间。我是不是记差了？"

韩舟一副看蠢货的样子看他。

邱寺缩缩脖子："也许没记错呢？"

韩舟转回头，淡淡道："无所谓了。反正办公室在哪间对倪蓝来说都一样，进去都是一群裸男。"

邱寺笑出声，笑完了，正色道："我在想，江哥怎么会做这种准备，这事对我们有什么后果。"

韩舟沉默了好一会儿，道："先睡吧。养好精神，明天看看倪蓝那边有什么动静，如果她已经被废掉了，那我们就先跑路。"

"那还找幕后老大吗？"

"情况不一样了。"韩舟道，"最终目标都是想谋条生路，得随机应变。"

邱寺看看他，又问："那你跟我走吗？我们一起去开客栈，就算有危险，也互相有个照应。"

韩舟看了看培叔的手机。

近三个小时了，一条消息都没有。

培叔这样的人物，掌管着一个黑道势力，还与众多管道有着牵连，他失联了四天，就没人要联络他吗？

韩舟又转头看了看邱寺："你是决定跟我共患难吗？"

邱寺语塞片刻，共患难这句话的意思，就是共生死。他咬咬牙："其实真挺后悔回来找你的。但每次一这么想，又想着其实没差别，因为拿证的位置泄露了，我有没有找你的念头，最后也会是这个结果。"

他看着韩舟的眼睛："你发誓你没有出卖过兄弟。"

"我发誓。"韩舟道。

"那就同生死吧。"邱寺便道。

有他这话，韩舟拿过培叔的手机，划开了屏幕。

邱寺吃了一惊："你做什么？"

"试探一下有什么路障。"韩舟用培叔的手机给其通信录群发一个微笑的符号，又进了培叔的微信，再群发了一个微笑的表情。

有时候微笑有很多含意，不同的人能看出不同意味来。

邱寺："……找死就是说的你这种人吧？"

"刺不刺激？惊不惊喜？"韩舟淡淡道，"看看培叔诈尸后都什么人会回话。"

"然后呢？"

"不知道。"韩舟道，"先睡觉，养精蓄锐。"

邱寺："……"

韩舟道："倪蓝不是牛气哄哄号称她监视着这手机吗？我们当诱饵的任务完成了。如果培叔的朋友、仇家，或者各种关系的人有回应，她应该去处理。我们先等着她反应，假如她的反应证明她已经被丑闻整成废物，顾不上咱们，咱们再做计划。现在这地方挺安全。其他人一时半会儿也找不到咱们，找到了也不好杀上来。我们先好好休息。"

这话说得有道理，邱寺只得点头。

韩舟又道："只要你没杀我，我们就一起去开客栈。"他顿了顿，"如果你要杀我，我会先杀掉你。就这样。"

邱寺："……"

韩舟指了指右边的房间："我睡这间。如果我又做梦大喊大叫，不用管我。"他拿起自己的包和手机，还有培叔的手机，头也不回地进房间去了。

邱寺看着他的背影，站了一会儿，也拿上自己的东西，回房去了。

倪蓝这头刚结束与欧阳睿的通话，就接到了李木的来电。

李木笑嘻嘻道："倪蓝老师，你真是越来越有排面了，风光得很。新闻一次比一次劲爆，热度一次比一次高。你说你怎么总是被偷拍呢？别人就算了，你是倪蓝啊，你整天牛气哄哄打遍天下无敌手的样子，但是转头又被偷拍，要说不是你自己安排的炒作都没人信。"

"你是欠揍吗？"倪蓝道，"我心情不好，你非要凑上来。"

"所以你真的又被偷拍了吗？不是P的？"李木的语气正经起来。

倪蓝马上反应过来了："BLUE怎么说的？"

"说照片是P的。"李木的八卦雷达瞬间捕捉到灵感，"你跟蓝耀阳吵架了？你离家出走了？你们没在一起？"

倪蓝："……"

李木道："怎么都没串好供，这样不行。我整理了一些重点，一会儿发给你看看，你心里有个数。别回头你自己拆自己的台，丢人。"

倪蓝："……你想干什么？"

"我还能干什么，这不是大家都看到了消息，觉得情况不对，知道我和你友谊深厚，让我做代表来探探消息，看看你是什么情况，对你表达一下精神上的支持。"

"大家是谁？"

"曾经与你一起出生入死的优秀的娱乐新闻工作者们。"李木话锋一转，"你和小蓝总真吵架了？我跟你说，你要体谅他，这种场面是个正常男人都得疯。男人气头上有时候口不择言难免的。"

"别套话了。我挂了。"倪蓝说要挂了，却突然道，"对了，刚才欧阳警官跟我说，他们决定派邹蔚警官来保护我呢。我就要和邹警官双宿双飞了，你如果对我真诚点，我会帮你说些好话的。"

李木："……我干吗需要别人说好话？"

李木一边嘴硬一边心虚。邹蔚住院的时候他还真去探望了，拉着徐回，带了一束花和吃的。他跟徐回说好了，花是徐回送的，吃的是他送的。结果到了病房，邹蔚的妈妈竟然在。

邹蔚见到李木、徐回就喊："李木老师、徐回老师。"

邹蔚妈招呼两人坐，真以为他们是当老师的，一脸客气地笑，还问他们教什么科目的，在什么学校。

李木硬着头皮澄清自己是做媒体的，不是教书的老师。邹蔚把话题岔开了，李木看着邹蔚妈妈那敏锐的眼神，完全不敢多待，很快找了个理由带着徐回走了。

李木对倪蓝没好气："你别胡思乱想。"

"我想什么了？"

"你也不用套我的话。"李木哼道，"我就是来说正经事的，不然干吗打你电话。我听到你声音就头疼。"

"装什么装。"

李木装听不见倪蓝吐槽，继续道："我们会帮你查查看这消息的营销公司，看看谁付钱的。"

这下倪蓝有兴趣了。李木老师和优秀的娱乐新闻工作者们居然肯帮忙？

"再劲爆的消息，这么短的时间要这样的数据量，不请营销肯定做不到。我们查到了情况再告诉你。你别说话，我挂了。真的，听到你声音就闹心。"

倪蓝："……"

李木还真挂了。

倪蓝真觉得他心里有鬼了。这种情况居然不邀功、不显摆、不要求利益交换，这还是第一狗仔李木老师吗？

倪蓝正想看看微博的情况，BLUE和蓝耀阳都发了什么消息，结果手机响起了警报提示音。

倪蓝回到电脑桌前，点开电脑进入程序看了看，韩舟用金培树的手机发了个挑衅笑脸。

倪蓝皱皱眉，"哼"了一声。

有两个人回复了，一个发过来一个问号，一个问："培叔，怎么了？"

倪蓝敲键盘，查了查这两人，似乎没什么特别的。她设定好了信息追踪，然后去衣帽间拉出个旅行包，正收拾衣物，欧阳睿的电话就来了。

"倪蓝你看到了吗？他们用金培树的手机发信息了。"警方那边绑定了倪蓝的系统，也可以看到培叔手机里的内容。一有动静，技术员就赶紧通知欧阳睿。

"看到了。"倪蓝道。

"你让他们干的？"

"没。我让他们等消息而已，小崽子还挺敢的。"

欧阳睿对倪蓝的语气真是无语，在他看来，倪蓝更像小崽子。韩舟和邱寺的年纪都比她大。

"他们想试探的是我们。"欧阳睿提醒。

"我知道。"倪蓝继续收拾衣物，"我准备得差不多了，你让邹蔚来接我吧。"

欧阳睿："她已经在路上了。"

倪蓝要搬到韩舟他们对门的屋去住，有什么情况好就近处理。对面屋也是蓝耀阳置办的产业。欧阳睿还真是挺佩服，蓝耀阳真的有认真操作二蓝神侦探事务所的。

欧阳睿又与倪蓝说了说他们那边的新决定："小红不承认认识杨晓芳，我们今晚会给足她一晚的压力，然后明天早晨放人。杨晓芳罪证确凿，不可能放出去了，但是小红可以。如果她们之间有交集，我们就从小红那里下手。"

"那江滨呢？"

"会尽可能长地扣留他，包括金孔雀的高管，理由应该不难找，已经安排下去了，会联合经侦一起办。金孔雀被查封一段时间，没人指手画脚，小红才有单独活动的空间。"

临水镇，沈华终于等到了市里来的法医。

法医跟着市里支援的其他警员，一行人坐着警车，披星戴月地就赶来了。

沈华一边客气说"辛苦辛苦"，一边拉着法医尽快做尸检。

法医姓傅，叫傅和泰，是个很有经验的老头，也快退休了。他跟临水镇打交道比较多，算是知根知底的。今天人手不够，他一听是临水镇的案子，主动请缨过来了。

傅和泰进了现场，很老到地先看了一眼屋里的环境，拿手机查了查本地这三天的天气和气温情况，又问："屋里原本就是收拾得这么干净？窗户全关着的？"

"对，窗帘拉着，还亮着灯。"沈华一听傅法医这么问，心里踏实了一半。自杀还是凶杀，除了在尸体上找答案，现场痕迹和线索也同样重要。气温和屋内情况对尸体有影响，也会对死亡时间判断造成影响。

傅和泰点点头，嘴里念叨了一遍："亮着灯。"

傅和泰走到尸体旁。尸体已经被放了下来，等着法医初步看过现场再送到殡仪馆。镇上没有法医中心，只能在那里做尸检。现在镇上警员已经去殡仪馆提前做安排工作。

傅和泰初步看了看尸体的情况，眼睛、喉咙、尸斑等等，然后道："更细节的结论需要尸检之后才知道。但我现在初步判断，确实是机械性窒息死亡，从伤痕看是自缢。尸僵已经完全没了，加上伤痕颜色判断，死亡时间大概超过60小时。"

沈华心一沉："就是说有可能是白天？"

"对。"傅和泰道，"还有一点。你看他的伤痕，太干净了。"

沈华凑过去，傅和泰指了指尸体的脖子位置："只有一道细绳子勒痕，人上吊垂死之前，会有本能的挣扎，晃动，摩擦，用手抓。你看这绳子，如果紧紧勒着时挣扎摩擦过，脖子上不会这么干净。"

"有可能是他杀吗？"沈华问。

"这个我不能下结论，我会尽快做尸检。血液检测得送回市里，加急加快吧。"傅和泰道。

"傅老师。"沈华想到之前杨德跟他介绍过的傅和泰的情况，便问，"你认识死者吗？"

"认识，管怀。"傅和泰道，"镇上的老警察了，我们还合作过一个案子。"

沈华又问："你觉得他有什么仇家吗？或者你有没有听他说过什么特别的事。"

傅和泰摇头，却道："我和他合作的那个案子，我记得很清楚。当时大河村迁村，往镇子边上搬。有一个男人，也是自缢致机械性窒息死亡，我做的尸检。那个案子管怀最后当自杀结案。"

"不是自杀吗？"

傅和泰道："我的工作，是判断死因。他的死因就是自缢致机械性窒息死亡。当时镇上这类事情还不做尸检的，但他家人闹得很厉害。因为他家刚拿到一大笔政府迁村补助，他还有两个儿子，与老婆也恩爱，家里老人也在。"

傅和泰顿了顿："我印象很深，我来的时候，他家人一直哭喊，说他没有自杀的理由。"

沈华："……"然后这么巧，就是管怀做了自杀结案？

"那个自杀案死者名字里有个东字。姓什么我不记得了，可以查到的。"傅和泰道。

倪蓝简单收拾了行李，这时手机又响，这回是蓝耀阳。

倪蓝盯着手机屏幕，想了想觉得自己现在好像不怎么生气了。但是如果蓝耀阳还要责备她，那她也不能服软。倪蓝清了清嗓子，振作了一下气势，把电话接起了。

"你在干什么呀？"蓝耀阳的声音很温柔。

倪蓝那点随时准备抗议的精神头一下子就被戳没了，但是声音还是有点嚣张："在收拾行李。"

蓝耀阳的嗓门顿时大起来："我的？"这还真打算不让他回去了？

倪蓝这才想起来："你在那边衣服够穿吗？"她家小蓝总特别臭美，喜欢的衣服和饰品，还有他那些古龙水都放在这边。"要不要给你收拾点东西呀，派个司机过来取。我一会儿就走了。"

"你去哪儿？"

"去雅亭苑，搬到那两个家伙对面去，盯着他们点。"倪蓝想起今晚的恶心事，想去洗个澡，把眼睛也好好洗洗，但时间来不及。她把手机按了免提丢在床上，拿了套干净衣服，把身上这套换下来，把今晚背的包也换了。

蓝耀阳那边沉默了一会儿，道："你注意点安全。"

倪蓝觉得他大概有些不乐意，但忍着没说她。

"网上是不是骂得很厉害啊？"倪蓝问。

"嗯。"蓝耀阳应了一声，又说，"没事。我来处理。"

蓝耀阳说得若无其事，但倪蓝听出了里头的一些为难。倪蓝也是从丑闻里历练过来的，能明白现在她和蓝耀阳以及蓝家的处境。也许明天他们上班了，还会有什么董事会各种利益相关人士来问情况。还有股票、项目啊，以及其他艺人是不是受连累。

倪蓝心里叹气，虽然因为她的业务太烂，没什么演艺工作，BLUE的其他签约艺人跟她没什么交集，再加上后来她就直接归到二蓝神事务所这边，可接触的机会就更少，但大家头上都挂着BLUE的招牌，完全不被波及和拖累估计也难。

"你爸爸找你说什么？"倪蓝问。

"也没什么。"蓝耀阳顿了顿，想着如果没说清楚，倪蓝才更容易乱想，于是又道，"只是问问情况，你进金孔雀的时候我妈打来电话，想商量周年晚宴的事，我没时间就挂了，后来网上又出那样的消息，我爸就说当面跟我聊聊。他倒不是误会你私生活怎样，他就是关心我们的安全。"

"哦。"倪蓝想起许娟给蓝耀阳的那条微信，心里有些闷。

果然紧接着蓝耀阳就说到这："还有我妈说开舞取消的事，你是不是看到了？"

"我可没点进去，我很尊重你的隐私的。"倪蓝嚷嚷。

"我爸叫我过去也是想帮我妈解释，说这个事现在容易成为大家攻击、嘲笑你的话柄，他们知道你抗压能力强，但就是觉得没有必要。我倒不是说帮着他们说话，这个事如果被攻击和嘲笑，他们当然也包括在里头，可他们的出发点不全是为了自己。毕竟你受到的攻击肯定更大的。就是可以扛，但没必要受这气，你懂吧？"

"我懂啊。"倪蓝有些孩子气地把衣服用力丢进旅行袋，"我不是也答应了我不开舞了嘛。"

"可是你很不高兴。"

"我确实不高兴啊。"倪蓝又嚷嚷。

"没有怪你的意思。"蓝耀阳的语气特别尿，"就是，想让你高兴点。不知道要怎么做。"

倪蓝的怨气散了，她在床边坐下，把手机拿起来放在耳边。她听见蓝耀阳道："今晚是我不好，不该迁怒你的。我太着急了，真的太生气。但不是你的错，不该吼你的。对不起。"

"哦。"倪蓝嘴角忍不住往上翘。

"有没有高兴一点？"

"并没有。"倪蓝很嚣张地拍着床，"这是我本来就该得的。"

蓝耀阳在电话那头笑出声。

"你还笑。"倪蓝埋怨。

"对不起。"

"都没诚意。"

"对不起。"

"好吧。"倪蓝装不下去了，"原谅你了。记个大过，留校察看。"

"不是原谅了吗？怎么还记大过？"

"不原谅就连记过的资格都没了。"

"你是采用什么标准裁定惩处的？"

"没标准。"倪蓝把腿都盘起来了。

"行吧。"蓝耀阳叹气，然后又笑。

笑声很轻，隐隐传到倪蓝的耳朵里。倪蓝也想叹气了，她挠了挠床单，能想象到蓝耀阳现在的表情。一定是很可爱很温柔的样子，眼睛里还有星星。是她最喜欢的那种暖洋洋的姿态。

两个人都沉默了一会儿，品味了一会儿这安宁微甜的气氛。

然后蓝耀阳轻咳了一声，道："我爸问我们，对未来有什么规划？"

倪蓝默了一会儿老实答："我没有。"将来的事谁知道呢。

"还没想过要成为蓝倪蓝，或者把蓝耀阳变成倪蓝耀阳。"

倪蓝忽然笑起来。

蓝耀阳也笑了："蓝倪蓝是不太好听。"

"不是。"倪蓝道，"倪蓝耀阳，哈哈哈，倪蓝耀阳，哈哈哈……好像在夸自己啊。"

蓝耀阳："……"

"千万别告诉你爸。"倪蓝还在笑。

蓝耀阳："……"看出来她确实是完全没有规划的样子。蓝耀阳心里默念：倪蓝是个大猪蹄子。

倪蓝还在笑，蓝耀阳跟她说道："我爸担心我们牵涉案子的事，我告诉他，其实查案是我的兴趣，你一直在迁就我。"

"是吗？"倪蓝道，"你爸还说这个啊，他还挺好哄的。"

蓝耀阳："……"

蓝耀阳刚想说什么，倪蓝这边信息提示音却响了，倪蓝一看，是邹蔚。邹蔚说倪蓝电话占线，她打不进来，她已经在小区门口，看倪蓝什么时候能准备好。

倪蓝看完赶紧对蓝耀阳道："邹蔚到了，先不跟你说了。我赶紧下去，等到了那边再跟你联络。"

"嗯。"蓝耀阳顿了顿，道，"我就是想说，二蓝神，得有你在才行。"

"那当然啊。"倪蓝把手机又打开了免提，她火速检查了一下旅行袋，把电脑这些也检查了一遍，"我走了。我没时间收拾了，我的包和换下来的衣服先丢卧室地上，你别嫌我乱啊。不过在我回来之前，你也别回来住了，不安全。"

倪蓝挂了电话，匆匆走了。

蓝耀阳仰躺在床上，手机放在胸前。大猪蹄子没心没肺的，真的让人生气。

过了一会儿他拿起手机，点进微博，看了一眼倪蓝的账号，那里面留言评论数量惊人，咒骂斥问，脏话连篇，不堪入目，简直是乌烟瘴气。

倪蓝至今沉默，没发一个字。蓝耀阳知道她根本就没上来过。

蓝耀阳退出微博，笑了笑。这是倪蓝啊，真的没有第二个了。谁说她不适合娱乐圈呢，这圈子太需要她这种粗神经和硬骨头了。他觉得有点骄傲。

蓝耀阳拨了电话给欧阳睿，问江滨那边的问话情况。他想知道江滨怎么会知道倪蓝夜袭金孔雀，怎么可能时机抓得这么准，安排好陷阱等着。

欧阳睿把告诉倪蓝的又告诉了蓝耀阳，江滨说是倪蓝闯入他们的排练场所。然后欧阳睿道："这个报复的手段有点奇怪。"

"虽然很恶心，但针对倪蓝的身手和身份，却是挺有效的打击。"蓝耀阳就事论事，"可惜他并不真的了解倪蓝，倪蓝不会因为这种打击退缩或是乱了阵脚的。"

"不是，这么说吧，第一，这个报复准备得太快了。只有邱寺知道韩舟跟倪蓝有联络，也就是说，假若江滨通过邱寺知道倪蓝涉入其中，那也是23号的事，才两天。况且邱寺自己也不清楚倪蓝在这事情里陷入多深，这样大动干戈针对倪蓝，打击得如此精准，这个准备周期太短了。第二个，这种手段，我总觉得不是他这种人的思维角度。我跟江滨谈过话，这边也审讯了不少他手下的姑娘和男服务生，江滨这个人，给我的感觉，就是，如果他要打击恶心一个女人，为什么不是脱女人的衣服，反而是脱给女人看？"

"可是，那是倪蓝啊。他安排人脱要比脱倪蓝的成功率大。"蓝耀阳下意识反驳。

"我也这么想过，但不能说服我自己。"欧阳睿有他作为刑警的直觉，"罪犯的犯罪手段是有惯性的，那种场所的人，江滨那样的人，控制一位女性不是靠脱的，你能明白我的感觉吗？你总有一些意想不到的思路，所以我跟你说。"

蓝耀阳现在没什么思路，但又隐隐觉得欧阳睿说得有点道理。欧阳睿这个人，触觉还是很灵敏的。之前他们一起合作的案子，大家都追究现在的时候，只有他一直盯着嫌疑人过去经历背景里的蛛丝马迹不放，最后也证实，那是个重要突破。

"好了，先这样吧。"欧阳睿道，"对了，我让人把市局里大楼搜了一遍，每个卫生间，还有杨晓芳走过的地方，没有找到监听器。监控得明天才能调出来了，到时再看看。"

这样啊，蓝耀阳有些遗憾，可惜没找到线索证据。

蓝耀阳挂了电话，上网搜了搜监听器，不搜不知道，花样还挺多的，居然电子市场就有卖的。虽然跟倪蓝教他的那些没法比，但在公开的市场就能买到，而且有些也很小巧，伪装性很好，这也太猖狂了。

监听、监视这些设备有关联性，蓝耀阳搜着搜着，就看到不少案例，有人很容易在市场里就买到了这些设备，然后用来进行偷拍，有些案例简直令人发指。

蓝耀阳不想再看，关机睡觉。

他躺在床上，想着蓝高义的问话，你们有什么未来的规划？

爸爸问得对，总不能这样没头没脑地涉险，他们不是警察，他们的强项不在全职破案上。但有更多的事是他们能做的。

蓝耀阳忽然萌生了一个想法，他非常兴奋。他想马上找人商量商量，他坐了起来，但一看时间，不行，太晚了。

明天，等明天吧。

蓝耀阳越想越觉得这是一个好主意，虽然会很困难，也许血本无归，但是有意义。

雅亭苑。

韩舟进了房间，把门反锁上了。然后他想了想，拉过一把椅子，翻过来斜着顶在门后。接着他看了看窗外，没什么异样，楼层高，也没什么可攀爬的地方。他把窗户关好，窗帘拉紧。然后他从包里的底端夹层里摸出一把薄薄的美工刀片来，放在枕头下面，这才安稳躺好。

倪蓝安排的这个屋子空空如也，什么利器都没有，别说刀了，连双筷子都没有。她把他们的包都搜了，但还有遗漏的。

韩舟只是躺着，没睡着。他听着培叔的手机信息偶尔响一两声，但是没人打电话来。韩舟点开看了，没什么太特别的消息。真奇怪，如果自己公司都被安排好了，那黑虎帮怎么也没反应呢？不是说谈得很不愉快吗？晾了几天，突然收到挑衅，不应该打个电话过来骂几句？

还有倪蓝，她一直没联络他，不知道现在是什么情况了。韩舟拿起自己手机看了一眼，还真是什么信息都没有。

韩舟很不喜欢这种站在悬崖边的感觉。

很危险，却不知道下面有多深。

此悬崖非彼悬崖。

从前那个悬崖他已经习惯了，现在这个不是。

韩舟闭上眼睛，想起了阿光。

他想起他跟阿光处理了一帮不给货款的混混后，一起在街边溜达的情景。那次真的很惬意，任务简单，奖金丰厚。他就站在后面，嘴都没张，一根手指没动，阿光自己就把事情给解决了。然后他们就跟普通人一样，吃夜宵，瞎溜达，像普通的两兄弟。

后来他看到一个男人打他老婆，孩子在旁边哇哇哭。那男人很壮，没人敢上去拦。他去了。他见不得男人打女人。

再后来一起喝啤酒的时候阿光笑着跟他说："可惜我们不是在别的时间认识，那样也许会更好。总之，我会罩着你的，兄弟。"

以前韩舟不明白话里的意思，现在他懂了。

阿光希望自己能做那个警察吧，那个帮助了阿光的警察。

可惜他没阿光的命。

韩舟又想到隔壁屋的邱寺，他慢慢睡着了。

隔壁屋里，邱寺靠在床头，捧着手机在打游戏。

电梯门打开，倪蓝和邹蔚出来，走进了对门那户屋子。

钱玉德跟工厂那边通了电话，确认韩舟、邱寺以及另外两位客人的证件已经做好。

钱玉德做这行很久了，这几年开始，货都不从他的古玩店走，而是由工厂主管派人送到不同的交接地点，再由不同的送货员放到指定地点去。在这些环节里，工厂里制作的人只知道证件内容，不知道送货地址。而送货员不知道送的是什么东西，也不知道来取货的人是谁。这一连串的措施，保证了古玩店和工厂的安全，也确保客人信息不会泄露。

能掌握客人信息和送货地址的，只有钱玉德和工厂的两位主管——蒙临，孙康胜。这两位都是钱玉德的亲信，跟着他做事已经好几年了。

此时蒙临正在工厂，孙康胜在家里。

钱玉德亲自开车去了工厂，他检查了韩舟和邱寺的证件，装进了包里。然后跟蒙临确认最近生意和管理的情况，接着告诉他韩舟和邱寺出事了，应该是内讧。所以目前计划有变，韩舟要求退货，他看在往日情分上答应了，同意把钱退给他。韩舟也同意以后不再出现，两边互不拖累。

蒙临登时不爽，退货这种事可没先例，他嚷嚷了两句。钱玉德安抚了他，最后给了他一个新地址，让蒙临把韩舟的钱放到这地址，并交代他这事不要让孙康胜知道。钱玉德都安排好了，这才离开。

钱玉德从工厂直接开车去了孙康胜家附近路口，把孙康胜叫了下来。

他把同样的一笔钱给了孙康胜，说这是韩舟要求退货的货款。同样的理由，同样的说辞，但最后给了另一个地址。

孙康胜的脾气没蒙临那么急，虽然觉得钱玉德同意退货不合适，但也没多说。只多问了几句韩舟那边怎么说的，想确保这人之后别给他们惹来麻烦。钱玉德编了几句，孙康胜拿走了钱袋，答应不告诉蒙临，自己独自安排人去办。

钱玉德办完所有的事，天已经快亮了。

倪蓝这边也几乎一夜没睡。她进了屋子就开始干活，布置电脑、连线服务器、安排事务所的工作等等。

邹蔚对倪蓝的技术真的佩服，又觉得倪蓝表面冷漠没心没肺的，其实是个很体贴的人。倪蓝原想让江旭红和孙哲言先暂时到别处安顿一阵子，但这两位老人都不愿走。他们想在那里守好服务器，帮着调度安排。于是倪蓝调高了安全级别，增加警报程序，又联络安保公司对事务所这边也加强巡护。

都交代好了，倪蓝又对几部手机新产生的数据做了分析，看看最新情况。

邹蔚看倪蓝熬夜做着这些，便也不睡，在一旁尽量帮忙。

倪蓝倒没什么需要邹蔚帮的，但需要有人陪她聊天。自己身上碰到的那些烂事没法跟蓝耀阳说，正好抓到邹蔚好一顿倾诉吐槽。

"太辣眼睛了，真的。我觉得我心灵受到了严重创伤，不想吃不想睡，只感到恶心。你说万一这个伤害了我以后的性生活质量，我找谁说理去。"

邹蔚前面听得还好，都能插上话，后面的话题她就接不住了。

倪蓝还在继续说："谈恋爱太难了，特别容易受伤。我一想到不能给晚宴开舞了心里就难过。可是我不能告诉蓝耀阳，这样他也会为难。虽然我舞跳得不行，但之前我为能开舞得意了好久呢。其实我知道他们也是为我好，可我这人吧，真的缺点特别多，有时候也不知道算不算不识趣。"

应该，算吧。

邹蔚没敢把真实意见说出来。她觉得现在她的这个角色，交给关樊会比较合适。可惜关樊受重伤后，现在还得定期复健，这种高危外勤工作她暂时都不能做了。

真的是高危。邹蔚觉得倪蓝这人有吸引危险的特殊体质。

现在倪蓝一边检查韩舟和邱寺的手机使用情况，一边唠叨："我真的被嘲笑很久了，真的生气，而且还有不知廉耻的节目来蹭我热度。我有时候也会像李木那样生出一些邪恶又务实的念头……"

"啊？"邹蔚听到李木的名字以及被评价成这样，忍不住惊讶了一声。

倪蓝转头看她："李木老师是个好狗仔，良心未泯，跟我一样，算是个亦正亦邪的人吧。"

邹蔚:"……"有时候她觉得倪蓝这个归国人士中文特别好,有时候又觉得不太行。

倪蓝没继续夸李木,她认真问:"你说我答应了蓝可爱不为晚宴开舞了,但是我又出现在舞蹈节目上,他会不会误解我故意给他家不好看啊。"

邹蔚小心问:"你为什么会出现在舞蹈节目上?"那跳舞视频她也看了,反正如果是她,打死她都不可能出现在舞蹈节目里。

"我只是说如果。"

邹蔚这才放心了。

倪蓝见她不答,追问:"你觉得呢?"

邹蔚道:"我觉得不会的。最丢他家脸的事今晚都发生了,抗压能力大大提升。再说开舞的事又没对外公开,你去报名国标比赛都没关系。"

"对。"倪蓝受到鼓励很开心,"从另一个角度讲,我就是因为看到了自己的不足,所以努力刻苦学习,也是励志的表现。"

"嗯,也能这么说。"邹蔚附和着,心说你借口都想好了,还问什么呢。

然后她看到倪蓝很有精神地捧着手机开始按。

邹蔚忽然有了不祥的预感,赶紧问:"你做什么?"

倪蓝一边发微博一边道:"你知道我之前跳舞被嘲,有个节目来蹭我热度吗?"

"不知道。"邹蔚摇头,她不是太关心娱乐八卦,除非跟案子有关。

倪蓝就给她科普了《让我们跳舞吧》在群嘲中蹭她热度的那件事。"我忍很久了,这回正好是个打脸机会。"倪蓝举举手机,"我给他们回复了。"

邹蔚:"……"

她用自己手机登上微博看,倪蓝在半夜4点多,也就是刚刚,发了一条微博,@了《让我们跳舞吧》官博。

"我想去啊,你们敢要吗?等我忙完这阵子,如果没受太重的伤就可以上哦。"后面附了一张跳舞转圈圈的表情包。

"蹭我热度!"倪蓝很嚣张,"我现在热度正高呢,让你蹭个够!"

邹蔚:"……"

这最后打的是谁的脸?

节目组不回应或者拒绝,最后倪蓝这张丑闻图澄清之日,节目组肯定会被嘲。但是……

"万一他们真的敢让你上节目呢?"邹蔚问。

"价钱给得起就去。"

邹蔚:"……"

倪蓝看她的表情："所以我刚才说如果嘛。"

邹蔚刚才真不知道是"如果他们敢请我就敢去"的这个如果。

"可是如果你在节目里很丢脸……"

"我和我粉丝的抗压能力都很强的。"

邹蔚无语，那确实也是。所以输了就输了，反正没人看好，但万一又逆袭一把……邹蔚不能多想，这种可能性基本没有吧。

倪蓝放下手机，压在心头的不痛快终于散去了，她很高兴。

邹蔚看了看她微博，不得不提醒："你都发微博了，不顺便解释一下今晚那个丑闻图？BLUE和小蓝总都发了。"

"他们发了就行了。"倪蓝大大咧咧，"那些骂人的都是屁，不用管他们。"她顿了顿补充道，"我看多了会闯祸的，还是不要看，不理他们。"

邹蔚："……"

"好了，咱们赶紧睡吧。没发现什么情况，邱寺也没打游戏了。咱们好好休息，明天再干活。"

"你先睡吧。我们轮班盯。"

"那多不好意思。你之前还受了伤。"

"不会，我是警察，是我该做的。"

倪蓝看着邹蔚，"我是警察"这四个字，听着确实挺有魅力的。倪蓝喜欢邹蔚。"不用轮班盯，我设置了警报的，睡吧。真有情况，我们都会被叫醒的。"

邹蔚想了想，点点头。

倪蓝进房间了，邹蔚坐着刷了一会儿手机，这大半夜的，居然还有人上网，逮着倪蓝的新微博开骂了。

"还有脸出现。还有脸圈人家节目组。自己身上有屎还到处蹭。"

"辩解新姿势出现了，'如果没受太重的伤'，唱苦情戏呢。真是恶心无极限。"

"不是说图是P的吗？拿出证据啊。凭倪蓝你的技术，不会做不到吧。解释不了就是没法解释，所以现在在转移焦点吗？"

"根本就不是P的，BLUE公关在洗而已。要是P的倪蓝早跳起来摆出一堆铁证骂了。"

"就是。我知道你是谁，我知道你怎么P的，我还知道原图在哪里——这些，通通都没有。所以图是真的。倪蓝下贱也是真的。"

"我等了一晚，等到你出现，结果你说要参加跳舞节目？！你是猪吗！我们这些铁粉都还盼着你为自己洗刷冤屈！结果你是猪吗！我真的气死了，真的，粉不起你！"

邹蔚："……"

倪蓝跟网上这些人，真的是两个世界的，说话和思维都在两个频道上。

邹蔚叹气，觉得自己真的不该瞎鼓励倪蓝。她忍不住给李木发了条信息："李木老师，我好像闯祸了。"

李木居然在。他回复了。

"怎么了？倪蓝干什么了？"

邹蔚："……"

大家都这么懂倪蓝吗？

邹蔚还没想好怎么回复，李木又回话了："我看到了。无论你对她说了什么，或者被她套了什么话，她惹的麻烦都是她自己的问题，她身边的人不必内疚。你要清楚这一点。"

邹蔚："……"

她想了想，回道："我确实不该鼓励她。"

李木秒回："你肯定是被她诱导的。"

邹蔚："……"

李木又道："怎么这么晚还没睡呢？不是伤还没好全吗？"

邹蔚："刚忙完，马上就要去睡了。我就是看到网上消息了，给你留个言。"

"不用多想，去休息吧。倪蓝的事不能多想。"李木回道，"你就专心好好办案子，注意安全。我会帮倪蓝处理这些麻烦事的，放心吧。"

邹蔚："……"

不是太懂。算了。

邹蔚："那我替倪蓝谢谢李木老师了。李木老师也早点休息。"

第四章
起底大河

　　清晨6点，刘综坐上了去机场的车子。开车的是他的属下曾永言。他和另一个同事唐明一起来送刘综。刘综熬了一夜重新看了案子卷宗，寻找思路，趁着去机场这段路，他跟曾永言和唐明交代。

　　"之前我们忽略了黑虎帮。"刘综道，"'鹰巢'的势力太大，布局时间长，根基很深，牵涉很广，所以我们一直在挖'鹰巢'。但黑虎帮这边有点奇怪。'火石'行动剿的那批枪可是批大买卖，为什么黑虎帮派几个小卒就来收货了？'鹰巢'可是派了不少人的，还有几个中层头目亲自到场。黑虎帮对'鹰巢'的人也太放心了。还有，'鹰巢'势力瓦解后，黑虎竟然要吞他们的地盘。黑虎默默无闻，凭什么接手'鹰巢'？"

　　"抓到的黑虎的那两个人，重新审。换一个角度查，必须挖出线索来。"刘综交代，"我会跟欧阳那边说说，他们手上有线人，可以创造些条件出来。"

　　蓝耀阳这天上班是跟蓝高义一起坐车去的公司。

　　结果有狗仔就等在BLUE大楼门口，拍到了他上班的情形。再加上又有人到蓝耀阳与倪蓝的同居小别墅蹲守，什么动静都没拍到。而二蓝神事务所那边的对外业务联络电话无人接听，被设置成了语音应答，事务所大门也挂上了锁，显示不开门营业的样子。

　　这些消息一结合，推测出来的结论只有一条：蓝耀阳已与倪蓝吵翻，搬离爱巢恋情亮红灯。

蓝耀阳还没走到办公室就被公关部经理追上了："蓝总，倪蓝的微博怎么处理？网友骂得太凶了，还有很多粉丝宣布脱粉删博，很多媒体在问究竟是什么情况。"

"什么微博？"蓝耀阳今天起晚了，差点迟到。在车上又跟爸爸聊天说话，没刷微博，完全不知道倪蓝又捣蛋了。

公关部经理把倪蓝发的微博亮给蓝耀阳看。他们辛苦奋斗一晚上，好不容易把舆论调子定好，不管网友信不信买不买账，起码他们把面子上的工作做足了。下一步计划今天找找媒体合作，弄些新话题转移公众注意力，把倪蓝的话题热度降下去。

但是这位祖宗小姐姐可好，大半夜爬上去破坏他们的劳动成果。他们这一大早一睁眼，发现世界又有新变化。

网上骂得更厉害，花样也更多了。

倪蓝亲手给黑子们送弹药，精神可嘉。

蓝耀阳皱眉头拿着手机看了半天，那表情似乎挺有想法。公关部经理期待着老板的指示，因为现在除了装死，他们也不知道该怎么圆这场面。

"她睡这么晚呢。"蓝耀阳开口了。

公关部经理："……"这是重点吗？是重点吗？

"邵嘉琪来了吗？"

"来了来了，她在呢。"公关部经理赶紧道，"她在会议室，我们部门负责倪蓝的正与她开会。"

邵嘉琪是BLUE里头跟公关部有着特殊友谊的经纪人，只有这位经纪人会与公关部一起吐槽自己手下的艺人，也只有她无论公关部对其手下艺人的负面消息处理的结果多么不理想她都不会责备，只给安慰。但公关部对她实在很难爱得起来。毕竟这位经纪人的艺人是最会惹麻烦的。

蓝耀阳抬腿往会议室去，公关部经理赶紧跟在后头。

邵嘉琪此刻跟公关部的两个同事在会议室里一起叹气，蓝耀阳推开门，大家一起望过去，一起身："小蓝总。"

蓝耀阳对大家点点头，道："辛苦了。"

"没有，没有。"

蓝耀阳转向邵嘉琪："倪蓝昨晚找你了吗？"

"没有。"邵嘉琪道，"你让我先别联络她，我就还没找她呢。"

蓝耀阳道："你研究一下那节目，《让我们跳舞吧》，给我一份简报。如果节目组找你，先别答应也别推辞，说我们会考虑。"

邵嘉琪："……"

公关部的人下巴也要掉地上。真要上那个节目吗？这样的自暴自弃对别人也太残忍了一点吧。

"等我研究过节目，再跟倪蓝谈谈，之后再定上不上。"蓝耀阳道，"倪蓝睡太晚了，我晚一点再找她。"

"哦。"邵嘉琪愣愣。听这语气，那照片真是P的？两人没吵架？但她怎么觉得网上分析的可信度很高，而且公关部也说小蓝总昨晚大发雷霆。

"蓝总。"公关部经理不得不提醒，"那倪蓝这条微博我们要怎么回应。"

蓝耀阳问他："你有什么好想法吗？"

"没有。"

蓝耀阳道："我也没有。"

众人："……"

这语气，跟倪姓女星很像啊。

"那就不用回应什么了，晾着吧。其他该做的事继续做，慢慢就淡了。"蓝耀阳道，"这点委屈，倪蓝扛得住的。"

众人无语，小蓝总你看她微博上面嚣张得，哪里有半点忍辱负重的样子。

但理确实是这个理，如果倪蓝别再说话，事情也许真就慢慢淡了。

啊，不对。倪蓝这回送的炮弹比较猛，人家节目组如果穷追猛打呢，这事淡不了。大家忽然一致地看向了邵嘉琪。

邵嘉琪懂这些眼神，她耸耸肩："那就只能指望这节目组很尻，装没看见了。"

"不可能。"一个公关部的同事道，"节目组微博下面的留言被刷爆了。大家都在呐喊助威。"

所有人又都看向了蓝耀阳。

蓝耀阳不理他们，转身走了。走了几步，又回头，道："倪蓝是一个需要用时间去证明的人，对她要有信心。"

大家没应声，蓝耀阳也不需要他们应声，说完就走了。

蓝耀阳的背影消失，众人舒了一口气。邵嘉琪道："蓝总也不知道被灌的什么迷魂汤，我们应该让倪蓝分享一下药方。"

众人："千万别。"

邵嘉琪："……"

公关部经理："别鼓励她嘚瑟，起码稳住两个月吧。"

另一个同事道："求别让她上那个节目，我现在脑子里都是她跳舞的画面，不知道该怎么写公关稿。"

邵嘉琪："……那就让她就这样黑着吧，别公关了。起码能威慑住那节目组。"

有得必有失，人生总是如此。也只能这样了，反正小蓝总说没关系，反正他们也没办法，就让她黑着吧。

大家一起点头，取得共识。

这时候一个公关部同事叫道："二蓝CP超话的主持人皮下是李木吧？"

"怎么？"邵嘉琪警惕。

"他发帖子了。"

大家挤到电脑前去看。

帖子发上来几分钟，风格一如既往地把倪蓝往死里黑。但这回黑得非常有水平。发帖人罗列出了倪蓝出道以来的所有黑料。

从在酒店爬蓝耀阳的床被丢出来开始，到她发表虚荣爱富誓攀高枝的言论，再到她上真人CS节目狂妄地说不会让搭档拖她后腿，再有后头的拍片要大牌，诬陷他人等等，每一次都黑得扎扎实实，惹无数骂评，但最后事实证明，全都事出有由，完美反转。

李木没在帖子里给倪蓝写多少洗白的内容，基本全是黑，只在最后提了一两句每件事都有完美反转的意思。然后他截图倪蓝昨晚半夜发的那条微博，还有下面热评骂得最有力的几条评论，写道："呵呵，反转女王又开始了，我就等着看。"

邵嘉琪："……多大仇。"

"不是，这是面黑实白啊。"公关部经理道。这表面上是黑，但其实在帮倪蓝洗呢。

下面果然好多人开始想起当初了。网友的记性大多都不好，这么一提醒，大家似乎反应过来了。还有人不太了解这些黑料的，还提问。有人应答黑的细节是什么，然后反转的结果是什么。

这么展开了话题，带动了风向，大家又觉得可能真的还有内情。毕竟是倪蓝啊，当初她也是这样，任你东西南北黑，我自猖狂嚣张破案去。

"她一直就是这么哗众取宠的样子，但其实个性就这样。"

"她脑袋里缺根筋，蓝可爱帮她收着呢。"

"我是真的不喜欢她，纯粹是对她的性格欣赏不来，长相也不是我的菜。但我还挺期待这次的反转的。"

"就是，也不知道大家激动什么，每次都急哄哄追着骂，是盼着最后被打脸的感觉？"

"不骂，等反转。"

"不骂，等反转。"

"不骂，等反转。"

公关部一同事小心翼翼问："我们没给李木付钱，是吧？"

邵嘉琪叹气，还是那句："多大仇。"她转身往外走，"我去研究《让我们跳舞吧》，你们祈祷节目组千万别受这些网络言论鼓励。"

众人这才反应过来："我去！"

倪蓝一边黑着一边洗着的热度，是非难辨，话题抢眼。要是真能请到倪蓝，节目组都得笑掉大牙。啊，不会是制片方找李木做的营销吧？

蓝耀阳回到办公室，虽然有些心急，但看了看时间，决定再让倪蓝多睡两个小时。他处理了一些邮件，批了一个方案，然后接到了欧阳睿的电话。

"倪蓝怎么回事？"欧阳睿问。

"自尊心有点受伤吧，没事的。"

欧阳睿真的不懂娱乐圈，对倪蓝也是真的不放心："你现在还能管住她吗？"

"我从来不管她。"

欧阳睿："……"行吧，你们高兴就好。只能相信二蓝神不会在这种时候掉链子了。

欧阳睿转回正题："今天早上刘综给我电话，让查一查黑虎帮。当初季队在'火石'行动里抓捕到两个黑虎帮的小卒，问不到什么有用信息，这两个人只是取货的，没参加过什么大行动，一切都听领头大哥的话，领头大哥在枪战中被击毙了。"

蓝耀阳听懂了："现在韩舟是掌握那次行动信息最多的人。"

"对。当时他和一个叫阿猛的负责'鹰巢'这边的收款，他是现场管事的。他应该知道黑虎帮那边的联络方式。还有，也是他告诉我们因为这次损失，黑虎要求赔偿，金培树答应把'鹰巢'的地盘和资源转给黑虎帮。"

"嗯，据说没谈好，但接着他们内讧，金培树死了。"蓝耀阳记得。

"对，现在我们完全不知道'秃鹰'在道上的动静。昨晚韩舟用金培树的手机发信息没钓出什么有效的人来。说明'秃鹰'很可能已经知道金培树的死讯，且短短两天就把内讧的风波平息，把自己人管好了。他还能处理好黑虎帮，让他们不再理会金培树的信息。"

"邱寺真的有鬼，嫌疑重大。如果'秃鹰'知道，只能是邱寺报的信。"

"对。但暂时没看到他的下一步行动。如果他的任务是找到韩舟并杀了他，他已经错过最佳机会了。他们昨晚相安无事，今天早上还友好地一起吃完了早餐。"欧阳睿道，"我已经通知倪蓝，让韩舟再发一条钓鱼消息试试。但这样如果还钓不出来，邱寺很难自圆其说，他下手的压力越来越大，韩舟随时有生命危险。虽然我们做了保护措施，但还是希望降低风险，让他尽快把口供全都招出来。"

欧阳睿顿了顿："这个事得倪蓝来办，我希望她跟韩舟谈的时候，你能在场。"

"行。"蓝耀阳看了看行事历，他今天有两个会，可以排开的，"我一会儿联络倪蓝，看她的计划。"

"好的。拜托了。"欧阳睿又道，"我今天把小红放了，看她会联络谁。另外，我同事已经把杨晓芳报案当天局里的监控看过了，没发现有异常。她没有通信设备可以对外联络，我们现在没找到她对外泄露季队消息的手段。好了，就这样，有什么情况再联络。"

欧阳睿那边有人叫他，他匆匆挂了。

蓝耀阳正想给倪蓝打电话，古霍进来报事，又交给他一个需要签字的合同，蓝耀阳花了几分钟看了合同和流程单，签完了。

古霍出去的时候碰到蓝耀阳挂在衣架子上面的西装外套，他关门的时候，那外套还在微微晃动。

蓝耀阳忽然灵光一现。

他赶紧打电话找陈洲备车，又拨给倪蓝。

倪蓝接了。

"倪蓝，你昨晚的衣服换下来了是吧？"蓝耀阳一边问一边拿上外套往外走。

倪蓝有些莫名："是啊，怎么了？"

"你昨晚说丢在卧室了是吗？"蓝耀阳道，"你的包呢，你查一查你的包。"

"我的包也换了。今天换了个小点的。"倪蓝忽然明白了。

果然蓝耀阳道："那车子突然掉头来追你们，你不是怀疑有监听器。如果邱寺身上没有，那就是你和韩舟身上有。你和我后来去了金孔雀，他们这么准确地等到你进去就放裸男，这不是预测得准，他们确实知道你在那儿。"

倪蓝迅速回想了一遍昨天见到邱寺后的情形。他们一路跑向车子，邱寺紧跟在她和韩舟的身后，这些街头混混扒手摸钱包偷手机不在话下，趁机放一个小巧没什么重量的窃听器定位仪那都是小菜。

"Shit。"倪蓝反应过来赶紧道，"你现在回去吗？我就丢在卧室的地板上。你别自己去，让陈洲带上人。我没收到警报，应该没人闯进去，但你小心外围。"

"我知道。"蓝耀阳道，"你先别急着找韩舟谈，他身上可能也有。如果真是邱寺，他一直拖着没向韩舟下手，一定是在等机会，或者需要确认什么。季队的事，记得吗？"

"我知道。"倪蓝道，"我先等你消息。你进屋把手机调静音。他们的设备不会太好，黑市就那点东西，如果隔着衣服、包包，收音不会太好。一般是用SIM卡发送信号。到时你别说话，拍照给我看，我发信息告诉你怎么操作，别关掉它，别带它出屋子，现场就追踪，这样对方不会警觉关闭连线。如果他还连线的话。"

希望还连着线。倪蓝咬咬牙，这个混蛋。

蓝耀阳火急火燎往小别墅赶。他在路上给欧阳睿也打了电话，欧阳睿听了情况，把关樊派了过去。

"电子物证让关樊来处理。"欧阳睿嘱咐好蓝耀阳，又打给倪蓝。"有机会悄悄通知韩舟让他检查一下吗？"

"现在不行。"倪蓝打开了韩舟手机上的监听，隔壁那两个男人正在一个屋子里聊天。她现在发消息邱寺也会知道。

蓝耀阳赶回了家，等了一会儿，关樊带着人也到了。两个人为了不发出声音，没穿室内拖鞋，赤着脚进了卧室。倪蓝的衣服和包乱七八糟地丢在地上、床上。关樊戴上了手套，轻手轻脚地翻查，最后她在倪蓝外套的内侧口袋里找出了一个小巧的窃听器。

关樊举出了窃听器，对着蓝耀阳比画了一个OK的手势。然后她开始处理追踪的事，可没进行一会儿就宣布："断线的。可以说话了。"

蓝耀阳看着那个小小的窃听器："断线是什么意思，还能找到吗？"

"就是接收这窃听器信号的手机号码现在是关机状态。如果它一直关机，我们就找不到它。更详细的我需要回局里处理。可以找到这号码的机主资料，还有接收信息时的位置。倪蓝估计的是对的，这种窃听器就是普通货。黑市常有卖的，货源不好查。"关樊看了看手掌里的小玩意，"我个人对收获不乐观。"

"还是有收获的。"蓝耀阳的眼睛里有光，"我们现在知道杨晓芳怎么传递消息了。"

刘综坐了两个小时的飞机，又换车赶了近四个小时，在下午3点终于到了临水镇。

来不及休息，他直接去了警局听汇报。

沈华刚从镇边的大河村回来，那模样跟刘综一样风尘仆仆。他一口气喝了一瓶矿泉水，这才缓了过来。他向刘综报告，法医傅和泰连夜对尸体进行了解剖，确认死因是自缢导致的机械性窒息死亡。

"没有防卫性伤痕，衣服干净完整，现场没有搏斗过的痕迹，自缢时也没有窒息挣扎。死亡时间大概在22号周一下午3点到5点这个范围。"沈华喘口气，继续道，"那时候天还没黑。但我们发现尸体的时候，窗户关着，窗帘拉着，还亮着灯，门也锁着。这里周二下过一场大雨，屋外的痕迹基本没了，没能采集到足印。屋内采集的指纹还需要时间核查。"

087

"22号周一？"刘综翻着尸检报告，那是金培树死的第二天。

白天自缢，却拉窗帘开灯，这是为了掩饰死亡，拖延时间。

真是自杀？

"还有。"沈华又道，"死者管怀的手指甲秃秃的，剪得非常短，但脚指甲挺长。我怀疑他事发时挣扎过，指甲里有凶手的皮屑血迹，所以指甲被剪掉并且做了清洁。现在没法从他指甲里取到有效样本，测不了DNA。"

沈华递给刘综一沓照片，有管怀家里的现场照片，还有尸体照片。包括手指、脖子等重点部位的清晰特写。

"我们问了周围居民，他们说管怀这人从前办事不靠谱，和稀泥，真遇事就要横，没人喜欢他。他退休后独居，平常也不怎么跟人打交道。他老伴去世早，有一个女儿，在外省工作。女儿跟他也不亲，只在春节的时候回来几天。我们给他女儿打了电话，她已经知道了情况，说会请假回来，明天到。认识管怀的人还说管怀这人平常生活不怎么讲究，家里挺乱。但我们昨晚在他家客厅看到还是挺整洁的，而且他家没有垃圾，垃圾桶被倒干净了。"

这又是一个疑点，垃圾里也许到访者的痕迹。为了进屋带来的礼物、用过的杯子、喝过的茶包，或者什么别的。

"管怀家用的垃圾袋是绿色的。我让镇上警察去附近找了，还有最近的垃圾站，但是时间太久了，垃圾站已经清理过，找不到了。"

还真是缜密啊。拖延尸体被发现的时间，就是为了能彻底销毁这些证据。凶手有很强的反侦查意识和经验。刘综翻看着照片，问："毒检结果呢？"

"血液样本送市里了，结果还没有出来。"沈华道，"在他身上没有找到针孔，四肢没有强制约束痕迹，口鼻也没有找到什么封堵物品残留，就算用过麻醉药品，这么长时间也散没了。"

刘综点点头，再问："你电话里说的那个相似案例，什么情况？"

沈华道："是傅法医提供的线索。我们查了他说的那个自杀案，死者叫刘东，在镇新村址里分给自家的新房内上吊自尽，用的是自己的皮带。事前没有任何预兆，当天他说要去喝酒，所以他晚上没回家他家人也没在意。第二天家人打他的传呼BB机他没有回电，家人找了几个他常一起喝酒的酒友问，没人见过他。那天晚上刘东又没回家。第三天，他家人想到了这边的新房，就从村里跑到镇上看，这才找到刘东的尸体。"

刘综问："这里面有什么问题？"

"一是没自杀动机。迁村时他家分房拿钱，正是得意的时候，他天天挂嘴边吹牛。家里上有老下有小，也没什么家庭冲突。二是当时那房子还没装修，刘东是在厕所的管道上上吊的。他家房子在顶楼十层，真想自杀估计跳楼要比找一个能吊死自己的地方要容易。"沈华答。

"当时管怀办的案子？"

"对。"

"查到联系了吗？"

"还没有。"沈华摇头，"我们查了管怀退休之前的案卷，只有这一个上吊自杀的。还是因为刘东家人闹得太厉害，做了尸检，这才留下了记录。除了管怀之外，大河村和临水镇这些年记录在案的自杀案就两桩。一个是刘东。另一个发生在三年前，死者叫余兴国，生前有家暴史，没做过精神鉴定，当天因口角问题要强行带老婆跳楼。消防和派出所都出警了，最后只来得及救下了他老婆。两户人家互相不认识，没有关联性。"

"找到刘东的家属了吗？"刘综来这儿之前与沈华通电话，沈华说正在村里调查，刘东父母过世了，妻子已经跟两个孩子搬到市里去，据说一家人在市里开小吃店，还打工，生活并不富裕。

"刘东妻子叫黄香如，我们找到了她的电话号码，也打通了。但她说不认识管怀，也不记得当初是哪个警察办的案子了。她说她家没仇人，不知道有谁会害刘东。而且事情都过去二十年了，当年该跟警察说的都已经说过，现在没什么好提的。"沈华道，"村里人说他们一家子离开村子很久了。现在杨德带着人继续在村里调查，小吴他们也还在查管怀做警察时候经手的案子。我先赶回来，暂时还没什么线索。"

刘综沉吟半晌："你说得对，跳楼这么简单能解决的事，没理由费劲在毛坯房厕所里找个管道。两个人都选择了上吊，有点巧。"

"而且隔了二十年。"沈华道。

这时候沈华的手机响了，他接起，是镇上警察杨德打来的。

杨德报了一件事，他们终于找到了一个跟刘东家里比较熟，又愿意说从前事的村里老人，姓钟。老人说刘东在黄香如之前，还娶过一个老婆，但这个老婆生不出孩子，刘东才又娶了黄香如。

沈华听杨德的语气，想到大河村的历史，马上问："买来的？"

"对，两个老婆都是拐来的。"

沈华："……"

沈华把手机通话打开免提，对刘综道："杨德查到刘东娶过两个老婆，两个都是拐来的。"他让杨德继续说。

杨德便道："据说第一个老婆因为不能生育，所以日子过得挺惨。她被拐到村子后还逃过几回，都被抓回来了。后来村里有人出去拐卖姑娘和孩子，需要女性出面，就把刘东的老婆带出去了。然后回来的时候，那老婆带回了黄香如。黄香如就跟着那女的一起在刘家生活，后来黄香如给刘家生了孩子，那第一任老婆就被踢出家门了，再后来可能死了。老钟说反正再没在村里见过她。"

"怎么死的？"沈华问。

"老钟说记不清了，三十几年前这种事太多了。死掉的、转卖的、新买的，村子闭塞偏僻，当年这种事太多了。"杨德道。

刘综问："那第一个老婆叫什么名字？"

杨德道："他不知道具体名字，但他记得因为她的名字特别难写，笔画多，村里人没什么文化，不认得。刘家就一直叫她阿玉还是阿什么的。"

沈华与刘综顿时对视了一眼。

阿什么！

这样的称呼，太熟悉了。

"村里没这么称呼名字的习惯吧？"沈华问。

"对，没有的。村里都叫小名或者诨名多，要不就叫大名，觉得叫大名气派。一般没什么人叫阿什么的。所以老钟对那小媳妇印象挺深。他还说那姑娘跟村子里挺多男人有一腿，日子过得很不好。"杨德顿了顿，"以我对这村子从前事情的理解，还有老钟的语气，我觉得他的意思里那姑娘也未必是自愿的。"

刘综马上道："杨德，你与这老钟问清楚，当年跟这个阿玉有关系，走得近的男的都有谁。再跟村里其他人问问，交叉比对一下名单。问一问其他人，知不知道这个阿玉的情况，最后见到她的人是谁。"

杨德应了，又道："刘队，沈哥，我把案子告诉我师傅了。他叫夏武，年轻的时候就在镇上当差，他应该是我们所里对村子情况最了解的。他在市里做了个手术还没出院，沈哥来的时候刚好跟他错过。我打电话问他了，他说关于阿玉他有点印象，他笔记上应该有记录，现在他已经在回来的路上了。"

"好的，辛苦了。我们等他。"刘综转向沈华，"给市里打电话，让他们把黄香如带过来，我们要问话。"

关樊把那个窃听器带回局里做分析和调查，如她所预料的那样，没什么收获。接收信息的手机号是韩舟在"鹰巢"用过的老号，跟微博那个注册号码是同一个。

昨晚窃听和定位的时候，这个号码一直离倪蓝不算太远，两到四公里。

关樊按倪蓝描述的情况做了情境重复试验。她把那窃听器装上了别的号码，连上了同事的手机。然后她穿上了倪蓝那件外套，把窃听器放在了衣服同样的位置。然后在类似的环境和动作下测试信息接收方能听到多少内容。

试验表明，昨晚倪蓝与别人说的话，应该都能被隐隐听到。有可能会有一些因转头或是什么别的动作造成音质模糊，但大多数的话都能听清。

倪蓝昨晚还用手机免提跟欧阳睿、蓝耀阳通了话，手机里传出的声音应该也都能听个差不多。

这结果让倪蓝气得咬牙。

她跟邹蔚要赶到韩舟他们隔壁盯着他们的事，还有欧阳睿对什么小红、江滨的安排等等，有可能全被对方听到了。

"这回是我的问题，是我犯蠢了。"倪蓝承认。

蓝耀阳安慰她："不能怪你，是对方太狡猾。"

"既然对方有这样的部署，知道我们要赶过来守着，为什么邱寺不赶紧动手？"邹蔚有疑问，"他错过了最佳时机。"

"倪蓝监控他手机了，又把他全身都检查了一遍，接收信息的人没办法通知他。"蓝耀阳猜。

倪蓝还在气，但总觉得哪里不对。

今天她没通知韩舟，她控制了金培树的手机，又发送了一条信息："见个面吧，把事情了结了。"

结果仍是没有收到什么有效信息。

"秃鹰"早已经知道金培树死了，他做好了应对的准备。用金培树手机做诱敌之计，是失败的。

肯定是邱寺有问题。

倪蓝跟蓝耀阳去了对门屋子。

邱寺和韩舟意外但又淡定地看着他们。

倪蓝带着蓝耀阳，把韩舟叫进了房间。倪蓝用手机敲了字给韩舟看："昨晚邱寺在我身上偷偷放了监听器，你查查你身上。"

韩舟皱了皱眉头，把身上全查了一遍，还有他的包也全查了一遍，没有。

倪蓝见状这才开口："那就是没在你身上放。"

"你确定是他放的？"

"除了他没别人了。"

"你跟金孔雀那几个打手不也近距离接触过吗？"韩舟道。

"你在帮他说话吗？"倪蓝不满，"他现在分分钟要干掉你。"

"我只是实事求是。"

"黑我的那个微博账号，是用你以前的旧号码注册的。"倪蓝道。

韩舟挑了挑眉。

"许警官死了之后，用来伪造诱拐杨晓芳的账号，就是许警官以前的旧号码。"倪蓝点出这件事的含意。她把韩舟那个旧号报了出来，"这是你以前用过的号吧？"

"对。"韩舟点头，"我们升职之后公司分了个新号。"

"所以你怎么看？你的旧号被用了，算死亡预告吗？"倪蓝问他。

"我等了这么久他也没动手。"韩舟道。

"你又被打动了？"倪蓝跟韩舟大眼瞪小眼，这位混黑道的哥们儿不会是个感性人，动不动就被兄弟情干倒吧？

"不是，我只是觉得肯定有原因。"

"所以要问你呀。"倪蓝还瞪他。

蓝耀阳插话："韩舟，你确认为民路的那个爆炸，是你们幕后老大干的吗？"

"不然黑虎帮？"

"对。你对黑虎帮了解多少？"

"不了解。"韩舟还是那副死样子，"我只跟黑虎帮的一个人联络过，何雄。我联络他确认交货的事。后来他在交易枪战里被警察打死了。"

"那金培树要把你们公司的地盘、势力赔给黑虎帮，你觉得合理吗？"

"不合理。"韩舟很快回答。

"那我们找谁能问出答案呢？"

"阿平。"韩舟道，"培叔选了阿平跟在他身边处理跟黑虎帮谈判的事，但阿平也在那次爆炸里死了。"

"选阿平有什么原因吗？"

"当时我被培叔怀疑，邱寺也被分配了冷板凳。我为了自保，就拉邱寺一起做任务。"

"就是谋杀杨晓芳的任务？"

"对。"

蓝耀阳与倪蓝对视了一眼，蓝耀阳问："你当时有别的合作人选吗？"

韩舟想了想："没有了。"

蓝耀阳与倪蓝又对视了一眼。如果邱寺一早就被安排了，那当时韩舟就是主动选择了一个监视着自己的人在身边。

韩舟显然也意识到了这一点，他皱了皱眉，没说话。

"除了阿平，还有谁清楚？"

"那天现场的人，不是都死了吗？"韩舟道，"我这么说吧，金阳商贸真实业务泄露让公司元气大伤，但是公司还是能凭借那批枪喘上一口气。那场交易是公司的生死局，所以培叔很重视，这也是当初为什么阿光会上钩中计。阿光很清楚，公司手上有货，只要卖了就能周转一阵子。到时大家拿了钱散开躲起来，等风头过去，重整出一条新通路，生意又能重新开始。阿光想把那些货找到，一鼓作气把公司整个拿下，但把自己弄没了。"

韩舟顿了顿，道："阿光暴露后，公司气氛都变了。我们都被盯得死死的，那批黑枪交易，培叔分给了我们四个人，一人负责一部分，我、阿猛和阿生，也就是邱寺，我们三人负责组装出货，但我们互相不知道对方手上有多少货。也就是说，不到最后一刻，我们不清楚交易有多大。我们负责不同的仓库，哪一个仓库暴露，就知道哪个人有问题，而且其他两批货还能保住。阿平负责给金阳的事情善后，清理手尾，把金阳相关的仓库和地址都处理干净。"

蓝耀阳问："那金阳没了，供货商和渠道怎么处理呢？金阳如果向警方交代了，从前那些都不能用了吧。新的货源呢？"

"我们不知道。也不会有人这么蠢去问这种问题，那简直就是撞枪口上找死。"韩舟道，"总之，公司有存货，公司想尽快出手。当时我们四个算是公司老人了，就交给了我们四个。"

"你不是去年才升职得到房子吗？就算老人了？"蓝耀阳问。

"之前那些年不算了？"韩舟给蓝耀阳一个无奈的眼神，给他扫盲，"每个街区都有盘子管着，每个盘子都有大哥。想在盘子里混，想在盘子里拿货，就得给大哥上供。这些所谓大哥在公司的系统里就是喽啰。他们不知道更高层的东西，但他们是街区的老大。他们最熟悉盘子里有什么，每一条街，每一条毒虫，每一个站街女。公司发货收钱，观察着盘子的情况，哪个盘子货要少了，人少了，钱少了，他们就知道这个区域不安全了。我混过三个盘子。"

"你是盘子大哥？"蓝耀阳问。

"我不是，老大能混三个盘子吗？"韩舟又给蓝耀阳一个看小学生的眼神，"阿光才是。"

蓝耀阳："……"

"阿光是我混过的最后一个盘子的大哥。他是风云人物，半年就篡位了。当时别的盘子想吞了我们地盘，原来的老大直接被干趴了，屁都不敢放。阿光不服，说跟老大憋屈，他要当老大。然后带着我们反攻。"韩舟看了一眼蓝耀阳，"那过程挺复杂的，就不细说了。"

蓝耀阳挑挑眉毛，还挺想听的。想带两个导演和几个编剧一起来听，别总拍偶像剧。

"总之我们没赢没输。最后阿光觉得再斗下去两败俱伤，还会惹来警方的警觉和后续一系列麻烦，就跟对方老大谈判，把利害关系讲明白了。然后大家平分地盘。后来我们那个盘子业绩很好。"韩舟想起当年，"我后来知道为什么能这么好，有警方打掩护，能不好吗？而其他盘子总是这出问题那出娄子，当然原因也是一样的。阿光开了金手指，但他控制得挺好，没让大家起疑。公司观察了一年，我和阿光就被招募上来了。那个时候，我都没听说过黑虎帮。"

蓝耀阳问："意思是黑虎帮不混地头吗？"

"不是。就是单纯我没听说过他们的意思。"

"那你们公司跟黑虎帮交易多长时间了？"

"不知道。我没打听过。"

"他们买这么多枪要做什么？"

"我不知道。我以前不爱管事的。"

倪蓝这两天积了一肚子的火，现在对着这个佛系混黑道的真是有气撒不出来。

她脸色很不好看。韩舟对她的反应也不满意："你自己也犯蠢，就别摆出一副别人真是不行的样子来。"

倪蓝上前一步，蓝耀阳赶紧把她按住。

韩舟不理她，问蓝耀阳道："不是死亡警告了吗？你们有什么准备没有？之前不是说好了就等这时候。"

"有准备的，我就守在你旁边，但是好像消息泄露了。"倪蓝摆出做作的诚恳表情，"而且邱寺杀你对我们来说没什么意外的，幕后老大还是没消息。"

韩舟皱眉头，刚想说什么，蓝耀阳的手机却响了。

一看是古霍的来电，蓝耀阳就接了。他听了一会儿，皱了皱眉头："把她的号码发我手机上。"

蓝耀阳挂了电话，对倪蓝道："小红打电话到BLUE，说给我留个话。她说她是金孔雀的小红，她的电话我一定会想接的，不然她就去找媒体了。"

他说完，手机就收到了古霍发来的消息。古霍很严谨地把小红打电话的座机号码和要求回电的手机号码都发过来了。

倪蓝和韩舟均一愣。

小红？

欧阳睿放她出来希望监控到她会找谁，结果她找蓝耀阳？还用这种威胁恐吓的方式？

"还挺机灵。"倪蓝愣完了，发表评论。

夜总会的姑娘找小蓝总呢，这里的想象空间可太大了，公司肯定会转告蓝耀阳的，谁知道后头有什么事，曝光到狗仔那里就糟糕了。现在小蓝总的丑闻这么大，BLUE已经如惊弓之鸟。

"那我给她回个电话？"蓝耀阳问。

韩舟在一旁道："号码是多少？"

蓝耀阳把手机号码报给他。

韩舟点头："是她的。"

蓝耀阳看看倪蓝，倪蓝点头："打吧。"

蓝耀阳启动了手机上的程序，然后拨号码，按了免提。

电话拨通了，刚响了一声铃，小红就接了。

"我是蓝耀阳。"蓝耀阳开门见山。

"你，你好。我是小红。嗯，那个，很抱歉对你同事说那样的话。"小红的声音听上去有些紧张，"我其实想找倪蓝，但不知道怎么找她。二蓝神事务所的电话转录音留言了，没人接。我后来想，嗯，抱歉，打扰你们了。我就是想问问，你们能联络上阿勇吗？他还有一个名字，叫阿行。"

蓝耀阳与倪蓝同时看向韩舟。

韩舟面无表情，他盯着蓝耀阳的电话。

小红经历了那些之后，出来的第一件事，是想办法找他。

"我有很重要的事，想找他。我需要见见他。"小红继续道，"请问你们能联络上他吗？"

蓝耀阳看了看倪蓝，然后道："我也许能找到他，但我怎么跟他说？"

"让他给我回个电话。我现在安全，他可以放心联络我。让他给我回个电话。"小红道，"我不在金孔雀，我出来了。你应该知道的，金孔雀的人都被抓了，你告诉他。让他给我回个电话。"

"如果他问我你有什么事……"蓝耀阳故意道。

"我要当面跟他说。"

倪蓝对蓝耀阳点点头，蓝耀阳知道再多说就容易出错了，于是道："行吧，我试着找找他。如果能联络上，我就告诉他。但他愿不愿意联络你，我就不知道了。"

"谢谢你，谢谢你。"小红一连说了两个谢谢，然后默了一会儿，不知道是还想说什么，还是舒了口气，最终她只是又说了一次，"谢谢你。"

然后她挂了。

倪蓝马上拨给欧阳睿，欧阳睿说小红出了警局后回了金孔雀，半个小时前背了个包出门。十分钟前负责跟踪她的警员报告她进了一家便利店，待了一小会儿后离开，接着打车去了一家旅店，现在在旅店不远的一家咖啡厅里坐着。

至于她在金孔雀里面见了什么人，接过什么电话，或者去旅店见了什么人，现在还不知道。

蓝耀阳把小红打到BLUE的座机号码报给了欧阳睿，片刻后欧阳睿回复："是那家便利店的电话。我让人去查查她还做了什么，便利店都有监控。"

倪蓝挂了电话，和蓝耀阳互视了一眼。

蓝耀阳问韩舟："见她吗？"

"必须见啊。"韩舟笑笑，"我找你们合作的目的不就是这个？没有诱饵，怎么引出目标。死亡警告都出来了，快大结局了。"

"先等等，等警方再查一查，安排好了你再跟她联络。"蓝耀阳道。

"行。"韩舟很配合。

"所以邱寺和小红，你觉得是哪个？"倪蓝问。她现在有些琢磨不清路数了。

邱寺说江滨逼迫他试探小红，引出韩舟，他的言行举止都有破绽，但他一直没动手。小红才像是真正被胁迫的人，但韩舟和邱寺都不相信她。

蓝耀阳也问："邱寺跟你待一块，有什么奇怪的举动没有？"

韩舟摇头："没有，我一直防备着，但他没有要动手的意思。也没说要出去，也没提什么计划。"

"他一直在打游戏。"倪蓝说。

"他很爱打游戏，我们以前总打。"韩舟顿了顿，"还有一种可能。"

"什么？"

"我重新联络了证件，也许他想着不要白不要，给自己多条后路？"韩舟道，"但如果是我就不会这么做。待的时间越长，被调查出来的谎言越多，风险太大。速战速决才是首选。"

这话很有道理，所以邱寺的行为才让人迷惑。

他明明已经破绽百出了。

"昨天你离开后他想起来自己好像记错了办公室位置了。"韩舟道，"其实我知道位置，我当时想等等他的反应，听到他说了个假的，我还敲了桌子提醒你。你当时懂了吗？"

倪蓝想打人。

懂了有屁用。

"后来他说小红提了一句，但他没在意，他有个任务要去的房间是出电梯右手第二间，他觉得自己记差了。他以前也这样，会犯些小迷糊，这个我是知道的。"

"那监听器怎么解释？"

韩舟道："所以我才问你，你确认是他吗？有没有可能是别人？"

"我觉得就是他。"倪蓝道，"我跟金孔雀的人接触的时间非常短，都是在动手。"

"在动手也能放。我就能做到。偷东西对我们来说太简单了，何况你根本就没预料到会有人往你身上偷塞个小玩意儿，你完全没防备。"韩舟道，"我不是为谁辩解，只是想找出线索。我的命只有一条，就像你说的，我被一个小卒杀掉，你们也没抓到大佬，没有意义。事情已经到了这一步，我希望我们的计划能稳妥些。"

韩舟看着蓝耀阳和倪蓝："我委托给二蓝神的是一条命，虽然我的命贱，没法跟许文柏警官相比，但我也希望你们别浪费了，好好用。"

气氛一下子就有些沉重了。

倪蓝抿抿唇，她觉得有些委屈，她没有轻忽韩舟的命，意识到他有危险，她赶紧就赶过来了，但要辩解纠结这个太小家子气，她并不想讨论。

蓝耀阳忽然道："你的命不贱，韩舟。"

倪蓝和韩舟都看向蓝耀阳。韩舟还冷笑了一下。

"我知道你在想什么，我这样出身优越的没资格评价你。但我只是想提醒你，无论你出于什么目的，也不管你过去做过什么，你冒险向警方报告了枪支交易的情报，让那些黑枪不能流入市场，你救了很多人的命。你还提醒季队长要小心，虽然他最后还是遇害了，但你帮助了他。"

韩舟笑得更冷了："你知道我以前卖过多少枪？我在公司就是负责枪的。"

韩舟这么给蓝耀阳难看，倪蓝不乐意了："你这人有病吗，那是不是附和你骂你贱命你就爽了？"

蓝耀阳按了按倪蓝的肩膀安抚她，他对韩舟道："我知道这种自相矛盾的感觉，虽然处境跟你不一样，但我知道。"

"是吗？你知道什么？"韩舟依旧对蓝耀阳不爽。一个有钱公子哥，知道个屁。居然对他这种人灌鸡汤，脑子有问题。

蓝耀阳很耐心："我有一个除暴安良的英雄梦，我也期待获得影院里那些观众对超级英雄的夸赞和喜爱。但是当警察朋友问我，你要不要做警察，我却马上用必须继承百亿家产拒绝了。"

韩舟："……"

他下意识地看了一眼倪蓝，倪蓝还在，没附身到蓝耀阳身上。

蓝耀阳继续道："我父亲与我谈话，说希望我不要碰案子，太危险，我又拒绝了。很矛盾的，渴望外头的风景却放不掉屋子里的安逸。"

韩舟没说话。

"我旧有的生活对我来说是个舒适区，对你来说也是。习惯的，就是安全的。"蓝耀阳看着韩舟，"我以前从来没有想过要改变，虽然总觉得缺点什么，总觉得不满意，但就是没有想过可以有什么变化。你也这样，对吗？"

韩舟没法回答。

对吗？对的。

明知道是地狱，一直厌恶，一直挣扎，但他没想过可以改变。就如同他那天突然想到，他怎么连个外卖员都没考虑过要去做呢。不能活吗？能啊。

"如果有人问我为什么现在不一样了，我只能说，我遇见倪蓝了。是爱人，也是良师益友，她带我接触到了另一种生活。我突然发现原来可以这样。"

韩舟看着蓝耀阳的眼睛。

蓝耀阳道："而你遇到了许文柏警官。只是这样而已。以为普普通通，但是豁然开朗。"

蓝耀阳也看着韩舟的眼睛："我不知道你过去怎样，也不知道你未来如何。但是，韩舟，你现在不是'魔鬼'。我们愿意接受你的委托，是认真在对待你的。我就是，希望你知道这一点，能对我们多一点信任。"

屋子里很安静。

倪蓝悄悄伸手，握住了蓝耀阳的手掌。

蓝耀阳转头看了她一眼，她也看过去，两人目光一碰，倪蓝对蓝耀阳甜甜一笑。

好喜欢他啊。

倪蓝心里满是爱慕。

拳头和钱都不是男人的魅力，灵魂才是。如果再配上蓝耀阳的脸，就完美了。

韩舟在床边坐下，省得看到倪蓝。

蓝耀阳按了按倪蓝脑袋，转回韩舟这边："我们和警方开会的时候，听警方说了许文柏警官的事，还有他的上司季队长。许警官死后失联，季队仍然相信他，杨晓芳诬陷许警官，季队长仍然相信他。是你发的消息一直在支撑他的信任。韩舟，季队一直把你当成'鸽子'。"

"鸽子"？

韩舟的眉梢动了动。

阿光的代号吗？

他想起了自己的那个梦，他身后的巨大翅膀。

黑色，还是白色？

"可惜他死了。"韩舟道。

蓝耀阳不知道他说的是许文柏还是季勇军。他走到床边，在韩舟身边坐下了。

"我知道你还很抗拒，你不能接受被捕坐牢，但就如同你说的，就要大结局了，我们需要警方，只有他们才能真正解决这件事。警方需要你的帮助，就像当初你帮季队一样。"

韩舟捏紧拳头。

"从金培树的手机开始好吗？他手机里的联络人，谁都是谁，里面肯定有你认识的人。"

韩舟顿了很久才抬头看蓝耀阳："让我出卖兄弟？"

倪蓝在一旁插话："万一你死了来不及多说，我们又只抓到小卒，那大佬就跑了。趁现在多给我们一点线索。"

蓝耀阳："……"他看了一眼倪蓝，倪蓝闭了嘴。

蓝耀阳清了清嗓子，把韩舟的目光又吸引回来，这才道："你会救他们，韩舟。就像许警官那样，砸烂'地狱'，给他们新的后半生。"

刘综提出的协助请求很快得到了L市警局的回应，他们派了人，去带黄香如回大河镇。

刘综和沈华在等待黄香如的时间里一点都没歇。

翻旧案是一个枯燥且烦琐的过程，而他们能找到的有效信息少得可怜。在一堆数量巨大的旧档案里查找不知道具体是什么的线索，就像大海捞针。

在大河村和临水镇这样的地方，三十多年前几乎没有什么正儿八经的手续流程。后来严打拐卖之后，一件件一桩桩重新梳理，这才有了许多案卷得以整理留档。但这样的档案信息记录，难免有疏漏，且许多记录的内容对刘综他们来说是无效的，信息零碎，也很难将各户关系通盘联系起来。

为了帮助刘综他们查当年这些事，镇上的警察全部被召回加班。而杨德说的师傅，老警察夏武于下午近3点时赶回所里报到。

夏武是所里最了解当年情况的一位老警察，包括杨德在内的好些年轻警员都是他一手带出来的。他在市里医院做了个肾结石手术，住院中，原本还打着点滴，上午听杨德说了情况，赶紧从医院赶回来了。

夏武认识管怀，也认识刘东和黄香如。当年他还是镇上一个年轻警察，满腔热忱，为能穿上警服骄傲。但现实让他体会到挫折，许多事管不了，没法管，乡民比警察还凶。老警察的和稀泥自有他们的经验和道理。

不少人慢慢适应了环境，适应不了的就走了。夏武没走，他一边适应着环境，一边期待着环境改变，也为了能改变做着努力。夏武受排挤过，也被前辈嘲笑过。但他认真做着自己的工作。日子会越来越好，警徽是越擦越亮，夏武一直这么认为。

后来，真的一切都不一样了。

有大刀阔斧的变革，也有一点一滴的变化。

夏武很有干劲。变化的过程是艰难的，但他高兴。

夏武到市里医院做手术那天，沈华等人刚到。夏武并不知道邻省上级要来做什么，但今天跟杨德一通电话，了解到具体情况，夏武在医院待不住了。

夏武拔了点滴，火速办了出院手续，招了辆车就往镇上赶。他到办公室的时候，脸色还有些苍白，额上尽是汗。杨德赶紧给师傅搬了椅子。

夏武一脸歉意，对刘综等人道："对不起，我病得不是时候，耽误案子了。"

刘综忙摆手客套。夏武的同事给夏武倒了水。

夏武喘了口气，道："当年大河村的情况，我有笔记。你们具体想查什么？"

沈华将案情情况和他们的侦查方向与夏武仔细说了一遍，正说着，夏武的女儿给他送笔记来了。

那是一个大箱子，夏武女儿、女婿一起抬进来的。

夏武把箱子打开，里面都是老旧的笔记本，码得整整齐齐，书脊和本子封面上都记着年份和人名等。

"那个阿玉我有印象。"夏武一本本翻着笔记本，"她的名字我不认识，我还去查了字典。找到了，这里。她全名叫阚苒玉。"

夏武抽出一本笔记本。"门字里面一个敢字，草字头下面一个太阳冉冉升起的冉。"

夏武快速把自己当年记的笔记浏览了一遍，找到了记录阚苒玉的部分。他指着内容道："啊，对的，在这里，我记过她的事。她被卖到大河村时，才十五岁。我当初问到的，一年后逃过一次，三年后又逃过一次，但也有村民说逃了几次，只是说不清具体过程。"

夏武把手上的笔记本递给了沈华。

刘综和沈华凑在一起看。笔记本的纸已经发黄，但没有霉迹。看得出来本子的主人很注意保护它们。上面的字写得急有些乱，但排序整齐，能看明白，应该是重新整理抄过一遍。

夏武的笔记有关阚苒玉的部分有五页。全是他访问村民留下来的资料。每一条信息后面都记着哪年哪天问的谁。说法一致的，访问名字就会记录几个人的名字。存疑的，后面打个问号。

笔记上面记着，夏武再后来见过阚苒玉一次，也是唯一一次见到她本人。在那次他问了她的名字，她告诉了他怎么写，但嘲笑他："问名字有什么用，你认字吗？我不缺男人。"

夏武表明自己是警察，想问她家在哪里，但话没说完，阚苒玉只听他说是警察就变了脸："警察都是坏种。滚开，别跟我搭话，你会害死我的。"

阚苒玉说完迅速转头走了。夏武记录这段对话后，备注：敌意很深。后面画了个问号。时间是9月3日。

夏武继续翻那个箱子，翻出另一本笔记本："黄香如在这一本。她一直在村子里待下来了，后来迁村一起过来的。解救被拐卖人员的时候她不愿意离开，她说她的两个孩子都在这里，这里就是她的家。她母亲还来过，但黄香如没走。后来她母亲就再没来了。我整理的时候，像黄香如这类的记一起了。"

"阚苒玉属于哪类？"沈华问。

"未解决案件。"夏武道，"只是在我个人这里记着的。后来大清查的时候，阚苒玉已经失踪。村民都说死了。我问遍能问的人……"夏武看了一眼沈华手上的笔记，"嗯，这里记着呢，我问过的人里，最后一个见到阚苒玉的人是黄香如。失踪时间是9月，当时已经过去三年了，黄香如说具体日期她不记得了。阚苒玉早上从刘家出门，然后再没回去过。那时黄香如第二个孩子两岁，三胎刚流产不久。"

刘综看到这条记录了。夏武还在后面写：因为跟警察说话？？？

后面是夏武就阚苒玉其人对村民的询问。但是当时政府大清查大河村的拐卖情况，村民们能少说就少说，能不说就不说。阚苒玉这个人已经失踪三年，村民们当然不承认有这人。而黄香如后来也改口，说不记得自己说过，家里亲戚人来人往的，她不记得了。

若不是夏武见过真人，又做过笔记，恐怕阚苒玉这个人在官方记录里就真成了空白。

好在夏武没有放弃，他把村子里这种情况的人列了一张表，把访问记录都整理出来，每一年都到村子里问一问。

夏武把阚苒玉的名字上报了，他觉得这个名字很特别，也许失踪人口案件记录里会有她。她的家人、父母肯定在找她。但这些年来，他查了许多次相关的数据库，没有找到匹配的失踪案件记录。

夏武把他做的相关人员的笔记都找了出来。刘综、沈华以及其他人终于把围绕着阚苒玉的情况弄明白了。

阚苒玉在大河村待了十年，十五岁来的，二十五岁失踪。因为一直没有生育，且她数次想逃，她在村子里处境非常惨。她十六岁、十八岁时两次出逃被抓回，还是管怀处理的，管怀没立案，当家庭纠纷处理了，把阚苒玉直接送回刘家。这情况是夏武在管怀退休后，在村里老人那儿问到的。他记在了笔记里。

村里老人当年还说阚苒玉跟村里好些男人有染，夏武在"有染"后面打了括号，写上强奸两个字。夏武记下了那些人的名字。

赵兴，金厚，陈江，陈广生。

还有一些名字，夏武都在后面打了问号。他不能确定真伪。

"不是有染。"夏武也看到了自己的笔记内容，他很严肃，"以她的处境，就是强奸。这四个人，陈广生已经死了。其他三人失踪，后面的数字是他们离开或者失踪的年份，他们都不在村里了。"

刘综一看，都是阚苒玉失踪后一至三年间离开的。

"如果我给你几张照片，你能认出阚苒玉吗？"刘综问。

夏武摇头："不能，我不记得她的模样了。"关于相貌，他只有当年记在笔记里的一句话：眉清目秀，挺有气质。"我就见过她一面。时间太久了，我完全没印象了。"

"这个金厚，就是我们案子里的金培树。他改了名，换了身份。"刘综告诉夏武。

夏武忙道："金厚是村里一霸，当年领着村里人出去拐人。有时候还带孕妇和孩子出去给他们打掩护当诱饵。这四个人都一样，坏事没少干。还有这个赵兴，也是村里臭名昭著的。他们常结伙出去，阿玉就总被他们带出去。"夏武道，"可惜管怀死了，他对大河村比我清楚多了。他当年就扎在那儿，我这些都是后面补的，一点一点问。"

刘综看着夏武的大箱子，又看看手上的笔记本。除了阚苒玉，他还记了其他妇女的资料，想为她们找到家。还有警局档案室里头那些一份一份的档案，都是基层警员挨家挨户摸排情况调查出来的。

"辛苦了。"刘综很受触动。

"不不。"夏武忙摆手，"应该的。可以做得更好的。我是想着把这些笔记也弄成电子的，但总拖延。我也老了，现在杨德他们才做得好。比我们那一辈强。当年确实……"夏武顿了顿，长叹一口气，"有很多遗憾。"

大河村的不光彩历史，在这片土地上，留下太多痛苦和血泪。

刘综拍拍笔记本，又指指警局的电脑："我需要与阚苒玉相关的村里所有男人的档案和户籍资料，还有他们的照片。尤其是那四个，参与过拐卖和其他犯罪的。"

杨德赶紧道："这个有的，能查到。"

刘综道："比对今天在村里问到的，不管证实没证实，都需要照片和身份资料。"

"好的。"杨德马上去处理。

半小时后，欧阳睿收到了刘综发来的户籍资料：赵兴、金厚、陈江。

金厚已经死了。

赵兴和陈江，这两人的其中一个，有很大的嫌疑。

欧阳睿与刘综通了电话，两个人详细沟通了临水镇这边的调查情况。刘综告诉欧阳睿，他已经安排省厅那边的专案组去找金阳的宋昌以及其他被囚人员辨认，他让欧阳睿赶紧跟进，看杨晓芳、小红或是金孔雀的那帮人里是否有能撬开嘴的。

欧阳睿道："我马上去办。"

夏武还在翻他那些珍贵的笔记，但没有找出更多的东西来。他道："可惜没办法找到阚苒玉的资料。我从前试过了。她们这些被拐来的，很多身份证件都被烧了，村里防着她们逃。阚苒玉的也是这样。听说她刚来的时候，身上的东西全都烧了。她总想逃，村里的其他媳妇也不敢跟她走得近，担心被打。我试着问过不少人，没人知道她的来历。村里好多当年被拐来又不愿意离开的，都是大清查之后补的户籍。那时阚苒玉已经不在了。"

刘综道："没关系，我们还有一个人证。"

黄香如到的时候已经晚上近9点。她面露疲倦，脸色不好，她的相貌比她的实际年龄要显老，整个人死气沉沉的。

她看到夏武的时候眼皮掀了掀，她还记得他。

但她没有任何表示，她的不耐烦和不满挂在脸上。"不是都说了不记得了吗？"

沈华道："是想再问问你关于阿玉的事。"

黄香如的脸僵了僵。

"阚苒玉。"刘综道。

黄香如的坐姿调整了一下，还是那句："我不记得了。"

"应该记得的。是她把你带回来的。你们还在刘家一起住了五年。"

黄香如沉默了很久，又道："不记得了。"

"她把你拐骗回来，改变了你的一生，你不记得了吗？"刘综问。

黄香如捏了捏拳头，然后把手压在了腿下面。

"你大学英语专业，读到二年级，成绩优秀，还有两年就能毕业。如果没遇到阚苒玉，你应该顺利毕业后在大城市里外企上班，做个白领，现在也许成了高管。但你被囚禁在偏远乡村，被迫嫁给一个不认识的乡下男人，生下将你人生死死绑住的孩子。面朝黄土，生活困苦。你父母来接你，你没脸回家，不敢回家。你被这乡村困住了。直到现在，你们只能一家人开小吃店，还去餐厅打工。你的人生，被阚苒玉毁了。你不恨她吗？你不记得她了吗？"

黄香如紧咬牙关，用力得唇都在抖。

刘综拿出四张照片，摆在黄香如面前："我想让你认一认，谁是阿玉？"

黄香如不由自主地低下了头，认真看那四张照片。那是四张看上去四五十岁的妇人面孔。黄香如看了一圈，最后目光停在其中一张上。

她们是同一年生的。

但是看看这照片，她显然过得比自己好多了。她看上去比自己年轻，比自己漂亮。

黄香如突然发出了愤怒的尖叫，她伸手扫向桌子，把那四张照片全扫到地上，她捶着桌子，厉声大叫，最后她伏在台上，号啕大哭。

第五章
两个漏洞

韩舟并不觉得自己能救谁。他的高尚情操大概在童年的时候还没长出来就已经灭亡了。但事情到这一步，也没必要什么都瞒着，他的拖延已经没有意义。

韩舟把自己知道的情况跟倪蓝他们说了。对黑虎帮，他确实知道的不多，他收到培叔赠房的时间跟阿光差不多，是在去年9月。赠房就表示，他们入伙了，成为公司里的核心成员。

那段时间也确实特别风光。培叔带他们消费，吃喝玩乐，带他们认识人，也给他们任务，而且奖金给得特别高。

那个时候金培树最重视的人是阿光。韩舟不过是跟在阿光身后的重要小弟。

因为阿光有文化，脑子活，有主意。金培树喜欢有文化的，觉得带出去有面子。

11月的时候，金培树第一次带阿光、韩舟去见何雄。当时何雄自己来的，对金培树也很客气。那次见面就是吃饭喝酒，没说生意的事。感觉就是金培树让阿光、韩舟认认人。

过了一段日子，金培树说何雄那边要一批货，量很大。让阿光领着韩舟、阿猛几个做准备。也是因为那批货，阿光知道了金阳商贸，发现了黑枪供货链上的重要纽带。韩舟也听阿光问过金培树：货这么大，何雄看起来不是很有路子的样子，能靠谱吗？

金培树说何雄只是执行人，他是跟何雄的大哥亲自谈的，不会有问题。那语气听上去是跟那大哥非常熟，也很信任的样子。

金培树从来没有说过"黑虎帮"这个名字，他一直是直接称呼人名，说何雄那边如何如何，但没有提过何雄的幕后老大是谁。

黑虎帮这个称呼，是何雄手下人自己叫的。阿猛、阿平跟那帮人聚过一次，阿平回来笑喷，说那边有三个去文了黑色虎头在胳膊上，一直在炫。从那天开始，韩舟就经常听到"黑虎帮"这个称呼。

"所以你们既不知道黑虎帮的老大是谁，也不知道自己公司的老大是谁？"倪蓝问韩舟。

"对。培叔说过见老大会是最高奖赏，但我没听说谁见过。"韩舟道，"我们私下里也曾讨论，觉得培叔就是老大，但是有些事，培叔却还要跟人商量请示的样子。后来接触了金阳那边，听说还有一个江哥。金孔雀的老大就姓江，但是年纪轻，比培叔小挺多的，不像能使唤培叔的样子。而且听说金孔雀是之后才开的，而金阳在那十年前就开好盘子了，我们猜会不会是金孔雀江哥的什么长辈。"

"不是。"倪蓝想起江滨就恨得牙痒痒的，"江滨家里不是干这个的。"

"那我就不知道了。"韩舟道。

蓝耀阳忽然问："韩舟，你说的这些人全是这几年进公司的，但是金阳都十多年了，你们公司的那些老人呢？"

"我不关心，但阿光打听过。"韩舟道，"可是周围也没什么太老的人，打听不出什么有用的。也不好太仔细打听，捅到培叔那里可不得了。反正我听说的都没好的，不是被抓就是死了，也不知道是不是故意吓唬我们的。"

倪蓝看了蓝耀阳一眼。觉得蓝耀阳考虑得对，一个帮派新血换老血正常，新血老血打起来争权抢地盘也常有，但金培树现在的人手情况，显然他已经把内部老血洗过一遍了。

倪蓝给欧阳睿发信息，看他什么时候有时间开个电话会碰一下情况。

韩舟也道："我进来太久了，邱寺会起疑心的。"

"你出去，把他换进来。"

韩舟又问："什么时候给小红回电话？"

"等通知。"

韩舟抿抿唇，出去了。

邱寺一边打游戏一边注意着屋子这边的情况，见韩舟出来了，便用眼神问他。

韩舟用头指了指屋门方向："让你进去，问话。"

邱寺退了游戏，问韩舟："问你什么了？"

"来来去去就那些。"

"哪些?"

"培叔的情况、兄弟们都有谁之类的,老问题了。"

"那怎么这么久?"

"小红找我,找到蓝耀阳那里去了。"

邱寺:"……她找你干什么?"

"不知道。所以商量呢。"

"然后呢?"

"晚一点见见她吧。"

邱寺皱眉头:"这娘们儿肯定有古怪,真的。我觉得你最好别搭理她。"

"倪蓝他们盯着呢。"韩舟又用头点了点房间方向,"去吧。"

邱寺一脸不高兴,进去了。

韩舟看着他关上了门,这才坐下来,拿出了手机。他迅速打开淘宝,点开了在钱叔店里拍的东西,然后点了退货申请。

接着他进了客服页面,道:"这东西我不要了,退款吧。"

过了一会儿客服出来了:"朋友,这件可是孤品,可遇不可求,你想好了?"

"是的,退款吧。"

客服又道:"是有什么顾虑吗?朋友之前说的遇到诈骗的事小店也问了问同行,听说以前有家店出现过这状况,是店里一个客服做的违法小勾当,已经报警处理了。但那与小店无关。小店货品实行三包,朋友大可放心。"

仓库里,钱玉德坐在椅子上,用手机跟韩舟聊着。他面前空地上,两个手下押着孙康胜。孙康胜吓得直抖:"钱哥,我真不知道。他说这两个人勾结警察出卖我们,我才给他消息的。我也是想求证后再告诉你。"

钱玉德没搭理他。他拿着孙康胜的手机,抄了上面的通话号码给韩舟:"这位朋友可以联络查证一下。"

韩舟盯着那一串号码,他是为了活命背下了所有认识的手机号码的人,但这个号码他不认识。

所以真是钱叔那边走漏了消息,不是邱寺捣鬼?

这时候房间那头传来邱寺愤怒的叫声:"我没有!我上哪儿弄窃听器去!要杀要剐随便了,别跟老子来栽赃陷害这一套!"

韩舟在对话框输入:"我这边出了点状况,生活没法稳当,没办法好好爱惜它,还是不要了。"

钱玉德皱皱眉头:"那好吧,给你退款。"

淘宝通知退款成功。

韩舟回道:"多谢老板,祝老板好人一生平安。"

钱玉德看懂了，他看了一眼孙康胜，交代手下："把他处理干净，把仓库都清了。活儿都退掉。最近都藏好，出事了。"

钱玉德又输入："多谢，也祝你生活幸福。这货我重新上架了，你收藏着吧，万一日后想要了，你知道去哪儿找。"

韩舟咬咬牙，心里说不出地难受："好的，多谢老板。"

钱叔还是那个照顾他的钱叔，还想着给他留后路。

房间门"砰"的一声巨响，邱寺怒气冲冲地走出来，把门用力甩上。

韩舟退出了淘宝。

邱寺一屁股坐在沙发上。

"这么生气？"韩舟看了看房间，"我都习惯了。"

邱寺一脸怒容："一边说老子害她，一边还让老子招供，招个屁。直接送老子去警局好了，招个屁招。"

"你冷静点。"韩舟不动声色再看了眼房间，低声道，"听着，我去见小红的时候，他们肯定会跟着，没人注意你。我给你个地址，你去拿证件。钱叔那边查出来了，现在安全的。"

邱寺顿时坐直了："你确定？钱叔还说了什么？"

"没别的了。"韩舟迅速报了地址，邱寺赶紧背下来了。韩舟又道："我会借这次会面想办法脱身，你拿了证件别回来。如果我们分开两个小时我还没联络你，你就自己先走，把我的那份留在原处就好。"

"那我们怎么联系？"

"我们在Y市边境出任务住的那家旅店，记得吗？"

邱寺点头。

"我会去那里。"

"行吧。你什么时候见小红？"

"看机会，我得先联络看看。"

"越快越好，别等他们做好准备。"邱寺也看一眼房门，"我们就都难脱身了。"

"行。"韩舟拿出手机拨给小红。

小红很快接了。

"喂。"

"是我。我不叫阿勇，我叫韩舟。韩信的韩，小船那个舟。"韩舟见小红接了，便长按了手机启动键，向倪蓝示警。

小红那边愣了愣，接着有些激动："我差点找不到你。我不知道怎么找你，也不敢乱找别人问。"

邱寺在一旁用气音道："问她在哪里。"

倪蓝那边的房门"砰"的一下打开了，倪蓝和蓝耀阳走了出来。

邱寺若无其事地保持着原姿势没动。

韩舟看了一眼倪蓝和蓝耀阳，道："这不是找到我了吗？蓝耀阳告诉我了。你有什么事？"

"我得见你，求求你。你能见我吗？你安全吗？"小红有些哽咽。

倪蓝皱着眉头瞪韩舟。交代了让他等着，他在做什么？

"我安全的。你见我要做什么？"

"我很害怕，韩舟，有人要害我，我很害怕。"

"是吗？"韩舟再看一眼倪蓝和蓝耀阳，"谁要害你？"

邱寺翻了个白眼，表明他对小红的不信不屑。

"我不知道。"小红压低嗓音，"我们见面说，行吗？求求你，我真的很怕。我不知道还能找谁。"

"行吧。"韩舟看了一眼倪蓝，"我白天不方便，晚上8点？"

倪蓝皱眉头，她按手机按键输入，亮出一个地址给韩舟。

韩舟点点头，向小红报了地址："汇兴大厦大堂咖啡座，晚上8点，我们在这里见。"

小红赶紧应："好的好的，我记下了。"

韩舟挂了电话。

倪蓝一脸不悦，对韩舟道："你过来。"

韩舟起身，跟着倪蓝和蓝耀阳再次进了房间。

韩舟关上门，道："我知道你们想说什么，但不能拖了。拖久了会生变，如果她说的是真的，她现在有危险。"

"她在警局待了一夜，如果她觉得有危险她就会告诉警察。"

"谁知道呢。反正你们也希望我见她的不是吗？"韩舟道，"而且邱寺在催我，他在急什么？这是个试探他的机会。如果他是因为在这个屋里不好对我动手，那么我出去落单后他就该有所行动。我们得给他机会才能知道他的真正目的。我告诉了他一个地址去取证件。就看逃命的证件重要还是别的事更重要。"

"他说得有道理。"蓝耀阳对倪蓝道。

韩舟又道："还有，你们记一个手机号码，证件工厂那边查到了，取件地址是他们那边有人泄露的。买通消息的人，手机号码就是这个。我不认识这号码，不知道他是谁。你们查吧。"

蓝耀阳看着韩舟。一直在等韩舟说假证件这条线，但他就是没说。现在提到什么买消息的号码，却不说卖消息的。

蓝耀阳没说话，不提这事。他不是警方，他没权力审讯，他要做的也不是审讯。打动一个人不容易，何况是韩舟这种人。他觉得他们现在取得的进展已经挺大了，他希望韩舟与他们的合作能更诚恳，他觉得还有机会。

倪蓝记下了那号码，她道："这号码我见过。"

"你认识？"韩舟问。

倪蓝拿出自己手机，上面有李木几分钟前给她发的消息。李木找到了炒作倪蓝丑闻的营销公司，并且与对方进行了沟通。那家营销公司声称，让他们对那条微博进行炒作扩散的客户是个中年男人。对方没有露脸，只与他们进行了电话联络。李木买到了这个客户的电话号码，并发给了倪蓝。

李木的信息里说这个客户与营销公司的沟通过程急切且迅速，付款非常痛快。时间点正是倪蓝去金孔雀的那个时间。这倒是符合他们追踪到倪蓝就在金孔雀后马上做出的反应和准备。

那个客户号码正是韩舟说的这个。

也就是说，一个中年男人，既买通了假证工厂那边的人手，得到了韩舟、邱寺取证件的地点以堵截他们，又买了营销公司服务，散布倪蓝的丑闻，对倪蓝进行打击和羞辱，并同时发布死亡警告。

而为这个中年男人实现这些行动的人，是金孔雀的江滨。

江滨是这个中年男人的手下？

江滨是"鹰巢"的人。

那么大胆推测，这个中年男人有可能是"秃鹰"吗？

倪蓝赶紧上线查这个手机号码。但是这号码关机，没能搜索到信号。倪蓝又比对了金培树的手机通信列表，联络人名单里面也有这个号码，但通话记录里没有，很大可能是删除了。

这个号码，这两天对金培树手机发出的信息完全没有反应。而从前的通信记录，只能由警方去协调运营商获取了。

倪蓝又比对了她手上掌握的其他人手机的通信联络人表，没有这号码。包括邱寺、韩舟的手机，都没有。

蓝耀阳联络欧阳睿，将这个情况通知他。

欧阳睿大喜："我刚从刘队那边拿到了两个嫌疑人资料，'秃鹰'也许是其中之一。这号码来得及时。"他告诉蓝耀阳他正要去审讯。

蓝耀阳忙将韩舟与小红约好晚上8点见面的事说了。

欧阳睿看了看时间："可以安排，但为什么不等我们确认就定了？"

"小红很着急，说她有危险。"

"小红和杨晓芳都否认认识对方，可她们有可能是一伙的。韩舟这次会面有风险，你们千万小心。"欧阳睿道，"我现在没有收到小红异常的报告。这样吧，我会提醒盯梢的同事注意。还有，刘队找到一个重要人证，他正等人把她带到临水镇。你的推测究竟对不对，会得到证实的。"

杨晓芳被救回警局那天，身上什么都没有，一身衣物都是警方支援换新的。所以，不可能在她身上查到任何东西，她也不会因为报称受到卧底侵害而遭到怀疑。一个差点连衣服都没得穿的受害女子，你还能怀疑她什么呢？

但是，很显然，她找到了卧底警员的上司并且通知了她的同伙。

她身上有窃听器，她到了宾馆有在卫生间独处的机会。她用窃听器报告了一切，然后冲毁干净，不露痕迹。再搜身，自然什么都没有。甚至她可以再放一个窃听器到季勇军身上，在那个凶手杀害季勇军之后，拿走手机拿走窃听器，这也不是绝对不可能。

只是现在一切都只是推测，无法证实。

而杨晓芳是怎么拿到窃听器的？

那天杨晓芳被季勇军带离市局时，委托二蓝神事务所寻找女儿幽灵的柳云拥抱了她。

所有人都目睹了那个拥抱，所有人都没在意。直到蓝耀阳在倪蓝衣服里找到了窃听器。

当蓝耀阳灵光一现得到这个猜想的时候，许多一直困扰他们的疑惑也随之被解开，或者说，那些疑惑有了合理解释的空间。

为什么杨晓芳预谋了对"鸽子"许文柏的陷害，却在4月5日去和平街时没在街道安全监控中留下自己的身影？明明那样报起案来更能让人信服，不留破绽。

那是因为柳云要报案。

如果能直接在监控中查到杨晓芳，能看清杨晓芳的样子，那么柳云的报案和委托就无法成立。一下子就能看清杨晓芳不是她的女儿，后头也就没柳云什么事了。

但是杨晓芳需要柳云的接应，所以柳云必须参与进来，她得是杨晓芳逃离魔窟的目击证人。

而柳云也必须得提前炒作一番自己对女儿的感情和遇见女儿幽灵时的激动，这样她关切杨晓芳，一直跟她到警局，一直寻找机会与她接近，这才合理。那个拥抱，才会无人怀疑。

为什么杨晓芳被囚禁的时间这么长？同样因为柳云要报案，要找委托。这个过程需要时间。

二蓝神事务所并不是柳云找的第一家委托公司。柳云报了警，找了朋友，也找了一些名为咨询公司实为私家侦探之类的小工作室，但最后只有二蓝神接了她的案子。整个求助过程很真实，全都有迹可循。

蓝耀阳在与欧阳睿讨论的过程里也曾推翻这个假想，因为柳云和杨晓芳这样操作实在是有些自找麻烦。找了二蓝神，反而引火烧身。

　　但欧阳睿却肯定了蓝耀阳的这个大胆推测。

　　不能用已经知道的结果去反推，而要从当时的情景去考虑。

　　杨晓芳需要一个目击证人，柳云也需要。

　　柳云需要一个能参与到这个事情里来，又能及时脱身的借口。寻找女儿幽灵这个借口荒谬，但她女儿去世是事实，起码现在调查出来的结果是事实。她借着寻找女儿幽灵这个借口，把所有相关人员都调动了一遍，该做的调查全都做了。

　　"如果有什么问题，在前期这个阶段就已经被发现了。没发现，就表示她是安全的。"欧阳睿道，"借由你们的调查，来确认她自己以前没留下什么破绽，然后她才放心去做这个假目击证人，接应杨晓芳。但倘若调查出什么情况，也许她就会取消行动。而你们不是警方，也不知道后头有什么问题，不会追究下去。于是委托任务结束，这件事就结束。所以委托这件事，并非愚蠢，反而是谨慎。"

　　"但这么一来，柳云是安全了，她的情况被调查过，很真实，没人怀疑她。可杨晓芳这个去报案的受害者却不得不露了破绽。"

　　欧阳睿道："如果事实真是如此，那么有两个可能，一是在'秃鹰'的眼里，柳云的安全比杨晓芳重要。杨晓芳有破绽他们心里有数，所以韩舟接到了杀杨晓芳的任务是真的，金培树的计划确实是要杀掉杨晓芳灭口，而不是单纯试探韩舟。第二，原本杨晓芳的破绽也没那么大。疑点归疑点，但找不出什么实证来，最后我们可能只能放掉杨晓芳。但'秃鹰'他们没料到他们的计划里有两个漏洞。"

　　蓝耀阳马上懂了："第一个漏洞是倪蓝。柳云约红姨见面问案子进展的时间，正好是倪蓝要去开会的时间。柳云知道这事，红姨跟她说过，说倪蓝时间不方便。她说没关系，跟红姨谈就好。她特意避开了倪蓝。但那天正巧倪蓝跟技术部闹了不愉快，会没开成，倪蓝提前离开了公司。而且这么巧，接到红姨电话时她就在附近，所以赶到了现场，抓住了那两个小喽啰。"

　　欧阳睿惊讶插话："倪蓝居然还跟你们技术部吵架？"

　　欧阳睿向蓝耀阳露出了同情的表情。女朋友这脾气，小老板很不好当吧。

　　蓝耀阳："……"

　　"行吧。"欧阳睿很快转回正题，"其实我就是想说这个。那天我记得倪蓝说了她正好在附近就赶过去。她是意外出现的。她被路人拍到与这事有关联，于是韩舟在考虑如何阻止杨晓芳被放出时，便想到了通过倪蓝报信。"

　　这点蓝耀阳也想到了："韩舟是第二个漏洞。'秃鹰'一心想找出这个内奸，却没想到这个内奸居然会向倪蓝施压来向警方报信，结果把倪蓝惹毛了，追到了为民路爆炸现场。于是倪蓝知道了'鸽子'的死讯，而韩舟死里逃生。这些都是意外，肯定都出乎了'秃鹰'的预料。按他的计划，现在杨晓芳已经死了，韩舟也死了。所有他想除掉的人都死光了。他带着他那群手下潜逃或者隐退藏身，根本没现在这些事。"

"没错。"欧阳睿道，"'鸽子'的尸体是真正能证实杨晓芳报假案的证据。现在我们还缺一个证实柳云是帮凶的证据。"

于是那时欧阳睿在与蓝耀阳沟通过后，就用柳云的照片和其他三位同龄女性照片凑成了一组，自己留一份，给了刘综一份。

欧阳睿用自己手上那份照片给小红辨认，小红说全都不认识。给江滨辨认，江滨也说都不认识。金孔雀抓来的那群人里，没人承认认识柳云。

欧阳睿把小红放了，笃定她会有所行动的依据之一，就是他给小红看了照片。小红现在已经知道，他们怀疑柳云了。

无论柳云在"鹰巢"是什么身份，她被怀疑这件事，小红一定会通知出去。她会通知谁？通过什么手段？她还会做什么？

欧阳睿派了人盯梢小红，也派了人去柳云居处外头守着。柳云没什么异常举动。而小红，却着急找韩舟。

欧阳睿不知道小红是真的有危险还是着急处理柳云的嫌疑。现在不是在小红这边找到证实柳云嫌疑的证据，就是等刘综那边的重要人证认出人来。

如果柳云整个身份都是假的，那么不需要其他证据，假身份就是个侦破突击点。

蓝耀阳听到有人证这事很振奋："刘队查到了什么？"

欧阳睿简单跟蓝耀阳说了说情况。那位阚苒玉的悲惨遭遇，几乎无人记得姓名的影子，被胁迫作恶，成为帮凶的悲剧人生，以及至今生死未卜的可能性。

蓝耀阳听罢沉默许久，道："柳云的女儿姓陈。刘队查到的赵兴和陈江，也许就是这个陈江。他跟金培树一样，改了名字。"

欧阳睿不确定，他在等省厅曾永言向宋昌问话的结果。

欧阳睿安排人手，布置监控晚上8点韩舟与小红的会面。为安全起见，他与蓝耀阳商量了另一个地址，他还安排人去了一趟倪蓝那儿，给韩舟送了一套防弹服。

韩舟与邱寺的手机动静倪蓝盯着，欧阳睿也能看到。这两个人一个刷淘宝一个玩游戏，都有私通消息的可能性。欧阳睿让倪蓝盯好他们的动静，他这边安排警员申请刑侦手续，向两个平台调取这两个的账号记录。这事手续申请比较烦琐，跟平台的沟通也需要时间。

倪蓝这边也留了一手，她把韩舟叫到房间，把欧阳睿派人假装送外卖的包裹打开，悄悄把防弹服递给韩舟："别让邱寺知道，不然他们会直接打头。"

韩舟有些意外，没想到他们居然还挺顾全他这条命的。他道了谢，把防弹服穿好。

倪蓝又道："之前定的地点邱寺听到了，一会儿快到时间时你再打电话给小红，要求换另一个地方。"

韩舟明白这里头的意思，他把新地址记了下来。

这时他收到了小红的短信："我已经出发了，你方便的时候就过来吧。我会一直在那里等你。多晚都等。"

韩舟皱了眉头，这才5点多，她着什么急。她是知道警方有安排了？打算把时间提前，打乱他这边的部署好下手？

欧阳睿也接到了他安排跟踪小红的警员报告，说小红已经出发去约定地点。欧阳睿让警员继续盯好。

欧阳睿去审讯了金孔雀的江滨，江滨否认自己认得赵兴和陈江，那个电话号码他也说不认识。欧阳睿在江滨的手机里确实没查到这号码，他警告江滨，通话记录就算删除，他们也能查出来。

江滨对此不予反驳，他反问欧阳睿：倪蓝非法闯入他的夜总会罪名大，还是他把倪蓝非法闯入的照片发给客人罪名大？他不知道某个客人会把照片传播出去，他更不知道会有人利用这事炒作。

欧阳睿没撬开江滨的嘴，但他收到了曾永言的消息。宋昌认出人了，不是陈江。宋昌认得的那个刘洪江，是当年大河村的赵兴。而倪蓝提供的那个电话号码，在宋昌的手机里也有记录，就是刘洪江当年用的。

欧阳睿把这个消息告诉了蓝耀阳。蓝耀阳猜错了，不是姓陈的。不是跟柳云的女儿一个姓。

蓝耀阳对此有些失望，蓝神算子居然失手了。

蓝耀阳与欧阳睿通电话的时候，韩舟又收到了小红的短信。"我到了。我在汇兴大厦旁边一个叫暖茶的小餐厅吃晚饭，你到了通知我。我会一直等的。"

韩舟说不好心里的奇怪感觉是什么，总觉得哪里不对。

"我觉得我应该现在去。"韩舟忽然道。

"为什么？"倪蓝问。

"去看看她到底怎么回事。我们可以不下车，先在旁边观察。到时再做决定。"韩舟的直觉救过他很多次，也救过他的兄弟，"我现在就要去。"

倪蓝去敲蓝耀阳的门，跟他说了这事，蓝耀阳忙跟欧阳睿招呼了一声，然后他们三人急匆匆走了。

"你好好待着，等我们回来。"倪蓝走的时候这样跟邱寺说。

邱寺答应了。

陈洲开车，载着倪蓝、蓝耀阳和韩舟往汇兴大厦去。欧阳睿在另一边也在调动警力的支援。

过了一会儿，邹蔚打来电话，邱寺出门了，她和部署在楼下的另两个同事在跟踪。邱寺是步行的，暂时还没发现什么异常。

倪蓝挂了电话，问韩舟："你觉得他究竟怎么回事？"

"不用觉得，跟着他不就知道了。"韩舟还是那种讨人嫌的调调。

蓝耀阳一路都没怎么说话，像是在思考。快到汇兴大厦的时候他突然问韩舟："你说小红认得杨晓芳，有什么根据吗？"

韩舟道："我故意在她面前看杨晓芳获救那天的视频，就是跟倪蓝一起的那个视频，她看到杨晓芳的时候明显有反应，就是那种看到认识的人的反应。我问她认不认识，她说不认识。她在说谎。"

"所以你就是从那时起一直不信任她？"

"原因之一。"

蓝耀阳皱眉头："如果她真的不认得杨晓芳呢？"

韩舟看着他。

蓝耀阳道："万一，她认识的是另一个长得很像的人，看到长得像，也会有反应……"

倪蓝被点醒了，她猛地大叫："快，打电话让小红离开那里。"

杨晓芳与一个人有七分像。

陈欣。

柳云的女儿。

"小红认识杨晓芳！"这是昨晚韩舟被倪蓝揍趴下之后向倪蓝透露的消息。当着邱寺的面。

一连串的想法在倪蓝脑海中闪过，她正要说什么，手机响了。

倪蓝一看是邹蔚，赶紧接起。

"我们跟丢了。"邹蔚道。

倪蓝："！！！"

邹蔚："他有心理准备会被跟踪，有人接应他。他从街心公园穿过去时突然狂奔，利用园林和建筑物遮挡了我们的视线。我们追上去就没看到人了。找了半天都没有，他一定是上了某辆车。"

"Shit。"倪蓝气得拍了座椅。

游戏，一定是在游戏里。邱寺只能通过这种方式对外联络。

他离开的时候没拿手机，现在也无从追踪起。

结果最传统的追踪方式出了差错。

倪蓝捏紧了拳头。

"我们查一查周边的监控看看能不能找到线索。"邹蔚道，"也派了人去韩舟说的那个取件地址守着。你们那边小心。"

倪蓝挂了电话，再次对韩舟喊道："快通知小红，离开那里。"

"怎么回事？"韩舟已经拿出手机，但他完全不明白现在究竟是什么状况。

"说来话长，赶紧让她先走。"倪蓝道。

"让她去附近警局，汇兴东路，汇兴大厦往东十字路口右拐一直往前，600米。马上，用跑的。"蓝耀阳道。

韩舟不再多问，迅速拨了小红的号码。

铃——铃——

电话通了。

但是小红没接。

韩舟心一沉。

"继续拨。"蓝耀阳道，他拍了拍驾驶座椅背，"陈洲，踩油门。"

倪蓝飞快打了欧阳睿的电话："欧阳，邱寺跑了。"

"我听说了。"欧阳睿道。

"小红不接电话。你安排的人手呢，问问他们什么情况。"倪蓝道，"我让孙叔拉通信频道。"

游戏账号的事先不管，没时间了，先解决小红的问题。

倪蓝挂了电话，打给孙哲言。

孙哲言火速启动程序，将几个人的通信拉到一个频道里。

欧阳睿戴上了耳机。

邹蔚戴上了耳机。

关樊戴上了耳机。

暖茶餐厅里，小红低头吃面。手机摆在桌上，她一直看着。

她没注意到一个男人走了进来，向服务生问了厕所位置后走到店后绕了一圈观察好地形，然后坐到了她身后。

那男人点了一杯饮料，在服务员送上来后说他在等朋友，暂时不点餐。服务员应了，走开了。

餐厅很小，装修走的简约原木风格。小方桌配温莎椅，两桌之间空间并不大。

男人拨了电话，然后把手机举在耳边，他往后挪了挪椅子。小红觉得挤，往前挪了挪椅子，但身后的椅子得寸进尺，又逼近了几分，然后她的后背就被一个坚硬的东西抵住了。

"小红，你好，别动。在这种地方开枪，我也不愿意。你最好别逼我。"那男人像是在讲电话，但话却是对小红说的。

小红顿时僵住了。

"江哥没有允许你离开。"那男人道，"你就不能离开。你想死吗？"

小红惊得手指尖都有些发麻。

"还是你打算像那些姑娘一样，被送到乡下给人生孩子去？"

小红说不出话来。她不知道能说什么。她一动也不敢动。

有客人结账离店，服务生走过来为客人开门。身后那男人不说话了。

小红终于有些缓过劲来，她低下头悄悄往后看，只看到那男人挂在椅背上宽大的外套，长长的，几乎垂到了地上。

那男人似乎感觉到小红动了，他垂下手，露出了手上的枪，然后把手又缩回外套里，抵在小红的后背上。

小红迅速抬头，她吓得心狂跳。

看不到男人的样子，声音她也不认得。但是她看清楚了枪，以及男人手背上的三道划痕，像是被人抓的。

他们怎么找到她的？为什么这么大动干戈？

"把手机静音然后放回外套口袋里。"身后的男人命令她，"我看着你呢，你一举一动我都知道。"

小红没动。

看着她？他明明背对她。

但是刚才她低头偷看他知道了。

小红小幅度地转了转头，想打量一下四周。有人在监视她吗？

"别张望，把手机拿出来，设置成静音。我拨你的号要是手机响你就死定了。"

小红拿出手机，设置成了静音。

"放回口袋里。"

小红把手机放回了口袋里。

手机屏幕突然亮了。

小红吓得一抖。以为是那个男人真拨电话试探她，但是她眼角余光看到身后的男人举着手机假装成通话的样子。

小红没看到来电号码。但不是这个男人打的。

是谁？

"别动。"身后那男人道，手上的枪又压了压。

小红没动。她不敢。

她感觉到口袋一松,身后的男人偷走了她的手机。

小红垂着眼皮,努力斜着眼扫视,她看到她的手机屏幕亮着,有人给她拨电话。

看不到号码。

是谁!

"用现金买单,离开这里。走出店后往左拐一直走。别打歪主意,不用等,别把场面弄得难看。是你联络的人通知我们的。你明白了吗?"

小红不明白。她能听懂字面上的意思,但她不明白。

她的手机屏幕亮着的画面深深印在了她的脑海里。

小红叫来了服务员。

服务员过来的时候,小红身后的那个男人收回了枪,若无其事地拿下了耳边的手机,似乎已经打完了电话,他把手机放到桌上,还举起杯子淡定地喝了一口水。

小红迅速回头看了他一眼,没看到他正脸,也没看到自己的手机。应该已经被这个男人收起来了。

服务员收了钱,让小红稍等,得回柜台找钱。

服务员一走开,她身后的男人就说:"出店后往左拐一直走,会有人接你。想活命,想有好日子过就照做。"

服务员又过来了。小红接了钱,谢过了。然后假装收拾包,等服务员离开了,她才站起来。

身后的男人这时候喊:"买单,扫桌上的二维码就行了吧?"

服务员远远地应:"可以。"

小红迅速转身离开了座位,路过那男人身边时突然举起手中的小瓶对着男人的眼睛猛喷。那男人始料不及,惨叫一声飞快扭头躲闪。小红一把抄起他放在桌上的手机就跑。

那男人捂着眼睛大叫:"水,给我水。"

整个餐厅都被这突如其来的变故吓呆了。

有一桌客人赶紧递过来一瓶矿泉水,还有人喊:"抢劫,那女的抢了手机。快报警。"

可那男人没感谢没附和,他狼狈地用水冲了眼睛,勉强能睁眼就迅速往外跑。餐厅角落一个男子飞奔过来扭住他的手臂,那男人不管不顾回身猛地给那男子一拳,在众人的惊呼声中,男子遇袭退了好几步,撞翻了桌椅。

眼睛被喷了辣椒水的男人趁机推门跑了出去,左右张望了一下,不远处一辆正驶动的车子按了一声喇叭,朝着右边驶去。

男人也朝着右边跑。

被打退摔倒在地的男子正是欧阳睿派来跟踪小红的警员万正方。他迅速爬了起来往外追，追到外头，一辆车迅速冲到他面前，司机冲他大喊："他们有车接应，车牌我记下了。"

那男子奔上车，掏出手机迅速拨出去，大喊："队长，小红跟人起冲突了，就是我刚才说的坐她后面的那个男人。小红袭击了他，抢了他的手机往东跑了。对方有车接应，他们在追她。车牌号……"

开车的警员大声报出了车牌号和车型，欧阳睿记下了来。

欧阳睿将资料传给关樊："查这辆车，联络汇兴东路警局支援。他们往东跑了。"

关樊马上跟进。

欧阳睿把情况告诉倪蓝。

倪蓝、蓝耀阳和韩舟此时都戴着耳机。

韩舟问："有那男人的照片吗？"他手上还在拨小红的手机。她手机是通的，但是她不接电话。

"没照。"欧阳睿道，"我的警员当时坐在角落盯着小红，只看到男人的背。之后上去抓人，没有拍照。"

"头发呢，是平头吗？"

"戴着帽子。"

那根本没法判断是哪一边的。

"我们很快就要到了。"倪蓝道。

选汇兴大厦这个地方，一来离雅亭苑不远，二来附近就是警局，第三汇兴大厦是BLUE的产业，如果有什么问题，他们可以直接到监控室去观察。

后来说让韩舟再换个地方，也是这样一个选址原则。但没料到，时间还差得远，韩舟还未与小红提更换地点的事，小红就先跑来了。

没跑到合适的地方。如果她在汇兴大厦里头就好了。

她是故意的吗？她为什么与人起冲突？那男人是谁？

韩舟抿紧了唇。

欧阳睿的脑子飞快转着。小红啊小红，你才是目标吗？不是韩舟？或者该说，不只是韩舟？

小红真的值得灭口？

欧阳睿对邹蔚道："邹蔚，那边邱寺的行踪调查交给其他人，你先去柳云那儿，地址我发你手机上。吴淳在那儿，你们一起把她带回来。"

邹蔚应了一声，看到手机收到了信息。她奔上车启动车子："什么名目带人？"现在他们手上没有任何柳云有嫌疑的依据吧。

"就说关于杨晓芳，我们需要她的帮助。"

"明白。"邹蔚一踩油门，朝柳云家进发。

韩舟这边在跟倪蓝道："我之前就告诉过邱寺小红可疑，我认为她认识杨晓芳。如果真是这句话有问题，那小红早该出事了。"

"那时候情况不一样。"倪蓝道。

"怎么不一样？"韩舟问。

倪蓝摆弄着笔记本电脑，在查小红手机号码的定位。"不知道，这会儿没空想。"

蓝耀阳插话："因为那时候还没人往倪蓝口袋里放窃听器。"

韩舟看向蓝耀阳。

蓝耀阳继续道："我猜的。那窃听器既是手段，也是破绽。邱寺放进倪蓝的口袋，却没有机会取出来。倪蓝一定会发现的，这是迟早的问题。'鸽子'的死让杨晓芳被证实是假冒的受害者，她的动机很明显是要确认'鸽子'的上司是谁。她没有任何联络外界的办法。但倪蓝身上的窃听器揭穿了她。"

蓝耀阳问韩舟："你上次告诉邱寺的时候，还没有告诉我们'鸽子'的死讯吧？"

韩舟想了想："对。"

"那时候这个消息不重要。现在不一样了。我们会怀疑，'秃鹰'当然也会。"

"'秃鹰'？"

"你们公司老板。"

韩舟不说话了。这群人在起名这件事上是对鸟类有什么特殊喜好吗？

"而且那时候，警方还没有关注小红。现在却紧密监视她。"蓝耀阳道，"情况有变化了。"

韩舟手上不停，还在拨电话。但这一次对面传来了机械的声音："您拨打的号码已关机。"

倪蓝这边也在摊手："关机了。她什么意思？"她说完反应过来了，"她手机不在她手上，所以她才抢别人的手机。"

"点不开屏幕，抢别人手机有什么用。"韩舟皱紧眉头。

关樊这一头已经查到了车牌："套牌车，可以抓人。"

欧阳睿马上下令："小万，把人抓回来。"

"好的。"万正方刚应声，却见他们紧追不舍的车子突然打横停在了车道上。开车的警员咒骂一声，赶紧一脚刹车，但车子仍由着惯性朝那车子滑冲过去。

那车上的司机已经背了个包奔下车，万正方他们的车子朝那车子撞过去，"砰"的一声巨响，那车子却忽然爆炸。

那司机一边跑一边回头看，看到万正方他们的车子被震飞一旁，安全气囊弹开，车身翻了过来，人员伤亡情况不明。那司机也不管，背着包朝着小红跑进的步行街狂奔而去。

小红慌不择路，对方让她出了门往左走，她就往右跑。

除了这个男人还有别的人。她不知道是谁，不知道还有多少人，她现在只有一个念头。

小红一边跑一边按手机。

那手机设置的指纹开锁，按了几次不成功后，跳出了图案密码界面。

小红冲进了步行街，里面一家麦当劳的招牌很醒目。

小红拼命跑，跑进了麦当劳。

进去时她回头一看，正看到那个男人奔进步行街正张望。小红猛地一缩，躲进了麦当劳里。"洗手间在哪里？"

服务生答道："在楼上。"

小红火速往楼上跑。楼上客人不多，她上了楼梯往下悄悄探了探头，没看到那个男人。她的心跳得很快，紧张得手心出汗。她找到了女厕，进去后锁上了门，大口大口喘气。

呼吸没法平复，但她很着急，没法等。她再次按亮了手机屏幕，她不知道密码，绘制图案界面的左下角有一个"紧急呼叫"按键，小红点了进去，选择了第一个号码。

110。

很快电话那头接了起来。小红听到"你好，110"就赶紧道："帮帮我，求你帮帮我。我叫小红，我被困在汇兴东路的商业步行街麦当劳里，请你帮我打个电话……"小红语速飞快，她报上了蓝耀阳的手机号，"帮我打这个电话，让他通知我的朋友不要来，千万别来。"

110的接警话务员正要询问，小红急切地打断她，她再一次报上了蓝耀阳的手机号，"请你马上帮我拨这个电话，请他通知我朋友不要来了，请你马上打好吗，我没办法，我没有办法找到他。"小红有些撑不住，她忽然想到她的手机屏幕亮起那画面，那一定是韩舟啊。一定是他。

小红眼泪落了下来："求求你帮我通知他。"

"出来！"门外忽然响起一个男声。

小红猛地一震。泪水还挂在脸颊，她的神情已经僵住。

电话里的话务员还在问："你好，你只需要打一个电话吗？你现在安全吗？"

小红没挂，她把手机放口袋里，她四下张望着，寻找可用作抵御的武器。

　　陈洲开的车子又快又稳，载着一车人朝着欧阳睿说的方向去。然后"砰"的一声响，大家听到了爆炸声。

　　陈洲已经看到了路况。

　　一辆车横在路中间，因爆炸燃起了熊熊大火。另一辆车歪在一旁，引擎盖被炸开，车身翻了过来，人被困在里面。

　　"是他们。"蓝耀阳喊。

　　路已经堵上了。只能停车。

　　"快救人。"倪蓝叫道。

　　陈洲把车子停在路边。一旁已经有人在试图接近万正方的车子。陈洲和蓝耀阳跳下车，拿上撬棍等工具朝那车子冲过去。

　　几个人一起合力，把车里两个人拖了出来。

　　有人认出了蓝耀阳："是蓝耀阳？"

　　蓝耀阳没空搭理路人，他喊道："欧阳，救出来了，受了伤。"

　　欧阳睿松口气："已经叫了救护车。那边警局的同事过去了，你们看到人了吗？"

　　"还没有。"蓝耀阳一边道一边把人架到路边坐下。

　　万正方流着血，喘着气对蓝耀阳道："他们跑到步行街去了。"

　　"知道了。他们去了步行街。"蓝耀阳一边通报一边指挥现场，"把他们放平，按着伤，止住血。陈洲你在这儿……"

　　周围路人的眼睛已经开始不安分地看蓝耀阳下来的那辆豪车。

　　蓝耀阳在这儿，倪蓝呢！

　　下一秒，戴着帽子的倪蓝跳下车，箭一般地朝着步行街冲去。

　　"倪蓝！"围观群众也不知道在激动什么。

　　倪蓝身后跟着一个年轻男人，也戴着帽子，看不清脸。看身形矫健，跑步能跟上倪蓝速度，似乎也是个练家子。

　　"倪蓝！"有人尖叫，"加油啊！"

　　蓝耀阳一脸黑线。

　　你知道什么啊就喊加油。

　　"倪蓝！"那人还在叫，"别受伤啊！要上节目的！"

　　蓝耀阳："……"

　　倪蓝跑得更快了。

　　蓝耀阳的手机响了，他接起，居然是110。

蓝耀阳赶紧奔回车上："韩舟，小红在麦当劳。她打110求助，让联络我，通知你别来。"

韩舟抿紧了嘴。

是了，没有密码打不开屏幕的手机只能做一件事——报警。

她没把他的号码直接给警方，因为他是通缉犯。

小红。

他一直错误估计她了吗?

他不安的直觉，是因为他自己也觉得错怪她了吗?

倪蓝和韩舟跑进了步行街。

他们一眼看到了狼狈惊慌冲出麦当劳的小红。

小红也看到了他们。

小红惊呆了。她身形猛地一顿。

"噗"的一声闷响。

一道银光闪过，子弹划过小红的手臂，打破了她身后的玻璃。

玻璃哗啦啦破碎砸下，四周人群尖叫。

"趴下。"韩舟厉声大喝。

突然的停顿，救了小红一命。但肯定还有第二枪。

一股热血从韩舟的脚底涌向头顶，他以不可想象的速度冲向小红。

倪蓝却猛地刹住，她望向子弹飞来的方向。

"狙击手!"倪蓝大喝。

"趴下，所有人趴下。"倪蓝朝开枪的方向冲去。

小红倒在了地上。

"噗"的一声，第二枪来了。

玻璃没碎，路边花盆完好，路人四散。

小红腰间衣服迅速被血迹染红，剧痛将她淹没，她咬着牙，试图移动。一个高大的身影扑了过来，盖在了她身上。

"噗"，第三枪，打在了韩舟身上。

倪蓝看到了对面商铺二楼天台上伸出来的枪杆。来不及找楼梯，她直接冲过去踩着墙往上跃起，一把抓着二楼围栏翻身上去。

"是倪蓝吗?"

"是倪蓝!"

枪杆不见了。枪手迅速后退。

路人探头探脑看。

"倪蓝啊!"

"倪蓝抓住他啊！"

倪蓝跳上了天台，她只看得到一个从楼后跳下去的背影。

她朝那个方向冲刺而去。

还没跑到就见一个小圆筒从那枪手消失的地方被丢了上来。

倪蓝迅速后退，一个飞扑闪躲。

"哧"的一声，烟雾四散，挡住了倪蓝的视线。

天色有些发暗，像是要下雨，又像是临近黄昏时太阳被天空强压下去的消沉。

倪蓝被烟雾包围，她又急又气："欧阳，狙击手跑了。步行街往南。暗绿色卫衣，背着一个黑色的大包。小红中弹了，需要救护车。"倪蓝一边喊一边战略性后退，寻找掩护体藏身，以免对方突然杀个回马枪射击。

欧阳睿这边马上进行人员的调派，安排路线阻截枪手。

麦当劳前。小红有些不敢相信地看着韩舟，她很痛，身上有些发冷，但心是热的。"对不起，对不起，我不知道会这样。"

"别说话。"韩舟后背也痛，防弹衣救了他一命，但子弹冲击力还是让他受伤了。他把小红轻轻地翻了过来，她身上全是血。他看到了她腰侧的伤口，但上腹近胸口的地方也有血。他用力按着两处伤，试图阻止血流的速度："别说话，别说话，没关系，没关系的。"

小红也没什么力气说话了，但她脑子还清楚，她还记得发生了什么事。她伸手指了指麦当劳里面："小，小心……"

小红的话还没说完，韩舟已经看到了。

一个头上带着血迹的男人冲出了麦当劳，周围人群吓得一阵尖叫。

那男人看到了地上的小红和韩舟，他刹住了脚步，掏出了枪，显然是打算补两枪。

已经这局面了，想暗暗杀掉不可能。

那就要求别太高，杀掉就好。

韩舟一见到那男人就知道发生了什么。

他见过他。阿关，公司的人。

韩舟猛地跳起来朝阿关扑去。阿关掏出了枪，韩舟已经扑到他面前。

"砰"的一声枪响，韩舟扭着阿关的手腕向上，子弹飞到了天上。

周围人群放声大叫，奔逃闪躲。

韩舟死死抓住阿关的手腕，挥拳打他的眼睛。

阿关左臂抬起一挡，扭头避过，同时屈肘朝韩舟的脸撞来。

韩舟矮身往地上倒，一腿扫倒阿关，一腿屈膝踹他胯下。

两人同时倒下，阿关惨叫一声，但握枪的手始终没放松。他扭着韩舟在地上滚了一圈，韩舟挥拳咚咚再给他两拳，他一抬臂，腋下露了破绽，阿关猛地一拳击了过去。

韩舟昨晚被倪蓝打伤胳膊，攻击力打了折扣，阿关这一拳正中他软肋，他痛得闷哼一声。阿关再翻个身，趁机把韩舟踹开了。

韩舟在地上打了个滚。

阿关开了一枪，子弹在韩舟脸旁擦了过去。韩舟一个翻转跳起，躲进一旁的防腐木大花箱后面。

阿关已经跃起，他扫眼一看，这角度打不到小红了。

没机会了，必须马上离开。

阿关转身就跑。

"他要跑！"周围有人大叫。

"倪蓝！抓住他！"有人更大声地叫。

阿关："……"什么鬼。

他跑着，眼角余光看到了对面商铺的天台上，一个女人正纵跃奔驰，朝他的方向追来。

是那个女明星。

阿关抬手就是一枪。

倪蓝伏身停了停。

阿关顺手抓起了一个跟妈妈一起躲在一旁椅子后面的三四岁的小女孩。护着孩子的妈妈尖叫着拉着孩子，阿关一脚将她踹开。

孩子和妈妈的哭喊声让阿关紧张，他大吼着对倪蓝和周围的人喊："都滚开，不然杀了她。"

话音未落，一个人影从一旁蹿了出来，再次握住了阿关拿枪的手，高举向天。

"带走孩子！"韩舟拼尽全力控制那枪，怒声大喊。

孩子妈妈冲了出来，另外一个中年男子也冲了出来。

阿关把孩子随手一扔，空出手来对付韩舟。

孩子妈妈和那男子奋力扑向孩子，将她接住了。

更多的人涌了出来。

阿关一拳打向韩舟的头，韩舟屈肘击打他的眼睛。

倪蓝从二楼一跃而下，握着一楼屋檐上的一根装饰圆柱转了一圈，稳稳落地。

阿关扳着韩舟的肩，屈膝用力撞他下腹。韩舟弯肘去挡，受伤的胳膊再受一击，他"啊"的一声痛叫。

阿关终于找到机会一脚将他踹开。

韩舟倒在地上，半天没能动弹，但他抢到了枪。

阿关丝毫未停，转头就跑。

倪蓝正要追，韩舟却喊道："别管他了，快，小红……"

倪蓝赶紧朝小红的方向跑。

枪手跑了，周围人的胆子也大了起来，开始向倪蓝聚集。

"小红。"倪蓝跪在小红身边唤她。

小红努力睁大眼睛。

"保持清醒，振作点。"倪蓝掀起小红的衣服查看她的伤。很糟，子弹从腰侧穿到上腹。

"对不起。"小红说得很费劲，"对不起。"

韩舟赶过来了。小红看到他，想挤出笑容，但没成功。"对不起，我只是，想，问问你，能不能带，我走……"

"别说话了。"倪蓝脱下自己的外套为小红堵上伤口，把小红的姿势调整了一下，让她彻底躺平、微仰头。小红呼吸困难，是气胸，非常危险。"欧阳，救护车！"

"还有几分钟，已经在路口了，那里堵住了。"欧阳睿的声音从通信器里传来。

"这里有药店吗？"倪蓝转头向周围人大喊。

"有的，有的。"有人大声应。

"纱布、厚敷料、粗针筒……"倪蓝快速报了一串物品名。

"好的好的。"有两人朝药店方向跑去。

"小红。"倪蓝唤小红的名字，"你会没事的，救护车马上就到了。别害怕，你看着我。我有医学学位，我处理过很多枪伤，我知道怎么能帮助你。你看着我，你要相信我。"

小红看着倪蓝的眼睛。

"你要相信我。"倪蓝的语气里有着不容置疑的威严。

小红努力喘气，她几乎不能呼吸，她张了张嘴。

"你有信心，我们就能渡过这次难关。"倪蓝看着她的眼睛，继续道，"你会没事的，韩舟也会没事的。保持清醒，好吗？你是什么血型，有什么药物过敏？"

"A……"小红张了个口型。

"A型？"倪蓝问。

小红眨眨眼。

韩舟帮着按压着小红的伤口，倪蓝摸小红的颈脉，一边数一边问："药物过敏呢，有吗？病史呢？有什么基础病吗？"

小红轻轻摇头。

"很好，很好，小红，你会没事的。保持清醒。"

倪蓝转向韩舟："脱外套，得给她保持体温。"

韩舟脱去外套，周围也有人脱了外套，还有人递过来一件新买的大衣，商标还挂在上面。

这时蓝耀阳带着两个警员匆匆赶来。大家散开为他让出条路。

去药店的人也飞奔着回来了，药店的店员背着一个箱子跟在后面，赶到了急急打开箱子："不知道具体什么情况，我都先拿过来了。你看还差什么？"她还周到地拿来了无菌橡胶手套。

倪蓝戴上手套为小红做急救处理。一位警察维持秩序，一旁有人主动帮忙，让围观的人站远散开，别拍摄。蓝耀阳蹲一旁给倪蓝帮忙，还跟店员说账算他的，稍晚他安排人付账。

韩舟外套没了，露出了防弹衣，他的防弹衣上还有弹孔。有人悄悄看他。

韩舟帮不上忙，站在一旁。他把抢来的枪交给了警察，跟警察描述发生了什么事，阿关长什么样等等。

有人忽然过来给韩舟递了一瓶水："警官，给你水。"

韩舟愣了好一会儿才反应过来是叫他。"我不是。"

那人笑了笑："不好意思啊。"他还是把水塞到韩舟的手里，"辛苦了，谢谢你。"

救护车来了，更多的警察来了。

急救医生背着药箱过来查看小红的伤势，倪蓝详细讲述了小红的情况，急救医生赶紧处理，又飞奔到车子那儿扛出了担架车。

警察们在麦当劳外拉起来警戒线，有警员进麦当劳找人问话，查看现场。也有警员向路边围观群众询问情况。

韩舟看着小红被推上了急救车，两名警察押车护送，他悬着的心稍稍松了松。

这傻瓜，找一个通缉犯带她走，是有多傻。

韩舟握紧手中的水瓶，如果她能醒过来，他一定要告诉她，她的想法是错的。

"叔叔。"一个怯怯的童音在韩舟身边响起。

韩舟转头一看，是刚才那个小女孩，她妈妈拉着她的手。

"谢谢你。"那位妈妈说。

小女孩刚才哭得凶，现在泪痕还没擦得太干净，她递过来一根棒棒糖："谢谢叔叔。"

韩舟的嗓子忽然哽住了。

他看着小女孩的脸，不由自主地接过了糖。

"谢谢你。"那位妈妈再次说，然后抱着女孩离开了。

韩舟看着她们的背影有些发愣。

有些陌生又渴望的情绪在他的胸膛漾开。

倪蓝朝他走来："小红的情况不好说，得看手术情况。"

韩舟转头向她。

倪蓝看到他的红眼眶，惊讶得"哇"了一声。

韩舟有些狼狈，他抹了一把脸，粗鲁地把棒棒糖塞倪蓝手里。

"别这样，蓝可爱会吃醋的。"倪蓝看看糖，草莓口味的，她喜欢。她拆了糖放嘴里。

韩舟："……"

蓝耀阳："……"

韩舟不想搭理她了。他问蓝耀阳："怎么办？什么计划？"

"警方已经调度人手去追捕了。邱寺还没找到。我和倪蓝要去警局，那边会带回一个嫌疑人。"蓝耀阳道。

韩舟沉默了一会儿："我跟你们一起去吧。"

"警局吗？"蓝耀阳有些惊讶。

"嗯。"韩舟道，"你们不是还有话要问我？该录一份正式的口供吧。"

蓝耀阳愣了愣，录正式的口供？那表示……

蓝耀阳有些高兴："对，可以的。"

韩舟半垂着头："走吧。"

蓝耀阳带着他往停车的方向去，路过倪蓝时把她拉上了。

倪蓝对韩舟道："你这样打架不行，靠野路子太没效率了。回头有机会我教教你。"

韩舟没说话，他想着蓝耀阳的话，他不是出卖兄弟，他是在救人。

太艰难了。

比选择死亡还艰难。

他最后的保留，但也是他所能掌握的最后线索。

钱叔。

第六章
走出黑暗

邹蔚快到柳云居处的时候接到了李木的电话。

"邹警官,我查到了收买营销公司炒作倪蓝丑闻的幕后人。我用买倪蓝或者娱乐圈其他人的黑料做借口,给那个电话打过去了,还录了音。对你们有用吗?"

邹蔚:"……有用。"

"为了掩护,我还找了其他同行也打了那电话,因为一个丑闻曝出来按理其他营销号都想要的。那人应该不会怀疑。"李木还要解释一下。

"嗯嗯。"邹蔚问他,"那人说了什么?"

"没什么。是个中年男人的声音,他问有什么事吗?我就把编的借口说了一遍,然后他笑了笑,说没有。就挂了。后来我再拨他没接,多拨几次就被拉黑了。再然后他就关机了。"李木道,"我把录音发给你。虽然说的内容没什么特别的,但有他的声音。也许你们能用得上。"

"行,你发我吧。"邹蔚道,"我有任务,得挂了。你把录音也发倪蓝一份。多谢了,李木老师。"

"好好,那你忙。"李木挂了电话。然后他犹豫了一会儿,发给倪蓝,会被嘲笑吗?

倪蓝没嘲笑李木,倪蓝打电话把他骂了一顿:"李木老师你是属蚂蚁的吗?一次搬一点一次搬一点。这个号码很重要,在他关机之前如果我能监控到,说不定我们现在就抓到人了。你知情不报还想邀功？！把人家电话打到关机，你怎么这么能干呢！"

李木把电话挂了。生气。

是他把人家电话打到关机吗？如果是犯罪分子，那是为了躲警方追踪才关的！他冒了多大的风险！他还自报家门了。万一人家最后那一笑是冷笑呢，杀到他们工作室去怎么办！

这个倪蓝，真的太糟心了。

李木迅速切到微博界面，找到了他想要的内容，截了个图发给倪蓝。

那是《让我们跳舞吧》节目的官方微博刚发的消息："已经联络@倪蓝的经纪人邵女士，以十万分的诚意期待@倪蓝一起来跳舞。只要努力，没有做不到。让我们用跳舞来证明吧！"

倪蓝："……"

可去你的吧！

邹蔚这边也收到了录音片段。还有李木发来的消息，他说已经告诉倪蓝。

邹蔚已经到了地方，她不再回复李木，而是联络了警员吴淳。吴淳与另一个警员负责监视柳云居处，他们很快跟邹蔚碰了头。

"有什么情况吗？"

"她下午在阳台浇了花，收衣服。然后就一直没别的动静，也没出过门。"吴淳指了指楼上，道，"五楼那一间，我们刚刚才说，有些古怪，现在天黑了，她还没开灯。"

邹蔚认真看了一圈，吴淳又道："楼门只有一个，但是一楼楼道后面有个窗。我们两边都盯了，没看到可疑的人。"

邹蔚点头："我上楼带人。"

"队长跟我说了。我跟你上去，小宋在楼下看着。"

行动就这么说定。邹蔚跟欧阳睿招呼了一声，带着吴淳上楼去了。

这楼房有些年头，但很干净，电梯里广告牌擦得锃亮，看得出来物业还是很尽心打理。邹蔚仔细考察了环境，然后到了柳云门口。

按门铃，等了一会儿没人应。再按门铃，还一样。

邹蔚与吴淳互视了一眼。

邹蔚用力拍门："柳云，警察，请开门。"

还是没人应。

邹蔚打柳云的电话，接通了。吴淳把耳朵贴门上，道："有铃声。"

邹蔚也听到了，电话铃声隐隐在屋里响起，但没人接。

吴淳迅速请示。

"破门。"

邹蔚掏出了枪,往门边站。

吴淳拿出工具破锁,而后重重一脚。

"砰!"门被撞开。

邹蔚举枪冲了进去。

"警察!"

邹蔚与吴淳齐声大喝。

屋里没开灯,只有窗外月光、灯光映入的昏暗光线。

邹蔚的枪与小手电四下一扫,大声喊道:"客厅没人。"

吴淳护着她的后方,找到了灯的开关:"开灯了。"

他按开了开关,屋里顿时亮堂起来。

这是一套两室一厅的屋子格局,两个房门都开着。吴淳守着大门与客厅之间的位置不动,邹蔚迅速把厨房和卫生间都看了一遍。

没人。

她朝吴淳打了个手势。

吴淳朝前迈步,紧紧跟着邹蔚。两个房间几乎是门对门,吴淳与邹蔚站好队形,背靠背切入房门位置。

吴淳紧紧盯着其中一间房,守住了进出位置。邹蔚进入另一间房间搜查,衣柜、床底、窗帘后都没人。邹蔚目光扫到这房间桌上有年轻女生的照片,床品窗帘装饰也挺年轻化,看上去似乎是年轻姑娘的房间。邹蔚迅速退了出来。

还有另一间房。

邹蔚守在了门口,吴淳持枪进入最后那间屋子搜查。

"没人。"吴淳大声喊,把那屋的灯打开了。

邹蔚进那屋一看,从这间房的床单被罩、桌面布置等等能看出主人年纪稍大些。

吴淳出去检查客厅细节。邹蔚继续查看屋里情况。

邹蔚注意到衣柜顶上有一个小旅行箱,摆歪了,露出一角在柜外。这小箱子的位置靠着柜顶边上,旁边还有个大空位,之前应该还放有东西,邹蔚猜很有可能是个大旅行箱。

邹蔚打开了衣柜,里面衣服满满当当,没有被收拾过的样子。

"邹蔚。"这时吴淳在外头唤了一声。

邹蔚走出去,看到吴淳蹲在地上。她顺着他指着的方向看,房间地板上似乎有擦过的痕迹。邹蔚也蹲下,用手电筒照着仔细看,似乎有些浅浅的淡红色。

"是血吗?"吴淳小心迈过那块区域,察看其他地方,"刚才听到了电话铃声，你有看到手机吗？"

邹蔚环视一圈："没有。"

邹蔚再拨柳云的号码，这次又听到了铃声。吴淳循着声音去找，在客厅沙发下面靠里位置发现了手机。

这只能是被人丢进去的。

邹蔚看着吴淳戴上手套趴下去从沙发底掏出一只手机，邹蔚没有挂，那手机继续响着。邹蔚与吴淳对视着。

吴淳道："通知队长吧。"

韩舟到警局的这一路都神情严肃，与蓝耀阳和倪蓝电话不停的状况不一样，他完全是闲人一个，就这么静静坐着。

无意去偷听蓝耀阳和倪蓝的电话内容，也不关心发生了什么。他看着窗外。

车窗外天已经黑透了，路灯、车灯、店铺招牌灯交织成一道流光，醒目亮眼，为行人和车流照亮前路。而韩舟坐在车里，虽然看着窗外，眼神却没有焦点。他在发呆，像有一个自己的独立世界的小小罩子，将他罩了起来。

快到警局的时候，蓝耀阳挂了电话，碰了碰韩舟手臂："小红已经进手术室了。"

韩舟这才似回过神来，点了点头。

倪蓝也注意到他这种心不在焉的状态，下车的时候拍了拍他的肩给予安慰，却惹来韩舟一个白眼。

倪蓝不乐意了，干脆给他一拳，正好打到他的伤胳膊上。韩舟吃痛，不跟她计较，往蓝耀阳身后躲。倪蓝追过去，韩舟再换一个方向。

欧阳睿出来的时候就正好看到两个人围着蓝耀阳转圈圈。

欧阳睿："……"

"倪蓝。"蓝耀阳先叫住倪蓝。

倪蓝停下了。

蓝耀阳再叫："韩舟。"

韩舟有些别扭地站直了。

"这位是市局的欧阳队长。"蓝耀阳郑重介绍。

韩舟更别扭了，一个罪犯见着刑警头目，说"你好"好像很不合适。最后韩舟点了点头。

"韩舟。"蓝耀阳也向欧阳睿郑重介绍，"阿勇，还有，'鸽子'二号。"

欧阳睿也对韩舟点点头。

韩舟别扭地低下头。

"鸽子"二号，他担得起吗？

欧阳睿领着他们上楼，往会客室去："一个坏消息，柳云可能被绑架了。"

蓝耀阳一愣："什么时候的事？"

"刚刚得到的消息。"欧阳睿道，"已经派人去现场取证。"

欧阳睿说着，看了韩舟一眼："我特意留下来等你。"

韩舟没说话。

欧阳睿直接问："如果你们公司组织绑架，会怎么动手？有什么据点是用来藏人的？"

韩舟道："我们不绑架，我们只处理尸体。"

欧阳睿抿了抿嘴角，这的确是他想到的另一个可能。

欧阳睿用手机调出柳云的照片，给韩舟看："认识她吗？"

"不认识。但在杨晓芳逃跑的那个视频里见过她。她跟另一个中年女人站在杨晓芳身边。"

"你记性还挺好。"欧阳睿道。

韩舟不说话。他从小就练习认人脸，人都记不住，怎么活命。

蓝耀阳插嘴问道："现场是什么情况？能确定柳云的生死吗？"

欧阳睿把手机上收到的几张照片给蓝耀阳和倪蓝看了。

"门锁是好的，没有强行闯入的痕迹，客厅并不凌乱，显然柳云认识访客。"欧阳睿道，"就算有过挣扎也并不激烈，很快被制服。柳云故意把手机丢到了沙发底。带走她的人有些匆忙，痕迹没有处理干净，也没来得及带走柳云的手机。应该是用行李箱带走的。邹蔚他们去查小区监控了。"

欧阳睿说完，又看向韩舟。

韩舟便道："你们有人在外头监视？随时会联络她？只有这样我们动手的时候才会匆忙。这种情况不会留活口的，后患无穷。"

大家的心均一沉。

韩舟看他们表情，问："这人重要？"

欧阳睿沉默了一会儿，道："重要。"

"那更不会留她了。"韩舟道，"如果知道有警方监视，那跟杀小红的应该是同一拨人。他们在小红那里也发现有警方监视。"

欧阳睿道："在小红袭击他们之前，他们并不知道我们有人盯着小红。不然就会像对付季队一样。"

直接开枪，干净利落，不留后患。

"邱寺。"韩舟道，"他不知道警方有人盯着小红，但他知道小红会去那里。他知道我出发了，小红肯定在。对方拿走小红的手机，就是防着她联络我。

他们在等我，杀了小红，接着杀了我。他们知道我跟倪蓝在一起，知道我背后有警方，所以才会准备步枪远程狙击。"

欧阳睿看了一眼蓝耀阳和倪蓝。三个人心里都是同样的念头，韩舟的推测很合理。准备了步枪，烟幕弹，只是对付一个小红，不至于。

欧阳睿道："我们还没有找到邱寺。"

"我并不知道他会去哪里。"韩舟道，"就算他想要证件，小红那边失了手，我也没死，他肯定不敢去拿了。也许逃了，也许在做别的吧。"

欧阳睿盯着韩舟，觉得他没说谎，于是道："我需要给你做一份详细的审讯笔录口供，包括省厅专案组那边查到的线索，需要跟你全部核实，你做好准备了吗？"

专案组那边的线索，就意味着旧案。旧案，就意味着包括韩舟以前做过的事。欧阳睿说的准备，就是认罪。

韩舟沉默了许久。

欧阳睿、蓝耀阳和倪蓝认真看着他。

"我准备好了。"韩舟道。

蓝耀阳和倪蓝顿时松了一口气。

欧阳睿道："我已经通知袁局了，这次审讯他会旁听。还有省厅专案组也来了人，他们会一同审。我去准备一下，你们先等等。"

韩舟没什么表情，他没吭声，就坐在那儿看着会客室的墙，姿态跟刚才在车上很像。

欧阳睿出去了，蓝耀阳赶紧跟韩舟道："你好好配合调查，你是主动投案的，又有立功情节，可以申请轻判的。我会帮你请最好的律师。"

韩舟笑了笑："我老板，也就是你们说的'秃鹰'，连专案组组长，省厅刑侦队长都一枪干掉，他会放过我吗？要找到'秃鹰'，找到黑虎帮，我就得出卖一位恩人。他的人脉很广，对我也非常照顾，没有他，我活不到这么大。一旦我出卖了他，我的下场会很惨。他对付出卖他的人，跟'秃鹰'一样狠。就算我在牢里，一样是死路一条。"

蓝耀阳一愣，一时没接上话。

他看着韩舟的表情，忽然又想起倪蓝与韩舟曾经的对话。

"哪怕付出生命？"

"哪怕付出生命。"

原来这句话，不只是口号而已。

他不是韩舟，他没像韩舟那样活过，所以若是不说，他真无法想象韩舟的处境。就连进了牢里都是没法活吗？这是夸张还是现实？

"而且你知道旧案里有多少我的罪证吗？"韩舟看着蓝耀阳，这位贵公子，善良得有些天真，认识之前，他真的无法想象，有钱人里竟然有这种品种。

韩舟道："远的不说，就是3月18号那天黑枪交易与警方的交火，我向警方开了多少枪，打死打伤多少人，这笔账，怎么算？"

蓝耀阳沉默了。

韩舟又道："更别提从前的许多事，我都还记得。刚才那位队长夸我记性好，你以为是夸我吗？我记性好，招供的时候不能记不得，知道吗？"

蓝耀阳不知道，他真觉得刚才欧阳睿那句是随口一说。他跟罪犯的心思，真的不一样。他没有韩舟那样敏感。

韩舟看着蓝耀阳和倪蓝，道："别看我现在说得挺好听，老实说，我也不知道我自己会怎样。一会儿到了审讯室，我扛不扛得住，敢不敢全说出来，能配合到什么程度，我自己也不知道。二蓝神……"

韩舟看着蓝耀阳的眼睛，再看看倪蓝的。"很抱歉把你们拖下水，我没什么给你们的，大概会付不起委托费用，先欠着债吧。从现在起，我跟你们二蓝神的委托结束了。"

倪蓝道："没有结束。"

韩舟看着她。

"我们二蓝神的规矩，什么时候开始由客户决定，什么时候结束由我们决定。"倪蓝看了一眼蓝耀阳，蓝耀阳没反对，倪蓝继续说："你也好，柳云也好，事情还没有完。正如刚才蓝耀阳说的，是你冒着生命危险主动帮助了警方，那笔让'鹰巢'土崩瓦解的黑枪交易失败，是靠你促成的。现在，你又主动投案，你还在继续帮助警方捉拿重犯。你犯了罪，你也立了功，法律该怎么判就怎么判。所以我们会帮你找个好律师，法律问题，法律解决。"

蓝耀阳接着道："你别害怕，韩舟。你走到这一步不容易，不能在这临门一脚功亏一篑。警方审讯跟我们与你聊天不一样，你不能说一点不说一点，他们手上全有资料，你说谎他们会知道，你隐瞒他们也会知道。与其翻来覆去转圈子，让他们质疑，不如好好配合。"

"他们很有经验，也都以打击犯罪为目的。你帮帮你自己，也帮帮其他人，请务必诚实。我知道这很难。一会儿如果你紧张，想退缩，你想想许警官，他是'鸽子'，冥冥之中注定，他在'地狱'里找到了你，他引着你走到现在。他已经不在了，可你还活着。在遇到我们的帮助之前，你已经在完成他的遗愿，在做他要做的事，现在，请坚持下去。"

"想想今天那个小女孩，想想小红。"倪蓝道。

"关小红什么事。"韩舟打断她。

"不是说感情的事，我是说，像小红这样的姑娘，不只一个小红，还有许许多多像她这样的人，甚至不只是女性，还有其他误入歧途的男性，那些走错路的人。你可以帮助他们，就像许警官那样。小红说想让你带她走，她明明知道你是通缉犯，她还有这样的念头，她能看出来你与其他人的不一样。你还保有善良和勇气。她现在在手术室里，生死未卜，她把她的未来押在你身上，她也是勇敢地背叛了黑暗，她想拉着你一起摆脱'地狱'。你如果害怕，就想想他们。"

韩舟不说话了。

"我们不会不管你的。柳云也一样。虽然她愚弄了我们，但就算她遇害了，我们也要找到她的尸体。我们成立二蓝神，不是用来消遣的。"蓝耀阳道，"我们跟警方会抓到'秃鹰'，会抓到你的那位恩人，会尽全力保障你的生命安全。也请你自己多努力，好吗？"

韩舟垂头，过了半晌道："让我一个人待一会儿，行吗？"

"行。"蓝耀阳与倪蓝对视了一眼，然后两个人准备出去。

刚走到会客室门口，韩舟忽然道："倪蓝。"

倪蓝停下了。

"那个用我的旧手机号注册的微博，用来整你的那个，我们觉得是死亡预告的那个账号，你能弄到手吗？"

盗号？

"可以。"倪蓝答。反正不是什么正经号。

韩舟沉默了一会儿，道："你拿到那个账号，帮我发一句话。"

"嗯，什么话？"

韩舟抬头："阿光没完成的事，我会替他完成。"

懂的人，看到了自然懂。

蓝耀阳和倪蓝也懂了。韩舟这是绝了自己的后路。后路没了，他自然就没办法害怕退缩了。一旦这个宣言发出去，无论他有没有向警察招供所有的事，"秃鹰"也一定会认为他招供了。不抓到"秃鹰"，他就是死路一条。

倪蓝看着韩舟："好，我会帮你办到。"

蓝耀阳和倪蓝出去了。蓝耀阳打电话叫律师来，而倪蓝拿出了她的笔记本电脑，她去把那个微博账号盗了。

她登录那个号，敲下了那句话。

"阿光没完成的事，我会替他完成。"

倪蓝敲完这话，等了好一会儿，她犹豫要不要跟韩舟再确认一次，她想起韩舟的眼神，想起他的纠结与决心，她点了发送。

倪蓝玩了一会儿微博，然后进会客室找韩舟。

倪蓝把那条微博亮给韩舟看："已经发出去了。"

韩舟盯着看了半天，忽然笑了。

那种松了一口气，终于放了心的笑容，分外耀眼。

倪蓝又亮了一条微博给他看："你看，虽然性质不一样，但我也是破釜沉舟。我们互相鼓励一下。"

倪蓝转了《让我们跳舞吧》官博的那条微博，写道："好啊，让我们跳舞吧。"

韩舟："……你对鼓励这个词有误解吧？"

"我把尊严丢在地上，任那些屏幕后面也不知道是谁的阿三阿四踩躏，也只是不服气而已，大家觉得我做不到，我就要做来看看。就算输了……"倪蓝语气一顿，撇了撇嘴，"那就输了呗。"

韩舟："……"

"你也一样，过去的义气枷锁、恩怨负担都卸下吧。你只是想做正确的事，没什么不行的。"

韩舟愣了好一会儿，然后道："我觉得你强绑上我的事鼓励自己，只是为了掩饰你是冲动的傻子而已。"

倪蓝又想打人了。

韩舟赶紧坐远一点。

倪蓝没追过去打，只是道："我们事务所的红姨去医院了，小红那边有什么情况她会及时告诉我的。"

"她不是我女朋友。"

倪蓝给他一个不信的眼神。

韩舟懒得解释，过一会儿又道："如果可以的话，帮帮她吧。她不像我，她还有得救。"

倪蓝又递过去一个揶揄的眼神。

韩舟真的不想理她了。

会客室的门被推开，欧阳睿与袁鹏海走了进来。

"韩舟。"欧阳睿唤他，"这是我们袁局。"

韩舟赶紧站了起来。

警察的大头目。

倪蓝也站起来，嘻嘻笑："袁局，你是不是变年轻了？"

"是啊。"袁鹏海笑眯眯答，"被你看出来了。"

欧阳睿无语。

韩舟警惕。

他认识的人里，大多数看起来慈祥的人，实际都是狠人。能坐到这个位置的人，不可能慈祥。

欧阳睿和袁鹏海把韩舟的反应看在眼里。

疏离、防备、默不作声，丝毫没有谄媚讨好的意思。但是他就站在这儿，自愿来的。

袁鹏海对韩舟道："久等了。你准备好了吗？"

韩舟下意识地默了默，然后道："准备好了。"

他看了一眼倪蓝，倪蓝对他鼓励地笑笑。韩舟别扭地把头转一边。

这时候蓝耀阳过来了，他带着一位西装革履的中年男人："袁局、欧阳，这位是曹律师。"

韩舟愣了愣。

蓝耀阳又对他道："韩舟，这位是曹弘曹律师。"他转向律师，冲着韩舟的方向摆了摆手，"韩舟。"

曹律师与袁鹏海和欧阳睿打了招呼，然后走向了韩舟。他向韩舟伸出了手。

韩舟下意识地伸出了手。没人阻止律师，那个局长和队长居然也只是看着。仿佛他这样一个罪犯，街头小混混，也配拥有律师。韩舟伸出手后才反应过来，但曹弘已经握住了他的手。

曹弘的手很有力，也很温暖。"你好，如果你不反对，我就是你的代理律师。"

韩舟说不出话来，他看了看屋里的其他人，只挤得出一句："谢谢。"

傻子才反对。他又不是倪蓝。

倪蓝说得对，法律问题，法律解决。

曹弘对韩舟笑了笑，然后转向了袁鹏海和欧阳睿："是要开始审讯了吗？"

"对。"欧阳睿答。

曹弘道："在正式开始之前，我需要几分钟与我的委托人沟通一下，办些手续。"

"可以。"欧阳睿摆手示意，"走吧。"

一行人就要离开会客室往审讯室去，韩舟忽然觉得警察局也没有那么恶心，并不会太让人恐惧。他跟着曹弘往外走，走到门口时他忽然回头。

"倪蓝。"

"嗯？"倪蓝正对蓝耀阳笑，勾他的手，听到呼唤转头看韩舟。

韩舟道："跳舞，加油拿个第一名。"

倪蓝："……"

韩舟笑出声，心情没那么沉重了。"你说得对，挺鼓励人的。我活下来，你拿第一。"

倪蓝："……"

韩舟走了。

蓝耀阳看着倪蓝："生死和跳舞这两件事是怎么联系在一起的？"

倪蓝忽地一拍手掌："我就想着怎么总结这种关联，还是你描述精准。这件事对我的羞辱跟生死一样严重，难怪我觉得应该去呢。"

蓝耀阳："……"

倪蓝双掌合十："作为老板，你能帮我跟我经纪人沟通一下吗？她一定会骂我的。"

蓝耀阳："我还是给她加薪吧。"找一个能降住倪蓝的经纪人也是不容易，人才值得珍惜。

审讯室。

曹弘已经与韩舟进行了单独的沟通，签了约。他了解了韩舟的意愿。因为韩舟涉及的事项太多，一时也不能整理清楚。曹弘就与他说了作答的原则：不做推测，不讲以为，只说实际发生的事，尽量客观。问什么答什么，尽量少说多余的话。没把握的就直说记不清，不要勉强。不误导警方，也不给自己惹麻烦。

韩舟沟通完后更镇定了一些。曹律师离开了，韩舟自己留在了审讯室。

屋子不大，四周都是监控，头顶有明亮的灯光。

韩舟觉得浑身的血液流淌，带给他无尽的精力。这小小的房间，似乎就是"地狱"的出口。韩舟抬头，看了灯光一眼。

太明亮了。

他闭上了眼睛。

他似乎回到了梦里。

阿光就坐在他面前。他与阿光之间，隔着光明与黑暗的边界。而他现在，就站在了光里。

他迈出了边界，走到了阿光的面前。

韩舟听到了脚步声，他睁开眼睛，看到欧阳睿和另一个警察，他们在他面前坐下了。

坐在了梦中阿光坐着的位置。

欧阳睿向韩舟介绍了那个警察，那是省厅专案组的。接着欧阳睿拿出一张照片，递给了韩舟。

"被杀害的季队，一直留着许警官的警服照片。我们叫他'鸽子'，你们叫他阿光。"欧阳睿道，"刘队和我商量，也许你想重新认识一下，这是许文柏，许警官。"

韩舟握着照片，照片里是熟悉的脸，熟悉的制服，但是陌生的组合。

韩舟眼眶有些热。

"季队牺牲后，刘队接任专案组组长位置。他现在在外地侦查线索。他很重视你的投案，他觉得你大概希望能和许警官一起做这次审讯。"

"谢谢。"韩舟把照片摆在了自己身边，就好像他跟阿光还是兄弟，肩并着肩，"开始吧，你们想知道什么？"

临水镇。

黄香如伏案大哭，情绪久久无法平静。

夏武和杨德给黄香如倒了水，又为她买了夜宵，陪伴开导了好一会儿。

刘综与欧阳睿联络，沟通最新的情况消息，然后终于等到了黄香如愿意开口。

四张照片重新摆在了黄香如的面前，这一次黄香如情绪稳定地指向了柳云的照片。

"是她。她就是阿玉。"

"她是个什么样的人？"

黄香如沉默了一会儿："可恨又可怜的人吧。"

黄香如开始讲述她所知道的阿玉。

阿玉是十五岁被卖进村子的，是她亲生父亲卖的。她妈妈去世了，她爸赌博，然后就把她卖了。被卖掉的时候她还不知道，她爸跟她说让一个远房婶婶带她去亲戚家住一段，她还挺高兴。因为她爸那段时间总是不着家，回来心情也不好，对她总是打骂。她当时高一，她很认真地学习，她发誓要考上大学，离开这个家。她离开了，却进了地狱。

黄香如所知道的这些，都是阿玉把她拐到大河村后，与她聊天时告诉她的。黄香如觉得阿玉不希望自己恨她，她说自己也是受害者，也有着凄惨的经历。她把黄香如骗来是迫不得已。如果她不给老公刘东找来一个能生孩子的老婆，她就死定了。

黄香如目睹阿玉的悲惨生活，但她就更恨阿玉。因为这样的生活也落在了她身上。黄香如庆幸自己肚子争气，她很快怀了孩子，刘家对她再没有任意打骂。而阿玉的遭遇依旧，因为不能生育，她甚至会被村里其他男人强奸，而刘家并不多管。

刘综拿出那四个名字——赵兴，金厚，陈江，陈广生。

黄香如证实那四个人确实来找过阿玉。那个时候黄香如和阿玉都住在刘家。阿玉跟这些人出去，刘家是能拿钱的。

据阿玉说，在黄香如来之前，她过得更惨。她逃过，但被警察送回来了，她差点被打死。在这个村子里小媳妇被打死就死了，没人需要承担后果。阿玉很害

139

怕，阿玉恨警察。

黄香如跟阿玉的关系很微妙，她恨阿玉，但她也依赖阿玉。有时候刘家打骂，阿玉会帮她挡挡，打骂就落在了阿玉身上。有时候村里其他混混会来调戏黄香如，阿玉会来救她。阿玉跟村里几个恶霸关系好，恶霸会帮阿玉撑腰。

最恶霸的，一个叫赵兴，一个叫金厚。大家都怕他们，尤其怕金厚。但阿玉告诉黄香如，躲着点赵兴。

嫌弃阿玉真名难记，只叫她阿玉，似乎就是赵兴起的头。赵兴还喜欢吊着人打，阿玉差点被吊死。

在黄香如的印象里，阿玉很怕赵兴。她说其实大家一起到外头做买卖时，都听赵兴的，就连金厚也听赵兴的。

做买卖就是拐卖人口。有女人，有小孩。黄香如是阿玉拐来的第一个人。后面阿玉跟那些人出去还拐过多少人，黄香如不知道。阿玉也不太跟她说外头的事，黄香如不止一次听到阿玉半夜里哭。

黄香如恨阿玉，她听到阿玉哭的时候，她会想为什么她不死在外面呢。但是当阿玉真的再没有回来时，黄香如心里并不觉得高兴。

阿玉的日子好过些，是把黄香如拐来之后。刘家的关注力转移到黄香如身上，且那时候开始，赵兴和金厚他们开始觉得阿玉有用。

阿玉长得挺漂亮，只要穿得干净漂亮些，就不像乡下人。阿玉胆子也大，还很会演戏，阿玉是他们做买卖的好帮手。所以赵兴和金厚他们几个挺照顾阿玉，也常带阿玉出门做事。有一次阿玉回来，给刘家带回不少钱，黄香如气不过骂阿玉魔鬼，阿玉跪着哭，说她也想活下来。

黄香如的回忆有些乱，一段叠一段，时间线是跳着的。但刘综他们还是都听懂了。

"阿玉失踪那天，有什么特殊表现吗？"刘综问。

"没有。她就是走了。她没说要出远门。那天离开村子的还有好几个男人，我记得赵兴就是那天走的。后来村子里有传言说阿玉死了。还有传言说阿玉是被刘东打死的。但我没敢问。"黄香如道。

"传言里怎么说的？"

"说阿玉不愿再跟赵兴、金厚他们出去挣钱，刘东不乐意了。"

"赵兴、金厚他们跟刘东的关系怎么样？"

"当然不好。哪个男人会跟睡自己老婆的男人关系好？刘东经常在家里骂他们，但他不敢当面惹他们，而且阿玉跟着他们能给家里挣钱。"黄香如顿了顿，"刘东一开始没敢多要，后来好像觉得他们挺需要阿玉的，就狮子大开口。我偷偷听到刘老头子跟刘东商量，让他悠着点，刘东不听。金厚带人上门威胁过刘东

140

一次，刘东叫了村里几个老人来，又叫来警察，就是那个姓管的。后来把价钱定下来了。"

刘综问："所以刘东和管怀，曾经跟金厚他们起过利益冲突？"

"算是吧。"黄香如道，"反正他们带阿玉出去，刘东都记着日子和次数呢。阿玉回来，刘东都会仔细问她，去了哪里，做了什么。"

刘综和沈华对视了一眼。这么说来，刘东和管怀手上，大概真的有"鹰巢"这伙人的犯罪记录把柄。

刘综拿出手机，对黄香如道："我给你听一段录音，你能辨认这是不是赵兴的声音吗？"

黄香如摇头，但她还是认真听了两遍。

录音就一句话，就是李木录下来的那句。

黄香如摇头："我不太记得他声音了，也许吧，我不知道。"

刘综让人把黄香如暂时安置在镇上旅店，然后他与众警员开了个会。

那段录音声音，夏武听不出是谁，警局里没人听得出。毕竟三十多年前的人，当年就不熟，现在就更不知道了。

杨德道："我们可以拿录音到村子里问问。"

"不止录音。"刘综道，"我们已经确认赵兴就是最大的嫌疑人，他用了刘洪江这个假身份组建犯罪组织，一直从事违法活动。金厚与他是一伙的，他改名金培树，也用了假身份。阿玉现在叫柳云，当年被他们带走后，也一直在帮他们继续作案。"

刘综把从欧阳睿那里得到的信息档案让人打了出来，分给各警员。

"刘东死了、管怀死了、金培树死了，现在柳云很大可能也已经遇害。刘洪江，也就是当年的赵兴，正在销毁他的犯罪证据，一个一个灭口。他肯定回来过，或者派人回来过，他跟村子还有联系，他还掌握着当年这些人的信息，所以管怀才会被找到，才会遇害。"刘综道，"把他的联系人找到，他的信息来源，能带我们找到他。"

欧阳睿这边，与韩舟的审讯问话非常顺利，韩舟很冷静，把他所知的所有关于"鹰巢"的事和人都报了。与欧阳睿他们已经查到的都吻合，谈得差不多的时候，欧阳睿收到吴淳的电话。

"队长，小区监控拍下了一些东西，我发截图给你。"

很快欧阳睿收到几张照片。

一个打扮得像白领的姑娘拖着一个大行李箱上了一辆车，那辆车的司机戴着帽子，但从露出的半张脸看，像是邱寺。

"是邱寺。"韩舟确认了这人的身份。

邱寺没有对韩舟动手，却找了这么一个空当机会，在警察的眼皮子底下，解决了柳云。

这太出乎大家的意料。

韩舟怎么都没想到邱寺守着他老半天，为了找到他还费了些心思，最后却绕去对付了别人。

总感觉有些古怪。

"这与他们原先的计划有出入。"欧阳睿道，"邱寺肯定没料到半路会杀出一个倪蓝，且把你们都盯住了。他知道自己没机会下手，于是做了内应，为其他人提供了你的动向情报，自己去做别的。这样既有隐蔽性，又为彼此争取到了时间。"

"当时金孔雀的人上楼想把他带走，不是想绑架他。"韩舟回想当时的情形，"他们是担心警察把他带走。"

欧阳睿问韩舟："你有没有金孔雀与'鹰巢'业务有关的证据？"

"没有。"韩舟道，"我们跟金孔雀没有直接的往来，除了那里的姑娘培叔能随叫随到。培叔还挺喜欢去那里玩的。但毒品、枪，我没有听说有跟金孔雀交易。毒品这部分培叔自己走的货我也不会知道。但枪的部分，我经手的没有交货给金孔雀的。"

韩舟顿了顿，问："昨晚倪蓝从金孔雀人手上抢的那两把枪，在吗？可以给我看一看。"

欧阳睿让人去物证室拿那几把枪。

枪来了，韩舟按欧阳睿的要求，戴上了手套，拆开物证袋取枪。

韩舟取出枪，熟练麻利地把枪拆了。那娴熟的动作，似乎闭着眼都能摸清零件。

韩舟没管欧阳睿他们的表情，他问他们要了手电筒，照了照枪管零件处，欧阳睿道："编号都刮掉了。"

韩舟道："这是给黑虎帮的货。年初1月时候的一批，量不大，就八把。金阳新进来的。"

欧阳睿接过来看了看，在铲掉编号的划痕里没看出什么来。"你出的货？"

"对。"韩舟道，"我组装的。"

"你们出货给黑虎帮，黑虎帮再卖给金孔雀？"欧阳睿不能理解这个逻辑。金培树既然跟金孔雀很熟，为什么还要让黑虎帮中间再赚一笔？

"这个姑娘你认识吗？"欧阳睿回到监控截图上，问韩舟。

韩舟摇头："没印象见过她。"

欧阳睿把照片截图发给了组员，大家各自负责一部分，开始追查。

关樊安排人员进行了警方信息库的内网搜索，查看是否能通过照片的比对找到这姑娘的档案资料：身份证、驾证、护照、前科案底等等，因为照片不算特别清楚，需要比对的资料库数据量巨大，这是个需要时间的工作。

关樊又联络了交管部门，按监控拍到的时间推演邱寺和这姑娘的交通行进情况，让交管部门在交通监控中寻找追踪这辆车。

小区那边，邹蔚和吴淳已经就地展开了调查。

柳云住的小区有些年头了，小区面积大，有三十八栋楼，五个出入口，其中两个门禁系统已经就坏了，一直没修。小区里头监控设施不足，物业的安全管理不算严格，在小区入口均设了保安亭，但他们并不会对小区访客进行登记。

柳云那栋楼楼门口的对讲门铃早已经坏了，监控器也角度不对，只能拍到楼门的一半。从楼门监控里没有找到那个白领行李箱女性出入的踪影，但电梯监控里有，那姑娘空着手上电梯，拎着行李箱下来，上楼到下楼，中间间隔十三分钟。

也就是这十三分钟，她进入了柳云的屋子，对她进行了控制，装入了行李箱，并带了出来。

吴淳有些懊恼，他觉得是自己疏忽了，只顾着注意柳云和是否有行动诡异可疑的人，压根没在意这么坦然出入大楼的上班族形象人士。

"我对她没什么太深的印象。"吴淳道，"我记得有人带行李箱出去，我没在意。只记得是女性，那副样子就像是准备去车站或是机场出差，我完全没把她跟柳云联系在一起。"

吴淳的搭档黎峰却觉得有些冤，他说如果这个姑娘短时间内上楼又下楼，还多一个行李箱，他大概会多留心。但是他觉得他没有看到同一个人。七八点钟这种时候楼里人出入入的，饭后散步，上班族下班等等，他都有很仔细地观察。

可是电梯监控证据摆在这里，说这些像是在推卸责任。黎峰一脸不豫，嘟囔了几句便不再提。

警员们对柳云家里的搜查还搜出了新的物证。在衣柜最下层上了锁的小抽屉里，他们找到了一个文件袋，袋子里放着购房合同和产权证明，名字都是柳云的。

就跟韩舟他们这些人一样，柳云也得到了一套房产。

柳云比他们多的，还有一套结婚照。

那是一本旧相册，也锁在那抽屉里。照片里的柳云还年轻，她身边站着赵兴。柳云穿着婚纱，笑得挺甜，赵兴西装革履，看着也挺潇洒。照片里两人看着就跟普通的新婚夫妻一样，有端正坐着的，还有深情对视的。

相册第一页写着：柳云、陈刚，幸福美满，白头到老。

相册里还夹着两张照片，是柳云抱着三岁的陈欣在公园里，另一张是陈欣坐在陈刚的肩膀上吃着冰棒，父女俩一起回头看镜头。

柳云抱着女儿这张照片被撕过，但又被人仔细贴好了。陈刚、陈欣父女俩的这照片则是明显被揉扯过，也被人仔细抚平了。

那两张照片背面都写着女儿陈欣三岁生日，摄于某某公园。

陈欣房间里倒是有不少照片，小时候大概是从六岁开始，每年生日都有她与柳云的合照，她们去公园，去餐厅，母女俩笑得特别灿烂，看上去感情很好。

陈欣已经去世两年，她的房间还保持得很好，物品都被擦得干净，摆放整齐，可见柳云是真的疼爱这个女儿。

但这屋子里关于赵兴，或者叫陈刚的东西少得可怜。除了婚纱照和唯一一张父女合影，再无其他。

邹蔚赶紧将情况上报："大河村的赵兴有两个假身份，一个是黑帮大哥刘洪江，一个是柳云的丈夫陈刚，他和柳云有一个女儿，陈欣。没有结婚证，没有赵兴三个身份里的任何一个身份证明。"

欧阳睿为了这事与倪蓝和蓝耀阳做了沟通。

倪蓝当初是认真调查过柳云自述的那些事。

柳云说自己与丈夫陈刚相恋多年，后终成眷侣，她自己身体不好，很辛苦才生下了陈欣。取名陈欣就是表示他们夫妻俩得女欣喜之意。但天公不作美，陈欣五岁那年，他们日子过得正幸福的时候，丈夫陈刚却在出差时失足摔死，留下她与女儿。她辛苦将女儿拉扯大，供她读书念完大学，以为人生终于可以松口气，女儿却又遭遇车祸身亡。

倪蓝查了柳云和陈刚的户籍资料，查了陈刚的身份证情况、死亡证明，陈欣的身份证情况、社交平台信息、死亡证明。还派江旭红走访了柳云的邻居和陈欣的学校，询问过陈欣的朋友等，还去过柳云说的陈欣开的培训学校，这才得出了柳云所述均为真实的结论。

只是现在的证据把当初那些被证实的真实都推翻了。

倪蓝把自己当初查到的资料全交了出来，以供欧阳睿他们继续追查。

欧阳睿之前的推断应该是正确的，柳云委托二蓝神查陈欣的幽灵，应该是有试探确认的意思。如果那时候他们查出来有什么不对，肯定会问她。而她想好了对策，把话圆过去，接着委托终止，倪蓝和蓝耀阳不会觉得这里面有什么不对，不会报警，更不会追查。

二蓝神没查出问题来，于是柳云就放心大胆地把戏演下去。这背后当然有赵兴的意思，一切都是赵兴指使。

赵兴应该就是"秃鹰"。

他要控制柳云。他把她带出大河村，给她一个新的生活，灯红酒绿的大都市，很多的钱，还有尊重。甚至也许还有感情的欺骗和婚姻的承诺，还和她生了一个孩子。

但赵兴不可能被一个女儿绑死，也不可能跟一个女人过正常人的平凡生活。等他站稳了脚跟，牢牢掌握好柳云，他再换一番说辞，什么为了母女的安全，为了生意云云，总之，他换了另一个身份，让柳云给他打掩护，继续为他的生意做贡献。

欧阳睿与倪蓝他们讨论到这里，有了个想法："得重新调查陈欣的死。"

蓝耀阳当即赞同："这个很重要。他们要杀小红，也许就因为这个。陈欣究竟是真的意外车祸，还是与其他人一样，被灭口的？"

倪蓝道："也许这在柳云心里也一直是个疑问。她找我们做调查，寻找女儿幽灵的目的，是不是比我们想象中的更复杂？她跟陈欣感情很好，如果赵兴真的杀了女儿，又欺骗她，她是不是也在寻找真相？就像现在这样，她也遇害了，但因为她的委托，我们还在追究陈欣究竟是怎么死的。"

"也有可能。"蓝耀阳道。

"猜这么多，等小红醒了不就知道了吗？"一旁的韩舟道。

倪蓝张了张嘴，又闭上了。江旭红发来消息，手术到现在还没有结束。这么长时间的手术，情况不太乐观。

韩舟看了看倪蓝的表情，抿紧嘴角，不再说话。

这夜时间已经很晚了，但调查没有结果。

一项项追查结果在往专案组汇总。

暂时还没有追捕到狙击手和阿关，两人在商业步行街里没了踪影，很有可能是换装混入夜市人群里离开了。

邱寺和那个白领姑娘的车子被遗弃在某条街街边，初步估计也是换了车。

至于邱寺与同伙联络共谋的手段，游戏过程里的通信，在线文字还好，语音信息的获取恐怕比较困难。警方已经走流程向游戏平台申请协助，但最快也得明天才能得到相关数据调取的合作，且平台也无把握能过滤出有用数据。

韩舟一直待着，审讯他的人换了几轮，简直是车轮战。但韩舟没介意，他知道现在情况的急迫性。

这些人动手后潜逃，下一步要做的就是消失。

而警方必须从海量的信息里，寻找这些人潜逃的线索，方式、路线、时间都要查，得提前截住他们。

韩舟没见着狙击手，可他认识袭击他的阿关，他甚至能背出阿关的手机号码。韩舟跟阿关不算太熟，但也一起做过事，聊过天。阿关这人跟韩舟不一样，他特别喜欢吹嘘和交际，称兄道弟反正是免费的，他只需要五秒就能认个兄弟。

阿关跟韩舟说过自己的籍贯，吹嘘过自己在家乡街道从小就是大哥。他提过自己年纪，说过一连几年生日如何如何风光。这些韩舟都记得，他推算出阿关的身份证号码。

阿关的手机被小红抢走，但在麦当劳现场和小红的身上都没有找到那部手机。根据110的报警记录和韩舟记忆中的号码比对，阿关的手机号没有换过。

因为阿关关掉了小红的手机，自己的手机又不在身上，靠手机定位追踪的计划不可行，而现场警方人力搜查没能截到人。但关樊根据韩舟推测的身份证号码和阿关的手机号查到了阿关之前的网络活动，确认了其真实身份。

阿关真名姜宇，曾买过4月22日去L市的飞机票，最早班机。第二天又乘坐最晚的航班回来。这个行程很赶，而时间正巧可以对应上管怀的死亡时间。

关樊查了L市去临水镇的班车，就算阿关没有租车，坐班车去临水镇也有足够的时间作案。

这个信息对刘综那边追查杀害管怀的凶手有用，他们拿到了阿关的档案资料照片，打算明天就在镇上进行摸查。

但这样还不够，韩舟主动申请想跑一趟现场。

"沿邱寺的路线跑一圈，我太了解他的行动方法和能力，我看看能有什么发现。"韩舟这样说。

蓝耀阳和倪蓝赶紧凑热闹："我们可以当司机。"

欧阳睿简直不想吐槽，他们那豪车还能有两个驾驶位呢。

韩舟却道："最好是有邱寺开的同款车。不同车型行驶情况不一样，前后窗、后视镜、车身高矮不同，能观察到的东西也不一样。"

欧阳睿向袁鹏海请示。袁鹏海批准了，让吴淳和邹蔚押着韩舟跑一趟。

袁鹏海给他们当面讲清楚任务之后，又跟满脸期待的蓝耀阳和倪蓝布置工作："我们特别需要你们的配合。"

袁鹏海一脸慈祥，倪蓝听那语气就垮了脸。

"你们今天在汇兴商业步行街又被拍了，虽然我们已经安排网警把相关视频和内容删了，但你们这么红，影响还是很大的。"袁鹏海语重心长，"尤其是倪蓝，你的粉丝现在都非常激动，说你用行动澄清谣言，用拳头给黑子打脸。他们还截了今天在步行街上你飒爽英姿的图，跟黑子们斗图呢。"

倪蓝："……"袁局这是看了多少微博？说话很网络化啊，很懂嘛。

"所以现在大家都在等待你的下一步行动，粉丝肯定是等你继续扬眉吐气，而邱寺这些人会利用网络消息，通过搜索你的动向来窥探警方行动。如果你与蓝耀阳跟着韩舟去探路，我们警方的调查计划会泄露。现在是关键时期，那些罪犯在逃，我们分秒必争，不能分神再处理明星事务了。委屈你们，回家闹点绯闻，让娱记发一发，分散大家的注意力。"

倪蓝："……"怎么听着还挺有道理的，无法反驳。

"好了，就这么安排。"袁鹏海也不等倪蓝和蓝耀阳的反应，和蔼宣布事情搞定，大家赶紧各忙各的。

韩舟和邹蔚他们马上出发，蓝耀阳想到他的计划，便去追袁鹏海："袁局，我有个事跟你商量打听一下，你给我两分钟行吗？"

"行啊。"袁鹏海拉上蓝耀阳快步走，他要回办公室批手续文件去。

蓝耀阳跟上，道："是这样的，我手上有点钱……"

忙碌的众人听得这话都看倪蓝一眼，然后接着忙。倪蓝一脸无辜："怎么了，他确实有点钱啊。"

大家没接话，都散了。

倪蓝站了一会儿，想了想，给李木打电话："李木老师，一会儿我跟蓝耀阳手牵手回家，你去蹲拍一下，帮我们炒作炒作，行吗？"

李木没好气："是炒作还是掩护？"

"李木老师你真是机智。"

"我们不是才不欢而散没多久吗？你怎么有脸提这种要求呢？"

"怎么会不欢而散，我们的友谊如此深厚。"

"不拍。"李木拿乔，"你们手牵手有什么好炒作的。他出轨你出墙才值得拍。"

倪蓝："……"

李木没听到倪蓝回话，又有些尿了："这样吧，需要什么掩护你就说，但是你去跳舞吧节目，让我们工作室全程跟拍，独家个人花絮给我们。"

倪蓝："……"倪蓝挂了。

李木瞪着手机，没好气："就这臭脾气，怎么当艺人，真的，你就是捡到个蓝耀阳，不然你早被娱乐圈封杀了。"

李木气呼呼又给倪蓝拨回去。

倪蓝接了。

"你回哪个家啊？"李木粗声粗气，"回蓝家还是回小别墅？"

"回小别墅。"

这回换李木先挂了。

韩舟跟着邹蔚和吴淳跑了一趟。他在车上先做好了功课，这是邱寺也会提前做的事。然后他们先从雅亭苑开始，韩舟模拟邱寺的行动，乘坐电梯离开，邹蔚按今天跟踪的方式和路线跟了上去。

　　然后韩舟一路走到邱寺突然快跑的街心公园，像邱寺一样突然撒腿狂奔。邹蔚在跟丢邱寺的那个位置，也跟丢了韩舟。邹蔚赶紧找，跟白天的行动一样。过了一会儿，韩舟给她电话，约了个地方会合。

　　"应该就在这一带。"韩舟指着这片区域道，"休闲石凳，楼梯走道，下去树底空地可以停车。没有监控。"

　　邹蔚给吴淳打电话让他把车子开过来。

　　韩舟道："把车钥匙提前贴在椅子底下，然后一按，车锁一响，就找到车了。这是我们常用的套路。"

　　韩舟拿出地图，画了路线，记上了时间。

　　一行人又往柳云的住所小区去。韩舟开车，按手机地图指示的几条路线都跑了，观察了道路情况和监控摄像头，又让吴淳帮忙查一查交通台，看看那个时间各条路的路况。

　　然后他推测了时间和路线，记在地图上。最后他绕了小区一圈，把车停在了邱寺停车的位置。

　　停车之后他好半天没说话。

　　邹蔚和吴淳也没催。

　　最后韩舟道："他是故意的。"

　　"什么？"

　　"他故意被拍到的。"韩舟道。

　　警局里，欧阳睿与刘综在沟通两边经过一整天的调查后得到的一些消息。

　　"赵兴和金厚已经没有直系亲属在村里了，但赵兴的表弟彭顺一家还在。当年赵兴离开的时候，彭顺才十四。有村民说彭顺跟赵兴出去干过几票，但彭顺家里否认了，他们否认所有的事情，甚至说跟赵兴不熟。但据彭顺的好友说，彭顺有个表哥在外头做大生意，因为以前彭顺帮过不少忙，所以这个表哥一直对彭顺不错，隔个一两年就给他寄钱。这是彭顺喝多了亲口说的。他朋友觉得不是在吹牛，因为彭顺每月工资不多，但总有钱花。应该是有来钱的路子。还有村里老人说认得录音里的声音，就是赵兴。但那老人是否真能记得声音我是存疑的。不过综合大家的证词看，赵兴确实活着，他跟村里还有联系。"刘综道，"明天一早我们会带彭顺去银行查他的账户资料，看是谁给他汇款。从汇款信息里也许能找到赵兴。但这里面有一个问题。"

　　欧阳睿听懂了："赵兴到处灭口，这彭顺就是个大破绽，他为什么活着？"

　　"对。"刘综道，"所以无论明天我们查出来什么，都还得再认真斟酌。"

刘综向欧阳睿询问韩舟口供情况。

欧阳睿道："很配合。他的记忆力真的好，他说是从小练的。他对你关心的黑虎帮了解得不多，据他所知道的情况，他觉得黑虎帮没那么牛。所以就算'鹰巢'势力瓦解，依金培树的为人也不至于就什么都赔出去。他还觉得金培树死时的反应有些古怪。还有，他认出金孔雀的枪来自黑虎帮，是他们'鹰巢'卖过去的。"

刘综道："也就是说，'鹰巢'卖给黑虎的货，转手就回到了'鹰巢'自己的势力范围？"

"对。"

"金孔雀会是第三方吗？有地盘划分之类的限制，所以'鹰巢'不能直接给货？"

"韩舟觉得不是。金孔雀对'鹰巢'的指令很配合。金培树的重要洽谈大多都在金孔雀，他们找内奸的时候，也是用了金孔雀的姑娘帮助监视。对金孔雀相当信任，合作很深。韩舟猜测人贩市场和毒品通路跟金孔雀有关系。他给了两个人名和电话，是他知道的中间人，我已经派人连夜去查证了。至于江滨，原本明天是他的羁押期限，现在有了新线索，可以申请延长羁押，袁局已经批了，其他手续今晚都能下来。经侦那边的调查方向明天开始会做调整，还会加入失踪人口调查。"

刘综沉吟片刻："有点古怪，不是吗？金孔雀夹在'鹰巢'和黑虎中间，金培树对黑虎帮太客气，任由黑虎把手伸到自己地盘上，有货全给黑虎留着，而黑虎也不担心他们黑吃黑，带两个小弟就来了，交易失败了回头还敢跟他们开口要地盘，简直是把金培树呼来喝去。金培树死了，倪蓝在帮韩舟，于是金孔雀对付倪蓝。金培树的死对金孔雀没影响。"

刘综话说得有点绕，但欧阳睿听懂了："而且'鹰巢'和黑虎两个组织的老大都很神秘，跟金培树都很熟。然后金培树被他们其中一个干掉了。"

"'鹰巢'内讧的事，韩舟怎么说？"

"他没什么想法。他的关注点在这些人的退路上。冒险了之后，怎么跑。"

"嗯。"刘综能理解，韩舟那是典型犯罪执行人的思路，怎么完成，怎么确保拿到钱，怎么跑路。

"他对邱寺行动的那套思维很熟，袁局批准他出去查路线去了。"欧阳睿正说着，邹蔚的电话来了。

欧阳睿赶紧接。

邹蔚把韩舟的结论说了。

"确定？"

邹蔚道："他很有信心。"韩舟还在跟前,邹蔚就没说韩舟表现出来的侦查或者说反侦查力多强,他得出的结论,她是信的。

韩舟在一旁打手势,邹蔚把手机开免提。

韩舟对欧阳睿道："先不要去追究为什么,没时间了。如果是我和邱寺一起干的,我们现在必定在离开的路上。如果没离开,那肯定是培叔有指示。而培叔的指示也必须得让我们觉得有退路,或者他就掌握着退路。肯定就在今晚,不超过明天。我们的时限一向就这么点。趁着现在还不算拖太久,还有机会查一查,我可以出面打听一下。"

欧阳睿皱眉:"找钱叔打听吗?"

"对。"

"我们已经派人去搜查过钱玉德的地盘了。"欧阳睿拿到情报就马上行动,但还是晚了一步。钱叔的古玩铺和相关地方都清理干净了,什么都没查到。

"他会知道是你干的。"欧阳睿道。

"嗯,所以他如果想撇清关系又要我的命,只能借'秃鹰'的手。报复我是他和钱叔的共同目标。钱叔会愿意给情报的。"

欧阳睿的第一反应就是拒绝:"我不能同意。韩舟,你现在是已被正式拘捕的嫌疑人,协助调查是一回事,把你放出去送死是另一回事。"

韩舟不以为然:"在我看来这两者没什么区别。就算我不找他,他也会找我的。由我主动,把握会更大一些。拖得时间越长,他们做的准备就越多,就更难抓到他们了。"

欧阳睿不想评价韩舟在跟他们合作期间还向钱玉德报信这件事,毕竟当时他还不算下定决心要投案,而且这种时候翻旧账没意思。但现在既然投了案,该做的事还是得按规矩办。

"我可以让你给他打电话,你先试探一下他是否知情。'秃鹰'未必会找他。"

"打电话不行。钱叔肯定知道我跟警察在一起了,打电话无法取得他的信任,他不知道我身边站着谁,有谁在一起听这电话。他什么都不会说的。"韩舟道,"我得装成逃出去了,与他面对面,才能跟他说上话。"

"他怎么可能相信你。"

"他信不信没关系,他把我交给'秃鹰'就行。"韩舟道,"钱叔刚刚才从警察的搜查中撇清自己,他现阶段更关注自己的手尾有没有处理干净,不想留下把柄惹麻烦。所以他会把我弄走,然后让'秃鹰'抓到我。"

"你们先回来吧。"欧阳睿道。

韩舟试图说服他:"'秃鹰'对我下过死亡警告,记得吗?你也说过邱寺原本要对付的目标是我,但他没想到会被倪蓝控制,所以临时改了计划。他们想杀我，这个计划一直有。现在这个时候，满城追捕，我又在警方手上，如果他们认为不可能找到机会，就会先逃走，等以后再回来报复。就如同对付大河村的那些人一样。记得吗？十年、二十年，他们都没忘，账总会算清楚的。你们难道要错过这个机会？"

"他们知道你在警察手上，不会相信你的。"

"如果我逃了就会信。我逃走，去投奔钱叔，让钱叔帮我安排退路。"

"这个计划太冒险，不可能成功。"欧阳睿道，"邱寺把你盯得清清楚楚，他很了解你的底细。"

"当初阿猛也一口咬定我是叛徒，每个人都怀疑我，但我活下来了。"

吴淳听得有些紧张，他看了一眼邹蔚。韩舟的这个想法，太大胆了。现在小混混都这么狂妄了？

"不行。"欧阳睿依然道，"而且你也不确定钱玉德认识'秃鹰'。"

"他手下出卖消息就是卖给你们怀疑是'秃鹰'的那个号码。就算没这事，他要打听道上的什么人，包括你们惦记的黑虎帮，都比你们路子多。"

"你们先回来。"

"我不可能能从警局逃离的。如果要实施这个计划现在就是机会。警方押我辨认现场，我趁机夺枪逃了。有目击群众，有警枪物证。我说出来的事，钱叔一定会查的。"

"还要夺枪？"欧阳睿嗓门大起来。

"不然我怎么可能逃得掉？夺枪、抢车、打伤警察、恐吓路人……有这些才可信。我走投无路，只能去找钱叔。"

吴淳："……"他下意识地护住了腰间的枪。

"不行，这事必须有周详稳妥的计划。"欧阳睿坚持。

韩舟很不高兴："你权力不够，找你们领导问问去。"他伸手把电话挂了。

后座的吴淳看了邹蔚一眼。

邹蔚若无其事把手机拿了回来。

车厢里很安静。

欧阳睿并没再打电话过来催促命令他们回去，邹蔚猜测他真的去找袁局商量了。

韩舟说得有道理，很冒险，也很有潜逃的嫌疑，恐怕袁局都不敢背这责任。但确实是目前唯一可以马上执行的方案。

韩舟看着窗外，忽然轻声道："我知道的所有事，在今天的审讯里都交代了。我没有别的价值了。"

怎么跟交代后事似的，邹蔚忍不住帮欧阳睿解释："我们是警察，为了抓捕罪犯，都有牺牲的思想准备。但我们没有权力也不愿意拿其他人的性命冒险，即使是嫌疑人或罪犯。"

吴淳也道："我们警察的最终目的都是救人，打击犯罪消灭罪犯也是为了救人。没理由把人推出去送死的。"

韩舟好半天没说话，然后忽然冷道："你们当警察的，就是这么看不起我们这些犯过罪的人。你们多伟大啊，别人就不行。"

邹蔚和吴淳闭嘴了。

"帮我打给倪蓝。"韩舟又道。

吴淳没好气靠在椅背上，这位罪犯先生是嫌弃他们警察不够贴心，要找反恐女艺人告状吗？

此时有关倪蓝的消息在网上正热闹。

有狗仔蹲拍到蓝耀阳和倪蓝亲热牵手回家，蓝耀阳不但帮倪蓝拿包包，还允许倪蓝跳到他背上让他背着走。

最搞笑的是倪蓝跳背是用冲刺的。第一次直接把蓝耀阳跳趴到屋前的草坪上。接着蓝耀阳不服气了，让倪蓝再跳一次。倪蓝当真后退几步再来一次，结果蓝耀阳提前蹲下……倪蓝，就这么翻过去了。

蓝耀阳笑到站不起来，最后还是倪蓝用爬的，想把蓝耀阳压死。蓝耀阳展现了不错的腰力，把她背起来了，成功运回家里。

狗仔偷拍成功，赶紧发到网上，还说倪蓝和蓝耀阳住宅外头安保监控非常厉害。几家媒体围蹲被安保公司过来盘问，还赶他们走。他自己偷偷回来换了个地方远远躲着，身上被蚊子叮了无数大包，这才拍到这些镜头。

狗仔一番诉苦，但大家显然对蓝耀阳和倪蓝的秀恩爱片段更感兴趣。

"看来这两人心情不错。"

"打完贼救了人，甩了黑子好多耳光，心情当然不错。"

"这对男女屋门前的草，要健康长大也不容易啊。"

"羡慕这些草。"

"倪蓝太搞笑了，哈哈哈哈哈，是什么神秘力量能把男朋友按到趴下狗啃泥。"

"蓝可爱明显学坏了，那个提前蹲下绝了。"

"绝配！！！"

还有人提到了跳舞节目。

"我能磕他们一辈子！！！求跳舞吧节目把蓝可爱也请了吧！！！我想看他俩跳舞！"

这个建议得到了许多人附议。

许多人@《让我们跳舞吧》官博，请愿邀请倪蓝、蓝耀阳情侣档。

这节目的官博一如既往非常会把握热度，飞快出来回应网友："正在拼命全力洽谈倪蓝的合约，如果蓝总能来，那真是梦中的画面。"

蓝耀阳没空理网上这些言论，他跟曹律师通了一个很长的电话，讨论韩舟的案子。

倪蓝这边被邵嘉琪教训了一顿。邵嘉琪按蓝耀阳的指示开了一个不低的价，节目组那边居然答应了。"我跟你说，好好跳，别丢人。按集算的，你多坚持一集就多一集的钱。"

"怎么还有淘汰制呢？"

"不打分。但允许选手主动退出，或者老师和顾问给出不适合继续跳的建议，但选手愿意坚持也行。我只是怕你受不住羞辱。"

"怎么可能。我脸皮这么厚。"

邵嘉琪咬牙切齿："你如果改用坚强这个词，对话效果会更好一点。"

"我这么坚强。"倪蓝马上改口。

邵嘉琪没好气："有空把人家第一季节目看完。里面有大段大段的励志鸡汤访问……"

倪蓝插嘴："那是我强项啊。"

"你那是毒鸡汤，我会抓你彩排的。免得到时节目里个个都是白雪公主和灰姑娘，只有你一个毒巫婆。"

倪蓝："……我会跟蓝可爱学习的。"

邵嘉琪在电话那头翻白眼，认错可快了，但从来不改。"行吧。"揭穿她也没用，就这样吧。

倪蓝刚打发走邵嘉琪，就收到了江旭红的信息，她说小红的手术结束了，医生说手术很顺利很成功。但是小红仍需要在重症监护室观察，目前还不能算脱离生命危险。

这也称得上是个好消息。倪蓝刚想通知韩舟，却又接到李木电话。

李木是来催倪蓝回应炒作的。"内容我都给你准备好了，你只管照着发就行。"

什么跟什么？

倪蓝一看李木发来的内容，就是她当初跟蓝耀阳被偷拍的跳舞视频，视频被剪过，时长不长，只有跳舞的那几段。但是蓝耀阳有多潇洒她就有多傻，那些傻动作还被循环了。

李木配的文字是：梦中的画面？？？拿走别客气。

倪蓝："……"

李木道："赶紧的，炒起来！这样到时你上节目时，你的个人花絮才有价值。

对了，你跟邵嘉琪说了合约里加上要自带摄像拍花絮了吗？版权条款要先谈清楚。"

倪蓝："……"

李木："行了，我知道了。我会去沟通的。挂了，你快发微博。"

倪蓝深刻检讨了自己，为什么她能让恶棍闻风丧胆，生活里却每个人都能对她指手画脚呢？

还没检讨完，又有电话来。这次是邹蔚。

倪蓝一接起，却听到韩舟的声音："倪蓝？跟你说个事。"

"我先说。"倪蓝赶紧道，"小红手术成功，进重症监护室了。"

韩舟那边顿时沉默数秒，过了一会儿她听到韩舟声音有些沉："那挺好的。"然后他话锋一转，把今晚他这边的情况，还有他的想法全都说了一遍。

倪蓝一听他说这个，赶紧把蓝耀阳叫了过来。

蓝耀阳中断了与律师的讨论，专心听韩舟说。

"邱寺故意露了破绽，肯定有意图。不管目的是什么，得加快时间找到他们，找到他们才能打乱他们的计划。钱叔是最好的外援。"韩舟道。

倪蓝与蓝耀阳对视一眼。

那人也是最危险的外援。

"你们能不能跟警方讨论一个可行性方案出来，就像之前那样，让我能做些事。"

倪蓝皱眉头："这种卧底情况你不能带任何装备。"

"对。不能有电话、不能有窃听器、不能有防弹衣。什么都不能有，他们会搜身的，脱光的那种搜，会给我再换一身衣服。"韩舟道，"不能有任何让他们察觉的跟踪和后援，这个得你们和警方想办法处理。"

倪蓝沉默了好一会儿："行。"

邹蔚："……"他们警方同意了吗就说行，这是不可能的任务。

倪蓝又道："但你身手太烂，让人担心。"

韩舟："……"这是嫌弃的时候？

蓝耀阳问韩舟："你有具体想法吗？"

邹蔚赶紧给吴淳打手势，吴淳早已经反应过来，他给欧阳睿打电话报告。

韩舟跟蓝耀阳他们说了说他的计划，他动手后会逃到一个小仓库，那里是钱叔用来中转人的，有监控和他的亲信。钱叔会知道他来了。然后后面的事，只能见机行事。

"知道了。给我们一点时间。"蓝耀阳应了。

第七章
飞鸽行动

韩舟在等待的时间里也没闲着，他按着警方追踪邱寺车辆的路线继续往下走。找到了邱寺他们遗弃车子的位置。这位置很隐蔽，监控死角，靠着巡警地毯式搜索找到的。再往下是个交流道，汇集几方车流，他们换了车、改了装束汇入车流里，就不好找了。

邱寺他们遗弃的车子已经被查到是租来的，用的柳云的名字。众警皆是愤然，利用柳云的身份租用作案工具，然后用来加害她。

韩舟坐在遗弃车子的位置查看地图。

邹蔚道："我们有警员和交管那边在比对车辆信息和道路监控，虽然慢一点，但一定会找出来的。无论需要花多少时间，一定会将他们抓捕归案。"

韩舟却道："从前我们做事，需要处理尸体的，都会先找好地方，规划好路线，然后再行动。得手之后马上处理，免留后患。这次邱寺肯定也一样。"他指着地图上的交流道，说道，"他不会开车出城的。高速上全是摄像头，很容易暴露，一截查，后备厢有个装了人或者尸体的行李箱，他们根本躲不了。"

"柳云有可能还活着吗？"邹蔚道。

"谁知道。其实想绑架她，用枪押上车就好了，反正都是自己人，要让她听话还不容易。重点是他们弃车的时候没把行李箱留下，如果那里头是具尸体，就是动手时尸体上留下了凶手的痕迹证据，他们不能让警察拿到。但那李行箱是个大目标，留在换的车上也不合适，如果是我，就找个地方丢掉。"韩舟道。

"但是丢掉的地方会暴露他们行踪。"吴淳也在看手机上的电子地图，"周围全是成熟社区了，啊，再过去是……"

"沙江桥。桥下河道弃尸挺好。"韩舟道，"顺着河道往下沉，等发现的时候，他们已经无影无踪了。"

"如果要去沙江弃尸，那岂不是又绕回去了？"邹蔚皱眉，"城里有大量警力。"

"对，但你们的目标是一辆车，邱寺的脸，还有一个行李箱。那个女的，连身份都没查到。"韩舟道，"如果是我，转回头，丢掉车子，分散潜伏，比冲上高速逃命来得安全。"

吴淳忍不住问："韩舟，你这些都在哪儿学的？"

"我打出生就跟罪犯打交道了。"

吴淳："……"

韩舟启动车子："反正没事干，我们去河边看看吧。"

吴淳与邹蔚的目光在后视镜里一碰，两人都知道韩舟的意思，他在拖时间，他就是不想回警局，他还想实施他的计划。

路上，吴淳接到了搭档黎峰的电话："我查到她了，老吴。查到了。我就说我没记错。"

黎峰一直带队在柳云的小区做盘问搜查。

韩舟说邱寺故意让监控拍到，这表示邱寺提前知道这个小区附近的监控情况，而且非常熟悉。

他行动的时候没机会像韩舟那样开着车一路观察，那样会被拍到。

如果不是邱寺很早之前就对柳云很熟悉，很了解她住的地方，且他还得确定这几天小区附近没有新的安保监控变化——那么，就是那个白领姑娘向邱寺确认的消息。

那个白领姑娘很熟悉这里，而黎峰不觉得自己看到了她上楼。

黎峰觉得在他和吴淳到来之前，这姑娘就在楼上。

黎峰排查了柳云居住的这栋楼，没结果。物业登记不全，又有人不在家，还有人不配合调查的。黎峰一晚上遭遇不少挫折。但他和同事坚持一户一户问，这栋楼没查到就查隔壁另一栋。他们问有没有见过这姑娘，认不认识柳云，是否知道柳云与这姑娘的关系，是否听到打斗叫喊声等等。

敲了很多门，打了许多电话，最后他们终于找到了知情人。

"她是个翻译，叫何新洁。"知情的邻居大妈道，"住在隔壁楼四层。平常很少见到她，有一回她买的果滚一地，还是我帮她捡的，聊了几句，就这么熟了。哎哟，打扮得可时髦了，穿的用的都是名牌货。就是三十四了，还没成家。我好心吧，就想给她介绍对象，人家说不用。我看她也不怎么工作，都不像别人似的朝九晚五。我早上总在楼下晨练的，哪家上班出门我都看到，没怎么见她。我还问过她，她说她是翻译，不用坐班的，就是总得出差，也很辛苦。我跟她提找对象的事吧，她说她不打算在国内找男朋友。这姑娘心气高着呢，要我说，有本事出国的，也不住我们这儿啊。租的房，却又要用名牌，挺虚荣的，是不是？"

黎峰没跟热心大妈多聊，他迅速带人查了五栋，电话联络上了租房给这姑娘的业主，查到了这姑娘的身份。

何新洁，户口在本市，三十五岁，外语学院毕业，除了英语外，在校期间还修了缅甸语、泰语。

那位租房的业主向警方提供了何新洁的手机号，但手机已经关机了。

黎峰为自己的进展高兴："我已经向队长报告了。老吴，我们没看漏，这个何新洁就住在柳云的楼下。电梯监控显示她从一楼上楼，她是特意从楼梯走到一楼，让电梯监控拍到她，迷惑我们，让我们以为她是外来人员。她在本市有房，还是不错的小区，但她居然还在柳云楼下租房。我现在去她房产那儿做调查去。"

吴淳把情况跟邹蔚、韩舟说了。

韩舟马上有了联想："'秃鹰'的翻译？那可是亲信。"

市局里，欧阳睿和组员在袁鹏海的办公室里也在讨论这个问题。

"恐怕是'秃鹰'的翻译。赵兴化名刘洪江出国谈货源，他一个乡下人，高中都没念完，他没那个外语水平，我们之前审宋昌的时候也问过，但宋昌不知道刘洪江具体是怎么操作。他带出去的人、他的翻译等等，他全不知道。"

"就住在柳云楼下，也是为了帮赵兴监视控制柳云。"

欧阳睿道："但是这里有个问题，如果何新洁就住在柳云楼下，她甚至有可能有柳云家的钥匙，就算警方在下面监视，她也有足够的时间去处理柳云。怎么会急切慌张到处理不干净现场？"

"这里面出了意外。也许她一开始并没打算对柳云怎么样，然后事发突然。比如小红提前到达汇兴大厦，韩舟突然决定出去，这比他们原计划的时间提前了几个小时。邱寺已经在接应她的路上。"欧阳睿的组员雷星河分析，"邱寺和何新洁究竟是不是故意在监控前露馅还不一定，韩舟把事情盘算得太精了，他是事后诸葛亮，事后反推觉得不可能躲不过去，但事实上当时他们计划被打乱了，没法像韩舟想象的这么严谨。"

袁鹏海道："无论有心还是无意，这次'鹰巢'怕是倾巢出动了。"

"已经打到他们老家了，他不可能不知道。"

袁鹏海缓缓点头："已经不是像从前那样躲藏一段东山再起的问题，他们连退路都没有了。"

所以潜逃，彻底消失的可能性非常大。

欧阳睿道："袁局，韩舟的建议……"

袁鹏海转向徐刚："有把握保证他的安全吗？"

徐刚是特警队队长，袁鹏海一听说韩舟的计划后就把他叫来了。

徐刚把电子地图投影到墙上："他说的小仓库在这里，如果不想被察觉，我们需要在两条街外布置监视，这里，这里……"徐刚在地图上标注八处地点，"得把这些观察点和狙击位都占据了，我们才能控制这个区域。我们的人得便服，轻装，更多的设备和人员得布置在室内。'鹰巢'的人可以伪装成市民查看周边街道情况，我们武装上场就会被看到，这个需要防备。韩舟说钱玉德不会在自己地盘动手，很可能将他送到'秃鹰'手上，他的转移地点我们现在不清楚，需要很多人手，还需要交管中心协助。"

"韩舟说那个小仓库有监控，我们可以侵入系统，利用他们的监控画面察看韩舟的情况。他有没有受袭击，什么时候离开，从哪里离开……"关樊道，"但他们早有提防，见到韩舟进去会怀疑，接着很可能会关掉设备，或者用假录像蒙蔽我们。这样我们就无法知道在里面发生了什么。那个建筑的外形、内部结构和周边建筑情况是这样……"

关樊调出画面投影到地图旁："这是黄队他们去现场拍到的照片。有窗户，我们可以派两个人在这边楼上布置，架设声音采集器进行窃听，但那仓库里面全封闭的空间比较多，我们无法保证能听到声音。"

关樊说的黄队叫黄岳，也是特警队的，还是邹蔚的上司。接到指令他马上带人便装去实地考察情况，评估行动可能性。

"这是最大的问题。"徐刚道，"我们无法监控韩舟跟对方的接触，无法保证结果。如果里面有暗道，他什么时候被送走，或者逃走，我们都不会知道。"

刘综的声音从手机免提里传出来："我已经报告严厅了，他需要知道详细的计划安排才能决定是否批准和配合。"

现在看来，似乎不可能有周详的计划。

可是时间紧迫。这一点韩舟说得对，拖得越久，对方准备越多。也许等他们下定决心时，那些亡命之徒早已经跑远。

这就是区别。

他们警方有规矩，需要考虑和顾全太多，但这些罪犯没有。

欧阳睿道："蓝耀阳也说给他们一点时间。"

正说着，蓝耀阳的电话来了。

欧阳睿赶紧接起："蓝耀阳，我们在开会，所有人都在，你那边什么情况？"

"倪蓝到那个仓库了，她说里面封闭空间挺多的，外围也四通八达，安装微型监控器没什么意义，不可能全部装上。声音采集器也没意义。但她有办法追踪韩舟，只是需要处理一些法律问题。如果你们和韩舟能接受，她建议批准行动。"

众人："……"

"怎么追踪？"欧阳睿问。

蓝耀阳道："植入型定位芯片。"

众人："……"啥玩意？

关樊道："没有这么小的芯片，主动发射GPS定位信号都是需要电源的。如果是小到可以植入皮下的，只能是被动扫描信号，也就是说，需要一个扫描器跟在芯片周围，而我们定位的是那个扫描器……"

关樊说着说着忽然明白了。

蓝耀阳道："我把倪蓝接进来，她现在方便说话了。"

大家等着，过了一会儿才听到倪蓝的声音："我有扫描器，最远距离五十米，最佳距离三十米之内。还是会有弄丢他的危险，但总比没有强。我刚跟韩舟通过电话了，他同意植入。"

屋里都安静了。

等一下，在讲什么？

蓝耀阳的声音又在电话里响起："袁局、欧阳，律师到你们那儿了。如果你们同意，需要签一份法律文件，这对你们和韩舟都有保障。具体方案细节可以再讨论，但法律流程上也可以先沟通一下。"

欧阳睿看了一眼袁鹏海，袁鹏海想了想，打电话叫人接洽律师。

徐刚问了一个重要问题："谁拿扫描器？"

这个人得一直跟踪着韩舟，随时寻找和定位韩舟的位置，并确保定位信号传送正常。一不小心，不仅弄丢韩舟，自己也有生命危险。

"当然是我。"倪蓝答道，"也没时间搞个比武大赛胜者上了，虽然我是挺有信心的。还有就是扫描器怎么用，技术上出了问题怎么解决，还是得我来啊。"

大家又安静了。

袁鹏海想了半天，道："倪蓝，你跟我说说具体计划。"

倪蓝开始说了，她还传了一张她确认过的地形图，针对位置具体分析。

韩舟这边开车在河岸边绕了一圈，然后画图给邹蔚和吴淳看："我觉得有可能会是这些位置。到时你们找人来查吧，说不定真的会弃尸呢。"

吴淳看了看他："你有点紧张？"

"还行吧。"韩舟道，"就是不知道倪蓝能不能说服你们领导。"

邹蔚想到倪蓝那个疯狂的计划，真是佩服她敢想，韩舟居然觉得挺好，还跟倪蓝补充细节。这两个人，别看不是一路的，但其实是一类的。

大家坐在车里不说话了，过了一会儿韩舟忍不住道："我希望你们领导能同意。我，非常想做这事。这应该是我离开'地狱'最后的机会。"

吴淳不太明白这话里的含义。这时邹蔚的电话响了。

韩舟顿时坐直了。

邹蔚把电话接了，开了免提。

"我是市警局局长袁鹏海。"对方说。

"我是市警局刑侦支队欧阳睿。"

"我是倪蓝。"

"我是韩舟的代理律师曹弘。"

韩舟忽然明白了，这是在他不能在场的情况下，做电话确认。他赶紧道："我在，我是韩舟。"

欧阳睿报了现在的时间，并说明本次电话进行了录音，然后道："韩舟，你向曹弘律师签署过一份代理协议，由他全权代理你签署法律文件，是吗？"

韩舟道："是的。"

欧阳睿把曹弘拿的协议要点说了一遍，包括韩舟自愿承担任务风险等等。韩舟点头，这是蓝耀阳他们与他沟通后觉得这样能减少警方的责任压力，以促成同意计划，同时这份文件也是对他的保护。

双方把情况说清楚，最后袁鹏海道："我同意这计划，授权你去执行。希望你能成功完成任务，平安归来。"

韩舟高兴地笑了，他看看邹蔚和吴淳，嘴角要咧到耳朵后："谢谢，谢谢，我一定不辜负你们的信任。"他眼神里纯粹的喜悦，让吴淳和邹蔚颇有些动容。

欧阳睿道："邹蔚、吴淳。"

"在。"

"在。"

"此次行动代号'飞鸽'，需要你们的配合。"

"是。"

"是。"

今夜月光昏淡，隐了一半在云层后面。

沙江桥边有一个岗亭，里面有值班管理员。管理员主要负责巡查桥上情况和河道异常，抓抓炸鱼的、偷钓的、游泳的、自杀的等等，还要确保桥面安全。

这天值晚班的管理员姓陈，巡查过一遍附近没什么情况，他便回到值班亭里用手机看剧，正看得入迷，忽然一辆车驶了过来。

车子停下了，老陈留意了一下那车。大半夜的，要过桥就过桥，要上车道上车道，把车子拐到这种地方干什么？

一个身形苗条看上去挺干练的姑娘下了车，朝老陈所在的岗亭屋走过来。老陈把手机里的剧停下了，打开岗亭屋的窗户。

"师傅，你好。我叫邹蔚。"那姑娘说着，从口袋里掏出证件，亮给老陈看，"我是警察，在查件事，跟你打听打听。"

老陈接过证件看了看，忙把证件还回去了，开门走出屋子，客气问："警官啊，请问有什么事？"

"今晚有个绑架案，我们怀疑嫌疑人带着受害人往这边来了，不知道你有没有什么发现？比如过桥的车辆有没有什么异常的？或者有没有人在河边举止鬼鬼祟祟？嫌疑人开车，是一位二十多岁的男性和一位三十多岁的女性。他们绑架了一位五十多岁的女性。"

老陈忙摇头："没有呀，我是没看到什么。你联系过我们公司吗？桥头和河边步行道上有安全监控，要是有什么情况，公司那边应该能看到。但如果有情况，他们也会通知我们去查看的。我没接到通知啊。"

邹蔚道："我们是直接追查到这边了，还没联络你们公司，你能给我一个联络方式吗？该找谁？"

老陈报了个值班电话，然后道："我给你们问吧，你们警察来问话，有绑架什么的，我正好也得跟公司上报的，让其他值班的也多留心。"

"好的，多谢。你上报吧。"邹蔚就在一旁等着。

老陈给公司值班室打了电话，又给他们岗亭主管打了电话。然后他跟邹蔚道："你等等啊，我们主管正联络其他管理员问呢，一会儿给消息。"

"好的。"邹蔚又拿出手机，调出三张照片给老陈看，"这一男一女长这样，受害人是这个，你见过他们吗？"

老陈还在看照片，有两个男人从车上下来了，朝这边走过来，其中一人喊道："邹蔚，怎么样了？"

"等一等。"邹蔚应完，转而对老陈道，"那是我同事，叫吴淳。"

老陈点点头，看了那两个男人一眼。

那个邹蔚的同事看着普普通通，但他身边的平头年轻男人就不太一样，看上去有些阴狠。

那个平头年轻人道："都跟你们说了，早跑掉了，谁会来这里等你们抓。"

男警察用力拍那人的头："你少废话。你趁早交代清楚，别让我们费劲。要是查出来你在说谎，就有你好看的。"

看起来那平头男是个嫌犯之类的，老陈这才注意到这人戴着手铐。

"韩舟。"邹蔚对那平头男道，"如果你知道他们会采用什么手段，会怎么逃，你最好现在就说清楚。"

"我什么都不知道。"韩舟一副满不在乎的样子，"你们愿意这么瞎转就转呗。"

老陈看完了照片，对邹蔚道："没见过。不好意思，帮不上忙。"

邹蔚点点头，转头对吴淳道："我给队长打个电话。"

邹蔚转身站得稍远打电话去了。

吴淳指了指韩舟，对老陈道："那人体形跟他很像，个子也差不多高。"

老陈还是摇头："没特别注意过这样的人。"

吴淳还想说什么，他身旁的韩舟却突然发难，一探手就把他按下，从他腰际拔出一把枪来。紧接着一脚将他踹开，并迅速冲到老陈身边，将老陈胳膊一拧，枪指上了他的头。

吴淳和老陈均是大吃一惊。

"韩舟！"吴淳大喝一声。

老陈待反应过来，腿都发软。

邹蔚已经闻讯冲了过来，她掏出枪，对着韩舟："韩舟！放下枪！"她说完不满地瞥了眼吴淳，"他手铐呢？"

吴淳一摸腰间："他偷了钥匙。"

老陈背后冷汗都冒出来了，你们这些当警察的能不能靠谱一些啊。

"韩舟！别干傻事！"邹蔚厉声大喝，"别逼我开枪。"

"别，别开枪。"老陈替韩舟应。

"韩舟！"吴淳大喝。

韩舟也喝："后退！都让开！我不会跟你们回去的。别逼我打死他！退后！"他一边喝一边把老陈往车子那边带。

老陈吓得直喊："别别，你们都别开枪。"

吴淳绕到车子这边，邹蔚往车头方向逼。

韩舟把枪往老陈太阳穴上压，"后退！"

吴淳和邹蔚都往后退了两步。

韩舟押着老陈走到车旁，"打开门。"他对老陈说。

老陈赶紧照做了。

车门开了，邹蔚大喝一声："你逃不掉的！放开他！"

韩舟猛地将老陈用力一把推开，老陈滚出老远。

"砰"的一声枪声。

韩舟惨叫一声。

老陈回头一看，这个叫韩舟的腹部中枪了。他捂着肚子，有血！

邹蔚朝韩舟冲去，韩舟抬手就是一枪，邹蔚猛地朝旁边一扑。"砰"的一声，枪打偏了。

另一边吴淳朝老陈冲去，他拉起带到一旁树后蹲下。

韩舟趁着这机会赶紧上车，车子原先就插着钥匙没熄火，韩舟一踩油门，疾驰而去。

邹蔚猛地追了几步。

吴淳大骂。他转头和蔼问老陈："你没伤着吧？有受伤吗？"

老陈连连摆手："没有没有。"

吴淳拿出手机拨号报告："韩舟抢了枪开车逃跑了！"他报了时间、车型、车牌号，语气急切。

老陈还没完全从惊吓里恢复过来，他听得吴淳这么着急，有些同情他。这枪都被抢了，闯大祸了吧？这月工资没了吧？工作保得住吗？但他又觉得挺活该的，真的废物，扣你工资不冤枉你。

吴淳看老陈的表情，干脆站起来走远一些聊这通电话。

远处，邹蔚也在打电话。

"任务完成。'鸽子'起飞了。"

片刻后，吴淳和邹蔚碰头。老陈已经回过神来，在岗亭屋外激动地打电话讲述自己的经历。邹蔚一脸担忧："我不知道我那枪行不行，万一他伤得太重……"

"说好了如果他伤得重就不上车。他决定走，就表示没问题。"

韩舟咬着牙，按着腹部，伤口很痛，但他知道子弹没打进去，应该就是约定好的擦伤。那个时机，邹蔚喊"放开他"是个信号，他放开了，也站好了角度。但邹蔚这枪是不是能打得好，他完全不知道。现在没有时间仔细检查伤口，他也不想检查，他一定得去琉璃街。但在那之前，他还有一道考验。

有警车从不远处经过，警笛声音刺耳。但韩舟的车子一路无人拦阻。韩舟低头看了看流血情况，他觉得还好，应该没问题。

两名便装警察开着车隔着一个车位跟着韩舟，陪着他一路朝着琉璃街方向去。

离琉璃街还有三公里左右，韩舟把车子开进了一条小巷。

护送他的警察从巷口直接开过去了，没跟着他拐。

"这里是'潜艇'一号，'鸽子'顺利到达中转站，已交接。"

"这里是指挥中心，收到。"

袁局带着关樊已经赶到了指挥中心，大屏幕上，韩舟车子的GPS定位仪停下来了。

所有人屏息静气，"鸽子"能不能再飞下一程，就看中转站的评估了。

韩舟把车子停到僻角，警员雷星河便从暗处冲了出来，对韩舟打手势："来！"

韩舟推开车门，快步跟着雷星河走。另一个警员迅速赶到车上检查情况，看是否有疏漏。

"'潜艇'二号，接到'鸽子'。"

雷星河带着韩舟上了一辆特警指挥车，里面一排屏幕，有各种指挥设备，徐刚、欧阳睿、倪蓝都在车上，还有两个韩舟不认识的人。

倪蓝从医药箱里抽出一双医用橡胶手套戴上，她用眼神示意身边的座位："来，让我看看你的情况能不能去。"

韩舟坐下了，把衣服掀开，露出受伤的腹部："我感觉还可以。"

徐刚和欧阳睿等人很关切，围过来观察韩舟的伤。徐刚觉得情况比预期的糟糕，他看了看一旁的一位中年男子，那男子低头看了韩舟的伤，皱了半天眉头："有点勉强。"

"又一位领导？"韩舟问。

"医生。"倪蓝抢话，"他们怕我弄死你。"

韩舟笑笑，但疼痛又让他脸抽搐一下。"伤还挺好，对吧？"

"算不上理想。"倪蓝道，"但也没糟到不能去的地步。"

韩舟呼了一口气，那就行。

倪蓝转头对欧阳睿他们道："他没问题，这点伤能撑住。"

韩舟点头。

"我现在给你装芯片。"倪蓝对韩舟道，她递给韩舟一块厚厚的纱布。韩舟咬住了。接着倪蓝用镊子尖夹住一枚已经处理好的微型芯片往韩舟伤口皮下塞去。

韩舟痛得握拳，额上青额暴起，他用力咬住了纱布。

倪蓝视若无睹，手上稳稳地继续工作。

"好了。看不出来。"倪蓝弄好了，她仔细再看几眼，觉得没问题。

徐刚和欧阳睿也认真看着，觉得看不出来。

植入皮下的问题在于会有创口，新伤还可能会有肿胀发红等。再怎么小的伤，遇着认真裸身搜查的，也有可能会躲不过去。韩舟需要一个与警方交火逃脱的借口，在这个借口下，身上有伤是很合理的。

腹部是人体脂肪多、柔软的部位，比较适合隐藏芯片。

钱叔应该已经知道韩舟出卖了他，最起码严重怀疑。韩舟相信这种情况下钱叔会把他卖给"秃鹰"。因为警方的搜查让钱叔损失巨大，用背叛他的人换取些利益回来，再合适不过了。

就算走到大家各自演戏，各自明白对方在演戏的地步，也别留下把柄，别刺激对方马上下杀手就行。韩舟的随机应变能带来什么结果，其实大家心里都没数。

倪蓝装好芯片，让韩舟拿纱布先按着伤口止血。然后她拿出扫描器做测试，一边还跟韩舟聊天："我跟你说，我也有代号。取个名字特别艰难，威风的鸟名都被反派用掉了，什么鹰啊孔雀啊凤凰的。"

"你可以叫鹌鹑。"韩舟道，"我们反派不用这个。"

"滚蛋！我叫'戴胜'。蓝耀阳帮我起的，名字吉利，长得还好看。"

"大圣？"韩舟撇嘴，"你怎么不直接叫大师兄呢？"

一旁的医生要给韩舟打止痛消炎针。韩舟见他动药箱，便道："外伤现在不能处理。"

医生的手顿了顿："我知道。"他拿出针筒，韩舟见状便转过来："打屁股针眼不容易被发现。"

医生帮他把针打完，道："你可能会发烧，伤口会发炎……"

韩舟点头，拉好裤子打断医生的话："我知道，我受过枪伤。"

韩舟跟医生说完又去调侃倪蓝："或者你就叫泼猴。"

倪蓝对欧阳睿和徐刚道："你们看，他还有精神开玩笑，肯定没问题。你们别一个个板着脸，带衰，会运气不好。"

欧阳睿不想接泼猴的话，还搞什么封建迷信。

倪蓝忽然道："哈，仪器连接成功，有信号了。"

指挥中心里，关樊回话："收到信号了，很清楚。"

"一会儿等韩舟走远了再看看。"倪蓝道。

韩舟问她："芯片塞得够深吗？他们会故意打我的伤口，用踩的，用棍子打，这芯片受得住吗？容易坏吗？"

医生听得面露不忍。倪蓝面色如常地回答："它很小，应该没问题。"

虽然带了"应该"两个字，但韩舟也没在意，他道："那行。"

倪蓝接着给韩舟递了一张纸："背下来，这是你需要的药和急救物品，还有它们的使用方法。"

欧阳睿道："从这里往东三百米有一个24小时药店，我们的人之前去打探过了，这些东西都有。"

韩舟扫了两遍，不用背，基本上他都知道。"行，可以了。"他把纸条还给倪蓝，把染血的T恤拉好，站了起来。

倪蓝给他递矿泉水瓶："你再喝一点水。"

韩舟仰脖咕噜咕噜喝了几大口。

欧阳睿又道："你从这里出去后，我们就没办法再给你传递消息了。但我们会一直监视你的动向的，你要相信，我们会努力确保你的安全。"

"我相信。"韩舟擦了擦嘴边的水渍，笑了笑，看了看车内众人，"希望有机会再见。"

韩舟检查了一遍他之前抢来的枪，把枪插在后裤腰上，他把外套紧了紧，转身出了车子。

韩舟走得很快，转眼就潜入了夜色里。

"这里是'潜艇'二号，'鸽子'飞离中转站。"

韩舟很快便看到了那家24小时营业的药店，他看了看周围，然后闷头走了进去。

这么晚了，药店里只有一个男店员在值班。他正打瞌睡，听到有人进门的声音赶紧坐直了，刚要开口问要什么药，却看到了韩舟那一身的血。

"你，你怎么……"店员的话还没说完，韩舟便拔出了枪，直直指向店员的脸，"举起手。"

店员吓得把两只手都举了起来。

韩舟把他要的药和急救品报了一遍，用枪向店员晃了晃，凶狠喝道："这些东西，给我装袋。"

店员害怕得直抖，赶紧拿了个袋子飞快地把韩舟要的都装上了。韩舟让他装一样报一样，不许有漏的。最后韩舟还抢走了店员的夜宵和水。

韩舟喝令店员抱头蹲进店后库房，他把库房门锁上了，拿走了收银台上夹报表的曲别针，然后离开了药店。

韩舟抄近道，挑黑暗的地方走，走了半小时，到达了琉璃街。

钱玉德在这个地方有个放玉原石和古玩的仓库，当然没什么太贵重的，只是个掩饰。仓库里有房间，表面上说是给工人加班时用的临时宿舍，但其实是给潜逃人员补给和中转的地方。

韩舟曾经在这里住过几天，躲警察。

韩舟熟门熟路地翻了墙进去。他没管监控会拍到他，他爬到仓库里，把曲别针扳直了，撬开了锁，偷偷进了仓库。仓库里的可疑物品都被清空了，那几间房间里住人的东西也全收拾了，放了很多杂物，完全看不出给人住过。

仓库里有一组沙发，像是招呼看货客人的地方。韩舟在那儿坐下了。他打开了药品袋子，自己动手给自己处理了伤口，然后他吃了药，又把抢来的夜宵吃了。

韩舟脸色苍白，痛苦且疲倦。他蜷着身子在沙发上睡了。

远处的一栋建筑顶楼上，有便衣警员拿着望远镜监视着仓库外围。

"这里是潜艇'一号，'鸽子'顺利飞入'地狱'。"

过了一会儿，警员继续报告："这里是'潜艇'一号，'戴胜'落在'地狱'屋顶，安全。"

"'潜艇'二号就位。"

"'潜艇'三号就位。"

警员们纷纷报告。

指挥中心里，关樊在通信频道里道："'戴胜'的叫声听得很清楚。"

大屏幕上，韩舟的定位信号在地图上一直亮着。而倪蓝在现场侵入的监控系统视频画面也传了回来。画面里韩舟观察仓库，处理伤，吃饭睡觉。

画面就这样定格在韩舟睡觉的情景里，里面没有东西是动的。大家等了四个小时，黑夜眼看着即将结束。大家都很疲倦，但不敢疏忽。

越是这样越得沉住气。钱玉德如果也跟他们一样注视着这画面，那他就是在观察着韩舟，也许在猜测他究竟想做什么，又也许在调查他的情况。

韩舟的情况不难查。因为他的一系列举动，都被"目击者"曝光了。善良的管理员大叔、惊慌哭泣的药店店员等等。这些如之前的相关情况一样很快被网警删除了，但网上留下一大片的讨论痕迹。

警方也在网上发布了警情通报，通缉逃犯韩舟，并警告市民此人持枪，极度危险，有相关线索须速报警方。

关樊眨了眨疲倦的眼睛，正想拿杯子喝口水，忽然大屏幕上仓库的监控画面一黑。

指挥中心里有别的负责监控的警员顿时一声惊呼。

通信频道里，有警员声音响起："这里是'潜艇'一号，有四个人进入了仓库，看不清样子。"

倪蓝的声音也在频道里响起："他们来了，他们关掉了监控。"

关樊赶紧通报："各单位注意，'地狱'里有'乌鸦'。"

仓库里，韩舟躺在那儿，他不知道发生了什么，他装睡中，非常艰难又努力地想要保持意识清醒。

精神正恍惚着，他似乎听到了"咔嚓"一声轻响。

韩舟猛地睁眼，一边坐起一边举枪。

然后他看清了面前情形，定住了。

韩舟面前是四个二三十岁的男人，体型都差不多，都穿着黑色T恤、黑色外套，以及深蓝色牛仔裤和黑色皮鞋。三个年纪轻一些的拿着枪指着韩舟，另一个三十多岁的男人空着手，冷冷地看着他。

其中一个拿枪的离韩舟很近，韩舟突然坐起把那人吓了一跳退了两步。韩舟觉得他们似乎打算把他拍醒。

韩舟看着这四人。领头那个三十多岁的他认识，钱叔店里的人，叫闵良，是个管事级别的人物。另一个瘦一点的是这个仓库的管理员。从前韩舟过来的时候，是这人接头。韩舟记得他叫庞宇。其他两人是生面孔，韩舟没见过。

闵良对庞宇示意了一下，庞宇上前抢过了韩舟的枪。

韩舟没挣扎，把枪给他了。然后韩舟转向闵良道："闵哥，我有麻烦了。钱叔说过，我可以来找他。"

闵良接过庞宇递过来的枪，打开枪仔细检查了一番。确实是警枪，上面还有编号。

"闵哥。"韩舟又唤。

"先别说话。"闵良淡淡道。

韩舟闭嘴了。

闵良对另外那两个小弟道："搜搜他。"

两个小弟上前把韩舟架了起来。韩舟故意猛吸气，一副被扯动伤口剧痛的样子。两个小弟把韩舟的衣服脱了，韩舟很配合地抬胳膊抬脚，动作幅度不大，小心翼翼怕扯着伤。

庞宇坐在一旁，检查韩舟带来的药、餐盒和水瓶。他检查得很仔细，把药盒、药瓶都打开了，连说明书都抖开，看看盒子、瓶子里有没有夹带其他东西。

韩舟被扒光了，他捂着伤处转了一个圈让闵良看。

闵良看完了，上前拉开韩舟捂伤的手，撕开了他伤口上面的敷料。韩舟痛得惨叫一声。闵良认真看了他的伤口。枪伤，新伤。

闵良转向了庞宇。

庞宇把那些药品重又扔回袋子里，道："没什么，就是药。"

闵良点点头，让小弟给韩舟递过去一个袋子。韩舟打开看，是一套干净的衣服，从里到外齐全，还有一顶帽子和一双新鞋。尺码都是他的。

韩舟谢过了，掏出裤子穿了起来。他假装没留意这套衣服与这四人身上的是一样的。

闵良把手上扯下的敷料丢进小弟递过来的袋子里，那里面装着韩舟的旧衣旧鞋等物，显然他们很小心，没打算在这里留下什么痕迹。

"伤口你自己再处理吧。"闵良擦了手，对韩舟道。

韩舟也不客气，他套上裤子，又坐下，拿过一旁的药品给自己处理伤。闵良拉过椅子坐在他面前。

"出了什么事？"闵良问。

"我被警察抓了，他们押着我去搜阿生……阿生就是我带去见钱叔的那个兄弟。那是我唯一能逃离的机会，不然再进局子里，就是死路一条。我原来想着抢了枪押个人质吓唬一下，好抢辆车逃跑，结果警察开枪了。"韩舟重新贴好敷料，又吃了一回药。

"这些东西哪来的？"闵良指了指那些药。

韩舟抿抿嘴："我劫了一家药店。"

"弄出这么大的动静，你还敢来这里，是想连累钱叔吗？"

"我很小心。那个店员我锁起来了，等早晨有人上班发现他，我早就消失了。"韩舟忙道，"我把车子停在很远的地方，我走过来的。路上没人发现我。"

闵良不说话。

韩舟道："闵哥，钱叔说我有需要的时候可以来找他，我就是怕给钱叔惹麻烦才没去店里。我需要钱叔再帮我一次。"

"帮你？在你出卖钱叔之后，不可能了。"闵良冷道。

韩舟顿时急了："我没出卖过钱叔。我还给钱叔报信示警，钱叔当时跟我说的，让我有事还可以找他。不然我敢来吗！我跟钱叔这么多年交情，钱叔救过我，我怎么可能出卖他。"

闵良又问："你怎么知道警方有钱叔这边的线索，怎么知道警方会来查？"

韩舟愣了愣："所以警方真的行动了？钱叔还好吗？"

他看上去竟然像是不知道，闵良盯着韩舟的表情观察。

韩舟道："我当时也只是猜测，我觉得很有可能，风险很大。所以我赶紧跟钱叔说了。"

"你是怎么猜到的？"

"说来话长，要讲清楚需要时间。"韩舟反过来质疑闵良，"既然被查了，那你们岂不是被警方盯着呢。那你们四个人大张旗鼓地过来是不是太显眼了？我们要不要换一个安全点的地方说话？"

"只要你没搞鬼，这里就是安全的。"闵良道。

韩舟皱起眉头："我不明白，为什么你们会突然说我出卖钱叔？明明是我向钱叔报信的。"

闵良道："你还没说你怎么知道警察会来查。"

韩舟没好气："我之前，被公司坑了。培叔给了我一个灭口的任务，杀一个叫杨晓芳的人。但这事情有古怪，我搞不清楚怎么回事，我不想死，想跑路，于是带了我兄弟阿生去店里找钱叔帮忙。我们交了钱，订了货，这事闵哥你知道吗？"

闵良微微点头。

韩舟便又继续说："但是那证件得等一周，而杨晓芳可能很快就会被警方放出来，那我们就不得不动手。当时我和阿生怀疑动手的时候会不会就有警方等在一旁抓我们现行，我们也担心这任务会不会是培叔给我们下的套，不可能完成，然后公司就用这个借口把我们处理了。总之这一周对我们来说风险很大，在拿到证件之前，我不想出什么意外。于是我想了个办法，跟阿生一起，利用那个叫倪蓝的女明星跟警方的关系，威胁警方不要把杨晓芳放出来。这样，我们就不必实施行动，可以避免被算计。"

韩舟停了停，没等闵良问又继续说："我们是这么操作的，拍了蓝耀阳的实时照片，趁着倪蓝在参加活动的时候给她发过去，把要求跟她提了。她要参加活动，就无法抽身追查我们。我们这个计划成功。倪蓝果然告诉了警察，杨晓芳就一直没被放出来。"

"那跟钱叔被查有什么关系？"

"我都说了说来话长，你别急，一切都是有关联的。这事情一开始我觉得很顺利，没想到倪蓝这人很厉害，脾气还不好。我们用蓝耀阳威胁她，把她激怒了，她认为我们真的要对蓝耀阳怎么样，于是她开始追查我们。她找到了我跟阿生的号码，她给我们发病毒，还追到了为民路的老宅那边。"

"那天正好老宅被内鬼制造了爆炸，炸之前内鬼还把培叔打伤了。我拼命救出培叔和阿生，但培叔还是断了气。那天我受了刺激，心里不好受，既不服气，也害怕。可能是公司想除掉我们，也有可能是黑虎帮。我觉得如果不除掉这个后患，我跟阿生就算逃了也不安全。于是我跟阿生把培叔埋了，转回来想查查这事。"

韩舟说到这儿看了看闵良，这回闵良没催他。

韩舟喝了一口水，继续道："但是我们回来后，我休息了一夜，脑子清醒后就后悔了。内鬼是谁我根本不知道，会不会阿生也是知情的，也参与了这事？我不敢问他，怕如果真有他的份，我会招来麻烦。不是他，我的质疑也影响团结，也会有麻烦。反正，再过三天就能拿到证件了，到时各自逃，也是要分开的。我想想还是得保险一点，我跟阿生别在一起，各干各的，这样会更安全。于是我给阿生留了字条，悄悄走了。但我走的那天就被倪蓝抓住了。"

闵良冷笑了下："这么巧？"

"对，就是这么巧。4月23日，也才过了没几天，我记得很清楚。"韩舟正色道，"那天警方和倪蓝他们都想抓我，但倪蓝抢先了一步。我表明我不会配合警方，被捕我什么都不会说的，反正说了也是死。倪蓝就跟警方协商，由她来管理我，让我交代。"

"倪蓝为什么要这么做？"

"大概是虚荣吧。我猜的。"韩舟道，"你到网上查查她。很狂妄的一个姑娘。喜欢引人注目，喜欢制造话题。也许她想证明这件事没她不行，想炫耀，找点存在感。但无论原因是什么，对我来说都是机会，只要我没被抓到局子里就还有机会。他们一开始想要培叔的手机，想通过上面的信息查找老板。我就用这个拖延着，我说我还得考虑考虑，两天之后给倪蓝回复。反正我在他们的监控中，她觉得我跑不掉，想让我心服口服好好配合，就答应了。"

韩舟挪了挪坐姿，扯动了伤口，他"嘶"的一声呼痛，捂了捂伤口位置，这才继续说："我想着拖过两天，阿生就能拿到证件。如果他真的与内奸这件事无关，那他可以远走高飞，我这做兄弟的也算为他尽了力。他走之后，我也会找机会逃。那时候警方和倪蓝可都不知道假证这事，我一点都没说。可没想到，阿生居然闹到金孔雀那里，据他所说是要通过我相识的一个姑娘找我，他认为我跟那姑娘有感情。我在那边想尽办法拖时间，保护他的退路，结果他闹这一场，被警方盯上了。"

韩舟顿了顿，看着闵良的眼睛道："是阿生泄露了钱叔的事，不是我。"

闵良微皱眉头不说话。

韩舟道："我听到阿生有危险的消息后，便跟倪蓝一起去他的住处救他。当时情况危急，一边是警方一边是金孔雀。金孔雀也是公司的势力，我担心金孔雀的目的是杀掉我跟阿生这两个漏网之鱼。把阿生带出来之后，阿生说了一堆理由，他说他提前去了取假证的地方被金孔雀的人抓走，钱叔这边有内鬼，当时倪蓝听到了。倪蓝离开后，我赶紧用淘宝给钱叔发消息，我当时没多想，只关注钱叔这边内鬼的事。这些你都可以问钱叔，我跟他聊了什么，如果我要出卖他，何必扯那些。"

"那第二天你怎么知道警方要盘查？"

"因为倪蓝又来了。她把我抓到屋里审了一顿，她说阿生在她身上放了窃听器，她问我阿生为人怎么样，在这些事里是什么角色，又问假证的事。他们似乎抓到了阿生的很多把柄。我跟她绕了些圈子。后来她让我出来，又把阿生叫进去了。我觉得情况不太对，所以趁那会儿工夫赶紧给钱叔发消息，向他示警。那是我跟钱叔最后一次联络。"

"你的意思，是阿生向倪蓝和警方告密了？"

"他真名叫邱寺。我没有亲耳听到他告密。但既然不是我出卖了钱叔，只有他了。他还一直在对我说谎。而且所有的麻烦都是因他而起。好端端的，他为什么提前要去取证的地方？他说被金孔雀控制了，逼他去打探消息，那金孔雀为什么不限制他的自由，反而在警方盯上他之后才有所行动？"

"他为什么要在倪蓝身上放窃听器，是谁支使他的？倪蓝这人可受不得半点威胁，他来这招，肯定把倪蓝惹恼了。倪蓝会逼问他，会用警方威胁。阿生想拖延过去，就得交代一些重要的事。就比如我，为了不被警察带走，我把培叔的手机交出去了。阿生呢？他有什么筹码？"

闵良看着韩舟，好一会儿没说话，然后他道："阿生说是你出卖了钱叔，说你一直在骗他。你原本就是警方的卧底。你的老大阿光被培叔发现了，而后的一系列事情，都是你为了配合警方的调查弄出来的。你出卖钱叔也是计划里的。"

韩舟听得愣了好一会儿，显得非常惊讶。然后愤怒慢慢在他脸上积聚，他猛地蹦了起来："妈的！他敢跟我对质吗！老子当着他的面说过，内奸的事不是我干的。当初培叔抓到内奸阿猛的时候我和他都在旁边看着呢。

"我是服气阿光，我当初跟着他干是挺痛快的，但老子不知道他是警察啊！阿生才是叛徒！我如果是警方的卧底，我为什么还要给钱叔报信，我疯了吗？我为了不给钱叔惹麻烦，我连证都不要了。

"之前还想着留后路，让钱叔帮我换个地址送货，但我不知道什么时候安全，所以没定时间，你可以去问问钱叔！第二天我发现情况不对，我怕钱叔暴露，我连证都没要。如果我真是卧底，我不只不会给钱叔报信，我还会让钱叔安排送货，这样抓个现行，不正好吗！"

韩舟越说越气，气都喘上了。他捂着伤处，似受不了痛又坐下。

屋子里没人说话，都看着他。

韩舟缓了一会儿，问闵良："钱叔现在怎么样了？"

闵良没回答他，却问："既然你这么不相信阿生，为什么还要跟他演戏，你假装很关心他的样子，假装说自己去见小红引开警方的注意力，让他去平安南路取证。根本没有证，你骗了他。"

韩舟盯着闵良："看来阿生跟你们说了不少啊。你们信了？钱叔信了？呵！"韩舟冷笑一声，"我就是个傻子！我刚才说了，我没亲眼看到阿生告密，我只是怀疑，觉得风险很大。我向钱叔示警是义气，我掩护阿生离开也是义气。我告诉他去平安南路不是取证件，是拿钱。"

"我在那里藏了一笔现金，可以跑路用，我跟他约定我也会在去见小红的路上找机会跑，跟他会合。你们可以去看看去，我给阿生的地址那里是不是有钱！我也是最后给他一次机会。他如果拿了钱等着我，那证明前面我觉得他参与内讧的事是我错了，可如果他没有，还在继续捣鬼，那从此之后我不会再管他。"

闵良又不说话了。

韩舟道："结果他没去拿钱，他跑了。他去绑了一个人质。而在小红那边等着我的，是一个狙击手，准备爆我的头呢！这个阿生告诉你们了吗？我还卧底呢！我没被狙击手杀掉，转头就被警方怀疑我跟阿生同谋绑架人质，怀疑后面还有阴谋，还押着我去追踪。追个屁，我什么都不知道！"

韩舟拉起衣服，指着自己的伤："打偏一点就是要命的！钱叔是我最后的希望，我撑到这里，想找他救命，你们却说我出卖他！阿生给老子捅的娄子一个接一个，背后还捅刀子。老子不会放过他的！"

屋子里一片安静，只有韩舟的喘气声，闵良放在茶几上的手机忽然发出声音："韩舟。"

韩舟吓了一跳："钱叔？"

原来这屏幕倒扣着的手机居然一直是通话状态，还开着免提。

闵良把手机拿出来，唤了一声："钱叔。"

钱叔"嗯"了一声，道："我都听到了。你跟阿生，必定是有一个在说谎，你要跟他对质吗？"

"我可以！他敢吗！"韩舟应得果断。

"我给你安排。"钱叔说完，挂了电话。

在韩舟这边潜入仓库的这段时间，警方其他该做的调查也没有停下。任何一点新发现也许都会帮助判断"秃鹰"的信息，能推进侦查进度，减少韩舟的生命危险。

黎峰调查清楚何新洁的房产情况，并联络上了何新洁的父母。

何新洁的房子138平方米，一次性全款支付，加上装修花了200多万。现在是何新洁父母在居住。

黎峰带了一个同事，深夜上门拜访。

警察上门，又是为了女儿而来，何新洁父母赶紧给女儿打电话。但何新洁的手机关机，两个老人家有些紧张。他们只知道女儿出差去了，但不知道具体去了哪里。

黎峰便从何新洁的工作和经济情况问起。

何新洁父母对女儿的工作情况并不了解。只知道在一家外贸公司做翻译，听女儿说一个月能挣一万多，老板很大方，但女儿要经常出差。

老两口并不知道房子是全款支付，他们一直以为女儿贷款买的。看女儿平时不怎么节俭，还买名牌，他们觉得可能是工作环境需要，担心女儿压力太大。为了减轻女儿的经济负担，他们平常生活也挺节俭的，存了一些钱，还打算多存一些后跟女儿说提前还贷，减少些利息。所以当他们知道房子没贷款，非常吃惊。

老爷子脸色当场就不好了，似乎有一些不好的联想。

黎峰机警地问："何新洁常出差，都是跟谁去的？她有没有提过她的老板？"

何爸爸不说话。何妈妈道："我也担心过她的安全，毕竟一个单身姑娘总得出差，但她说没事，同事也是女的，她也不是单独出去，互相是有照应的。她没说过她老板。她在家里不说工作上的事。以前我们问过，她说我们不懂，又说上班太累了，回家还要聊工作的事，心烦。"

黎峰便又问何新洁出差的频率，何爸爸还是不说话，何妈妈犹豫了一会儿说一个月怎么也有半个月在外头。

黎峰继续往下问，但何新洁的父母对女儿真的不太了解。他们是从家乡搬来的，女儿买好了房，不想他们在乡下太累，把他们接了过来。他们对女儿的交友情况并不清楚，也从未见她带朋友、同事回家。

黎峰倒是问出来了何新洁过去的情况。何新洁的表舅在一家旅行公司做经理，那公司专跑东南亚的线，所以她舅舅让她在学校里选修了泰语什么的。她二十三岁大学毕业，就去了表舅的那家公司做导游，其间还交了个男朋友。

工作了五年后，那公司倒闭了。何新洁就跟男朋友一起创业，说好了一起开家东南亚小吃店，同时也准备结婚。但是店开起来后，两个人因为对做生意的想法不一样，闹到分手。何新洁就自己经营那家店，跟男友也分分合合，最后彻底掰了。何新洁的生意也起起落落，一开始赚挺多，后来同类型店多了起来，何新洁又遇到一些食品卫生的投诉，房东又要涨租什么的，最后店也关了。

再后来是买房前一年，何新洁说她找了份新工作，给一家外贸公司做翻译。转年就把她父母接到城里来了。新房新装修，一副事业有成的样子。

黎峰速速把调查的情况报告了。

欧阳睿与刘综迅速讨论了一番。这里面还是有问题。

据此推测，赵兴是阚苒玉失踪那年走出大河村向外开拓自己的犯罪"事业"的，金培树是在此两年后离开，两个人组了队。金阳商贸早在何新洁买房十年前就注册成立了，而何新洁在买房前一年才入伙，可在金阳注册之前，包括金阳成立后何新洁入伙前的这九年，都是"鹰巢"积极跑货源、创渠道的发展期，那时候的翻译才是真正的亲信。

而这个翻译，也跟化名刘洪江的赵兴一样，鬼魅一般，完全没有痕迹。

刘综与欧阳睿沟通推断案子细节时，临水镇有了新情况。赵兴的表弟彭顺连夜出逃，被一直监视着他家的警察逮个正着。

之前彭顺否认一切，但其实心里发虚。他悄悄跟朋友们打听，听说警察也查到朋友们的家里，还有人把彭顺有钱的事说出来了，大家私下都在讨论彭顺。彭顺一下子就慌了。他赶紧跟家人商量，最后决定连夜出逃，若警察再上门，就说生急病去市里看医生了，拖过一阵子再说。

彭顺没想到警察不但调查仔细，还这么辛苦蹲在他家门口守着。彭顺被带回局里，他受不了这心理压力，很快招供。

彭顺先为自己辩解，说他这半夜出去不叫出逃，他就是避避风头，因为他真的什么坏事都没干，但他怕警察误会他，认为他干了坏事，把他抓回来拷打虐待。听说不少人就是这么被打死的。所以他也不是要离家再不回来，他就是避一避，等警察查到别人头上，没他什么事了他就回来。

彭顺说他当年还小，十来岁，确实跟赵兴他们到外头拐过人，他是负责跟人搭讪的。他个子小，大眼睛，看上去是个很乖巧懂事的小孩，所以那些大姐姐也愿意跟他说话，或者他接近抱小孩的大人，逗小孩玩，大人也不在意。

彭顺说他就出去过两次，搭完讪骗了人后头怎么样他就不知道了，但事成后哥哥都有给他一些钱，他并没有交给家里，全买吃的玩的了。再后来赵兴就带着一些人离开了村子，这些人里，包括阿玉。

阿玉跟赵兴走的事刘东知道。刘东作为阿玉"名分"上的丈夫脸面丢了，但大家都不敢惹赵兴，也不知道他们是不是会回来。知情的人就都不提这事，刘东还有一个老婆，也不追究。

过了一年多，金厚也走了。这两个哥哥是他当年最崇拜的，觉得他们特别厉害。所以当赵兴偷偷回村跟他联系，问他村里情况的时候，他是很高兴的。赵兴想知道什么，他都努力去打听。那时候正是政府对大河村严打犯罪大改造时期，赵兴主要是想了解有没有追究他的问题，都什么人被抓了，怎么判的。他还让彭顺在村子里传他在外头死了，彭顺都按他说的办。

赵兴那时给了彭顺不少钱，还给他买了BB机，方便联络。彭顺很高兴，很积极地为赵兴办事，有用没用的都告诉赵兴。大河村迁村时，刘东死了。彭顺赶紧给赵兴报信，赵兴还挺意外，问了挺多问题，他给了彭顺一笔钱，让彭顺好好打听这事。

刘综听到这里有些意外，这么听上去赵兴并不知道刘东"自杀"真相似的。于是刘综在这个地方多问了一些。

彭顺当年想要钱，也想到城里跟表哥挣大的，所以欲好好表现，当年的事他还都记得挺清楚。赵兴详细问了刘东的死法，还问了警察调查的结果。他还问金厚有没有找彭顺。彭顺觉得那话里意思似乎是金厚回村里了。但是金厚并没有联络过彭顺，彭顺有些失望。

后来赵兴再一次拒绝了彭顺来投奔他的请求，他说彭顺是他的好帮手，他需要彭顺留在村里。

"后来他还有没有找你打听什么？"刘综问。

"也没什么太特别的。"彭顺道，"后来联络得很少了。有了手机后，偶尔发发短信，我们都用短信联络。这几年连短信都不发了。"

"连短信都不发了？那就是完全没联络了吗？这有多长时间了？"

"几年吧，太久了也不记得了，反正好几年了。"彭顺答。

"那他为什么还给你钱？"

"不知道啊。"彭顺有些紧张，"真的。我不知道啊，我也没做什么。但

175

他给我我就要呗。你们可以去查，我真的没做什么。我也不知道他在外头做了什么。"

"金厚呢？他跟你联系过吗？"

"没有。"

"刘东死的那段时间，你除了听赵兴问金厚有没有找你，怀疑金厚有回来之外，有没有听其他人说过亲眼见过金厚？"

"金厚有个堂叔，当时我有问他，他说没看到，金厚没回来。但我觉得他在说谎，支支吾吾的。不过这人没过几年就去世了，癌症。"

"癌症？他到市里看病了吗？"

"是的。"

刘综问清楚姓名、年纪和病名。这病治疗费用可是一大笔钱。"他经济状况好吗？"

"没听说他有钱，他家几乎没地的，当时拆迁没分到多少。我也没仔细打听。"

刘综把这个人的情况记下来，嘱咐杨德天亮后去村里核实。然后刘综再问："赵兴喜欢把人吊起来虐待恐吓吗？"

彭顺有些迟疑："还行吧，没听说他有什么特别的喜好。"

"金厚呢？他们在村里欺负人的时候，都用什么手段？"

彭顺有些不太理解："什么手段？就是拿刀拿棍子拿铲子打呗，捡到什么用什么。"

"你认识阿玉吧，熟吗？"

"还可以。"

"你知道她被谁吊起来打过？吊着她的脖子，恐吓她不听话就吊死她。"

彭顺沉默了一会儿，支吾道："这个，我就不是太清楚了。那时候，在旧村子里，我当时还小嘛，反正我听好多人家都说，抓回来的小媳妇有不听话的，就吊着，吊一会儿，她们没力气，抓不住，慢慢窒息，她们就怕了，那时候又累又慌，什么都答应。反正家家都有梁，绳子都现成的。"

"所以是对那些拐来的姑娘这么干？家家都这么干？"

"我不知道啊。"彭顺急了，"我那时候还小，我又没拐媳妇。我后来娶了老婆，对我老婆可好了。我没这么干过。"

刘综审完彭顺，天都快亮了。

刘综心里有疑惑，按彭顺的口供，赵兴并没有预谋要让刘东死，反而金厚的嫌疑更大，而赵兴似乎并不知道金厚要这么做。

"上吊"这种死法，对赵兴和金厚似乎也没特殊意义。

刘综出去透了透气，这时候的气温很低，他缩了缩肩膀，但心里还挺振奋，有些真相呼之欲出，感觉就差一点点。刘综想起了季勇军喜欢站在天台上看天边，便也朝天边望去。

现在的天还很暗，但黑暗里透着蓝，似乎山后面的太阳在奋力挣扎，光明就要来了。

琉璃街。

那四个人进去有一段时间了。

所有参与行动的警员都绷紧了弦。

"那四人有交通工具，有谁看到他们的车吗？有没有机会安装上追踪器？"

"这里是'潜艇'二号，之前在兴宁路上琉璃街这一段观察到两辆可疑车辆经过，之后拐进琉璃街，没看到具体停车位置。车辆经过时间符合那四人进入仓库的时间。"

"这里是'潜艇'一号。那四人来之前有人在街头徘徊，现在那人还在那儿，疑似把风的。不建议靠近。"

"预报日出时间5点45分，如果要运走韩舟，很大可能会趁天亮前。请密切留意。"

仓库里。

钱玉德挂电话后，屋子里静下来。

韩舟看了看闵良："接下来呢？"

闵良把手机收起来："我先带你离开这里，然后等钱叔的吩咐。"

韩舟点点头："行吧。"

韩舟拿上了他的药，闵良却道："这些东西不能带。"

"没药我会死的。"韩舟道，"我感觉自己已经有些低烧了。"

"给你买新的，这些不能带。"

韩舟不说话了，他把药袋子一丢。闵良转身往外走，韩舟跟在他身后。

"这里是'潜艇'一号，有三个人出来了。他们留下了一个人看守'鸽子'。路口的那人确实是把风的，他朝仓库这边走过来，跟那三人有手势交流。"

"我是'戴胜'，那三个人里有'鸽子'。重复，那三个人里有'鸽子'。"

障眼法？

大家的心提了起来。这三个人跟走进去时装束一样，他们给韩舟换了衣服？

指挥中心里，有警员指着屏幕："'鸽子'的信号在动。"

关樊赶紧通知："这里是指挥中心，'鸽子'起飞了，确认'鸽子'已经起飞，盯紧这三个人。"

倪蓝盯着手机屏幕，她隐藏在屋顶的一个角落，韩舟不在她的视线范围，她只能通过定位的信号确认。现在她得跟上去了，走得再远些，信号就没了。

"那个把风的在巡查仓库周围，他在'戴胜'与'鸽子'中间。仓库里的两人随时可能出来。'戴胜'无法起飞，'戴胜'无法起飞。'"潜艇"一号的声音传来，他们透过望远镜，看到了仓库周围情形。

倪蓝悄悄探头看，这次她看到了韩舟。那三个人朝着街口走去，而那个把风的就站在她不远处。

街道宽阔，站在把风的那个位置看街上情况简直就是一览无余，倪蓝不能现在跟上去。但街口的距离，可远超五十米。

不一会儿，韩舟的信号在倪蓝手机和指挥中心的屏幕上消失了。

"'潜艇'一号，'鸽子'飞出琉璃街，超出观察范围。'"潜艇"一号的警员报告。他们站在一条街外的高楼顶上用望远镜观察，正对着琉璃街。但那三个人一直走到街口，拐了个弯。

袁鹏海盯着屏幕，这个钱叔比他们预料中的还要狡猾，难怪韩舟要这么谨慎。

通信频道里，有一小会儿的安静。

没人说话，因为没人看到"鸽子"。

这个城市，高楼太多了。就算站的角度再好，位置再高，也有被遮挡视线的时候。

"这里是'潜艇'二号。"突然，'潜艇'二号小组的警员叫了起来，"观察到可疑车辆。确认，是之前拐进琉璃街的两辆其中之一。黑色别克，车牌号码×××××××。正在兴宁路往东行驶。看不清车上有几人。"

兴宁路往东，黑色别克。

袁鹏海喊道："调取交通监控。"

操作员迅速敲打键盘调出画面。

"找到了，黑色别克×××××××，兴宁路由西向东，现在红灯停下了。"交通监控程序用红框将这辆车子的影像锁定，监控拍到了前座司机的半张脸，后座上有两个人，看不清样子。

绿灯亮了，别克启动车子，迅速开了起来。车速挺快，让大家的心都绷得紧紧的。指挥中心里，袁鹏海盯着交通监控画面里的车。

必须确认韩舟在不在车上。

"这里是'潜艇'四号，观察到可疑车辆，正朝我们这组方向过来。建安路，由西向东。"

"指挥中心确认。"关樊和指挥中心的其他警员也从交通监控里看到了那辆车。但所有的卡哨观察位都在高处，都看不到后座上的人员，必须到街上去。

"派辆车出去，确认车后座人员是否有韩舟。"袁鹏海下令。

"收到。"指挥车上，徐刚应了。"'潜艇'六号，确认定位，出发。"

指挥中心赶紧发位置指示出去。

"收到。'潜艇'六号确认定位，出发。"一辆停在路边的车启动起来，加速朝着建安路的方向前进。

黑色别克开得太快，跟踪车辆的速度也这样会引起怀疑。

"开红灯，拦住它。"袁鹏海看着画面。

别克在两个路口接连遇着红灯，他们都按交规停下了。

第二个红灯时，一辆白色轿车缓缓停在了他们旁边。司机朝他们车子看了一眼，车后座上的两个人都把脸转向车窗，认真看了那司机一眼。

司机若无其事地把车停稳，不再留意别克。

过了一会儿绿灯亮起时，那辆车正常行驶，而别克迅速加速，很快把那车甩到了后头。

"已确认。后座上有'鸽子'，状态良好。没看到强制措施，没看到枪械武器。""潜艇"六号做出了报告，大家顿时松了一口气。

"各单位注意，查收频道资料，全力盯紧这辆车，'鸽子'在上面。"指挥中心下指令，"'潜艇'六号，下个路口与别克错开车道。"

"收到。"

徐刚松了一口气，他给欧阳睿打电话："'鸽子'没丢，还在路上，'潜艇'继续护航。"

第八章
32号仓库

欧阳睿此时在赶赴医院的路上。

小红苏醒了。医生说情况已经基本稳定，再观察12小时没问题可以转普通病房，说她是个生命力很顽强的姑娘。

虽然医生说现在小红的状态还不太适合问话，但欧阳睿还是要试试。

不久前，欧阳睿用小红遇袭险些丧命这事派人再次讯问江滨等人，还去了趟金孔雀，这次有了些收获。

之前一直不开口的妈妈桑听说小红被枪击，有生命危险，终于被撬开了嘴。她说小红是个蠢姑娘，在这个地方过得并不好。论遭遇她也不是最可怜，但就是蠢，蠢得让妈妈桑觉得心疼，平常就多照顾她些。

"怎么个蠢法？"

"就是还怀抱希望，很天真。她总以为会遇到一个英雄，带她脱离这个环境。但她除了被人骗走积蓄，重新陷入困境，没得到什么好处。但她还愿意相信别人。做这行，这么蠢可不行。"妈妈桑这样评价。

"被人骗走积蓄是什么时候的事？"

"一年前。"

"后来还发生过什么特别的事吗？"

"没有了。那客人跑了，小红也不可能报警。她消沉了一段时间，后来就好了，但还是蠢。"

"你说你有照顾她，怎么照顾的？"警员问。

"能不让她接客的，都尽量不让她去。特别是那种厉害的客人，她搞不定的。"

"那为什么培叔那边找姑娘陪他手下玩几天，让小红去了？"

"是老板江哥挑的人。培叔跟江哥说的时候我在场，培叔说要找四个听话的，他需要姑娘们盯着那几人每天做什么，要跟他报告。江哥就点了四个人，其中有小红，江哥觉得她胆子小，好使唤。我也没办法，只好嘱咐其他人看着小红一点，照应照应。后来她们回来说小红被打得最厉害，那四人里有个什么叫阿猛的，特别凶，神经病似的。还有一个叫阿勇的，不太爱理人，但有帮小红解围。小红就好像跟他看对眼了。后来那个阿勇果然又来了，我担心小红又被骗，还提醒她小心点。"

"小红今天早上从警局回来有什么特别的表现？她说觉得自己有危险，有跟你聊过吗？"

"是我觉得她有危险的。小红被那个叫阿生的殴打威胁，她跟我说了。江哥他们被你们警方带走后，我问了保安。他说那个阿生是江哥带进来的，不是从后窗偷爬的，我就觉得小红可能卷入了什么事情里。我去她屋里查看，发现她房间被人翻动过，还装了摄像头。我也不想惹麻烦，就装没看见，只假装帮她收拾收拾就出去了。"

"然后呢？"

"小红回来的时候我不知道，没能第一时间把她拦住。后来我把她叫回我屋里，问了问她情况，把我发现的告诉了她。她非常害怕。我就让她离开了。她前脚走，后脚就有阿生的同伙过来，我认得那人，叫阿关。我就招呼了他，但他不搭理我，只说找小红。发现小红不在之后他就走了。"

警员向妈妈桑亮出照片："是这人吗？"

"是的。"

警员向欧阳睿做了报告，欧阳睿为了不打草惊蛇，让暂时别动那个摄像头。基本的套路他猜到了。就像韩舟要杀杨晓芳一样，为了确认她什么时候回来，会偷偷装一个摄像头。阿关也是这样操作，也许因为江滨等一众人也被警方扣押，没人向他们透露小红行踪，也许他们要杀小红的事未经江滨允许。

他们看到小红回金孔雀后便过来打算实施计划，但小红已经离开，他们找不到小红，而邱寺从韩舟那儿得到了消息，给他们通风报信。于是才有了后头的事。

现在，小红醒了。

欧阳睿驾车去医院，想起妈妈桑说小红天真，总抱有幻想希望，但她一边骂着小红这种想法不对，太蠢，一边做了小红的英雄。

她救了小红一命，她还在骂小红蠢。

这点好像跟韩舟很像。

欧阳睿刚到医院，就接到了刘综的电话。

刘综把他那边审讯的结果和一些细节告诉了欧阳睿。欧阳睿有些意外："居然是这样？那彭顺认出赵兴的声音了吗？"

"他一开始说很像，后来说是。他也很多年没听过他声音了。但当年刘东的死他记得清楚，照他的口供，那就应该不是赵兴杀的。很有可能是金厚，也就是金培树。"

"金培树死于4月21日，那个老警察管怀被杀害是在4月23日。那个杀手阿关，在金培树死后还很活跃地执行任务。"

"所以阿关的幕后老板不是金培树。"刘综道，"欧阳，当初季队去世的时候，你判断说那是报复性行动，而非策略性的谋杀。"

"对。"

"我们一开始都推测刘东和管怀的死是被灭口，但也许不是。我现在觉得，很大可能也是报复。"

欧阳睿沉吟："金培树也是。"

"对。"刘综道，"这一切是从'火石'行动之后开始的。"

"火石"行动之后，黑枪交易失败带来了"鹰巢"崩盘。

如果金阳商贸的倒下是开始，那"火石"行动就像是"鹰巢"毁灭的高潮。

"秃鹰"的举动开始疯狂，破罐破摔。

但为什么呢？是因为不但有外面警方的压力，还有内部的背叛吗？这个背叛不是韩舟，是金培树和柳云？

柳云是赵兴的禁脔，赵兴为了控制她，与她结婚，与她生孩子。但金厚却用帮她杀掉刘东的方式讨好她，让赵兴戴了绿帽？赵兴很愤怒，但他需要他们，所以一直没有太追究这事。可在黑道事业遭遇毁灭性打击之后，他决定一个不留。

是这样吗？

那老警察管怀之死又是为什么？

是赵兴向柳云证明当初金厚帮她办到的事，对他来说也是小菜一碟？这是杀掉金培树之后，做给柳云看的一个泄愤和嘲讽手段吗？羞辱完了柳云，再杀掉她。

欧阳睿总觉得还有不对，还差一点才能揭开真相。

"我现在去找小红问话。"欧阳睿对刘综道，"她被谋杀不是报复，对方就是要灭她的口。她知道一些重要的事。"

倪蓝在屋顶被困了一会儿，简直气炸。

幸好大家没把韩舟弄丢。她耐心等着，在通信器里听到大家陆续报告着韩舟的动向。那辆车在带着韩舟绕圈子，似乎他们还没有决定要把他带到哪里。又或者他们还一直在试探观察是否有风险。

倪蓝从屋顶滑到另一边，避开把风的视线跃落地面，选了相反的路脱身。

警方的车把她接上，远远跟着载着韩舟的别克。他们与韩舟的距离远超出五十米范围，扫描器完全没信号，只能靠指挥中心指引方向。

别克车里，闵良还在跟韩舟问话："后来倪蓝怎么样了？"

"不知道。那些人当街开枪杀人，事情失控了。已经不是倪蓝能掌握的局面，她把我丢给了警察。我就一直被审讯，没完没了地问话，恐吓利诱，那一套你懂的。那时候我觉得完了。直到阿生绑架了一个人，被警察发现了。他们把我铐上，带我去现场。"

"带你去现场有什么用？"

"他们认为阿生杀了她，问我他会怎么做。当初我和阿生与倪蓝接触，就是因为我们接了培叔的任务，要杀掉杨晓芳。这个警方知道，所以他们怀疑我与阿生合作杀人多次，熟知他的行动套路。"

闵良道："阿生说这个倪蓝很厉害，很能打，还是个黑客。她总能找到你们。"

韩舟心里微微一沉，他看了闵良一眼，闵良也回视他。

韩舟忽然冷笑了一下："那我祝他被倪蓝找到。"

闵良不说话了，低头玩手机，似乎在发消息。

韩舟转头看向窗外，他看到玻璃上映着自己的样子，他盯着自己，面无表情，内心挣扎演练了很多辩解台词，最后他还是决定什么都别说。

少说少错。

不知道他过关了没有。

沙江边，因为河道管理处接到警方通报后进行了排查，他们有了发现，吴淳、黎峰带着警员赶了过去。

河道管理处一名姓何的经理领着他们到了一处河道边，那里没路灯，河堤比较陡，白天都很少有人到这一段来。有管理员和几个河道工人等在那处。"何经理，警官，就是在前面那个地方，我原本是想抽支烟，半夜里，太累了，架不住困，就走走。巡到这边，想找个暗地方方便一下。我平常也不这样，这次是走得远了，憋不住。然后远远看到的。看得不太清楚，但就是听到挺大的落水声。后来似乎有人跑上堤上的车道，很快有车子启动开走的声音。我过去看了看，没看到什么东西，就没在意，还以为自己听错了。"

吴淳走到江堤近处查看，向指挥中心进行了情况通报，申请排查那个时间点附近的交通监控。过了一会儿，指挥中心回复了，确实是邱寺绑架柳云的车辆。但目前他们没有找到这辆车的下一步踪迹。

所以邱寺到底丢下了什么？吴淳赶紧申请相关搜查部门过来配合。黎峰问何经理："能安排人协助我们实施打捞吗？"

何经理赶紧道："我这就打电话。"

主播田田半夜被自家老板李木一通电话叫了起来。

田田非常惊讶："什么？你说什么，让我现在上微博骂倪蓝？"

半夜三更招鬼吗？

"不是骂，是怼一下。就像老朋友那样。你现在的人设是跟倪蓝合作过一次节目后与她结下深厚友谊的可爱率直主播。"

"有吗？"

"有的。你本来的人设就是嘴贱可爱率直女主播。"

"不，我是说深厚友谊那一段。"那次节目就没什么正经交流，节目结束后也没联系过。

"她说有就是有的。你去吧。她发了微博，你去怼她一下，然后约她做个直播。"

田田："……"

怼完了还约直播？

李木道："直播的对话稿我发给你，你到时夹在镜头旁边，按顺序聊。一定要按顺序聊。"

田田："……"

拍戏吗？还要按顺序，这么严格的台本？

田田刷手机上了微博，倪蓝还真发微博了，她写的是："好不容易没我的事了，但只睡了一会儿就醒了，再也睡不着，心事重重，精神抖擞。"

田田不知道这话能怎么接，便找李木："木哥，这个怎么怼？"

李木恨铁不成钢："倪蓝还不好怼吗？随便拉出一条来都是梗。你就回她这么精神就跳舞呗，咱俩约个舞。"

田田忍住没吐槽这个梗都用烂了。还约舞，谁跟谁约舞？

田田按李木说的留言了，还转发到自己微博上。

过了一会儿倪蓝回复了："还是不要了，我怕你跳不过我。"

田田："……"

李木继续教："抢话抢不过你，跳舞还跳不过你吗？"

田田按这个发了。这次倪蓝回复很快："你一个当主播的抢话抢不过，你还有什么脸！"

李木道："可以了，约播。时间由她定。"

田田便给倪蓝回话："我客气客气，你还嘚瑟了。来约一下呗，再来我这聊聊，看这回你能说多少。"

"没谈钱我上你直播间会被经纪人骂。"

田田回了个大汗的表情，然后找李木："木哥，被拒绝了。"

李木回她："不可能，你继续聊着，她会定时间的。"

谁拒绝谁呀，蓝耀阳求他半天他才答应的。这都是为了对得起他那个好市民奖。这二蓝神肯定又干些鬼鬼祟祟的事情去了。

李木敲着电脑，调出水军系统，开始用不同ID在倪蓝和田田的对话里插楼，煽风点火。

"蓝蓝你不缺钱！"

"想看倪蓝直播，倪蓝的单口相声可以。"

"她的单口相声只有蓝耀阳的彩虹屁。"

"经纪人可以上直播间骂你，想看。"

"田田别请倪蓝，请倪蓝的经纪人吧。上回净是倪蓝吹蓝耀阳的彩虹屁，弄一期经纪人吐槽倪蓝的，这个人气特别高。"

此时的蓝耀阳正坐在车上，用手机登着倪蓝的号，他写道："那我经纪人都不用动脑子，直接念网友留言就够了。"

下面一众网友"哈哈哈"。

田田："……我会提前帮她打印好的。"

"不是，为什么你们都不睡觉？"蓝耀阳继续发。

"蓝蓝，你为什么不睡觉？"有网友问。

"优秀的人都睡得少。"倪蓝答。

网友又开始"哈哈哈"，"我们也是因为这个原因。"

然后倪蓝说："好吧，天都亮了。"

田田："那怎么了？"

"叛逆蠢蠢欲动。"倪蓝突然道，"趁我经纪人还在睡，赶紧的，我们玩几分钟。"

几分钟后，《田田不甜甜》直播间，田田和倪蓝连线了。

这种天刚亮的时间，醒着的人不多，但也足够多了。

许多人跑到田田直播间去看。

倪蓝的身后是豪宅房间环境，倪蓝素颜，穿着家居服。

田田对着镜头，像看提词器一样，跟倪蓝道："早知道你突然皮这么一下，我让平台帮我打个广告。"

倪蓝笑了笑，但算不上有精神。

田田又问："这是你家吗？"

"对呀。"倪蓝拿着手机照了一下房间。

"你家看上去很有钱。"田田开着玩笑。

"不能给你们多看，省得你们仇富。"倪蓝把镜头转回来。

"你经纪人醒来发现你又上热搜了会是什么反应？"

"她应该对我挺适应了。"倪蓝答，笑了笑，又恢复平常的样子，看上去其实并没有太开心。

"所以你怎么回事？"田田用朋友的口气问。

"什么怎么回事？"

"你似乎有些心事。"

"名人的困扰都比较多。"倪蓝道。

"你吹起牛来就让人放心多了。"

倪蓝哈哈笑。

田田看着台词稿子，说道："那你想做什么？"

"不想做什么，想做的事也不能做。"倪蓝晃了晃头，而后突然道，"哎，我听到蓝耀阳起床的声音了。先这样吧。"

倪蓝下线了。

田田瞪着屏幕，第一部分的台词就到这里结束，后面写着"田田自己发挥，可以说两句争取一会儿把倪蓝拉回来"的话。

田田就道："相比经纪人，明显倪蓝比较怕老板。"

弹幕里有不少人跟着田田一起调侃，还有叫田田再找倪蓝回来的。也有人问田田跟倪蓝的关系这么好，知不知道倪蓝这段时间究竟发生了什么事。

到这里就是田田的强项了，她一通胡说，拉进来很多别的艺人八卦。

钱玉德接到了小弟的电话，他们发现倪蓝没有参与警方的这次行动。韩舟确实被警方拘留审讯，而后被带出。

"倪蓝应该知道韩舟逃脱的事了。她昨晚被拍到高高兴兴地回家，但刚才在网上出现，还被朋友拉了直播了一小会儿，似乎心情不太好。她现在在家里。"

钱玉德挂了电话，看着面前的人："没什么问题了，我让他们过来。"

载着韩舟的车子驶向了市南。

天已经大亮，路上的车辆多了起来。这对警方的跟踪有利，他们开车潜入了车流中，离黑色别克近了许多。但周围人群多了起来，也意味着任务的风险增加了。

倪蓝坐在一辆警方车子的后座上，隔着两辆车跟着别克，她的追踪扫描仪上重新出现了韩舟身上芯片的信号。

车子一直往前开，指挥中心已经看到了韩舟车子的目的地。

南城农贸中心。

这是市里最大的农贸交易中心，蔬菜、水产、肉类、河鲜等产品均有，既批发也零售，是传统旧市场加上附近老街经年发展出来的，占地广，交通堵，人流量巨大。

现在这个时间点，正是这市场最忙碌的时候。

"他们可真会找地方。"徐刚马上部署安排人员位置，指挥中心也马上联络农贸中心的管理单位。

市场周边的交通并不通畅，监控设施有限，加上人流穿梭，声音嘈杂。

黑色别克朝着人多的地方开，很快就被堵住走不动了。

路窄人多，车子寸步难行。

过了一会儿，倪蓝道："'戴胜'报告，'鸽子'在移动。"

车子还堵在那儿，但后座的人已经离开了。

欧阳睿赶到病房，小红又睡着了。护士说她听说警察要来，就不愿意吃药，怕睡着了，结果还是睡着了。

"她很虚弱，需要休息。"

"能叫醒她吗？我就问几句话，很重要。"

护士想了想，答应试试。

小红一推就醒，她似乎就在沉睡的边缘挣扎着，她看到欧阳睿有些激动："他好吗？他受伤了吗？"

欧阳睿想了想，道："他暂时还不能来看你。"

"对不起。我不想害他。我没想到会这样。我没做什么，我只是想离开。"

"小红，我得问你一些问题，这些问题也关系到韩舟的安全。你要如实回答我，好吗？"

小红点点头。

"你认识杨晓芳吗？"

小红答得很快："不认识。"

"那你认识一个跟她长得挺像的姑娘吗？"

小红皱着眉头，她张了张嘴，没说话。

"小红，这问题很重要。你差点被杀害，韩舟差一点丧命，都是因为这个。"

"因为这个吗？"小红惊讶得瞪大眼睛，"我就见过她两次。"

"她叫什么名字？"

小红犹豫了一下："她说如果我说我们见过，她会有危险，我也会有。"

"她叫陈欣吗？"

小红又惊讶："是的。"

"她已经死了。"欧阳睿看着小红震惊的表情，道，"是车祸，她两年前就去世了。"

小红缓了好一会儿才回过神来。"我不知道。我其实就见过她两次，跟她没别的联系。"

"她发生了什么事？你们怎么认识的？"

"两年前，我刚到金孔雀没多久，还在适应那里的生活。有一天，陈欣偷偷溜进来，我发现她鬼鬼祟祟的，以为她也是那里的新姑娘，我担心她被保安发现会被江哥打，我就帮她藏了起来。然后我们就聊了聊。"

"聊了什么？"

"就聊了她不是这里的姑娘，她好奇夜总会是什么样的，就来看看。我要掩护她离开，结果她又问我金孔雀是做什么的。我当时以为就是夜总会。结果她说不是。她问我怎么会在那里，我告诉她我太蠢了，我借了高利贷。她还挺同情我的。我们躲在楼后面聊天。她想打听一些事，比如老板是谁，但我那时什么都不知道，她也就算了。"

"她知道金孔雀不只是夜总会？"

"嗯，听她意思好像是这样。"

"她还说了什么？"

小红道："第一次就差不多是这样。然后第二次我是在医院门口见到她的，那差不多一个月之后吧。我当时被客人打了，陆姐带我去医院看伤。陆姐去帮我拿药的时候，我在医院旁边的小花园看到了陈欣。我当时很害怕，就坐那儿哭，转头看到旁边也有姑娘哭，就是陈欣。"

小红说得挺慢的，有些费劲，欧阳睿耐心等着。

"我们俩看到对方都有些惊讶，然后又聊了起来。她手上拿着检验报告，她说她怀疑自己是妈妈出轨的结果，就偷偷来做DNA检测，那医院旁边正好有一家做鉴定的。结果她不是妈妈情人的孩子，而她的血型也不是妈妈的孩子。她说她觉得妈妈很可怕，妈妈一直对她说谎。"

陈欣的妈妈？那就是柳云了。欧阳睿赶紧问："她有没有提她妈妈说了什么谎？"

"她没细说。但她问我是不是还在金孔雀。我说是。她就嘱咐我千万不要跟任何人提起见过她，别说她去过金孔雀。不然她跟我都有危险。她还告诉我有机会就快离开，那地方比我想象中的还可怕。"

"她提过她爸爸吗？"

小红想了想："我问她了，她说她不是妈妈亲生的，我就问她爸爸呢。她说她爸爸早死了。她以前不知道，后来她发现妈妈根本没申报过她爸的死亡证明。她爸死后，她们还搬过家，她妈妈还把她爸的东西都处理没了。她还以为妈妈是太伤心，结果后来她发现不是。她说妈妈恨爸爸，她觉得自己完全不认识妈妈了。"

欧阳睿恍然大悟，他赶紧给袁鹏海和刘综打电话："赵兴已经死了。"

什么中年男人的嗓音，每年没停过的汇款，本人却从来没有出现过真颜。那些疑团都有了合理解释。

那些故意泄露的线索，不过都是为了掩盖这个事实——赵兴已经死了。

在他发现柳云与金培树联盟之后，在他发现这两个人瞒着他杀人之后，两边肯定是起了激烈冲突。

"鹰巢"是赵兴建立起来的，他才是正牌老大。他手底下也势必有真正忠心追随他的兄弟。金培树和柳云断不敢让其他人知道赵兴死了。他们稳住了兄弟们，继续经营生意，然后慢慢把老人处理干净，一点点把赵兴的势力铲除，培养自己的人马。

他们还有计划弄一个新的组织，让"金阳帮"彻底消失，以绝后患。他们得有一个新公司，于是有了金孔雀。

但在这个势力交替的过程里，"鸽子"出现了。

原来如此。

金孔雀，就是黑虎帮。

金培树以为自己是老大，但其实不是。他一直在死亡报复名单里。

小红果然是值得灭口的重要人物。她是真相握在手里的王炸。谁也不知道居然会有这张牌，但被韩舟无意间撞破了。韩舟误会了，且在不经意间给了"秃鹰"提示。

"得想办法通知韩舟，他还不知道自己要面对的是谁。"

韩舟跟着闵良，在人群里左拐右转，穿过市场最热闹的菜肉零售区。周围嘈杂混乱，人头攒动。

指挥中心的大屏幕上，韩舟的信号亮着。但现场的人员都提着心，人太多了，太容易把他弄丢。

韩舟一边走一边小心观察。闵良也是一样。

韩舟观察到闵良的表情，觉得周围也许还有他们的小弟在把风。

然后韩舟看到了邹蔚。

邹蔚穿着家居便服，头发松松绑了个马尾，肩上挎着个廉价的单肩包，手上拎着装菜的塑料袋，完完全全一副买菜姑娘的打扮。

韩舟的心顿然跳得快了起来，血有些热。

是警察啊！

从他离开指挥车开始，他就不知道警方在做什么。他们是否跟着他，他们是否知道他换了衣服被带走，他们又是否跟得上那一直在绕圈防备的轿车。

现在，他确定了，他们一直在。

韩舟忽然有些想笑，什么时候开始，他竟然会高兴看到警察。

邹蔚转头，目光与韩舟一碰，然后她两次往上拉了拉自己的挎包，手握住包带又松开。她的掌心里，有一颗小巧的比硬币稍小一些的小玩意。

定位窃听器。

韩舟若无其事转过头，继续跟着闵良走。

邹蔚拿出手机一边低头看一边朝他们方向去，与韩舟擦身而过时，她掌心里的定位窃听器到了韩舟手里。

闵良朝邹蔚看了一眼，邹蔚镇定地转到旁边一家摊位前选水果。

"信号正常，声音正常。"关樊在指挥中心里与大家通报。

市场嘈杂的环境音从监听器里传了出来，有不少人的声音，但听不清楚。

袁鹏海在一旁打电话，关樊转头看了看。她听到袁鹏海道："不，我们没办法向他传递太复杂的信息，他一直被人盯着。刚才尝试向他传了个监听定位器……"

袁鹏海说到这儿转头看了看关樊，关樊点点头，轻声道："成功了。"

"他接受了，成功给他了。但暂时也只能做到这样。对方非常狡猾，警惕性很高。"袁鹏海道，"只能让一线人员随时准备着，寻找机会。"

关樊这时候报告："'鸽子'被带到室内市场了。'潜艇'一号和'潜艇'三号都跟丢了。"

袁鹏海皱了眉头。

关樊道："在他们进室内后有一部拉货推车在市场门口倾倒了，水果蔬菜撒了一地。引起了聚集混乱。"

"他们察觉了？"

"估计是预防性策略。现在监听器收音还正常，杂音少了。听上去他被带到人少的地方去了。定位信号也还有。"关樊道，"植入芯片和监听器位置显示一致，应该没被察觉。"

袁鹏海对电话那头道："'鸽子'离目标越来越近了。我们来不及再传递什么消息，得靠他自己。找到证据，欧阳，光靠推测不行。找到证据。"

一个警员在一旁接听电话，听了一阵后转头对袁鹏海道："袁局，他们捞出行李箱了。那里头有具女尸，是那个翻译何新洁。"

袁鹏海精神一振，柳云被绑架案是假的，又是颗烟幕弹。

袁鹏海把情况告诉欧阳睿，接着他挂了电话，嘱咐关樊："通知各单位，柳云有高度犯罪嫌疑，她很有可能主导了一切。如果发现她的踪迹需高度警惕。"

韩舟很警惕地跟着闵良穿过室内市场档口，走进了市场办公区。他刚才看到了弄翻推车的情景，他沉住气，没说话。

闵良也没说话，看上去对他的沉默挺满意。两个人上了一部大货梯，下到了地下室。

地下室是物流中心和仓库，韩舟没来过这里，他看到一辆又一辆巨大的货车、厢车，还有不少搬货来往的工人。

这地方真的大，还很吵。

韩舟又走了许久，越往里人就越少。一个管理员打扮的人看到闵良，对他们点了点头，带着他俩再走一段，然后在一间仓库前示意他们停步。

管理员推了仓库门，里面空无一人，管理员对韩舟道："进来。"

韩舟看了一眼闵良，闵良轻轻推了他一下，韩舟走进去了。

监听的众警均皱眉，大家隐约听到一个男声说"进来"，但是进了哪里？

徐刚在指挥车上看屏幕，韩舟的植入芯片信号已经消失，这表示他离倪蓝很远了。但窃听器信号仍在，在市场的西南方向。

可市场有三层，加上地下一共有四层，他们并不能确定韩舟的详细位置。

"能知道他具体进了哪里吗？"徐刚问。

他身边的技术员调出市场规划图，西南位置，且环境安静的，大概在第三层和地下室。第三层西南方是市场管理处，地下室的西南方是仓库区，这些区域都比较安静。

"刚才听到车子鸣笛声音，他们应该在地下室。"指挥中心这边，关樊迅速圈出了可疑方位，做出推测。

韩舟走进了仓库，那个穿着管理员制服的人把仓库门关上，然后开始给韩舟搜身。闵良在一旁看着，没说话。

那管理员搜得很仔细，但没要求韩舟脱衣服。他把韩舟从上到下摸了一遍，着重检查了口袋、领子、皮带和鞋，看了韩舟的嘴巴、耳朵，又让韩舟把帽子摘了，检查了帽子。

韩舟看了一眼闵良，闵良微耸了耸肩。韩舟冷笑了下。

一切检查完毕，韩舟道："不知道的还以为我要去见国家领导呢。"

众警顿时竖起耳朵，这是韩舟拿到窃听器之后说的第一句话。

他又被检查了。之前的沉默是防止怀疑？现在愿意说话表示过关了？

"接下来我们是要等吗？"韩舟问闵良。

闵良对那个管理员点点头，管理员很快出去了。

指挥中心屏幕上，植入芯片的定位信号忽然又出现了。倪蓝的声音传来："'戴胜'就位。"

徐刚一愣："'戴胜'在哪艘艇上？"

"'戴胜'独自飞的。"之前负责载倪蓝的警员答。

他们车子堵在外围进不去，倪蓝着急就下车了。警员也不知道这种明星人物是怎么戴个帽子口罩就能混入菜市场不被人认出来的。

徐刚："……"这个倪蓝，又来了。怎么在这种地方擅自行动。别人的脸暴露都没事，她那张脸被认出来行动就完蛋了。

"摄像头架好了。"倪蓝的声音又传来，"西南B区32号仓库。"

指挥中心和指挥车上同时收到了影像信号。

角度像是在屋顶梁架往下拍的。在这种地方能装上摄像头，徐刚觉得倪蓝属壁虎的。

摄像头拍到仓库门口，但没拍到里面的人。这一片仓库区挺大，但没什么人。

指挥中心这边联络市场管理单位的警员报告："管理处说那个方位的仓库是刚扩建出来的，水电基础还没有检测完毕，还没启用。"

这时候大家看到监控画面里有一辆货厢车倒进了那仓库，车头冲外，车身进了仓库一半。

看不到仓库里面，但能听到声音。

韩舟惊讶地看着倒进来一辆大厢车，厢车门打开，钱玉德坐在里面，旁边椅子上还绑着一个人。

那个人韩舟认识。

柳云。

阿玉。

柳云紧闭双眼，歪着头，似乎没有意识，也不知是死是活。

韩舟太惊讶，阿生跟钱叔是什么关系？为什么他绑架的人，会在钱叔手上？

韩舟脑子里乱糟糟的，他觉得阿生之前并不认识钱叔，阿生也不够格使唤钱叔。但现在韩舟忽然不确定了，事情完全出乎他的意料。

"怎么回事，阿生在哪里？不说对质吗？"

钱玉德道："换一种对质方法。"他拿出一把装了消音器的枪，递给韩舟。

韩舟瞪着那枪。

"阿生说，你是警方的人，现在不敢杀人了。所以，与其听你们俩吵架说谎互相指责，不如简单一点。你杀了她，我就信你。"钱玉德冷冷道，"只要你证明你没出卖我，我就帮你离开，而且我会确保在我的地盘上，阿生和金孔雀都不能伤害你。"

韩舟把视线从枪转到钱玉德脸上。他看着钱玉德的表情。

钱玉德又道："如果你证明不了，你知道结果的。"

韩舟知道。

这种情形下的规矩确实很简单。

不是她死，就是他死。

临水镇。

刘综在审完彭顺之后便有了新思路。得到欧阳睿的消息后，这个思路就更明确了。

原先的侦查，是朝着他们假定赵兴——也就是金阳商贸宋昌嘴里所说的刘洪江——就是"秃鹰"这个前提进行的。所以他们寻找的是赵兴的帮手。

阿关不是临水镇的人，按目前查到的讯息，他很可能以前没有来过，起码这两年内是没有他来本市的航班信息。而老警察管怀独居已久，别说阿关这样一个外地人，就是不熟悉管怀的本地人也未必能知道管怀的起居情况。

所以有人给阿关做好了前期工作，阿关只需要买张机票飞过来，转个车，到达后等待机会动手，之后马上离开。

如果这个帮手不是帮赵兴的，那侦查的人群方向就不一样了。

刘综找来夏武："当年村子里跟阚苒玉情况类似的姑娘还有谁？被拐卖来的，逃过但没逃掉，跟着男人们一起出去作案挣钱，现在还留在镇上的？或者原来跟阚苒玉关系好，但后来在你调查，以及政府清查大拐卖时，却没提阚苒玉的。"

夏武记不清了，他领着杨德去翻他那一大箱子笔记本去。

刘综再次找黄香如问话："阿玉除了你之外，跟村子里的哪个被拐来的女性走得近？她从前跟你有没有特别提起谁？"

黄香如想了好半天："她没跟谁走得近，她在村子里名声很不好。大家不敢跟她走得近。"

刘综换了个角度问："还有谁跟她一样名声不好的？"

黄香如摇头："应该没有了。"她顿了顿，"有我也不知道，我在刘家并不自由，后来才慢慢好些。已经有一个阿玉了，刘家怎么可能让我再接近别的名声不好的女人。"

刘综沉默了。他想了想，再换了一个角度："刘东自杀前，跟哪个女人走得近吗?他失踪那两天,你是否曾经想过联络哪个女人能找到他?"

黄香如脸色变了变,沉默了。

刘综观察着她的表情,继续追问:"刘东有情人吗?那种可以把他约到空无一人的未装修屋子里的女人。"

黄香如终于答道:"不算情人,但确实有些勾勾搭搭的。"

"是谁?"

"她叫林月。从前也是被拐来的,她丈夫死得早,她成了寡妇,之后就到处跟男的眉来眼去。"

刘综关注到了重点:"她是寡妇?她丈夫什么时候死的?"

"大清查之后没两年吧,好像。她丈夫死了之后,她家就剩下婆婆了。婆婆也管不了她,还靠她养活呢。她就开始在外头勾勾搭搭。"

"她丈夫怎么死的?"

"生病吧,不清楚。好像是突发心脏病之类的。"

"她丈夫叫什么名字?"

"陈泰石。泰山的泰,石头的石。"

刘综记下来了,又问:"大清查的时候,找到林月的家人了吗?"

"有的。她家人来了,但她想带两个孩子走,她生了一个女儿一个儿子。她家人不太愿意,但也有些心软,可是陈泰石很凶的。这村里这么费劲娶媳妇就是要孩子,想带孩子走就是要他们的命。陈泰石拿了斧头坐门口,一个都不准带走。林月闹了很久,还闹自杀。她哭孩子哭,当时村里人都看着。这事得折腾了小半个月吧,最后她选择不走了。她家人离开了。"

"然后过了没两年她丈夫突发疾病死了?"

"对。"

"但是她没有离开村子?"刘综问,"这次还有人会拼命阻止她带走孩子吗?"

黄香如愣了愣,摇头:"不清楚,她家的事我也只是听村里人议论。没听说她后来再闹着要走的。"

刘综赶紧找夏武和杨德,让他们重点查查这个叫林月的。

南城农贸中心,地下物流仓库。

韩舟问钱玉德:"要在这里动手吗?"

"对。"

"被发现了我们全完蛋。为什么要在这里?"

钱玉德道:"装了消音器,你动作快一点,根本不会有人发现。"

韩舟接过枪,却继续问:"我不明白。阿生呢?钱叔,你是被他骗了吗?他绑架了这个女人，警方正在追查他。他们昨晚押着我就是想找到这个女人的尸体。他们认为阿生已经杀了她。最后尸体在你手上，你就是替罪羊啊。"

正在监听的警方顿时提高了警惕。

"各单位注意，柳云在农贸中心地下室出现，状况不明。邱寺没出现。"

"从外围C区开始实行交通管制。通知市场管理处，让地下室物流中心的车队和物流公司停止作业，理由是要进行消防检查。'潜艇'三队负责疏散地下室人群。一队进西南B区待命，二队从A区进入。四队、五队注意市场情况，邱寺这些人可能就混在人群里。"袁鹏海下令。

这是他们的行动方案之一，一旦有重要情况出现，第一步清空外围街道，不惊动现场，减少进入现场的人员，并阻断罪犯的退路。第二步确认现场情况后，疏导人流，确保群众的安全。

现在还不是进攻的时候。只是知道柳云出现了，而且钱玉德正要求韩舟杀她，这实在有些诡异。

是他们的推测和判断不对吗？还是事情另有隐情？

他们需要更多的现场信息。

但是现场的情况容不得韩舟再多说话，钱玉德道："韩舟，我再给你三秒。"

韩舟二话不说，举枪对着柳云扣了两下扳机。

"咔嚓""咔嚓"。

"我要是心虚，我怎么敢来。"韩舟理直气壮的。

监听的众警都愣了，枪装了消音器，他们一时也摸不准这是开枪了还是没开枪。

然后他们听到一个女人的笑声，柳云的笑声。

"挺有趣的。"柳云道。

所有人的心提了起来。

韩舟没有太惊讶，他冷冷把枪一丢："所以这么煞有介事地装上个消音器却没放子弹，你在搞什么鬼？阿生呢，让他出来。"

柳云坐直了，她身上绑着的绳子也是假的，她扯开绳子，丢在地上："你怎么知道枪里没子弹？"

"我不知道。反正打死你我也不介意。"韩舟道。

"这里是'潜艇'一号，已进入西南B区。这里有货车排成几排链队，对通道出入造成阻碍，只有车子，没有人。正在排查风险。"

指挥中心众警一愣。

正在市场管理处的警员赶紧协调，片刻后汇报："管理处联络不上现场管理员。"

"这里是'潜艇'二号，A区也有货车车链。"

徐刚突然大喝："马上撤回，后退！"

"砰""砰""砰"的几声巨响，货车突然爆炸。特警队员们迅速后撤。

转眼间，货车车链一片火海，把通道堵死了。

火警警铃响起。

楼里楼外的各商户和群众惊恐大叫，慌乱四散。

警队各队迅速汇报情况。

通信频道里，各种消息汇集而来。

关樊转头看向袁鹏海，袁鹏海皱着眉，沉思着。

徐刚的指挥车就离农贸中心不远，现在也没什么暴露不暴露的顾虑，正全速朝农贸中心开去。

"谁离'鸽子'最近？"

"'戴胜'。"

西南B区32号仓库。

钱玉德在韩舟发完脾气后对柳云道："好了，韩舟已经证明自己了，此事到此为止。现在，你走你的阳关道，韩舟交给我来处理。"

柳云笑了笑："韩舟确实证明自己了，他就是警方的人。"

她话音刚落，远处忽然响起几声巨响。

厢车震了震，仓库顶上的吊灯剧烈晃动。

钱玉德脸一沉，眼睛扫向韩舟和闵良："怎么回事？"

闵良也瞪向韩舟。

韩舟一脸惊讶，但他看的人是柳云。

柳云道："我说过他是警方的人。他身上有监听器。"

"不可能，我都搜过的。"闵良道。

"那有可能在你身上，你摸摸看。"柳云道。

闵良下意识地摸了摸口袋，然后他真在自己衣服口袋里摸出一个硬币大小的监听器来。

"'鸽子'暴露了。"关樊捏了捏拳头。

"柳云也是。"袁鹏海道，"她炸了车子，就算没警方跟踪韩舟，也把警察引来了。组织所有能调动的警力，把现场人员全部撤走。欧阳说得对，'秃鹰'是个报复心极强的人，每一场都是报复。柳云就是'秃鹰'，这里是她的终极复仇场。"

"'戴胜'报告，大厢车司机跑路了。"倪蓝的声音从通信频道里传来，"厢车依然堵在仓库门口，但是司机跑了。"

众警在倪蓝架设的摄像监控里也看到了画面。

倪蓝道："他们是不打算撤退了吗？钱玉德能同意？"

"徐队。"袁鹏海对徐刚道，"尽快打通通道。"柳云这简直是打算同归于尽的架势。

徐刚道："知道，已经在处理。"

"司机在往C区方向跑。"倪蓝道。

"C区在整修，封着楼板。目前与A区共用出口。"关樊迅速回复，"如果他不是不熟悉情况瞎跑就是知道什么新路线。"

"我去把他抓住问问。"倪蓝翻身从管道上跃了下来，她贴着墙，隐藏着自己的身形，压低声音道："我不会惊动32号仓库的。"

"可以。"袁鹏海批准行动。

倪蓝贴着墙朝着司机的位置靠近，她得等他远离32号仓库的视线位置再出手，她等了等，觉得时机合适，正待冲出去，忽然隐隐听到破空之声，那司机猛地一顿，倒在地上。

倪蓝瞬间缩回墙角紧贴墙面，抬头观察。

"狙击手。"

正在监听的众警还没反应过来，又听倪蓝继续喝道："司机被击毙。重复，司机被击毙。"

徐刚："！！！"

"你被发现了吗？"关樊忙问。

"应该没有。"倪蓝缩回至墙根。

徐刚："什么方位？"

"不清楚。"倪蓝掏出迷你望远镜朝四周上方观察，"在我现在的位置看不到人。但如果有警力冲进来靠近32号仓库，会在他的射程范围内。"

徐刚皱紧眉头，在特警那边的通信频道里通知了有狙击手这事。

倪蓝看了看司机，司机的脸正冲着她的方向。她拿出手机拍下了他的脸，传给了指挥中心。"可以查查他的身份。"

"收到。"关樊应了，把照片分给相应的警员。

仓库里。

闵良一脚踩碎了窃听器。

做监听的一名警员报告："窃听器信号消失。"

袁鹏海沉默，他们毫无办法。

钱玉德看着韩舟，眼神很危险。

韩舟摇头："我没法解释，我根本不知道这东西。现在也不是解释的时候，无论他们炸了什么东西，警察肯定在路上了。"

"把他绑上。"没等钱玉德说话，柳云先开口了。

钱玉德不反对，他丢出一根大号的尼龙扎带："带上他，我们走。"

闵良粗鲁地一把将韩舟按倒，把他双手反剪，扎带一捆一抽，绑严实了。

韩舟没挣扎，但他对钱玉德喊道："钱叔，你别相信她。阿生绑架她就是个障眼法，他当初就是偷偷放了窃听器在倪蓝身上，这是他们惯用的招数。不是我。"

钱玉德盯着韩舟，对闵良道："把他带上来……"话还没说完，柳云忽然掏出了一把枪，"砰""砰""砰"连发三枪。

一枪近距离正中钱玉德脑袋，另两枪打在闵良胸口。

钱玉德骤然倒下。闵良一脸不可置信，晃了晃，也倒下了，正好压在韩舟身上。一把小巧的弹簧刀从他口袋里掉了出来。

韩舟挣扎着，顶开闵良的尸体坐了起来，他吃惊地瞪大眼睛，对柳云喊道："你疯了吗！"

柳云的枪口对着他。

韩舟闭了嘴，他瞪着那枪，然后视线从枪口转到柳云脸上。

柳云看着他的表情，似乎在等他的反应。

韩舟没反应，面无表情。

柳云从厢车上跳了下来。

韩舟挣扎着站了起来，差一点被闵良的尸体绊到。他往后退，而柳云拿着枪指着他。两个人隔着几步远对峙着，最后柳云指了指仓库里的一把椅子："你坐下。"

韩舟迟疑了一会儿，坐下了。

柳云的枪没有装消声器。那三声枪响让倪蓝惊讶。

"仓库里三声枪响。"倪蓝向指挥中心报告。她等了一会儿，又报告："没人出来。没人驾车，没人离开。"

监听器已经没有了，没人知道里面发生了什么。

倪蓝衡量了一下自己的位置和现在的情况，然后她道："我去找找那个狙击手。"

"'戴胜'！"徐刚忙道，"你是目前在'鸽子'附近的唯一后援，你最好别离开。"

"我自己都没后援，我援不了他。"倪蓝道，"那仓库里面有枪。而我要进去就得把车子开走，或者从车顶、车底、车侧边挤进去。怎么进去都是靶子。而且还有一个狙击手在盯着，我没办法接近。韩舟知道自己的处境，他是抱着牺牲的决心去的。他的任务是把'秃鹰'引出来，而我的任务是定位他的位置，让你们能够抓到'秃鹰'。现在我和他的任务都完成了。我要去帮你们清除路障，你们赶紧滚进来。如果'鸽子'死了，别让他白死。"

通信频道里一片寂静。

最后是徐刚发沉的声音："明白。"

　

欧阳睿从医院出来就马上安排人手去小红说的那家医院旁边的检测中心查陈欣当年去检验DNA的事，然后他接到了袁鹏海的电话。

袁鹏海向他讲述了现场的情况，柳云的反常行为。

欧阳睿非常吃惊："她费尽心机伪造绑架案，故意让邱寺泄露行踪，好让警方看到她被绑走，这分明是为了撤退做准备。她想让大家以为她是受害者，她失踪了，死了，不再对她追究。现在她明知韩舟是卧底，又何必这样。"

"看上去就是自寻死路。但这后头绝不是这么简单。"

欧阳睿："是的，阿生为什么不在？他一直撑到了最后，执行了所有重要的计划，他见证了韩舟整个背叛他们的过程，一直互相演着戏。对付韩舟这么重要的事，他居然缺席？"

欧阳睿顿了顿，想起韩舟说的，时间不多了，昨夜里，或者不超过一天，他们肯定会跑掉。

袁鹏海道："去把钱玉德的那伙人抓了。半夜里领着人去仓库找韩舟的那几个，或者别的人，一定有人知道钱玉德的计划。他们必定没料到柳云会突然下杀手。现在群龙无首，他们会开口的，从他们那儿找出些线索来。"

"明白。"欧阳睿道，"柳云弄出这么大的动静，也许是为了掩护别人。我会跟刘综再联系看看，他那边有些进展。柳云是想拖着大家一起死，还是在帮别人找退路，事情到这一步，肯定会有破绽。"

"对，我就是这个意思。必须全部抓回来，不能放过任何一个。"袁鹏海道。

欧阳睿去抓人了。

刘综也在追捕的路上。

林月逃了。

临水镇警方查出了林月的从前和近况。林月是更早前被拐进大河村的，比黄香如还早两年。而那一年，是阚苒玉闹得最厉害的第二次逃跑。那次她逃了之后向警方求助，却被管怀以这是家务事的理由送回了刘家。阚苒玉遭到了毒打和虐待。林月和另外一位刚被买回来的新媳妇被"夫家"带去刘家看阚苒玉逃跑的下场，以示警告。

在夏武的笔记里，林月没有提及那次"警告"以及对阿玉的印象，但其他人的记忆和供述里有。有人记得林月刚被拐来时也是各种倔强不服，想要逃，但去了刘家看完阿玉的遭遇之后就老实了。

之后有很长一段时间，林月偶尔还惦记着阿玉，她问阿玉还活着吗。

后来，阿玉跟着赵兴、金厚他们出去干拐卖的勾当，带回别的新媳妇。林月听说后非常惊讶。再后来林月的丈夫陈泰石带着林月跟金厚他们也出去干过几票，当时林月怀着孕，他们觉得孕妇很容易骗到人。

至于大肚子的林月在外头是如何配合的，跟阿玉是否有交集，交情有多深，村子里的人就不知道了。因为林月回村后就等着生娃，生了娃就要带娃，还要干农活。像阿玉这样生不了孩子跟着男人四处走的绝无仅有。

在林月家里还有一事。就是林月丈夫陈泰石死后，她家里就没男人了。她与婆婆两人带着两个孩子，家中的地就被同族抢走。后来政府迁村赔偿时，林月家没分到太多钱。后来镇上分房子，林月家也只分到很小的一套。那一年，阿玉的丈夫刘东"自杀"。

之后没多久，林月婆婆也去世。林月带着两个孩子去城里，她在城里打工，孩子们就在城里读书。后来林月挣了钱，在城里开了酒吧，据说生意不错，她也时常回村里住一阵子，过着城里镇里两头跑的生活。但她的孩子们没回来。她说孩子们是城里人了，他们有他们自己的生活，但她忘不了大河村，她离不开。

巧的是，林月回镇子后卖掉了旧宅，说是嫌小不好住。她置换的房子正好是赵兴表弟彭顺家的隔壁楼，是邻居。两家还挺熟。

就在昨天杨德他们在村里做调查时，还遇到了林月，对她进行了询问。林月举止正常，有问必答，对警方非常配合，完全没让人怀疑什么。

警方找来黄香如问话，半夜还逮捕了彭顺，也没发现林月这边有什么异常。

可是就在早晨6点多，林月忽然急匆匆开车出了门，她邻居晨练看到她还问了两句。

这可不是什么理想出逃时间，这时间村子里活动的人挺多了，会有许多目击证人。而这个时间，跟柳云去农贸中心的时间差不多。

林月的嫌疑更大了。就像是柳云做了什么决定，通知了她一般。

杨德拨打了林月的手机，手机关机。杨德又拨打了她在城里的酒吧电话，没人接。他们没有她子女的联络方式，只得一边联络市里警局协助调查，一边申请交通部门调取相应道路的监控，追查林月车辆的踪迹。

最后交通部门查到林月车子上了高速，但不是开往L市，去的是邻省方向。

看起来，她有可能要去找柳云了。

刘综带人开车追捕，留下沈华继续调查。

第九章
砸烂地狱

32号仓库里，柳云举枪指着韩舟的头。

韩舟没动。他盯着枪口。

柳云绕着他慢慢走了一圈，走到了他的身后。

韩舟看不到她的位置和动作，他仍然不动。这个时候，还不能拿自己的命去赌。

然后他觉得手腕一紧，柳云用尼龙扎带把他绑在了椅背上。

柳云再转回他面前时，脸上带了些笑意，她的枪仍拿在手上，但不像刚才那样警觉了。她拉过另一把椅子，隔了一段距离坐在韩舟的面前。

韩舟假意挣动了一下手腕，没挣开。

柳云笑了笑，似乎挺高兴看到韩舟挣扎的样子。但她不说话。

韩舟借着挣扎的动作，把手腕挪到了裤腰带旁。他用手指尖勾了勾，触到了他刚才塞到腰带里的弹簧刀。

柳云眼睛一眨不眨地盯着他，韩舟不敢有大动作。

"你为什么这么做？"韩舟看了一眼钱玉德和闵良的尸体，"就算你躲得过警方，他们也不会放过你的。"

"我不这么做，你现在怎么会落在我手上。"柳云用枪虚点了点韩舟，"就差你一个了。怎么都找不到合适机会干掉你。我不想留下这个遗憾。"

"你是老板吗？"韩舟问。

柳云点头："金培树死后，确实就是我了。原本以为炸一次就能全了结，没想到你居然逃出来了。"

"阿生呢，阿生在哪里？"

"他不重要。"柳云道。

不重要？韩舟反而觉得重要了。

"你不逃吗？"韩舟问她，"给我一枪，一切都结束了。在警察来之前，你还有机会逃。"

"你真的挺会演的。"柳云啧啧两声，"是我见过最会演的了。"

"比起阿生来还差一点。"韩舟冷笑。

"阿生确实很优秀，是个好孩子。"

韩舟忍不住又笑了笑，觉得好恶心。

柳云认真看着他，看了好一会儿，道："你也挺不错。我原先很欣赏你，还有阿光。金培树尤其喜欢阿光。可没想到，原来你们竟然是这样的玩意儿。我如果想杀你，可能会赔上自己的命。因为你一定会带来警察。但我如果不杀你，你会骗过钱玉德，安安稳稳在牢里，说不定还会得到警方的嘉奖，从轻发落。而我亡命天涯，就算能东山再起，风光度过余生，依我的年纪，也会死在你的前面。"

韩舟看着她的眼睛，后脊梁发冷。

感觉就像小时候，弱小的他面对毒瘾发作的爸爸。

"我思前想后，觉得决不能放过这一次机会。"柳云道，"我本来应该悄悄走掉了。因为你进了警局，我以为没机会了。他们劝我没关系，钱玉德会收拾你的。我勉强同意了。但没想到，你还挺能忽悠的，居然能把钱玉德唬住。所以我回来了，我是为了你回来的。"

柳云顿了顿，盯着韩舟道："我必须，杀掉你。哪怕我也跟着一起死。"

这女人疯了。韩舟想。

难怪邱寺会向钱叔揭穿他，把什么都告诉钱叔，是因为他们想借钱叔的手杀掉他。如果他在钱叔那儿没过关，现在在柳云他们已经走掉了。

钱叔愿意相信他，然后钱叔死了。

韩舟下意识地再转头看了看钱玉德的尸体。他的心情非常复杂，难过且痛苦。

"听说他是你的恩人。你跟阿生说起他的时候，就像说自己亲爹似的。"

"嗯。"

柳云冷笑："那你真是狼心狗肺。"

"我确实是。"韩舟转回头，看向柳云，"不狼心狗肺怎么会干这行。"

柳云瞪着他，忽然面目狰狞，她站起来走到韩舟面前，"啪啪"用力扇了他两记耳光。

柳云手劲大，下手极重，韩舟被扇得脸歪到一边，痛得脸火辣辣的，耳朵嗡嗡作响。

"我不会一枪打死你的。"柳云道，"我忍辱负重这么久，眼看着就要熬过来了。我很快就可以彻底清理掉赵兴那禽兽的势力，然后杀掉金培树，风风光光站出来，我可以让所有人知道，我才是王，我可以把他们踩在脚底下，埋到地里去。可是这一切都被你和阿光毁了。"

柳云目露凶光："阿光怎么死的，你就得怎么死。给你一枪痛快？你想得美！"

柳云也不知从哪里摸出一把短尖的匕首来，她一刀捅入韩舟腹部，就在他原来的伤口上。

韩舟惨叫，痛得一缩。

柳云冷冷看着他，猛地拔出了匕首。

韩舟再次惨叫。

柳云满意地看着他腹部涌出的血，她看看匕首，坐回她的椅子上："也不是什么致命的位置，血可以流一会儿。我不会让你死太快的，你先缓一缓，过一会儿我再捅一刀。我知道警察在赶来救你，我们等等他们。"

韩舟眨眨眼睛，用力吸气。

柳云看着他痛苦的样子："你也尝一尝我当初的滋味，怀抱希望，但是一点点绝望。"她拿出手机摆弄，又道，"这里有炸弹，等警察到的时候，如果你还没咽气，可以看着他们死，还有，跟着他们一起死。"

欧阳睿派人分了两路，一路去钱玉德的店，一路去了钱玉德的仓库。抓回了几个人，其中一个是仓库管理负责人庞宇。

庞宇在闵良将韩舟带走之后一直留守在玉石仓库，很明显他是知情人。欧阳睿派人继续侦查，他自己着重审庞宇。

欧阳睿没什么铺垫，直接说钱玉德在南城农贸中心恐怕已经遇害。他出示了现场爆炸、人群疏散、道理封锁的照片和网上实时消息。

庞宇将信将疑，在欧阳睿的同意下给钱玉德和闵良打了电话。两个人都没接。庞宇顿时变了脸色。

欧阳睿出示了韩舟潜逃到琉璃街，庞宇他们几个进入仓库的监控截图照片，道："你们窝藏通缉要犯，协助他潜逃的事先放一边。现在恐怕你们钱叔被人当枪使了。也许很早之前就已经被对方盯上。你有两条路：配合警方，阻止更坏的事发生；或者让对方逃之夭夭，回头再来继续将你们灭口。你现在得选一下。"

庞宇慌了。事情确实超出了预料。他是奉命在仓库里留守，看看韩舟离开后这边会有什么动静。如果没有异常，他这边等钱叔通知，计划是会安排一批玉石从水路出去，到时把韩舟带上。

欧阳睿有些惊讶："钱叔的计划里，是要把韩舟送走的？"

"对。韩舟跑到琉璃街仓库，我就在监控里发现了。我赶紧通知了钱叔。钱叔之前收到那个叫阿生的人的报料，说韩舟早就是警方的人，从他带阿生去古董店那时起就是了。那个时候韩舟其实就是在探风，根本不是真的需要跑路。后面一连串的事，都是韩舟在帮警察侦查他们的情况，并收集钱叔的罪证。"

"他们是谁？"

"就是金培树那伙人。"庞宇顿了顿，"金培树也背叛了公司，所以他们老大把他们都处理了。"

"那阿生解释自己是什么角色？"

"就是他们公司的人。"

"阿生跟钱玉德联络的号码是多少？"

"我不知道。"

"钱玉德对阿生的报料什么反应？"

"钱叔将信将疑。就仔细问了阿生之前提前去取货地点被截的事。韩舟当时说钱叔工厂那边有内鬼，钱叔也确实抓到内鬼了，还把收买人的联络电话给了韩舟。"

"钱叔为什么要把收买人的联络电话给韩舟？"

"因为那个人收买内鬼就是要对付韩舟和阿生啊。钱叔的原则就是不插手不参与，帮派内部或者个人恩怨自己解决。钱叔只处理自己家的事。这么多年都这样，大家都知道的。"

"内鬼现在在哪里？"

庞宇犹豫了一下："我不知道。我是管仓库和送货的，工厂的事我不过问。"

欧阳睿这时也不追究这个，他继续问阿生与钱叔之间的沟通情况。

"阿生把事情说了，跟韩舟当初向钱叔报料的情况差不多。然后阿生说他要跟老板离开这里，他们是被韩舟害的。韩舟现在被警察带走了。韩舟是警察的人。阿生说他临走之前警告钱叔一声，韩舟这人太忘恩负义，他看不下去，所以他告诉钱叔，千万不要再相信韩舟。警察暂时没查到什么，但是韩舟知道得太多，钱叔下场会跟他们一样。"

"钱玉德没相信他吗？"欧阳睿问。

"钱叔有些怀疑。韩舟能及时报信，肯定是知情的。他的情报来源是警方，这个阿生说得有鼻子有眼。但钱叔觉得阿生也想借刀杀人。因为之前阿生跟韩舟走得近，如果韩舟有什么问题，阿生他们自己能解决。没解决掉却跟他报信，那肯定有目的。"

欧阳睿道："钱叔这么警觉，应该会查阿生说的真伪，钱叔知道阿生他们的退路是什么吗？"

"钱叔知道。"庞宇道，"但我不知道啊。"

欧阳睿皱起了眉头。

庞宇看看欧阳睿的脸色，赶紧道："钱叔跟阿生沟通的时候说了，阿生不够格跟他对话，让他老板来说。钱叔还知道他老板叫刘洪江。但阿生说没这个必要，他说钱叔是老江湖，应该知道事情轻重，韩舟会害死钱叔的，让钱叔小心。然后他就挂了。钱叔非常生气，就去查了查，他查到了什么我不是太清楚。后来大半夜的，韩舟跑来，我赶紧报告钱叔，钱叔就让我盯着监控，看韩舟做些什么。我听闵哥的意思，阿生那边已经没老大了，钱叔把阿生训斥了一顿，还威胁着要断他们的路。"

"钱玉德根本没把他们放在眼里？"

"是的。闵哥说钱叔要封阿生他们的路，阿生的老板就出面了。后来什么情况我也没来得及问。反正钱叔就让闵哥和我带人去仓库处理韩舟的事，一个就是把话问清楚，第二个就是别留痕迹。后来闵哥把韩舟带走，钱叔嘱咐我准备石货，等他消息，他说没时间慢慢整，先把韩舟弄走，然后再解决问题。我觉得意思是韩舟消失了，就不能跟警察说什么。然后再慢慢处理什么告密的事。"

欧阳睿思索了一会儿："钱玉德要运走韩舟的路线，是什么？"

"走沙江，到下游X市，再转货机去L省边境。"

农贸中心，西南B区32号仓库。

柳云坐在韩舟对面，看着他的血染红了衣服，往地面滴落。她问韩舟："你猜警察现在在做什么？"

韩舟痛得冷汗已经浸湿衣裳，他缓慢地呼吸，没说话。

柳云也不理他，她看了看手机："倪蓝也没消息了，你说她是不是知道情况了，正赶过来？你能想到借助倪蓝，挺聪明的。我也是觉得她能帮上忙，她跟警方有特殊的关系，如果她没查到，那基本没什么大问题。"

韩舟抬眼看看她，他知道她在说当初她委托倪蓝调查的事，倪蓝没查出有问题，于是她放心联合杨晓芳在警局演出了出戏，他们查到了"鸽子"的上司，实施了杀戮。

韩舟没忍住，嘲讽道："那后来出了什么问题？"

柳云微眯了眼。

后来没料到明明在开会的倪蓝会突然出现，没料到倪蓝和杨晓芳一起被拍下来，没料到韩舟会找上倪蓝。

柳云很不高兴，她从包里拿出一根电棍，打开了开关，朝韩舟用力捅了过去。

韩舟惨叫，痛苦颤抖。

柳云笑了起来："这是给你的警告，对我态度好一点。卑微点，能活久一点。"

电棍离开了韩舟的身体，韩舟痛得眼前蒙了雾，他看不清面前施刑人的脸，但他似乎看到了阿光。

许文柏警官。

他们面对着面。地界分成两半。

许文柏身后有一双翅膀，白色的，血淋淋的。他站在阳光下，那翅膀白得圣洁，血鲜红得耀眼。

而他呢，他的这一半地界，居然也是光明的。

"我是警察！"

可惜，他没资格喊这句。

韩舟放声大笑："卑微？！老子谢谢你为了老子回来！"

他做到了呀！阿光你看到了吗？他做到了！

痛苦再次袭来。柳云用棍子抽打他。

韩舟听到柳云的骂声。她在痛骂男人，痛骂警察，痛骂自己受过的苦。

她骂什么，韩舟不在乎。

韩舟想象着自己身后变出一双翅膀，翅膀巨大，痛苦让他的翅膀张开，痛从翅膀沿着羽翼散了出去。

他能撑住，撑到警察来。撑到倪蓝来。

柳云错了。

他的希望，正是从绝望里一点点成长出来的。他在"地狱"长大，长成了"魔鬼"的样子，但是他有幸遇见引路的"白鸽"，让他窥见光明的一角。阳光会要他的命，可他的希望正在茁壮成长。

韩舟大叫！

他不是她！

不为恶找理由，也不惧怕善的结果。

他不是她！

柳云打累了，瞪着一身血的韩舟。

她拿出手机，问他："你知道哪个警察的电话吗？我需要发点东西给警察。"

韩舟垂着头没说话，看上去奄奄一息。

柳云打开了摄像功能，镜头对着韩舟，她先把韩舟的惨状拍了下来，然后她用电棍再电了韩舟一下。韩舟痛得大叫，整个人一震，头抬了起来。

柳云拍好了，然后说道："他还活着，如果想让他活下去，你们就照我说的办。我需要一辆车，加满油，没有GPS定位，没有车载监控。车上要放五十万现金，不要新钞，不要连号。准备好了告诉我。我会告诉你们下一步怎么做。尽量快一些，我能等，但他的血不知道还能流多久。就这样。"

柳云把自己拍的视频看了一遍，对画面效果很满意，自己的声音也听得很清楚，条件也很明确。她觉得没什么问题，她想了想，把视频发给了倪蓝。

然后她对韩舟笑了笑："真有意思，居然可以抓个罪犯要挟警察。"

倪蓝很沉着地找了一个角度，用微型望远镜仔细查看那个被击毙的司机弹孔情况，推算狙击手的位置。

她的耳机里传来蓝耀阳有些焦急的声音："倪蓝，你安全吗？"

"安全，在忙。"倪蓝把通信频道切到事务所这边，打开了微型摄像头，让蓝耀阳可以看到她这边的情况，"你在事务所吗？"

"对。"蓝耀阳答道，"都弄好了。刚才爆炸新闻出来，就让你匆匆下线了。我还用你微博跟网友吵架了。"

"爽吧？"倪蓝移动位置，继续观察。

"对。"蓝耀阳平常得维护形象，在网上从不敢乱发言。但是倪蓝就不一样了，想怼谁就怼谁的感觉还真是不错。

"下次你压力太大不开心了，就登我账号骂。"倪蓝没发现狙击手，这家伙藏得还挺好的。而她不能再挪动了，移出去就会被发现。

倪蓝拿出小巧的激光定位仪，朝着疑似狙击手的方向确定位置，她摆下了两个。然后她跟蓝耀阳道："一会儿我可能会忙，顾不上说话，你盯着点，有什么情况替我转到指挥中心那边。"

"没问题。你千万小心。"

蓝耀阳话音刚落，倪蓝就按开了激光定位仪，细小的红色激光线直直地射了出去。就好像步枪的激光瞄准器，照向了倪蓝无法看到的隐蔽角落。

那角落里猛地冲出来一人，手上拿着步枪。他扑向了另一个隐蔽点。

"找到了。"

倪蓝遥控第二个激光定位仪，红色激光线从另一个角度再次射向那个点。那个狙击手再次中计，飞快从那地点里奔了出来。

把他逼出来了！

倪蓝一个纵跃，握着钢架杆子一荡，跃到了那枪手的身后。

枪手在屋顶钢架和管道之间穿梭，寻找位置。听到身后有破空之声，慌忙转头查看。身后没人，再转过头时，一个人握住了他的枪杆，照着他的脸就是一拳。

枪手一声闷吭，身体往后仰，眼看就要摔出高空钢架，他紧紧握着枪杆不放。

倪蓝也不放。

这个高度跳下去可保不齐会受多重的伤，枪在谁手里谁就是老大。

枪手用力拉枪杆，倪蓝踏足运力稳住。枪手猛地收劲，用头朝倪蓝鼻子撞来。倪蓝一个侧身，翻转手腕，枪手顺着这力道被拽了回来。

倪蓝突然松手，枪手被惯性拉着往后摔，他脚下不稳，险些跌倒。倪蓝顺势上前，双手握拳朝他胸口一击，屈肘横击他握枪的双臂，接着收回手臂抱着枪，一脚把那枪手踹开，瞬间把枪抢了回来。

那枪手被击倒在地，向后滚了一圈。

倪蓝往后退了两步，刚把枪摆上手对准枪手，忽然眼角看到什么一闪，她下意识躲了躲，一记暗枪射了过来，擦过她的手臂，擦过枪杆。

倪蓝手一松，那步枪落到架子上，滑了一下，继续往下摔到仓库地面。

倪蓝顿了顿，一转头，看到之前在步行街上见到的那个阿关从藏身处冲了出来，举枪向她继续射击。

倪蓝与那枪手同时翻身攀过钢架。

阿关的那一枪打在钢架上，"砰"的一声，弹片弹到别处。

倪蓝已经翻到钢架下，阿关看不到她，冲了过来。

枪手仗着身高优势，攀到一旁的管子迅速往下跳。他要比倪蓝更快拿到枪。

二对一，倪蓝死定了。

明明一切顺利，这女明星怎么突然冒了出来？

倪蓝的位置在钢架中间，左右都没什么可攀的，她眼看着阿关冲了过来，而下方那个枪手很快就要拿到枪。

倪蓝把自己吊在钢架管子上，手臂的衣服被血染红，疼痛让她抿紧了嘴角。她尽可能地缩短了与地面的距离，然后她晃动身体，小幅度荡成半圆，把自己甩了出去。

甩向枪手的方向。

枪手已经落地，奔向了步枪的方向，他刚要弯腰去捡，却听到头顶一声大喝，枪手抬头一看，顿时傻眼。躲也来不及躲，倪蓝一个俯落，将他当成肉盾垫在下面。

枪手闷哼一声，被撞倒在地，身体被巨大的压力一撞，差点把五脏六腑吐出来。

倪蓝落地就势一滚，抄起了那杆步枪。枪手还待挣扎撑起身子，倪蓝一挥枪杆，将他打晕在地。紧接着一个半蹲位，拉开枪栓，瞄准上方钢架。

阿关正奔至钢架旁往下看，待寻找机会射击，却见倪蓝举枪瞄准。阿关迅速后退。

倪蓝也不恋战，这个地形对她太不利，她不确定还有谁藏在这里。

倪蓝提着枪迅速奔至角落隐蔽。这时候她听到了韩舟的惨叫声。

蓝耀阳正把倪蓝的摄像视频往指挥中心那边转，他还拍了几张枪手清楚的正脸照，他也听到了耳机里传来的隐隐惨叫："怎么回事？"

倪蓝咬牙，接连骂了几声。

指挥中心里，警员迅速核对照片身份："枪手就是在汇兴商业步行街与阿关一起的那个司机，后来在屋顶枪击小红的那个。"

"阿关也在这里。"倪蓝道。

"那说不定邱寺也在。"关樊调农贸中心的各处监控查看着情况。

倪蓝观察着周围："我没有看到他。"她听到了32号仓库那边持续着的惨叫声。倪蓝抿紧了嘴，眼露凶光："不管他在不在，我碰着一个收拾一个。"

农贸中心外头，各警力在组织现场群众有序离开，消防和医疗队伍正往这边赶。

地下室C区外围装修墙栏外，徐刚与相关负责人确定好建筑情况，紧急安排部署炸墙突击。

"'潜艇'四号、六号将会从C区进入。需要三到五分钟。"关樊通知倪蓝。

倪蓝应了一声。她从包里抽出一条绷带，把自己受伤的手臂捆紧，然后她一猫腰，提枪朝着32号仓库的方向跑。

还没跑到，忽然眼角余光看到了阿关的身影。

倪蓝迅速往一旁的建筑屋内躲闪。

"砰砰"两枪，倪蓝冲进空屋内，躲在门后，成功避开。

阿关趁势追击，他用力甩进来一颗烟幕弹，躲在对面屋子门后，等着倪蓝被逼出来。

一个黑影掠了出来，阿关火速开枪。

开枪的时候就发觉了不对，这是一个背包。

阿关迅速隐入门后。

同一瞬间倪蓝滑地而出，她被熏得眼睛看不清，"砰砰"朝着阿关的方向开了两枪掩护自己。没有打中，但她争取到了时间。

倪蓝双脚一错，铲地而止，脚腕一转就站了起来，迅速奔到一堵墙后。

她离阿关的距离远了，但也离32号仓库远了。

蓝耀阳看着画面剧烈晃动，一会儿是雾一会儿是墙的，还听到枪声，他的心整个悬了起来。这时候他的屏幕提示收到信息，是倪蓝的微信账号。

蓝耀阳点开一看。

是柳云，她发来一段视频，还附了一句话：请代转警方。

蓝耀阳点开了视频，视频不长，他咬紧了牙看完了，然后他赶紧转给了关樊。

倪蓝探头往阿关的方向看，正好看到阿关丢过来一颗手榴弹，倪蓝咒骂一声举枪就射，准确击中，那颗手榴弹于空中爆炸。

"他们是把军火库搬进来了吗？"倪蓝气得喊。

"倪蓝，柳云发你一段视频，我处理了，转给了警方。"蓝耀阳告诉她。

"什么东西？"倪蓝一边问一边探头看看，阿关没再扔东西过来，似乎是被她于半空中击中手榴弹震住了。但她也不能冒进。这地形，她出去就是靶子。现在两边就这么僵持住了。

蓝耀阳吐口气："视频里是韩舟，他一身血，看起来快死的样子。柳云拿电棒电他。她提要求，要车要现金。"

倪蓝继续观察着阿关那边，她没法分神查手机，便直接问关樊："你们那边什么态度？"

关樊刚跟袁鹏海沟通完，便答："袁局无法接受要求。"

蓝耀阳顿时急了："为什么？"

"这明显是在拖延。别说给她车子和钱，就是给她翅膀她也飞不出去。"

"那也要给她啊。"蓝耀阳喊道，"先给了她，看她后面要怎样。总要为韩舟做点什么，眼睁睁看着他死吗？"

"不是。"关樊道，"车子好办，但是五十万现金，我们就算简化一切手续，也需要挺长时间。更何况有些手续是避不开的。韩舟的状况不可能坚持到那时候。"

"我有。我不需要手续。"蓝耀阳气急败坏，"五十万现金，我来给。"他直接输入信息回复柳云："可以，你的要求没问题。"

关樊看着屏幕上蓝耀阳的回复，耐心道："蓝耀阳。这不是解决的办法。"

"在想到新办法之前，这不是办法的办法也得用！"蓝耀阳很生气。

关樊打断他："所以袁局亲自去了。"

蓝耀阳一愣，后面的话噎住了。

"他已经出发了。他亲自去见柳云。"关樊道，"柳云恨警察，她觉得当初警察没有救她，毁了她的人生。警察还背叛她，毁了她的生意。她恨警察。袁局的官足够大了，够资格与她周旋。我们会想办法把韩舟救出来的。"

蓝耀阳的怒火顿时没了："好，好。"

关樊继续道："我们会用袁局来拖延她。我需要你把你与她的对话权限转给我，我来与她沟通。"

"行。"蓝耀阳点击关樊发过来的链接，把对话转过去了，"钱和车我还是会准备，以防万一。不能给她再虐待韩舟的借口。"

关樊顿了顿，想说这样的罪犯，虐待别人是不需要借口的。但她还是应了蓝耀阳："行。"

倪蓝插话道："请用我的语气发言。告诉那老巫婆，她死定了。"

欧阳睿离开审讯室，打电话给袁鹏海报告。袁鹏海告诉他农贸中心里的情况，还有柳云提的要求，以及自己正在去见柳云的路上。

"视频里只有韩舟和柳云的声音吗？这么说来钱玉德确实是遇害了。"

"应该是的。"袁鹏海道。

"现场没有发现邱寺吗？"

"没有。"

"柳云杀掉钱玉德肯定不是临时起意，她是有计划的。韩舟是通缉要犯，邱寺也是。庞宇说了，钱玉德封了邱寺的退路。钱玉德做这行的，他知道怎样走最安全，他要用这条路送韩舟，很有可能跟邱寺他们之前定的计划冲突了。"欧阳睿道，"刘队在临水镇查到的嫌犯林月，正开车逃窜，那高速的方向可以驶到X市，与钱玉德安排的水路之后的中转站一致。我怀疑那里就是柳云他们计划会合的地点。袁局，我申请带队去搜查沙江货运码头，邱寺和其他同伙很可能就在那儿。如果柳云不是想同归于尽，她的退路应该也在那儿。"

袁鹏海觉得有理，他批准了。

蓝耀阳与财务通了电话，又联络了制作部，各剧组都备有一定的现金。蓝耀阳让各方尽快把所有能汇总到的现金都准备出来。

徐刚指挥着C区爆破的现场，特警队员已经就位准备。

黄岳接到命令，他带队奔赴沙江货运码头与欧阳睿会合。已经归队的邹蔚跟着队长一起去了。

倪蓝与阿关僵持着。她观察着环境，在想办法突破阿关的把守。

32号仓库里，柳云没再动韩舟，她看着手机，对警方的反应满意。她对韩舟道："你居然还挺重要的。他们答应给车给钱，还有局长过来谈判。"

韩舟没反应。他终于找到了喘息机会，失血、疼痛和电击使得他虚弱无力，但他还是努力把弹簧刀从裤腰处抠出来了。

柳云再问他："你知道为什么吗？"

韩舟抬头看着柳云，没回答。

远处传来了爆破声，韩舟趁机小心按开了弹簧刀。

柳云侧耳倾听，然后给倪蓝发消息："在我的车和钱到之前，不要让我看到任何警察或者其他人的身影，不然你们就给韩舟收尸。"

关樊看着屏幕，回道："好的。爆破只是为了开路，不然车子进不去。"

柳云看了看韩舟。

韩舟一脸虚弱地坦然接受她的目光，手上在继续努力调整刀口的方向，企图割断束绳。

刀口割到他的肉，他表情毫无变化。

柳云没发现异常，低头继续看手机。

韩舟的刀口终于找到了束绳，他不敢有大动作，慢慢一点点割着。

欧阳睿赶往码头的路上，接到了警员雷星河的电话："队长，我去那个检测中心找到陈欣当年检测的DNA结果了。"

"有发现？"

"我把结果输入到我们系统里查询，她在失踪儿童数据库里。是赵光离开大河村五年后在市场被抱走的，她失踪的时候才两岁。她的亲生父母一直在找她。"

欧阳睿心似被重重一捶。

雷星河似知道欧阳睿的心思，道："她父母还健在，每个月都会到当地的警局询问寻找结果，一直没断联系。我已经联络过那边了。陈欣的原名叫刘思冬，冬天生的。那边警局会通知她父母。"

拐来的孩子。

因为自己没孩子，又需要与赵兴塑造一个家庭的假象好潜伏在城市中不引起怀疑，所以拐来一个孩子吗？

欧阳睿想起小红对陈欣的描述，那应该是一个勇敢的姑娘吧？对疑惑的事勇于查证，哪怕结果是可怕的。只可惜，她这么年轻就失去了生命。

陈欣的死，真的是车祸吗？

欧阳睿向指挥中心通报了情况。

农贸中心32号仓库。

柳云忽然抬头瞪着韩舟。

韩舟割尼龙扎带的手没有停，他小心翼翼地磨着，同时耷拉着眼皮回视柳云的目光。

"你还没有回答我为什么。"柳云道。

"什么为什么?"韩舟气若游丝。

"为什么他们愿意这么努力来救你?"

韩舟没答。他也不知道答案。

就像他不知道为什么阿光可以用那样的身份在那种环境撑下去,不知道为什么阿光可以到死都没表现出畏缩恐惧,不知道自己为什么会做这样的决定,不知道自己怎么能够在这里。

韩舟又想笑了:"管他为什么,这有什么重要。"

柳云不说话。

韩舟身后的刀割断第一道束绳,束绳弹开那一下,他往后挪了挪换了换坐姿,疼痛吸气,以掩饰束绳崩开那一下的动静。

柳云一直看着他,忽然又问:"你觉得自己还能坚持多久?"

"你着急吗?"韩舟脸色惨白,觉得身体有些发冷。

"不急。"柳云挤出两个字。

两个人对视着。韩舟看着柳云的眼睛,忽然想起蓝耀阳的话,他没忍住,他对柳云道:"你怎么确定他们是来救我,难道不是救你?"

柳云一愣。

韩舟道:"都结束的时候,你也能得救。"他喘口气,继续道,"很累的,我知道。"

柳云抿紧唇,她能听懂韩舟的意思。

很累的,确实是很累的。这也是她回来的原因之一。

杀掉韩舟很重要,但她的命不重要吗?阿生这样问她。

她最终还是决定回来,如果只有这种方式能够解决,那么就用这种方式。

她这辈子,像是过了几世。

十五岁之前是一个人生。十五到四十四岁又是一个人生。四十四岁那年,杀掉了赵兴,她开始过另一个人生。她隐忍布局这么久,眼看就要取胜。金孔雀会所和利用陈欣名义创立的阳光少儿培训中心会取代金阳,砍掉一些业务,用更保险更隐蔽的方式发展。她以为会用这个人生一直过到老,不必再切换,但原来不是。

现在她五十五岁,正是一个黄金时期。有资历、有阅历、有人脉、有资源、精力充沛。她会跟所有人算清楚账,然后带着自己的新团队好好做生意。

这样就很好。她不想再进入下一个逃亡的人生。

但是情况有了变化。公司里的事务因为有叛徒遭受到了接二连三的打击,将她的计划毁于一旦。

柳云想起这个又是恼怒，但她眼睛里的凶光过一会儿又消退下去："没关系，今天会是圆满的结局。你也不用再想什么花花点子，像你这样忘恩负义的人，只能是死。"

韩舟虚弱地笑了笑："阿生呢？他在哪里？"

"为什么想知道？"

"他是我最后一个兄弟了。我当初一心拖延时间好让他走，他却这样对我。"

柳云听懂了他的嘲讽，微眯了眼。

倪蓝听到了远处的爆破声。她在通信频道里提醒警方："他们又是炸弹又是烟幕弹，还有手雷，务必小心。这里他们提前做了安排。"

关樊应了。

仓库C区现场，特警们炸掉了一堵墙，他们举着盾牌谨慎前进。

倪蓝悄悄观察了阿关的位置，他那边有些动作，退往一组货柜后面，倪蓝觉得他应该是想逃跑。因为远处的爆破声很明显会带来被捕的风险。

警方已经突围进来了，这人会做什么？

倪蓝伏低身子猫腰冲到另一堵墙后，离阿关稍近一些。但她的角度看不到阿关的动作，听不清他那头是什么情况。倪蓝在思索是先去看看32号仓库，还是继续与这个阿关耗时间周旋。

这时一个圆球状物体在地上朝着倪蓝的方向滚来。倪蓝咒骂一声，转身就跑，急奔几步一个纵跃，手雷在她身后爆炸。

倪蓝就地一滚，脚下不停，冲向墙边。她攀上了屋顶，从屋顶钢架高处朝阿关的方向追。

32号仓库里听到了爆炸声，这声音不远。韩舟看了看柳云。

柳云一脸不在乎："大概有什么人经过吧。"

韩舟垂头不语，他用眼角看了看柳云的手腕，她在手腕上面绑了一个彩色的绸带，绑着漂亮的蝴蝶结，看上去很配她黄色的衣服。

有气质的、漂亮的，饰物与主人一样，外表完全掩盖了内里的伤疤、仇恨、血腥。

刚才除了警方远远的爆破声响，还有两次爆炸，加上之前零星像是枪声的声响，这是杀了多少人？

韩舟觉得自己没有资格多想什么，他手上也满是罪恶。

倪蓝一边攀爬，目光寻找着阿关的踪影，一边问关樊："还有什么线索吗？这里头还有多少他们的人，找到邱寺了吗？"

"没有找到邱寺。"关樊说着，旁边一位警员传给她资料，关樊认真一看，跟倪蓝道，"狙击手打死的司机查到身份了，是农贸中心物流三队的一个司机，吸毒。物流司机里有几人与他一样，看到他死了就怕了。他们供述是昨晚半夜收到的指令，他们车队队长安排的。队长是他们的毒头，既管着他们的工作又供毒品，他们很听队长的话，而且觉得只是摆个车阵，把人带进去，没什么问题。我们已经抓到了这个队长。嗯，还有他们说阿关很熟悉环境，因为他之前在这里待过三个月。那个司机接到的指令是把厢车开进去，然后等柳云的指示再把车子开到B区12号仓库。"

"结果柳云开枪杀人，这司机就吓跑了？"

"应该是。"

"能确定阿关他们有几个人吗？"倪蓝四下张望，没见着阿关。她有些急躁，但又劝自己耐下心来。她必须稳住，才能去救韩舟。她寻找12号仓库。

"不能确定。"关樊道，"司机们没有见到人。现在知道的情况就是柳云这伙人非常熟悉这个农贸中心。他们用毒品控制物流车队，应该之前也利用车队做过一些违法勾当。我们已经拘捕了一批人。"

"12号仓库里有什么？"倪蓝问。她看到阿关了，他手里拿着枪，背上有个斜背包，沿着墙边在跑。

关樊回："市场管理处没有记录。车队方面也不清楚。车队队长说，8号仓库旁边有个下水道入口，阿关他们曾经从那里探过路。估计那是他们的潜逃路线，我已经通知警队留意。"

"明白了。"倪蓝攀跃着朝阿关追了过去。

阿关一边跑一边往后看，没有看到有人追来。12号仓库就在不远，他快要到达目的地。

转弯之时，突然头顶一个黑影顺着墙滑下。

阿关吓了一跳，第一反应就是举枪就射。

倪蓝一脚踹到他手腕，那枪射偏。

倪蓝另一脚踩他肩上，双腿夹着他的肩膀一扭。阿关"砰"的一声被拧倒在地上。

倪蓝跟着他的身形落在地面，一脚踢开他的枪，手上抢着步枪枪杆给他脑袋一下，将他打晕。

倪蓝把阿关翻过来让他面朝地，接着从腰里抽出一条尼龙扎带把阿关双手双腿都扎上。她捡起他的手枪插在腰间，然后飞速奔到12号仓库。

12号仓库的门挂着锁，但是没锁。倪蓝把门拉开了。

指挥中心这边从倪蓝的摄像头画面看到了仓库里的情形，有炸药、汽油等等危险品。

倪蓝瞪着火药库愣了愣："他们是打算把这里炸了吗？"

关樊赶紧道："我通知徐队。"

倪蓝顾不上管眼前这些东西，她把摄像头架在这间仓库门口，以便让关樊跟进是否有别的阿关的同伙过来，然后她把仓库大门锁上，又聊胜于无地加了两条尼龙扎带。

接着她去查看了8号仓库，旁边真有一个下水道入口。倪蓝没工夫管这个了，她扛着步枪朝32号仓库飞奔。

刘综开着车一路飞驰，交通大队与高速巡警和收费站等做好了联络。在刘综到达之前，他们已经把林月扣押下来了。

林月只身一人，车上没有武器，没有违禁品。车子后备厢里有一个行李箱，行李箱里装着正常的旅行用品和换洗衣物。

如果没有在临水镇的调查和欧阳睿那边的进展，林月是一个完全不会让人怀疑的普通人。

林月被扣押后神情紧张，没人能跟她解释清楚扣押她的理由，只让她等。等待让林月更焦虑。

刘综终于赶到，他对林月道："要去X市吗？"

这一击即中。这里离X市，可还有很远的距离。中途岔路这么多，四通八达，能准确说出这个地方，那肯定是什么都知道了。

林月脸色变了。

"要跟阿生会合吗？"刘综再问。他看着林月的脸色，知道自己猜中了。

"不用去了，沙江货运码头今天停运。"

刘综这话一出，林月的脸色惨白。

刘综迅速转身走出屋子，掏出手机给欧阳睿拨电话："你猜得没错，沙江货运码头，阿生就在那里。"

倪蓝一边留心周围环境一边快速奔跑。她很快到达32号仓库附近，确认周围没别人，她悄悄潜了过去。

32号仓库门口堵着一辆大厢车。司机跑了，驾驶室里没人。

仓库门开了一半，厢车两边各有一人身的宽度，倪蓝把步枪轻轻放在门外，然后自己悄无声息地爬到了厢车车底。

原本倪蓝是打算从车底进去打探一下情况再定对策，但爬到一半时她却愣住了。

一颗炸弹。有控制设备，亮着灯，手艺粗糙，但极度危险，足以把楼板炸开。

倪蓝现在知道为什么他们计划里要把车子开到12号仓库去了。这真的是想把

216

农贸中心炸掉。

倪蓝给那颗炸弹拍了照片，给关樊发过去了。她给关樊发文字："没法说话，写字。"

发完后倪蓝继续爬，快爬出车底的时候她停了下来。她看到了韩舟和柳云的脚。倪蓝在尽量往前的位置放了个监听器，然后她回到了那颗炸弹旁。

她把炸药的结构和线路仔细观察了一番，然后再拿出手机。

手机里已经收到以关樊发回来的回复："勿动，已经转防爆小组。"

关樊的下一条是："监听信号确认，没问题。"

倪蓝给关樊发："这炸弹有遥控。应该在柳云手上。要车子和钱都是假的，她要的是警察过来。"

"袁局猜对了。"关樊回。

那看来袁局有心理准备。倪蓝继续给关樊发消息："我可以拆，但我没工具。"

关樊冷静回复："你别动。徐队他们正准备爆破第二道墙，很快就能进入你的区域。你的任务完成了，你准备撤退。"

"我不退。老巫婆欺负我小弟，我要把她头打爆。"

关樊无语，想给蓝耀阳打电话。

倪蓝发完一条再发一条："这种炸弹，徐队进来也没用。他又不是变形金刚。他们一进来巫婆就会警觉，他们想再爬到车底不容易了。让他过来的时候丢工具给我，我来解决。这种炸弹小菜，我十五岁的时候就会拆了。"

关樊不想提醒倪蓝上回她吹牛说会拆这类炸弹的时候说的是十六岁。

倪蓝继续发信息，她在讲怎么拆，而关樊接到了拆弹专家的电话，那边也在说怎么拆。

农贸中心外头，更多的警员赶到，警员们依令疏散各商户和群众。持枪警员上楼一间一间办公室，一个档口一个档口排查有无遗漏和疑点。

蓝耀阳匆匆赶到，与疏散的人群逆行而来。

有警员接到指示接待了他。

"我是蓝耀阳，我是来处理绑架人质事件的。车子准备好了，钱在路上，一会儿就能到。"蓝耀阳道。

"我知道。"警员道，"但你不能进去。"

"为什么？袁局知道我的，他批准的。"

"里面有炸弹。"警员道。

蓝耀阳脸色一变："那我更得进去，我女朋友在里面。"

"倪蓝是吧？"警员道，"倪蓝一会儿也出来了。"

"那不可能。除了我没人能劝她出来。"

警员："……"

"不信你问。"蓝耀阳加强语气。

这时袁鹏海的车子到了，蓝耀阳赶紧过去。

袁鹏海一下车就看到蓝耀阳，知道他想说什么，便道："太危险了，你不能进去。"

"我能满足柳云的条件，而且倪蓝还在里面。"

"这么快就拿到现金了吗？"袁鹏海知道不可能。这速度，人能马上赶过来就不错了。

"我在这儿就表示可以。别说五十万，五百万都行。"蓝耀阳看袁鹏海表情，改口道，"好吧，是有点吹牛，五十万现金现在拿出来是有点困难。但我在那儿就表示愿意满足她的条件，能拖延一阵子，先让她同意韩舟治伤……"

"拖延不了。警察到了，时间就到了。"袁鹏海说道。

蓝耀阳愣了愣，他懂了："袁局……"

袁鹏海点点头："虽然如此，我们还是得到。这是我们的职责。但你不行，你就在外头等。站到警戒线以外。"

蓝耀阳不说话了，他不能添乱。

袁鹏海拍拍他的肩："谢谢你。"然后转身进去了。

蓝耀阳被一旁的警员请到警戒线外，蓝耀阳回过神来，赶紧联络倪蓝，但是通信被接到了指挥中心。

关樊告诉他："倪蓝在那间仓库外面，不能发出声音。"

蓝耀阳便发信息："我在外头等你啊宝贝。"

片刻后，倪蓝发回一个亲亲表情。

倪蓝现在的通话很重要，正在说拆弹，所以是发到指挥中心的大屏上的，一屋子人看着放大的文字。这又宝贝又亲亲的，大家紧张的情绪被强行扭曲。

但蓝耀阳说完这句就没有别的，倪蓝的下一句也回到拆弹上，众人也不得不服气。这对有钱人，很专业啊。

32号仓库外，徐刚带着两队人赶到了。

特警的盾牌和防护装备，以及人员急奔发出的声音，在空荡荡的仓库里很明显。

柳云站了起来，大声喊道："离我远点。"

徐刚一挥手，众警站住了。数人分散开，尽可能无声地靠近仓库大门。一个特警拿着监控镜悄悄往仓库里伸。

"柳云。"徐刚大声地自报身份，"我是特警支队队长徐刚。"

"特警？"柳云转头问韩舟，"我们最后那批货，就是被特警队缴的吧？"

韩舟没说话，他身上越来越冷，指尖有些麻。非常费劲，但他还在努力割手腕上的尼龙扎带。

"柳云。"徐刚大声喊话，"韩舟的伤很重，让我们先给他止血好吗？然后你有什么要求，我们会处理的。"

柳云扯开腕间的蝴蝶结，丝带下是枚控制器，她按了下去。

车底下，倪蓝忽地一瞪眼，她眼前这枚炸弹的计时器忽然亮了。

倒计时，五分钟。

倪蓝把计时器照片给关樊发过去了。

关樊皱紧眉，迅速通知徐刚。

徐刚听得报告，忙跟柳云道："柳云，让我们先给韩舟止血，行吗？"

柳云用枪指着韩舟的头，一脚踹在韩舟的伤口上。

韩舟痛得惨叫一声，手里的弹簧刀落在了地上。他手腕上的尼龙扎带只差一点点就要切断，但此刻他痛得蜷紧身子，差点吐出来。

刀落的动静被惨叫声盖过去，柳云关切着仓库外头的动静，也没注意。她大声叫道："我要的车呢，钱呢？"

"在路上了，需要时间。"徐刚道。

柳云又道："我第二个条件，是要负责我这案子的警察过来。你们是不是有什么专案组？还有你们局长。"

徐刚皱眉，这明显是在拖延时间，她只是想炸死更多的警察。

徐刚对他的队员做了个手势动作，四个队员分两组一左一右从厢车旁边向仓库逼近。

柳云迅速用枪抵着韩舟的额头，大声喝："滚开！"

一个特警组员迅速用脚把一袋工具踢进了车底，倪蓝用手按住了。盾牌阻挡了柳云的视线，紧张也让她忽略了那些小动作，她继续大喝："滚开！不然我打死他！"

徐刚大声下令："撤退。"

两组人迅速后退。

徐刚的耳机里收到了指令，他对柳云道："我们局长到了，他要跟你通话。"

"人呢？"

"在C区门口。"

"让他过来。"

"他过来也看不到你，跟现在的情况是一样的。"徐刚把步话机递给队员，队员在盾牌保护中靠近仓库门，把步话机沿着地面丢了进去。

车底下，倪蓝用螺丝刀拆着炸弹外面的壳。

计时器还在跳着。

"柳云，我是市局局长袁鹏海。"步话机里，传来袁鹏海的声音。

柳云听到了背景音里嘈杂的人声，似乎是有人员在撤退。柳云笑了起来，她没理步话机，只用枪用力戳韩舟："你的命真宝贵啊，竟然有人在乎！"而后忽然大吼，"当年怎么没人在乎我的！没人在乎我的！我被虐待、被吊、被打、被强奸，我没有屈服，我还在努力逃，是警察把我送回去的！是你们警察！"

所有人都说不出话来。倪蓝在努力拆着炸弹外壳。

一片寂静下，韩舟忽然虚弱地挤出一句："救下杨晓芳的，不也是警察吗？"

柳云抬手就用枪托打了他脑袋一下。

韩舟头一歪，但下一秒又被柳云用枪指着。柳云咬牙道："别惹怒我，大家一起死，我可不怕。"

步话机里，袁鹏海的声音传了出来："柳云。这个世界不完美，人类也不完美，我们都有很多缺点，也全都犯过错。当初大河村的警察做得不对，他渎职犯法，我们没有任何借口辩解和推卸。但是，也有许多警察可敬。他们做着点点滴滴的工作，要把被拐的孩子和妇女找到，要送他们回家。"

"许多人都有悲惨的遭遇，但可怜并不能成为犯罪的借口。有些人因为不幸而更加努力，也有些人因为自己的不幸而尝试去挽救别人的不幸。我们的卧底警察牺牲，办案警察牺牲，也很不幸。还有许多无辜善良的人因为你的犯罪行径受到伤害，失去生命，也很不幸。所以你的不幸，不是借口。每个人都有选择如何生活的权利，通常情况下，我们应该尊重别人的选择。但是犯罪不行。犯罪必须被打击和消灭。"

柳云大声怒吼："你放屁！"她看了看手上的控制器，那上面的时间在一个数字一个数字跳动着。

"你过来！"柳云大声叫着，"你过来当着我的面，看着我的眼睛，你敢说你们警察没错，敢说你们警察了不起吗？！牺牲？！卧底？！卧底就是叛徒！该死！"

关樊在频道里通报："倪蓝还没拆完，快了。"

但是柳云已经等不及："你过来，不然我打死他。"

现场偷偷放入的监视镜里能看到柳云的枪一直抵在韩舟的头上，她的手微微颤抖，情绪有些失控。

袁鹏海收到了报告，于是他道："好的，我过去。"

倪蓝拧开最后一颗螺丝，轻轻把外壳放在地上。

袁鹏海走得慢，一边走一边提问拖延时间："柳云，你能告诉我，你女儿究竟是怎么死的吗？陈欣真的是车祸吗？"

柳云一愣："为什么问这个？"

"我们找到她的亲生父母了。他们得知道真相。"

柳云一下子被刺激到了，她大声叫起来："我才是她妈妈！我才是。我对她这么好，她一回来就发烧了，买家根本不要。赵兴要丢了她，是我把她救下来了。我辛苦养大她，在赵兴打骂她的时候，我保护她，我把她当亲生女儿疼爱。我供她读书，带她旅行，给她这么好的生活条件。我这一生，唯一真心对待的人就是她。结果呢！她还不如我随便遇到的什么杨晓芳忠心。人家拿了钱就会好好办事。陈欣呢！我对她这么好，对她这么好，可她竟然这样对我！"

柳云喘着气，不说话了。

袁鹏海问她："她怎么对你的？"

柳云深呼吸一口气，放缓了语气，慢慢平静："她调查我，说要报警。我只能杀了她。你告诉她父母吧，她死了。她活该。"

倪蓝举着钳子，小心地夹住其中一根线。

她再看一眼手机，上面拆弹专家给的意见，跟她想法一致，就是这根了。

"她死了。"柳云又说了一遍。

倪蓝一剪子下去。计时器灯灭了。

"我到了，柳云。"袁鹏海道，"我让他们把这辆车开走，让你能看到我，好吗？"

柳云看了看时间："让刚才那个队长开。"

"行。"徐刚和袁鹏海一起应了。

徐刚爬上驾驶室，启动了车子。其他警员列盾牌，把袁鹏海护住。

车子缓缓开起来，柳云盯着车底。时间到了，时间到了！

车子开到一边，两旁的警察向仓库靠近。柳云还盯着车底！

炸开吧！

一个人影从车底滚了出来。

柳云愣住了："倪蓝？"

她为什么会在这里？

韩舟突然站了起来，他大喝一声，拼尽全力，双手崩开了最后那一丝连着的扎带，他握住了柳云握枪的手，一扳手指，一转手腕，脚下再用力一踹。

夺枪。

枪到了韩舟手里。韩舟连退三步，再站不住，整个人朝地面摔去。

站前面的几个警员扛着盾牌迅速上前，将韩舟围了起来，后面的人迅速将他抬走。

袁鹏海隔着警员唤道："柳云。"

柳云还没从韩舟怎么突然消失的惊愕中回过神来，她转向袁鹏海的方向。

袁鹏海看着她的眼睛，道："警察没什么了不起的。警察是份职业，挺神圣的。警察的职责是打击犯罪，抓捕犯人。"

　　柳云瞪着他，然后哈哈大笑，她笑着，忽然抬手用匕首在自己脖子上狠狠抹了一刀。

　　柳云的血喷涌而出，她倒在了地上。

　　离她最近的几个警察冲了上去。一人迅速踢开她手上的匕首，一人按住她脖子上的伤试图止住她的血。但是没有用。她准确地割到了动脉，血根本止不住。

　　袁鹏海大步迈了过去。

　　柳云缓缓闭上了眼睛。

　　一直在不远处待命的急救人员接到指令，背着急救医箱飞快奔了过来。

　　一名警员对袁鹏海摇了摇头，表示柳云不行了。

　　袁鹏海看着柳云，心情复杂。

　　沙江货运码头。

　　欧阳睿赶到时附近警局警员已经到场，码头负责人已经按警方要求核查运船情况，要求暂停所有船只的出行。

　　就在欧阳睿与码头负责人沟通时，突然收到了警员的报告，他们在搜查时发现一艘叫"启明"号的船只有情况。舱门不开，不接受搜查。

　　欧阳睿与码头负责人确认"启明"号的位置，大家开车赶过去。

　　还没到地方，欧阳睿又接到了电话。

　　"启明"号上发现了邱寺。邱寺劫持人质，并向警察开枪。两名警察受伤，已经撤下了船只。附近警员正迅速赶往支援。

　　欧阳睿赶紧与特警队黄岳联络，黄岳带着邹蔚等队员已经到达。他收到了欧阳睿发的码头地形图和"启明"号位置，闻讯马上展开部署。

　　欧阳睿给刘综打电话，告诉他现在码头这边的情况。

　　刘综道："我刚才诈出消息后，再问问题，林月就发觉不对了。她现在什么都不肯说。我再继续问。"

　　"行。"欧阳睿挂了电话。他的车子终于开到"启明"号前面。

　　邱寺在甲板上，有货箱等物做遮挡，他勒着一个瘦小的少年，枪抵在那少年头上。那少年身上有血，一脸惊恐。

　　黄岳队里的特警有两人手持盾牌在船下试图登船，邱寺大声威胁，将那人质脖子勒紧。人质喘不上气来，脸憋得通红。

　　那两名特警往后退了点，邱寺这才把人质脖子松了松。

　　"那人质什么人？"欧阳睿问现场警员。

"船长的儿子。"警员道，"船长现在还在船舱里。"

"黄队。"欧阳睿忙与黄岳招呼。

"知道了，这船随时有开走的可能。"黄岳应着，他们在飞奔，寻找狙击位置。

"邱寺。"欧阳睿拿着扩音喇叭与邱寺喊话，"一切都结束了。你不要再做傻事。我们抓到了林月，抓到了柳云，还有阿关，所有人都抓到了。你走不掉的，不要负隅顽抗，这对你没有任何好处。"

"滚开！"邱寺大声吼，又对身边那个对讲机喊话，"开船啊！"

那个人质少年放声大哭。

货船隆隆地启动起来。

欧阳睿继续劝说："邱寺，别做傻事。你走不了的。放了人质，停下船。"他转头问警员，"能跟船长联系上吗？"

警员摇头："船长看到儿子被劫持就听邱寺的跑进船舱驾驶室了，他没听我们的，他答应邱寺为他开船。"

欧阳睿皱眉头，继续喊话："邱寺，我们谈谈，你这样走不掉的。我们谈一谈。"

黄岳带着邹蔚直奔码头管理处的三层楼顶。他的另两个队员在另一个方向的一座吊塔上。

"二号狙击位就位。"队员在通信频道里报告，"船已经开起来了。货箱挡住了，没有狙击视线。"

黄岳和邹蔚也到达位置，邹蔚架枪，黄岳迅速伏地，他握着枪透过狙击镜寻找目标，邹蔚单膝跪着用望远镜观察。

邹蔚报上了风速、坐标位等信息，黄岳平稳着呼吸，轻声道："我看到了。"

瞄准器里的十字紧紧咬住了邱寺的身影。

欧阳睿让码头负责人安排了小艇准备追人，又通知了水警。直升机也调了过来。

船并没有驶远，只驶到了江中心便停了下来。船长从驾驶舱出来，跟邱寺激烈争执着什么。看起来他想在那个位置让邱寺先放人。

邱寺挥舞着枪，勒着手里的少年。

黄岳平静地握着枪，手很稳。在他这个角度，看邱寺的身影看得很清楚。邱寺的身后是江面，江的对岸是林立的高楼。

现在的大都市，楼宇林立，多得把地平线都挡住了。

但这个角度，却在两座高楼中间看到蔚蓝的天空，天空中还飘着云，像洁白的羽毛。

邱寺激烈大骂，突然，少年奋力挣脱，向船长跑去。邱寺毫不迟疑，向他们举起了枪……

黄岳扣下了扳机。

子弹破空而去。

邱寺倒下。

少年扑进了船长的怀里，船长把孩子护住了。两人吃惊地瞪着邱寺的位置。

邹蔚一直用望远镜看着："中了。"

"中了。"黄岳跟欧阳睿道。他站起，收枪。

欧阳睿乘小艇领着人登船。

高速路的管理站内，林月颤抖着唇，最后终于落了泪："好吧我说。我说。柳云和我一直是合伙的，我在镇上和市里帮她探消息。阿生是我儿子，他是我儿子。我女儿病了，陈家不管，村里没人管，看着她病死。阿生和我都恨，没人照应我们。我们缺钱，太缺了。柳云对我们很好。阿生跟着她干，她会把所有东西都给阿生。我们年纪都大了，总要有接班人。邱寺是假名假身份，年龄改过。真的，他是我儿子，你让我跟他联络，我劝他自首。柳云不愿走了，她放不下，她要把一切都了结掉。她让我和阿生走。让我跟阿生联络吧，我劝他自首。"

刘综给欧阳睿打电话。

欧阳睿蹲在邱寺的身边查看他的情况，黄岳的枪法很准，一枪毙命。手机响，他接了起来，听完了刘综的话，他叹息："来不及了。"

农贸中心。

韩舟的伤被紧急处理，打上了点滴，抬上了推车。

"她怎么样了？"韩舟没能看到柳云的情况。

"她自杀了。"倪蓝告诉他。

韩舟沉默了一会儿："也挺好。她一直被关着，无论别人是她老大还是她是别人老大，她都被关着。我要是她，我也不想余生再被关着了。"

"还别说，挺够胆的。"倪蓝夸柳云。

徐刚正好过来，看着这两人。他原本还想评价一句可惜柳云没能接受法律制裁，但看这俩的样，肯定跟他聊不到一起去。

韩舟和倪蓝都回头看去。

徐刚直接说道："蓝耀阳在外头。"

倪蓝转身就跑："我先走一步。"

韩舟也被急救员推走了，救护车就在门口等着他。市场地下室因为爆炸的缘故不少灯灭了，有些还一闪一闪的。有段路昏暗，空气中还有着火药的味道。韩舟躺在推床上看着天花板，觉得很有些压抑的气氛，他干脆闭上了眼睛，失血让他虚弱，他很快就迷糊了起来。

也不知过了多久，韩舟感觉只是刚闭眼而已，他听到护送他的警察在报告："指挥中心，'鸽子'返航。'鸽子'返航。重复，'鸽子'返航了。"

韩舟心里一震，顿时清醒了。他睁开了眼睛。光亮瞬间涌入了他的眼底，阳光将他包围，原来他已经出来了呀。

韩舟转了转头，看到倪蓝大笑着往蓝耀阳怀里跳。蓝耀阳伸手将她抱住了。

一点形象没有。韩舟懒得看。他们到底知不知道自己是公众人物。

韩舟被推上了救护车。急救员在联络医院，交代着他的伤势，安排手术室。一旁的警员也在报告行程。

有点吵。

韩舟笑了笑。

他，返航了。

四个月后。

韩舟在看电视。电视里正在播《让我们跳舞吧》第一期。

画面里正好播到倪蓝耍赖，她在练舞室的地板上趴了二十分钟了。镜头里弄了个钟的特效，快进时间。

"倪蓝。"舞蹈教练在鼓励她，"想想你来节目的初衷，回到当初你做决定的时候，问问你自己，为什么来。"

"不用问。"倪蓝答，"我直接给她一拳。"

韩舟笑出声。

一旁的狱友问他："你喜欢倪蓝啊？"

"嗯。"韩舟点头，"算黑粉吧。"

外头有狱警唤韩舟的号码："有人探视。"

韩舟出来了，懒洋洋道："她不是我女朋友。"

那狱警笑笑："我知道。"

来探视韩舟的只有小红，啊，她现在叫回原名方语了。

方语现在在二蓝神事务所打工，做倪蓝的助理。她的工作就是陪倪蓝出行，听倪蓝经纪人吐槽倪蓝，还有，读书。

方语来探视总跟人说她是韩舟女朋友，韩舟总是否认，但每次方语来他都很快去见，嘴角还有笑。

这次也一样。

但韩舟走到探视房间时，笑僵在了嘴角。

还真不是方语。

欧阳睿。他还带着另一个便装男人，一看也是警察。

好久不见。

"鹰巢"案之后，韩舟就再没见过欧阳睿。"鹰巢"案对他和二蓝神事务所来说结束了，但警察还有许多要调查的事。

没想到现在会在这里见面。

"有什么事吗？"韩舟问。

欧阳睿清了清嗓子："有件事，想找你帮忙。"

"你说。"

"我们有个案子，有条重要线索在东城监狱，但也许很快就会没了。我们需要一个真正的罪犯打入内部帮我们找出来，时间很紧，来不及安排新人。你是否愿意再帮我们一次？"

韩舟笑了："好呀，我都快闷死了。"

二蓝神事务所，影音室里，方语正在认真地刷倪蓝的节目，一边刷一边跟邵嘉琪在讨论观众的弹幕内容和微博网友反应。

邵嘉琪看节目看得火大："她是真想做谐星了是吧？"

"不是的，倪蓝后头进步很快的。"方语偏心倪蓝，"她就是说话有梗，幽默了一点。"

邵嘉琪恨铁不成钢："你粉丝滤镜不要太重。"

方语嘿嘿笑。

邵嘉琪问："她自己看了没？"

"她说前面太丢脸她不要看，等后面大家都夸她的时候再看。"

邵嘉琪道："那她还有看的机会吗？"

方语又笑："有的。"

"她现在干吗呢？"

"和小蓝总在楼上办公室，跟老蓝总开电话会。"

办公室里，蓝耀阳正坐在沙发上跟蓝高义通电话。

"节目的计划就这样的。我跟市局和电视台、网络平台都谈好了，主要还是普法，但会做得生动通俗些，让大家爱看。这类角色代入互动式的剧场类型还比较新，值得尝试。嗯，是的，是这样。我发你邮箱了。有些圈里老前辈，我自己请不来，还得靠你的面子。"

倪蓝脑袋枕着蓝耀阳的腿躺在沙发上，在刷手机。她一会儿给蓝耀阳递手机过来，屏幕上是个波霸美女，蓝耀阳扫了一眼，继续跟蓝高义聊项目。

对波霸这么无动于衷，倪蓝满意点头。她继续刷手机玩。

过了一会儿她又把手机递过去，蓝耀阳又扫一眼，是只小狗，他继续跟蓝高义聊。倪蓝扯扯他衣服，他便多看了两眼，小声道："很可爱。"

倪蓝笑了，她也觉得，这狗特别萌。

蓝耀阳摸摸她的头，他在跟蓝高义说对未来的规划："我会好好经营二蓝神，这投资算第一步吧。我会让二蓝神赚钱的，赚了钱，就能做更多的事。我会好好利用娱乐圈的资源和影响力。爸，二蓝神不是我和倪蓝的兴趣，它是我们的信念。"

倪蓝翻个身，抱住蓝耀阳的腰。

这个男人真可爱啊。

二蓝神事务所的大门处，孙哲言把招牌擦得锃亮。

天空蓝得像被白云洗过的镜面，光洁明亮。一群白鸽在天空飞过，身影汇成风景。

—完—

MEMORY HOUSE

影视版权代理，请联系版权经纪人：

王女士010-57194853 wangjun@membook.com QQ：59216179